HEYNE <

PAUL
CLEAVE

ZERSCHNITTEN

THRILLER

Aus dem Englischen
von Frank Dabrock

WILHELM HEYNE VERLAG
MÜNCHEN

Die Originalausgabe TRUST NO ONE erschien 2015
bei Atria Books, a division of Simon & Schuster,
Inc., New York

FSC www.fsc.org
MIX
Papier aus verantwortungsvollen Quellen
FSC® C014496

Verlagsgruppe Random House FSC® N001967

Vollständige deutsche Erstausgabe 09/2016

Redaktion: Catherine Beck
Umschlaggestaltung: © Eisele Grafik Design, München,
unter Verwendung von Motiven
von © Eky Studio/Kittiphat
Satz: Leingärtner, Nabburg
Druck und Bindung: GGP Media GmbH, Pößneck
Printed in Germany
ISBN: 978-3-453-43855-2

www.heyne.de

Für Miss Roberts – meine Lieblingslehrerin. Bienen?

KAPITEL 1

»Der Teufel steckt im Detail«, sagt Jerry. Damals war er der Teufel, an die Details jedoch kann er sich kaum noch erinnern. Lediglich an das Gesicht der Frau und daran, wie sie den Mund öffnete und nichts weiter hervorbrachte als ein *Oh*. Niemand weiß, was er sagen wird, wenn seine Zeit gekommen ist. Oscar Wilde machte auf seinem Totenbett eine Bemerkung zu den scheußlichen Tapeten im Zimmer – einer von ihnen müsse gehen, er oder sie. Allerdings hatte Jerry irgendwo gelesen, dass man nicht weiß, ob Wilde das tatsächlich gesagt hat. Bestimmt hätte er keinen so lakonischen Kommentar abgegeben, wenn Jerry sich in sein Haus geschlichen und ihn mit einem Messer an die Wand genagelt hätte. Vielleicht hätte er dann gesagt, *das tut ja viel mehr weh als gedacht,* aber nichts, woran man sich heute noch erinnern würde.

Jerry schweift schon wieder ab. Er hasst das, o Mann, und wie er das hasst.

Die Polizistin, die ihn anstarrt, macht ein Gesicht, wie man es eher bei einer verletzten Katze vermuten würde. Sie ist Mitte zwanzig, und beim Anblick ihrer Gesichtszüge wäre er am liebsten wieder der Teufel. Sie hat schöne lange Beine, blondes schulterlanges Haar, eine sportliche Figur und eine gesunde Hautfarbe. Er kann den Blick nicht von ihren blauen Augen abwenden. Sie trägt einen engen schwarzen Rock und ein körperbetontes dunkelblaues Oberteil, dass er ihr am liebsten vom Leib reißen würde. Sie reibt ihren Daumen unablässig gegen den Ballen ihres Ringfingers, der wie bei einem Gitarristen mit Hornhaut überzogen ist. An der Wand lehnt ein uniformierter Polizist mit einem Oberlippenbart wie aus einer Cop-Serie der 80er-Jahre; die kräftigen Unterarme hat er verschränkt, und um die Taille trägt er einen Gürtel voller Utensilien, die dazu dienen, renitente Bürger in Schach zu halten. Er wirkt gelangweilt.

Jerry redet weiter. »Die Frau war etwa dreißig Jahre alt und hieß Susan. Allerdings hat sie ihren Namen mit einem Z geschrieben. Heutzutage benutzen die Leute alle möglichen merkwürdigen Schreibweisen. Das liegt an den Handys«, sagt er und wartet darauf, dass die Frau nickt, doch das tut sie nicht, ebenso wenig wie der Cop, der mit seinem Körper die Wand abstützt. Jerry merkt, dass seine Gedanken schon wieder abschweifen.

Er holt tief Luft, hält die Armlehnen des Stuhls noch fester umklammert und rutscht darauf herum, um es sich bequemer zu machen. Dann schließt er die Augen und konzentriert sich, richtet seine Gedanken wieder auf Suzan mit Z, auf Suzan mit ihrem zu einem Pferdeschwanz zusammengebundenen schwarzen Haar, auf die braun gebrannte Suzan mit ihrem attraktiven Lächeln, deren Tür um drei Uhr morgens nicht abgeschlossen war. In so einer Gegend hat Jerry damals gewohnt, aber während der letzten dreißig Jahre hat sich eine Menge verändert. Verdammt, er hat sich ebenfalls verändert. Bevor die Simserei und das Internet die Sprache verhunzt haben, waren die Menschen weniger misstrauisch. Oder einfach bequemer.

Er weiß es nicht. Allerdings weiß er noch, dass es ihn überrascht hat, wie leicht es war, in ihr Haus zu gelangen. Er war neunzehn Jahre alt, und Suzan war die Frau seiner Träume.

»Ich weiß noch, wie ich mich dabei gefühlt habe«, sagt Jerry. »Niemand vergisst, wie es war, als er das erste Mal einen Menschen getötet hat. Bevor ich es getan habe, stand ich mit ausgebreiteten Armen im Garten, als könnte ich den Mond umarmen. Das war ein paar Tage vor Weihnachten. Es war der längste Tag des Jahres. Ich kann mich noch an den wolkenlosen Himmel erinnern und daran, dass ich beim Anblick der unendlich weit entfernten Sterne in dieser Nacht das Gefühl hatte, als wäre die Zeit stehen geblieben.« Er schließt die Augen und versetzt sich in jenen Moment zurück. Er kann die Luft förmlich riechen. »Ich weiß noch, wie ich in dieser Nacht dachte, dass Menschen geboren werden und sterben«, sagt er, die Augen immer noch geschlossen, »und dass den Sternen das egal ist, ja, dass die Sterne auch nicht ewig existieren, dass das Leben vergänglich ist. Ich kam mir vor wie ein verdammter Philosoph. Und ich weiß noch, dass ich dringend pinkeln musste und mich hinter der Garage erleichtert habe.«

Er öffnet die Augen. Sein Mund tut ein wenig weh, weil er so viel geredet hat, außerdem juckt sein Arm die ganze Zeit. Vor ihm steht ein Glas Wasser. Er nippt daran und schaut zu dem Mann an der Wand, der ihn so teilnahmslos anstarrt, als würde er sich lieber im Dienst erschießen lassen, als sich die Geschichten eines anderen Mannes anzuhören. Jerry war stets klar, dass dieser Tag kommen würde, der Tag seines Geständnisses. Er hofft nur, dass man ihm seine Taten vergeben wird. Denn darum ist er hier. Vergebung bedeutet Heilung.

»Weißt du, wer ich bin?«, fragt die Frau, und plötzlich denkt er, dass sie ihm gleich erzählen wird, sie sei gar kein Cop, sondern die Tochter eines seiner Opfer. Oder die Schwester. In Gedanken zieht er sie aus und stellt sich vor, dass sie allein zu Hause ist oder allein in einem Parkhaus oder nachts auf einer verlassenen Straße. »Jerry?«

Er könnte sie mit ihren eigenen Haaren erwürgen, könnte ihre langen Beine in sämtliche Richtungen verbiegen.

»Jerry, weißt du, wer ich bin?«

»Natürlich weiß ich das«, sagt er, während er sie anstarrt. »Würden Sie mich jetzt freundlicherweise zu Ende erzählen lassen? Darum sind Sie doch hier, oder? Wegen der Details?«

»Ich bin hier, weil –«

Er hebt eine Hand. »Es reicht«, sagt er mit energischer Stimme, worauf sie einen Seufzer ausstößt und sich auf den Stuhl zurückfallen lässt, als hätte sie diese zwei Wörter bereits hundertmal gehört. »Lassen Sie dem Monster eine Wahl«, sagt er. Er hat ihren Namen vergessen. Detective … irgendwas, denkt er und entscheidet sich dann für Detective Scenario. »Wer weiß schon, woran ich mich morgen noch erinnere?«, fragt er und tippt sich gegen die Schläfe. Es hätte ihn nicht gewundert, wenn es nach Holz geklungen hätte, wie der Tisch seiner Eltern mit seinen dicken Holzrändern, der in der Mitte hohl war. Immer wenn er auf die Platte klopfte, klang es anders als erwartet. Er fragt sich, wo der Tisch jetzt wohl ist und ob sein Vater ihn verscherbelt hat, um sich für das Geld ein paar Bierchen zu kaufen.

»Bitte, Sie müssen sich beruhigen«, sagt Detective Scenario, aber sie irrt sich.

Er muss sich nicht beruhigen. Wenn überhaupt, dann muss er brüllen, um sich verständlich zu machen.

»Ich bin ruhig«, sagt er zu ihr, während er sich erneut gegen die Schläfe tippt und an den Tisch seiner Eltern denken muss. »Was ist los mit Ihnen?«, fragt er. »Sind Sie dumm? Nach diesem Fall wird man Sie befördern, und Sie hocken da rum wie eine nichtsnutzige Hure.«

Ihr Gesicht läuft rot an, und in ihren Augen sammeln sich Tränen, ohne dass sie herunterlaufen. Er nimmt erneut einen Schluck Wasser. Es ist kalt und hilft gegen die Schmerzen im Hals. Im Raum ist es still. Der Officer an der Wand wechselt die Position, indem er die Arme andersherum verschränkt. Jerry denkt über das nach, was er gerade gesagt hat, und begreift, was er verkehrt gemacht hat. »Hören Sie, was ich gesagt habe, tut mir leid. Manchmal sage ich Sachen, die ich nicht sagen sollte.«

Sie wischt sich mit den Handflächen die Tränen aus den Augen, bevor sie herunterlaufen.

»Kann ich jetzt fortfahren?«, fragt er.

»Wenn dich das glücklich macht«, sagt sie.

Glücklich? Nein. Er tut das hier nicht, um glücklich zu sein. Er tut es, damit es ihm besser geht. Er erinnert sich an jene Nacht vor dreißig Jahren. »Ich dachte, ich müsste das Schloss knacken. Ich hatte das zu Hause geübt. Damals habe ich noch bei meinen Eltern gewohnt, und wenn sie unterwegs waren, habe ich an der Hintertür geübt, wie man ein Schloss knackt. Ein Freund von der Uni hatte mir gezeigt, wie das geht. Er meinte, wenn man weiß, wie man ein Schloss aufbricht, würde man den Schlüssel zur ganzen Welt in den Händen halten. Ich musste dabei an Suzan denken. Es dauerte zwei Monate, bis ich den Bogen schließlich raus hatte, und ich war nervös, weil mir klar war, dass mir das Schloss an ihrem Haus eine Menge

Ärger bereiten könnte. Aber ich hatte mir völlig umsonst Sorgen gemacht, denn ihre Haustür war gar nicht abgeschlossen. So war das damals eben, obwohl es genauso viel Gewalt gab wie heute.«

Er nimmt einen Schluck Wasser. Niemand sagt etwas, und er redet weiter.

»Ich habe keinen Moment gezögert. Die Tatsache, dass die Tür nicht abgeschlossen war, habe ich als Zeichen genommen. Ich hatte eine kleine Taschenlampe dabei, um nirgendwo anzustoßen. Suzans Freund, der mit ihr zusammenwohnte, war zwei Monate vorher ausgezogen. Sie haben sich ständig gestritten, man konnte sie sogar in meinem Haus schräg gegenüber hören. Darum war ich mir ziemlich sicher, dass man ihrem Freund die Schuld geben würde für das, was Suzan mit Z passieren würde. Ich musste die ganze Zeit an sie denken. Ich stellte mir vor, wie sie wohl nackt aussehen würde. Ich musste es einfach wissen, verstehen Sie? Ich musste wissen, wie sich ihre Haut anfühlt, wie ihr Haar riecht, wie ihre Lippen schmecken. Es juckte mich einfach, es zu tun. So lässt es sich vielleicht am besten beschreiben. Und dieses Verlangen machte mich wahnsinnig.« Er kratzt sich den juckenden Arm, der ihn ebenfalls wahnsinnig macht. Ein Insektenbiss, vielleicht von einer Mücke oder einer Spinne. »Und in dieser Nacht am längsten Tag des Jahres bin ich um drei Uhr morgens mit einem Messer in ihr Haus geschlichen, um mein Verlangen zu befriedigen.«

Und genau das hatte er getan. Er lief ihren Flur hinunter zu ihrem Schlafzimmer, und dann stand er im Türrahmen, wie er eben draußen im Garten gestanden hatte. Doch statt die Sterne zu umarmen, umarmte er diesmal die Dunkelheit und hat sie seitdem nicht wieder losgelassen.

»Sie ist nicht aufgewacht. Jedenfalls nicht sofort. Meine Augen haben sich langsam an die Dunkelheit gewöhnt. Eine Ecke im Zimmer wurde von einem Wecker erleuchtet, ein anderer Teil von der Straßenlampe hinter den dünnen Vorhängen. Ich trat an ihr Bett, ging daneben in die Hocke und wartete. Ich dachte immer, dass jemand, wenn man das tut, irgendwann aufwacht, und genau das passierte auch. Es dauerte dreißig Sekunden. Und dann habe ich ihr das Messer an die Kehle gehalten.«

Detective Scenario zuckt leicht zusammen und ist offensichtlich kurz davor, erneut in Tränen auszubrechen. Der Officer sieht immer noch aus, als wäre er jetzt lieber woanders.

»Ich konnte ihren Atem auf meiner Hand spüren. Ihre Augen … sie hatte die Augen vor Entsetzen weit aufgerissen, und dabei fühlte ich mich …«

»Ich weiß alles über Suzan mit Z«, sagt Detective Scenario.

Jerry kann sich nicht helfen, aber ihm ist die Situation peinlich. Er hat ihr das alles schon mal erzählt, kann sich aber nicht mehr daran erinnern – das ist eine dieser furchtbaren Begleiterscheinungen. Es sind die Details, diese verdammten Details, an die er sich kaum erinnern kann.

»Ist schon okay, Jerry«, sagt sie.

»Was soll das heißen, ist schon okay? Ich habe diese Frau getötet, und jetzt bestraft man mich für das, was ich ihr angetan habe, und all den anderen Frauen. Sie war die erste von vielen. Das Monster muss ein Geständnis ablegen, muss Erlösung finden, denn dann hört das Universum auf, es zu bestrafen, und es geht ihm besser.«

Die Beamtin hebt eine Handtasche vom Boden auf und stellt

sie auf ihren Schoß. Dann holt sie ein Buch heraus und reicht es ihm. »Erkennst du es wieder?«

»Sollte ich?«

»Wirf einen Blick auf den Einband.«

Das Buch heißt *Tödliche Weihnacht*. Er dreht es um. Die erste Zeile lautet: »Suzan mit Z würde ihr Leben ändern.«

»Was zum Henker ist das?«

»Du weißt nicht, wer ich bin, oder?«, fragt sie.

»Ich …«, sagt er, redet jedoch nicht weiter. Irgendetwas dringt langsam in sein Bewusstsein. Er beobachtet, wie die Frau mit dem Daumen über die Hornhaut an ihrem Finger reibt, und diese Geste kommt ihm bekannt vor. Irgendjemand, den er kennt, hat das auch immer getan. »Sollte ich?«, fragt er, und die Antwort lautet, ja, das sollte er.

»Ich bin Eva. Deine Tochter.«

»Ich habe keine Tochter. Sie sind ein Cop, und Sie versuchen, mich aufs Glatteis zu führen«, sagt er und gibt sich größte Mühe, nicht wütend zu klingen.

»Ich bin kein Cop, Jerry.«

»Nein! Nein, wenn ich eine Tochter hätte, wüsste ich das!«, sagt er und schlägt mit der Hand auf den Tisch.

Der Officer, der an der Wand lehnt, tritt ein paar Schritte vor, bis Eva ihm einen Blick zuwirft und ihn bittet, noch zu warten.

»Jerry, bitte, schau dir das Buch an.«

Doch er tut es nicht. Er macht nichts weiter, als sie anzustarren, dann schließt er die Augen und fragt sich, wie es so weit kommen konnte. Vor achtzehn Monaten war noch alles in bester Ordnung, oder? Was ist echt und was nicht?

»Jerry?«

»Eva?«

»Genau, Jerry. Ich bin Eva.«

Er öffnet die Augen und betrachtet das Buch. Er hat diesen Umschlag schon mal gesehen, aber falls er das Buch gelesen haben sollte, kann er sich nicht mehr daran erinnern. Er wirft einen Blick auf den Namen des Autors. Er kommt ihm bekannt vor. Er ... es fällt ihm nicht ein, woher er ihn kennt.

»Henry Cutter«, liest er den Namen vor.

»Das ist ein Pseudonym«, sagt seine Tochter, seine wunderschöne Tochter, seine reizende Tochter, die ein Monster zum Vater hat, einen widerlichen alten Mann, der sich eben vorgestellt hat, wie es sich anfühlen würde, wenn sie unter ihm liegt. Ihm ist übel.

»Ich weiß nicht ... bist ... bist du das? Hast du das geschrieben?«, fragt er. »Hast du das geschrieben, nachdem ich dir erzählt habe, was passiert ist?«

Sie ist besorgt. Geduldig, aber besorgt. »Das bist du«, erklärt sie ihm. »Das ist dein Pseudonym.«

»Ich verstehe nicht.«

»Du hast dieses Buch geschrieben und ein Dutzend weitere wie dieses hier. Du hast mit dem Schreiben angefangen, als du noch ein Teenager warst, und du hast immer den Namen Henry Cutter verwendet.«

Er ist verwirrt. »Was soll das heißen, ich habe das geschrieben? Warum sollte ich vor aller Öffentlichkeit meine Taten gestehen?« Dann fällt ihm etwas ein, das er vergessen hatte. »War ich im Gefängnis? Habe ich das Buch nach meiner Entlassung geschrieben? Aber ... wie soll ... das kommt zeitlich nicht hin ... ich kapier's nicht. Bist du wirklich meine Tochter?«, fragt er und denkt an seine Tochter, an seine Eva. Aber dann fällt ihm, dass Eva erst zehn Jahre alt ist, nicht in den Zwanzigern, und dass seine Tochter Dad zu ihm sagen würde und nicht Jerry.

»Du bist Krimiautor«, sagt sie.

Er glaubt ihr nicht – warum sollte er? Sie ist eine Fremde. Trotzdem … die Bezeichnung Krimiautor ist vertraut, so als würde man einen bequemen Handschuh überstreifen, und er weiß, dass sie die Wahrheit sagt. Natürlich ist es die Wahrheit. Er hat dreizehn Bücher geschrieben. Eine Unglückszahl – zumindest wenn man an so was glaubt. Und er hat sehr viel Pech gehabt, oder? Er schreibt noch ein anderes Buch. Ein Tagebuch. Nein, kein Tagebuch, ein Protokoll. Sein Protokoll des Wahnsinns. Er lässt den Blick durchs Zimmer wandern, doch er hat es nicht dabei. Vielleicht hat er es verloren. Er blättert die Seiten des Buchs durch, das Eva ihm gegeben hat, ohne auf die Wörter zu schauen. »Das war eines meiner ersten Bücher.«

»Dein erstes«, sagt sie.

»Du warst erst zwölf, als es rauskam«, sagt er. Aber Moment mal, wie kann das sein, wenn Eva erst zehn Jahre alt ist?

»Ich bin noch zur Schule gegangen«, sagt sie.

Er betrachtet ihre Hand und bemerkt ihren Ehering, dann schaut er auf seine eigene Hand. Er trägt ebenfalls einen. Er würde gern nach seiner Frau fragen, aber er will sich nicht noch mehr zum Idioten machen. Eine der Sachen, die ihm die Alzheimerkrankheit genommen hat, ist seine Würde. »Vergesse ich ständig, wer du bist?«

»Du hast gute und schlechte Tage«, gibt sie zur Antwort.

Er schaut sich im Zimmer um. »Wo sind wir? Bin ich hier wegen dem, was ich Suzan angetan habe?«

»Es gibt keine Suzan«, sagt der Officer. »Wir haben Sie in der Stadt aufgelesen. Sie waren orientierungslos und verwirrt. Darum haben wir Ihre Tochter angerufen.«

»Es gibt keine Suzan?«

»Nein«, sagt Eva, greift erneut in ihre Handtasche und zieht ein Foto hervor. »Das hier sind wir beide«, sagt sie. »Es wurde vor gut einem Jahr aufgenommen.«

Er betrachtet das Bild. Die Frau auf dem Bild ist dieselbe, die gerade mit ihm redet. Auf dem Foto sitzt sie mit einer Gitarre auf einem Sofa und lächelt über das ganze Gesicht, und der Mann, der auf dem Foto neben ihr sitzt, ist Jerry – der Jerry von vor einem Jahr, der sich lediglich den einen oder anderen Namen nicht merken konnte, oder wo er seine Schlüssel hingelegt hatte, damals, als er an seinem Buch schrieb und ein ganz normales Leben führte. Aber das letzte Jahr wurde ihm genommen, und mit ihm seine Persönlichkeit. Seine Gedanken und Erinnerungen sind deformiert und verworren. Er dreht das Foto um. Auf der Rückseite steht *Stolzester Vater der Welt*.

»Es wurde an dem Tag aufgenommen, als ich dir erzählt habe, dass ich meinen ersten Song verkauft habe«, sagt sie.

»Ich kann mich daran erinnern«, sagt er, aber das stimmt nicht.

»Gut«, sagt sie und lächelt. Es ist ein sehr trauriges Lächeln, und es bricht ihm das Herz, dass seine Tochter ihn in diesem Zustand sehen muss.

»Ich möchte jetzt wirklich gern nach Hause«, sagt er.

Sie schaut den Officer an. »Ist das okay?«, fragt sie, und der Officer ist einverstanden.

»Sie müssen mit den Leuten im Pflegeheim reden«, sagt

der Officer, »und ihnen sagen, dass so etwas nicht noch mal passieren darf.«

»Pflegeheim?«, fragt Jerry.

Eva schaut ihn an. »Dort wohnst du jetzt.«

»Ich dachte, wir fahren nach Hause?«

»Das ist dein Zuhause«, sagt sie.

Er fängt an zu weinen, denn jetzt fällt ihm alles wieder ein – sein Zimmer, die Schwestern, der Park, die Stunden in der Sonne, allein mit dem Gefühl des Verlusts. Er merkt erst, dass er weint, als die Tränen auf die Tischplatte tropfen. Es sind so viele, dass der Officer den Blick abwendet und seine Tochter zu ihm kommt und ihn in den Arm nimmt.

»Alles wird gut, Jerry. Versprochen.«

Aber er denkt immer noch an Suzan mit Z und daran, wie es sich anfühlte, als er sie umbrachte, bevor er dann darüber schrieb. Damals, als er die Dunkelheit umarmte.

Tag Eins

Hier kommen ein paar grundlegende Tatsachen. Heute ist Freitag, und du bist bei klarem Verstand. Allerdings stehst du noch ein wenig unter Schock. Dein Name ist Jerry Grey, und du hast Angst. Du sitzt in deinem Arbeitszimmer und schreibst diese Zeilen, während deine Frau Sandra gerade mit ihrer Schwester telefoniert. Bestimmt ist sie in Tränen aufgelöst, weil sie sich Gedanken um deine Zukunft macht. Tja, Kumpel, niemand hat das kommen sehen. Sandra wird sich um dich kümmern – das hat sie versprochen, aber es ist das Versprechen einer Frau, die erst seit acht Stunden weiß, dass der Mann, der du bist, langsam verschwinden und sich in einen Fremden verwandeln wird. Das ist ihr noch nicht bewusst, und wahrscheinlich erzählt sie Katie gerade, dass sehr harte Zeiten auf euch zukommen, sie dir aber auf jeden Fall beistehen wird, denn sie liebt dich – aber du willst nicht, dass sie das tut. Zumindest denkst du das jetzt. Deine Frau ist achtundvierzig, und im Gegensatz zu dir hat sie noch eine Zukunft. Wenn die Krankheit in den nächsten Monaten nicht dazu führt, dass sie sich von dir zurückzieht, dann musst du vielleicht selbst dafür sorgen. Du musst dir sagen, dass es hier nicht um mich, dich oder uns geht, sondern um die Familie. Um deine Familie. Wir müssen das tun, was für sie am besten ist. Allerdings ist dir klar, dass das eine erste spontane Reaktion ist und dass du morgen vielleicht, wahrscheinlich sogar, anders darüber denken wirst.

Momentan hast du eigentlich alles unter Kontrolle. Sicher, gestern hast du vergessen, wo dein Handy ist, und letzte Woche, wo dein Wagen steht, und neulich hast du Sandras Namen vergessen. Zugegeben, die Diagnose bedeutet, dass deine besten Jahre hinter dir liegen und nicht mehr allzu viele gute auf dich warten, aber momentan weißt du genau, wer du bist. Du weißt, dass du eine wunderbare Frau hast, die Sandra heißt, und eine fantastische Tochter mit dem Namen Eva.

Dieses Protokoll schreibe ich für dich, für den Jerry in der Zukunft, den zukünftigen Jerry. Während du das hier schreibst, hast du die Hoffnung, dass man die Krankheit bald heilen kann. So schnell, wie die medizinische Entwicklung voranschreitet … na ja, irgendwann wird es eine Tablette dafür geben, nicht wahr? Eine Tablette, die die Alzheimer heilt. Eine Tablette, die einem die Erinnerungen zurückgibt, und dieses

Protokoll soll dir auf die Sprünge helfen, falls sie ein wenig undeutlich geworden sind. Sollte jedoch kein Medikament entwickelt werden, kannst du auf diesen Seiten nachlesen, wer du vor dieser Frühform von Demenz warst. Wer du warst, bevor Alzheimer zugeschlagen und dir alles Schöne im Leben genommen hat.

Auf diesen Seiten erfährst du etwas über deine Familie, darüber, wie sehr du sie liebst, wie dein Herz zu rasen anfängt, wenn Sandra dich aus der anderen Ecke des Zimmers anlächelt, wie Eva über einen deiner kleinen Witze lacht und *Dad!* sagt, bevor sie verlegen den Kopf schüttelt. Du musst wissen, Zukünftiger Jerry, dass du liebst und geliebt wirst.

Dies ist Tag eins deiner Aufzeichnungen. Nicht der Tag, an dem erste Veränderungen auftraten – das war vor ein oder zwei Jahren –, sondern Tag eins nach der Diagnose. Du heißt Jerry Grey, und vor acht Stunden hast du in Dr. Goodstorys Praxis gesessen und die Hand deiner Frau gehalten, während er dir die Diagnose mitteilte. Das hat dir – und seien wir ehrlich, denn wir sind hier unter Freunden – eine Höllenangst eingejagt. Du wolltest Dr. Goodstory auffordern, den Beruf oder seinen Nachnamen zu wechseln, denn beide stehen im krassen Gegensatz zueinander. Auf dem Heimweg hast du Sandra erzählt, dass dich die Diagnose an ein Zitat aus *Fahrenheit 451* von Ray Bradbury erinnert, und als ihr wieder zu Hause wart, hast du es nachgeschlagen, um es ihr vorzulesen. »Jemand hat vielleicht sein ganzes Leben damit zugebracht, seine Gedanken und Beobachtungen zu Papier zu bringen, und dann komme ich und mache in zwei Minuten alles zunichte!« Das Zitat stammt zwar aus dem Gespräch eines Feuerwehrmanns mit seiner Frau, der Bücher verbrennt, aber es bringt deine eigene

Zukunft genau auf den Punkt. Du hast dein Leben damit zugebracht, deine Gedanken zu Papier zu bringen, Zukünftiger Jerry, und in deinem Fall gehen nicht die Seiten in Flammen auf, sondern der Verstand, der sie hervorgebracht hat. Es ist schon komisch, dass du dich an diesen Gedanken aus einem Buch erinnerst, das du vor mehr als zehn Jahren gelesen hast, aber deine Autoschlüssel nicht finden kannst.

Diese Aufzeichnungen sind seit Jahren das Erste, was du mit der Hand schreibst, abgesehen von deinen Einkaufslisten. Seit du die Worte *Kapitel eins* deines ersten Buchs geschrieben hast, hast du immer das Textprogramm deines Computers benutzt, aber das hier auf einem Computer zu schreiben … also, einerseits ist das zu unpersönlich, andererseits ist es ziemlich praktisch. Ein Buch mit deinen Aufzeichnungen ist authentischer und lässt sich leichter transportieren als ein Laptop. Das Buch hat Eva dir zu Weihnachten geschenkt, als sie elf Jahre alt war. Sie hat ein großes Smiley auf den Umschlag gemalt und zwei Glupschaugen daraufgeklebt. Über das Gesicht hat sie eine Gedankenblase gemalt, in der *Dad's beste Ideen* steht. Du hast es nicht benutzt, denn in der Regel notierst du dir deine Ideen auf Post-its und klebst sie seitlich an den Computerbildschirm. Aber das Notizbuch (das du jetzt für deine Aufzeichnungen benutzt) lag die ganze Zeit in der obersten Schublade deines Schreibtischs, und hin und wieder hast du es herausgenommen und deinen Daumen über den Umschlag gleiten lassen, während du dich daran erinnert hast, wie sie es dir geschenkt hat. Hoffentlich ist deine Handschrift leserlicher als in jenen Momenten, wenn du nachts eine Idee aufschreibst, nur um festzustellen, dass du am nächsten Morgen deine eigenen Worte nicht mehr entziffern kannst.

Es gibt so viel, das ich dir gern erzählen würde, aber zunächst möchte ich ganz offen die Wahrheit sagen: Dein Weg führt geradewegs ins Land der Bekloppten. »Wir sind alle völlig bekloppt im Land der Bekloppten« – das ist ein Satz aus deinem letzten Buch. Du bist Krimiautor – ich kann es dir genauso gut auch jetzt sagen. Du schreibst unter einem Pseudonym, unter dem Namen Henry Cutter, und im Laufe der Jahre haben dir deine Fans und die Medien den Spitznamen The Cutting Man verpasst, nicht nur wegen deines Pseudonyms, sondern weil viele deiner Bösewichte ein Messer benutzen. Du hast zwölf Bücher geschrieben, und dein dreizehntes, *Der Feuerteufel legt eine Lunte,* liegt gerade bei deiner Lektorin. Sie quält sich damit herum. Bei Buch Nummer zwölf war es dasselbe – und das hätte dir eine Warnung sein müssen, nicht wahr? Du solltest am besten ein T-Shirt bedrucken lassen mit dem Spruch: *Menschen mit Demenz sind keine tollen Autoren.* Wenn man den Verstand verliert, hat man Probleme, eine Handlung zu konstruieren. Einige Passagen in dem Buch ergaben keinen Sinn, andere noch weniger. Das war dir peinlich, und du hast dich mehrmals entschuldigt und es dem Stress zugeschrieben. Schließlich warst du in dem Jahr lange auf Lesereisen, da war es nur verständlich, dass dir ein paar Fehler unterlaufen sind. Aber *Der Feuerteufel legt eine Lunte* ist ein heilloses Durcheinander. Morgen oder übermorgen wirst du deine Lektorin anrufen und ihr von deiner Alzheimererkrankung erzählen. Irgendwann schreibt jeder Autor sein letztes Buch – du dachtest nur nicht, dass es jetzt schon so weit wäre, und auch nicht, dass es dieses Protokoll sein würde.

In deinem letzten Buch, in diesem Protokoll, wird es um deinen Abstieg in den Wahnsinn gehen. Halt – um deine *Reise* in den Wahnsinn, das trifft es besser. Du darfst da nichts durcheinanderbringen. Sicher, du wirst zwar den Namen deiner Frau vergessen, aber du darfst nicht vergessen, dass es sich um eine Reise handelt und nicht um einen Abstieg. Okay, das war ein Scherz. Ein wütender Scherz, denn, machen wir uns nichts vor, Zukünftiger Jerry, du bist extrem wütend. Es ist eine Reise in den Wahnsinn, und du bist rasend vor Wut. Gibt es einen Grund, nicht wütend zu sein? Du bist erst neunundvierzig Jahre alt, mein Freund, und blickst in einen Abgrund des Wahnsinns. *Protokoll des Wahnsinns* ist ein perfekter Name …

Nein, darum geht es hier nicht. Es geht nicht darum, ein Mahnmal der Wut zu verfassen. Dies hier ist ein Protokoll, damit du weißt, wie dein Leben war, bevor die Krankheit ihre Klauen in dich hineingebohrt und deine Erinnerung in Fetzen gerissen hat. In diesen Aufzeichnungen geht es um dein Leben, darum, wie viel Glück du hattest. Du, Zukünftiger Jerry, musst genau das sein, wovon du immer geträumt hast – ein Autor. Du hast ein wunderbares Leben und eine Frau, die dir vertraut und dir gibt, was immer du brauchst, sei es Trost, Mitgefühl, Erregung oder Lust, eine Frau, neben der du jeden Morgen aufwachst und am Abend wieder einschläfst, eine Frau, die stets beide Seiten einer Sache sieht und dir jeden Tag etwas über das Leben beibringt. Du hast eine lebenskluge Tochter, die viel reist, ein Mädchen, das die Menschen glücklich machen will und es mit der ganzen Welt aufnimmt. Du hast ein hübsches Haus in einer hübschen Straße, du hast eine Menge Bücher verkauft und einer Menge Menschen Freude bereitet. Allerdings hast du immer gedacht, Zukünftiger Jerry, dass sich das irgendwann ausgleicht, dass das Universum die Dinge gegeneinander aufrechnet. Wie sich herausstellt, hattest du recht. Dieses Protokoll ist vor allem ein Handbuch zu der Person, die du mal warst. Es wird dir helfen, dir die Erlebnisse zu vergegenwärtigen, an die du dich nicht mehr erinnern kannst, und sollte es ein Heilmittel geben, werden dir diese Aufzeichnungen dabei helfen, das zurückzuerlangen, was du verloren hast.

Zunächst einmal erkläre ich wohl am besten, was passiert ist. Glücklicherweise wirst du dich morgen noch an alles erinnern können und du selbst sein, und auch den nächsten und übernächsten Tag, aber irgendwann wird es keinen nächsten Tag mehr geben, so wie es für einen Autor kein nächstes Buch mehr gibt. Wir alle haben einen letzten Gedanken, eine letzte Hoffnung, tun irgendwann unseren letzten Atemzug. Darum ist es wichtig, Jerry, all das für dich aufzuschreiben.

Du hast dieses Jahr ein schlechtes Buch geschrieben, und, Achtung, Spoiler-Alarm, der Roman vom letzten Jahr wurde nicht besonders gut besprochen. Aber hey – du liest immer noch die Kritiken. Ist das ebenfalls eine Begleiterscheinung der Demenz? Du hast dir vor einigen Jahren vorgenommen, sie nicht mehr zu lesen, und trotzdem tust du es. Normalerweise liest du sie nicht, denn hin und wieder beschimpft dich im Netz irgendein Blogger als Schmierfink, nach dem Motto: *Dies ist bislang Henry Cutters enttäuschendster Roman.* So ist die Welt nun mal, mein Freund, das gehört zu deinem Job. Aber vielleicht musst du dir in deinem jetzigen Zustand deswegen keine Sorgen mehr machen. Es ist schwierig zu sagen, wann das alles anfing. Letztes Jahr hast du Sandras Geburtstag vergessen. Das war schlimm. Allerdings war das nicht alles. Wie auch immer, im Moment … im Moment bist du erschöpft, ein wenig durcheinander und … tja, während du das hier schreibst, trinkst du einen Gin Tonic. Es ist dein erster heute Abend. Okay, das war ebenfalls ein Scherz, es ist dein zweiter, und alles um dich herum wird langsam unscharf. Du würdest jetzt gern schlafen.

Wenn man gute Nachrichten für dich hat, Zukünftiger Jerry, fragst du immer, ob es auch schlechte gibt. Die guten hörst du gern, die schlechten nicht. Mensch, wer hätte das gedacht – dank des dritten Gin Tonics spielst du jetzt den Schlaumeier. Die schlechte Nachricht ist, dass du langsam stirbst. Nicht im herkömmlichen Sinn – es liegen vielleicht noch einige Jahre vor dir –, aber du wirst nur noch ein Schatten deiner selbst sein. Der Jerry, der ich jetzt bin und der du bist, während du das hier schreibst, wird verschwinden. Es tut mir leid, das sagen zu müssen. Die gute Nachricht: Abgesehen von einigen seltenen Momenten wirst du dich bald nicht mehr daran erinnern. Vor deinem geistigen Auge siehst du bereits, wie Sandra neben dir sitzt und du sie nicht mehr erkennst, und vielleicht hast du dich gerade eingenässt und sagst, dass sie dich verdammt noch mal in Ruhe lassen solle. Aber es wird auch jene anderen Momente geben – jene Stückchen blauen Himmels an einem trüben Tag, wenn du weißt, was mit dir los ist, und es wird dir das Herz brechen.

Es wird dir dein verdammtes Herz brechen.

KAPITEL 2

Der Officer führt Jerry und Eva durch den vierten Stock des Polizeireviers. Die meisten Leute unterbrechen ihre Tätigkeit und schauen herüber. Jerry fragt sich, ob er eine der Personen kennt. Er meint sich zu erinnern, dass er jemanden von hier für seine Bücher um Rat gefragt hat – einen Cop vielleicht, der ihm erklärt hat, wie bestimme Dinge funktionieren, wie es sich mit der Flugbahn einer Kugel verhält, was ein Cop in einer bestimmten Situation tun würde, jemand, mit dem er ein paar offene Fragen besprechen konnte. Sollte derjenige hier sein, erkennt Jerry ihn nicht. Dann fällt ihm ein, dass er sich nicht von einem Polizeibeamten hat beraten lassen, sondern von einem Freund namens Hans. Er kann sich auch noch an das Foto erinnern, das Eva ihm eben gegeben hat, und daran, wann es aufgenommen wurde. Nach und nach kehrt seine Erinnerung zurück, wenn auch nur bruchstückhaft.

Eva muss irgendein Formular unterschreiben, dann spricht sie erneut mit dem Officer, während Jerry auf eine der Wände starrt, an der eine Liste für das Rugbyteam der Polizei mit sechs Namen hängt; der letzte lautet Uncle Bad Touch. Der Officer kommt mit Eva herüber und wünscht Jerry einen schönen Tag, und er wünscht ihm ebenfalls einen schönen Tag – er wünscht sich eine Menge schöner Tage. Dann fahren sie mit dem Aufzug nach unten und treten ins Freie.

Er hat keine Ahnung, welcher Wochentag heute ist, ganz zu schweigen vom Datum. Am Ufer des Avon River, der mitten durch die Stadt fließt und in einigen seiner Bücher vorkommt, blühen Osterglocken – eigentlich sind sie schön, aber in seinen Büchern dienen sie meistens als Mordwaffe, oder eine der Figuren wird von einer anderen hineingeworfen. Die Menschen auf den Straßen wirken glücklich, wie jedes Mal, wenn sich der Winter verabschiedet. Wenn er sich recht erinnert, sind die Menschen in seinen Büchern immer unglücklich, egal, zu welcher Jahreszeit. In seiner Version von Christchurch wurde die Stadt vom Teufel heimgesucht – darin gibt es keine lächelnden

Menschen, keine schönen Blumen, keine Sonnenuntergänge, sondern nur die Hölle. Jerry trägt einen Pullover, was ein gutes Zeichen ist, denn es ist nicht besonders warm, und das bedeutet, dass er vorhin offensichtlich einen Anflug von gesundem Menschenverstand hatte und sich den Wetterverhältnissen entsprechend angezogen hat. Eva bleibt neben einem Wagen stehen, zehn Meter von einem Typen entfernt, der auf dem Gehweg sitzt und Klebstoff schnüffelt. Sie schließt den Wagen auf.

»Ist das Auto neu?«, fragt er, was dumm ist. Sobald er es ausgesprochen hat, ist ihm klar, dass er nur enttäuscht werden kann.

»So ähnlich«, sagte sie, und wahrscheinlich hat sie den Wagen schon seit einigen Jahren. Vielleicht hat Jerry ihn ihr sogar gekauft.

Sie steigen ein, und als Eva ihre Hand aufs Lenkrad legt, bemerkt er erneut ihren Ehering. Inzwischen ist der Klebstoffschnüffler an den Wagen getreten und klopft gegen das Seitenfenster. Er trägt ein T-Shirt mit dem Schriftzug *Uncle Bad Touch,* und Jerry fragt sich, ob er für die Cops Rugby spielen wird oder ob ihn der Komiker, der diesen Namen oben auf dem Revier in die Liste geschrieben hat, dort gelesen hat. Eva lässt den Wagen an, und sie fahren gerade los, als Uncle Bad Touch fragt, ob sie ein angebissenes Sandwich von ihm kaufen wollen. Sie schaffen es zwanzig Meter weit, bevor sie an einer roten Ampel halten müssen. Jerry stellt sich vor, dass der Tag in drei Abschnitte unterteilt ist; die Sonne steht jetzt im Westen und wird in ein paar Stunden untergehen, was bedeutet, dass sie sich dem Ende des zweiten Akts nähern. Er versucht, sich an Evas Ehemann zu erinnern und schafft es beinahe, als Eva das Wort an ihn richtet.

»Man hat dich in der Stadtbücherei aufgegriffen«, sagt sie. »Du bist reingegangen und dann dort auf dem Boden eingeschlafen. Als einer der Mitarbeiter dich geweckt hat, hast du angefangen zu schreien, und sie haben die Polizei verständigt.«

»Ich habe geschlafen?«

»Sieht ganz so aus«, sagt sie. »An was kannst du dich erinnern?«

»An die Bücherei, aber nur bruchstückhaft. Ich kann mich nicht mehr daran erinnern, wie ich dorthin gelaufen bin, aber ich kann mich noch an gestern Abend erinnern. Daran, wie ich ferngesehen habe. Und an die Polizeiwache. Irgendwie war ich … plötzlich wieder da, schätze ich, während unseres Gesprächs, in der Annahme, dass man mich verhört. Ich dachte, ich wäre dort, weil die Polizei herausgefunden hat, was ich damals getan habe …«

»Es gibt keine Suzan«, fällt ihm Eva ins Wort.

Die Ampel springt auf Grün. Jerry denkt über Suzan nach, die nur auf den Seiten eines Buchs existiert; er kann sich kaum daran erinnern, wie er es geschrieben hat. Er ist müde und starrt nach draußen auf die Gebäude, die ihm vertraut erscheinen, und bekommt eine Vorstellung davon, wo sie sich gerade befinden. Auf dem Gehweg diskutiert ein Mann mit einem Parkwächter und tippt ihm mit dem Zeigefinger gegen die Brust. Eine Frau, die einen Kinderwagen vor sich herschiebt und mit dem Handy telefoniert, joggt vorbei. Ein Mann mit einem breiten Grinsen im Gesicht hält einen Blumenstrauß in der Hand. Jerry sieht einen etwa fünfzehnjährigen Jungen, der einer alten Dame hilft, das Gemüse aus ihren aufgeplatzten Tüten einzusammeln.

»Müssen wir wieder zurück zum Pflegeheim? Ich will lieber nach Hause. In mein richtiges Zuhause.«

»Es gibt kein richtiges Zuhause«, sagte Eva. »Nicht mehr.«

»Ich möchte Sandra sehen«, sagt er. Der Name seiner Frau kommt ihm mühelos über die Lippen, und vielleicht ist das die Lösung, um die Krankheit auszutricksen – indem er einfach weiterredet, bis ihm alles wieder einfällt. Er wendet sich in Evas Richtung. »Bitte.«

Sie drosselt ein wenig das Tempo, um zu ihm herüberzuschauen. »Tut mir leid, Jerry, aber ich muss dich wieder zurückbringen. Es ist dir nicht gestattet, das Gebäude zu verlassen.«

»Gestattet? Das klingt, als müsste man mich wegsperren. Bitte, Eva, ich will nach Hause. Ich will Sandra sehen. Warum auch immer man mich in ein Heim gesteckt hat, ich verspreche, ich werde mich bessern. Ich verspreche es. Ich werde kein …«

»Das Haus wurde verkauft, Jerry. Vor neun Monaten«, sagt sie, während sie vor sich auf die Straße starrt. Ihre Oberlippe zittert.

»Und wo ist Sandra?«

»Mom … Mom hat das alles hinter sich gelassen.«

»Hinter sich gelassen? Mein Gott, ist sie tot?«

Eva schaut zu ihm herüber und fährt deswegen beinahe auf einen anderen Wagen auf, der vor ihr abrupt zum Stehen kommt. »Sie ist nicht tot, aber sie … sie ist nicht mehr deine Frau. Also, du bist zwar noch verheiratet, aber nicht mehr für lange – es müssen nur noch ein paar Formalitäten erledigt werden.«

»Formalitäten? Was für Formalitäten?«

»Die Scheidung«, sagt sie, und der Wagen setzt sich wieder in Bewegung. Aus dem Heckfenster im Fahrzeug vor ihnen schaut ein etwa siebenjähriges Mädchen; es winkt ihnen zu und schneidet Grimassen.

»Sie verlässt mich?«

»Lass uns jetzt nicht darüber reden, Jerry. Wie wär's, wenn ich mit dir zum Strand fahre? Du hast den Strand immer gemocht. Ich habe Ricks Jacke im Kofferraum, die kannst du überziehen – dort draußen ist es bestimmt frisch.«

»Trifft Sandra sich mit einem anderen Mann? Mit diesem Rick?«

»Rick ist mein Ehemann.«

»Gibt es einen anderen Mann? Ist er der Grund dafür, dass Sandra mich verlässt?«

»Es gibt keinen anderen Mann«, sagt Eva, »Bitte, ich möchte jetzt wirklich nicht darüber reden. Später vielleicht.«

»Warum? Weil ich es dann wieder vergessen habe?«

»Lass uns an den Strand fahren«, sagt sie, »dort können wir darüber reden. Die frische Luft wird dir guttun. Glaub mir.«

»Okay«, sagt er, denn wenn er sich benimmt, wird ihn Eva vielleicht zu seinem Haus fahren. Und vielleicht kann er dann sein altes Leben weiterleben und Sandra zurückgewinnen.

»Wurde das Haus tatsächlich verkauft?«, fragt er.

»Ja.«

»Warum nennst du mich Jerry? Warum nicht Dad?«

Sie zuckt mit den Achseln, ohne ihn dabei anzuschauen, und er lässt es dabei bewenden.

Während sie Richtung Strand fahren, beobachtet Jerry die Leute und den Verkehr und starrt die Gebäude an. Es gibt keine schönere Stadt als Christchurch an einem Frühlingstag, und er hat eine Menge Städte gesehen. Das hat er der Schreiberei zu verdanken – seine Freiheit und …

»Ich war oft auf Reisen«, sagt er. »Auf Lesereise. Manchmal hat Sandra mich begleitet, und manchmal warst du auch dabei. Ich habe eine Menge Länder gesehen. Was ist mit mir passiert? Und mit Sandra?«

»Warten wir damit, bis wir am Strand sind, Dad.«

Er wird warten, bis sie am Strand sind. Nach und nach fallen ihm weitere Dinge ein, Dinge, die er lieber vergessen würde. »Ich kann mich wieder an unsere Hochzeit erinnern. Und an Rick. Ich erinnere mich wieder an ihn. Ich … es tut mir leid«, sagte er. »Es tut mir leid, was ich getan habe.«

»Das war nicht deine Schuld.«

Erneut erfasst ihn ein Gefühl der Verlegenheit. »Hast du deswegen aufgehört, mich Dad zu nennen?«

Eva schaut ihn nicht an, antwortet nicht. Sie wischt sich ein paar Tränen aus den Augen, bevor sie herunterlaufen können. Überwältig von Schamgefühlen, schaut Jerry erneut aus dem Fenster. Die Fahrzeuge vor ihnen halten an, um eine Entenfamilie vorbeizulassen, die die Straße überquert. Ein Wohnmobil fährt an den Straßenrand, und zwei kleine Kinder steigen an der Seite aus und machen Fotos.

»Ich hasse das Pflegeheim«, sagt er. »Ich muss doch noch etwas Geld haben. Warum kann ich mir kein Haus kaufen und einen privaten Pflegedienst engagieren?«

»So läuft das nicht.«

»Warum nicht?«

»So ist das eben, Jerry«, sagt sie in einem Ton, der ihm signalisiert, dass sie nicht darüber reden will.

Sie fahren weiter. Es ist verrückt, dass er sich in der Gegenwart seiner eigenen Tochter unwohl fühlt; diese gewaltige Mauer zwischen ihnen scheint unüberwindlich – die Mauer, die er errichtet hat, weil er ein schlechter Vater war und ein noch schlechterer Ehemann. Sie durchqueren die Stadt und fahren Richtung Osten, Richtung Sumner Beach, und als sie dort ankommen, finden sie einen Parkplatz direkt am Strand. Vor ihnen erstrecken sich der Ozean, eine Häuserzeile mit Cafés und Geschäften und dahinter die Hügel. Während sie aus dem Wagen steigen, beobachtet Jerry einen Hund, der sich auf einer Möwe wälzt. Sie wurde von einem Auto überfahren. Eva holt Ricks Jacke aus dem Kofferraum, doch Jerry meint, dass er sie nicht brauche. Es weht eine kühle Brise, aber wie Eva gesagt hat – die Luft ist erfrischend. Der Sand schimmert golden und ist mit Treibholz, Seetang und Muscheln übersät. Am Strand sind etwa zwei Dutzend Menschen, mehr nicht, hauptsächlich junge Leute. Jerry zieht seine Schuhe und Socken aus und nimmt sie in die Hand. Sie laufen direkt am Wasser entlang, während über ihnen die Möwen kreischen und die Leute sich vergnügen. Das hier – dieser Moment fühlt sich an wie ein normaler Tag. Wie das normale Leben.

»Woran denkst du gerade?«, fragt Eva.

»Daran, wie ich mit dir hierhergefahren bin, als du noch ein Kind warst«, sagt er. »Du hattest immer Angst vor den Möwen. Was ist mit deiner Mutter?«

Sie seufzt und wendet sich ihm zu. »Es gab eine Reihe von Vorfällen«, sagt sie.

»Die Hochzeit?«

»Vor allem die Hochzeit. Sie konnte dir das nicht verzeihen. Und du konntest es dir selbst nicht verzeihen.«

»Darum hat sie mich verlassen.«

»Komm schon«, sagt sie. »Es ist ein wunderschöner Frühlingstag. Wir sollten ihn nicht mit schmerzlichen Erinnerungen vergeuden. Lass uns eine halbe Stunde spazieren gehen, und dann fahre ich dich zurück, okay? Ich habe den Mitarbeitern gesagt, dass ich dich zum Abendessen wieder abliefere.«

»Bleibst du noch zum Essen?«

»Ich kann nicht«, sagt sie. »Tut mir leid.«

Die beiden laufen den Strand entlang, laufen und reden. Währenddessen schaut Jerry aufs Wasser hinaus und fragt sich, wie weit sein Körper wohl schwimmen könnte, bevor seine Demenzerkrankung ihm zusetzt und er aus dem Takt kommt. Vielleicht würde er zehn Meter schaffen und dann ertrinken. Er würde dann einfach auf den Grund sinken und warten, bis sich seine Lunge mit Wasser füllt. Vielleicht wäre das gar nicht so schlecht.

Tag Vier

Nein, du hast Tag zwei und Tag drei nicht vergessen – im Gegenteil, du kannst dich klar und deutlich an sie erinnern (obwohl du nicht mehr wusstest, wo du deinen Kaffee abgestellt hast, und Sandra ihn draußen am Pool gefunden hat, was merkwürdig ist, denn ihr habt gar keinen Pool).

Am Wochenende hat Eva uns besucht, und es gibt große Neuigkeiten. Sie wird heiraten. Dir war schon seit einer Weile klar, dass es wahrscheinlich dazu kommen würde, trotzdem warst du überrascht. Es ist schwer zu sagen, wie du dich in dem Moment gefühlt hast. Du warst natürlich aufgeregt, aber gleichzeitig war da auch ein Gefühl des Verlusts, ein Gefühl, das sich nur schwer beschreiben lässt, das Gefühl, dass Eva ihr Leben weiterlebt und sich aus deinem entfernt. Außerdem empfindest du dieses Gefühl des Verlusts, weil du Enkel haben wirst, die du vielleicht nie kennenlernst, und falls doch, dann wirst du dich irgendwann nicht mehr an sie erinnern.

Eva ist am Sonntagmorgen vorbeigekommen und hat euch die Nachricht überbracht. Sie und Wie-heißt-er-noch-gleich haben sich am Samstagabend verlobt. Wir konnten ihr auf keinen Fall von deiner Alzheimererkrankung erzählen, nicht an diesem Morgen, aber du wirst es ihr bald sagen, ganz bestimmt. Irgendwie musst du erklären, warum du deine Hosen verkehrt herum anziehst und versuchst, Klingonisch zu sprechen. Das war ein Scherz. Apropos Scherz, ihr habt schon einen Pool, doch du kannst dich wirklich nicht daran erinnern, dort gewesen zu sein, denn es ist Winter. Aber hey, was soll's.

Tag zwei und Tag drei zogen ins Land, ohne dass du die Neuigkeit inzwischen verdaut hattest. Bevor wir auf den Arzttermin neulich zu sprechen kommen, will ich tun, was ich bereits an Tag eins angekündigt habe, nämlich erzählen, wie alles begann.

Es war auf Matts Weihnachtsfeier vor zwei Jahren. Mein Gott, du erinnerst dich wahrscheinlich nicht mal mehr an Matt. Er ist das, was du eine Randfigur nennst, jemand, mit dem du dich alle paar Monate mal triffst, meistens, nachdem du ihm im Einkaufzentrum über den Weg gelaufen bist. Aber er schmeißt eine ziemlich tolle Weihnachtsparty. Du und Sandra, ihr habt euch unter die Gäste gemischt und euch mit allen möglichen Leuten unterhalten, wie man das eben so macht, und dann passierte es – Matts Bruder und seine Schwägerin waren ebenfalls auf der Party und stellten sich euch vor: *Hi, ich bin James, und das ist Karen,* darauf du: *Hi, ich bin Jerry, und das hier ist meine Frau …* und mehr kam da nicht. Dies ist deine

Frau. Sandra überspielte den Aussetzer. Dies ist deine Frau, *Sandra.* Sie wusste nicht, dass du einen Aussetzer hattest – sie dachte, du wolltest lustig sein. Doch der Datenspeicher, aus dem du in den beinahe dreißig Jahren, in denen du sie geliebt hast, tausendfach ihren Namen abgerufen hast, hatte dir den Zugriff verweigert. Es war nur ein kurzer Moment, und du hast es auf den Alkohol zurückgeführt. Warum auch nicht? Dein Dad war schwerer Alkoholiker, darum lag es auf der Hand, dass du das von ihm geerbt hattest – schließlich hattest du einen Gin Tonic in der Hand, deinen dritten an diesem Abend.

Aber nur damit das klar ist, Euer Ehren, Sie dürfen keinen falschen Eindruck von Ihrem früheren Ich bekommen. Du trinkst nur gelegentlich etwas – dein Dad hat an einem Tag mehr gebechert als du in einem Jahr. Er hat sich buchstäblich zu Tode gesoffen. Es war schrecklich, und der Anruf deiner Mutter ist eine der Erinnerungen, die wahrscheinlich nie verblassen wird. Sie war so hysterisch, dass du nicht verstehen konntest, was sie in den Hörer brüllte, aber das war auch nicht nötig, denn ihr Tonfall verriet dir alles, was du wissen musstest. Als du bei ihnen ankamst, stellte sich heraus, dass er neben dem Pool getrunken hatte. Er hatte sich ins Wasser gerollt, um sich abzukühlen, und es nicht wieder herausgeschafft.

Du hattest also den Namen deiner Frau vergessen, aber warum solltest du das nicht dem Alkohol zuschreiben? Sicher, du hast ständig deine Schlüssel verlegt, aber wenn jeder, der nicht weiß, wo seine Schlüssel liegen, Alzheimer hat, dann sind alle Menschen daran erkrankt. Du hast deine Autoschlüssel zwar verlegt, aber du hast sie immer wiedergefunden, nicht wahr?

Sei es nun im Kühlschrank, in der Speisekammer oder einmal (welch Ironie) neben dem Pool. Dein Dad ist in einem Pool gestorben, du hast deinen Kaffee dort vergessen und deine Schlüssel, aber das war reine Nachlässigkeit – schließlich beherbergt dein Kopf ein ganzes Universum aus Menschen, die ihre eigene Stimme suchen. All die Figuren. Die Serienmörder, Vergewaltiger und Bankräuber, außerdem die ganzen Bösewichte (das war ein Scherz). In deinem Kopf ist so viel los, dass es nicht weiter verwunderlich ist, wenn du deine Schlüssel verlierst. Und deine Brieftasche. Deine Jacke. Und sogar deinen Wagen – na ja, du hast ihn nicht verloren, nicht wirklich –, aber du musstest vom Einkaufszentrum aus *Dies hier ist meine Frau … Sandra, oder?* anrufen und den Wagen glücklicherweise bei der Polizei nicht als gestohlen melden. Sie holte dich ab, und als ihr vom Parkplatz fuhrt, entdeckte sie deinen Wagen dort, wo du ihn abgestellt hattest. Tja, du hattest nach dem Auto Ausschau gehalten, das du fünf Jahre zuvor besessen hast. Ihr beide habt euch köstlich darüber amüsiert. Allerdings wart ihr auch ein wenig besorgt. Der Vorfall erinnerte dich an den Abend, als du ihren Namen vergessen hattest, und daran, wie du früher Häuser renoviert hast, bevor du mit deinen Krimis erste Erfolge feiern konntest; während du die Zimmer gestrichen, neue Küchen installiert, Fliesen verlegt und die Badezimmer modernisiert hast, hast du ständig den Schraubenzieher oder den Hammer verlegt (damals gab es keinen Pool, an dem du nachschauen konntest). Aber wo. Zum Henker. Lagen sie bloß? Manchmal hast du sie nie wiedergefunden.

Sandra dachte, das Problem ließe sich lösen, wenn wir für alle Sachen einen gemeinsamen Aufbewahrungsort hätten. Sie räumte ein Regal neben der Eingangstür aus, und wenn man nach Hause kam, leerte man seine Taschen und legte sein Handy, seine Schlüssel, die Brieftasche und seine Uhr dort ab – zumindest war das so gedacht. Aber die Sache mit dem Regal funktionierte aus einem einfachen Grund nicht. Nicht, weil du vergessen hattest, wo du deine Sachen hingelegt hattest, sondern weil du dich nicht erinnern konntest, dass du sie überhaupt abgelegt hattest. Es war, als würde man sein Reiseziel erreichen, ohne sich an die Fahrt zu erinnern. Man kann einen Aufbewahrungsort nicht benutzen, wenn man nicht weiß, dass man seinen Schlüssel überhaupt aus der Tasche genommen hat. Schließlich hast du Geburtstage vergessen. Wichtige Termine und all die anderen Sachen. Und dann hast du wieder Sandras Namen vergessen. Einfach so. Das war, als ihr Formulare für den Reisepass ausgefüllt habt. Und du sagtest … jetzt halt dich fest, man weiß nicht, ob man lachen oder weinen sollt, aber du sagtest zu ihr: *Warum schreibst du Sandra in das Namenskästchen?* Denn das tat sie – natürlich tat sie das –, jede Sandra würde das tun. Du hast sie das gefragt, weil du in dem Moment keine Ahnung hattest, wie sie heißt. Der Name deiner Frau war … wie? Du wusstest es nicht. Du wusstest es nicht, du wusstest es nicht – du wusstest nur, dass sie nicht Sandra hieß, natürlich nicht, sie hieß …

Sie hieß Sandra. Das war der Moment, in dem sich alles änderte.

So fing alles an – oder zumindest trat da die Krankheit das erste Mal deutlich zutage. Wer weiß schon, wann es anfing? Bei der Geburt? In der Gebärmutter? Mit der Gehirnerschütterung, die du erlitten hast, als du mit sechzehn Jahren in der Schule die Treppe runtergefallen bist? Oder vor zwanzig Jahren, als du mit Sandra und Eva zelten warst? Du hast Eva damals über den Campingplatz gejagt und so getan, als wärst du ein Grizzlybär, und sie kicherte, während du, die Hände zu Krallen geformt, so laut gebrüllt hast, dass du heiser wurdest. Dabei bist du gegen einen Ast gelaufen und hast das Bewusstsein verloren. Vielleicht fing es auch an, als dein Dad dich im Alter von vierzehn Jahren das erste und einzige Mal geschlagen hat (normalerweise war er friedlich, wenn er getrunken hatte), weil er wütend war und rasend vor Wut, wenn er nicht mehr Herr seiner Sinne war und die Dunkelheit Besitz von ihm ergriff. Ähnlich wie die Dunkelheit, die jetzt langsam von dir Besitz ergreift. Wenn du darüber nachdenkst: Vielleicht war er gar kein Säufer, obwohl es den Anschein hatte – vielleicht litt er unter derselben Krankheit wie du. Irgendetwas davon könnte zutreffen oder auch nicht, oder aber das Universum sorgt, wie du anfänglich vermutet hast, für einen Ausgleich, nachdem es dir das Leben ermöglicht hat, das du dir gewünscht hast.

Bald wirst du nicht mehr wissen, was deine Lieblingssendung, was dein Lieblingsessen ist. Bald wirst du anfangen zu nuscheln und die Leute nicht wiedererkennen; allerdings wirst du das meiste davon gar nicht mitbekommen. Dein Gehirn, diese stählerne Kammer, wird sich in ein Sieb verwandeln, und all die Menschen, all die Figuren, die du erfunden hast, ihr Universum und ihre Zukunft werden verschwinden, und bald … hey, in hundert Jahren bist du so oder so tot.

In dem Moment, als sich alles änderte, da sagte Sandra, dass du Dr. Goodstory aufsuchen solltest – was weitere Arztbesuche zur Folge hatte. Und am Schwarzen Freitag überbrachte man dir dann die Nachricht von deiner Alzheimererkrankung – so nennst du den Freitag jetzt, den Schwarzen Freitag, den Tag in der Arztpraxis. Du findest, dass das eine passende Bezeichnung ist, oder? Du hattest auf eine einfache Antwort gehofft, dass man dir sagt, du würdest wieder gesund werden, wenn du deine Ernährung umstellst und mehr Zeit an der frischen Luft verbringst, um Vitamin D zu tanken. Stattdessen teilte man dir am Schwarzen Freitag genau das mit, was du nicht hören wolltest.

Was möchtest du über diesen Tag wissen? Möchtest du wissen, dass du an jenem Abend in Sandras Armen geweint hast, als ihr wieder zu Hause wart? Nicht am Schwarzen Freitag – das war der Tag, an dem man dir die Untersuchungsergebnisse mitgeteilt hat. Nein, nach dem ersten Besuch, bei dem Dr. Goodstory bloß sagte: *Wir müssen ein paar Untersuchungen durchführen. Bestimmt finden wir heraus, was dahintersteckt. Nein, machen Sie sich deswegen keine Sorgen, Jerry* – das alles hat er nicht gesagt. Er fragte dich, ob du unter Depressionen leiden würdest. Natürlich, sagtest du, welcher Autor tut das nicht, nachdem er einige seiner Kritiken gelesen hat? Er bat dich, die Frage ernsthaft zu beantworten, und das hast du getan. Nein, du würdest nicht unter Depressionen leiden. Wie dein Appetit sei? Gut. Ob du viel schlafen würdest? Nicht viel, aber genug. Und die Ernährung? Wie stehe es mit der Ernährung? Gut. Du würdest genug Vitamine bekommen. Außerdem würdest du dich fit halten und mehrmals pro Woche das Fitnessstudio besuchen. Ob du viel Alkohol trinken würdest? Hin und wieder einen Gin Tonic oder auch zwei. Er meinte, dass er ein paar Untersuchungen durchführen werde. Außerdem hat er dich an einen Spezialisten überwiesen.

Es folgten mehrere Termine im Krankenhaus. Für die MRT, für Bluttests und Gedächtnistests. Außerdem mussten mehrere

Formulare ausgefüllt werden, nicht nur von dir, sondern auch von Sandra – sie sollte dich beobachten. Dennoch hast du das alles vor Eva geheim gehalten. Dann kam der Schwarze Freitag, denn Dr. Goodstory hatte die Ergebnisse. Würden Sie bitte hereinkommen und mit ihm sprechen … nun, du weißt ja, was er dir zu sagen hatte. Du musst nur in den Spiegel schauen. Du bist an einer Frühform von Demenz, an Alzheimer, erkrankt. Vielleicht wird es in Zukunft ein Heilmittel geben, aber im Moment gibt es garantiert keins, und vielleicht können dir diese Aufzeichnungen als Anregung für dein nächstes Buch dienen – vielleicht hast du inzwischen fünfzig Bücher geschrieben, und das hier ist nur eine Phase in deinem Leben, Jerry Greys Dunkle Periode, so wie Picasso seine Blaue Periode hatte und die Beatles ihre Weiße.

Du hast eine langsam voranschreitende Form von Demenz. Alzheimer. Eine Demenzerkrankung bei Menschen unter fünfundsechzig sei äußerst selten, hat Goodstory gesagt, was dich zu einer Zahl in einer Statistik macht. Es gebe zwar Medikamente gegen die Angstzustände und die Depressionen, die dich unweigerlich heimsuchen werden, aber nicht gegen die Krankheit selbst.

Wir können nicht präzise voraussagen, wie schnell die Krankheit voranschreiten wird, sagte Dr. Goodstory. *Denn das Gehirn – das Gehirn ist immer noch ein großes Rätsel. Als Ihr Arzt und Freund sage ich Ihnen, dass sie vielleicht noch fünf bis zehn erträgliche Jahre vor sich haben, oder aber Sie sind bis Weihnachten völlig plemplem. Darum rate ich Ihnen, sich mit Ihrem Revolver eine Kugel in den Kopf zu jagen, solange Sie noch wissen, wie das geht.*

Okay, das hat er nicht gesagt, das hast du nur zwischen den Zeilen gelesen. Du hast eine halbe Stunde lang mit ihm über deine Zukunft gesprochen. Bald würde in deinem Körper ein Fremder leben. Vielleicht bist du, Zukünftiger Jerry, sogar dieser Fremde. Du wirst schlechte Tage haben, an denen du aus dem Haus marschierst und dich im Einkaufszentrum verläufst, an denen du vergisst, wie deine Eltern ausgesehen haben, an denen du deinen Wagen nicht mehr steuern kannst. Abgesehen von diesen Aufzeichnungen, wirst du nichts anderes mehr schreiben. Und das ist nur der Anfang. Irgendwann werden deine Tage so dunkel sein, dass du schließlich nicht mehr weißt, wer Sandra ist oder dass du eine Tochter hast. Vielleicht weißt du dann nicht mal mehr deinen eigenen Namen. An einiges wirst du dich nicht mehr erinnern, und du wirst dich an anderes erinnern, das gar nicht passiert ist. Einige einfache Dinge wirst du nicht mehr verstehen. Und eines Tages lebst du in einer Welt, die jeder Logik entbehrt, die keinen Sinn mehr ergibt, die du nicht mehr wahrnimmst. Du wirst nicht mehr in der Lage sein, Sandras Hand zu halten und ihr Lächeln zu betrachten oder Eva durch die Gegend zu jagen, während du so tust, als wärst du ein Grizzlybär. An diesem Tag … Dr. Goodstory konnte dir nicht sagen, wann das sein wird. Jedenfalls noch nicht morgen. Das ist die gute Nachricht. Du musst also nur jeden Tag dafür sorgen, dass morgen nicht dieser Tag sein wird.

KAPITEL 3

Das Pflegeheim befindet sich fünfundzwanzig Kilometer nördlich der Stadt, auf einem zwanzigtausend Quadratmeter großen Gelände, dessen Parkanlage in die benachbarten Wälder übergeht, mit Blick auf die Berge im Westen, ohne dass Stromleitungen einem die Sicht versperren. Es liegt so weit von der Bergstraße entfernt, dass man die vorbeifahrenden Trucks nicht hören kann. Es ist eine abgeschiedene, friedliche Gegend, obwohl Jerry das nicht so empfindet. Seiner Meinung nach liegt das Pflegeheim so weit ab vom Schuss, damit die Leute ihre Eltern und kranken Verwandten dort abladen und in die *Aus-den-Augen-aus-dem-Sinn*-Phase ihres Lebens schieben können.

Eva hat auf der Fahrt dorthin das Autoradio eingeschaltet. Als sie in die Auffahrt des Pflegeheims biegen, laufen die Fünf-Uhr-Nachrichten. Die Auffahrt ist knapp hundert Meter lang und wird von Bäumen gesäumt, die fast wie Skelette aussehen; an einigen sprießen winzige Knospen. Im Radio läuft ein Bericht über einen Mord. Vor einer Stunde wurde die Leiche einer Frau gefunden, und wie jedes Mal, wenn Jerry so einen Bericht hört, ist er traurig, ein Mensch zu sein, und schämt sich, ein Mann zu sein. Es bedeutet, dass diese arme Frau ihr Leben aushauchte, als er mit Eva den Strand entlangspazierte und die frische Brise genoss. Nachrichten wie diese, erinnert sich Jerry, haben seine eigenen Probleme immer ins rechte Licht gerückt.

Eva bringt den Wagen zum Stehen. Das Pflegeheim ist vierzig, höchstens fünfzig Jahre alt, und seine zwei Stockwerke aus grauem Backstein erstrecken sich von links nach rechts über eine Länge von fünfzig Meter und von der Vorder- zur Rückseite ebenfalls über eine Länge von fünfzig Meter. Das Gebäude hat ein schwarzes Dach, und einige der Fensterbänke aus Holz haben sich dunkelbraun verfärbt. Es gibt hier kaum etwas Buntes, abgesehen von der Parkanlage, in der der Frühling sein

Wunderwerk vollbringt – Blumenzwiebeln, die vor längerer Zeit vergraben wurden, erwachen zu neuem Leben. Auf der Vorderseite des Pflegeheims befindet sich eine große Eichentür, die Jerry an eine Kirchentür erinnert. Das alles kommt ihm zwar vertraut vor, aber es *fühlt* sich nicht vertraut an, als würde er hier nicht wohnen, sondern das alles nur aus einem Film kennen. Er kann sich nicht mal an den Namen des Heims erinnern. Das Leben, das er jetzt führt, ist nicht mehr sein Leben, sondern das Leben eines Mannes aus demselben Film wie das Pflegeheim, eines Mannes, der gestanden hat, dass er eine Frau umgebracht hat, die nie existiert hat, eines Mannes, dessen Frau ihn hasst und der immer weniger mit dem Mann zu tun hat, der Jerry mal war.

»Zwing mich nicht, da reinzugehen.«

»Bitte, Jerry, du musst«, sagt Eva, während sie ihren Sicherheitsgurt löst. Als er sich nicht rührt, greift sie rüber und löst seinen Gurt ebenfalls. »Ich werde dich morgen wieder besuchen, okay?«

Er würde gern sagen, dass morgen nicht reicht, dass er ihr Vater ist, dass sie ohne ihn gar nicht existieren würde, dass er sich, als er sie als Baby gebadet hat, den Rücken gezerrt hat und eine Woche lang kaum laufen konnte, dass er einmal ein Gläschen mit Babybrei hat fallen lassen und sich beim Aufsammeln der Scherben die Finger aufgeschlitzt hat, dass er einmal daran dachte, einen Exorzisten zu rufen, nachdem er ihre Windel geöffnet und die Sauerei gesehen hatte, die sie hinterlassen hatte. Er würde ihr gern sagen, dass er ihre Knie mit Pflastern verarztet und sie mit der Pinzette von Splittern und Bienenstacheln befreit hat, dass er ihr aus fernen Ländern Teddybären und, als sie älter war, Klamotten mitgebracht hat. Daran kann er sich erinnern. Aber nicht an seine Eltern. Und auch nicht an seine Bücher. Oder an heute Morgen. Das Mindeste, was Eva für ihn tun kann, würde er gern sagen, ist, ihn nicht dazu zu zwingen, da reinzugehen. Aber er sagt nichts von alledem. So ist eben der Lauf der Dinge, der Kreislauf des Lebens, er ist nur dreißig Jahre zu früh dran, aber das ist nicht ihre Schuld, sondern seine, und deswegen kann er sie nicht dafür bestrafen. Er nimmt ihre Hand und lächelt, dann sagt er: »Versprichst du es?«

Die große Eingangstür des Heims öffnet sich. Schwester ... Hamilton. Ihr Name fällt ihm wieder ein, während sie auf sie zukommt, auf halbem Weg zwischen der großen Eichentür und dem Wagen stehen bleibt und sie anlächelt. Sie ist eine kräftige Frau, die aussieht, als könnte sie einen Bär umarmen. Ihr Haar ist zur Hälfte schwarz und zur Hälfte grau, und ihre Frisur stammt offensichtlich noch aus den Sechzigern. Sie ist Ende fünfzig, Anfang sechzig, und sie lächelt genau so, wie man sich das von einer Schwester wünscht, wie eine Großmutter. Sie trägt einen Schwesternkittel und darüber eine graue Strickjacke, an der ein Namensschild steckt.

»Versprichst du es?«, fragt er erneut.

»Ich werde mich bemühen«, sagt Eva und senkt für einen Moment den Blick.

Es klingt ganz und gar nicht wie ein Versprechen. Er lächelt immer noch, als sie fortfährt.

»Du darfst wirklich nicht noch mal von hier abhauen, Jerry. Ich habe keine Ahnung, wie du es von hier in die Stadt geschafft hast«, sagt sie.

Keiner weiß das, er am allerwenigsten. Bis zum Stadtrand sind es fünfundzwanzig Kilometer und weitere acht bis dorthin, wo man ihn gefunden hat. Er weiß auch nicht, warum er die Bücherei aufgesucht hat. Vielleicht, um einen Blick in seine Bücher zu werfen, oder in andere. Vielleicht um einzuschlafen und sich verhaften zu lassen. Als Schwester Hamilton den Wagen erreicht, steigen sie aus.

»Jerry«, sagt Schwester Hamilton, lächelt und schüttelt leicht den Kopf, nach dem Motto: *Wir haben uns alle köstlich amüsiert über Ihre kleine Eskapade.* »Wir haben Sie den ganzen Tag über vermisst.« Sie legt ihm den Arm um die Schultern und führt ihn zur Tür. »Wie Sie unbemerkt entkommen konnten, ist uns ein Rätsel.«

»Kann ich kurz mit Ihnen sprechen?«, fragt Eva die Schwester, sobald sie das Gebäude betreten haben.

Die Schwester nickt, und Jerry vermutet, dass es kein ganz so kurzes Gespräch wird. Dass es in dem Gespräch darum gehen wird, wie er es in die Stadt geschafft hat, und dass es auch nicht freundlich werden wird. Eva und Schwester Hamilton lassen ihn im Foyer neben dem Empfangsschalter stehen, hinter dem eine weitere Schwester sitzt. Sie lächelt ihm zu und fragt ihn, ob er eine schöne Zeit am Strand hatte. Es sei schön gewesen, sagt er, denn das will sie doch bestimmt hören. Als Eva mit Schwester Hamilton zurückkehrt, sagt sie, dass er sich benehmen und gesund bleiben soll, worauf er meint, dass er sich größte Mühe geben werde. Jerry will sie umarmen, doch sie weicht zunächst ein wenig zurück, nimmt ihn dann aber in die Arme. Er will sie nicht loslassen, als sie ein paar Sekunden später von ihm ablässt, aber noch weniger will er eine Szene machen. Denn das wäre nur eine Bestätigung dafür, dass Eva und Sandra die richtige Entscheidung getroffen haben, als sie ihn in dieses Heim gesteckt haben. Jerry schaut ihr hinterher und bleibt im Türrahmen stehen, während er beobachtet, wie ihr Wagen zwischen den Bäumen verschwindet.

»Kommen Sie, Jerry«, sagt Schwester Hamilton und legt erneut den Arm um ihn. Er ist warm und schwer, und es ist ein beruhigendes Gefühl. Ihm steigt der Geruch von Kaffee und Zimt in die Nase. Er möchte ihr Lächeln erwidern, aber er kann nicht. »Jetzt bekommen Sie erst mal was zu essen. Sie müssen hungrig sein.«

Die Schwester bringt ihn in den Speisesaal. Sie laufen an weiteren Bewohnern vorbei, und Jerry schaut sie sich an, diese Leute mit ihren eigenen Problemen. Da ihre Familien sie alle hierherverfrachtet haben, kommen sie ihm wie Ausgestoßene vor. Und er ist ihr König. Doch das ist ungerecht, denn jeder hier hat seine eigene Geschichte, von der er nichts weiß. Oder er kennt ihre Geschichten und hat sie nur vergessen. Er setzt sich allein an einen Tisch und macht sich über das Essen her. Abgesehen von einem Mann, dessen Schädel auf einer Seite eingedrückt ist, ist er der Jüngste hier. Der Mann wird von einer Schwester gefüttert.

Nach dem Essen geht Jerry auf sein Zimmer. Es ist so groß wie das Schlafzimmer, das er sich mit Sandra geteilt hat. Darin steht ein Bett mit schwarz-weiß gestreifter Bettwäsche, was eine Beleidigung für seine Augen ist. An der Wand stehen ein Flachbildschirm, eine kleine Stereoanlage und ein kleiner Kühlschrank. Er hofft, dass er Alkohol enthält, doch als er ihn öffnet, sieht er nur Wasserflaschen und Dosen mit zuckerfreier Limonade. An einer der anderen Wände steht ein kleines Bücherregal, in dem Exemplare seiner Bücher stehen, wahrscheinlich, um ihn daran zu erinnern, wer er ist. Das ganze Zimmer spiegelt wider, wie begrenzt sein Leben geworden ist. Auf einer Seite befindet sich sein kleines Badezimmer, und vom Fenster blickt man auf den Park, der jetzt von der Sonne beschienen wird, während die Pflanzen für heute ihre Blütenblätter schließen. Im Zimmer stehen gerahmte Fotos von Eva und Sandra; eines der drei Fotos wurde in London aufgenommen, im Hintergrund sind die hellen Lichter der Großstadt zu sehen sowie ein Doppeldeckerbus, der sich von der Seite ins Bild schiebt, und am Straßenrand eine Telefonzelle – alles sehr britisch. Auf dem Bild ist Eva noch ein Teenager. Jerry nimmt es in die Hand, und plötzlich kann er sich wieder an die Reise erinnern, an den Hinflug, an die Turbulenzen zwanzig Minuten vor der Landung, und wie Sandra sich deswegen übergeben musste. Er kann sich zwar an die Taxifahrt in die Stadt erinnern, aber nicht daran, welches Buch er beworben hat und wo sie anschließend hingefahren sind oder wie lange sie weg waren. Er hat noch das Foto, das Eva ihm vorhin gegeben hat. Er stellt es neben das London-Foto auf die Kommode.

Dann geht er zum Bett, wo auf dem Kissen ein Exemplar von *Tödliche Weihnacht* liegt. Offensichtlich hat er letzte Nacht darin gelesen, bis er plötzlich verwirrt war. Er kann sich noch an den Blick erinnern, mit dem er seine Tochter auf dem Polizeirevier angesehen hat, während er sich vorstellte, sie wäre nackt. Er ist so angewidert, dass er ins Badezimmer stürzt und sich in die Toilette übergibt. Er kommt sich vor wie ein unheimlicher alter Mann, der Löcher in den Schulzaun bohrt, um die Kinder dahinter als Wichsvorlage zu benutzen. Welcher Mann schaut seine Tochter auf diese Art an?

Die Antwort liegt auf der Hand. Ein kranker Mann. Ein Mann, der nicht mehr weiß, wer seine Tochter ist, der vergessen hat, wer er selbst ist. Er kann sie spüren, die düsteren Gedanken – eine ganze Armee davon marschiert in seine Richtung, und wie immer fragt er sich, wie es dazu kommen konnte. Womit er das verdient hat.

Er macht sich sauber, geht wieder ins Zimmer und stellt *Tödliche Weihnacht* zurück ins Regal. Dann fängt er an, sich auszuziehen. Als er mit der Hand in seine Taschen greift, berühren seine Finger einen Gegenstand, der sich weiter unten befindet. Er zieht ihn heraus. Es handelt sich um eine Goldkette mit einem vierblättrigen Kleeblatt aus Gold. Er dreht es um und betrachtet es von verschiedenen Seiten, aber egal, wie lange er es betrachtet, es kommt ihm nicht bekannt vor, und es deutet auch nichts darauf hin, wem es gehören könnte. Er findet, dass er kein besonders guter Krimiautor sein kann, wenn er den Besitzer nicht ermitteln kann – er hat die Kette entweder einem der Mitarbeiter oder einem seiner Mitbewohner gestohlen. Na toll, jetzt ist er für die anderen nicht nur ein verrückter Mann, sondern auch ein verrückter Dieb. Eine weitere Sache auf der Liste mit schlimmen Dingen, die er getan hat, ohne dass er sich daran erinnern kann. Morgen wird er die Kette irgendwo auf den Boden fallen lassen, damit jemand sie findet, aber über Nacht muss er sie an einem sicheren Ort verwahren. Wo man sie nicht findet. Das Letzte, was er brauchen kann, ist, dass eine Schwester das Zimmer betritt und sie auf dem Nachttisch liegen sieht.

Er öffnet die Schublade mit den Socken und greift nach hinten, um die Kette zu verstecken. Doch da liegt schon etwas anderes – ein Umschlag von der Größe einer Glückwunschkarte. An den Rändern ist er flach und in der Mitte ein wenig ausgebeult. Er ist nicht beschriftet. Jerry hat keine Ahnung, woher er stammt. Er setzt sich auf das Bett und öffnet ihn.

Im Umschlag befinden sich eine Halskette, ein Paar Ohrringe und ein Medaillon.

Du weißt, was das ist, oder?

Dies sind nicht seine Worte, sondern die von Henry Cutter, und Henry weiß, wie der Hase läuft. Jerry kann zwar die Zusammenhänge herstellen, aber Henry ist derjenige, der sich die Rätsel ausdenkt.

»Nein«, sagt er.

Doch, du weißt es.

Jerry schüttelt den Kopf.

Das sind Andenken, sagt Henry.

»Ich habe andere Leute bestohlen?«

Nicht nur.

»Was noch?«

Aber Henry ist verschwunden, und Jerry sitzt wieder allein auf der Bettkante, verwirrt und verängstigt, mit einem Umschlag voller Erinnerungen, von denen er nichts weiß.

Tag Fünf

»Mein Name ist Jerry Grey, und vor fünf Tagen hat man bei mir Alzheimer diagnostiziert.«

»Hi, Jerry.«

»Es ist zwei Tage her, dass ich zum letzten Mal etwas vergessen habe.«

»Gratuliere, Jerry.«

So würde Henry über die Selbsthilfegruppe schreiben, zu der Sandra dich schicken will. Du solltest noch einiges über Henry und über Selbsthilfegruppen wissen, aber dazu kommen wir gleich. Selbsthilfegruppen sind etwas für andere Leute, so wie

Verkehrsunfälle. Sandra glaubt, das wird dir guttun. Ihr habt euch deswegen gestritten – *gestritten* klingt vielleicht zu hart –, aber bevor ich von dem Streit berichte, oder von Henry, erzähle ich dir alles, was du über Sandra wissen musst. Du liebst Sandra. Natürlich. Jeder liebt sie. Sie ist das Beste, was dir je passiert ist. Sie ist wunderschön, intelligent, einfühlsam, und sie findet immer die richtigen Worte. Wenn es mal schlecht läuft, dann ist sie da, um dich zur Vernunft zu bringen. Wenn du miese Kritiken bekommst, dann ist sie da, um dir zu sagen, dass die Kritiker keine Ahnung haben, wovon sie reden; wenn du gute Kritiken bekommst, ist sie da, um dir zu sagen, dass der Kritiker der intelligenteste Bursche der Welt ist. Du spielst deine Ideen mit ihr durch, manchmal gehst du auch mit ihr zusammen ins Fitnessstudio oder joggen. Früher, als du noch jünger warst, bis du mit ihr wandern, zelten und Ski fahren gewesen, und einmal wart ihr auch fallschirmspringen, denn du wolltest über das schreiben, was du kennst. Deine Frau kann an keiner Katze vorbeilaufen, ohne sie zu streicheln, an keinem Hund, ohne zu sagen: *Na, wie geht's dir, mein Kleiner?* Sie kann keinen Frauenfilm schauen, ohne am Ende zu weinen, kein Einkaufszentrum betreten, ohne ein Paar Schuhe zu kaufen. Und sie kann sich nicht vorstellen, was du gerade durchmachst, obwohl sie dich versteht, und du kannst dir ein Leben ohne sie nicht vorstellen.

Du bist seit vierundzwanzig Jahren verheiratet, und wenn du nachrechnest, dann muss Eva jetzt fünfundzwanzig sein. Du und Sandra, ihr wart fünf Jahre ein Paar und habt davon drei Jahre in einer gemeinsamen Wohnung gelebt, bevor ihr geheiratet habt. Ihr habt euch an der Uni kennengelernt. Du hast einen dieser dubiosen Abschlüsse in Anglistik erworben, die damals üblich waren, außerdem hast du Psychologie-Vorlesungen besucht – den Grundkurs. Und warum hast du das getan? Weil du Schriftsteller werden wolltest. Seit du ein Kind warst, wolltest du Geschichten erzählen. Ein Abschluss in Anglistik war dafür nützlich, und ein Abschluss in Psychologie würde dir helfen, deine Figuren zu verstehen. In einer Psychologie-Vorlesung hast du dann Sandra kennengelernt – in einem Raum voller Leute, die lernen wollten, wie die menschliche Psyche funktioniert. Das Erste, was du zu ihr sagtest, war: *Wir brauchen die Verrückten, um Geld zu verdienen*. Das brachte sie zum Lachen, es war ein warmherziges, wunderbares Lachen, ein Lachen, bei dem alle dahinschmolzen. Du kannst dich sogar noch daran erinnern, was für Klamotten sie trug – eine enge Jeans mit den damals modernen Rissen und Löchern und einem Saum, der aussah, als hätten ein paar Igel damit herumgespielt, dazu ein ärmelloses rotes Oberteil, das dieselbe Farbe hatte wie ihr Lippenstift. Ihr blondes Haar fiel hinunter bis auf ihre Schultern, wie du es immer mochtest. In den letzten zehn Jahren trug sie es allerdings immer zu einem Pferdeschwanz hochgebunden, auch zu der Dinnerparty, auf der du sagtest: *Das hier ist meine Frau* – den Rest bitte selbst ergänzen. An jenem Freitagabend seid ihr ins Kino gegangen und habt euch einen Film angesehen, der für das erste Date vielleicht nicht besonders originell war, aber es war eine gute Wahl. Ihr habt euch einen *Star Trek* angesehen. Sandra ist ein Fan der Serie, und du meintest, du seist ein heimlicher Trekkie, worauf sie wissen wollte, was du noch für Leichen im Keller hättest. Und du sagtest: deine letzte Freundin.

Damals, während des Studiums, warst du noch kein richtiger Schriftsteller. Und als sich Ablehnungsschreiben der Verlage allmählich bei dir stapelten, bist du davon ausgegangen, dass du auf das, was du auf der Uni gelernt hattest, zurückgreifen müsstest. Du wolltest nie etwas anderes als Schriftsteller sein, trotzdem hat deine Mutter dich ermuntert, dein Studium fortzusetzen. Ihr entscheidendes Argument war, dass ein Abschluss in Anglistik deiner Kreativität zugutekommt. Als du Sandra kennenlerntest, hattest du bereits ein paar Dutzend Kurzgeschichten geschrieben, aber du hast dich erst getraut, ihr eine davon zu zeigen, als ihr schon ein paar Monate zusammen wart – allerdings erst nachdem sie dir versichert hatte, dass sie garantiert großartig sind, weil du ein großartiger Typ bist. Doch du warst davon überzeugt, dass sie dir durch die Blume zu verstehen geben würde, dass die Geschichten gut sein: *O ja, das ist gut, ich meine, wirklich … Ich bin mir sicher, dass es den Leuten gefallen wird, ach übrigens, Freitagabend können wir uns nicht treffen, denn ich muss mir die Haare waschen/ich hole meinen Cousin vom Flughafen ab/bei mir ist eine Erkältung im Anmarsch. Ruf mich nicht an, ich ruf dich an.* Doch sie sagte, dass du an den Geschichten noch arbeiten müsstest. Dass alle Figuren auch Schwächen haben müssten. Sie war diejenige, die dich im Laufe der Jahre überzeugt hat, einen Roman zu schreiben. DEN Roman. Und genau das hast du getan. Du hast DEN Roman geschrieben, und DER Roman war furchtbar, und Sandra war so nett, es dir zu sagen. Dann hast du DEN NÄCHSTEN Roman geschrieben, und der war ebenfalls furchtbar – allerdings nicht ganz so furchtbar, fand Sandra, also hast du es erneut versucht. Und dann noch mal. Erst Jahre später hast du deinen Uni-Abschluss schließlich zu deinem Vorteil nutzen können und etwas Brauchbares zu Papier gebracht. Während des Studiums verlor Sandra das Interesse am Psychologiestudium und spielte mit dem Gedanken, ein Jurastudium zu beginnen, als sie feststellte, dass sie schwanger war.

Von da an veränderte sich dein Leben. Ein paar Tage später hast du sie gefragt, ob sie dich heiraten will. Zunächst sagte sie nein, sie wolle dich nicht heiraten, nur weil sie schwanger sei. Doch du konntest sie davon überzeugen, dass dies nicht der Grund für deinen Heiratsantrag war. Es gebe nichts Schöneres, als das Leben mit ihr zu teilen, und jeder Tag ohne sie sei ein Tag voller Kummer und Verzweiflung. Daraufhin sagte sie Ja. Ihr habt dann jedoch erst nach Evas Geburt geheiratet – sie war achtzehn Monate alt, als du Sandra vor den Altar geführt hast. Zu dem Zeitpunkt hast du nicht mehr studiert, sondern Häuser renoviert. Sandra blieb zu Hause, bis Eva in die Schule kam, und fing dann wieder an zu studieren und machte ihren Jura-Abschluss, mit Schwerpunkt auf den Bürgerrechten. Inzwischen hattest du *Tödliche Weihnacht* geschrieben, das ein Jahr später ein Bestseller wurde und dir eine Menge Türen öffnete. Sandra bekam eine Anstellung in einer Anwaltskanzlei, und viele Jahre später bist du an Alzheimer erkrankt und hattest einen heftigen Streit mit ihr.

Sandra macht sich Sorgen, weil du gestern in deinem Arbeitszimmer Trübsal geblasen hast. Aber du hast ihr erklärt, dass das nicht stimmt, dass du an dem Buch für das nächste Jahr arbeitest, zu dem deine Lektorin dir die Anmerkungen geschickt hat. Natürlich gab es keine Anmerkungen – aber du hast heute Morgen deine Lektorin angerufen, die darauf den Fehler machte zu sagen: *Schön, von Ihnen zu hören, Jerry. Ich hoffe, es geht Ihnen gut.* Das ist ungefähr so, als würde man hoffen, dass Politiker nur das Beste für einen wollen. Also hast du ihr erklärt, was Sache ist. Allerdings nicht so ausführlich wie in diesen Aufzeichnungen – es war nur die Kurzfassung. *Um ehrlich zu sein, Mandy, nein, mir geht es nicht gut – seit fünf Tagen verwandle ich mich in einen anderen Menschen, und momentan arbeite ich an einem Protokoll des Wahnsinns.* Sie war ziemlich durcheinander, als du ihr davon erzählt hast, und du ebenfalls. Kein Wunder. So was kann einen schon durcheinanderbringen.

Das erklärt all die Fehler in Ihrem Manuskript, sagte Mandy, woraufhin du so getan hast, als würde dir das nichts ausmachen. *Ich hätte es wissen müssen … Ja, das hätte ich.*

Stattdessen dachten Sie, ich wäre einfach schlecht geworden, sagtest du und hast gelacht, um ihr zu verstehen zu geben, dass du einen Scherz gemacht hast. Und sie lachte ebenfalls, aber die Situation war nicht besonders lustig.

Tag fünf, und Sandra ist sauer auf dich. Aber um ehrlich zu sein, wenn du die Tage zählen würdest, an denen sie sauer auf dich war, wärst du inzwischen etwa bei fünftausend (das war ein Witz, Jerry – hoffentlich lachst du darüber!). In Wirklichkeit streitest du nie. Unter keinen Umständen! Hin und wieder *diskutierst* du mit ihr, aber welches Paar tut das nicht?

Also, die Sache ist die – du kannst keine Selbsthilfegruppe besuchen und dich mit all diesen Leuten treffen, die dich genauso schnell wieder vergessen wie du sie – in Wirklichkeit vergesst ihr den anderen doppelt so schnell, wie zwei Züge, die in entgegengesetzte Richtungen rasen. Ja, du hast Angst, dass jede neue Information eine alte verdrängt, um Platz zu schaffen. Was, wenn du dich mit diesen Leuten triffst und vergisst, wer deine Familie ist? Das hier ist Blair – aber wer war noch mal Sandra?

Du hast das gegenüber Sandra nicht so formuliert, denn sie würde das nicht begreifen, obwohl sie dich versteht. Niemand begreift das, es sei denn, er ist wie du, aber du kannst nicht losziehen und eine Gruppe Menschen suchen, die …

Ha – wie's aussieht, musst du dich vielleicht doch bei Sandra entschuldigen! Aber ob du da hingehst, ist eine andere Frage. Du warst nie besonders kontaktfreudig, und du machst nicht gerade eine tolle Phase durch. Verdammt, das Schlimmste kommt erst noch. Du stehst eigentlich erst am Anfang der Entwicklung. Du befindest dich in einer Art Schwebezustand, mit einem Fünkchen Hoffnung und einem Hauch von Wahnsinn, die sich in etwa die Waage halten.

Du versuchst, dich immer noch mit dem Gedanken vertraut zu machen, dass das gerade alles wirklich passiert. Diese Woche hast du einen weiteren Termin, nicht bei Dr. Goodstory, sondern bei einer Beraterin, die dir eine Vorstellung davon geben wird, was dich erwartet. Man wird dir bestimmt von den sieben Phasen der Trauer erzählen – halt, nein, es sind sieben Todsünden, sieben Zwerge, sieben Rentiere –, bei der Trauer gibt es nur fünf Phasen. Leugnen, Zorn, »Blitzen«, Dopey und Verhandeln. Um die Wahrheit zu sagen, in den letzten Tagen warst du meistens in einem regelrechten Schockzustand. Du kannst immer noch nicht fassen, dass das alles gerade passiert. Außerdem bist du wütend. Und … ein paar ziemlich starke Gin Tonics. Wenigstens solltest du dir hin und wieder einen Gin Tonic mixen, Zukünftiger Jerry. Wahrscheinlich hast du dich deswegen mit Sandra gestritten. Nicht wegen der Gin Tonics, aber wegen all der anderen Sachen. Es ging ans Eingemachte, wie dein Großvater immer gesagt hat, damals, während …

Verdammt. Damals, während seiner Reise ins Land der Bekloppten.

Dein Großvater war noch vom alten Schlag – er verwandelte die Krankheit in etwas Grausames und Schmerzliches. Er brummelte etwas davon, dass man Frauen nicht erlauben darf zu arbeiten und dass diejenigen, die das tun, den Männern die Jobs wegnehmen, oder dass die »Schwulen« an Erdbeben und Überschwemmungen schuld sind. Die Alzheimererkrankung schenkte ihm die Freiheit, eine unzensierte Version seiner selbst zu sein. Er tätschelte den Schwestern im Pflegeheim den Arsch, während er sie bat, ihm ein Sandwich zuzubereiten. Eigentlich hätte man meinen können, dass er sich eine Kugel in den Kopf jagt, nachdem er sich in einem Ledersessel ein ordentliches Glas Scotch eingeschenkt und seine Krawatte zurechtgerückt hat, statt langsam dahinzusiechen. Aber er war zu lange mit dem Alzheimer-Zug unterwegs und verpasste den Bahnhof, an dem er diese Entscheidung hätte treffen können.

Diese Entscheidung steht dir ebenfalls offen.

Sandra weiß nichts von dem Revolver, denn dir war klar, dass sie niemals damit einverstanden gewesen wäre. Du hast sie zu Recherchezwecken gekauft. Schriftsteller sagen immer, schreib über das, was du kennst, und jetzt weißt du, was dich erwartet, wenn du den Abzug drückst. Du kennst das Geräusch, das einem das Trommelfell zerreißt, wenn man keinen Gehörschutz trägt. Du weißt, wie schwer der Revolver ist und wie er sich anfühlt, und du kennst den Geruch. Du hast ihn vor einigen Jahren auf einem Schießstand abgefeuert, und seitdem liegt er unter einer Holzdiele unter dem Schreibtisch und wartet dort in der Dunkelheit auf diesen einen Moment. Du hast ihn illegal von Hans erworben. Weißt du noch, wer Hans ist? Du bekommst später ein paar Informationen zu ihm, wenn ich dir von Henry erzähle. Aber sollte dich ein tätowierter Bursche aufsuchen und dir sagen, dass du ihm Geld schuldest – das ist Hans. Du hast zwar keine Schulden bei ihm, aber es wäre typisch für Hans, wenn er so etwas versuchen würde. Du wirst es wissen, wenn du dich wieder an ihn erinnerst.

Eva hast du immer noch nicht von deiner Alzheimererkrankung erzählt. Sie hat dich heute Morgen erneut besucht. Sie hat sich ein paar Tage freigenommen, und Sandra hat sich mehrere Wochen für dich freigenommen. Sie haben die ganze Zeit nur von der Hochzeit geredet. Tanzen, Kuchen, Blumen, Kleidung, Brautjungfern – so sieht die Zukunft aus. Aber für dich liegt das alles inzwischen womöglich in der Vergangenheit. Eva heiratet einen Typen namens Rick. Du magst ihn. Als Eva bei euch war, hast du den Grill angeworfen, und ihr drei habt nett zusammen gegessen. Du bist froh, dass du ihr nichts erzählt hast. Doch du wirst es bald tun.

Ich möchte dir von Eva erzählen. Sie ist zweifellos das Beste, was dir je in deinem Leben passiert ist. An dem Tag, an dem du erfahren hast, dass Sandra schwanger ist, wärst du beinahe ohnmächtig geworden. In Wirklichkeit hast du Sandra nicht sofort gefragt, ob sie dich heiraten will, denn du hast zwei Tage auf dem Sofa gelegen und warst kaum in der Lage zu arbeiten. Du würdest Vater werden, und das jagte dir eine Heidenangst ein. Du dachtest immer, zu Kindern gäbe es keine Gebrauchsanweisung, aber die gibt es. Es gibt unzählige Bücher auf dem Markt, und Sandra würde sie kaufen, ohne groß einen Blick hineinzuwerfen. Das Bücherregal wäre vollgestopft mit Erziehungsratgebern, von denen nicht mal der Rücken verknickt wäre, weil du sie auch nicht gelesen hast. Das musstest du nicht, denn alles passierte ganz natürlich. Nichts von dem, was du in deinem Leben getan hast, war mit den Momenten vergleichbar, in denen du für Eva stundenlang ein nagelneues Spielzeug zusammengebaut hast. Ihr Gesichtsausdruck beim Anblick des Spielzeugs, ihr Lächeln, mein Gott, dieses Lächeln und diese großen blauen Augen, die sie von ihrer Mutter geerbt hat … der Ausdruck des Staunens über etwas Neues … Wenn die Alzheimererkrankung dir eine Erinnerung lässt, dann bete, das es eine davon ist. Du hast immer gedacht, dass der Zauber mit zunehmendem Alter verfliegen würde, doch das Gegenteil war der Fall. Der Tag, an dem sie sich den Arm brach … damals war sie sieben Jahre alt. Eva schaute sich mit Begeisterung Wiederholungen von Sendungen an, die du als Kind gesehen hattest, und rannte dann zu eurem Wagen und versuchte, wie in *Ein Duke kommt selten allein* über die Motorhaube zu hechten. Dabei fiel sie auf der anderen Seite wieder herunter und verdrehte sich den Arm unter dem Körper. Aber du hast Ruhe bewahrt und sie ins Krankenhaus gefahren. In jener Nacht haben Sandra und du kein Auge zugemacht, und du wusstest – ihr beide wusstet es –, sollte je etwas Schlimmes passieren, solltet ihr Eva je verlieren, dann wäre das das Ende der Welt. So empfindest du noch immer. Aber das … verrät mehr über dich als über sie. Wie kann man Eva am besten charakterisieren? Sie ist warmherzig und einfühlsam. Und intelligent. In der Schule war sie eine Einserschülerin und dazu eine fantastische Volleyballspielerin, Läuferin und Schwimmerin. Als sie neun Jahre alt war, konnte sie einen Song der Rolling Stones mitsingen, der auf deiner Anlage lief. Im Alter von zehn hat sie sich zu Halloween wie eine Polizistin aus der Fernsehserie *CHiPs* verkleidet, weil sie wusste, dass du die Sendung als Kind immer geschaut hast. Als sie elf war, hat sie deine Mutter besucht und ihr in den letzten Monaten ihres Lebens etwas vorgelesen. Sie machte Jagd auf die Katze der Nachbarn, wenn sie gesehen hatte, dass sie einen Vogel gefangen hatte, befreite das Tier, brachte es mit nach Hause und päppelte es wieder auf. Manchmal mit Erfolg, manchmal nicht. In dem Fall musstest du ein Loch ausheben und mit ihr eine kleine Beerdigungszeremonie abhalten. Sie flehte dich an, ihr zu ihrem dreizehnten Geburtstag eine Gitarre zu schenken, und brachte sich selbst das Spielen bei. Als sie mit dem Studium begann, wohnte sie immer noch zu Hause. Sie studierte Kunst, Politikwissenschaften und Jura. Aber das Reisen … das Reisen hielt sie davon ab, ihr Studium fortzusetzen. Mit neunzehn ging sie für ein Jahr allein nach Europa. Sie lernte Französisch und lebte für eine Weile in Paris. Aus einem Jahr wurden zwei. Sie lernte Spanisch und bereiste mit dem Rucksack ein Dutzend Länder. Sie war fast drei Jahre unterwegs, und du hast dich mit ihr getroffen, wenn du in Europa auf Lesereise warst. Das Reisen weckte in ihr den Wunsch, den Menschen die Welt zu zeigen. Als sie wieder zurückkehrte, wurde sie Reisekauffrau. Und dann lernte sie Rick kennen. Sie ist verliebt, Zukünftiger Jerry. Sie ist glücklich. Das ist Eva, deine Tochter. Und wenn die Alzheimererkrankung der Ausgleich für dieses tolle Leben ist, dann soll es so sein. Die Krankheit raubt dir vielleicht deine Erinnerungen, aber sie ändert nichts an der Tatsache, dass du eine großartige Tochter hast. Eine Tochter, die in diesem Moment keine Ahnung hat, dass ihr Vater krank ist.

Rick hat übrigens irgendwas mit Software zu tun. Er schreibt Programme oder gestaltet Webseiten, oder er spielt den ganzen

Tag Computerspiele – irgendwas in der Richtung. Nächstes Wochenende werdet ihr den beiden von der Krankheit erzählen, nach dem Termin mit der Beraterin, die dich schonend auf das vorbereiten wird, was dich erwartet. Sollte sie das Wort *Erwachsenenwindel* erwähnen, wirst du die Bodendiele in deinem Arbeitszimmer öffnen.

Die gute Nachricht: Du bist noch bei klarem Verstand. Du bist in jeder Hinsicht noch du selbst. Du hast heute Morgen deine Armbanduhr verloren, und sie lag nicht an eurem Aufbewahrungsort. Und es gibt noch eine weitere gute Nachricht: Bald wirst du keine Uhr mehr brauchen. Die schlechte Nachricht ist: Du hast dich mit Sandra gestritten, und das hasst du. Du wirst es wiedergutmachen. Du wirst ihr einen Blumenstrauß kaufen, sobald du deine Kreditkarte gefunden hast. Ach ja, das ist eine weitere schlechte Nachricht: Deine Visa-Karte fliegt irgendwo im Haus herum, weiß Gott, in welcher Ecke. Die gute Nachricht: Wenigstens wirst du diesen Monat nicht viel Geld ausgeben.

KAPITEL 4

Beim Gedanken an ein Frühstücksbüfett fängt Jerrys Magen an zu knurren. Er sitzt auf seiner Bettkante und reibt sich die Augen, streckt seine Beine und den Rücken und hört, wie etwas einrastet. Auf dem Bett liegt ein Exemplar von *Fünfzig Zentimeter Stahl*. Ein Roman über einen Banküberfall, bei dem alles schiefläuft, bis sich am Schluss herausstellt, dass der Plan doch noch aufgegangen ist. Es ist eines seiner früheren Bücher. Allerdings kann er sich nicht erinnern, letzte Nacht darin gelesen zu haben, und er weiß nicht, warum es dort liegt. Normalerweise reist er mit wenig Gepäck.

Er geht unter die Dusche, und als er wieder herauskommt, schaltet er den Fernseher ein. Er lässt den Sender laufen, der schon eingestellt ist. Gerade kommen Nachrichten, und er vermutet, dass der letzte Gast, der hier übernachtet hat, Englisch gesprochen hat, denn es ist ein englischsprachiger Sender; vielleicht handelt es sich aber auch um die Standardeinstellung in diesem Hotel. Sein Magen meldet sich jetzt lautstark zu Wort. Das Tolle, wenn man zu Literaturfestivals oder Signierstunden reist, sind die schönen Hotels und großzügigen Frühstücksbüfetts. Plötzlich will er unbedingt wissen, was das Hotel im Angebot hat. Er weiß zwar nicht, wie sein genauer Terminplan aussieht, aber normalerweise besteigt er morgens irgendeinen Zug, mit dem er von einem Teil des Landes in einen anderen fährt. Jerry ist gern in Deutschland, auch wenn er nur ein paar Redewendungen kennt – *Mein Name ist Henry*, denn die Leute glauben, er heißt Henry. Henry Cutter. Er hält im Hotelzimmer Ausschau nach seiner Armbanduhr, kann sie jedoch nirgends finden. Egal. Er ist Frühaufsteher und hat noch nie länger als bis zehn Uhr geschlafen. Es kann also nicht viel später als zehn sein. Andernfalls hätte sein deutscher Lektor, der ihn auf der Reise begleitet, schon an seine Tür geklopft. Aber dass er nicht weiß, wo seine Uhr ist, beunruhigt ihn trotzdem ein wenig. Einmal hat man ihm während eines Deutschlandaufenthalts seine Brieftasche gestohlen; darum schließt er seine Brieftasche und seinen Pass immer in den Safe ein – vielleicht ist dort auch seine Uhr. Aber ihm fällt der Code für den Safe nicht ein, und wenn er es sich recht überlegt – wo befindet sich überhaupt der Safe? Er lässt den Blick durch den

Raum wandern, kann jedoch nirgends einen entdecken. Das heißt wohl, dass er seine Sachen unten am Empfang gelassen hat.

Das Hotel ist ein wenig trostlos, denkt er, als er in den Flur tritt. Er biegt um eine Ecke, hinter der zwei alte Menschen vor einer Tür stehen, beide mit einem Morgenrock bekleidet. Als er an ihnen vorbeiläuft, nickt ihm einer der beiden zu und nennt seinen Namen. Wahrscheinlich hat er sie gestern Abend in der Bar kennengelernt, oder er hat ein Buch für sie signiert. Der Mann sagt bloß *Jerry;* offensichtlich fand er ihn so sympathisch, dass er ihm seinen echten Namen verraten hat. Allerdings kann er anhand dieses einen Worts nicht beurteilen, wie gut dieser Mann Englisch spricht. Obwohl Jerry den Aufzug nicht finden kann, schafft er es in den Speisesaal, was wohl heißt, dass er sich bereits im Erdgeschoss befindet. Im Speisesaal sitzt eine Gruppe bunt zusammengewürfelter Leute, die meisten sind schon älter; einige starren in die Ferne, andere tragen Schlafanzüge oder haben den Mund mit Essen beschmiert, sodass sich Jerry fragt, um was für ein Hotel es sich hier überhaupt handelt. Ja, einer hier wird sogar von jemandem gefüttert. Sein Lektor ist nicht da – entweder schläft er noch, oder er raucht draußen eine Zigarette. Jerry setzt sich an einen der Tische und wartet, bis eine der Bedienungen zu ihm kommt – normalerweise bringen sie einen Kaffee und fragen nach der Zimmernummer –, doch es taucht niemand auf, was okay ist, denn er kann sich ohnehin nicht an seine Zimmernummer erinnern. Außerdem fällt ihm ein, dass er offensichtlich seinen Kartenschlüssel im Zimmer eingeschlossen hat. Er schaut sich die Auswahl am Büfett an, das nicht ganz seinen Vorstellungen entspricht. Er nimmt sich ein weich gekochtes

Ei, eine Scheibe Toast und eine Schüssel Frühstücksflocken und geht zurück an seinen Tisch.

Als er die Hälfte der Frühstücksflocken aufgegessen hat und etwas davon verschüttet, bemerkt er, dass er den Bademantel, den er nach dem Duschen angezogen hat, immer noch trägt. Er öffnet ihn ein wenig und stellt fest, dass er darunter nackt ist. Plötzlich ist ihm die Situation schrecklich peinlich – genau das würde passieren, hat Sandra gesagt, wenn er auf seinen Lesereisen zu viel trinkt. Wer vergisst schon, sich morgens anzuziehen? Er steht so abrupt auf, dass er gegen den Tisch knallt und sein Glas Orangensaft umstößt. Er muss sich beherrschen, um nicht zu fluchen, und es kostet ihn einige Mühe, nicht zu den Leuten hinüberschauen, die ihn jetzt alle anstarren. Hier geht irgendetwas Merkwürdiges vor, das spürt er, aber er kommt nicht so richtig dahinter, was. Mit gesenktem Kopf verlässt er den Speisesaal, und sobald er im Flur ist, fängt er an zu rennen. Er will schleunigst weg von hier – in die nächste Stadt bitte –, und er schwört sich, großes Ehrenwort, heute Abend keinen Gin Tonic anzurühren. Das hier ist wie einer jener Träume, in denen man nackt zur Arbeit erscheint. Als er sein Zimmer erreicht, greift er nach dem Türknauf, in der Hoffnung, dass die Tür nicht abgeschlossen ist.

»Jerry, hey, Jerry, alles in Ordnung?«

Durch den Flur kommt ein Mann auf ihn zu. Er trägt einen weißen Kittel und erinnert eher an einen Koch als an einen Portier oder Rezeptionisten oder was auch immer seine Funktion in diesem Hotel wo auch immer ist. Er ist kräftig gebaut – als wäre er früher mal Rugbyspieler gewesen. Er kann nicht viel älter als vierzig sein und hat nur noch an den Seiten ein paar Haare. Jerry hat sich immer davor gefürchtet, dass er irgendwann auch mal so aussieht. Der Mann hat buschige Augenbrauen und trägt eine Brille mit einem Drahtgestell, die mal geputzt werden müsste. Sein großes, kantiges, glatt rasiertes Kinn ragt über seine Nase hinaus.

»Ich habe meinen Schlüssel vergessen«, sagt Jerry und verschweigt lieber, dass er auch seine Klamotten vergessen hat. Der Typ wird ihn nicht darauf hinweisen, wenn er ein anständiges Trinkgeld haben will.

»Die Tür ist nicht abgeschlossen«, sagt der Mann, und Jerry probiert es aus. Tatsächlich, die Tür lässt sich öffnen.

»Verschließt sie sich nicht automatisch?«

»Nein.«

»Was zum Henker ist das hier für ein Laden?« Doch dann fällt Jerry plötzlich alles wieder ein. Das, was ihn eben verwirrt hat, ergibt plötzlich einen Sinn, und Jerry spürt, wie er wütend wird. »Darum ist meine Uhr also verschwunden! Und meine Brieftasche und meinen Pass kann ich auch nicht finden! Ehrlich, ich beschwere mich ja nur ungern, aber sie müssen Ihre Sicherheitsmaßnahmen verbessern.« Dann wird er plötzlich rot, denn er weiß, was der Mann gleich antworten wird. *Und das sagt mir ein Typ, der vergessen hat, sich seine Hosen anzuziehen?* Jerry will die Angelegenheit nicht auf sich beruhen lassen und setzt nach. »Ich werde die Polizei rufen«, erklärt er.

»Alles in Ordnung, Jerry. Sie haben nichts verloren. Wie wär's, wenn wir in Ihr Zimmer gehen und uns erst mal hinsetzen?«

»Wo sind meine Sachen?«

»Ich werde es Ihnen erklären.«

Jerry schüttelt den Kopf. »Dafür ist keine Zeit. Ich muss meinen Zug kriegen.«

»Kommen Sie schon, setzen wir uns einen Moment«, sagt der Mann.

Er erinnert Jerry an einen Autoverkäufer, nach dem Motto: *Kommen Sie, wie wär's mit einer kleinen Testfahrt auf freier Strecke und mit offenem Verdeck?*

»Ich will keinen verdammten Wagen kaufen«, brüllt Jerry.

»Kommen Sie, Jerry, bitte, setzen wir uns.«

Sie betreten das Zimmer. Es gibt dort ein Bücherregal mit all seinen Büchern. Das ist ziemlich merkwürdig, denkt er, doch dann kommt er zu dem Schluss, dass das überhaupt nicht merkwürdig ist, sondern ausgesprochen liebenswürdig. Die Hotelangestellten haben offensichtlich erfahren, dass er sehr viel unterwegs ist, und wollten, dass er sich während seines Aufenthalts hier ein wenig wie zu Hause fühlt. Er weiß diese Geste durchaus zu schätzen, aber nicht, wenn es auf Kosten der Sicherheit geht. Dann fällt sein Blick auf ein Foto von sich und Eva, das an einem anderen Foto lehnt. Eva hält eine Gitarre in den Händen. Die Leute hier haben sich wirklich mächtig ins Zeug gelegt.

Neben dem Fenster stehen zwei Sessel, und durch das Fenster sieht man einen teilweise bewölkten Himmel und jede Menge Bäume, die sich über das Blickfeld hinaus erstrecken. Jerry fragt sich, wie man eine Ansammlung von Bäumen nennt, und kommt zu dem Schluss: *einen Arsch voll.* Bei dem Gedanken muss er lächeln. Er sollte den Begriff in einem Buch verwenden. Doch dann fällt ihm ein, dass der Begriff für eine Ansammlung Bäume *Wald* lautet. Oder *Forst* oder *Gehölz* oder *Hain,* und es gibt noch einige andere.

Sie setzen sich. Der Fernseher läuft noch, und es kommen gerade die Nachrichten. Der Moderator erzählt von einer Frau, die gestern umgebracht wurde, eine wirklich hübsche Frau mit langem blondem Haar, das ihn entfernt an das von Sandra erinnert. An einer Kette um ihren Hals hängt ein goldenes vierblättriges Kleeblatt. So etwas würde Sandra nicht tragen. Die Frau tut ihm leid. Ihre Familie tut ihm leid. Die Menschheit tut ihm leid.

»Jerry, wissen Sie, wo Sie sind?«

Verdammt, beinahe hätte er vergessen, dass er nicht allein im Zimmer ist. Er wendet sich dem Mann zu, der ihm gegenübersitzt. »Ich bin nur müde, das ist alles.«

»Würden Sie gern ein Nickerchen machen?«

»Um wie viel Uhr geht mein Zug?«

»Sie haben noch Zeit für ein Nickerchen, und danach werden Sie sich besser fühlen.«

»Und meine Sachen? Meine Brieftasche, mein Pass und meine Uhr?«

»Ist alles da.«

»Ich habe einen Kater«, erklärt Jerry dem Mann, obwohl es sich mehr wie Kopfschmerzen anfühlt. Er reibt sich mit den Fingern die Schläfen. Plötzlich kommt ihm der Mann bekannt vor. »Heißen Sie Derek?«

»Mein Name ist Eric«, sagt Eric.

»Sind Sie sicher?«

»Ja.«

»Wissen Sie, wo meine Brieftasche und meine Uhr sind, Derek? Sie sind verschwunden.«

»Ich werde Sie finden, Jerry, versprochen«, sagt er und steht auf. »Wie wär's, Sie legen sich hin und ruhen sich ein wenig aus, während ich weg bin? Ich komme in einer Stunde wieder und schaue nach Ihnen, okay?«

»Okay«, sagt Jerry. Das hört sich gut an. Er kann nicht fassen, wie müde er auf einmal ist. »Aber ich will den Zug nicht verpassen.«

»Das werden Sie nicht, versprochen. Okay?«

»Ich nehm Sie beim Wort.«

»Alles wird gut, Jerry.«

»Solange Sie mit meinen Sachen wieder zurückkommen.«

»Das werde ich. Wie wär's, wenn Sie sich erst mal hinlegen, bevor Sie abreisen?«

»Wenn Sie dann schneller das Zimmer verlassen«, sagt Jerry und geht zum Bett hinüber.

»Mach ich.«

Der Mann schaltet den Fernseher aus. »Ruhen Sie sich ein wenig aus, Jerry. Gestern war ein ereignisreicher Tag, und Sie sind bestimmt müde«, sagt er. »Ich bin bald zurück«, fügt er hinzu, dann verlässt er das Zimmer.

Jerry weiß, dass der Mann recht hat. Gestern war ein ereignisreicher Tag – so ereignisreich, dass er sich nicht mal mehr daran erinnern kann.

Tag Zehn

Hey, Fremder? Erinnerst du dich an mich? Ich bin der Typ, den du früher mal kanntest, wie heißt er noch mal, der Schreiberling, der diese Krankheit mit diesem komischen Namen hat. Dies ist Tag zehn deines Protokolls des Wahnsinns. Tut mir leid, dass die Einträge so unregelmäßig sind, aber das Leben und das, was es so mit sich bringt (und was du bald vergessen wirst) kommt immer wieder dazwischen.

Genug gescherzt. Wie geht es dir? Im Ernst, Jerry, geht's dir gut? Hoffentlich bist du nicht allzu durcheinander. Hoffentlich haben diese Aufzeichnungen keine negativen Auswirkungen auf dich. Vielleicht vermittelten sie dir ein Bild von der Person, die du mal warst, aber sie rufen dir auch ins Gedächtnis, was du alles verloren hast.

Tag zehn, und du fühlst dich wie immer. Fit. Gesund. Ein bisschen müde vielleicht, aber das ist auch schon alles. Du bist gestern Abend sogar mit Sandra essen gewesen – seit ihr verheiratet seid, seid ihr mindestens einmal im Monat ausgegangen –, und ihr habt euch über Bücher und Filme unterhalten, über das aktuelle Tagesgeschehen und die Pläne eurer Freunde. Es war schön, über etwas anderes zu reden als über die Bombe des Wahnsinns, die irgendwann in Zukunft explodieren wird. Hoffentlich kommst du damit zurecht, wo auch immer du dann gerade bist.

Heute Nachmittag ist die Beraterin vorbeigekommen. Sie heißt Beverly, und ihre Brüste sind so riesig, dass sie ihre Knie berührten, als sie sich setzte, und ihr im Stehen immer noch fast bis zu den Knien reichten. Sie ist in den Fünfzigern, aber wenn sie sechzig ist, haben die Brüste ihr bestimmt das Rückgrat gebrochen. Sandra meinte nach dem Gespräch zu mir, dass Beverly sie an eine unserer Professorinnen an der Uni erinnert, eine Miss Malady, die sie immer Miss Catlady genannt hat, und dir fiel sofort die Ähnlichkeit auf. Du würdest Beverly mögen – sie ist ziemlich witzig, meistens zumindest, aber wenn es sein muss, kann sie auch ernst sein. Sie kam also vorbei, und wir hatten recht, Kumpel – sie sprach von den fünf Phasen der Demenz oder der Trauer. Phase eins – Leugnung. Sie hat dir klargemacht, dass du die Krankheit leugnest, seit du zum ersten

Mal Sandras Namen vergessen und das auf den Alkohol geschoben hast. Sie sagte, dass du noch eine ganze Weile die Phase des Leugnens durchlaufen würdest – das liege an dem Schock. Allerdings hast du diese Phase zusammen mit den vier anderen inzwischen längst hinter dir gelassen. Wahrscheinlich hast du schon vor langer Zeit die Phase der Akzeptanz erreicht – oder vielleicht doch nicht? Wenn du das hier liest, willst du dann immer noch nicht wahrhaben, was passiert ist? Schwer zu sagen, was man davon halten soll. In gewisser Weise ist das traurig, andererseits ist es eine tröstliche Vorstellung, dass du nicht klein beigegeben hast, dass du standhaft geblieben bist und das dunkle Morgen nicht zugelassen hast, das im Anmarsch ist.

Phase zwei – Zorn. Beverly meinte, dass du zu Wutausbrüchen neigen würdest, sobald die Krankheit deutlicher zutage treten würde. Du müsstest mit Stimmungsschwankungen rechnen und würdest sauer auf die Krankheit, auf das Leben und die Menschen sein, die dir helfen wollen. Du würdest deine Mitmenschen anschnauzen und gemeine Sachen sagen. Vor einigen Tagen dachtest du, es sei sinnvoll, wenn du dafür sorgst, dass Sandra sich von dir zurückzieht – sinnvoll für sie –, doch nach dem heutigen Tag, nach dem Gespräch mit Beverly, hast du genauso viel Angst wie vorher. Allerdings gibt es Medikamente, die dein Wohlbefinden verbessern – unser Wohlbefinden –, und Beverly fand es eine gute Idee, dieses Protokoll zu führen. Sie fragte dich, ob Sandra es lesen dürfe, denn auf diese Weise könne sie vielleicht den Krankheitsverlauf nachvollziehen. Du meintest, dass du es dir überlegen würdest, aber du hättest einfach Nein sagen sollen. Diese Aufzeichnungen sind nur für dich bestimmt, Kumpel. Vergiss das nicht.

Leugnen und Zorn sind die beiden Phasen, die du jetzt durchmachst. Die nächste ist Verhandeln. Du weißt allerdings nicht, mit wem du verhandeln sollst. Wem könntest du deine Seele verkaufen, um wieder gesund zu werden? Möglicherweise wirst du irgendwann innerhalb der nächsten paar Wochen zu Dr. Goodstory sagen, dass es doch irgendwas geben muss, und ihn anflehen, dir irgendwas zu geben, was für Geld zu haben ist, dich an der nächsten vielversprechenden medizinischen Studie teilnehmen zu lassen. Auch wenn nicht feststeht, ob die Studie ein brauchbares Ergebnis liefert – zu diesem Zeitpunkt würde es dir schon reichen, wenn die Studie *vielleicht* ein Erfolg wird. Du würdest dein Haus verkaufen und dir mit dem Geld die Teilnahme an irgendeiner Studie erkaufen – wer würde das nicht tun?

Du meintest zu Beverly, dass du das Gefühl hast, als würde sich die kleine Raupe Nimmersatt durch dein Gehirn fressen und überall Löcher hinterlassen, sich mit Erinnerungen den Bauch vollschlagen, bevor sie sich in einen Schmetterling verwandelt und aus dem Staub macht. Du hast ihr erzählt, dass du den Mann, der du dann bist, das Jerry-Double nennen wirst, diese Version deiner selbst, die auf anderen Ebenen funktioniert. Du würdest dir Sorgen machen, was für eine Person das dann sei. Wäre sie freundlich? Oder aufbrausend? Wie viele Eigenschaften hättet ihr noch gemeinsam?

Beverly sagte, es werde gute und schlechte Tage geben, was auch immer das zu bedeuten hat, Zukünftiger Jerry.

Du kannst dich nicht mehr erinnern, was die vierte Phase der Trauer ist. Du wolltest es vorhin im Internet nachschauen, aber – ist es denn die Möglichkeit? – du kannst dich nicht mehr an das Passwort für deinen Computer erinnern. Es wird dir bestimmt bald wieder einfallen und falls nicht, Sandra wird es noch wissen. Sie weiß alles – sie soll nur nicht mitbekommen, dass du es vergessen hast.

Beverly war drei Stunden hier. Es war ein langer Tag, und sie hat euch beiden erklärt, wie die Krankheit im schlimmsten und wie sie im günstigsten Fall verlaufen könnte. Es ist durchaus möglich, dass du in ein paar Monate in ein Pflegeheim kommst. Ist das zu fassen? In ein paar Monaten! Sie hat zwar betont, das würde nur im schlimmsten Fall passieren. Aber gibt es etwas Schlimmeres als einen neunundvierzigjährigen Mann, der an Alzheimer erkrankt? Als sie sich auf den Weg machte, hast du ihr die Hand geschüttelt, und Sandra hat sie umarmt. Nachdem sie fort war, hast du dich mit Sandra hingesetzt, und ihr habt beschlossen, dass es an der Zeit ist, Eva von der Krankheit zu erzählen. Sie kommt morgen Abend zum Essen vorbei. Wenn sie dich um das Salz bittet, wirst du sagen, gern doch, ach übrigens, mit mir geht's zu Ende. Mein Gott … es gibt keine Möglichkeit, ihr die Sache so beizubringen, dass sie nicht am Boden zerstört sein wird. Du siehst sie bereits vor dir, während sie dir wie deiner Mutter *Wer die Nachtigall stört* vorliest, Wasser in ein Glas schüttet und dich hin und wieder fragt, ob alles okay sei.

Zeit für die guten und die schlechten Nachrichten: Du bist noch bei klarem Verstand und weißt immer noch, wie du heißt. Außerdem hast du deine Kreditkarte wiedergefunden – sie lag im Garten. Nein, nicht im Garten. Du hast damit neulich im Supermarkt Katzenfutter gekauft und sie dort vergessen. Am nächsten Tag hat man dich angerufen und es dir mitgeteilt.

Die schlechte Nachricht: Du hast keine Katze. Sie ist vor sechs Jahren gestorben.

KAPITEL 5

Als Jerry aufwacht, sieht er vor seinem geistigen Auge mehrere Sporttaschen voller dicker Bündel Geld, zwei gefesselte Wachleute in einem Tresorraum und einen Bankdirektor mit einer schweren Gehirnerschütterung. Und er sieht seine Zukunft vor sich, an einem Strand voller scharfer Bräute. Vielleicht lässt er sich zur Feier des Tages sogar ein Tattoo stechen. Schließlich zieht man nicht jeden Tag so einen Coup durch. Sie haben 3,4 Millionen in Bargeld erbeutet, geteilt durch drei – er kann sich also mit einer Million zur Ruhe setzen und den Rest verprassen.

Er hockt sich auf die Bettkante und betrachtet sein Handgelenk, an dem sich keine Armbanduhr befindet, und er fragt sich, wie spät es ist und wo sie jetzt gerade sind. Er will nichts weiter als zu dem Geld zurück, das sie unter dem Bauernhaus vergraben haben, wo es bleibt, bis sich die Lage beruhigt hat. Jetzt kommt es darauf an, sich in Geduld zu üben. Neben ihm auf dem Bett liegt ein Buch. *Fünfzig Zentimeter Stahl.* Es wurde von einem Typen namens Henry Cutter geschrieben. Der Name kommt ihm bekannt vor, aber er kann ihn nicht zuordnen, obwohl er das Gefühl hat, dass das wichtig ist. Er steht auf und streckt sich, dann legt er seinen Bademantel ab, zieht ein T-Shirt über und …

Sein Name ist Jerry Grey. Er ist fünfzig Jahre alt und leidet an Alzheimer. Er ist Schriftsteller und kein Bankräuber. *Fünfzig Zentimeter Stahl* ist eines seiner Bücher. Er befindet sich in einem Pflegeheim, und das hier ist sein Leben.

Die Erkenntnis überkommt ihn so plötzlich, dass er sich

wieder aufs Bett setzen muss. Es gibt kein Bauernhaus. Kein Geld. Keine Wachleute. Nur Wahnsinn.

Er wirft einen Blick auf den Nachttisch, doch sein Protokoll ist nicht da, und es liegt auch nicht auf dem Bücherregal, in dem weitere Exemplare seiner Bücher stehen. Er geht zum Stuhl am Fenster, schaut auf die Parkanlage hinaus und beobachtet, wie die Sonne nach und nach die Schatten vertreibt. Er kann sich nur bruchstückhaft an den heutigen Morgen erinnern, an winzige Fetzen. Er war im Crazy-Jerry-Modus, wie er das manchmal nennt. Er zieht sich weiter an und geht in den Speisesaal, denn er braucht dringend etwas zu essen. Als Eric ihn sieht, kommt er mit einem breiten Lächeln im Gesicht herüber.

»Wie geht's Ihnen?«, fragt er.

»Mir geht's …«, sagt Jerry und überlegt, wie sich sein Zustand am besten beschreiben lässt. Am besten, indem er die Wahrheit sagt. »Die Sache ist mir peinlich.«

»Das muss es wirklich nicht«, sagt Eric.

Der Raum ist voller Leute und von Gemurmel und Besteckgeklapper erfüllt. Ein Typ mit eingedrücktem Schädel wird an ein Fenster geschoben. Jerry glaubt, der Typ im Rollstuhl heißt Glen und hat früher als Gefängniswärter gearbeitet, bis sein persönliches Schicksal ihn hierher geführt hat.

»Warum ist es mir dann peinlich?«

Eric teilt ihm mit, dass er heute Nachmittag einen Arzttermin hat. Jerry hätte ihn tatsächlich vergessen – solche Termine hat er allerdings auch schon vergessen, bevor er den Anhalter namens Demenz mitgenommen hat.

»Ich hätte ihn nicht vergessen«, sagt Jerry.

Eric lächelt ihn an, es ist ein allwissendes Lächeln. Sollte Eric seine Gedanken lesen können, dann hat Jerry es vergessen. »Wissen Sie noch, wie Sie sich gestern unbemerkt davongeschlichen haben?«

»Was ist gestern passiert?«

»Sie sind in die Stadt gelaufen.«

Jerry lacht. Dann hält er inne, denn das war kein Scherz. Jetzt fällt es ihm wieder ein.

»Das war das dritte Mal in den letzten paar Monaten«, sagt Eric.

»Das dritte Mal?«

»Ja«, sagt Eric.

Jerry schüttelt den Kopf. »Von den anderen Malen weiß ich nichts, aber an gestern kann ich mich erinnern. Nicht an alles. Nicht, wie ich dorthingelaufen bin, aber ich weiß noch, wie ich auf der Polizeiwache Eva getroffen habe. Wie ich am Strand entlangspaziert bin, bevor man mich wieder hierher zurückgebracht hat. Aber ich wollte nach Hause. Ich will immer noch nach Hause.«

»Tut mir leid, Jerry, aber das hier ist jetzt Ihr Zuhause.«

»Bis es mir wieder besser geht«, sagt Jerry.

»Genau«, sagt Eric und lächelt. »Jetzt sollten Sie erst mal was essen.«

Jerry nimmt das Mittagessen an dem Fenster zu sich, von dem aus er einen Blick auf die Bäume hat. Kilometerweit erstrecken sie sich in fast alle Richtungen. Auf dem Gelände gibt es jede Menge Rosen, und überall blühen Narzissen; einige der Bewohner des Pflegeheims zupfen Unkraut und tanken etwas Frühlingssonne. Als Jerry fertig gegessen hat, geht er zurück auf sein Zimmer und nimmt *Tödliche Weihnacht* zur Hand. Er weiß, dass es sein erstes Buch ist, aber es ist lange her, dass er es gelesen hat, und er kann sich nicht mehr an die Einzelheiten erinnern. Er setzt sich auf den Stuhl, legt die Füße auf den Stuhl gegenüber und fängt an zu lesen. Ihm wird klar, dass er nicht nur die Einzelheiten vergessen hat, sondern fast die ganze Geschichte. Als Eric das Zimmer betritt, um ihn abzuholen, hat er dreißig Seiten gelesen. Er teilt ihm mit, dass sein Arzt eingetroffen ist, und bringt ihn zum Untersuchungszimmer.

Jerry kann sich noch an den Arzt erinnern, weiß aber seinen Namen nicht mehr. Der Arzt ist gut zehn Jahre älter als er und hat makellose Zähne, weshalb Jerry vermutet, dass er in Wirklichkeit vielleicht Zahnarzt ist, bis ihm klar wird, dass sich der Arzt und ein Zahnarzt-Kollege wahrscheinlich gegenseitig behandeln; im Gegenzug für ein paar Schmerzmittel und einen gelegentlichen kostenlosen chirurgischen Eingriff bekommt er ein paar neue Füllungen oder eine Wurzelbehandlung. Der Arzt fragt, wie es ihm geht, und Jerry weiß nicht, was er von ihm hören will, also sagt er, dass es ihm gut geht.

»Wissen Sie noch, wer ich bin?«

»Mein Arzt«, sagt Jerry.

»Können Sie sich an meinen Namen erinnern?«

»Nein.«

»Ich heiße Dr. Goodstory.«

»Warum können sie nicht Dr. Goodnews heißen?«, fragt Jerry.

Dr. Goodstory lächelt und misst Jerrys Blutdruck, dann führt er mit ihm einen Gedächtnistest durch. Einige Fragen kann Jerry beantworten, andere nicht. Anschließend stellt Goodstory ihm ein paar Logikfragen. Auch dabei kann er einige beantworten und andere nicht.

Schließlich packt Goodstory seine Sachen zusammen, setzt sich und schlägt die Beine übereinander. »Ich habe gehört, dass Sie gestern eine größere Expedition unternommen haben«, sagt er.

»Ich kann mich an einige Einzelheiten erinnern«, sagt Jerry. »Ich weiß noch, dass Eva mit mir zum Strand gefahren ist.«

»Wir haben Ihren Krankheitsverlauf protokolliert, Jerry«, sagt Goodstory. »Er kann von Tag zu Tag schwanken. An einigen Tagen sind Sie völlig klar im Kopf, an anderen wissen Sie nicht genau, wo Sie sich befinden oder wer Sie überhaupt sind. Wie gesagt, der Verlauf schwankt, aber es gibt Konstanten, was Ihren Allgemeinzustand betrifft. Oft wachen Sie auf und glauben, Sie wären wieder in Ihrem alten Leben. Manchmal dauert das Gefühl, dass alles wieder wie früher ist, nur ein paar Minuten an, manchmal ein paar Stunden. Es scheint, als würden Sie sich in eine bestimme Phase Ihres Lebens zurückbegeben. Man hat mir erzählt, dass Sie heute Morgen zum Beispiel beim Aufwachen dachten, Sie wären auf Lesereise. Meistens kehren Sie zu einem Zeitpunkt in den letzten paar Jahren zurück, hin und wieder auch zu einem Zeitpunkt, als Sie noch sehr viel jünger waren. An einigen Tagen haben Sie nicht die geringste Ahnung, was mit Ihnen los ist, dann können Sie nicht mal selbstständig essen. Das kommt zwar nur selten vor, aber es kommt vor, und leider wird das in Zukunft öfter der Fall sein.«

Jerry betrachtet seine Hände, während Goodstory mit ihm spricht. Er kommt sich so blöd vor.

»Selbst in Ihren besten Momenten gibt es vieles, an das Sie sich nicht mehr erinnern können«, sagt Goodstory. »Dinge, die Sie verdrängt haben.«

»Was denn?«

»Irgendwelche Erinnerungen. Wir stellen Ihnen zum Beispiel irgendeine Frage, und Sie haben keine Ahnung, wovon wir reden. Einige Dinge fallen Ihnen wieder ein, andere nicht. Morgens ist es am schlimmsten. Sobald sie Ihre Umgebung bewusst wahrnehmen, sind Sie häufig sehr klar im Kopf, so wie jetzt. Ich habe Gespräche mit Ihnen, in denen das, was ich Ihnen sage, nicht bei Ihnen ankommt, und dann gibt es wieder Gespräche, in denen Sie fast ganz der Alte sind. Ihre Probleme beim morgendlichen Aufwachen treten auch nach einem kurzen Nickerchen auf. Häufig machen Sie einen Mittagsschlaf, und wenn Sie aufwachen, sind Sie verwirrt. Allerdings dauert dieser Zustand in der Regel nur ein paar Minuten an. Manchmal ist er auch kürzer, aber höchstens fünfzehn Minuten, dann sind Sie wieder voll da.«

»Bin ich in diesem Zustand in der Lage zu funktionieren?«

»Manchmal sogar ziemlich gut. Aber Sie können sich danach an nichts mehr erinnern. Oder können Sie sich noch daran erinnern, dass Sie heute Morgen dachten, Sie wären auf Lesereise?«

»Nur an wenige Einzelheiten, aber nicht so richtig«, erklärt Jerry.

»Aber Sie wissen schon, dass Sie vor einigen Jahren auf Lesereise waren?«

»Ja«, sagt Jerry. »Manchmal sogar ziemlich deutlich, und dann wieder kann ich mich kaum daran erinnern.«

»Also, Sie sind durchaus in der Lage zu funktionieren, wenn Sie in die Stadt laufen. Vom Pflegeheim bis zur Bücherei sind es etwa dreißig Kilometer, das ist eine lange Strecke. Vielleicht sind Sie gelaufen, vielleicht sind Sie per Anhalter gefahren, aber allein die Tatsache, dass Sie es geschafft haben, bedeutet, dass Ihnen auf einer bestimmten Ebene völlig bewusst ist, was gerade passiert.«

»Aber ich habe keine Erinnerung daran. So als würde ich schlafwandeln.«

»Damit könnte man es vergleichen«, sagt Goodstory. »Das ist eine der Folgen der Alzheimererkrankung, Jerry. Sie löscht die Erinnerung aus und erschafft eine neue Realität.«

»Werde ich mich noch an dieses Gespräch erinnern?«

»Ich denke, schon, bis Sie es irgendwann wieder vergessen werden. Vielleicht in vierundzwanzig Stunden, vielleicht in einer Woche. Vielleicht denken Sie die nächsten zwanzig Jahre nicht daran, und dann wieder kommt es Ihnen vor, als hätten wir das Gespräch erst gestern geführt.«

»Kann es eine schlimmere Krankheit geben, Doktor?«

»Manchmal bin ich mir nicht so sicher. Die Leute hier sollten Sie gut im Auge behalten«, fügt Goodstory hinzu. »Das ist eine der Bedingungen gewesen.«

Als er wieder gegangen ist, begibt sich Jerry mit *Tödliche Weihnacht* hinaus in die Sonne. Für die nächsten paar Stunden liest er, gefesselt von der spannenden Geschichte eines Killers und eines Cops. Das Buch hat ein durchgängiges Thema, das, wie er sich erinnert, auch in einigen der anderen Bücher vorkommt – es geht um das Gleichgewicht der Kräfte. In seinen Büchern ist die Welt aus dem Gleichgewicht geraten, und manchmal versuchen seine Figuren – zumindest die Helden –, sie wieder ins Lot zu bringen. Er hat das Gefühl, dass sich dieses Thema auf sein eigenes Leben übertragen hat. Er muss etwas Schreckliches getan haben, wenn ihn das Universum auf diese Weise behandelt.

Jerry hat ein Drittel gelesen, als ihn das äußerst unangenehme Gefühl beschleicht, dass das, was er angestellt hat, mit Suzan, der Frau in diesem Buch, zu tun hat. Sie ist jemand, den er mal kannte. Eine reale Person. Er kann sich nicht an ihren richtigen Namen erinnern, sie war seine Nachbarin, als er noch ein Teenager war, bis sie dann nicht mehr seine Nachbarin war, weil ihr Exfreund sie getötet hat. Jerry war bis über beide Ohren in sie verknallt – sie war zehn Jahre älter als er, aber in jenem Sommer verliebte er sich in sie. Er verliebte sich von der anderen Straßenseite aus, zu jung und zu nervös, um sie anzusprechen. Ihr Schicksal diente ihm als Vorlage für dieses Buch. Er hat ihre Geschichte für seine eigene benutzt, eine Geschichte, die er verkauft hat, eine Geschichte, dank der er seine Hypothek abbezahlen und Eva eine gute Ausbildung ermöglichen konnte, eine Geschichte, die es ihm erlaubte, die Welt zu bereisen – und kein Gedanke lag Suzan ferner, als die Hände ihres Exfreunds ihr die Kehle zudrückten. Jerry weiß noch, wie er an jenem Tag von der Uni nach Hause kam und die Polizeiautos in der Straße standen, wie ihm seine Eltern erzählten, was passiert war. Suzan war tot, und er verstand nicht, dass ein Menschenleben so plötzlich zu Ende sein konnte.

Es geht um das Gleichgewicht der Kräfte, das wird ihm jetzt klar. Er hat das Verbrechen, dem Suzan zum Opfer gefallen ist, zu seinem Vorteil genutzt. Und dafür wird er bestraft.

Er hat keine Lust, das Buch zu Ende zu lesen.

Er hat keine Lust, noch mal irgendeins seiner Bücher zu lesen, denn da ist noch etwas anderes als die Erinnerung daran, wie er nach Hause kam und dort all die Polizeiautos stehen sah.

In der Dunkelheit ist noch etwas anderes verborgen – er sollte besser nicht danach suchen. Er sollte besser wieder ins Haus gehen und der Demenz ihren Lauf lassen.

Tag Fünfzehn

Es ist einiges passiert, und es gibt eine Menge zu berichten. Vor allem hast du dich schon wieder mit Sandra gestritten. Danach fühlst du dich jedes Mal hundeelend, und heute ist es nicht anders. Das stimmt nicht – heute geht es dir noch schlechter als sonst. Es war wirklich schlimm. Inzwischen ist die Situation noch ein wenig angespannter als in den Tagen zuvor, denn die Hochzeit wird jetzt doch in größerem Stil gefeiert – das wurde vor zwei Tagen beschlossen. Aber erst musst du erfahren, was heute passiert ist. Vergiss nicht, das hier ist ein Protokoll, in dem du deinen Krankheitsverlauf festhältst, und kein Tagebuch – du wirst darin keine alltäglichen Ereignisse niederschreiben, nur weil ein neuer Tag angebrochen ist. Sonst stünde hier *Tag vierzehn, gefrühstückt, einen Spaziergang gemacht, anschließend am Küchentisch die Zeitung gelesen*. Die lange Pause (wäre das ein guter Buchtitel? *Die lange Pause?* Nein, wahrscheinlich nicht) ist entstanden, weil du so viel zu tun hattest, und weil – du *vermutest* es zumindest – Sandra deine Aufzeichnungen gelesen hat. Als sie dich darum gebeten hat, meintest du angeblich, nur zu, Schatz, tu dir keinen Zwang an. Oder irgendwas in der Art. Und so erinnerst du dich daran …

Ganz genau – die leere Seite gibt exakt wieder, woran du dich erinnerst, nämlich an rein gar nichts. Aber Sandra behauptet, dass ihr dieses Gespräch geführt habt, und wie kann ein Mann, der den Verstand verliert, da widersprechen? Ganz einfach, wie sich herausstellte, denn du beharrst darauf, dass diese Unterhaltung nie stattgefunden hat. Wenn dir jemand erzählt, dass zwei plus zwei fünf ergibt, dann wirst du einwenden, dass das nicht stimmt, weil du weißt, weil du genau weißt, was dabei in Wirklichkeit herauskommt. So fühlt es sich an.

Wenn Sandra dich gefragt hätte, ob sie die Aufzeichnungen lesen kann, hättest du Nein gesagt. Keine Frage. Aber sie behauptet, du hättest es ihr erlaubt, und du liebst sie und vertraust ihr. Um die Wahrheit zu sagen, Kumpel, du wirst ihr bald mehr trauen müssen als dir selbst. Du kannst dir bestimmt vorstellen, was passiert ist, nachdem du herausgefunden hast, dass sie deine Aufzeichnungen gelesen hat. Das muss ich dir nicht erzählen – Henry Cutter, der Autor von Romanen wie *Der tote Stalker* und *Sterben leicht gemacht,* wird es dir erklären. Aber bevor Henry das Zepter übernimmt, hier ein paar Hintergrundinformationen zu Henry.

Henry Cutter ist dein Pseudonym. Allerdings geht deine Beziehung zu ihm noch etwas tiefer. *Henry Cutter* ist nicht nur der Name, der auf dem Umschlag deiner Bücher steht, sondern du versuchst, zu ihm zu werden, während du deine Bücher schreibst. Du willst, dass all die Dinge, die dir durch den Kopf gehen, all die düsteren Gedanken, in Henrys Kopf bleiben und nicht in deinem. Wenn du in deinem Arbeitszimmer bist und einem Typen wird von einem Gangster der Arm abgerissen, dann passiert das in Henry Cutters Welt. Wenn du mit Sandra essen gehst oder dir mit ihr einen Film anschaust, dann passiert das in Jerry Greys Welt. Das sind für dich zwei getrennte Welten. Keine Sorge – du leidest nicht unter Wahnvorstellungen und glaubst tatsächlich, dass du eine andere Person bist. Mag sein, dass es zwischen euch beiden kaum einen Unterschied gibt, aber wenn du am Ende eines Tages deinen Computer abschaltest, musst du selbst auch in der Lage sein abzuschalten. Das war nicht immer so. Eigentlich tust du das für deine Familie. Sandra fand früher oft, dass du geistesabwesend wirkst und nicht richtig bei der Sache bist, weil du über die ungelösten Probleme in deiner Geschichte nachdenkst, und sie hatte recht. Ständig hast du überlegt, wie Figur A überleben könnte oder was Figur B im Schilde führt. Plötzlich verabschiedetest du dich aus der realen Welt, um dich den Ereignissen in der fiktiven Welt zuzuwenden, hast dich mitten im Gespräch mit Sandra ausgeklinkt, um dir im Geiste Notizen zu machen. Als dein erstes Buch veröffentlicht wurde, half dir Sandra, ein Pseudonym zu finden. Kurz darauf sagte sie: *Ich wünschte, Henry könnte in deinem Arbeitszimmer bleiben, und wir könnten den Rest der Zeit mit Jerry verbringen.* Damals hat sie dir erzählt, wie du dich aufführst. Du kannst dich noch an den Tag erinnern, daran, wie du sie umarmt und ihr versprochen hast, dass du dir Mühe geben wirst, das zu tun, was sie vorgeschlagen hat. Und weißt du was, Zukünftiger Jerry? Es hat funktioniert. Du wirst erst zu Henry Cutter, wenn du in die Rolle des Autors schlüpfst. Es gibt nur wenige Berufe, bei denen man sich den ganzen Tag vorstellt, man wäre jemand anders. Und jetzt wirst du wieder in diese Rolle schlüpfen und Henry zu Wort kommen lassen.

Bitte, Henry.

Es war an einem Dienstag, als Sandra sich das Tagebuch nahm. Für die meisten Leute war es ein Dienstag wie jeder andere, aber nicht für Sandra – es war der zweite Dienstag, nachdem sie erfahren hatte, dass ihr Mann sie langsam verlassen würde, und sie würde den Tag damit verbringen, seine geheimsten Gedanken zu lesen. Er hatte Angst, da war sie sich ziemlich sicher – und verdammt, sie hatte auch Angst. Ende nächsten Jahres würde sie allein sein, vielleicht schon Ende diesen Jahres. Unweigerlich dachte sie daran, was sie dann tun würde – würde sie ihr altes Leben hinter sich lassen? Würde sie um einen Mann trauern, der zwar noch am Leben, aber in vielerlei Hinsicht ganz woanders war? Würde sie einen anderen Mann kennenlernen und ein neues Leben beginnen? Sie wusste es nicht. Und sollte sie ein neues Leben beginnen, und in fünf Jahren würde man ein Heilmittel finden, und Jerry wäre wieder ganz der Alte, was dann?

Ein Kaffee und ein Muffin, daraus bestand ihr Frühstück – das war nicht gerade gesund, aber bei der Ernährung hatte sie nie besonders auf ihre Gesundheit geachtet. Darum besuchte sie dreimal pro Woche vor der Arbeit das Fitnessstudio – wenn es die Zeit zuließ, sogar viermal. Aber sie würde nicht viel Zeit haben, während Jerry krank war. Sie müsste sich freinehmen, was nicht so einfach war, da einige Fälle bald zur Verhandlung kommen würden. Trotzdem würde sie sich freinehmen. Für Jerry würde sie alles tun. Sie hatte sich bereits freigenommen, um Eva bei den Hochzeitsvorbereitungen zu helfen. Sie trug das Tagebuch und ihr Frühstück nach draußen, setzte sich an den Tisch auf der Terrasse, nippte an ihrem Kaffee und begann zu lesen. Tag eins, das waren die ersten Worte von Jerry, der mit sich selbst redete. Jerry klang wie … na ja, eben wie Jerry. Die Nachbarskatze war über den Zaun gesprungen und hockte am Rand der Terrasse. Während sie sich putzte, hielt sie hin und wieder inne und starrte sie an. Der Kaffee war noch zu heiß, und sie ließ ihn abkühlen. Doch bald schon hatte sie ihn vergessen, und während sie weiterlas, tat Jerry ihr leid. Aber dann stand dort etwas, das sie ins Haus stürzen ließ. Jerry war noch nicht wach. Seit ein paar Tagen schlief er jeden Morgen aus.

»Was zum Henker soll das hier?«, fragte sie, während sie ihn weckte.

Jerry wirkte müde und verwirrt. »Was? Was ist los?«, fragte er.

»Das hier«, sagte sie und warf seine Aufzeichnungen neben ihm aufs Bett, sodass die beiden Puppenaugen, die auf der Vorderseite klebten, in ihren Gehäusen hin und her wackelten.

»Du hast mein Protokoll gelesen?«

»Du hast mich darum gebeten.«

»Einen Teufel hab ich.«

Sie hielt einen Moment inne, um sich zu vergewissern, ob er ihr etwas vorspielte. Nein, er sagte die Wahrheit, er war aufgewacht, ohne sich daran zu erinnern. Würde so die Zukunft aussehen? Wird Jerry ihre Gespräche vergessen und alles bestreiten, was sie gesagt hat? »Du hast mich gestern Abend darum gebeten«, sagte sie, um auf das eigentliche Thema zu sprechen zu kommen. »Aber eigentlich geht es mir darum, dass wir einen Revolver im Haus haben. Wie konntest du nur! Hast du etwa vor, dich damit zu erschießen?«

»Du hattest kein Recht, irgendwas davon zu lesen!«

»Ich habe jedes Recht dazu, denn du bist mein Ehemann, und ich liebe dich. Ich finde es schrecklich, was mit dir passiert, aber das lässt sich nun mal nicht ändern, und ich muss wissen, was los ist, damit ich dir helfen kann«, sagte sie und tippte sich gegen den Kopf, aber eigentlich hätte sie gegen seinen Kopf tippen müssen. Jetzt schien es, als wäre sie die Verrückte. Jerry wirkte verstört. Wie ein in die Enge getriebenes Tier. Sie musste nachsichtiger mit ihm sein. »Ich mach mir Sorgen um dich.«

»Hört sich aber nicht so an«, sagte er. »Eher, als würdest du mir hinterherspionieren.«

»Das stimmt nicht, du hast mich gebeten, es zu lesen«, sagte sie.

»Daran würde ich mich erinnern. Du spielst meine Krankheit gegen mich aus. Wirst du das in Zukunft immer machen, um deinen Willen zu bekommen? Mich anlügen und behaupten, ich hätte etwas gesagt, das ich nicht gesagt habe?«

»Ich würde niemals ...«

»Raus hier«, brüllte er und warf das Buch mit den Aufzeichnungen nach ihr. Es flog an ihr vorbei gegen die Wand.

Sie hatte ihn noch nie zuvor so erlebt, und das jagte ihr Angst ein und machte ihr Sorgen. Sie wusste bereits vor der Diagnose, dass sie bei ihm bleiben würde. Für immer. Egal, wie sie ausfallen würde. Aber als das Buch neben ihr gegen die Wand knallte, beschlich sie ein Anflug von Zweifel. Sie hob es auf und rannte aus dem Zimmer.

Als sie wieder auf die Terrasse trat, weinte sie. Zwanzig Sekunden später tauchte Jerry hinter ihr auf, und sie drehte sich zu ihm um. Aber das war nicht der Jerry aus dem Schlafzimmer, sondern der Jerry, in den sie sich verliebt, den sie an der Uni kennengelernt hatte, der heimliche Star-Trek-Fan, der Jerry, den sie nie verlassen würde. Beverly, die Beraterin, hatte sie gewarnt, dass er so reagieren könnte. Das war Teil des Alzheimer-

Gesamtpakets. Sie würden Zeit brauchen, um sich daran zu gewöhnen. Er. Sie. Und Eva.

»Mein Gott, es tut mir leid«, sagte er uns streckte die Arme aus, und das eine Prozent in ihr, das ihn zurückstoßen wollte, wurde von den neunundneunzig Prozent überwältigt, die die Arme ausbreiteten, um ihn zu empfangen. Jetzt war auch der letzte Anflug von Zweifel verflogen. »Ich bin so ... so durcheinander«, sagte er.

»Alles wird gut«, sagte sie. Sie hatte sich das in den letzten paar Wochen immer wieder sagen hören, so als würde es wahr werden, wenn sie es nur oft genug wiederholte.

»Ich möchte, dass du den Rest meiner Aufzeichnungen liest«, sagte er.

»Bist du sicher?«

»Ja.«

Er verschwand wieder ins Haus, um sich ein Frühstück zuzubereiten, während sie auf der Terrasse blieb. Als sie zu Ende gelesen hatte, ging sie wieder hinein, wo Jerry eine Scheibe Toast aß und aus dem Fenster starrte.

»Ich möchte die Waffe loswerden«, sagte sie ruhig.

Er drehte sich zu ihr um. »Ich werde mich nicht umbringen.«

»Jerry, bitte. Ich würde mich besser fühlen, wenn sie nicht mehr im Haus wäre.«

Er nickte. Es hatte nicht den Anschein, als wollte er deswegen streiten. »Sie ist unter dem Schreibtisch in meinem Arbeitszimmer.«

»Ich weiß. Es stand im Tagebuch.«

»Das ist ein Protokoll. Kein Tagebuch.«

Sie gingen zusammen ins Arbeitszimmer, und sie trat zur Seite, als er den Schreibtisch Richtung Fenster schob. Er holte einen

Schraubenzieher aus der Schreibtischschublade und stemmte damit die lose Bodendiele auf. Dann verschwand sein Arm bis zur Schulter in dem Hohlraum, und er tastete suchend umher.

»Sie ist weg«, sagte er verwirrt.

»Was soll das heißen – *weg?*«

Er zog den Arm wieder heraus. Seine Hand war leer. »Sie war hier, ich hatte sie immer hier, und jetzt ist sie weg.« Er wirkte beunruhigt. »Ich weiß nicht ... ich weiß nicht, wo sie ist«, sagte er. Es schien, als würde er sich wieder in den Jerry aus dem Schlafzimmer verwandeln.

»Aber sie muss doch irgendwo sein«, sagte sie.

»Ich weiß, verdammt noch mal, ich weiß!«

»Schau noch mal nach.«

Und das tat er. Mit demselben Ergebnis.

»Wo würdest du sie sonst noch verstecken?«

»Nirgendwo. Das ist das einzige Versteck.«

»Wenn das hier das einzige Versteck ist, wäre sie noch da«, sagte sie immer noch ruhig. Zumindest ruhiger, als sie sich fühlte. »Wann hast du sie das letzte Mal gesehen?«

»Ich weiß nicht.«

»Warum hast du dir überhaupt einen Revolver besorgt?«, fragte sie.

»Zu Recherchezwecken. Ich wollte wissen, wie es ist, wenn man ihn abfeuert. Ich bin ein paar Mal zum Schießstand gefahren.«

»Ohne mir davon zu erzählen. Gibt es sonst noch was, das du mir nicht erzählt hast?«

»Nein.«

»Wann hast du das letzte Mal auf dem Schießstand damit geschossen?«

»Das war ... ich ... ich kann mich nicht erinnern.«

»Wann hast du sie das letzte Mal gesehen?«

»Ich weiß nicht.«

»Und du bist dir sicher, dass du sie dort aufbewahrt hast?«, fragte sie.

»Natürlich.«

»Wo ist sie dann? Wo, verdammt noch mal, ist der Revolver?«

Und … Ende der Szene.

Danke für die Zusammenfassung, Henry.

Natürlich schämst du dich, weil du Sandra angebrüllt hast, und es ist dir peinlich, dass du keine Ahnung hast, wo der Revolver abgeblieben ist. Gut möglich, dass du nie einen gekauft hast. Soll ich dir was sagen? In einem deiner Bücher gibt es eine Figur, *die* hat einen Revolver gekauft und unter einer losen Bodendiele in *ihrem* Arbeitszimmer versteckt. *Sie* wollte jemanden umbringen und wissen, wie das ist, wie sich der Schuss anhört. Kann es sein, dass du daran gedacht hast? Ja. Sicher. Du hast beim Einzug in das Haus das lose Holzbrett entdeckt und fandest damals, dass das ein gutes Versteck für einen Revolver wäre, und hast das für die Figur verwendet, über die du damals geschrieben hast. Und jetzt dachtest du, du wärst das gewesen, aber das stimmt nicht – es war nur eine der Figuren, die deinen Kopf bevölkern.

Sandra wird erleichtert sein, wenn du ihr das erzählst. Aber du – du hast eine Heidenangst. Sich derartig zu irren … was bedeutet das für deine Zukunft?

All das ist heute passiert. Ich habe keine Zeit mehr, dir von dem Abend zu erzählen, an dem Eva hier war, denn du wirst in Kürze mit Sandra was essen gehen und dir anschließend mit ihr einen Film anschauen, den einer deiner Autorenkollegen geschrieben hat. Ich werde dir die Informationen bald nachgereichen, hier nur kurz das Wesentliche: Eva und Rick haben die Hochzeit vorverlegt, damit du auch kommen kannst.

Die gute Nachricht ist: Sandra hat dir wegen eures Streits verziehen, und sie wird dir erst recht verzeihen, wenn du ihr beim Abendessen erzählst, dass es keinen Revolver im Haus gibt. Du und ich, Kumpel, wir haben eine Menge gutzumachen, wegen des Streits mit ihr und wegen dem, was noch kommen wird. Außerdem hat sie nächsten Monat Geburtstag – sie wird wie du neunundvierzig. Du wirst ihr etwas ganz Besonderes schenken.

Eine weitere gute Nachricht: Wenn du dich nicht mehr an den Inhalt deiner Bücher erinnerst, kannst du sie lesen, als würdest du sie nicht kennen. Du kannst sie zum ersten Mal lesen, ohne zu wissen, welche Wendungen die Geschichte nimmt. Es wäre toll, wenn du dir den Markt der Demenzkranken erschließen könntest – sie würden deine Bücher kaufen, vergessen, dass sie sie gelesen haben, und sie noch mal kaufen.

Die schlechte Nachricht: Eins der Puppenaugen, das auf dem Buch mit deinen Aufzeichnungen klebt, ist gesplittert, als du es gegen die Wand geworfen hast. Es ist jetzt ganz milchig, als hätte es Grauen Star.

KAPITEL 6

Es ist ein paar Tage her, dass Jerry Besuch von seinem Arzt hatte, Tage, in denen er nicht durch die Gegend marschiert ist, Tage, in denen er, soweit er das mitbekommen hat, größtenteils alles unter Kontrolle hatte. Die Narzissen, die in der frühlingshaften

Parkanlage in voller Blüte standen, hängen jetzt schlaff herunter und sind verwelkt. Ein paar der Rhododendronsträucher sind erblüht, und an einigen hängen so viele Blüten, dass sie abbrechen und mit einem dumpfen Geräusch auf dem Rasen landen. Die Bäume treiben Knospen. Jerry weiß, dass zu dieser Jahreszeit alles ganz schnell passiert, dass er im Sommer immer einmal pro Woche den Rasen vor seinem Haus mähen musste, im Winter hingegen nur alle zwei Monate. Jetzt gerade sitzt er auf einer Bank unter einem Seidenbaum, dessen Äste größtenteils noch kahl sind, während die Sonne auf sein Gesicht scheint. Er liest eine Zeitung, auf deren Titelseite eine Frau abgebildet ist, die er kennt. Ihr Name ist Laura Hunt, sie wurde in ihrem eigenen Haus ermordet. In dem Artikel steht, dass am Montag ihre Leiche gefunden wurde. Laut Zeitung ist heute Dienstag. Außerdem steht dort, dass sie am Nachmittag gefunden wurde. Ihm fällt ein, dass er davon im Radio gehört hat und dachte, dass er am Strand die frische Luft genießt, während diese Frau ermordet wurde. Doch jetzt wird ihm klar, dass er sich geirrt hat – man hat ihre Leiche zwar am Nachmittag gefunden, aber laut Artikel wurde sie bereits am Morgen umgebracht. Außerdem steht dort, dass eine Halskette gestohlen und die Frau erstochen wurde. Das erinnert Jerry an irgendetwas, und er schließt die Augen und versucht herauszufinden, was das sein könnte, und…

»Alles in Ordnung, Jerry?«

Er hebt den Kopf. Schwester Hamilton steht vor ihm. Sie lächelt übers ganze Gesicht, aber dann schwindet ihr Lächeln, und sie setzt sich und legt ihre Hand auf seinen Arm. »Jerry?«

Er schüttelt den Kopf. Nichts ist in Ordnung. Er faltet die Zeitung zusammen, sodass er das Bild der Frau nicht mehr sehen kann. Allmählich erinnert er sich wieder.

»Ich habe jemanden umgebracht«, sagt er – jetzt ist es raus, und Schwester Hamilton kann tun, was sie für richtig hält. Wahrscheinlich wird sie die Polizei verständigen. Er hofft, dass sie es tut. Vielleicht wird man ihn sogar hinrichten. Die Todesstrafe wurde zwar vor über fünfzig Jahren abgeschafft, aber angesichts der zunehmenden Gewalt in den letzten Jahren wurden Forderungen laut, sie wieder einzuführen. Es gab sogar eine Volksbefragung, und die Mehrheit hat sich für die Wiedereinführung der Todesstrafe ausgesprochen. Er weiß noch, dass es ein knappes Ergebnis war, aber er kann sich nicht mehr erinnern, wann die Abstimmung war. Letztes Jahr? Vor zwei Jahren? Er weiß auch nicht, ob sie inzwischen bereits umgesetzt wurde. Vielleicht wird er der Erste sein, den man hinrichtet. In dem Fall möchte er nicht, dass Sandra oder Eva anwesend sind, wenn man ihn hängt. Er möchte, dass Schwester Hamilton zugegen ist. Er könnte sich vorstellen, dass es durch ihr trauriges Lächeln nicht ganz so Furcht einflößend wirkt, wenn man die Schlinge um seinen Hals zieht.

»Ich weiß«, sagt Schwester Hamilton mit einem gequälten Gesichtsausdruck.

Er fragt sich, woher sie das weiß, und kommt zu dem Schluss, dass er ihr bereits davon erzählt hat.

Sie fährt fort. »Das tut mir leid, Jerry. Wirklich. Aber Sie wissen, dass das nicht Ihre Schuld war.«

»Natürlich war das meine Schuld«, sagt er. »Ich habe Suzan umgebracht, weil ich mich in sie verliebt hatte. Ich habe mich in ihr Haus geschlichen und ihr wehgetan, und später hat die Polizei dann den falschen Mann verhaftet.«

Plötzlich ist Schwester Hamiltons Sorge wie verflogen. Sie wirkt erleichtert. Vielleicht mochte sie Suzan nicht, denkt Jerry.

»Ist schon okay«, sagt sie.

Er schüttelt den Kopf. Es wird nie okay sein.

»Wissen Sie, wie Sie heißen?«, fragt sie.

»Natürlich. Ich heiße Henry Cutter«, sagt er, aber das kommt ihm nicht ganz richtig vor. Knapp daneben. Außerdem hat sie ihn gerade Jerry genannt.

»Henry ist Ihr Pseudonym«, sagt sie.

»Pseudonym?«

»Ihr richtiger Name ist Jerry Grey. Sie sind Schriftsteller.«

Er durchforstet sein Gedächtnis, versucht einen Zusammenhang herzustellen. »Sie irren sich.«

»Sie haben früher Krimis geschrieben«, sagt sie. »Manchmal wissen Sie nicht, was tatsächlich passiert ist und was Sie sich nur ausgedacht haben. Wissen Sie, wo Sie gerade sind?«

»In einem Pflegeheim«, sagt er und betrachtet das Gelände, die Bäume und die Blumen. Hier sind noch andere Leute; sie laufen umher, einige wirken glücklich, andere traurig und einige verloren. Ihm fällt ein, dass er zu den Verlorenen gehört, was nicht einer gewissen Ironie entbehrt. »Ich leide an Demenz.«

»Die Krankheit verändert auf fürchterliche Weise Ihre Erinnerung. Sie halten die Geschichten aus Ihren Romanen für Realität. Es gibt keine Suzan. Es hat nie eine Suzan existiert.«

Er denkt darüber nach. Bücher schreiben … das kommt ihm vertraut vor. Natürlich ist sein Name Jerry Grey und nicht Henry Cutter. Zu Henry Cutter wurde er nur, wenn er schrieb; auf diese Weise konnte er in den hässlichen Momenten des Lebens Henry sein und in den schönen Jerry.

»Ich habe also niemanden getötet?«, fragt er.

Schwester Hamilton sieht ihn mit einem unglaublich traurigen Lächeln an, ein Lächeln, bei dessen Anblick sich sein

Brustkorb zusammenzieht. Sie bemitleidet ihn. Ja, er bemitleidet sich selbst. »Es gab keine Suzan«, sagt sie. »Sie ist nur ein Produkt Ihrer Fantasie.«

»Aber sie … sie kommt mir so echt vor.«

»Ich weiß. Kommen Sie, gehen wir rein. Es gibt bald Abendessen.«

Sie bringt ihn hinein, und er sagt ihr, dass er sich auf seinem Zimmer ein wenig ausruhen will. Sie führt ihn zu seinem Zimmer und sagt, dass alles gut wird und dass er sich nicht zu lange hinlegen soll. Als er allein am Fenster sitzt, denkt er über ihr Gespräch nach und begreift, was ihm gerade entgangen ist.

Sie sagte: *Ich weiß.*

»*Ich habe also niemanden getötet.* Das habe ich Sie gefragt«, sagt er in das leere Zimmer – da ist nur der Vergesslichen Jerry, und dem Vergesslichen Jerry scheint es nichts auszumachen, mit sich selbst zu reden. Im Gegenteil, er fordert ihn dazu auf, und wenn er es recht bedenkt, kommt ihm das bekannt vor. Als er weiterredet, stellt er sich vor, dass auf dem Stuhl gegenüber Schwester Hamilton sitzt. »Dann haben Sie gesagt, dass ich Suzan nicht getötet habe. Sie haben nicht gesagt, dass ich niemanden getötet habe.«

Er geht das Gespräch noch mal durch.

Er hat Suzan nicht getötet.

Aber du hast jemanden getötet.

Das sind nicht seine Worte, aber er weiß, wer das gesagt hat. Henry Cutter, sein Pseudonym, will sich Gehör verschaffen.

Du hast jemanden getötet, und Schwester Hamilton weiß davon.

Aber wenn du nicht Suzan getötet hast, wen zum Henker dann?

Tag Zwanzig

Die Tage vergehen wie im Flug, und du hättest gern mehr geschrieben. Ständig kommt dir, wie so oft beim Schreiben, das Leben dazwischen. Du musst noch von Tag elf erzählen, als Eva zum Abendessen hier war. Seitdem war sie öfter hier, und es ist eine Menge passiert. Zunächst mal musst du wissen, dass Sandra sämtlichen Alkohol aus dem Haus verbannt hat. Es ist ein Jammer, denn die abendlichen Gin Tonics haben dir wirklich geholfen, dich zu entspannen, und jemand in deinem Zustand hat etwas Entspannung verdient. Sicher, auch andere Menschen werden krank oder sterben in noch jüngeren Jahren, aber hier geht es um dich mich uns. Es ist dein gutes Recht, dich zu bemitleiden. Du musst zugeben, dass du ein wenig sauer auf Sandra bist, weil sie das Einzige entsorgt hat, was dir Trost spendet, wenn nichts anderes mehr hilft. Außerdem hat sie dir deine Kreditkarte weggenommen, weil du damit Katzenfutter gekauft hast. Du weißt nicht mehr, wie oft sie in der letzten Woche zu dir gesagt hat: *Du darfst das nicht, Jerry,* oder: *Das solltest du nicht tun, Jerry.*

Die gute Nachricht: Du hast Hans angerufen. Er war dir im Laufe der Jahre eine große Hilfe. Jemanden wie ihn nennst du … *Ausgangsmaterial.* Du hast ihn an der Uni kennengelernt. Er war von deinen Freunden der erste, der sein Haar verloren hat. Er hat sich schon ziemlich früh dazu entschlossen, sie komplett zu rasieren, weshalb er der einzige Zwanzigjährige mit Glatze auf dem Campus war. Er hatte eine Menge Seminare belegt, darunter dasselbe Psychologie-Seminar wie Sandra. Allerdings wollte er nicht nur die menschliche Psyche ergründen, sondern die ganze Welt. Er will wissen, wie die Dinge funktionieren. Du warst zum Lernen oft in seiner Wohnung, und häufig waren der Fernseher, der Computer oder der Toaster in seine Einzelteile zerlegt. Sobald er herausgefunden hatte, wie diese Geräte funktionierten, wandte er sich größeren Dingen zu, wie seinem Auto. Was Zahlen betrifft, ist er wie Rain Man. Wenn auf dem Boden ein Behälter mit verschütteten Zahnstochern liegt, kann er zwar nicht sagen, wie viele es sind, aber er kann im Kopf alle möglichen komplizierten Berechnungen anstellen. Außerdem ist er in der Lage, das Alter und Gewicht einer Person abzuschätzen. Allerdings zieht er bei Frauen, die älter als zwanzig sind, zwischen fünfundzwanzig und fünfunddreißig Prozent ab, und bei Frauen, die er attraktiv findet, noch mehr. Manchmal habt ihr eine Lernpause eingelegt und euch auf die Terrasse gesetzt, und er hat einen Joint geraucht, und du hast ein Bier getrunken. Dabei hat er die ganze Zeit mit einem Zauberwürfel herumgespielt und ihn mithilfe der Fridrich-Methode innerhalb weniger Minuten gelöst, während er nach einer Möglichkeit suchte, es in weniger als einer Minute zu schaffen, bis er schließlich nur noch dreißig Sekunden brauchte. Er hat sich selbst drei Sprachen beigebracht, und einmal hat er zwei Wochen damit verbracht, Origami-Figuren zu falten – Schwäne, Rosen und Pandabären –, bevor er versuchte, ein perfektes Papierflugzeug hinzubekommen. Mit neunzehn las er ein Dutzend Handbücher von Kleinflugzeugen, schlich sich nachts auf einen Flugplatz und klaute eine der Maschinen. Er probierte alles aus, was er gelernt hatte, flog in einem Radius von anderthalb Kilometern um das Rollfeld herum und kehrte wohlbehalten zurück. Einmal warst du zum Lernen in seiner Wohnung, und er versuchte, ein Schloss zu knacken. Er hatte nicht vor, irgendwo einzubrechen, er wollte lediglich herausfinden, ob er es konnte. Anschließend brachte er dir stundenlang bei, was er gelernt hatte – nicht, um dir einen Gefallen zu tun, sondern um zu sehen, ob er jemandem etwas beibringen konnte.

Hans hatte nur ein Problem, und das war das Gras. Wahrscheinlich rauchte er es, um seinen Geist zu beruhigen. Irgendwann baute er selbst welches an, um herauszufinden, ob er es konnte. Dann verkaufte er es. Mit einundzwanzig verbüßte er eine viermonatige Gefängnisstrafe, und als er entlassen wurde, war er nicht mehr derselbe – allerdings machte er damals sowieso gerade eine Veränderung durch, und der Knastaufenthalt beschleunigt das Ganze nur, genauso wie die drei Jahre, die er mit fünfundzwanzig wegen Drogenhandels absitzen musste. Nach seiner ersten Haftstrafe kühlte eure Freundschaft ab, aber da Christchurch eine kleine Stadt ist, bist du ihm hin und wieder über den Weg gelaufen. Du siehst in ihm immer noch den Menschen, der er mal war. Jeder von uns hat solche Freunde, Zukünftiger Jerry, und es ist schwierig zu sagen, ob man sich mit ihnen anfreunden würde, wenn man sie jetzt kennenlernen würde (um ehrlich zu sein, ich frage mich das auch bei dir: Ob ich denjenigen mag, der du in Zukunft sein wirst. Genauso wenig weiß ich, ob du die Person magst, die du mal warst).

Nach seinem ersten Gefängnisaufenthalt nahm Hans noch mehr Drogen und besuchte das Fitnessstudio und trainierte sich Muskeln an. Außerdem ließ er sich mehrere Tätowierungen stechen. Aber jedes Mal, wenn er dir über den Weg lief, war er der warmherzigste Mensch der Welt. Als dein erstes Buch herauskam, stattete er dir einen Besuch ab. Er war ganz aus dem Häuschen. Ihr kamt euch wieder näher – obwohl Sandra sich jedes Mal aus dem Staub macht, wenn er vorbeischaut. Sobald er wieder verschwunden ist, fragt sie dich jedes Mal, warum zum Henker du mit so jemandem deine Zeit verbringst. Du hast ihn nie als Vorlage für eine deiner Figuren benutzt, aber wenn du wissen willst, wie man ein Baby außer Landes schmuggelt oder wo man ein Pfund Kokain kaufen kann, dann wendest du dich an Hans. Viele Menschen glauben, Krimiautoren wüssten, wie man mit einem Mord davonkommt, aber du dachtest immer, wenn einer das schaffen kann, dann Hans. Du hast dir zwar all die schrecklichen Dinge in deinen Büchern ausgedacht, Jerry, aber wie einiges davon im Einzelnen abläuft, stammt von Hans. Sei es, wie man sich eine gestohlene Identität zulegt oder jemanden in Angst und Schrecken versetzt; Hans ist eine vielseitige Persönlichkeit, denn er ist zu vielen Dingen imstande. Schlimmen Dingen. Du solltest vielleicht wissen, dass er dir ein wenig Angst macht. Ja, du dachtest, du hättest den Revolver von ihm gekauft.

An Tag siebzehn hast du ihn angerufen und ihm von deiner Demenzerkrankung erzählt. Er meinte, dass er dich besuchen würde. Du sagtest, dass er sich keine Sorgen machen brauche, aber das tat er, und Sandra verkrümelte sich ins Büro, um die liegen gebliebene Arbeit nachzuholen, damit sie ihn nicht sehen musste. Ihr habt draußen auf der Terrasse gesessen und eines der Bierchen getrunken, die er mitgebracht hatte, während er einen Joint rauchte und du dich darüber beklagtest, wie ungerecht die Welt sei. Er bat dich, ihm die Alzheimerkrankheit zu erklären. Er wollte alle Einzelheiten dazu wissen und stellte dir unentwegt Fragen, als hätte er für das Problem eine Lösung parat. Wenn er überzeugt gewesen wäre, dass es hilft, hätte er dich auf der Terrasse auseinandergenommen und versucht, die Teile zu reparieren, die seiner Meinung nach defekt waren.

Als du ihm erzähltest, dass Sandra den Gin entsorgt hat, stieg er in seinen Wagen und kehrte zwanzig Minuten später mit fünf Flaschen zurück, die du dann versteckt hast. Er meinte, du solltest ihn in einer Woche anrufen, wenn der Vorrat aufgebraucht sei. In einer Woche! Du warst dir nicht sicher, ob es ein Scherz war, und sagtest, dass er wohl eher für einen Monat reicht. Vielleicht auch zwei. Der alte Hans fehlt dir, aber dieser Hans wäre nicht losgefahren, um den Gin zu holen.

Übrigens, in deinem Arbeitszimmer gibt es ein Versteck – nein, nicht das unter dem Tisch, das benutzt du nicht mehr, seit Sandra davon erfahren hat. Es gibt noch ein anderes, hinten im Schrank. Darin befindet sich eine falsche Wand. Du hast sie eingebaut, als ihr hier eingezogen seid – dort versteckst du die Sicherungskopien deiner Texte. Das ist sehr viel unkomplizierter, als jeden Tag den Schreibtisch zur Seite zu schieben. Wenn jemand einige der Sachen lesen würde, die du vor langer Zeit geschrieben hast, würdest du vor Scham im Boden versinken. In das Fach passten nur drei Flaschen, die anderen zwei hast du in der Garage versteckt. Sandra hatte nichts dagegen, dass das Tonic Water im Haus bleibt.

Das war die Zusammenfassung von Tag siebzehn. Jetzt noch in Kürze die guten und die schlechten Nachrichten. Erst die schlechte: Der Alkohol ist alle. Jetzt die gute: Der Alkoholvorrat wurde aufgefüllt. Und es gibt noch eine gute Nachricht: Hans hat bestätigt, dass du nie einen Revolver gekauft hast. Als du ihn danach fragtest, meinte er: *Seit du an Demenz erkrankt bist, erzählst du den Leuten offensichtlich allen möglichen Scheiß, was?*

Du hast ihm recht gegeben.

Ich habe dir nie einen Revolver besorgt. Ich habe nie irgendjemandem einen Revolver besorgt.

Jetzt noch mal zurück zu Tag elf. Kaum zu glauben, dass das jetzt schon eine Woche her ist. Warum setzt du das nicht auf deine *Ich-kann's-nicht-fassen*-Liste, Zukünftiger Jerry? Eine Liste, die ziemlich lang werden wird, falls es dich interessiert. Es ist gerade eine Menge los. Nichts, was die Alzheimererkrankung betrifft (obwohl diese Zeitbombe unaufhörlich tickt – nein, vergiss das, die Alzheimererkrankung ist eine Bombe, die bereits explodiert ist, und wir haben es jetzt mit den Auswirkungen zu tun). Du hast diese Woche deinen Anwalt aufgesucht und auch deinen Steuerberater – du musst Vorkehrungen für die Zukunft treffen, als würdest du zum Mond fliegen und nicht wieder zurückkehren. Beide gaben dir die Hand und sagten, wie leid es ihnen tue, doch es tat ihnen gar nicht wirklich leid. Warum auch? Während du langsam stirbst, kaufen sie sich neue Autos und neue Jachten, außerdem werden sie stundenweise bezahlt, Baby, alles wird berechnet.

An Tag elf hast du abends gekocht, denn Eva hat euch mit Rick einen Besuch abgestattet. Du bist ein ziemlich guter Koch. Darin gehst du voll auf – und es gibt nicht viele Tätigkeiten, bei denen das so ist. Du kannst schreiben, du kannst Billard spielen, du kennst ein paar Kartentricks, du fängst dir eine Alzheimererkrankung ein wie eine Erkältung, und du kannst kochen. Du hast vergessen, was du an diesem Tag gekocht hast, aber falls du das wirklich wissen musst, dann schick einen Brief an Jerry Grey, wohnhaft in der Vergangenheit, und ich melde mich bei dir.

Als die beiden bei uns eintrafen, strahlten sie übers ganze Gesicht. Eva hatte ihre Gitarre dabei, und nachdem ihr euch ins Wohnzimmer gesetzt hattet, erzählte sie euch, dass sie Songs schreibt und, halt dich fest, gerade ihren ersten verkauft hat! Sie hat während der drei Jahre in Europa angefangen zu komponieren. Auf ihren Reisen hatte sie ein Notizbuch dabei, und wenn sie etwas sah, das sie inspirierte – Menschen, Sonnenuntergänge, Landschaften –, dann schrieb sie einen Song. Sie hat euch nie davon erzählt. Sie wollte, dass keiner davon wusste, denn sonst hättest du bestimmt versucht, ihr Ratschläge zu geben oder bei den Texten zu helfen. Der Sänger, der ihren Song gekauft hat, will ihn bald aufnehmen und veröffentlichen. Eva spielte ihn euch vor, und er war großartig. Allerdings machte es das anstehende Gespräch umso schwerer. Du hast, den Arm um Sandra gelegt, im Wohnzimmer gesessen und dir den Song angehört. Rick schaute Eva fasziniert zu, und du hast wahrscheinlich noch nie einen Mann gesehen, der so verliebt war wie der gute alte Rick.

Der Song heißt »The Broken Man« und handelt von einem Mann, der jeder Frau das Herz bricht, die sich in ihn verliebt, bis ihm eines Tages eine Frau das Herz bricht, weil sie für ihn unerreichbar bleibt, da sie bereits verheiratet ist. Du hast sie gebeten, den Song ein zweites Mal zu spielen, und das tat sie, und dann bat Sandra sie, ihn ein drittes Mal zu spielen, doch sie meinte, vielleicht später und lächelte, als wäre es ihr peinlich, wie stolz ihr beiden wart. Sandra machte ein Foto davon, wie du mit einem strahlenden Lächeln neben Eva hocktest. (Am nächsten Tag hat sie das Foto ausgedruckt und *Der stolzeste Vater der Welt* auf die Rückseite geschrieben. Das Foto hängt jetzt am Kühlschrank.)

Nachdem ihr gegessen hattet, habt ihr den beiden dann von deiner Krankheit erzählt. Eva fing an zu weinen, und Rick nahm sie in den Arm, während sie immer wieder diese eine Frage stellte: *Wie lange hast du die Krankheit schon?* Eine Frage, die keiner genau beantworten kann. Aber du dachtest die ganze

Zeit nur, wenn Eva ihre Musik macht, dann geht es dir gut, egal, was passiert.

Obwohl sie immer noch weinte, nahm Eva dich in den Arm, um dich aufzumuntern, und dann suchte sie Trost bei Rick. Du kannst nicht ganz in Worte fassen, wie du dich dabei gefühlt hast. Du warst nicht eifersüchtig, du kamst dir eher überflüssig vor. Du hast früher immer nachgeschaut, ob unter ihrem Bett Gespenster sind. Du warst für sie da, als sie am Boden zerstört war, nachdem sie mit dem Wagen rückwärts gegen die Garagenwand gefahren war. Und nachdem die Katze gestorben war, hast du sie in den Arm genommen, bis ihre Tränen getrocknet waren. Jetzt bist du der Broken Man, zwar nicht der aus Evas Song, aber trotzdem bist du ein gebrochener Mann. Eva hat jetzt Rick, und sie wird ihn brauchen. Und du solltest wirklich dankbar dafür sein, dass es ihn gibt.

Es war Ricks Idee, die Hochzeit vorzuziehen. Du mochtest Rick nicht besonders, als du ihn kennengelernt hast, denn als er mit seinem Wagen bei euch vorfuhr, lief im Innern diese ätzende Hip-Hop-Musik. Das erinnert mich daran, J-Man (das ist mein Hip-Hop-Name für dich, und mein Hip-Hop-Name für das Protokoll des Wahnsinns ist P. W.), dass du Hip Hop auf den Tod nicht ausstehen kannst, und solltest du irgendwann in Zukunft diese Musik hören, während du eine Jeans trägst, die dir bis in die Kniekehle hängt, dann ist dir nicht mehr zu helfen. Du stehst eher auf Leute wie Springsteen. Auf die Stones und The Doors. Du hast mal einen ganzen Roman geschrieben und dabei nichts anderes als Pink Floyd gehört. Die Musik, die du hörst, ist zeitlos.

Rick. Rick und sein verdammter Hip Hop, der aus der Anlage dröhnte, als wollte er die ganze Nachbarschaft damit beschallen. Eva saß auf dem Beifahrersitz und machte ihm schöne Augen. Aber du hast das prima gemacht, J-Man, du hast ihm nicht damit gedroht, deinen Revolver (der wohlgemerkt nicht existiert) zu holen und eine Kugel in seine Anlage zu jagen, wenn er die Musik nicht abstellt. Dein erster Eindruck von ihm war nicht besonders toll, und dein einziger Gedanke war, dass die beiden deinen ganzen Besitz erben, wenn dieser Typ deine Tochter heiratet und mit ihr Kinder hat. Aber anschließend lief es besser – entweder war seine Vorliebe für Hip Hop nur eine Phase, oder Eva hatte ihm etwas gesagt, denn er hörte nur noch leise Musik und trug seine Jeans über dem Hintern – also, inzwischen magst du ihn. Er ist ein anständiger Kerl. Seit zwei Monaten wohnen die beiden zusammen, und jetzt werden sie heiraten. Vielleicht hat Evas Musik einen anderen Menschen aus ihm gemacht.

Sie haben die Hochzeit deinetwegen vorgezogen. Es wäre auch nicht ganz leicht, Eva zum Altar zu führen und sie herzugeben, wenn du dich nicht mehr an ihren Namen erinnern kannst. Deine Tochter, das wunderbarste Mädchen der Welt, verschiebt den wichtigsten Tag in ihrem Leben, damit du dabei sein kannst. Eigentlich wollten die beiden erst in einem Jahr heiraten, aber jetzt findet die Hochzeit in ein paar Monaten statt. Ein misstrauischerer Mensch als du würde vielleicht denken, dass Rick sie heiraten will, bevor du deine Reise zum Mond antrittst, um sich einen Anteil deines Erbes zu sichern. Vielleicht ist es auch so – aber in einem Jahr ist dir das sowieso egal.

So sieht's also aus – deine Frau und deine Tochter verbringen die Abende damit, Hochzeitsvorbereitungen zu treffen, und manchmal ist Rick auch mit von der Partie. Hin und wieder kommt er vorbei, und ihr beiden schaut euch eine Sportübertragung an, oder ihr spielt in der Garage Darts und quatscht miteinander. Es gibt Probleme, so kurzfristig einen Ort für die Zeremonie zu finden, aber sie sind guter Dinge.

Die gute Nachricht: Eva wird heiraten. Du kannst nicht glauben, wie erwachsen sie geworden ist. Der Tag, an dem du sie zum Altar führen wirst, wird einer der stolzesten Tage deines Lebens sein.

Die schlechte Nachricht: Sandra hat davon gesprochen, das Haus zu verkaufen. Sie versucht, mit der ganzen Situation pragmatisch umzugehen. Sie will uns eine kleinere Wohnung suchen. Du hast das auf die *Ich-kann's-nicht-fassen*-Liste gesetzt. Du hast ihr gesagt, dass du das nicht willst, dass du so lange wie möglich hier wohnen möchtest. Dass du nicht in ein Pflegeheim willst, dass ihr genug Geld habt und eine entsprechende Krankenversicherung, um einen ambulanten Pflegedienst zu engagieren. Sie war damit einverstanden und meinte, dass ihr euch später Gedanken darum machen würdet. Du weißt, was später bedeutet – es wird genauso laufen wie bei deinem Protokoll, das sie gelesen hat. Sie wird dir sagen, dass du von Anfang an damit einverstanden warst, das Haus zu verkaufen, und es nur vergessen hast.

Du musst sie im Auge behalten.

KAPITEL 7

Als sich der Samstag dem Ende zu neigt, hat Jerry das Prinzip hinter der Krankheit begriffen. Sein Gespräch mit Schwester Hamilton ist ein Beweis dafür, dass er jemanden umgebracht hat, und nachdem er in den letzten paar Tagen verschiedene Passagen seiner Bücher gelesen hat, weiß er, wie die Welt funktioniert. Es geht um das Gleichgewicht der Kräfte. Er ist überzeugt davon, dass dies der Grund für seine Alzheimererkrankung ist, und diesen Grund zu verstehen, ist der erste Schritt auf dem Weg zur Heilung.

Er tritt in den Flur. Man hat ihm erzählt, dass er heute Morgen beim Aufwachen ein wenig durcheinander war, aber jetzt, am Nachmittag, weiß er, wer er ist – er ist fünfzig Jahre alt, heißt Jerry Grey und hat einen Menschen, mindestens einen Menschen, umgebracht. Er begibt sich in den Gemeinschaftsbereich des Pflegeheims, wo andere Bewohner fernsehen, Karten spielen oder Geschichten über ihre Enkelkinder austauschen. Das Fernsehprogramm interessiert ihn nicht mehr. Man kann einer Serie nicht folgen, wenn man nicht mehr weiß, was in der letzten Woche passiert ist. Es gibt hier mehrere Sofas und Couchtische; einige Leute unterhalten sich, andere lesen oder starren bloß vor sich hin, gefangen in ihren Gedanken, real oder eingebildet, verwirrt oder nicht, und jagen einer Erinnerung nach, die sie nicht ganz zu fassen bekommen. An den Wänden stehen Rollstühle, und gegen die Sofas lehnen Krücken. Der Fernseher ist stumm geschaltet. Es läuft eine Sendung über Auktionen und Antiquitäten, doch für die Zielgruppe der Sendung sind das keine Antiquitäten, sondern Gegenstände, mit denen sie aufgewachsen ist.

Eric ist gerade mit etwas anderem beschäftigt, also wartet Jerry. Auf einem Sofa. Am Fenster. *Er heißt Jerry Grey, ist fünfzig Jahre alt und hat einen Menschen umgebracht* – diese Worte geistern durch seinen Kopf wie von einer Schallplatte, die einen Sprung hat, bis Eric fertig ist und herüberkommt.

»Ich brauche Ihre Hilfe«, sagt Jerry.

»Gern.«

»Ich muss hier raus.«

Eric antwortet nicht. Er schenkt Jerry nur ein trauriges Lächeln, wie es jeder der Mitarbeiter hier draufhat, ein Lächeln, das Jerry gehörig satthat.

»Bitte, es ist wichtig.«

»Offensichtlich brauchen Sie meine Hilfe nicht, um das Heim zu verlassen, Jerry – Sie haben das inzwischen dreimal allein geschafft.«

Dreimal, denkt Jerry, hat er es geschafft, zu Fuß eine Strecke von dreißig Kilometern zurückzulegen, war aber nicht in der Lage, sich daran zu erinnern. Dreimal ist er im Prinzip geschlafwandelt. Allerdings sollte man es besser *wachwandeln* nennen. Er ist Jerry Grey, ein fünfzigjähriger Krimiautor, der einen Menschen umgebracht hat. Er ist der Wachwandler hier. Vielleicht war er auch häufiger unterwegs, denkt er, falls er wieder unbemerkt ins Gebäude zurückgekehrt ist.

»Warum müssen Sie weg?«, will Eric wissen.

Jerry hat sich gefragt, wie viel er ihm verraten soll, und beschlossen, ihm am besten alles zu erzählen. Es ist keine Schande, wenn man Hilfe braucht.

»Ich weiß, dass ich Alzheimer habe, denn das Universum bestraft mich für die schlimmen Dinge, die ich getan habe. Ich habe jemandem wehgetan, vielleicht auch noch anderen Menschen. Ich glaube, dass mir das Universum nur meine Erinnerung zurückgibt, wenn ich meine Taten gestehe. Ich muss zur Polizei.«

Erics Lächeln hat sich in ein Stirnrunzeln verwandelt. Jerry erinnert sich, wie ihm jemand mal erzählt hat, dass man für ein

Stirnrunzeln mehr Muskeln benötigt. Der Typ, der ihm das erzählt hat, hat während eines Drogendeals im Hinterzimmer einer Möbelfabrik eine Kugel in den Hinterkopf bekommen. Jerry weiß noch, dass er seine Stirn auf unterschiedliche Weise runzelte, während er dort kniete. Hinter ihm stand ein Killer und sagte, dass er bis zu einer bestimmten Zahl zählen und dann abdrücken würde. Die Zahl war die neunundzwanzig, aber das behielt der Killer für sich, er zählte bloß in Gedanken, während der Typ zitternd vor ihm auf dem Boden kniete. Dann ertönte ein Schuss. Der Widerhall. Es trat kaum Blut aus. Woher weiß Jerry das? Ist das der Mann, den er getötet hat?

»Geht es um Suzan?«, fragt Eric.

Suzan. Sie war die Erste. »Woher wissen sie von Suzan?«

»Wir haben dieses Gespräch schon mal geführt, erinnern Sie sich nicht?«

Jerry schüttelt den Kopf. Wenn er sich daran erinnern würde, wäre er nicht hier.

»Das ist nicht passiert«, sagt Eric, beugt sich vor und legt Jerry die Hand auf den Arm. »Die Menschen, von denen Sie glauben, dass Sie sie umgebracht haben – nichts davon ist passiert. Keiner Ihrer Nachbarn wurde ermordet. Sie haben sich in keins der Häuser geschlichen und jemanden umgebracht. Es gibt keine Suzan mit Z.«

»Wie können Sie sich da so sicher sein?«

»Weil wir das überprüft haben. Dort, wo Sie aufgewachsen sind, wurde niemand ermordet. Auch nicht in Ihrem Viertel, verdammt, und nicht mal in dem Vorort, in dem Sie gewohnt haben.«

Jerry weiß, dass das die Wahrheit ist, denn es fühlt sich an wie die Wahrheit. Sein Körper wird von Erleichterung durchflutet, und seine Angst verfliegt langsam. Die Information, dass er kein Mörder ist, passt wie ein gut sitzender Handschuh, ähnlich wie die Information, dass er mal Krimiautor war. Es gibt keine Suzan. Und es gab keinen Drogendeal, bei dem er beobachtet hat, wie ein Typ eine Kugel in den Hinterkopf bekam, nachdem der Schütze bis neunundzwanzig gezählt hat. Das sind Figuren aus seinen Büchern. Er mag sich zwar nicht an die Einzelheiten erinnern, aber er weiß, dass er diese Leute erschaffen hat.

Schlagartig wird ihm klar: Wenn er sich all die Jahre nichts zuschulden hat kommen lassen, warum hat er dann diese Krankheit bekommen? Er hat niemanden getötet, was soll er dann bereuen? Vor ihm liegt immer noch eine düstere Zukunft. »Warum werde ich dann bestraft?«

»Es gibt kein *Warum*«, sagt Eric. »Das ist einfach dumm gelaufen.«

»Ich habe also niemanden getötet?«

»Die Sache ist die, Jerry: Das liegt daran, dass die Welten, die Sie in ihren Büchern entworfen haben, unglaublich real wirken. Die Leute lesen Ihre Bücher und identifizieren sich mit der Hauptfigur, sehen die Welt mit ihren Augen, denken wie sie. Es ist also kein Wunder, dass Ihnen das echt vorkommt – denn Ihren Lesern geht es bestimmt genauso. Mir ging es jedenfalls so. Ihre Bücher sind wirklich toll«, sagt er. »Seit dem ersten Buch bin ich ein großer Fan.«

»Das kann nicht nur Pech sein«, sagt Jerry. »Das Universum sorgt für irgendeinen Ausgleich.«

»Jerry …«

»Ich muss darüber nachdenken«, sagt er und steht auf. »Ich glaube, ich ruh mich ein bisschen aus.«

Eric steht ebenfalls auf. Zusammen gehen sie zurück zu Jerrys Zimmer.

»Wissen sie noch, wie ich Ihnen erzählt habe, dass ich Schriftsteller werden will?«, fragt Eric.

Jerry schüttelt den Kopf.

»Ich habe Sie um einen Rat gebeten, und Sie sagten, schreiben Sie über das, was Sie kennen. Ich meinte, dass das nicht immer möglich sei. Wissen Sie noch, was Sie darauf geantwortet haben?«

»Nein.«

»Sie sagten, erfinden sie etwas. Ob ich wirklich glauben würde, dass Gene Roddenberry mal auf dem Mars war? Dass Stephen King als Kind von einem Vampir heimgesucht wurde? Dass Bill und Ted wüssten, wie man durch die Zeit reist? Sie sagten, schreiben Sie über das, was Sie kennen, und den Rest erfinden Sie. Außerdem meinten Sie, dass ich ein wenig recherchieren soll.«

»Und was macht die Schreiberei?«, fragt Jerry.

»Ich arbeite immer noch hier, oder?«, fragt Eric und lacht. »Bei Suzan haben Sie genau das gemacht. Sie haben Sie nicht getötet, Sie haben das alles nur erfunden, aber die Figur war für Sie genauso echt wie für Ihre Leser. Also, Sie werden heute doch nicht schon wieder versuchen abzuhauen, oder?«

»Nein.«

In seinem Zimmer setzt sich Jerry ans Fenster. Wenn er für nichts bestraft wird, was steckt dann dahinter? Plötzlich erinnert er sich an ein Erlebnis, so intensiv, als wäre es gestern gewesen. Er ist sechzehn Jahre alt, und er ist in der Schule, es ist Berufsinformationstag. Sie überlegten alle, was sie mit ihrem Leben anfangen wollen, als könnte ein Sechzehnjähriger das schon wissen. Aber er wusste es bereits. Er erzählte einer Lehrerin, dass er Schriftsteller werden wolle. Doch sie erklärte ihm, dass er zunächst einen realistischen Zukunftsplan ins Auge fassen und das Schreiben als Hobby betrachten solle. Er meinte, dass er alles daransetzen würde, dieses Ziel zu erreichen. Steckt das dahinter? Nimmt ihm das Universum seine restlichen Jahre, weil es ihm die gegeben hat, die er haben wollte? Hat er seine Seele verkauft?

»Nein, das ist es nicht«, sagt er gleichermaßen zu sich selbst und dem Jungen von vor fast fünfunddreißig Jahren. Es geht um Suzan mit Z. Vielleicht nicht speziell um sie, aber um jemanden wie sie. Das Gefühl, dass er jemanden umgebracht hat, ist so echt, dass er es einfach nicht ignorieren kann.

Tag Dreißig

Hey, Zukünftiger Jerry. Wie ist es dir in der Zwischenzeit ergangen? Es tut dir leid, dass du nichts von dir hast hören lassen. Du warst beschäftigt. Du weißt ja, wie das ist. Es gibt immer was zu tun. Termine einzuhalten. Leute zu vergessen. Seit deinem letzten Eintrag sind zehn Tage vergangen. Die ganze Sache, dieses ganze Alzheimer-Trara hat dich ganz schön mitgenommen. Wen wundert's? Du würdest gern superoptimistisch sein, die Sache, wenn möglich, herunterspielen und dir die *Alles-wird-gut*-Haltung zu eigen machen, die dir alle ans Herz legen, aber du kannst einfach nicht. Statt dich also der Realität zu stellen, schläfst du jeden Tag aus und stehst meistens nicht vor dem Mittagessen auf. Es war eine *Scheiß-drauf*-Woche, obwohl es eigentlich eine *Tu-alles-was-du-kannst-solange-*

es-noch-geht-Woche hätte sein sollen. Du solltest rausgehen und Drachen fliegen lassen, nach Ägypten reisen, Rockkonzerte besuchen und alles tun, was du vor deinem Tod noch tun wolltest, und nicht ausschlafen. Außerdem trinkst du jetzt mehr. Nicht, dass du eine falsche Vorstellung bekommst – du lässt dich nicht jeden Abend volllaufen, du genehmigst dir nur zwei, drei Drinks, genug, um alles ein wenig erträglicher zu machen. Manchmal auch vier. Aber nie mehr als fünf. Genug, um zu schlafen. Tagsüber machst du hin und wieder ein Nickerchen. In deinem Arbeitszimmer steht ein Sofa. Dein Denksofa. Manchmal liegst du dort und grübelst über Ideen für deine Bücher nach, versuchst Lösungen zu finden, und während du dortliegst, läuft eine Springsteen-CD, so laut, dass die Stifte vom Schreibtisch rollen. Inzwischen ist aus dem Denksofa ein Schlafsofa geworden und aus dem Schreibtisch eine Abstellfläche, und seit einer Woche ist die Stereoanlage nicht mehr gelaufen. Sandra sagt ständig, dass du nicht so viel Trübsal blasen sollst, aber hey, wenn du Trübsal blasen willst, dann bläst du eben Trübsal. Gewährt einem sterbenden Mann seinen letzten Wunsch, okay? Denn du stirbst langsam. Keine Frage. Dein Geist wird zehn, zwanzig, vielleicht sogar dreißig Jahre vor deinem Körper sterben – wenn das kein Tod ist, was dann? Momentan dient dir das Sofa auch als Versteck für das Protokoll des Wahnsinns. Du bist dir sicher, dass sich Sandra nachts ins Arbeitszimmer schleicht und danach sucht, aber du hast keinen Beweis für deine Vermutung.

Allerdings liegst du nicht die ganze Zeit auf dem Sofa im Arbeitszimmer. Vor einer Woche hast du die Anmerkungen deiner Lektorin bekommen. Sie ist ein echter Schatz. Du erwartest von einer Lektorin, dass sie dir schlechte Nachrichten auf schonende Weise beibringt. Es gibt immer schlechte Nachrichten, verpackt in ein Lob – ohne Lob hättest du schon vor langer Zeit hingeschmissen. Aber dieses Buch war ein hartes Stück Arbeit für sie, keine Frage. Sie hat ein paar Änderungen vorgeschlagen und möchte, dass du einige Leerstellen ausfüllst, damit man mehr über den Hintergrund der Figuren erfährt. Vor ein paar Jahren hättest du es nicht abwarten können, die Änderungen vorzunehmen, denn schließlich ist die Überarbeitung deine Lieblingsphase, Partner. Warum auch nicht? Du hast das Haus errichtet, und beim Überarbeiten geht es darum, die richtigen Farben auszuwählen.

Ja – das hast du so getrieben. Schlafen. Trinken. Überarbeiten. Du hast die letzte der drei Flaschen Gin ausgetrunken, die Hans dir vorbeigebracht hat. Als du ihn angerufen hast, meinte er, es seien fünf gewesen, aber du kannst die beiden anderen nicht finden. Sandra hat heute mit Dr. Goodstory telefoniert – du hast keine Ahnung, was sie ihm erzählt hat, und um ehrlich zu sein, ist es dir eigentlich auch egal. Sie ist gerade unterwegs, um ein Rezept abzuholen. Sie hat dich gefragt, ob du mitkommen willst, als wärst du ihr Haustier. Du hast nur den Kopf geschüttelt und dich auf das Sofa im Arbeitszimmer gelegt. Wenn sie zurückkommt, wird sie versuchen, dich irgendwie aufzuheitern, und du wirst dein Bestes geben, um so zu tun, dass es ihr gelungen ist. Du wirst dir irgendwas ausdenken. Das sagst du den Leuten immer, wenn sie dich um einen Rat fürs Schreiben bitten – ständig fragen sie dich danach, weißt du, also mach dich darauf gefasst. Selbst in deinem jetzigen Zustand suchen die Leute in deinem Gehirn nach einem letzten Fünkchen Hoffnung, nach etwas, das darüber entscheidet, ob ihre Manuskripte in den Buchläden oder im Schredder landen. Normalerweise sagst du: *Schreib über das, was du kennst, und denk dir den Rest aus.* Du solltest dich vielleicht vor Leuten in Acht nehmen, die dir deine Ideen klauen wollen – nicht, dass dir das wichtig wäre, aber eigentlich sollte es das. Schließlich hast du all diese Bücher geschrieben, und das hat dich in den Wahnsinn getrieben – all die Worte, all die Figuren. Das Universum dehnt sich stetig aus, sagen die Physiker, ständig entstehen neue Welten, doch eines Tages wird sich das ändern. Eines Tages hat das Universum seine maximale Größe erreicht, und dann wird es wieder schrumpfen. In sich zusammenstürzen. Genau das passiert gerade mit dir. Dein Geist – mit all den Ideen – hat seine maximale Größe erreicht, und jetzt stürzt er in sich zusammen.

Ach ja, gestern ist deine neugierige Nachbarin, die dir so ans Herz gewachsen ist, vorbeigekommen – Mrs. Du-weißt-schon-Wer (falls nicht, es ist Mrs. Smith – kein Scherz, sie heißt wirklich so). Sandra war nicht zu Hause. Sie war mit Eva unterwegs und hat Servietten bestaunt, während du im Arbeitszimmer lagst und die Decke angestarrt hast. Euer Haus hat eine drahtlose Klingel, die eine Lampe auf deinem Schreibtisch in deinem Arbeitszimmer aufleuchten lässt, weil deine Stereoanlage oft so laut läuft, dass du die Klingel nicht hörst. Da du beim Schreiben die Anlage immer bis zum Anschlag aufgedreht hast, musstest du das Zimmer mit einer zusätzlichen Dämmung isolieren, damit die Musik Sandra und die Nachbarn nicht stört. Der ganze Raum ist schallisoliert. Du könntest dich hier drin erschießen, ohne dass es jemand hören würde. Die Lampe der Türklingel leuchtete also auf, und du bist in deinem Bademantel und deiner Schlafanzughose an die Tür gegangen, und dort stand sie – Mrs. Smith. Hast du sie je etwas anderes als pastellfarbene Klamotten tragen gesehen? Ihre Kleidung war vor sechzig Jahren in Mode, und dann wieder vor dreißig Jahren, doch momentan ist sie nicht angesagt. Ihre Lippen waren knallrot geschminkt, um von den vielen Falten in ihrem Gesicht abzulenken, die so tief sind, dass man einen Penny hineinstecken könnte. Sie roch nach billigem Parfum, vermischt mit dem zarten Duft von Erde, als wäre sie ständig draußen, um im Garten Blumen zu pflanzen oder das Grab ihres Mannes zu beackern.

Sie wollte mit dir unter vier Augen sprechen, weißt du, dir kurz persönlich mitteilen, dass *einige* der Nachbarn – nicht sie, wohlgemerkt, keineswegs, obwohl sie ihnen zustimmen müsse – dass *einige* der Nachbarn sich das Maul zerreißen würden. Du wohnst in einem hübschen Haus, Jerry – hoffentlich wohnst du jetzt immer noch dort –, in einem hübschen Haus in einer hübschen Straße, in einer teuren Straße, in der Menschen mit einem teuren Geschmack wohnen, mit teuren Autos und einem teuren Lebensstil. Die meisten von ihnen arbeiten weniger als du oder gar nicht, sie sind inzwischen im Ruhestand; am Horizont erstrecken sich mehrere Seniorenresidenzen. Sie sei aus reiner Höflichkeit vorbeigekommen, um dir zu sagen, *dass einige Nachbarn, dass sie, na ja, ein wenig – nicht wütend, nein, nicht wütend, auch nicht verärgert – eher besorgt, ja, Jerry, besorgt sind, würde ich sagen, besorgt darüber, dass Ihr Garten ein wenig ungepflegt ist*. Damit hatte sie nicht ganz unrecht – seit drei Wochen ist der Rasen nicht mehr gemäht worden, alles ist voller Brennnesseln, die Rosen müssten mal gestutzt werden, und der Garten sieht aus, als würden dort wilde Tiere hausen. Mrs. Smith war nicht die Einzige, die dich darauf angesprochen hat. Sandra hat das ebenfalls erwähnt. Sie war so mit den Hochzeitsvorbereitungen beschäftigt, dass sie keine Zeit hatte, das Unkraut zu jäten, außerdem ist es deine Aufgabe, dich um den Garten zu kümmern. Sandra meinte, sie könnte einen Gärtner engagieren, aber jedes Mal, wenn sie das vorschlägt, sagst du, du würdest dich morgen darum kümmern. Was das Thema betrifft, hast du nicht mit dir handeln lassen, und Sandra konnte das verstehen, als du ihr erklärtest, dass dir das wichtig sei, denn wenn ihr einen Gärtner engagieren würdet, wäre das, als würde man die Büchse der Pandora öffnen. Erst käme der Gärtner, dann eine Haushaltshilfe, dann eine Pflegerin und schließlich jemand, der dich duscht und dir die Zähne putzt. Wenn ihr einen Gärtner engagieren würdet, würde das dunkle Morgen, dass du versuchst hinauszuzögern, einen Tag näher rücken.

Ich weiß, dass es … in letzter Zeit nicht einfach für Sie war, sagte Mrs. Smith. Bringt das die Demenzerkrankung nicht wunderbar auf den Punkt? *Nicht einfach für Sie.* Ja, Lady, es war verdammt noch mal nicht einfach. Während Sandra ganz damit beschäftigt ist, die Hochzeit vorzubereiten, und du damit, Trübsal zu blasen (blas Trübsal, solange du noch weißt, warum es sich lohnt, angesichts des Lebens Trübsal zu blasen), ist die Gartenpflege auf der Strecke geblieben. Mrs. Smith schlug vor, einen Gärtner zu engagieren. Du hättest ihr gern vorgeschlagen, sich um ihre eigenen Angelegenheiten zu kümmern. Es war dir bewusst, dass dein Haus eine Schande für die Straße ist, diese hübsche kleine *Stepford-Wives*-Straße, in der alles so adrett ist, außer deinem Garten und der Alzheimererkrankung. Du hast ihr versprochen, dich darum zu kümmern. Da sei sie sicher, sagte sie.

Das fasst Tag dreißig ganz gut zusammen. Ja, den ganzen ersten Monat.

Zeit für ein Nickerchen. Die Gartenarbeit kann warten.

Gute Nachrichten, schlechte Nachrichten – weißt du was? Darauf habe ich heute keine Lust.

KAPITEL 8

Sein Name ist Jerry Cutter Henry Cutter, sein Name ist Cutter Grey, er ist Schriftsteller, und das hier ist ein Pflegeheim; das hier ist die Realität, und er hat niemanden getötet, obwohl er weiß, dass das nicht stimmt.

Sein Name ist Jerry Henry Cutter, er ist Schriftsteller, und nichts von dem hier passiert wirklich.

Sein Name ist Jerry Jerry, er schreibt Kriminalromane, und nichts von dem hier passiert wirklich.

»Jerry?«

»Mein Name ist Jerry Cutter, und ich bin …«

»Jerry, wissen Sie, wer ich bin?«

Er sitzt am Fenster und schaut hinaus auf den Park. Die Sonne scheint. Zwanzig Meter von hier, in den Büschen, hat sich ein Kaninchen versteckt, aber er kann es sehen, o ja, es hat sich dort versteckt und beobachtet ihn, es beobachtet ihn und klaut seine Gedanken, klaut mit seinem kleinen Kaninchenhirn Jerrys Gedanken und versucht, sein eigenes Gehirn zu vergrößern, es klaut Jerrys Gedanken, um einen Roman zu schreiben, einen Kaninchenroman über Kaninchen.

»Jerry?«

Er dreht sich in die Richtung, aus der die Stimme kam. Hinter ihm steht Schwester Hamilton. »Es muss sich was ausdenken«, sagt Jerry, denn ein Kaninchen kann nicht wissen, was er denkt.

»Jerry?«

»Ja, ich weiß, wer Sie sind, verdammt noch mal«, sagt er. »Sie sind die Schwester, die ihre Klappe nicht halten kann. Sie haben doch bestimmt was Besseres zu tun.«

Sie lächelt ihn an. Aber warum lächelt sie? »Jerry, hier sind zwei Polizisten, die mit Ihnen reden wollen, ist das okay?«

»Polizisten aus meinen Büchern?«

»Richtige Polizisten«, sagt sie.

Jerry schaut erneut aus dem Fenster. Die Polizisten interessieren ihn nicht. Sie sind bestimmt nicht so amüsant wie fiktive Polizisten. Er kann das Kaninchen nicht mehr sehen, aber er weiß, dass es immer noch in demselben Busch hockt und ihn beobachtet. *Es ermittelt verdeckt!* »Ist das Kaninchen ein Polizist? Wo sind Mom und Dad?«

Die Schwester antwortet nicht. Stattdessen wendet sie sich den zwei Männern zu, die hinter ihr stehen. Jerry hat sie kaum zur Kenntnis genommen, und er gibt sich keine große Mühe, sie jetzt zur Kenntnis zu nehmen. »Ich halte das für keine gute Idee«, sagt die Schwester zu den beiden. »Er hat schlechte und gute Tage. Heute ist ein schlechter Tag«, sagt sie, und Jerry hat keine Ahnung, was das zu bedeuten hat.

»Es ist wichtig«, sagt einer der beiden Männer.

»Kaninchen«, sagt Jerry.

»Schauen Sie sich ihn an«, sagt Schwester Hamilton. »Nichts von dem, was er sagt, können Sie glauben, nicht in diesem Zustand. Er wird ein Dutzend Verbrechen gestehen. Zwei Dutzend.«

»Wir interessieren uns nur für eins«, sagte der Mann.

»Das weiß ich, aber er ist nicht von hier abgehauen.«

»Ach ja? Er hat es schon mal getan.«

»Als Kind hatte ich mal ein Kaninchen«, sagt Jerry, und alle schauen ihn an, sodass er das Verlangen verspürt, es ihnen zu erklären. »Zwei Tage, nachdem ich es bekommen hatte, entwischte es und lief davon. Es war nicht meine Schuld. Ich war sieben Jahre alt, und welcher Siebenjährige denkt schon daran, die Tür des Kaninchenstalls zu schließen?« Er steht auf und drückt seine Hände gegen das Fenster. »Das ist dieses Kaninchen!« Er wendet sich der Schwester und den beiden Männern zu. »Das ist Wally! Wo sind Mom und Dad? Sie können mir helfen, ihn zu fangen! Schnell, wir müssen nach draußen!«

Die Schwester legt ihm die Hand auf die Schultern. »Setzen Sie sich wieder, Jerry, bitte, wir kümmern uns gleich um das Kaninchen.«

»Aber …«

»Bitte, Jerry. Tun Sie, worum ich Sie gebeten habe, okay?«

Er schaut aus dem Fenster, dann zu den Männern hinter der Schwester. So wie sie ihn anblicken … das gefällt ihm nicht. Er setzt sich wieder und schaut weiter nach draußen.

»Wir werden gut auf ihn aufpassen«, sagt Schwester Hamilton zu den Männern. »Vielleicht können Sie morgen wiederkommen?«

»Hey, Jerry, ist jemand zu Hause?«, fragt einer der Männer, beugt sich vor und tippt Jerry so fest gegen die Stirn, dass es wehtun muss.

»Aufhören«, sagt Jerry und schlägt dem Mann auf die Hand. Jerry mag ihn nicht. Ganz und gar nicht.

»Kommen Sie, hören Sie auf damit«, sagt Schwester Hamilton, streckt den Arm aus und zieht die Hand des Mannes fort, dann tritt sie zwischen ihn und Jerry, sodass Jerry nur noch die Hinterseite ihrer Strickjacke sehen kann.

»Woher wissen wir, dass er uns nicht bloß was vorspielt?«, fragt der Mann. »Um mit einem Mord davonzukommen …«

»Sagen Sie so etwas nicht in seiner Gegenwart«, unterbricht Schwester Hamilton ihn.

»Ich habe Wally nicht umgebracht«, sagt Jerry, dann schaut er wieder aus dem Fenster. Er will die Männer nicht mehr sehen. Er will Wally suchen. Ihn interessiert jetzt nur noch das Kaninchen.

»Ich muss Sie jetzt beide bitten zu gehen«, sagt Schwester Hamilton.

»Rufen Sie uns an, sollte sich sein Zustand heute noch bessern«, sagt der andere Mann.

Als Jerry eine Bewegung in ihrer Richtung bemerkt, dreht er sich um und sieht, wie der Mann der Schwester eine Karte reicht. Jerry fragt sich, ob der Mann ein Kaninchenhändler ist.

»Falls wir nichts von Ihnen hören, kommen wir morgen früh noch mal vorbei und versuchen es erneut.«

Jerry und Schwester Hamilton schauen den beiden nach. Jerry lehnt sich mit dem Rücken gegen das Fenster und spürt das warme Sonnenlicht, das durch die Scheibe fällt. Er will nach draußen gehen, aber nicht, solange die beiden Männer hier sind. Mag sein, dass sie Kaninchenhändler sind, aber das macht sie noch nicht zu guten Menschen. Er beschließt, zehn Minuten zu warten. Das ist genügend Zeit, damit sie verschwinden. Er glaubt, dass Menschen auch schneller von der Erdoberfläche verschwinden können, und er hat keine Ahnung, warum er das weiß, geschweige denn, warum er so etwas überhaupt denkt.

»Wer waren diese Männer?«, fragt er, sobald sie durch die Zimmertür verschwunden sind.

»Nur zwei Männer, die sehen wollten, wie es Ihnen geht.«

»Kaninchenhändler?«

»Nein.«

»Freunde?«

»Nicht wirklich.«

»Sie wirkten nicht wie Freunde auf mich«, sagt er. »Ich mochte sie nicht.«

»Ich mochte sie auch nicht, Jerry.«

Er wendet sich wieder dem Fenster zu. »Ich will nach draußen, um nach Wally zu suchen.«

»Aber erst machen wir Sie sauber«, sagt Schwester Hamilton.

»Sauber? Warum?«

»Ihnen ist ein kleines Missgeschick passiert«, sagt sie. Er schaut an sich herunter und bemerkt, dass er sich eingenässt hat. Als er den Blick wieder hebt, sieht er, wie Wally davonhüpft und zwischen den Bäumen verschwindet.

Tag Einunddreißig

Heilige Scheißeee!

Hey, Muffi Schlumpf. Wie geht's dir, Muffi Schlumpf?

Geht's dir besser? Ja. Ja, es geht dir besser!

Mein Gott, geht es dir gut. Dermaßen guuuuuuut!

In den letzten paar Wochen hast du Phase vier durchlebt. PHASE VIER! Es geht jetzt im Eiltempo durch die verschiedenen Phasen. Stell dir vor, du würdest eine Selbsthilfegruppe besuchen, die die Teilnehmer als Wettbewerb betrachten und die Sachen sagen wie: *Nein, ich habe schneller eine Depression bekommen. Nein, ich bin wütender als du*, oder: *Ich habe es als Erster akzeptiert, du hast es länger geleugnet.*

Gestern ist Sandra mit diesen kleinen blauen Pillen nach Hause gekommen, die deine Stimmung heben und deinen Gefühlshaushalt ins Gleichgewicht bringen sollen. Um ehrlich zu sein, du wolltest sie zunächst nicht nehmen, aber dann dachtest du, du solltest sie alle auf einmal schlucken. Aber sie wollte dir nicht alle auf einmal geben, stattdessen teilte sie dir die Pillen in regelmäßigen Abständen zu, alle vier Stunden zwei Pillen; und sie vergewisserte sich, dass du sie auch herunterschluckst. Du musstest sogar den Mund öffnen und *ahh* sagen, damit sie nachschauen konnte, ob du sie nicht im Mund behalten hattest, um sie alle auf einmal zu schlucken. Heute Morgen ging es dir schon besser, heute Nachmittag noch besser*er*, und heute Abend sogar noch besser*erer*! Du erholst dich allmählich! Ja, dir geht es so gut, dass es scheint, als ließe sich dieses Alzheimer-Biest tatsächlich verjagen. Jemand mit Demenz kann sich nicht so gut fühlen, oder?

Zeit für eine kurze Gute-Nachrichten-schlechte-Nachrichten-Zusammenfassung. Die gute Nachricht: Du bist dir ziemlich sicher, dass man eine falsche Diagnose gestellt hat und dass du gesund bist. Das sind nicht nur gute, sondern großartige Nachrichten! Das ist die beste Nachricht, die du dir überbringen kannst, und genau das ist hiermit geschehen. Du bist nicht mehr Muffi Schlumpf. Nicht mehr Saufi Schlumpf.

Die schlechte Nachricht: Es gibt keine schlechte Nachricht.

Eva ist heute vorbeigekommen.

Und sie hat Hip-Hop-Rick ZU HAUSE gelassen.

Sie kam ALLEIN.

Yo.

Sie hatte mehrere Hochzeitsmagazine dabei und Fotos von Hochzeitskleidern, die sie aus dem Internet ausgedruckt hat.

Und sie hatte gute Nachrichten – o ja, noch mehr gute Nachrichten: Zwar wurde in keiner der Kirchen, die sie angefragt hatte, eine Hochzeit abgesagt, aber eine andere Kirche hatte noch einen Termin frei. Stell dir vor: Die beiden heiraten in sechs Wochen! Das heißt, der Termin ist ungefähr Tag siebzig im Protokoll des Wahnsinns. Es gibt jetzt etwas, auf das du dich, wir uns freuen können. Obwohl dein Anzug erst sechs Jahre alt ist, brauchst du einen neuen, sagt Eva. Sandra findet das auch.

Du hast heute wieder die Arbeit an *Der Feuerteufel legte eine Lunte* aufgenommen. Du hattest das Haus für dich ganz allein, denn Sandra war diese Woche beruflich immer wieder unterwegs. Sie verteidigt einen Lehrer, der gefeuert wurde, nachdem ein Foto von ihm ins Internet gestellt wurde, auf dem er einen anderen Mann küsst – seinen Partner. Es beschwerten sich so viele Eltern darüber, dass ihre Kinder von einem schwulen Lehrer in Naturwissenschaften unterrichtet werden, dass die Schule seinen Vertrag auflöste. Schwulenhass ist in unserem Land nicht besonders verbreitet, aber hin und wieder erhebt er sein hässliches Haupt. Du hast nie begriffen, warum die Leute Angst vor Schwulen haben. Sie sind in der Regel gepflegter, besser gekleidet und kultivierter als der Rest der Bevölkerung – wären sie heterosexuell, würden sie alle Frauen abbekommen. Und du hättest Sandra nie kennengelernt. Da Sandra arbeiten war und du dich auf dem Weg der Besserung befindest, war heute alles wie in den guten alten Zeiten, du allein mit deiner aufgedrehten Anlage und diesem Gefühl, das du nur beim Überarbeiten eines Romans verspürst, wenn etwas Magisches passiert. Du würdest dich auf keinen Fall so fühlen, wenn du die Krankheit nicht bezwingen würdest. Gut möglich, dass man eine falsche Diagnose gestellt hat.

Die gute Nachricht: Die beiden anderen Flaschen Gin sind wieder aufgetaucht. Du hattest sie in der Garage versteckt, und das ist dir heute Morgen wieder eingefallen. Vielleicht genehmigst du dir zur Feier des Tages später einen Drink. Eigentlich sollst du das nicht, wegen der Pillen, aber du wirst es trotzdem tun, weil du Lust darauf hast. Noch eine gute Nachricht: Falls du die Alzheimererkrankung doch nicht besiegen solltest, wird dir die hohe Rechnung für die Hochzeit weniger Kopfschmerzen bereiten.

Die schlechte Nachricht: Offensichtlich glaubt Sandra, dass du nicht nur für die Hochzeit einen schicken Anzug brauchst. Letztlich braucht jeder sterbende Mann einen schicken Anzug, nicht wahr?

KAPITEL 9

»Können Sie sich an nichts von dem erinnern, was gestern passiert ist?«, fragt Eric ihn.

Sie sind draußen im Park und laufen an einer Gruppe Bewohner vorbei, die einem Entertainer lauschen, der zweimal pro Woche im Pflegeheim auftritt. Er spielt auf einer Gitarre ein paar alte Songs. Jerry mag diese Art von Musik, allerdings nur, wenn Gesang, Schlagzeug, elektrische Gitarren und Saxophone laut aus seiner Anlage dröhnen. Früher hat die Musik seine kreative Energie zum Fließen gebracht. Aber dieser Typ spielt die Songs, als wären sie hier auf einem Kreuzfahrtschiff voller Hundertjähriger. Neben der Eingangstür steht ein Lieferwagen, und ein Elektriker fummelt an der Außenbeleuchtung herum. Jerry fragt sich, ob er es schaffen würde, sich im

Kofferraum des Lieferwagens zu verstecken und eine kleine Spazierfahrt zu unternehmen. Das könnte schwierig werden, denkt er, denn auf dem Vordersitz hockt ein Hund. Die Sonne scheint, und bald wird es richtig heiß werden. Die meisten Bewohner tragen kurzärmelige Oberteile. Es ist zehn Uhr morgens, und er ist gerade aufgestanden. Er hat noch nicht gefrühstückt. Erics Frage macht ihm bewusst, dass er bisher keinen Gedanken an den gestrigen Tag verschwendet hat, dass es etwas gibt, an das er sich erinnern müsste. Jedes Mal, wenn ihn jemand darauf aufmerksam macht, dass er sich an einen bestimmten Zeitraum nicht erinnern kann, ist er verwirrt. Während sie weiterlaufen, geht Jerry eine kleine Checkliste durch, die ihm, wenn er sich an sie erinnert, nützliche Dienste erweist. Wo befindet er sich gerade? Also, ein Hotel ist ein Hotel ist ein Hotel, aber das hier ist kein Hotel. Er ist nicht auf Lesereise. Dies ist eine Pflegeeinrichtung. Sein Name ist Jerry Grey. Er ist ein Mann ohne Zukunft, der sich in einen Mann verwandelt, der seine Vergangenheit vergisst. Er ist ein Mann, dessen Frau ihn nicht besucht, weil sie die Scheidung eingereicht hat, denn sie war von der ganzen Situation überfordert.

Jerry nickt. »Doch«, sagte er, aber dann wird ihm klar, dass er sich an absolut nichts erinnert. »Ist irgendwas Ungewöhnliches passiert?«

»Und was ist mit vorgestern?«

Diesmal schüttelt er den Kopf.

»Der Name Belinda Murray«, sagt Eric, »klingelt da was bei Ihnen?«

»Belinda Murray?« Jerry denkt darüber nach, durchforstet seine Festplatte nach dem Namen, ohne fündig zu werden. »Sollte es das?«

Eric klopft ihm auf die Schulter und lächelt. »Wahrscheinlich nicht«, sagt er. »Wie geht es Ihnen heute Morgen?«

»Mir geht's gut«, sagt Jerry. Er weiß, dass man das üblicherweise antwortet, was bedeutet, dass er sich immerhin noch an die gesellschaftlichen Umgangsformen erinnern kann. Er weiß auch noch, dass er vor einer halben Stunde beim Aufwachen für eine Weile durcheinander war. Ihm wird klar, dass er Eric nicht gefragt hat, wie es ihm geht, vielleicht hat er also doch ein paar der Regeln vergessen, die das zwischenmenschliche Miteinander angenehmer gestalten. Er fragt es ihn jetzt.

»Mir geht's gut«, antwortet Eric.

Dann fällt Jerry noch etwas anderes ein. »Wie läuft's mit der Schreiberei?«

»Gut«, sagt Eric. Er scheint sich über die Frage zu freuen, und Jerry freut sich ebenfalls, weil er sich daran erinnert hat. »Ich hatte eine Inspiration. Und das habe ich Ihnen zu verdanken. Ihnen und Ihrem Tipp, über das du schreiben, was man kennt.«

Jerry fragt sich, was er mit diesem Tipp gemeint haben könnte. »Schreiben Sie über einen Krankenpfleger?«

»Ha«, sagt Eric und schlägt ihm auf die Schulter. »Das ist näher an der Wirklichkeit, als sie ahnen. Ich muss los und mich an die Arbeit machen, und Sie sollten etwas frühstücken und sich bald fertig machen, denn Sie bekommen Besuch.«

»Von Sandra und Eva?«

»Leider nicht.«

Als um kurz vor zwölf der Besuch eintrifft, stellt sich heraus, dass es sich um zwei Polizisten handelt. Jerry ist enttäuscht, allerdings wäre er noch enttäuschter, wenn es sein Steuerberater gewesen wäre. Einer der Cops stellt sich ihm vor. Er heißt

Dennis Mayor und sieht nicht aus wie irgendein Dennis, den Jerry mal getroffen hat. Der zweite Beamte heißt Chris Jacobson und sieht eher aus wie ein Dennis und weniger wie ein Chris. Sie erklären Jerry, dass sie ihn gestern schon mal besucht haben, und beinahe hätte er sie als Lügner beschimpft, denn sie waren gestern nicht hier … aber dann denkt er, dass sie vielleicht doch hier waren. Jetzt, wo er darüber nachdenkt, kommen sie ihm vage bekannt vor. Sie befinden sich in einem momentan unbewohnten Schlafzimmer. Der frühere Bewohner ist offensichtlich tot, denkt Jerry, denn in diesem Pflegeheim wird niemand wieder gesund. Insgesamt sind fünf Personen im Zimmer – die beiden Cops, Eric, Schwester Hamilton und er, Jerry Grey, Krimiautor.

Nachdem sie alle Platz genommen haben, wird ihm klar, dass es sich nicht nur um ein unbewohntes Schlafzimmer handelt, sondern auch um ein Verhörzimmer. Die beiden Beamten setzen sich ihm gegenüber, Eric hockt zu seiner Linken und Schwester Hamilton zu seiner Rechten. Er ist beunruhigt. Er hat das Gefühl, dass er einen Anwalt verlangen sollte.

Bevor er fragen kann, worum es überhaupt geht, beugt sich Mayor nach vorne und eröffnet das Verfahren. »Haben Sie schon mal den Namen Belinda Murray gehört?«

Belinda Murray. Jerry gleicht den Namen mit Gesichtern aus seiner Vergangenheit ab; wie in einer Krimiserie, wenn die Fingerabdrücke überprüft werden, blitzt vor seinem geistigen Auge ein Bild nach dem anderen auf. Doch er landet keinen Treffer. Trotzdem … irgendwie kommt ihm der Name bekannt vor. »Ich habe den Namen schon mal gehört.«

»Würden Sie uns von ihr erzählen?«, fragt Mayor.

Er würde gern, aber … »Ich … kann nicht.«

»Warum nicht?«

»Ich weiß nicht, wer das ist.«

»Sie haben eben gesagt, dass Sie den Namen schon mal gehört haben«, sagt Jacobson.

»Ich weiß, aber …« Er gleicht den Namen erneut mit den Gesichtern ab. »Ich weiß nur nicht, woher ich ihn kenne.«

»Vielleicht ist das meine Schuld«, sagt Eric, und alle Blicke sind auf ihn gerichtet, außer die von Jerry, denn der schaut zu den beiden Cops, die offensichtlich sauer auf Eric sind. Er fährt fort: »Ich habe ihn vorhin gefragt, ob er den Namen schon mal gehört hat. Tut mir leid, wahrscheinlich …«

»Hätten Sie das nicht tun sollen?«, fragt Mayor.

Erick zuckt mit den Schultern. »Vielleicht erinnert er sich deswegen daran.«

»Sie haben recht, das hätten Sie nicht tun sollen«, sagt Mayor.

»Und warum nicht?«, fragt Schwester Hamilton und starrt Mayor wütend an. »Jerry hat uns gegenüber den Namen erwähnt, und wir haben Sie davon in Kenntnis gesetzt. Tun Sie nicht so, als hätten wir etwas falsch gemacht, während wir versuchen, die Wahrheit herauszufinden.«

»Sie haben recht«, sagt Mayor. »Es tut mir leid, und ich bin dankbar, dass Sie uns helfen. Auf jeden Fall sind wir hier, weil er vor zwei Tagen Ihnen gegenüber diesen Namen erwähnt hat. Woher kennt er sie also?«

Jerry mag es nicht, wenn man über ihn spricht und so tut, als wäre er nicht da. Er hat dann das Gefühl, als würde man sich über seinen Kopf hinweg über ihn unterhalten. »Wer ist Belinda Murray?«, fragt er.

Jetzt sind alle Blicke wieder auf ihn gerichtet.

»Ich habe keine Ahnung, wer das ist«, sagt er.

»Vielleicht zeigen Sie ihm das Foto«, sagt Schwester Hamilton.

Jacobson nickt und öffnet die Mappe, die auf seinem Knie liegt. Er zieht ein Foto heraus und reicht es Jerry. Es handelt sich um ein 18 x 24 cm großes Hochglanzfoto von einer blonden Frau mit blauen Augen und einem bezaubernden Lächeln, es ist herzerfrischend. Auf dem Foto ist sie Mitte zwanzig, voller Hoffnung und Zuversicht, und die Männer hätten Schlange gestanden, um sich mit ihr zu verabreden. Jerry weiß bereits, worauf das hier hinausläuft.

»Sie glauben, dass ich sie getötet habe«, sagt er.

»Warum sagen Sie das?«, fragt Mayor.

»Hören Sie, Detectives, ich verliere vielleicht den Verstand, aber mir geht es nicht so schlecht, dass ich nicht mitkriege, was für jeden ersichtlich ist. Das hier«, sagt er und deutet auf das Zimmer und alles, was sich darin befindet, indem er die Arme ausbreitet, »ist ein Verhörzimmer. Sie sind hier, weil die Frau tot ist. Das tut mir leid, ehrlich, aber ich kenne sie nicht, und ich habe ihr nichts getan.«

»Es ist, weil …«, sagt Mayor und hält inne, als Schwester Hamilton ihre Hand in seine Richtung hebt.

»Ich werde es ihm erklären«, sagt sie.

Mayor wirft seinem Partner einen Blick zu, und der zuckt mit den Achseln – *warum nicht?*

Schwester Hamilton rückt ihren Stuhl zurecht, sodass sie Jerry jetzt fast gegenübersitzt, dann nimmt sie seine Hand in ihre Hände und beugt sich vor. Ihr Atem riecht nach Kaffee, und sie benutzt dasselbe Parfum wie Jerrys Schwägerin. Er kann sich nicht mehr an den Namen seiner Schwägerin erinnern oder daran, wann er das letzte Mal an sie gedacht hat, aber er weiß noch, wie sie aussieht, und vermutet, dass sie ihre Hände bei Sandras Entscheidung, ihn zu verlassen, im Spiel hatte. Er stellt sich vor, wie die beiden mit hochgelegten Füßen auf dem Sofa hocken, während sie Wein trinken und Musik hören. Wie seine Frau sagt, dass ihr das alles über den Kopf wachse, worauf ihre Schwester meint, dass sie jung genug sei, um noch mal von vorne anzufangen, um sich von Jerry zu trennen und einen halb so alten Typen zu finden. Plötzlich wünschte er, sie hätten ihm ein Foto seiner Schwägerin gezeigt und nicht von einer völlig unbekannten Frau.

»Jerry, alles in Ordnung?«

»Was?«

»Sie waren für einen Moment nicht ganz da«, sagt Schwester Hamilton.

»Mir geht's gut«, sagt er.

»Sicher?«

Er denkt eine Sekunde darüber nach. »Mir ging's auch schon mal besser.«

»Sagen Sie mir, wenn das hier zu anstrengend für Sie wird, okay«, sagt sie.

»Kommen Sie jetzt zur Sache oder nicht?«, fragt Mayor.

Sie schenkt ihm keinerlei Beachtung. »Okay, Jerry?«

»Ich soll Ihnen sagen, wenn mir das hier zu anstrengend wird, hab's verstanden«, sagt er, während Sandra und ihre Schwester aus seinen Gedanken verschwinden.

»Wissen Sie, wo Sie gerade sind?«

Es ist nicht nötig, sich umzuschauen. Das ist eine einfache Frage. Offensichtlich halten sie ihn für völlig bescheuert, ihm so eine Frage zu stellen, trotzdem schaut er sich um, nur um sich zu vergewissern. »Natürlich weiß ich das. Ich weiß, wer ich bin und wo ich bin. Ich bin in einem Pflegeheim, weil ich an Demenz leide. Man hat mich hier untergebracht, weil meine Frau sich von mir scheiden lassen will, statt mich zu Hause zu behalten. Ich bin hier, weil Captain A manchmal das Kommando übernimmt und ich durch die Gegend marschiere.«

»Wer zum Henker ist Captain A?«, fragt Mayor.

»So nennt er seine Alzheimererkrankung«, sagt Schwester Hamilton. Sie wendet sich wieder Jerry zu. Sie hält immer noch seine Hände. »Wissen Sie noch, welchen Beruf Sie ausgeübt haben?«

Er nickt.

»Sagen Sie's mir.«

»Ich habe Bücher geschrieben«, sagt er. »Insgesamt zehn.«

»Es waren dreizehn. Erinnern Sie sich noch daran, wie Sie vor zwei Tagen im Garten saßen?«

»Dreizehn? Sind Sie sicher?«

»Der Garten, Jerry.«

Er war oft im Garten. Heute war er auch dort. Gestern und vorgestern wahrscheinlich ebenfalls, aber wenn ein Tag ist wie der andere, wie soll man sie da unterscheiden?

»Nicht richtig«, sagt er.

Ohne die beiden Detectives anzuschauen, streckt Schwester Hamilton ihre Arme nach hinten aus und hebt den Zeigefinger – *ich will nichts hören.* »Sie waren im Garten und haben mehrere Rosen herausgerupft, schon vergessen? Sie sagten, Sie würden sich nützlich machen. Ihrer Nachbarin hätten Sie auch immer so geholfen.«

»Ach ja?«, fragt er, kann sich jedoch weder an die Nachbarin noch an vorgestern erinnern noch daran, dass er dreizehn und nicht zehn Bücher geschrieben hat.

»Ich habe Sie an der Hand genommen, und wir haben uns in den Schatten gesetzt. Ich gab Ihnen etwas Wasser zu trinken, und wir haben uns eine Weile unterhalten. Wissen Sie noch, worüber wir uns unterhalten haben?«

»Über Rosen?«, fragt er, aber das ist nur geraten. Dann fällt ihm ein, was sie gerade über seinen Beruf gesagt hat. »Über Bücher.«

»Er erinnerst sich an rein gar nichts«, sagt Mayor und lockert seine Krawatte. Er klingt frustriert.

Jerry vermutet, dass in seinen Romanen eine Menge frustrierter Cops vorkommen. Wahrscheinlich trinken sie eine Menge Kaffee und haben jede Menge Exfrauen, und irgendwann drehen sie dann durch. Im Zimmer wird es wärmer, die Anwesenheit von fünf Menschen hat die Temperatur bestimmt ansteigen lassen. Er will fort von hier. Nicht nur fort aus diesem Zimmer, sondern fort aus diesem Pflegeheim. Er will zurück nach Hause.

Schwester Hamilton wendet sich wieder Jerry zu, nachdem sie Mayor erneut einen wütenden Blick zugeworfen hat. Jerry möchte lieber nicht auf diese Art angestarrt werden. »Jerry, erinnern Sie sich an Suzan?«

Jerry runzelt die Stirn und neigt den Kopf ein wenig, während er die Zähne zusammenbeißt. Natürlich erinnert er sich an Suzan. Sie war die Erste. Er erinnert sich, dass die Tür nicht abgeschlossen war und daran, wie er durch das Haus ging und sich größte Mühe gab, keinen Lärm zu machen, was ihm auch gelang. »Woher wissen Sie von ihr?«

»Ist schon okay, Jerry«, sagt sie und drückt seine Hand. »Erzählen Sie uns von Suzan.«

Er schüttelt den Kopf.

»Vertrauen Sie mir, Jerry. Bitte, Sie müssen mir vertrauen.«

»Suzan mit Z«, sagt er.

»Genau.«

Er senkt die Stimme. »Vor den Detectives?«

»Sie sind hier, um Ihnen zu helfen.«

Er schaut zu den beiden Männern, die ihn anstarren; einer mit schief sitzender Krawatte, der andere ohne, und beide könnten eine Rasur vertragen. Keiner von ihnen wirkt, als wollte er ihm helfen. »Muss ich?«

»Ja«, sagt sie, und wenn die Schwester das sagt, gibt es keine Widerrede. So ist das bei Schwester Hamilton – wahrscheinlich würde er, selbst wenn er nicht mehr wüsste, wer sie ist, immer noch ihre Anweisungen befolgen.

Er spricht jetzt wieder in Zimmerlautstärke. »Suzan mit Z ist eine Frau, die ich kannte, als ich noch jünger war. Sie wohnte in meiner Straße, und ich …« Er schaut zu Schwester Hamilton. »Muss ich weitererzählen?«

»Nein, Jerry, das müssen Sie nicht, denn Suzan mit Z existiert nicht. Sie ist eine Figur aus einem Ihrer Bücher.«

»Sie ist eine …«, sagt er und hält dann mitten im Satz inne. Suzan mit Z. Eine Romanfigur. Irgendwo in Jerrys grauen Zellen senden ein paar Synapsen ihre Signale aus, und dann sieht er sich selbst, wie er vor dem Computer sitzt und versucht, einen Namen für die Figur zu finden. Er suchte nach einem Namen, der dem Leser vertraut vorkommt, aber ein wenig ungewöhnlich klingt. Es war oft nicht leicht, für die Hauptfiguren die richtigen Namen zu finden, denn der Name musste zur Figur passen, ein guter Namen lässt die Figur glaubwürdiger erscheinen.

Er weiß noch, wie er die Szene mit ihr schrieb und sie, als er damit fertig war, noch mal überarbeitete. Er kann sich noch an jede Einzelheit erinnern, als hätte er das Kapitel erst gestern in seine Tastatur getippt. Und daran, wie er eine Szene aus Suzans Perspektive schrieb und wieder herausnahm, wie er das Buch beendete, es überarbeitete und sich um die Gestaltung des Buchumschlags kümmerte, bis der große Tag gekommen war und es auf die Leser losgelassen wurde, während er bereits am nächsten Buch arbeitete. Er hat genau verstanden, was Schwester Hamilton gesagt hat. Er hat sich Suzan nur ausgedacht. Sie besteht nur aus einer Aneinanderreihung von Wörtern auf Papier, die seinem Bedürfnis zu schreiben entsprungen waren, seinem Bedürfnis zu unterhalten, dem Bedürfnis, seine Hypothek abzubezahlen.

»Jerry?«

Er schaut wieder zu Schwester Hamilton, die ihn anstarrt. »Sie ist eine Romanfigur«, sagt er. »Manchmal halte ich sie für echt.« Die letzten Worte sind an die Cops gerichtet, und Jerry stößt ein kurzes Lachen aus, um zu signalisieren, dass sie alle Freunde sind und nichts passiert ist, dass es sich nur um ein albernes Missverständnis handelt. Doch das gelingt ihm nicht. Im Gegenteil, er klingt wie ein Geisteskranker. Und er weiß, wie ein Geisteskranker klingt – er hat sich genug davon ausgedacht.

»Aber Belinda Murray existiert wirklich«, sagt Mayor.

»Jerry«, sagt Schwester Hamilton, während sie immer noch seine Hände festhält, »wissen Sie noch, wie Sie mir vor zwei Tagen, als wir im Garten saßen, von Belinda erzählt haben?«

»Belinda aus einem der Bücher«, sagt er und versucht, selbstbewusst zu klingen, denn er ist sich sicher, dass er sie von dort kennt, auch wenn er sich nicht an sie erinnern kann.

»Ich habe gerade erklärt …«, sagt Mayor, hält jedoch inne, als

Schwester Hamilton ihm einen weiteren Schwester-Hamilton-Blick zuwirft.

»Nein, nicht aus einem der Bücher«, sagt sie zu Jerry. »Belinda gibt es wirklich. Sie haben mit mir über sie gesprochen.«

Jerry gleicht den Namen mit seiner Datenbank ab. Kein Treffer. »Sind Sie sicher?«

»Das hat keinen Zweck«, sagt Mayor. »Ich würde sagen, wir nehmen ihn mit auf die Wache und befragen ihn dort. Und holen jemanden dazu, der qualifizierter ist.« Schwester Hamilton wirft ihm erneut einen Blick zu, doch diesmal gibt er nicht klein bei. »Kommen Sie, selbst Ihnen ist doch klar, dass das hier reine Zeitverschwendung ist«, sagt er.

»Was ist los?«, fragt Jerry.

Die Schwester dreht sich wieder zu ihm um. »Jerry, Sie wissen doch, dass Suzan mit Z nicht existiert, oder?«

»Sicher«, sagt er, und es ist ihm peinlich, dass ihm dieser Irrtum unterlaufen ist, und er schwört sich, dass das nicht noch mal passieren wird.

»Sie ist nicht die Einzige«, sagt Schwester Hamilton. »Im Laufe des Jahres, das Sie jetzt hier sind, haben Sie …«

»Halt, halt, einen Moment«, sagt Jerry und schüttelt den Kopf. »Das kann nicht stimmen. Ich bin nicht seit einem Jahr hier. Ich bin hier, seit …« Er schaut zu Eric und zuckt mit den Schultern. »Seit wann? Höchstens seit zwei Monaten?«

»Seit einem Jahr«, sagt Eric. »Seit elf Monaten, um genau zu sein.«

»Nein«, sagt Jerry und erhebt sich, doch Schwester Hamilton lässt seine Hand nicht los und zieht ihn zurück. »Sie lügen mich an«, sagt er.

»Ist schon okay, Jerry. Beruhigen Sie sich, bitte.«

»Beruhigen? Wie soll ich ruhig bleiben, wenn Sie alle lauter Lügengeschichten über mich erzählen?«

»Sie sind seit einem Jahr bei uns, Jerry«, sagt sie mit großem Nachdruck.

»Aber …«

Du bist Jerry Grey, mit einem Kumpel namens Alzheimer, wie kannst du da widersprechen? Wie kannst du Schwester Hamilton widersprechen? Ihr Wort ist Gesetz.

»Sind Sie sicher?«, fragt er.

»Ja«, sagt sie. »Und in den elf Monaten, die Sie hier sind, haben Sie eine Menge Verbrechen gestanden.«

»Als es zum ersten Mal passierte, war das ein ziemlicher Schock«, sagt Eric. »Schwester Hamilton wollte schon die Polizei rufen, aber irgendetwas von dem, was Sie erzählten, kam mir bekannt vor. Ich bin ein großer Fan Ihrer Bücher, und mir wurde rasch klar, dass Sie eine Szene aus einem Ihrer Bücher beschrieben hatten.«

»Seit Sie bei uns sind, haben Sie eine Menge fiktiver Verbrechen gestanden, die Sie angeblich begangen haben«, sagt Schwester Hamilton.

»Sie sind für Sie unglaublich real«, sagt Eric.

»Vor zwei Tagen waren wir im Garten, und Sie haben mir eine Geschichte erzählt«, sagt Schwester Hamilton und wirft einen Blick auf das Foto.

Jerry weiß, was sie gleich sagen wird – so wie er das Ende einer Fernsehsendung oder eines Films früher schon nach einem Viertel der Laufzeit voraussagen konnte. Sind sie jetzt an dieser Stelle angelangt? Liegt ein Viertel seines Wahnsinns hinter ihm? Und das Protokoll des Wahnsinns? Wo zum Henker befindet es sich jetzt?

»Sie haben mir von einer Frau erzählt, die Sie umgebracht haben. Sie sagten, dass Sie sie kannten, aber nicht, woher. Erinnern Sie sich daran?«

Er kann sich an nichts erinnern, versucht es aber trotzdem. Er gibt sich größte Mühe. Er weiß, dass ihn die Leute wahrscheinlich ständig auffordern, gründlicher nachzudenken oder sich besser zu erinnern, so als könnte er seine Hirnmuskeln anspannen und sich noch mehr anstrengen. Aber er hat keinen Einfluss darauf, und in diesem Fall ist da absolut nichts. »Ich kann mich an den Garten erinnern«, sagt er. »Und … da war ein Kaninchen. Wally.«

»Sie haben sie erstochen«, sagt Mayor.

»Das Kaninchen?«

»Belinda Murray. Sie haben sie kaltblütig ermordet.«

Schwester Hamilton legt Jerry eine Hand aufs Knie, als er aufstehen will. »Einen Augenblick, Jerry, bitte. Detective Mayor Verhalten ist zwar völlig unangebracht, aber genau das haben Sie mir erzählt. Sie haben gesagt, dass Sie mitten in der Nacht an ihre Tür geklopft haben, und als sie Ihnen öffnete, haben Sie auf sie eingeschlagen. Dann haben Sie …«, sagt sie und wendet den Blick von ihm ab. Er weiß, was sie nicht aussprechen will, und fragt sich, wie sie es formulieren wird, und sie sagt: »… haben Sie sie sich gefügig gemacht. Anschließend haben Sie sie erstochen. Sie haben mir alles erzählt.«

»Aber wenn ich das letzte Jahr hier war, dann …«

»Das war kurz bevor man Sie hier untergebracht hat«, sagt Mayor. »Ein paar Tage vor den Schüssen.«

»Was für Schüsse?«

»Es reicht, Detective«, sagt Schwester Hamilton, dann dreht sie sich wieder zu Jerry um. »Denken Sie an die Frau, Jerry.«

Aber er will nicht an die Frau denken, denn es gibt keine Frau. Diese Belinda Murray ist genauso echt wie die anderen Figuren, über die er geschrieben hat. »Was für Schüsse?«

»Es gab keine Schüsse, Jerry«, sagt Schwester Hamilton ruhig. »Die Frau? Erinnern Sie sich an sie? Belinda. Erinnern Sie sich daran, dass sie bei ihr waren, bevor Sie hierhergekommen sind? Das war vor einem Jahr. Schauen Sie sich noch mal das Foto an.«

Er tut es. »Irgendetwas verschweigen Sie mir«, sagt er an die Anwesenden gerichtet.

»Bitte, Jerry, beantworten Sie die Fragen, damit diese beiden Männer sich wieder auf den Weg machen können.«

Er schaut sich erneut das Foto an. Von der blonden Frau. Der attraktiven Frau. Der toten Frau. Der Fremden. Und dennoch … »Wenn ich an Suzan denke, ist es, als würde ich sie kennen, aber diese Frau …« Er beendet den Satz nicht. »Ihr Gesicht kommt mir bekannt vor, auch wenn es sich nicht so anfühlt, aber ich erkenne sie wieder. Und der Name – ich habe diesen Namen schon mal irgendwo gehört. Aber wann?«

Die Cops starren ihn an. Er denkt über das nach, was er gerade gesagt hat, und wünschte, er hätte es nicht getan. Er wünschte, Sandra wäre hier. Sie wäre auf seiner Seite.

»Wir denken, er sollte uns begleiten«, sagt Mayor zu Schwester Hamilton.

»Ist das wirklich nötig?«, fragt sie.

»Tut mir leid, aber das ist unter den gegebenen Umständen der nächste Schritt«, sagt Mayor, aber Jerry findet nicht, dass er sich anhört, als würde es ihm leidtun.

Die Anwesenden erheben sich. »Wird man mir Handschellen anlegen?«, fragt Jerry.

»Das wird nicht nötig sein«, sagt Mayor.

»Darf ich die Sirene betätigen?«

»Nein«, sagt Mayor.

Sie verlassen das Zimmer. »Begleiten Sie mich?«, fragt Jerry Schwester Hamilton.

»Ich treffe Sie auf der Wache«, sagt sie, »und auf dem Weg dorthin verständige ich Ihren Anwalt.«

Er denkt ein paar Sekunden darüber nach. »Können Sie die Detectives fragen, ob ich die Sirene betätigen darf?«

»Zwingen Sie uns nicht, Ihnen Handschellen anzulegen«, sagt Mayor.

»Detective …«, sagt Schwester Hamilton.

Mayor zuckt mit den Achseln. »Das war ein Scherz. Machen wir, dass wir hier rauskommen – diese Bude ist mir nicht ganz geheuer.«

Tag Vierzig

Dieser Eintrag beginnt nicht mit den guten oder schlechten Nachrichten, sondern mit einer merkwürdigen Nachricht. Irgendjemand hat zwei Seiten aus diesem Protokoll herausgerissen, die zwei Seiten nach dem letzten Eintrag. Du bist es nicht gewesen, und du hast sie auch nicht beschrieben, denn du, ich, wir sind noch bei klarem Verstand. Es fehlen also zwei leere Seiten. Vielleicht hat Sandra sie herausgerissen. Es gibt dafür zwei mögliche Gründe: Entweder will sie dir weismachen, dass du etwas geschrieben hast und dich nicht mehr daran erinnern kannst, wofür es keinen ersichtlichen Grund gibt. Oder sie hat deine Aufzeichnungen gefunden, sie gelesen und dabei etwas über die Seiten geschüttet, sodass sie sie herausreißen musste. Das bedeutet, dass du das Protokoll nicht so offen herumliegen lassen solltest.

Eva ist gestern Abend mit dir essen gewesen. Mit dir ganz allein, wozu sich sonst kaum die Gelegenheit bietet. Sie ist mit dir zu einem Restaurant gefahren, in dem man zur einen Seite auf den Avon River blickt und zur anderen auf die Berge. Eine Freundin von ihr arbeitet dort als Köchin, und sie hat ein Spezialmenü zubereitet, das nicht auf der Karte stand und das sie in den kommenden Wochen den Gästen anbieten möchte. Sie kam an euren Tisch und fragte euch nach eurer Meinung, ohne dass sie eure Zeit allzu sehr in Anspruch nehmen wollte. Sie war so freundlich und so glücklich, dass ihr nichts gesagt hättet, wenn euch das Essen nicht geschmeckt hätte. Du hast mit Eva kaum über deine Zukunft geredet, oder über die Hochzeit, stattdessen habt ihr euch über Musik unterhalten, und sie hat dir ein paar Geschichten von ihrer langen Auslandsreise erzählt. Außerdem hat sie dir erzählt, dass eine alte Schulfreundin ein Baby bekommt und dass sie mit Rick darüber gesprochen hat, wie es wäre, eine Familie zu gründen. Du hast sie gefragt, ob sie schwanger sei, worauf sie lachte und meinte, nein, noch nicht, vielleicht in ein paar Jahren. Sie hat dir erzählt, dass sie, bevor sie anfing, Songtexte zu schreiben, überlegt hatte, es mal mit der Schriftstellerei zu versuchen. Nur Kurzgeschichten. Allerdings nicht die Art von Geschichten, die Henry Cutter sich ausdenkt, sondern Geschichten, die auf wahren Begebenheiten beruhen, die sie auf ihren Reisen erlebt hat, Begebenheiten, die sie dann in ihren Songs verarbeitet. Sie hat dich gefragt, ob du dir ein paar ihrer Arbeiten mal ansehen wolltest. Sie würde gern deine Meinung dazu hören. Du weißt zwar, dass sie das nur für dich tut und nicht für sich, aber es hat dich wahnsinnig gefreut, dass sie dich gefragt hat.

Dann wollte sie wissen, was du für Sandras Geburtstag geplant hast. Sandras Geburtstag, natürlich, den hattest du ganz vergessen; vor ein paar Tagen war es dir zwar wieder eingefallen, aber dann hattest du ihn erneut vergessen. Du hattest keine Ahnung, ob Eva das deiner Alzheimererkrankung zuschrieb oder deiner allgemeinen Vergesslichkeit, aber das ist eine müßige Frage. Du hast dir zwar Gedanken über Sandras Geburtstag gemacht, weißt aber noch nicht, mit was für einem Geschenk du ihr eine Freude bereiten könntest und wie du den Tag verbringen willst.

»Wie wär's mit einer Überraschungsparty?«, schlug Eva vor.

Du fandest das eine tolle Idee, allerdings hast du ihr nicht gesagt, dass sie eine Überraschungsparty hätte organisieren sollen, ohne dir davon zu erzählen. Denn zwei Dinge könnten passieren – entweder vergisst du die Party, oder du vergisst, dass sie eine Überraschung sein soll. Als Eva dich wieder nach Hause fuhr, gab sie dir vom Rücksitz eine Mappe mit einem Dutzend Songtexten. Du hast auf der Terrasse in der Sonne gesessen, die Texte gelesen und dir dazu die Musik vorgestellt. Du hast dich so sehr für sie gefreut, als du dir ihre Zukunft vorgestellt hast und all die Leute, die eines Tages diese Songs hören würden.

Übrigens, was deine eigene Schreiberei betrifft, läuft es bestens. Du hast die überarbeitete Fassung von *Der Feuerteufel legte eine Lunte* heute Morgen an deine Lektorin geschickt. Wie sich herausstellte, war noch eine Menge Arbeit nötig. Das Buch handelt von einem Feuerwehrmann, der gleichzeitig ein Brandstifter ist und sich in eine Feuerwehrfrau verliebt. Er fackelt mehrere Gebäude ab, um mit ihr zusammenarbeiten und ihr irgendwann das Leben retten zu können. Du hast eine neue Figur eingeführt, was die Geschichte wirklich vorangebracht hat – einen Typen namens Nicholas. Diese Figur bringt ein ganz neues Element in die Geschichte, Gefühl und Tiefe, etwas, das bisher gefehlt hat. Nicholas ist ein jugendlicher Punk, der wegen bewaffneten Raubüberfalls angeklagt ist und in einer Arrestzelle des Polizeireviers auf üble Weise verprügelt und vergewaltigt wird, sodass er fast stirbt. Natürlich hat Nicholas den Überfall nicht begangen. Von dem wenigen Geld, das er als Entschädigung erhält, finanziert er dann sein Jurastudium. Das passiert alles vor Beginn der eigentlichen Geschichte, und deine Hauptfigur, der Brandstifter, engagiert einen Anwalt, als er zum Verdächtigen wird, nachdem die Frau, in die er verliebt ist, verschwunden ist. Nicholas ist jene Sorte Anwalt, die bereit ist, für einen Klienten bis zum Ende der Welt zu gehen, wenn er von seiner Unschuld überzeugt ist.

Nicht nur die Arbeit am Buch kommt gut voran. Die Hochzeitsvorbereitungen laufen wie am Schnürchen, alles fügt sich wie von selbst zusammen. Es heißt *Hochzeit*-dies und *Hochzeit*-das, *Wir müssen die Blumen aussuchen, Wir sollten die Sitzordnung besprechen, Gefällt dir das Kleid?, Gefällt dir die Torte?, Du bist hier der Schriftsteller, Jerry, welche Schriftart findest du für die Menükarte am besten? Diese hier? Bist du dir sicher? Wirklich?*

Gott sei Dank warst du mit deinem Buch beschäftigt und konntest dich da raushalten, was wahrscheinlich das größte Geschenk ist, das du deiner Familie machen kannst. In weniger als fünf Wochen ist der Termin für die Hochzeit, und du kannst es gar nicht abwarten, sie hinter dich zu bringen. In fünf

Wochen wirst du außerdem die Demenzerkrankung besiegt haben, und vielleicht schaffst du es, einen guten Teil von Buch vierzehn zu schreiben, bevor du mit Buch dreizehn auf Lesereise gehst. Du bist Realist genug, um zu wissen: Auch wenn du der Demenz-Kugel ausweichen kannst, heißt das nicht, dass sie nicht für dich bestimmt ist. Vielleicht erwischt sie dich erst in zwanzig Jahren, vielleicht auch schon in zehn. Du musst weiterschreiben, für dich, für deine Fans, für deine Familie.

Die Überarbeitung ist zwar ziemlich aufwendig, hat aber viel Spaß gemacht. Allerdings hat sie dich davon abgehalten, dein Protokoll fortzuführen. Das bedeutet aber auch, dass dein Bedürfnis, dich hier mitzuteilen, zweifellos nachgelassen hat – warum sollte jemand, der eindeutig nicht wahnsinnig ist, ein Protokoll des Wahnsinns führen? Du hast sowieso kaum noch darin gelesen.

Bevor ich für heute Feierabend mache, kurz noch zu etwas, das neulich Morgen passiert ist, ein merkwürdiger Zwischenfall, der kaum der Rede wert ist, und zwar …

Sandra war bereits auf der Arbeit, und deine Nachbarin Mrs. Smith kam vorbei. Sie war stinksauer. Jemand hatte all ihre Blumen herausgerupft, und sie wollte wissen, ob du irgendetwas mitbekommen hättest. Aber das hast du nicht, worauf sie meinte, eine der Nachbarinnen habe gesehen, wie du die Blumen herausgerupft hättest – oder zumindest jemanden, der aussah wie du. Du sagest ihr, dass du das nicht gewesen seist, du seist ein neunundvierzigjähriger Krimiautor, der die ganze Woche über an seinem Krimi gearbeitet habe. Du hast ihr versichert, dass du was Besseres zu tun hättest, als ein ganzes Rosenbeet dem Erdboden gleichzumachen.

Ich finde es nur merkwürdig, dass Mrs. Blatch davon über-

zeugt war, dass Sie es waren, und dass sie dachte, Sie würden sich um den Garten kümmern.

Nun, Zukünftiger Jerry, um die Dinge ins rechte Licht zu rücken: Mrs. Blatch ist in einem Alter, an dessen Anfang erst wieder eine sieben stehen wird, wenn sie siebenhundert Jahre alt wird, und sie trägt eine Brille, die so schwer ist, dass sie wahrscheinlich an einem Genickbruch stirbt.

Mrs. Blatch hat sich geirrt, was nicht weiter verwunderlich ist, oder? Sie ist fast hundert Jahre alt.

Wie dem auch sei, Jerry, sie ist sich sicher, dass Sie es waren und, also, auch wenn das unhöflich klingt, aber nach unserem Gespräch neulich wirkt es so, als wollten Sie sich an mir rächen.

Was für ein Gespräch?

Ich hatte Sie gebeten, sich um Ihren Garten zu kümmern. Ihr Garten ist eine Schande.

Ich arbeite daran, aber ich habe Ihre Rosen nicht ausgebuddelt.

Wie können Sie sich da so sicher sein? Ein Mann in Ihrem Zustand – ehrlich, wie können Sie sich da so sicher sein?

Falls Sie mir unterstellen wollen, dass ich etwas gegen Ihren Garten habe, dann kommen Sie das nächste Mal nicht mit einer Zeugin, die schon gelebt hat, als das Feuer erfunden wurde.

Du sagtest zu ihr *Habe die Ehre* – genau diese Worte hast du verwendet, direkt aus einem viktorianischen Drama –, und hast ihr die Tür vor der Nase zugeschlagen.

Die gute Nachricht: Nicholas wird dein Manuskript retten. Da bist du dir sicher. Das Buch wird nächstes Jahr erscheinen. Und noch eine gute Nachricht, das Jerry-Double klopft nicht mehr an deine Tür. Du wirst ihn besiegen.

Die schlechte Nachricht: Letzte Nacht hast du in eines der

Schlafzimmer gepinkelt. Du warst gerade zugange, als dir plötzlich bewusst wurde, dass du in die Ecke des Gästezimmers pinkelst und nicht im Badezimmer. Du konntest den Rest noch zurückhalten (eine gute Nachricht) und hast es geschafft, alles aufzuwischen, ohne dass Sandra es mitbekommen hat (noch eine gute).

So, das war's, Zukünftiger Jerry. Ich habe kaum Zeit, um mit dir in Kontakt zu bleiben, außerdem gibt es dafür keinen richtigen Grund. Du wirst die Zeit damit verbringen, die Hochzeit vorzubereiten und an deinem nächsten Buch zu schreiben. Ja, du hast eine Idee für einen neuen Roman – über einen Krimiautor, der unter Demenz leidet. Du dienst nur zum Teil als Vorlage für die Figur, denn sie ist tatsächlich an Alzheimer erkrankt. *Schreib über das, was du kennst,* schon vergessen? *Und den Rest denkst du dir aus.*

KAPITEL 10

Jerry darf auf dem Weg zur Wache nicht die Sirene betätigen. Er darf nichts weiter tun, als auf der Rückbank zu sitzen und aus dem Fenster zu starren. Ein wenig fühlt er sich wieder wie der alte Jerry. Vielleicht wirbelt die Bewegung des Autos seine Hirnchemie durcheinander, wirbelt die Erinnerungen wie Schlamm in einem Flussbett empor. Vielleicht liegt es auch am Geruch von Fastfood und Kaffee, der die Poren der Polsterung durchdrungen hat, was ihn an seine Zeit im Ausland erinnert, als er in irgendwelchen Imbissbuden gegessen hat, wenn er nicht viel Zeit hatte. Oder aber es liegt an der veränderten Umgebung oder an der frischen Luft, die er auf dem Weg vom

Pflegeheim zum Wagen eingeatmet hat. Verschiedene Bruchstücke seiner Vergangenheit treiben an die Oberfläche. Er erinnert sich daran, wie sein Vater im Pool ertrunken ist, wie er an der Uni Sandra kennengelernt hat, wie er mit seiner Familie Städte besucht hat, die so groß waren, dass Christchurch im Vergleich dazu wie ein Fliegenschiss wirkte. Allerdings gibt es auch Dinge, an die er sich nicht erinnern kann. Er hat keine Ahnung, was er immer zum Frühstück gegessen hat, und er weiß nicht, was er gestern getan hat, ob er ferngesehen hat oder im Park spazieren war. Er weiß auch nicht, wann er das letzte Mal einen Blick in die Zeitung geworfen, wann er das letzte Mal seine Frau im Arm gehalten, wann er das letzte Mal telefoniert oder eine E-Mail geschrieben hat. Seine Erinnerungen wabern hin und her, wirbeln herum, einige davon setzen sich ab, andere verflüchtigen sich wieder.

Mit den Polizisten redet er kein Wort – Schwester Hamilton hat ihm sehr genaue Anweisungen gegeben. *Sagen Sie nichts. Bitten Sie um etwas zu trinken, wenn Sie Durst haben, fragen Sie nach der Toilette, wenn Sie müssen, mehr nicht. Widerholen Sie es noch mal.*

Und er wiederholte es. Ihr Gespräch fand in Gegenwart der beiden Beamten, Detective Mayor und Detective Irgendwas, statt. Anschließend ermahnte die Schwester die beiden, erst mit Jerry zu reden, wenn sein Anwalt eingetroffen sei.

Wir wissen, wie wir unseren Job zu machen haben, sagte Mayor, aber Jerry wusste auch, wie die Polizei arbeitet. Und er wusste, dass die beiden versuchen würden, ihn in ein Gespräch zu verwickeln.

Den Versuch dazu unternehmen sie, als sie acht Kilometer gefahren sind: Mayor rutscht auf dem Beifahrersitz herum und neigt den Rückspiegel, sodass er Jerry sehen kann. »Sie sind also Schriftsteller, ja?«

Jerry antwortet nicht. Er denkt an Sandra und fragt sich, ob Schwester Hamilton sie bereits angerufen hat. Sandra wird bestimmt vorbeikommen wollen, entweder, um ihn zu unterstützen, oder, um sich zu vergewissern, dass die Scheidung von ihm die beste Entscheidung war, die sie in letzter Zeit getroffen hat.

»Muss ein echt toller Job sein«, sagt Mayor.

Jerry kann Mayors Augen und seine Nase im Rückspiegel sehen. Zwischen dem vorderen Bereich und der Rückbank befindet sich keine Absperrung, die Jerry davon abhalten würde, dem Polizisten die Haare zu zerzausen. Oder ihn zu erwürgen.

»Kommen Sie, wir wollen nur ein bisschen quatschen«, sagt Mayor, »nicht wahr, Chris?«

»Irgendwas muss man während der Fahrt ja tun«, sagt Chris, »sonst wird's ziemlich langweilig.«

»Wir wollen nur ein wenig plaudern«, sagt Mayor. »Stellen Sie sich vor, wir hätten uns auf einer Grillparty kennengelernt und würden ein paar Bierchen zusammen trinken. Wahrscheinlich werden Sie ständig von den Leuten angesprochen, oder? Der berühmte Starautor. Bestimmt lieben Sie es, über Ihre Bücher zu reden. Tun Sie einfach so, als wären wir auf einer Grillparty. Sie schreiben Krimis, nicht wahr? Haben Sie irgendwas geschrieben, das ich gelesen haben könnte?«

»Vielleicht«, sagt Jerry.

»Vielleicht. Ich steh auf gut geschriebene Krimis, wissen Sie? Mit einer vertrackten Geschichte. Ich liebe es, Rätsel zu lösen. Geht es in Ihren Romanen um so was?«

»Ich bin nicht … ich bin mir nicht sicher«, sagt Jerry, und das ist die Wahrheit.

»Er ist sich nicht sicher, hast du das gehört, Chris?«

»Ja. Das kommt von der Demenzerkrankung. Der Typ kann sich nicht mal mehr an seine eigenen Geschichten erinnern.«

»Aber Sie können sich an die Figuren erinnern, oder?«, fragt Mayor. »Sie erinnern sich daran, wie Sie sie umgebracht haben. Ist das der Grund, warum Sie schreiben? Weil das für Sie ein Ventil ist, und weil Sie glauben, dass es besser ist, darüber zu schreiben, als tatsächlich eine Straftat zu begehen? Das habe ich mich bei euch Krimiautoren immer gefragt.«

Jerry antwortet nicht.

»Meiner Meinung nach kann mit einem Typen, der solche Bücher schreibt, irgendwas nicht stimmen, so jemand muss krank und pervers im Kopf sein. Warum denkt man sich sonst so was aus?«

Jerry antwortet nicht.

»Wir haben jeden Tag mit diesem Scheiß zu tun, und wir bekommen eine Menge Scheiße zu sehen, nicht wahr, Chris?«

»Allerdings«, sagt Chris.

»Wir waten durch diese Scheiße«, sagt Mayor.

»Knietief«, sagt Chris, »und sie wird immer da sein.«

»Immer«, pflichtet Mayor ihm bei. »Wenn Sie gesehen hätten, was wir gesehen haben – ich meine, wie kann jemand wie Sie das, was uns langsam zugrunde richtet, zu Unterhaltungsromanen verwursten? Wenn Sie im Radio hören, dass irgendein armes Mädchen mit aufgeschlitzter Kehle und zerrissenem Schlüpfer in einen Müllcontainer geworfen wurde, denken Sie dann, hey, das ist eine tolle Geschichte?«

Jerry will darauf eigentlich nicht antworten, aber er kann nicht anders. »So läuft das nicht«, sagt er wütend. Er weiß, dass das mit der Schreiberei so nicht läuft. Er weiß das, weil sich der

Wagen bewegt und seine Hirnchemie wie Schlamm in der Strömung umherwirbelt.

Mayor dreht sich auf seinem Sitz herum und schaut ihn direkt an. »Geht Ihnen dabei einer ab? Wenn Sie mit dem Notizblock vor dem Fernseher hocken und sich die Nachrichten anschauen, um sich vom Unglück eines anderen Menschen inspirieren zu lassen?«

»Natürlich nicht.«

»Kommen Ihnen bessere Ideen, je schrecklicher der Fall ist?«

Jerry antwortet ihm nicht. Jemandem, der sein Urteil bereits gefällt hat, kann man nichts erwidern.

»Sie verdienen Ihr Geld damit, dass Sie Verbrechen verkaufen«, sagt Mayor. »Mehr, als wir mit ihrer Aufklärung verdienen.«

»Ohne Verbrechen wären Sie arbeitslos«, sagt Jerry. »Der Anzug, den Sie tragen, das Haus, in dem Sie wohnen, die Lebensmittel für Ihre Kinder, all das kaufen und bezahlen Sie mit dem Leid anderer Menschen.«

»Ooh, hast du das gehört, Chris?«, fragt Mayor, während er den Blick immer noch auf Jerry gerichtet hat. »Unser Freund hier will uns was damit sagen.«

»So was nennt man Gesellschaftskritik«, sagt Chris.

»Erzählen Sie uns, Jerry«, sagt Mayor. »Erzählen Sie uns, wie sehr sind Ihre Geschichten von Tragödien aus dem echten Leben inspiriert?«

Jerry starrt zwischen den beiden Männern hindurch auf die Straße vor sich, auf einen Holzlaster, dessen Ladung hin und her schaukelt, während er mit hundert Stundenkilometern den Highway entlangrast. »Wie gesagt, so läuft das nicht.«

»Ach nein? Wie dann?«

»Das würden Sie nicht verstehen.«

»Hast du das gehört, Chris?«, fragt Mayor. Jerry hasst es, wie er ständig das Wort an seinen Partner richtet. »Er glaubt, ich würde das nicht verstehen.«

»Ich glaube schon, dass du das verstehen würdest«, sagt Chris. »Unser Freund da hinten muss dir nur die Gelegenheit dazu geben.«

»Ich glaube, du hast recht«, sagt Mayor. »Was meinen Sie, Jerry? Wollen Sie mir die Gelegenheit dazu geben? Ich bin kein Krimiautor, und ich habe gehört, dass die Cops in Ihren Büchern eigentlich nichts anderes tun, als sich den Arsch zu kratzen und in der Nase zu bohren, aber wie wär's, wenn Sie es mir erklären?«

So was in der Art bekommt Jerry oft zu hören. Daran kann er sich erinnern – ständig haben ihm Journalisten solche Bemerkungen an den Kopf geworfen. *Sie sind also fasziniert vom Verbrechen.* Nein, ist er nicht – er schreibt gern Krimis, aber er hat nichts für Verbrechen übrig. Wie oft hat er darauf hingewiesen, dass das zwei Paar Stiefel sind? Das wäre so, als würde man glauben, dass Menschen, die gern Kriegsfilme schauen, Krieg toll finden. Im Laufe der Jahre hat er eine Reihe Radio- und Fernsehinterviews abgelehnt, in denen die Reporter seine Meinung zu einem aktuellen Mordfall hören wollten, denn ihm war klar, wie unangemessen, wie schmerzhaft es für die Familien wäre, wenn ein Krimiautor für ein wenig Publicity seinen Senf dazugeben würde.

»Das sind bloß Geschichten«, sagt er. »Geschichten gibt es, seit es Menschen gibt, ohne sie hätte sich die Menschheit nicht weiterentwickelt.«

»Verbrechen gibt es auch, seit es Menschen gibt«, sagt Mayor.

»Aber ich habe nie über ein wahres Verbrechen in einem meiner Bücher geschrieben«, sagt Jerry und merkt, dass er sich ziemlich weinerlich anhört. »Die Geschichten, die ich mir ausdenke, sind nur Produkte meiner Fantasie. Von vorne bis hinten. Ich habe nie das Unglück einer realen Person ausgeschlachtet. Darauf lege ich großen Wert.«

»Sie glauben also nicht, dass Ihre Geschichten Menschen dazu anstiften zu töten? Dass Leute eine Ihrer Geschichten über einen Mörder lesen und sich sagen, *das kann ich besser?*«

»So läuft das nicht, und wer das glaubt, hat keine Ahnung, wovon er redet«, sagt Jerry und ist jetzt hellwach. Er fühlt sich wie der Mann, der er mal war. Er kann sich zwar nicht an alles erinnern und weiß immer noch nicht, was er getan hat, dass Sandra sich von ihm scheiden lässt, aber er kann sich an mehr erinnern als noch vor ein paar Tagen, da ist er sich sicher.

»Dann erzählen Sie mir, wie es läuft«, sagt Mayor.

»Die Leute lesen nicht meine Bücher und denken: *Hey, das ist eine tolle Idee, das sollte ich auch mal probieren*«, sagt er. Doch dann wird ihm klar, dass Mayor das wahrscheinlich längst weiß und nur versucht, ihn aufs Glatteis zu führen. Oder er weiß es nicht; in dem Fall wird er ihn nicht vom Gegenteil überzeugen können. Er sollte besser die Klappe halten, trotzdem redet er weiter. »Man wacht nicht eines Morgens auf und ist ein Killer, weil man einen Roman gelesen hat. Bevor man zum Mörder wird, muss man bereits ziemlich durch den Wind sein. Wenn so jemand eines unserer Bücher in die Hände bekommt, ist er bereits ernsthaft gestört.«

»Es macht Ihnen also nichts aus, dass Sie die Lunte legen?«

Jerry holt tief Luft, wie er das immer getan hat, wenn man

ihm diese Frage während eines Interviews gestellt hat, und schaut Mayor an. »Geben wir ruhig den Schriftstellern die Schuld. Und nicht der Gesellschaft und dem Rechtssystem, den psychiatrischen Einrichtungen und der Wirtschaft, und tun wir nichts gegen die Kluft zwischen Arm und Reich. Geben wir nicht dem Bildungssystem die Schuld, das die Leute durchs Raster fallen lässt, und der Tatsache, dass man vom Mindestlohn nicht leben kann, was die Menschen dazu zwingt, Dinge zu tun, die sie normalerweise nicht tun würden. Geben wir auch nicht den Nachrichtensendern die Schuld, die die Bevölkerung in Angst versetzen, oder der Tatsache, wie leicht man sich eine Waffe besorgen kann. Geben wir den Autoren die Schuld. Wir müssen nur alle Autoren wegsperren, und auf der ganzen Welt herrscht Frieden.« Jerry spürt, wie sein Herz schneller schlägt, wie seine Stirn pulsiert, spürt, wie der alte Jerry zurückkehrt.

Mayor antwortet nicht. Jerry weiß nicht, ob er ihn überzeugt hat oder ob Mayor über seine nächste Frage nachdenkt. Und tatsächlich, sie lässt nicht lange auf sich warten. »Ich möchte Sie etwas anderes fragen«, sagt Mayor in unverbindlichem Plauderton. »Haben Sie je geglaubt, dass ein Krimiautor der Polizei ein Schnippchen schlagen kann? Dass, wenn es einer schafft, mit einem Mord davonzukommen, Sie das sind?«

Diese Frage hat man ihm auch schon früher gestellt. Die Leute denken immer, dass ein Krimiautor mit einem Mord davonkommen könnte. Als Jerry nicht antwortet, fährt Mayor fort.

»Jemand wie Sie glaubt bestimmt, dass er dazu in der Lage wäre, oder? Ich wette, Sie glauben, Sie könnten einen Tatort so manipulieren, dass keine der Spuren auf Sie hindeutet.«

Jerry antwortet nicht.

»Hat je eine Ihrer Figuren einen Tatort manipuliert?«, fragt Mayor.

»Einige schon.«

»Einige«, sagt Mayor. »Wie würden Sie dabei vorgehen? Wie würde eine Ihrer Figuren dabei vorgehen?«

»Ich weiß nicht.«

»Sie wissen es nicht. Kommen Sie, Grey, Sie sind hier der Schriftsteller. Würden Sie die Fingerabdrücke abwischen?«

»Ich denke schon.«

»Natürlich würden Sie das. Das tut man als Erstes. Was noch? Sie würden Bleichmittel verwenden, oder? Würden Sie die ganze Leiche mit Bleichmittel überschütten?«

»So was in der Richtung.«

»Oder den Tatort in Brand stecken?«

»Kann schon sein.«

»Und die Leiche irgendwo verstecken?«

»Vielleicht.«

»Nach all den Büchern, die Sie geschrieben haben, nach all Ihren Recherchen und nach all den Filmen, die Sie gesehen haben – ich wette, da wissen Sie eine Menge über die Arbeit der Spurensicherung.«

Jerry antwortet nicht.

»Sagen Sie mir, was muss man tun?«, fragt Mayor. »Was muss man Ihrer Meinung nach tun, um mit einem Mord davonzukommen?«

Statt zu antworten, starrt Jerry auf den Holztransporter und versucht kraft seiner Gedanken, die Baumstämme dazu zu bewegen, von der Ladefläche zu fallen … und dann? Er weiß es nicht. Irgendwas. Sie sollen nicht ihren Wagen zerquetschen, aber irgendwas.

»Wissen Sie, die Frau, nach der wir Sie vorhin gefragt haben, Belinda Murray«, sagt Mayor, »der Mord an ihr wurde bisher nicht aufgeklärt. Also muss der Täter ziemlich schlau gewesen sein, meinen Sie nicht auch?«

»Vielleicht hat er auch einfach nur Glück gehabt«, sagt Jerry.

»Gibt es in Ihren Büchern Figuren, die ein Verbrechen begehen und sich dann nicht mehr daran erinnern können?«

»Ich möchte nicht weiterreden«, sagt Jerry. Das hat Schwester Hamilton ihm eingeschärft – nichts zu sagen. Er hat sowieso schon zu viel erzählt.

»Kommen Sie, wir kommen doch gerade erst in Fahrt.«

»Bei unserer kleinen Grillplauderei«, sagt Jerry, und ihm ist klar, dass er das nicht hätte sagen sollen. Aber irgendwo in seinem Innern weiß er: Wenn er sich mit diesen Leuten unterhält, wenn er es schafft, dass sie eine Beziehung zu ihm aufbauen und erkennen, dass er kein schlechter Mensch ist, dann wird sich das hier alles aufklären. Dann werden sie begreifen, dass er kein Mörder ist.

»Genau. Das hier ist eine Grillplauderei. Das gefällt mir. Sie sollten das in einem Ihrer Bücher verwenden«, sagt Mayor. »Nehmen wir an, Sie würden über eine Figur schreiben, die behauptet, sie könne sich nicht daran erinnern, jemanden umgebracht zu haben. Was liegt dahinter?«, fragt er, und als Jerry nicht antwortet, antwortet Mayor für ihn. »Normalerweise lügt so jemand doch, oder?«

»Ich habe die Frau nicht getötet«, sagt Jerry.

»Aber vor zwei Tagen haben Sie das Gegenteil gesagt.«

»Ich kann mich nicht daran erinnern.«

»Ich möchte Sie etwas fragen«, sagt Mayor.

»Keine weiteren Fragen mehr.«

»Eine letzte Frage«, sagt Mayor. »Wenn Sie die Frau umgebracht hätten, wüssten Sie es dann? Würden Sie es spüren? Ich meine nicht, dass Sie sich daran erinnern können, aber dass Sie es spüren … eine Ahnung haben?«

Jerry denkt darüber nach, und die Antwort fällt ihm nicht schwer. »Sicher. Ich würde mich vielleicht nicht daran erinnern, aber ich wüsste es, und darum weiß ich, dass ich der Frau nichts getan habe.«

Mayor dreht sich noch weiter zu ihm um, mit einer Mischung aus Grinsen und Lächeln im Gesicht. »Das ist interessant. Wirklich interessant. Wollen Sie wissen, warum?«

»Sie sagten, keine weiteren Fragen mehr.«

»Aber Sie sind doch ein neugieriger Mensch, oder? Wie wahrscheinlich alle Autoren. Machen wir also weiter. Haben Sie je einen Menschen umgebracht, Jerry? Ich meine nicht in Ihren Büchern, sondern in Wirklichkeit.«

Jerry antwortet nicht.

»Ich werte das als ein Nein, denn Sie würden sich daran erinnern, nicht wahr? Und wenn Sie sich nicht daran erinnern würden, würden Sie es spüren.«

»Ich werde erst wieder was sagen, wenn mein Anwalt eingetroffen ist.«

»Was ist mit Ihrer Frau?«, fragt Mayor.

»Auf die werde ich auch warten«, sagt Jerry.

Mayor schüttelt den Kopf. »Das meine ich nicht. Ich meine, erinnern Sie sich daran, wie Sie Ihre Frau umgebracht haben?«

Die Frage verwirrt Jerry, und er hat das Gefühl, als wäre ihm ein Teil des Gesprächs entgangen. War er mit seinen Gedanken für einen Moment woanders? Hat seine Erinnerung ausgesetzt? Dann versteht er. »Sie reden von einem meiner Bücher?«

»Nein, Jerry, ich meine das wahre Leben.«

Jerry schüttelt den Kopf. »Natürlich nicht. Wie sollte ich? Sie ist noch am Leben.«

»Sie ist tot, Jerry«, sagt Mayor. »Und Sie haben sie getötet.«

»Sagen Sie so was nicht.«

»Sie haben sie erschossen.«

»Sie sollen so was nicht sagen.«

»Warum nicht? Es ist die Wahrheit.«

»Das ist nicht witzig«, sagt Jerry. Das ist echt nicht witzig, ganz und gar nicht, außerdem stimmt es nicht, der Schlamm wabert und wirbelt umher, das kann nicht stimmen, denn er besitzt keinen Revolver. Wie er gesagt hat – er würde es spüren.

»Das ist jetzt fast ein Jahr her. Sie haben Ihre eigene Frau ermordet«, sagt Mayor mit diesem süffisanten Gesichtsausdruck, einem allwissenden Gesichtsausdruck, der sagt: *Ich bin schlauer als Sie*, sodass Jerry vor Wut zittert. Wenn er einen Revolver besitzen würde und ihn dabeihätte, würde er Mayor für seine Bemerkung erschießen. »Sie wissen, dass Sie sie umgebracht haben«, sagt Mayor und ignoriert seinen Partner, der den Blick von der Straße abgewendet hat, um ihm einen missbilligenden Blick zuzuwerfen. »Zumindest würden Sie es spüren, nicht wahr? Das haben Sie eben gesagt. Das nennt man wohl eine Unstimmigkeit in der Geschichte, Jerry. Sie können nicht behaupten, dass Sie Belinda Murray nicht getötet haben, weil Sie spüren würden, wenn Sie es getan hätten, und dann sagen, dass Sie sich nicht daran erinnern können, wie Sie Ihre Frau umgebracht haben, obwohl Sie genau wissen, dass Sie es getan haben.«

»Meine Frau ist nicht tot.«

»Dennis …«, sagt Mayors Partner.

»Was denn? Das ist die Wahrheit«, sagt Mayor und schaut

zu seinem Partner, bevor er den Blick wieder auf Jerry richtet. »Sie haben sie getötet, Jerry. Darum hat man Sie in einem Pflegeheim untergebracht. Wenn ich zu entscheiden gehabt hätte, hätte ich Sie in den Knast gesteckt, aber Sie wurden für unzurechnungsfähig erklärt.«

»Sagen Sie so was nicht«, sagt Jerry und schlägt sich auf die Wangen, zunächst ganz sanft, sodass es nicht wehtut, dann ein wenig fester und noch etwas fester. »Sie ist nicht tot, sie ist nicht tot«, sagt er, und ihm ist klar, dass er jetzt genauso wie der Geisteskranke klingt, als der er sich ihrer Meinung nach ausgibt, aber das ist ihm egal.

»Ich finde, das reicht, Mayor«, sagt Chris.

»Sandra ist nicht tot«, sagt Jerry, während er sich immer noch schlägt.

»Sie haben sie erschossen«, sagt Mayor jetzt lauter, um Jerry zu übertönen, dann richtet er Zeige- und Mittelfinger auf ihn und hebt den Daumen, sodass seine Hand wie eine Pistole aussieht. Er streckt den Arm zur Rückbank aus und hält die Hand zwei Zentimeter vor Jerrys Brust. »Peng. Direkt ins Herz.«

»Nehmen Sie das zurück! Nehmen Sie das zurück!«

»Peng.«

Sein Name ist Jerry Henry Grey Cutter, er ist Schriftsteller, und er denkt sich Geschichten aus, und das hier gerade hat er sich nur ausgedacht. Das hier passiert nicht wirklich. Diese Personen existieren nicht wirklich.

»Peng«, sagt Mayor.

Jerry greift nach der Fingerpistole und biegt den Lauf nach hinten, bis beide Finger knacken. Mayor fängt an zu schreien, und Jerry lässt los, packt Mayor an den Haaren und zieht daran.

»Loslassen, du krankes Arschloch«, brüllt Mayor und bohrt

die Finger seiner unverletzten Hand in Jerrys Unterarm, doch Jerry hält seine Haare weiter fest umklammert. Währenddessen fährt Chris an den Straßenrand und kommt mit dem Wagen zum Stehen.

»Meine Frau ist nicht tot«, sagt Jerry, denn der Gedanke ist erschütternd. »Sagen Sie, dass sie nicht tot ist! Sagen Sie es!«

Chris beugt sich herüber und versucht, Jerrys Hand zu lösen, dann schlägt Mayor mit der Faust zu und erwischt Jerry seitlich am Gesicht. Der Schlag befördert ihn zurück auf den Sitz, aber er hält ein Büschel von Mayors Haaren in der Hand.

»Du kranker Scheißkerl«, sagt Mayor und beugt sich rüber, um erneut zuzuschlagen, doch sein Partner hält ihn zurück.

»Nicht«, sagt Chris.

Er muss das nicht wiederholen. Mayor lässt von Jerry ab und greift sich an die kahle Stelle, die mit Blutflecken übersät ist. »Du Arschloch«, sagt er und hält sich die gebrochenen Finger.

Jerry öffnet die Hand und lässt die Haare auf den Sitz neben sich fallen. »Sagen Sie, dass sie nicht tot ist«, wiederholt er jetzt sehr viel ruhiger.

»Wir werden Ihnen Handschellen anlegen müssen, Jerry, okay?«, sagt Chris mit ruhiger Stimme, während sein Partner tief Luft holt.

»Er hat gesagt, dass Sandra tot ist.«

»Das hätte er nicht tun sollen«, sagt Chris.

»Nein, das hätte er nicht. Das ist nicht witzig.«

Chris klettert aus dem Wagen, öffnet die Hintertür und fordert Jerry auf, auszusteigen. Sobald er den Wagen verlassen hat, fordert Chris ihn auf, sich umzudrehen, und legt ihm ein Paar Handschellen an. Jerry hat das Gefühl, als hätte man ihm früher schon mal Handschellen angelegt.

»Oder stimmt das?«

»Was?«

»Dass sie tot ist?«

Für ein paar Sekunden herrscht Schweigen, dann fängt Chris an zu nicken. »Ja, Jerry. Tut mir leid«, sagt er.

Jerry schafft es nicht mehr zurück in den Wagen. Die Hände auf den Rücken gefesselt, sinkt er am Straßenrand zu Boden und knallt mit den Knien auf den Belag, dann kippt er zur Seite und fängt an, in den Asphalt zu schluchzen.

Tag Fünfzig

In Wirklichkeit hast du den Eintrag für Tag fünfzig schon vorhin angefangen, du hattest bereits zwei Absätze geschrieben, doch dann hast du die Seiten herausgerissen und in den Papierkorb geworfen, denn deine Gedanken waren zu ungeordnet, und du hast zu viele Rechtschreibfehler gemacht. Du wusstest nicht, was du überhaupt sagen wolltest, denn du warst zu aufgewühlt. Darum war es besser, die Seiten herauszureißen und noch mal von vorne anzufangen, als könntest du dadurch die Ereignisse des Tages ungeschehen machen. Wenn es doch so einfach wäre (In gewisser Weise ist es das. Wenn ich etwas nicht aufschreibe, kannst du es leicht wieder vergessen. Nicht jetzt, aber wenn das dunkle Morgen angebrochen ist). Wie sich herausstellte, gibt es auf deinem Weg ein paar Hindernisse, und es war voreilig, das Protokoll des Wahnsinns zu beenden. Du brauchst es, um dich daran zu erinnern, wer du bist, denn du leidest an dieser Krankheit, auch wenn du so tust, als würde das nicht stimmen. Du kannst dir nicht länger etwas vormachen.

Die Hindernisse.

Beginnen wir mit Nicholas, dem Anwalt, den du dir für Roman dreizehn ausgedacht hast. Nicholas – dieser nichtsnutzige Mistkerl, dem du vertraut hast, den du zum Leben erweckt hast, der dich im Stich gelassen hat, weil Mandy, deine Lektorin, ihn nicht mochte. Was ist passiert? Warum mochte sie ihn nicht?

Mandy fand dein Manuskript zum ersten Mal nach einer Überarbeitung schlechter als vorher. Das hat dich schwer getroffen. Wirklich schwer. Trotzdem hast du in der letzten Woche Nicholas aus der Geschichte gestrichen. Mandy meinte, du sollest dir Zeit lassen, aber kapiert sie nicht, dass dir keine Zeit mehr bleibt? Wenn Captain A das Kommando übernimmt, dann bist du nicht mal mehr in der Lage, deinen verdammten Namen zu schreiben, geschweige denn einen Roman zu überarbeiten. Captain A ist übrigens der neue Name, den du der Krankheit verpasst hast, denn wenn das dunkle Morgen anbricht, wird Captain A das Steuerrad übernehmen. Was das Manuskript betrifft, bist du völlig aufgeschmissen, Partner. Vor zwei Tagen hast du Mandy die überarbeitete Version geschickt, und heute Morgen hat sie dich angerufen und meinte, dass es vielleicht an der Zeit sei, einen Ghostwriter zu engagieren. Einen Ghostwriter! Das kommt ebenfalls auf die *Ich-kann's-nicht-fassen*-Liste.

So viel also zu Nicholas und Mandy. Du weißt, dass Mandy nur das Beste für dich will. *Du weißt das*. Es ist nur, na ja, die ganze Situation macht dich fertig. Du hast Mandy enttäuscht, und du bist von dir selbst enttäuscht.

Die Sache mit Mrs. Smith hingegen ist etwas ganz anderes. Mrs. Smith ist nicht nur deine Nachbarin, sondern auch die

Königin im Land der Bekloppten. Sie hat einen eigenen Captain A, der ihr Schiff steuert. Vor einer Weile hat sie sich über deinen Garten beschwert (obwohl der gute alte Hip-Hop-Rick vor einer Woche einen Tag lang den Rasen gemäht, Unkraut gejätet und die Pflanzen gestutzt hat, damit alles schön aussieht, bevor die Überraschungsparty zu Sandras Geburtstag steigt), und jetzt glaubt sie, dass du die Rosen in *ihrem* Garten herausgerupft hast. Also wirklich, du bist ein neunundvierzigjähriger Krimiautor, der Besseres zu trinken hat, als ihre verdammten Rosen auszurupfen. Ha – nicht *zu trinken. Zu tun.* Besseres zu *tun* hat. Gestern war die Polizei hier, und jetzt ist Sandra sauer auf dich, weil sie für Du-weißt-schon-Wen Partei ergriffen hat.

Im Wesentlichen ist Folgendes passiert – gestern nach dem Aufstehen habt ihr bemerkt, dass jemand das Wort FOTZE auf die Vorderseite von Mrs. Smiths Haus gesprüht hatte; das F auf die linke Seite der Vorderwand, das O auf das Fenster, das T auf die Tür, das Z auf das zweite Fenster und das E rechts daneben auf die Wand. Niemand hat etwas davon mitbekommen, denn es passierte wahrscheinlich nachts, und Mrs. Smith hat nichts gehört, weil von dem Gemecker, mit dem sie ihren Mann ins Grab befördert hat, ihre Trommelfelle durchlöchert sind. Natürlich kam sie herüber und hämmerte bei euch an die Tür. Denn du bist ja der entsprechende Ansprechpartner, wenn bei einem der Nachbarn eine Schweinerei an die Hauswand gesprüht wird. Hat jemand das Wort *Arschloch* an deine Tür gesprüht? Frag Jerry. Steht das Wort *Schwachmat* auf deinem Briefkasten? Geh zu Jerry. Oder das Wort *Kackfrosch* auf deinem Auto? Jerry weiß Bescheid. Also ist sie zu Jerry gegangen, während Sandra auf der Arbeit war, und Jerry sagte, dass er keine Ahnung habe, wovon zum Geier sie rede. Sie wies ihn darauf hin, dass dieselbe gottverdammte Sprühfarbe an seinen Fingern klebe, worauf Jerry ihr erklärte, dass es sich nicht um Farbe, sondern um Tinte handle, weil er letzte Nacht für die Hochzeit einhundertzehn gottverdammte Namen auf einhundertzehn gottverdammte Tischkärtchen geschrieben habe; sie solle also aufhören, ihn zu beschuldigen. Außerdem wüssten sowieso alle in der Straße, dass sie eine Fotze sei, und somit habe jeder ein Motiv.

Du hattest es kaum ausgesprochen, als es dir auch schon leidtat. Obwohl Mrs. Smith neugierig und nervig ist, hat sie es nicht verdient, dass man so mit ihr spricht, besonders nach dem, was mit ihrem Haus passiert war. Es gab Zeiten, in denen ihr ein gutes nachbarschaftliches Verhältnis hattet. Als du noch Lesereisen unternommen und deine Familie mitgenommen hast, hat Mrs. Smith in euer Abwesenheit nach eurem Haus gesehen, euren Briefkasten geleert und die Katze gefüttert. Du warst zusammen mit Sandra auf der Beerdigung ihres Mannes, und an Sandras Geburtstag ist sie immer mit Muffins vorbeigekommen. Natürlich tat es dir leid, was du zu ihr gesagt hattest, und dass jemand ihr so etwas Gemeines angetan hatte, aber vor allem tat es dir leid, dass Captain A dich in eine Person verwandelt hatte, der man die Schuld an allem geben konnte, was in eurer Straße verkehrtlief.

Du hast ihr die Tür vor der Nase zugeschlagen.

Eine Stunde später traf die Polizei ein. Die Beamten wollten sich deine Finger anschauen, doch inzwischen hattest du sie gesäubert – du würdest regelmäßig duschen und dich waschen, Körperhygiene sei schließlich kein Verbrechen. Die Beamten fragten, ob sie sich bei euch mal umsehen dürften. Inzwischen hattest du mit Sandra telefoniert, und sie war bei euch zu Hause eingetroffen. Sie sagte, sie würde es nicht zulassen, dass man dich wie einen Verdächtigen behandelt. Würden allerdings Beweise auftauchen, die darauf hindeuteten, dass du etwas mit der Sache zu tun hättest, dürften sie gern das Haus durchsuchen, jedoch nur mit Durchsuchungsbeschluss. Die Beamten fragten, ob du mit einer Spraydose dasselbe Wort wie auf dem Nachbarhaus irgendwohin sprühen könntest, um zu überprüfen, ob du eine ähnliche Technik verwendest. Du hast das für einen Scherz gehalten und gelacht, aber sie wollten tatsächlich eine Handschriftenprobe von dir haben, in 1,50 Meter großen Buchstaben. Sandra lehnte das ab und meinte, es tue ihr leid, was mit Mrs. Smiths Haus passiert sei, aber weder sie noch du hätten irgendetwas damit zu tun.

Ist es möglich, dass Sie es getan haben, ohne es mitzubekommen?, fragte einer der Beamten.

Nein, sagtest du. Das war tatsächlich nicht möglich. Wenn du es getan hättest, hättest du es auch mitbekommen. Die Beamten erklärten, dass sie mit den anderen Nachbarn sprechen und dann wieder zu euch kommen würden. Sobald sie verschwunden waren, fragte Sandra dich, ob du das Haus besprüht hättest. Und du sagtest Nein.

Bist du sicher?

Natürlich.

Zeig mir dein Versteck, sagte sie.

Was für ein Versteck?

Das Versteck unter deinem Schreibtisch.

Woher, verdammt noch mal, weißt du davon?

Zeig's mir einfach.

Also hast du es ihr gezeigt. Schließlich hattest du nichts zu verbergen. Du hast Mrs. Smiths Haus nicht besprüht. Du hast den Tisch zur Seite geschoben, den Schraubenzieher hervorgeholt und die lose Bodendiele aufgestemmt.

Willst du raten, was sich darunter befand?

Nichts. Genau. Nichts.

Am späten Abend hast du die Spraydose dann gefunden. Sie befand sich in dem Versteck mit den Sicherungskopien, zusammen mit dem Gin und dem Revolver.

KAPITEL 11

Die beiden Beamten fahren mit Jerry zum Krankenhaus, ohne ihre Grillpartyplauderei fortzusetzen. Mayor hält sich die Hand, und Jerry starrt aus dem Fenster, nervös, rasend vor Wut und erfüllt von Schmerz. Sein Gesicht ist feucht von seinen Tränen. Wenn man dir erzählt, dass du etwas getan hast und du keine Erinnerung daran hast, ist das, als würde man dir erzählen, dass schwarz weiß und oben unten ist. Die beiden haben ihm gesagt, dass Sandra tot sei, aber sie kann nicht tot sein, denn das wüsste er. Selbst wenn er sich nicht daran erinnern kann, wie er sie umgebracht hat, würde er spüren, dass sie nicht mehr da ist. Sie *waren* fünfundzwanzig Jahre lang verheiratet. Er kann sich noch deutlich an sein Gespräch mit Eva letzte Woche am Strand erinnern. Sie sagte, dass Sandra ihn verlassen habe, weil sie der ganzen Sache nicht mehr gewachsen gewesen sei. Sandra ist nicht tot – die Verantwortung für Jerrys Krankheit sei zu viel für sie gewesen, und sie habe sich lieber von ihm getrennt, als daran zu zerbrechen.

Vor dem Krankenhaus steigt Mayor aus dem Wagen und wirft Jerry auf dem Weg ins Gebäude wütende Blicke zu. Jerry kann ihm deswegen keinen Vorwurf machen. Mayor hält die Hand vor die Brust und schützt sie wie einen kleinen Vogel. Dann sind Jerry und Chris allein im Wagen, und auf der fünfminütigen Fahrt vom Krankenhaus zum Parkplatz vor der Polizeiwache sagt Jerry kein Wort. Mit dem Aufzug fahren sie in den vierten Stock. Die Räumlichkeiten kommen Jerry vage bekannt vor. Wahrscheinlich ist er schon mal hier gewesen, weil er als Schriftsteller irgendwann mal ein paar Informationen benötigte und um eine Führung durch die Polizeiwache gebeten hat. *Schreib über das, was du kennst, und denk dir den Rest aus.* Er fragt sich, in wie viele Bücher er diese Wache eingebaut hat, aber dann fällt ihm ein, dass er letzte Woche hier war, als Eva vorbeigekommen ist und ihn abgeholt hat. Man führt ihn in ein Verhörzimmer, Chris nimmt ihm die Handschellen ab, und Jerry massiert sich die Handgelenke.

»Wollen Sie was trinken?«, fragt Chris.

»Ein Gin Tonic wäre klasse.«

»Klar doch, Jerry. Kommt gleich. Haben Sie sonst noch einen Wunsch? Wollen Sie ein Schirmchen in Ihrem Drink haben?«

Jerry denkt darüber nach. »Ja, wenn sie welche dahaben.«

Chris legt das Foto von Belinda Murray auf den Tisch, dann verlässt er das Zimmer. Jerry weiß, was Sache ist – er hat genug Romanfiguren in eine derartige Situation verfrachtet, um zu wissen, dass sie ihn hier eine Weile schmoren lassen, bevor sie eine Runde guter Bulle, böser Bulle spielen. Als er fünfzehn Minuten später immer noch alleine ist, setzt er sich. Vielleicht warten sie, bis man Mayors Finger verarztet hat. Oder bis die Knochen wieder zusammengewachsen sind und Ostern ist. Sein Anwalt ist immer noch nicht eingetroffen. Genauso wenig wie sein Gin Tonic. Er versucht, die Tür zu öffnen, doch sie ist verschlossen. Er geht ein paar Mal im Zimmer auf und ab, dann setzt er sich wieder und starrt auf das Foto einer Frau, die er nie zuvor gesehen hat. Er fragt sich, warum sie glauben, dass er sie getötet hat, und ob sie etwas mit den Hochzeitsvorbereitungen seiner Tochter zu tun hatte. Aber auch dann würde er sie nicht kennen – denn darum haben sich Sandra und Eva gekümmert.

Schließlich öffnet sich die Tür, und ein Mann, den Jerry nie zuvor gesehen hat, betritt den Raum und setzt sich ihm gegenüber. Er sagt, sein Name sei Tim Anderson, und er sei sein Anwalt. Sie schütteln einander die Hände. Tim ist Mitte fünfzig und hat silbernes Haar, das an den Seiten zurückgegelt ist und flach am Kopf anliegt. Er trägt eine Brille, die seine Augen kleiner wirken lässt, so als würde er verkehrt herum durch ein Fernglas schauen, und er ist braun gebrannt, obwohl noch Frühling ist, was bedeutet, dass er entweder ins Sonnenstudio geht oder gerade aus einem Auslandsurlaub zurückgekehrt ist. Er trägt einen schicken Anzug und eine schicke Uhr; Jerry vermutet, dass er gut verdient, was bedeutet, dass er offensichtlich ein guter Anwalt ist.

»Was ist mit Ihrem Auge passiert?«, fragt Tim.

»Ich hatte eigentlich meinen alten Anwalt erwartet.«

Tim, der gerade seine Aktentasche öffnet und einen Block herauszieht, hält mitten in der Bewegung inne und starrt ihn an. Er macht einen besorgten Eindruck. »Ich bin Ihr alter Anwalt«, sagt er. »Das beantwortet meine Frage, ob Sie wissen, wer ich bin.«

Jerry zuckt mit den Achseln. »Nehmen Sie's nicht persönlich.«

Tim legt den Block auf den Tisch und daneben einen Stift.

Dann stellt er die Aktentasche auf den Boden, stützt sich mit den Ellbogen auf dem Tisch ab und legt sein Kinn auf die verschränkten Finger. »Ich bin seit fünfzehn Jahren Ihr Anwalt.«

»Tut mir leid«, sagt Jerry und schüttelt schwach den Kopf. »Ich habe keine Ahnung, warum ich hier bin.«

»Darum bin ich ja hier, Jerry. Um Licht in die Sache zu bringen«, sagt Tim, schiebt den Block ein wenig näher und nimmt den Stift. »Erzählen Sie mir alles, woran Sie sich erinnern können. Zunächst, wie es zu der Beule unter Ihrem Auge gekommen ist. Wer hat Sie geschlagen?«

Jerry erzählt ihm alles, was er weiß, über die beiden Polizisten; dass sie glauben, er habe die Frau auf dem Foto getötet. Er erzählt seinem Anwalt von der Autofahrt, davon, wie man ihm unterwegs Handschellen angelegt und ihn geschlagen hat. Davon, wie die beiden ihn davon überzeugen wollten, dass Sandra tot ist. Dann starrt er den Anwalt schweigend an und wartet auf eine Bestätigung, die er nicht hören will. Doch sein Anwalt lässt den Stift fallen, seufzt und starrt für ein paar Sekunden auf seine Hände.

»Ich fürchte, es ist die Wahrheit, Jerry. Haben sie Ihnen auch erzählt, wie es passiert ist?«

Diesmal ist die Nachricht kein ganz so großer Schock mehr, trotzdem ist es schlimm, das zu hören. Er öffnet den Mund, kann jedoch nicht antworten.

Tim fährt fort. »Sie wurde erschossen. Sie … Sie wussten nicht, was Sie taten«, sagt er. »Darum sind Sie in einem Pflegeheim und nicht im Gefängnis. Sie waren nicht zurechnungsfähig und mussten sich deswegen nicht vor Gericht verantworten. Es war wirklich schrecklich, aber niemanden trifft irgendeine Schuld.«

Jerry findet es dumm, so etwas zu sagen. Niemanden trifft irgendeine Schuld? Ist der Revolver auf magische Weise in ihrem Haus erschienen, hat sich auf magische Weise auf Sandra gerichtet und ist dann losgegangen? Er weiß, wer schuld daran ist. Captain A. Diese Leute wissen seit einem Jahr, dass Sandra tot ist, aber für ihn ist es eine neue Nachricht. Für ihn ist Sandra erst seit einer halben Stunde tot. Er hält sich die Hände vors Gesicht und weint. Alles um ihn herum wird dunkel. Er denkt an Sandra und an die guten Zeiten, denn es gab keine schlechten. An die schönen gemeinsamen Momente, wenn sie zusammen gelacht, sich geliebt und Händchen gehalten haben. Er spürt eine Enge im Brustkorb. Eine Welt ohne Sandra ist eine Welt, in der er nicht leben will. Er weiß nicht, wie er ohne sie zurechtkommen soll, auch wenn ihm das im letzten Jahr gelungen ist. Allerdings hat er da überhaupt nicht versucht, mit irgendwas zurechtkommen. Er hat einfach vergessen.

Er stößt sich vom Tisch ab und übergibt sich auf den Boden; die Kotze spritzt auf seine Schuhe. Sein Anwalt rührt sich nicht von der Stelle, weil er wahrscheinlich denkt, dass er nicht noch mehr Geld verlangen kann, weshalb es auch keinen Sinn hat, Jerry auf den Rücken zu klopfen und ihm zu sagen, dass alles gut wird, und sich den Anzug zu versauen. Als Jerry fertig ist, wischt er sich mit dem Arm über den Mund und richtet sich wieder auf.

»Die Krankheit ist schuld daran und nicht Sie«, sagt Tim. »Das mit Sandra tut mir aufrichtig leid, und das, was Ihnen passiert ist, auch, aber wir müssen über den heutigen Tag reden. Und über Belinda Murray. Wir müssen durchsprechen, was heute passiert ist«, sagt er, hebt den Stift wieder auf und legt ihn auf den Notizblock.

Jerry schüttelt den Kopf. Im Zimmer stinkt es heftig nach Kotze. »Erst erzählen Sie mir von Sandra.«

»Ich weiß nicht, ob das hilfreich ist.«

»Bitte.«

Tim lehnt sich zurück. »Wir wissen noch nicht genau, was passiert ist. Erinnern Sie sich noch an die Hochzeit?«

»Nein. Ich meine … ja«, sagt er, denn an die Hochzeit kann er sich erinnern, aber nicht daran, was mit Sandra passiert ist. Er hat die Hochzeit ruiniert. »Habe ich sie deswegen umgebracht? Ist das der Grund?«

»Das weiß keiner. Zu diesem Zeitpunkt schritt die Krankheit schnell voran. Nachdem man die Alarmanlage im ganzen Haus installiert hatte, da …«

»Was für eine Alarmanlage?«

»Manchmal sind Sie in der Gegend herumspaziert«, sagt er. »Sandra hat Ihre Autoschlüssel versteckt, damit Sie wenigstens den Wagen nicht mehr benutzen konnten, aber Sie haben sich öfter aus dem Haus geschlichen und waren dann verschwunden, darum musste sie die Anlage einbauen lassen.«

»Wirklich? Ich habe mich aus dem Haus geschlichen?«

»Die Alarmanlage diente zu Ihrem Schutz. Sobald Sie versucht haben, das Haus zu verlassen, wurde ihr das auf einem Armband angezeigt. Wenn Sandra unterwegs war, hat sie Sie mitgenommen oder jemanden gebeten vorbeizukommen. Zu dieser Zeit hat sie sich öfter freigenommen, um sich um Sie zu kümmern. Sie fühlten sich nicht wohl dabei.«

»Wahrscheinlich kam ich mir vor wie ein kleines Kind«, sagt Jerry.

»Sie sind immer wieder aus dem Fenster geklettert. Als Sandra dahinterkam, sollte dort ebenfalls eine Alarmanlage angebracht werden, aber dann … also, sie sollte an dem Tag eingebaut werden, als sie starb. Das Problem ist, Jerry, dass Sie in regelmäßigen Abständen immer wieder abgehauen sind. Darum glaubt die Polizei, dass Sie diese Frau getötet haben und anschließend Sandra, weil sie es herausgefunden hat.«

»Ich … Ich kann das nicht gewesen sein. Nichts davon.«

»Die Polizei weiß nicht genau, was passiert ist. Sie hat nicht mal den Revolver gefunden. Man hat Sie auf Schmauchspuren überprüft, aber nichts gefunden. Aber in den Tagen zwischen Sandras Tod und Ihrem Anruf bei der Polizei haben Sie mehrfach geduscht.«

»Wie viele Tage waren das?«

»Vier Tage«, sagt er. »Weil Ihr Arbeitszimmer schallisoliert war, hat niemand den Schuss gehört, und es gab nur vage Anhaltspunkte. Sollten auf Ihrem Hemd Blutspritzer gewesen sein, ließ sich das nicht mehr nachweisen, denn Sie haben eine ganze Weile im Blut Ihrer Frau gesessen, während Sie sie in den Armen hielten. Schließlich haben Sie die Polizei verständigt und ein Geständnis abgelegt. Wir wissen nicht, warum Sie Sandra erschossen haben, Jerry, wir wissen nur, dass Sie es getan haben.«

Jerry fragt sich, wie oft man ihm im letzten Jahr diese Nachricht überbracht hat. Vermutlich hat Eva ihm erzählt, dass Sandra ihn verlassen und die Scheidung eingereicht habe, weil sie ihm nicht die Wahrheit sagen und unnötigen Kummer ersparen wollte. Und plötzlich wird ihm klar, warum seine Tochter ihn *Jerry* nennt und nicht *Dad*. Nicht, weil er die Hochzeit ruiniert hat, sondern weil er ihre Mutter getötet hat. Er stellt sich vor, wie er auf dem Boden seines Arbeitszimmers hockt, in der einen Hand einen rauchenden Revolver, während er mit der anderen den Kopf seiner toten Frau hält. Er sieht das Bild vor sich, wie die vielen Todesfälle, die er sich im Laufe der Jahre vorgestellt hat, Todesfälle, die es auf die Seiten seiner fiktiven Geschichten geschafft haben. Was würde er darum geben, wenn Sandras Tod auch nur Fiktion wäre.

»Warum kann ich mich nicht daran erinnern, dass ich sie getötet habe?«

»Die Ärzte glauben, dass Sie die Erinnerung daran verdrängt haben, weil sie zu traumatisch für Sie ist. Sie erinnern sich zwar immer wieder an einzelne Ereignisse aus Ihrem Leben, aber die Ärzte halten es für unwahrscheinlich, dass Sie sich daran erinnern werden. Ihr Arzt glaubt, dass Sie sich möglicherweise nie daran erinnern werden. Es tut mir aufrichtig leid, Jerry, und ich will nicht grausam klingen, aber wir müssen unser Augenmerk auf die momentane Situation richten. Erzählen Sie mir, was Sie der Polizei erzählt haben.«

Jerry vergräbt das Gesicht in den Armen, während er an Sandra denkt. Wenn er ihr das tatsächlich angetan hat, was ist dann überhaupt noch wichtig? Er sollte den Stift des Anwalts nehmen, in eines der Büros rennen und so tun, als wollte er damit einen der Beamten erstechen, sodass man ihn erschießt und der Albtraum ein Ende hat.

»Jerry, kommen Sie, wir müssen die Sache durchsprechen, okay? Das mit Sandra tut mir leid, aber wir müssen unser Augenmerk jetzt auf Sie richten. Sie müssen mit mir zusammenarbeiten, wenn wir Sie hier wieder rausbekommen wollen.«

»Es ist mir egal, ob ich hier rauskomme«, sagt Jerry Richtung Tischplatte.

»Das sollte es aber nicht, denn wenn Sie diese Frau nicht getötet haben, die Polizei jedoch glaubt, dass Sie es waren, dann kommt der tatsächliche Mörder ungeschoren davon. Wollen Sie das?«

Jerry schaut ihn an. Daran hat er nicht gedacht. Der Gestank der Kotze wird immer intensiver. Er rutscht auf seinem Stuhl umher, um ihm irgendwie auszuweichen.

»Warten Sie einen Moment«, sagt Tim und verlässt den Raum.

Eine halbe Minute später kehrt er mit dem Hausmeister zurück. Er hat einen Mopp und einen Eimer dabei und beseitigt die Sauerei. Eine Minute später ist Jerry wieder alleine mit seinem Anwalt, und im Raum stinkt es nicht mehr ganz so schlimm.

»Erzählen Sie mir, was passiert ist«, sagt Tim.

»Okay, okay. Lassen Sie mich nachdenken«, sagt Jerry, holt ein paar Mal tief Luft und versucht, die Gedanken an Sandra zur Seite zu schieben und sich auf den heutigen Tag zu konzentrieren. Er zieht die Nase hoch, wischt sich über die Augen und erzählt ihm, was passiert ist. Er glaubt, dass er sich an den tatsächlichen Ablauf der Ereignisse hält, aber wie soll er das wissen? Er kann sich ja selbst nicht trauen. Während er redet, macht sich Tim Notizen.

Als Jerry fertig ist, sagt Tim: »Bevor ich hergekommen bin, habe ich mit Schwester Hamilton gesprochen. Sie sagt, dass Sie Realität und Fiktion häufig durcheinanderbringen. Zeitweise glauben Sie, die Ereignisse in Ihren Büchern wären real, und Sie hätten sie tatsächlich erlebt. Manchmal behaupten Sie, Sie hätten während ihrer Studienzeit Ihre Nachbarin umgebracht. Sie haben so darauf beharrt, dass Schwester Hamilton sich alte Zeitungsberichte angesehen und mit Eva darüber gesprochen hat. Aber das ist nicht wirklich passiert.«

»Ich kann mich an die Frau erinnern«, sagt Jerry. »Suzan.«

»Es gibt keine Suzan, Jerry.«

»Ich weiß. Ich meine, ich erinnere mich an die Figur aus dem Buch.«

»Und Belinda Murray? Erinnern Sie sich an die auch?«

Jerry wirft erneut einen Blick auf das Foto von Belinda Murray, aber sosehr er auch versucht, sich zu erinnern, außer als auf dem Foto fällt ihm keine andere Situation ein, in der er sie gesehen haben könnte. Sie kommt ihm viel weniger real vor als Suzan. »Ich weiß nicht. Ich glaube nicht. Hat die Polizei irgendwelche Beweise dafür, dass ich sie umgebracht habe?«, fragt er. »Gibt es DNS?«

Tim schüttelt den Kopf. »Das ist unwahrscheinlich. Nach Sandras Tod hat die Polizei Ihre Fingerabdrücke und eine DNS-Probe genommen – wenn, dann hätte es bereits vor elf Monaten eine Übereinstimmung gegeben. Vielleicht ist Ihr Geständnis der einzige Anhaltspunkt, vielleicht hat die Polizei am Tatort keine Beweise gefunden.«

Jerry denkt darüber nach. Ihm fällt ein, wie Mayor ihn im Wagen gefragt hat, ob er glaubt, dass er die Polizei austricksen könne, ob Krimiautoren glauben, dass sie mit einem Mord davonkommen könnten. Ist das ihre Theorie? »Ich bin das nicht gewesen. Darum haben sie am Tatort auch keine Spuren von mir gefunden.«

»Haben Sie davor auch schon Dinge getan, an die Sie sich nicht mehr erinnern konnten?«

»Sie meinen, abgesehen davon, dass ich Sandra umgebracht habe?«

»Es gab letztes Jahr eine Anzeige, weil das Haus Ihrer Nachbarin mit einem Schimpfwort besprüht wurde. Können Sie sich daran erinnern?«

»Welche Nachbarin?«

»Mrs. Smith.«

Jerry schüttelt den Kopf. Er kann sich zwar an seine Nachbarin erinnern, aber nicht an das, was Tim gerade erzählt hat. »Ich weiß noch, dass irgendjemand ihre Blumen herausgerupft hat.«

»Davon weiß ich nichts«, sagt Tim, »aber sie glaubt, dass Sie derjenige waren, der ihr Haus besprüht hat.«

»Das stimmt nicht.«

»Es gibt einen weiteren Bericht über einen Vorfall vier Tage später. Mrs. Smiths Auto wurde in Brand gesteckt. Erinnern Sie sich daran?«

Er durchforstet sein Gedächtnis, aber da ist nichts – keine Nachbarin, kein Auto, kein Feuer. »Nein.«

Tim klopft mit dem Stift auf den Tisch. »Okay, ich sehe die Sache folgendermaßen. Schauen Sie Nachrichten?«

»Manchmal.«

»Lesen Sie Zeitung?«

»Manchmal.«

»Gut. Wir werden jetzt die Detectives holen und ihnen erzählen, was unserer Meinung nach passiert ist.«

»Und das wäre?«

»Sie verwechseln die Wirklichkeit nicht nur mit den Geschichten aus Ihren Büchern, sondern auch mit Meldungen aus den Nachrichten. Sie haben eine lebhafte Fantasie und können sie nicht abschalten. Wir werden den Beamten erklären, dass Sie sowohl die Meldungen in den Nachrichten als auch die fiktiven Geschichten aus Ihren Büchern mit der Wirklichkeit verwechselt haben. Wir werden keine ihrer Fragen beantworten, weil Sie keine Erinnerung an den Vorfall haben und weil irgendeine Frage, die sie Ihnen zu diesem Zeitpunkt stellen würden, dazu führen könnte, dass Sie eine Tat gestehen, die nie passiert ist. Wenn wir hier fertig sind, bringen wir Sie hier raus und fahren Sie nach Hause.«

»Nach Hause oder zum Pflegeheim?«

»Zum Pflegeheim.«

Jerry tippt auf das Foto. »Ich habe sie nicht umgebracht.«

Tim verstaut seinen Stift und seinen Block wieder in der Aktentasche. »Warten Sie hier auf mich, Jerry, ich werde einen Moment allein mit den Detectives reden. Ich bin gleich wieder zurück.«

»Sie wollten mir einen Gin Tonic bringen«, sagt Jerry.

»Was?«

»Der Detective hat mich gefragt, ob ich was zu trinken möchte. Er sagte, er würde mir gleich einen Gin Tonic bringen.«

»Okay, Jerry. Warten Sie hier, und lassen Sie mich sehen, was ich tun kann«, sagt er, dann verschwindet er nach draußen, und Jerry wartet wieder im Verhörzimmer, durstig und allein.

Tag Einundfünfzig

Dein Name ist Jerry Grey, und mit dir ist alles in Ordnung, in bester Ordnung, abgesehen davon, dass du dich nicht erinnern kannst, wie du ein Wort, das du hier nicht erwähnen solltest, auf das Haus deiner Nachbarin gesprüht hast. Jetzt also zur Sache. Zu deinem Ärger. Deinem Problemchen. Zu den Fakten. Du weißt nicht genau, ob du getan hast, was man dir vorhält, Zukünftiger Jerry. Nur weil du eine Sprühdose in deinem Arbeitszimmer versteckt hast, heißt das noch lange nicht, dass du damit das Haus deiner Nachbarin besprüht hast. Schließlich gibt es in der Küche auch Küchenmesser – heißt das etwa, dass jeder, der in den letzten zwanzig Jahren erstochen wurde, von dir erstochen wurde? Die Dose ist ein Überbleibsel aus der Zeit, als du noch Häuser renoviert hast, genauso wie die Farben in der Garage. Eigentlich wolltest du die Sprühdose, nachdem du sie in deinem Versteck gefunden hattest, in den Müll werfen. Daran erinnerst du dich noch. Du wolltest sie irgendwo in der Stadt in einen Müllcontainer werfen. Das Problem ist nur, dass Sandra dir die Autoschlüssel weggenommen hat und du den Wagen nicht mehr benutzen kannst. Das war gestern Abend. Sie sagte, es tue ihr leid, aber du hättest es vielleicht noch nicht gemerkt, du hättest in letzter Zeit geistig ein wenig abgebaut. Sie nehme sie zu deiner eigenen Sicherheit in Gewahrsam, und zur Sicherheit der anderen Autofahrer. Das tat weh. Aber du weißt, warum sie dir in Wirklichkeit die Schlüssel abgenommen hat. Um dich zu kontrollieren. *Tu dies nicht, Jerry. Tu jenes nicht*. Das ist alles, was du zurzeit zu hören bekommst.

Die Polizei ist gestern zwar nicht noch mal zurückgekommen, aber das heißt nicht, dass sie nicht wieder hier aufkreuzen wird. Du musstest die Sprühdose entsorgen, oder du würdest lebenslänglich bekommen und in der Sonne Steine klopfen. Du konntest zwar nicht den Wagen nehmen, aber immer noch laufen. Das ist nicht verboten. Keiner der Nachbarn würde aus dem Fenster starren und sagen: *Oh, Jerry macht sich auf den Weg, um ein belastendes Beweisstück zu entsorgen.*

Und genau das hast du getan.

Zumindest hast du dich auf den Weg gemacht. Bis Captain A sich einschaltete.

Drei Blocks von hier gibt es einen Park. Du dachtest, er sei weit genug entfernt, um die Sprühdose zu entsorgen. Schließlich suchte die Polizei nicht nach einer Mordwaffe, darum würde sie die Gegend um das Haus herum höchstens in einem Radius von sechs oder sieben Metern durchkämmen. Rückblickend betrachtet, kommt dir die ganze Aktion allerdings ziemlich dämlich vor, denn eigentlich gab es keinen wirklichen Grund, die Dose zu entsorgen. Die Polizei würde keinen Durchsuchungsbeschluss bekommen – über die Straftat wurde nicht berichtet, und es wurde niemand verletzt. Im Grunde war das keine große Sache.

Du hast mit deiner kleinen Sporttasche, in der sich normalerweise ein Handtuch und eine Wasserflasche befinden, das Haus verlassen, aber an diesem Tag (dem heutigen Tag) befand sich darin nichts weiter als das Beweisstück, Ma'am, und du musstest dieses Beweisstück loswerden. Auf der anderen Straßenseite knallte die Sonne auf Mrs. Smiths Haus, sodass sich die Buchstaben noch tiefer in das Holz brannten. Die provisorische Farbschicht, mit der man die Buchstaben übertüncht hatte, war so dünn, dass sie schon wieder durchschimmerten.

Schließlich erreichtest du den Park. Oft spielen dort Kinder, aber nicht um diese Zeit, denn sie waren in der Schule. Du hast dich dort auf eine Bank gesetzt (weißt du noch, wie du dich vor Jahren mit Sandra und Eva hier getroffen hast? Es war über dreißig Grad warm, und du hast geschwitzt, dein Hemd war voller Schweißflecken, und deine Stirn glänzte. Du warst vor den beiden eingetroffen, und während du wartetest, kam eine der Mütter auf dich zu und forderte dich auf zu verschwinden. Typen wie du sollten in der Hölle schmoren. *Was, notleidende Schriftsteller?*, meintest du, worauf sie sagte: *Nein, Kinderschänder,* und bevor du etwas erwidern konntest, tauchte Sandra auf). Du warst erschöpft, denn du hattest fast die ganze Nacht wach gelegen und dich immer wieder gefragt, was du getan hast und was nicht. Einen halben Meter entfernt stand ein Mülleimer, und du dachtest, dass du darin deine Sprühdose entsorgen könntest. Du warst ein wenig müde und dachtest, was, wenn jemand die Dose findet, und dann …

Dann hast du gar nichts mehr gedacht. Zumindest nicht der Jerry Grey, der du, ich, wir mal waren. Allerdings musst du noch bei Bewusstsein gewesen sein, denn du wurdest weder von einem Bus angefahren, noch hast du dir sämtliche Kleider vom Leib gerissen, und du hattest immer noch deine Brieftasche und hast nicht versucht, tütenweise Katzenfutter zu klauen. Du warst also noch handlungsfähig, nur auf einer anderen Ebene, auf einer *Jerry-ist-momentan-nicht-zu-Hause-hinterlassen-Sie-eine-Nachricht*-Ebene. Auf einer Schlafwandler-Ebene. Und Captain A steuerte dich zum früheren Haus deiner Eltern. Du hast sogar versucht, die Tür zu öffnen, bevor du angeklopft hast. Das hat dir die Frau erzählt, die dort jetzt wohnt – eine Frau, die nicht deine Mutter war.

Du kannst dich nicht mehr an das Gespräch erinnern, aber Henry, der Mann, dessen Name nicht auf deiner Telefonrechnung erscheint, aber auf all deinen Büchern, hat eine ziemlich gute Vorstellung davon, was los war. Henry?

Jerry war verwirrt. Jerry war total im Arsch. Jerry war völlig durchgeknallt.

Danke, Henry.

Genau so sah es aus. Glücklicherweise (ist das nicht ein Wort, auf das wir in Zukunft bauen werden? *Glücklicherweise* wandte sich alles zum Guten, *glücklicherweise* bist du gar nicht an Demenz erkrankt) arbeitete die Frau, die jetzt das Haus bewohnt, als Krankenschwester im Christchurch Hospital, und sie bemerkte, dass du verwirrt und verängstigt warst. Sie erkannte, wer tatsächlich hinter dem Steuerrad saß, brachte dich ins Haus und sagte zu dir, dass alles gut wird. Sie bot dir eine Sitzgelegenheit an und brühte dir eine Tasse Tee auf. Du hast sie gefragt, warum sie in deinem Haus wohnt, worauf sie wissen wollte, wer du bist. Du warst … dir nicht ganz sicher, aber du hattest deine Brieftasche mit deinem Führerschein dabei (in ihrem Kontrollwahn war Sandra so schlau gewesen, ihn nicht herauszunehmen). Sobald ihr deinen Namen herausgefunden hattet, wurde aus dir Jerry auf Autopilot, zumindest bis zu einem gewissen Grad, und du nanntest ihr deine Adresse. Sie fragte dich, ob du dein Handy dabeihättest, was, wie sich herausstellte, der Fall war. Dann rief sie Sandra im Büro an. Sie sagte, sie komme sofort vorbei. In der Zwischenzeit drängte die Frau dir ein paar Kekse zu deinem Tee auf, und eine Geschichte aus der Nachbarschaft, in der es um einen Mord ging, der vor langer Zeit passiert war. Ob du dich noch daran erinnern könntest? Nein, welcher Mord? Er passierte vor zwanzig, vielleicht auch dreißig Jahren, lange bevor Mae (das war der Name der Krankenschwester – Schwester Mae) in die Straße gezogen war. Mae wohnte erst seit sechs Monaten in dem Haus. Sie war ungefähr in deinem Alter, und du hast sie um ihren scharfen Verstand beneidet.

Schon merkwürdig, dass du ausgerechnet dieses Haus aufgesucht hast. Du bist dort nicht aufgewachsen. Du wohntest in einem ähnlichen Haus in einer ähnlichen Straße ein paar Kilometer entfernt, in einem anderen Viertel, in einem anderen Schulbezirk. Du hast dort vom dritten (daran hast du keinerlei

Erinnerung) bis zu deinem einundzwanzigsten Lebensjahr (daran kannst du dich erinnern) gelebt, und deine Eltern verbrachten dort ihren Lebensabend. Als du neunzehn Jahre alt warst, zeigte ein Fahranfänger seinem Kumpel, was sich aus seinem neuen schnellen Wagen rausholen lässt, verlor dabei die Kontrolle, raste durch euren Vorgarten und krachte in die Seitenwand eures Hauses. Der Fahrer brach sich die Wirbelsäule, und sein Freund wurde eine Woche lang künstlich am Leben erhalten, bis man die Geräte abgeschaltet hat. Deine Familie blieb unversehrt, musste sich aber eine neue Bleibe suchen, während die Versicherungsgesellschaft nach einem Schlupfloch im Vertrag suchte (das Haus war nicht gegen Autounfälle versichert) und die Zahlung dann schließlich doch bewilligte. Und der Bauunternehmer … tja, du weißt ja, wie Bauunternehmer so sind. Deine Familie hat für drei Monate ein anderes Haus gemietet, und aus den drei Monaten wurden sechs, während euer altes Haus renoviert wurde. Warum du ausgerechnet zu diesem Haus gelaufen bist und nicht zu dem Haus, in dem du aufgewachsen bist, ist dir ein Rätsel, aber Captain A gibt dir ständig Rätsel auf, nicht wahr?

Als Sandra schließlich aufkreuzte, bedankte sie sich bei Schwester Mae für ihre Mühe und umarmte sie, und für einen Moment dachtest du, Sandra würde sich ihr anvertrauen und erzählen, was gerade alles schiefläuft. Sie war heilfroh, dass du in das Haus einer Schwester marschiert warst und nicht in das Haus eines Gangmitglieds, das auf Meth war.

Eine Stunde später warst du wieder in deinem Arbeitszimmer und hast dich mit Geschäfts-Mails von der Tatsache abgelenkt, dass du jedes Zeitgefühl verloren hattest, als Sandra das Zimmer betrat. In der einen Hand hielt sie deine Sporttasche, die du im Wagen vergessen hattest, in der anderen die Sprühdose, die du in der Tasche vergessen hattest.

Ihr habt euch deswegen gestritten. Natürlich. Du hast ihr die Wahrheit erzählt, nämlich dass du die Dose loswerden wolltest, weil dir klar war, wie es aussehen würde, wenn man sie finden würde, auch wenn damit nicht das Haus besprüht wurde. Sandra war überzeugt, dass du sie loswerden wolltest, weil Mrs. Smiths Anschuldigungen zutreffen.

Ich wusste, dass du es warst, sagte sie, kam zu dir herüber, ging vor dir in die Hocke, um dir in die Augen zu blicken, und legte ihre Hände auf deine Knie. *Ich wollte es nicht glauben und habe versucht, es nicht zu glauben, aber ich wusste es. Oh, Jerry, was sollen wir bloß machen? Die Krankheit schreitet immer weiter voran.*

Ich war das nicht, sagtest du, beunruhigt über ihr *schreitet immer weiter voran. Wirst du die Polizei verständigen?*

Sie schüttelte den Kopf. *Natürlich nicht. Aber wir müssen etwas unternehmen. Wir können nicht zulassen, dass Mrs. Smith für den ganzen Schaden aufkommt, obwohl wir wissen, dass du es warst.*

Ich war das nicht.

Und wir müssen uns ein paar Maßnahmen überlegen, damit so etwas nicht noch mal passiert.

Was zum Beispiel?

Sie sah dich mit einem traurigen Lächeln an, mit dem sie dir zu verstehen gab, dass eine Menge Kummer auf euch wartet. *Lass uns morgen darüber sprechen,* sagte sie.

So sieht's aus. Morgen wirst du erfahren, was für Maßnahmen das sind.

Die gute Nachricht? Heute gibt es keine gute Nachricht.

Die schlechte Nachricht? Deine Eltern sind tot. Du weißt das schon seit einer Weile. Dad ist im Pool ertrunken und Mum ein paar Jahre später an Krebs erkrankt. Heißt das, dass du nie wieder richtig nach Hause zurückkehren kannst?

Ja, Partner. Ganz besonders in deinem Fall.

KAPITEL 12

Man nimmt eine neue DNS-Probe von ihm, da die frühere beschädigt sein könnte. Doch Jerry weiß, dass das noch unwahrscheinlicher ist, als sein altes Leben zurückzubekommen. Man fährt mit einem Wattestäbchen über die Innenseite seiner Wangen, und er kommt sich wie eine der Figuren in seinen Romanen vor, in denen ein Unschuldiger des Mordes bezichtigt wird und durch seinen Protest erst recht schuldig erscheint. Ihm werden keine weiteren Fragen gestellt, da seine Antworten bedeutungslos sind. Laut seinem Anwalt ist keine seiner Aussagen von Bedeutung. Er ist jetzt der Bedeutungslose Jerry, denkt er. Es fehlt nicht viel, und Schwester Hamilton muss zurückgehalten werden, als sie den blauen Fleck in seinem Gesicht sieht. Der Detective, dem er die Finger gebrochen hat, ist nirgends zu sehen.

Schwester Hamilton sitzt bei Jerry im Verhörzimmer; sie sind alleine, während die anderen draußen seine Zukunft diskutieren.

»Alles wird gut«, sagt sie und drückt seine Hand, und so sitzen sie da, während sie darauf warten, was als Nächstes passieren wird.

Dann betritt Jerrys Anwalt den Raum und erklärt ihnen,

dass sie gehen könnten, man würde Jerry morgen in seiner Gegenwart von einem Spezialisten befragen lassen. Der Detective, dem er nicht die Finger gebrochen hat, bringt sie wortlos nach unten. Schwester Hamilton hat einen Häuserblock von der Wache entfernt geparkt, und der Detective bringt sie zum Wagen. Nachdem Jerry eingestiegen ist, unterhalten sich der Detective und die Schwester ein paar Sekunden miteinander. Er fragt sich, was die beiden besprechen. Wahrscheinlich nichts Gutes. Wenigstens wird die Rückfahrt angenehmer werden als die Hinfahrt.

Als Schwester Hamilton in den Wagen steigt, meint sie erneut zu Jerry, alles werde gut, dann machen sie sich auf den Weg.

»Glauben sie wirklich, dass ich dieser Frau etwas angetan habe?«, fragt er eine Minute später. Sie stehen an einer grünen Ampel, aber der Verkehr ist zum Erliegen gekommen, weil vor ihnen eine Entenfamilie die Straße überquert. Eva hat das als Kind geliebt. Sie hat dann immer, das Gesicht und die Hände gegen die Fensterscheibe gepresst, auf die Enten eingeredet, während sie die Straße überquerten.

»Ganz ehrlich, Jerry. Ich weiß es nicht. Ich weiß es einfach nicht.«

»Warum haben Sie dann keine Angst vor mir?«

»Schauen Sie mich an, Jerry. Sehe ich aus, als hätte ich je vor irgendjemandem Angst gehabt?«

Die Enten überqueren die Straße, watscheln aus einem Park zu einer Pommesbude. Jerry stellt sich vor, wie sie dort eine Mahlzeit bestellen, oder wie man eine Mahlzeit aus ihnen zubereitet.

»Ich wünschte, ich könnte mich an die Ereignisse von damals

erinnern«, sagt er. »Ich habe ein Protokoll darüber geführt. Was ist damit passiert?«

»Keiner weiß, was damit passiert ist.«

»Es ist also nicht zu Hause?«

»Niemand konnte es finden. Nicht mal die Polizei. Sie müssen es irgendwo versteckt haben.«

»Vielleicht«, sagt er. Durch die Bewegungen des Wagens und die Ereignisse des Tages löst sich noch mehr Schlamm. Und ihm fällt etwas ein. »Was ist mit meinem Haus passiert?«

»Es wurde verkauft.«

»Leben dort jetzt andere Leute?«

»Ich nehm's an. Warum?«

»Weil ich in meinem Arbeitszimmer ein Versteck hatte«, sagt er und nickt; er sieht es deutlich vor sich. »Vielleicht können wir dort hinfahren und nachschauen. Das Protokoll muss noch da sein.«

»Ich bin mir sicher, dass die neuen Besitzer das Versteck inzwischen gefunden haben«, sagt sie.

Er schüttelt den Kopf. »Wenn die Polizei es nicht entdeckt hat, haben es die neuen Besitzer auch nicht gefunden.«

»Wahrscheinlich wusste die Polizei nicht, dass sie danach suchen musste«, sagt sie. »Sie haben früher nie davon erzählt.«

Er fragt sich, was der Grund dafür sein könnte. Vielleicht hat er es nicht erwähnt, weil er nichts davon wissen wollte. Vielleicht war ihm durchaus klar, dass er es besser vergessen sollte. Aber jetzt muss er wissen, wo es ist. »Es befand sich im Boden. Wenn wir das Protokoll finden, erfahren wir vielleicht, was passiert ist.«

»Ich weiß nicht, Jerry.«

»Bitte.«

»Selbst wenn es noch dort wäre – vielleicht gefällt Ihnen nicht, was darin steht. Ich will nicht gemein klingen, aber vielleicht ist es das Beste, dass Sie es lassen, wo es ist. Wir sollten die Polizei verständigen, damit sie sich darum kümmert.«

»Was, wenn ich sie nicht erschossen habe?«

»Glauben Sie das?«

Er reißt die Hände in die Höhe. »Es gibt einen großen Logikfehler in der ganzen Geschichte«, sagt er. »Wenn ich schon etwas gestehe, warum dann irgendwelche fiktiven Verbrechen und keine realen?«

Sie hat darauf keine Antwort.

»Was, wenn mich das Protokoll entlastet? Sagen Sie, wann bin ich das letzte Mal in so einem Zustand gewesen?«

»Was meinen Sie?«

»So klar im Kopf. So ich selbst. Der Jerry jetzt gerade will wissen, was passiert ist. Er ist zuversichtlich, dass er nicht das Monster ist, für das ihn alle halten.«

»Ich halte Sie nicht für ein Monster«, sagt sie. »Und um Ihre Frage zu beantworten: Es ist schon eine Weile her, dass Sie so einen klaren Kopf hatten. Mindestens ein paar Monate.«

»Meine Tochter hält mich für ein Monster«, sagt er, und plötzlich ergibt alles einen Sinn. Ist klar, warum sie sich so entfremdet haben. »Darum kommt sie nie vorbei, um mich zu besuchen. Sie hasst mich.«

»Sie hasst Sie nicht«, sagt Schwester Hamilton.

»Sie nennt mich auch nicht mehr *Dad*.«

»Das alles ist nicht leicht für sie.«

»Ich brauche das Protokoll. Ich habe Antworten verdient«, sagt er. Falls er früher, an seinen guten Tagen, das Protokoll nicht erwähnt hat, weil sein Inhalt tatsächlich so schlimm ist, wie alle vermuten, und er sich jetzt nicht mehr daran erinnern kann – sei's drum. »Wenn ich es finde, könnte ich mich entschuldigen für das, was ich getan habe. Den anderen bedeutet das nicht viel, aber irgendwo muss ich ja anfangen«, sagt er. Wenn er sich entschuldigen kann, wenn er den ersten Schritt auf dem Weg zur Vergebung macht und ehrlich ist, dann übt das Universum vielleicht etwas Nachsicht mit ihm.

Schwester Hamilton denkt in aller Ruhe darüber nach. Jerry kann förmlich sehen, wie sie die verschiedenen Möglichkeiten durchspielt. Er würde gern noch etwas hinzufügen, hat aber Angst, dass sie das davon abhält, die Entscheidung zu treffen, die er sich von ihr erhofft.

»Okay«, sagt sie, schert aus dem Verkehr aus und hält am Straßenrand. »Aber vorher werde ich Ihren Anwalt anrufen. Ich will das mit ihm abklären und sichergehen, dass ich nichts Illegales tue.«

»Ich komm schon damit zurecht, ehrlich.«

»Machen Sie sich keine falschen Hoffnungen, Jerry. Vielleicht ist keiner zu Hause, und selbst wenn, dann wissen wir nicht, ob man uns hereinlässt, und dann kann es immer noch sein, dass das Protokoll nicht da ist.«

»Ich weiß. Ich weiß.«

»Und wenn wir es finden, wird die Polizei es haben wollen. Sie betrachtet es vielleicht als Beweismittel und wird es Ihnen möglicherweise nicht zurückgeben.«

»Ich muss es nur lesen. Das ist alles.«

»Sind Sie sich sicher? Ich meine, absolut sicher?«

»Ja«, sagt er und fügt hinzu: »Ich komme schon damit zurecht.«

»Es ist das Haus, in dem Sandra gestorben ist, Jerry, und

womöglich steht in Ihrem Bericht, dass Sie ihr Mörder sind. Ich werde Eric anrufen, damit er uns hilft, denn es ist ziemlich wahrscheinlich, dass Sie mit der Situation überhaupt nicht zurechtkommen.«

Tag Dreiundfünfzig

Sie lassen eine Alarmanlage installieren, Zukünftiger Jerry. Ist es zu fassen? Himmel, als Nächstes lassen sie nur für dich eine riesige Katzenklappe einbauen, und dann musst du … halt, eine Nachricht von Henry … Ja, Henry? Also, das würde man nicht *Katzenklappe* nennen, sondern *Tür*. Dann musst du ein verdammtes Magnethalsband tragen, damit die anderen demenzkranken Tattergreise in der Straße nicht in euer Haus marschieren, den Kühlschrank plündern, auf den Teppich scheißen und die Armlehnen der Sofagarnitur anknabbern.

Es war die Idee von Wie-heißt-sie-noch-Mal, von der Beraterin mit den dicken Titten. Sandra hat sie heute Morgen angerufen und ihr erzählt, dass du durch die Gegend gestiefelt bist. Die Beraterin hat gesagt, dass das wahrscheinlich passieren würde. Morgen kommt ein Typ vorbei, der an allen Türen, die nach draußen führen, eine Alarmanlage installiert, darunter auch an der Garagentür. Die Fenster werden nicht mit einer Alarmanlage versehen, denn wenn du geistig fit genug bist, um durch die Fenster abzuhauen, damit der Alarm nicht auslöst wird, dann bist du noch zurechnungsfähig. Die Alarmanlage wird für den Fall angebracht, dass Captain A diesen maroden Kahn steuert. Du bist nur ein EINZIGES MAL ausgebüchst, und statt Verständnis für dich zu haben, gibt Sandra dir den Rest. Mein Gott, sie hat KEINE AHNUNG, wie du dich dabei fühlst. Sie ist ja auch nicht DIEJENIGE, die leidet, DIEJENIGE, die den Verstand verliert. Wenn du deine Wagenschlüssel findest, kannst du vielleicht ein Zelt kaufen und an den Strand fahren, ein paar Marshmallows rösten und deine kontrollwütige Frau hier zurücklassen, damit sie für ein paar Tage tun kann, was auch immer sie will.

In weniger als drei Wochen findet die Hochzeit statt. Du hast Angst, einen Blick auf deine Kreditkartenrechnungen zu werfen – die du übrigens sowieso nicht mehr zu Gesicht bekommst. All die Sachen werden online bestellt, und du hast keinen Zugang zu den Internetseiten, weil du dich weder an den Zugangscode noch an das Passwort erinnern kannst. Um ehrlich zu sein, Zukünftiger Jerry, in diesem Stadium deiner Krankheit glaubst du allerdings, dass du dich an sie erinnerst und dass Sandra sie geändert hat. Weil sie will, dass du sie danach fragst, damit sie dir sagen kann, dass sie sich nicht geändert haben. Aber diese Befriedigung wirst du ihr nicht geben.

Du hast heute mit Hans gesprochen. Er kam vorbei, um dich zu besuchen. Im Gegensatz zu Sandra ist *er* auf deiner Seite. Er hat zwar keine Ahnung, wie es dir geht, aber wenigstens hat er Verständnis für deine Situation. Er hat dir sein neues Tattoo an der Unterseite seines Halses gezeigt, knapp unterhalb seines Kragens, sodass er sein T-Shirt ein wenig herunterziehen musste. Dort stand in fingergroßen Buchstaben *The Cutting Man.*

Weil ich deine Bücher toll finde, Alter, sagte er. *Ich bin so stolz auf dich.*

Du hast ihm von der Alarmanlage erzählt und von deinem kleinen Ausflug und den Anschuldigungen deiner Nachbarin.

Das muss verdammt deprimierend sein, Kumpel, sagte er, und er ist der einzige deiner Freunde, der dich *Kumpel* nennt, denn du verabscheust dieses Wort. Aber Hans benutzt es trotzdem, denn so redet er nun mal. *Klingt, als wäre die Dame von gegenüber verrückt.*

Total verrückt. Sie ist noch viel verrückter als ich.

Wann wird man dir Ketten anlegen?

Gleich morgen früh. Dann kann ich keine Tür mehr öffnen, ohne dass Sandra Bescheid weiß.

Und die Polizei, glaubt sie, dass du das Haus besprüht hast?

Ich denke schon.

Und wie laufen die Hochzeitsvorbereitungen?

Offensichtlich wird es das gesellschaftliche Ereignis des Jahres, so, wie Sandra und Eva sich ins Zeug legen. Morgen Abend fahren wir zu einem Restaurant, um verschiedene Desserts zu probieren. Und ich muss sie begleiten, damit ich nicht abhaue.

Hört sich nach 'ner Menge Spaß an.

Nur dass es keinen Spaß machen wird. Du wirst dort wie ein Idiot herumstehen und das Essen probieren, während man dich fragt, was dir am besten schmeckt. Aber egal, wie du das Essen findest, Eva oder Sandra wird dich überstimmen. *Jerry mag die Schokolade? Tut mir leid, Jerry, aber alle anderen Hochzeitsgäste mögen lieber Vanille.*

Sandra hat dich gefragt, was ihr wegen der Sache mit Mrs. Smith unternehmen sollt. Du meintest im Scherz, dass ihr einen Auftragskiller anheuern solltet, aber sie fand das gar nicht lustig. Wahrscheinlich ist die Sache wirklich nicht zum Lachen, aber vielleicht, Jerry, blickst du irgendwann in Zukunft darauf zurück und musst darüber schmunzeln. Sandra hat vorgeschlagen, einen Umschlag mit Bargeld vor Mrs. Smiths Tür zu legen, der die Kosten für den neuen Anstrich abdeckt. Du hältst nichts davon, für etwas zu bezahlen, was du nicht getan hast, außerdem wirst du das Geld brauchen, wenn sich dein Zustand verschlechtert und du einen Pflegedienst engagieren musst. Du hast Sandra zu bedenken gegeben, dass Mrs. Smith wissen wird, von wem das Geld kommt – denn wer sonst hätte so ein schlechtes Gewissen, dass er den Anstrich bezahlt?

Hoffentlich ist damit der Tiefpunkt erreicht. Es scheint, als hättest du die letzte Phase der Trauer erreicht. Sandra sagte das neulich Abend, als sie meinte, dass die Krankheit weiter voranschreite. Jetzt geht es nur noch darum, sich für den schlimmstmöglichen Fall zu wappnen. Und die Frage, wie schnell dieser eintritt. Du hast jetzt Phase eins von Phase fünf erreicht – du hast akzeptiert, dass du die Kontrolle verlierst. Aber wenn du dich hin und wieder aus dem Staub machst, ist das nicht das Ende der Welt, und wen kümmert's, wenn du vergisst, dir einen Teller zu nehmen?

Verdammt, wahrscheinlich hast du die Sache mit dem Teller völlig vergessen. Du hattest heute Nachmittag Hunger und dir eine Dose Spaghetti warm gemacht. Dazu muss man kein Genie sein – man benutzt einen Dosenöffner, schüttet den Inhalt in eine Schüssel und erhitzt ihn für zwei Minuten in der Mikrowelle. Es ist nicht so, dass man dabei das Haus abfackeln kann. Du hattest die Nudeln zur Hälfte aufgegessen, als Sandra von der Arbeit nach Hause kam, das Zimmer betrat und bemerkte, dass du dir keinen Teller geholt hattest. Ganz genau, Zukünftiger Jerry, du hast die Spaghetti einfach auf den Tisch geschüttet. Selbst als Sandra dich darauf hinwies, dauerte es ein paar Sekunden, bis du begriffen hast, dass dort tatsächlich kein Teller stand.

Das war der Moment, in dem du dein Schicksal akzeptiert hast: dass es unmöglich ist, Captain A abzuschütteln, dass er dich ins Grab steuern wird.

Leider, Jerry, ist es an der Zeit zu akzeptieren, dass das gerade passiert. Und zwar schnell. Die Hochzeit wird kein Problem sein – das hast du allen erzählt, und du wirst das hinkriegen, du musst, aber für Weihnachten sieht es düster aus. Du musst die Dinge positiv sehen – wenigstens bekommst du dieses Jahr keinen Ärger, weil du die falschen Geschenke gekauft hast.

Die guten Nachrichten: Es war wirklich schön, sich mal wieder mit Hans zu unterhalten. Die Hochzeitsvorbereitungen laufen prima, und du hast Eva noch nie so glücklich gesehen. Ihr Lächeln bringt dich fast zum Weinen, denn es wird dir verdammt fehlen. Sie ist Sandra so ähnlich, als die fünfundzwanzig war. Es ist schon unheimlich. »The Broken Man«, der Song, den Eva geschrieben hat, läuft jetzt im Radio und ist auf Platz zwölf der Charts eingestiegen. Er hat dir besser gefallen, als sie ihn gesungen hat, trotzdem bist du ganz aus dem Häuschen. Inzwischen hat sie einen zweiten Song verkauft, und sie hat erzählt, dass ihr für einen dritten ein Angebot vorliegt.

Morgen Abend probieren wir verschiedene Desserts für die Hochzeit, und während wir das tun, lässt Sandras Schwester für die Überraschungsparty zu Sandras Geburtstag die Gäste ins Haus. Das wird bestimmt lustig.

Die schlechte Nachricht: Auf eurem Tisch sind Kratzer von der Gabel, dort, wo du die Spaghetti aufgewickelt hast. Wenn vor einem Jahr jemand aus Versehen den Tisch verkratzt hätte, hätte Sandra vorgeschlagen, einen neuen zu kaufen. Jetzt tut sie das nicht, was nur bedeuten kann, dass sie eine Affäre hat. Das ist eigentlich ziemlich offensichtlich, wenn man in der Lage ist, eins und eins zusammenzuzählen, und darin bist du ein Experte. Bald will sie dich bestimmt dazu überreden, in ein

Pflegeheim zu ziehen. Dann kann sie ohne dich einen neuen Tisch aussuchen. Dann kann sie händchenhaltend mit deinem Nachfolger verschiedene Kaufhäuser aufsuchen und mit ihm zusammen dein Geld ausgeben. Der Tisch ist der Beweis dafür, dass sie ein neues Leben begonnen hat. Wenigstens weißt du jetzt, warum sie deine PIN fürs Online-Banking geändert und mehrere Seiten aus deinem Protokoll herausgerissen hat. Sie will nicht, dass du das Geld ausgibst, das jetzt ihnen gehört. Offensichtlich bist du schon früher dahintergekommen und hast darüber geschrieben, und sie hat es herausgefunden und die Beweise vernichtet.

Das erklärt auch, warum sie in den letzten paar Wochen so oft außer Haus war. Sie soll nicht erfahren, dass du ihr auf die Schliche gekommen bist, also kein Wort darüber, Zukünftiger Jerry. Es war ziemlich dämlich, das Protokoll unter dem Sofa zu verstecken. Das zeigt nur, dass die Krankheit dich stärker beeinträchtigt, als du gedacht hast. Du solltest es bei den Sicherungskopien deiner Texte verstecken. Du weißt, wo das ist.

KAPITEL 13

Schwester Hamilton ruft Jerrys Anwalt an, dessen Namen er vor einer halben Stunde noch wusste, aber inzwischen wieder vergessen hat. Sein Gedächtnis ist löchrig wie ein Schweizer Käse; einige Dinge gibt es preis und andere nicht. Er lauscht dem Telefonat, bekommt aber nur die eine Hälfte des Gesprächs mit; als Schwester Hamilton auflegt, erzählt sie ihm den Rest.

»Das Tagebuch wird als Beweisstück eingestuft, erst recht, wenn darin unmissverständlich die Absicht zum Ausdruck kommt, Sandra zu erschießen. Ihr Anwalt sagt, dass wir vorsichtig sein müssen«, sagt sie. »Allerdings hat er auch gesagt, dass es Ihr gutes Recht ist, einen Blick hineinzuwerfen, da es sich um Ihr persönliches Tagebuch handelt. Dann hat er uns viel Glück gewünscht und meinte, dass wir ihn auf dem Laufenden halten sollten.«

»Es ist kein Tagebuch«, sagt Jerry. »Es ist ein Protokoll.«

Als Nächstes ruft Schwester Hamilton Eric an und weist ihn an, sich mit ihnen vor dem Haus zu treffen. Es ist ein kurzes Gespräch, und hin und wieder nickt Schwester Hamilton. Als sich zwischen den vorbeifahrenden Autos eine Lücke auftut, wendet sie den Wagen. Schweigend fahren sie Richtung Haus, und je näher sie ihm kommen, desto vertrauter erscheint Jerry die Gegend. Er weiß nicht mehr, wann er das letzte Mal hier war, und während er darüber nachdenkt, beschleicht ihn die düstere Ahnung, dass er das letzte Mal hier war, als er Sandra getötet hat. Was, wie er glaubt, nach wie vor fraglich ist. Hoffentlich werden ihm seine Aufzeichnungen ein paar Antworten liefern.

Sie parken vor dem Haus, und Schwester Hamilton legt ihm die Hand auf den Arm, damit er nicht aussteigt. »Warten wir auf Eric. Er wird bald hier sein.«

»Wir können nicht warten«, sagt er. »Ich muss wissen, was Sache ist. Ich *muss* es wissen.«

»Nur noch ein paar Minuten.«

Am liebsten würde er die Tür aufstoßen und zum Haus rüberrennen, aber stattdessen fügt er sich. Um sich abzulenken, erzählt er Schwester Hamilton davon, wie er das Haus vor all den Jahren gefunden hat, wie er mit Sandra zu einem Immobilienmakler in einem anderen Haus gefahren ist, als sie an diesem Haus mit dem Schild *Besichtigungstermin* vorbeifuhren. Er kann sich so deutlich an alle Einzelheiten erinnern, als wäre es gestern gewesen, was seinen Frust darüber, dass er sich an kürzlich zurückliegende Ereignisse nicht erinnern kann, umso größer macht. Als sie damals das Haus betraten, konnten sie sich vorstellen, dort ihren Lebensabend zu verbringen.

In gewisser Weise haben sie beide das ja auch getan, denkt Jerry.

Eine Frau in einem hellblauen Kleid und dazu passenden Schuhen kommt von der anderen Straßenseite mit zügigen Schritten auf sie zu; offensichtlich hat sie ihnen dringend etwas mitzuteilen. Jerry kennt diese Frau.

»Was hat *er* hier zu suchen?«, fragt Mrs. Smith, und so, wie sie das *er* ausspricht, klingt es, als hätte er nicht nur seine Frau erschossen, sondern sie auch noch verspeist.

»Und Sie sind?«, fragt Schwester Hamilton.

»Ich bin die Nachbarin, die … die dieser *Mörder* schikaniert hat, bevor er seine Frau erschossen hat. Soweit ich weiß, hatte er es eigentlich auf mich abgesehen. Ich kann von Glück sagen, dass ich noch am Leben bin«, sagt sie und hält ein paar Sekunden inne, damit das ganze Ausmaß der Situation deutlich wird. »Ich habe die Polizei gerufen. Sie ist bereits unterwegs.«

»Vielleicht sollten Sie im Haus auf sie warten«, sagt Schwester Hamilton.

»Es ist mein gutes Recht, hier draußen zu warten«, sagt Mrs. Smith. »Man sollte ihn in die Irrenanstalt zurückbringen, in die man ihn gesteckt hat.«

»Es gibt keinen Grund, so zu reden«, sagt Schwester Hamilton. »Bitte, ich halte es wirklich für das Beste, wenn Sie in Ihrem Haus warten, statt Jerry zu verwirren.«

»Warum haben Sie einen kaltblütigen Mörder in Ihrem Wagen? Ich …«

»Danke für Ihre Zeit«, sagt Schwester Hamilton und lässt die Fensterscheibe wieder hochfahren.

Mrs. Smiths Mund formt sich zu einem O, das von einem *Ich-glaub-ich-spinne*-Gesichtsausdruck abgelöst wird. Dann dreht sie sich um und läuft ihre Auffahrt hinauf, ohne jedoch ins Haus zu gehen. Sie bleibt vor der Eingangstür stehen und beobachtet sie, während sie alle paar Sekunden auf ihre Uhr schaut.

»Wir sollten fahren«, sagt Schwester Hamilton. »Wir können jederzeit zurückkommen.«

»Aber wir werden nicht zurückkommen, nicht wahr?«

Bevor sie antworten kann, öffnet Jerry die Tür, und als Schwester Hamilton diesmal nach seinem Arm greift, schüttelt er ihn ab. Sie bekommt ihn erst wieder zu fassen, nachdem er die Haustür erreicht und geklopft hat. Er hat nie zuvor als Fremder an diese Haustür geklopft, höchstens, wenn er sich ausgeschlossen hatte, während er die Post holen war, oder wenn er seine Schlüssel verloren hatte. Er hat nie zuvor an die Tür geklopft, ohne zu wissen, wer ihm gleich öffnen wird.

Die beiden hören, wie sich Schritte nähern. »Überlassen Sie mir das Reden«, sagt Schwester Hamilton.

Ein Mann Mitte vierzig öffnet die Tür; für jedes Lebensjahr hat er ein Pfund Übergewicht zugelegt. Er hat schwarzes struppiges Haar, das an den Seiten grau ist, und dunkle Ringe unter den blutunterlaufenen Augen; unter einem blauen, offenen Hemd trägt er ein T-Shirt mit der Aufschrift *Sneezes for Jesus*.

»Kann ich …«, sagt der Mann, aber mehr bringt er nicht heraus, denn er hält inne und starrt in Jerrys Richtung. »Sie sind

Henry Cutter«, sagt er, lächelt über das ganze Gesicht und streckt so schnell seine Hand aus, dass Jerry fast zurückgewichen wäre. Er hört sich an, als wäre seine Nase verstopft. »O mein Gott, Henry Cutter! Aber ich sollte Sie wohl besser Jerry Grey nennen, was?«

»Ja«, sagt Jerry.

»Ich bin ein riesiger Fan«, sagt der Mann und schüttelt immer wieder Jerrys Hand. Seine Handfläche ist ganz verschwitzt. Im selben Moment erscheint eine Katze im Türrahmen, eine langhaarige Schildpatt-Katze, die sich gegen Jerrys Beine drückt und dann gegen die von Schwester Hamilton. »Ja, ich bin Ihr größter Fan«, sagt der Mann, dann wendet er sich ab und niest in ein Taschentuch. »Tut mir leid, Heuschnupfen«, sagt er. »Ich heiße Terrance Banks, aber man nennt mich Terry«, sagt Terrance rasch, um seinen Satz zu beenden, bevor er erneut niest. »Ich habe dieses Haus gekauft, weil es mal Ihnen gehört hat. Ich dachte, es könnte mich inspirieren. O Mann, ich rede schon wieder wie ein Wasserfall! Jerry Grey – an meiner Haustür!«

»Sind Sie Schriftsteller?«, fragt Jerry. Er sucht nach einer Gemeinsamkeit, denn das würde ihr Vorhaben erleichtern.

»Ich arbeite daran …«, sagt er und muss erneut niesen; sein Körper krümmt sich einmal, zweimal, dreimal. »Ich arbeite daran, einer zu werden. Ich habe ein Zimmer voller Absageschreiben, was der halbe Weg zum Erfolg ist, oder? Der nächste Schritt ist ein Raum voller Bücher.« Er lacht; es ist ein selbstironisches Lachen, das Jerry für ihn einnimmt. »Sie finden es bestimmt reichlich merkwürdig, dass ich das Haus gekauft habe, weil es früher mal Ihnen gehört hat. Aber es war eben auch eine gute Investition, wissen Sie? Mit Immobilien kann man nichts verkehrt machen.«

Jerry kann es sich vorstellen; der Zusammenhang zwischen Mord, Preisverfall, Menschen, die ein neues Leben beginnen, und Profit ist offensichtlich.

»Ich bin Carol Hamilton«, sagt Schwester Hamilton und streckt den Arm aus, um Terrance die Hand zu schütteln. Jerry fragt sich, ob es das erste Mal ist, dass er ihren Vornamen gehört hat. »Wir hoffen, Sie haben nichts dagegen, wenn Jerry sich in Ihrem Haus mal umschaut.«

»Dagegen? Nein, nein, natürlich nicht. Bitte, bitte, kommen Sie rein!«

Sie betreten das Haus, und die Katze folgt ihnen. Terrance schließt die Tür und niest erneut einige Male. »Tut mir leid«, sagt er. »Kaffee? Tee?«

»Wir können nicht lange bleiben«, sagt Schwester Hamilton. »Sie wissen bestimmt, in was für einem Zustand Jerry ist?

»Ja, ja, natürlich. Das ist schrecklich, wirklich schrecklich«, sagt er, während er sie weiter ins Haus führt. »Es war einfach fürchterlich.« Er schüttelt den Kopf und schaut die beiden betrübt an. »Sie waren auf dem Höhepunkt Ihrer Karriere. Mit ihrer unverwechselbaren Stimme und Ihrer Ausdruckskraft, und plötzlich war das alles weg. Wenn ich etwas für Sie tun kann«, sagt er und lässt den Satz im Raum hängen, als könnte er tatsächlich etwas tun.

Sie sind jetzt stehen geblieben, und Jerry befindet sich vor seinem ehemaligen Arbeitszimmer. Die Tür ist verschlossen.

»Sie können etwas für uns tun«, sagt Schwester Hamilton, und Terrance Gesicht hellt sich auf. »Jerry hat hier etwas vergessen, das er gern zurückhaben würde.«

»Sie wollen etwas zurückhaben? Sicher doch, ich helfe Ihnen

gern. Die meisten Sachen haben wir verkauft, aber einiges haben wir behalten. Es passte ganz gut ins Haus.«

»Ich verstehe nicht«, sagt Jerry. »Sie waren im Besitz meiner persönlichen Sachen?«

»Wir haben das Haus mit all den Möbeln darin gekauft.«

Jerry nickt. Er ist jetzt der Verständige Jerry. »Ich bin nicht an den Möbeln interessiert. Sondern an etwas, das im Arbeitszimmer versteckt ist.«

»Vielleicht kann Jerry sich dort mal umschauen, um zu sehen, ob es noch da ist«, sagt Schwester Hamilton.

»Natürlich! Natürlich«, sagt Terrance. »Ich will Ihnen keine Umstände machen, aber … aber wenn Sie schon mal da sind, wäre es da möglich, dass Sie meine Bücher signieren? Es wäre mir eine Ehre, wirklich.«

»Ich weiß nicht, ob wir so viel Zeit haben«, sagt Schwester Hamilton, um Jerry daran zu erinnern, dass die Polizei benachrichtigt wurde.

Aber müssen sie sich deswegen beeilen? Was kann Mrs. Smith schon gesagt haben, außer dass er an der Straße in einem geparkten Wagen hockt? Sie werden hier wohl kaum mit einem Sondereinsatzkommando anrücken, allerdings ist es durchaus möglich, dass er gegen irgendein Gesetz verstößt, indem er das Haus betreten hat – man hat ihn in ein Pflegeheim eingewiesen, und er sollte nicht durch die Gegend kutschieren. Am besten verschwinden sie so schnell wie möglich wieder von hier, aber er hat einem Fan noch nie den Wunsch abgeschlagen, seine Bücher zu signieren, und damit wird er jetzt auch nicht anfangen.

»Ich bin mir sicher, dass wir die paar Minuten erübrigen können, Gary«, sagt er.

»Ich heiße Terry«, sagt Terrance.

»Terry. Tut mir leid.«

»Ist schon okay, machen Sie sich deswegen keine Sorgen.«

Terrance öffnet die Tür zum Arbeitszimmer. »Hier sind Sie Ihrem Zauberwerk nachgegangen. Ich hoffe, dass das ein wenig auf mich abfärbt«, sagt er, dann stößt er erneut ein selbstironisches Lachen aus, bevor es plötzlich von einem Niesen abgelöst wird.

Jerry tritt in sein Arbeitszimmer, denn das ist es – sein Arbeitszimmer. Da sind sein Schreibtisch, sein Sofa und seine gerahmten Drucke an der Wand. Da stehen sein Schreibtischstuhl, sein Bücherregal, auf dem Tisch die Töpfe mit seinen Pflanzen, seine Stereoanlage, sein Telefon und seine Lampe. Das Haus wurde mit mehr als nur ein paar Möbeln darin verkauft. Das Einzige hier, was nicht von ihm stammt, ist der Computer. Er hat das Gefühl, als wäre er in der Zeit zurückgereist. Als wäre er wieder zu Hause. Als wäre Sandra irgendwo im Haus, auf der Arbeit oder Einkäufe erledigen.

»Es ist fast noch genauso, wie Sie es hinterlassen haben«, sagt Terrance.

»Das hier ist mein Arbeitszimmer«, sagt Jerry ein wenig beunruhigt. Terrance hat es unverändert gelassen. Wie einen Heiligenschrein. »Das hier ist mein Arbeitszimmer.«

»Wie Sie es zurückgelassen haben«, sagt Terrance.

»Mein Zuhause«, sagt Jerry.

Schwester Hamilton legt ihm die Hand auf die Schulter. »Das hier ist nicht mehr Ihr Zuhause«, sagt sie, und es klingt, als wäre sie unglücklich darüber, wie sich das Ganze entwickelt. »Das hier ist nicht Ihr Büro. Es war vielleicht ein Fehler, Sie herzubringen. Wenn ich gewusst hätte, dass es hier immer noch so aussieht …«, sagt sie, bringt den Gedanken aber nicht zu Ende.

Jerry geht zum Bücherregal hinüber. Wenigstens sind die Bücher, die ihm gehörten, nicht mehr da und wurden durch welche ersetzt, die Terry gekauft hat, darunter ein ganzes Brett mit Henry-Cutter-Bestsellern. Einige Titel sagen Jerry etwas, andere nichts. Außerdem stehen auf dem Brett persönliche Erinnerungsstücke. Er hat von seinen Reisen aus jedem Land ein Andenken mitgebracht – ein Modell des Eiffelturms, ein Armband aus der Türkei und eine kleine Mozart-Wackelkopffigur aus Österreich.

»Meine Frau findet, dass es albern ist, das Arbeitszimmer so zu lassen«, sagt Terrance, während Jerry einen kleinen Plüsch-King-Kong in die Hand nimmt, den er im Empire State Building gekauft hat. Er kann sich noch erinnern, wie er in der Schlange stand, und an den eiskalten Wind im achtzigsten Stock, während er mit hochgezogenen Schultern zusammen mit Sandra auf die Stadt hinausschaute, eine Stadt, die mehr von Leben erfüllt war als jede andere, die er kannte. Daran kann er sich erinnern, aber nicht an das, was mit Sandra passiert ist.

»Aber ich bin ein so großer Fan Ihrer Bücher«, fügt Terrance hinzu, »und Sie haben in diesem Zimmer bestimmt so viele tolle Ideen gehabt und … und, hey, ich weiß, das ist bescheuert, vielleicht auch schräg, aber manchmal führt so ein Unsinn zum Ziel, nicht wahr?«

Jerry stellte die Figur wieder zurück, dann geht er zu seinem Schreibtisch und fährt mit den Fingern über die Tischkante. Der Tisch steht vom Fenster abgewandt, damit ihn die Aussicht nicht ablenkt. Jerry wirft einen Blick auf das Sofa.

»Sie haben in einem Interview mal gesagt, dass das Sofa in

Ihrem Arbeitszimmer Fluch und Segen zugleich sei«, sagt Terrance. »Sie hätten auf dem Sofa einige Ihrer besten Ideen bekommen, aber auf diesem Ding auch eine Menge Zeit verplempert.«

Jerry nickt. Er wird ganz wehmütig. Am liebsten würde er sich auf das Sofa legen und die Erinnerungen dieses Zimmers in sich aufsaugen. An der Wand hängt ein Zitat aus *Fahrenheit 451*. Er geht hin und berührt den Rahmen. »Jemand hat vielleicht sein ganzes Leben damit zugebracht, seine Gedanken und Beobachtungen zu Papier zu bringen, und dann komme ich und mache in zwei Minuten alles zunichte!«

»Wollten Sie das haben?«, fragt Terrance. »Das Zitat von Ray Bradbury?«

Jerry schüttelt den Kopf. Er kann sich daran erinnern, wie er es ausgedruckt und gerahmt hat. Und an Sandras besorgtes Gesicht, als er es ihr erklärt hat.

»Damit sind die Kritiker gemeint, nicht wahr?«, fragt Terrance. »Sie stecken Ihr Herz und Ihre Seele in einen Roman, und im Handumdrehen nimmt ihn jemand unbarmherzig auseinander.«

»Damit sind nicht die Kritiker gemeint«, sagt Jerry, und als er das nicht weiter ausführt, bietet Terrance ihnen erneut was zu trinken an.

»Nein danke«, sagt Schwester Hamilton. »Wo befindet sich die Bodendiele, Jerry?«

»Es gibt hier eine lose Bodendiele?«, fragt Terrance.

»Hier«, sagt Jerry, dreht sich um und deutet unter den Schreibtisch. »Wir müssen den Tisch zur Seite schieben und brauchen etwas, um sie aufzustemmen. Ich habe dafür immer einen Schraubenzieher genommen. Es müsste einer im Schreibtisch sein.«

Terrance schüttelt den Kopf. »Die Schubladen waren leer, als wir eingezogen sind, aber ich habe in der Küche einen Schraubenzieher. Moment mal, ist der Revolver da unten versteckt?«, fragt er und deutet auf den Boden. »Ist es das, wonach Sie suchen?«

Jerry schüttelt den Kopf. »In dem Versteck befindet sich ein Protokoll«, sagt er. Er wusste nicht, dass der Revolver nicht gefunden wurde. Vielleicht ist er ebenfalls dort. »Wenn Sie sich wohler dabei fühlen, dann können Sie gern hineingreifen und danach suchen«, sagt Jerry, allerdings fühlt *er* sich dabei nicht wohler. Er stellt sich vor, wie der Typ der Revolver findet und sie als Geiseln nimmt, während er ihn dazu zwingt, das nächste Buch für ihn zu schreiben. Anschließend wandert der Revolver wieder unter die Bodendiele zusammen mit Carol Hamilton, Krankenschwester, und Jerry Grey, Krimiautor.

»Sicher, sicher, natürlich. Wie wär's, wenn ich den Schraubenzieher hole, und Sie signieren in der Zwischenzeit ein paar Bücher?«, fragt Terrance hoffnungsvoll.

»Kein Problem.«

»Und sollten wir noch etwas Zeit haben, könnte ich da vielleicht ein paar Ideen mit Ihnen durchsprechen? Ich arbeite gerade an …«

»Bitte, wir haben es wirklich eilig«, sagt Schwester Hamilton.

»Natürlich, natürlich«, sagt Terrance wie ein zehnjähriger Schüler, der gerade zusammengestaucht wurde, weil er den Unterricht gestört hat. »Hier, die Bücher sind hier«, sagt er, zieht sie vom obersten Brett des Bücherregals und legt sie auf den Schreibtisch, sodass die dreizehn Bücher zwei Stapel bilden, mit ihren dreizehn Geschichten und dreizehn Figurenkonstellationen, an die sich Jerry nur noch schemenhaft erinnern kann und von denen er das dreizehnte Buch kaum selbst geschrieben hat. Es heißt *Feuerzeit,* ein Titel, der, das weiß Jerry noch, nicht von ihm stammt, sondern von dem Ghostwriter. Er kann sich nicht erinnern, wie er es nennen wollte. Er weiß zwar noch, dass es darin um einen Brandstifter geht, aber nicht, wovon die Geschichte handelt. Er hat es nicht gelesen, oder wenn doch, dann kann er sich nicht mehr daran erinnern.

»Schreiben Sie ›für Terry‹ hinein«, sagt Terry und holt Jerry zurück in die Gegenwart. »Schreiben Sie, was Sie wollen.«

Terrance verschwindet aus dem Zimmer. Jerry nimmt einen Stift und fragt sich, ob er auch mal ihm gehört hat. Er setzt sich hinter den Schreibtisch, legte seine Hände auf die Tischplatte und schließt die Augen in der Hoffnung, dass er in der Zeit zurückgereist ist, wenn er sie wieder öffnet, dass sein Besuch hier ein Tor in die Vergangenheit war, nicht nur in seiner Erinnerung, sondern tatsächlich. Aber es passiert nicht. Sie können Terrance am anderen Ende des Hauses niesen hören, und Jerry fängt an, die Bücher zu signieren. Das ist kein Problem, wenn man nur ein Buch pro Person signiert, denkt er, aber es ist schwierig, wenn ein und dieselbe Person viele seiner Romane besitzt. Er fand immer, dass er in jedes Buch eine andere Widmung schreiben sollte. In das erste schreibt er *Für Gary, danke, dass Sie kein Spielverderber sind.* Dann: *Für Gary, danke, dass Sie ein Fan sind. Für Gary, mir gefällt, wie Sie das Haus eingerichtet haben.*

Er ist gerade beim sechsten Buch angelangt und weiß nicht, was er noch schreiben soll, als sein größter Fan ins Zimmer zurückkehrt. Er kommt herüber und wirft einen Blick auf das Buch, das Jerry gerade signiert, als das Lächeln aus seinem Gesicht weicht.

»Was ist denn?«, fragt Jerry.

»Also … äh … nichts, gar nichts. Danke, dass Sie die Bücher signiert haben. Und jetzt lassen Sie uns das Versteck suchen.«

Sie schieben den Schreibtisch zur Seite, und Jerry geht in die Hocke und bearbeitet mit dem Schraubenzieher die Holzdiele. Er bohrt ihn so tief hinein, dass er die Diele anheben und seine Finger darunterschieben kann. Von unten weht ein kühler Luftzug herauf, und Terrance bekommt wieder einen Niesanfall.

»Das ist genau wie in einem Ihrer Bücher«, sagt Terrance und bringt sich wieder unter Kontrolle.

»*Der Fremde im Keller.*«

»Ich kann mich nicht daran erinnern«, sagt Jerry.

»Es ist eines Ihrer besten, Jerry – aber all Ihre Bücher sind klasse. Soll ich hineingreifen?«

»Gern.«

Terrance beugt sich hinunter und steckt seinen Arm vollständig in das Loch. Als er ihn wieder herauszieht, hält er jedoch nicht die Aufzeichnungen in den Händen. Oder den Revolver. Sondern ein hellblaues Hemd. Terrance sieht Jerry an, dann Schwester Hamilton. Das Hemd ist zusammengeknüllt, trotzdem kann Jerry den Kragen und eine Manschette erkennen und etwas, das aussieht wie Rostflecken. Terrance gibt das Hemd Schwester Hamilton, die es ausschüttelt. Es handelt sich um ein langärmeliges Anzughemd, allerdings sind die Rostflecken keine Rostflecken, sondern Blut. Es ist zwar nicht viel, aber nicht zu übersehen.

Niemand sagt etwas. Jerry starrt unverwandt auf das Hemd und überlegt, wem es gehört. Terrance wirkt nervös. Er wirft einen Blick auf den Schraubenzieher in Jerrys Hand. Er hat gerade sein Idol kennengelernt, und sein Idol ist ein Psychopath, der jetzt bewaffnet ist. Jerry legt den Schraubenzieher hin. Terrance greift erneut in das Loch. Er dreht seinen Körper ein wenig, während er den Arm in sämtliche Richtungen ausstreckt. Erst tastet er den Boden ab, dann die Unterseite der Bodendielen, für den Fall, dass das Buch mit den Aufzeichnungen dort festgeklebt ist. Er hat dabei den Kopf verdreht, sodass er Jerry die ganze Zeit im Auge behält.

»Da ist sonst nichts«, sagt er. »Sind Sie sicher, dass das Buch hier ist?«

»Es muss da sein«, sagt Jerry.

»Ich hole eine Taschenlampe.«

Er verschwindet aus dem Zimmer, und Jerry nimmt den Stift und signiert weiter die Bücher.

»Jerry«, sagt Schwester Hamilton. »Das hier ist Ihr Hemd.«

»Das wissen wir nicht«, sagt er und wagt es nicht, sie anzuschauen. »Ich trage normalerweise Shorts und T-Shirt. Hemden trage ich nur zu offiziellen Anlässen.«

»Wie Evas Hochzeit?«

Er antwortet nicht. Er schreibt in die restlichen Bücher *Für Gary, alles Gute,* denn ihm fällt nichts anderes mehr ein. Terrance kehrt zurück und schaut mit der Taschenlampe aus unterschiedlichen Blickwinkeln nach, was sich noch unter dem Haus befindet. Wie sich herausstellt, findet sich dort nichts weiter als Schmutz, Staub und jede Mengen Spinnweben.

»Dürfte ich mal nachschauen?«, fragt Jerry.

»Jerry, wir müssen wirklich los«, sagt Schwester Hamilton.

»Nur eine Minute, mehr nicht.«

In diesem Moment ertönt die Türklingel, sowohl im Flur als auch der Empfänger in einer der Schreibtischschubladen.

Terrance verlässt das Zimmer, und Jerry greift in das Loch, dorthin, wo Terrance gerade gesucht hat, mit demselben Ergebnis. »Es ist nicht da«, sagt er und hört die Enttäuschung in seiner Stimme. »Es müsste eigentlich da sein, aber das ist es nicht. Das ist Unsinn! Es müsste eigentlich da sein, aber das ist es nicht!«

»Ist schon okay«, sagt Schwester Hamilton, sie wirkt besorgt. »Das heißt, dass Sie es irgendwo anders versteckt haben.«

»Es gibt kein anderes Versteck«, sagt er, und die beiden hören Stimmen im Flur. »Sie ist in diesem Zimmer gestorben«, sagt er. »Hier auf dem Boden. Er hat gesagt, dass mein Arbeitszimmer genauso ist, wie ich es verlassen habe, aber das stimmt nicht, denn als ich es verlassen habe, lag dort die tote Sandra«, sagt er und deutet auf den Boden, »und wenn ich lange genug hinschaue, kann ich sie dort liegen sehen. Und all das Blut.« Er betrachtet das Hemd. War die Erschießung von Sandra ein offizieller Anlass? Hat er sich dafür in Schale geworfen? »Ich brauchte meine Aufzeichnungen, um zu wissen … um zu wissen, dass ich sie nicht …«, sagt er und versucht, noch tiefer in das Loch zu greifen; dabei drückt er seine Schulter so fest gegen den Boden, dass es schmerzt. »Ich muss wissen, dass ich es nicht getan habe.«

»Es ist okay, Jerry«, sagt Schwester Hamilton, legt das Hemd auf die Armlehne des Sofas und geht auf ihn zu.

»Es ist nicht okay«, sagt er, und er erinnert sich, wie er in diesem Zimmer saß und im Schaffensrausch die Wörter zu Papier brachte, ganze Welten, so viele Wörter … … warum zum Henker kann er sich nicht daran erinnern, wo seine Aufzeichnungen sind?

Jerry zieht seinen Arm aus dem Loch und sinkt gegen den

Schreibtisch. Inzwischen ist Terrance ins Zimmer zurückgekehrt, bei ihm ist Eric. »Na, wie läuft's?«, fragt Eric.

»Wir müssen die anderen Bodendielen herausbrechen«, sagt Jerry und steht auf. Genau, sie müssen die anderen Bodendielen herausbrechen. Das Buch mit den Aufzeichnungen befindet sich darunter, und dann kann er herausfinden, wer seine Frau wirklich umgebracht hat, denn er kann es nicht gewesen sein. Ausgeschlossen. Dann können er und Henry sich überlegen, was sie mit dem Täter anstellen. »Gary, wir brauchen noch mehr Schraubenzieher und ein paar Brechstangen«, sagt er, und als niemand antwortet, fängt er an, in die Hände zu klatschen. »Los, Leute, wir müssen uns an die Arbeit machen!«

»Ähm …«, sagt Terrance und schaut Schwester Hamilton an.

»Ich habe früher mein Geld damit verdient, Häuser zu renovieren«, sagt Jerry. »Das wird ein Kinderspiel«, erklärt er, doch niemand rührt sich. Was zum Henker haben sie nur?

»Wir müssen gehen«, sagt Schwester Hamilton. »Vielleicht kann Terrance nachschauen, nachdem wir gegangen sind.«

»Wer zum Henker ist Terrance?«, fragt Jerry.

»Ich bin Terrance«, sagt Terrance. »Oder Terry.«

Jerry schüttelt den Kopf. »Sie sind Gary. Es sei denn …« Und plötzlich ergibt alles einen Sinn. »Er lügt! Wenn er einen falschen Namen verwendet, dann hat er uns auch wegen der Aufzeichnungen angelogen!«, brüllt er. »Er hat das Buch längst gefunden! Er will genau so sein wie ich! Er hat es gefunden, als er vor einer Minute in das Loch gegriffen hat, und es versteckt! Er will es behalten!« Jetzt ist ihm alles klar. Er ist Jerry Grey, der Krimiautor, und weiß bereits nach dem ersten Drittel einer Geschichte, wie sie ausgeht, und trotzdem hat er diesmal die

Zusammenhänge nicht gesehen. »Sie haben Sandra getötet, damit Sie das Haus billig kaufen können!«

»Jerry …«, sagt Eric, während Terrance fassungslos und starr dasteht.

»Er hat Sandra getötet, um in den Besitz meines Protokolls zu kommen«, schreit Jerry und nimmt den Schraubenzieher vom Schreibtisch. Er geht damit auf Terrance los, der einen Satz zurück macht. Gleichzeitig greift Eric nach dem Revolver in seiner Tasche, und Jerry begreift, dass nicht nur Terrance in die Sache verwickelt ist, sondern alle anderen auch. Sie alle wissen, was hier passiert ist, sie alle waren an Sandras Tod beteiligt und versuchen, ihm weiszumachen, dass er es gewesen ist. »Ihr alle habt sie umgebracht. Ihr wolltet mir mein Haus und meine Ideen wegnehmen«, sagt er.

Eric zieht seine Hand aus der Tasche, und er hält keinen Revolver, sondern eine Spritze. Sie wollen ihn vergiften und es wie einen Herzinfarkt aussehen lassen. Er dreht sich zu Eric um – als Erstes muss er die Person ausschalten, von der die größte Gefahr ausgeht. Doch dann spürt er einen starken Druck auf seinem Rücken, während seine Arme gegen seine Seiten gepresst werden, und er begreift, dass er sich geirrt hat, dass von Eric nicht die größte Gefahr ausgeht. Die Schwester hat beide Arme um seinen Körper geschlungen. Die Frau, die vor nichts Angst hat. Er versucht, sie abzuschütteln, aber sie ist zu stark. Eric tritt näher, und Jerry kann in den Brillengläsern des Krankenpflegers sein Spiegelbild sehen. Einen Moment später bohrt sich die Nadel der Spritze in seinen Arm. Ein Gefühl der Wärme durchflutet seinen Körper, und sofort wird er müde. Sein Körper wird ganz schwer, und er lässt den Schraubenzieher fallen. Das Werkzeug rollt über den Boden und fällt in den Spalt, über dem sich die Holzdiele befand.

»Das habe ich nicht vorhergesehen«, sagt er und lächelt, während um ihn herum alles langsam verschwindet. Angesichts der Ironie der Ereignisse muss er lachen. Zum ersten Mal in seinem Leben war er nicht in der Lage, die Zusammenhänge zu erkennen. Er schließt die Augen und stellt sich vor, wie sein Körper auf dem Autopsietisch liegt, während der Gerichtsmediziner erklärt, dass es keine Anzeichen für eine Vergiftung gebe, um der Welt weiszumachen, dass Captain A ihn dahingerafft habe.

Tag Vierundfünfzig

War das nicht aufregend?

Hier ein paar wissenswerte Infos für die Zukunft. Wenn dir jemand ein Dessert anbietet, sag Ja. Du stehst auf Desserts. Es gibt eine Menge Dinge, die du nicht magst. Du fährst nicht gern Auto, du magst keine Hunde und keinen Hip Hop. Außerdem bist du nicht bei klarem Verstand und leidest an Demenz, aber du stehst auf Desserts.

Heute Abend bist du zum ersten Mal auf einer Dessertprobe gewesen, und in deinem umnachteten Hirn hattest du dir das wie eine Weinprobe vorgestellt (wolltest du nicht immer mal an einer Weinprobe teilnehmen, dein Glas schwenken und sagen … *hmm … Traube?*). Du dachtest, du würdest dir eine Gabel mit Kuchen unter die Nase halten, sie ein paar Mal hin und her schwenken und sagen *hmm, eine leichte Mehlnote, ein Hauch von … hey, ist das Kakao? Und schmecke ich da eine Spur von Zimt?* Anschließend würdest du die Gabel mit dem Dessert an die Nase führen, daran schnuppern und abbeißen, und dann würde sich der Geschmack in deinem Mund ausbreiten, bevor du die Probe auf eine Serviette spuckst.

Aber so lief das natürlich nicht ab, und das war auch nicht das aufregendste Erlebnis am heutigen Tag. Du stehst noch ganz unter Strom nach dem, was eben passiert ist. Aber erst, Jerry (oder soll ich Henry sagen?), wirst du von den weniger spannenden Dingen erzählen, wie du das über die Jahre hinweg immer getan hast. Keine Sorge – zu den interessanten Sachen kommen wir noch.

Du dachtest, du würdest dich mit Eva und Rick in einem Restaurant treffen, aber es war eine Konditorei; der Besitzer ist ein Freund von Ricks Tante oder der Onkel eines Cousins, oder jemand, mit dem zusammen er ein Jahr auf einer einsamen Insel verbracht hat. Ihr habt euch nach Ladenschluss dort getroffen, um euch mit zwei Dutzend verschiedenen Desserts vollzustopfen und schließlich drei davon auszuwählen. Der Konditor ist ein gut aussehender Mann von Mitte vierzig mit einer Löwenmähne und einem lauten Lachen, das auf Sandra ansteckend wirkte; sie lachte viel und griff sich immer wieder an die Haare (die sie offen trug, wie sie es lange nicht mehr getan hatte – und du weißt ja, was das zu bedeuten hat, nicht wahr?). Als du bemerktest, wie die beiden einander Blicke zuwarfen, dachtest du, dass dies vielleicht der Typ war, mit dem sie den Tisch kaufen wollte. Deswegen hast du behauptet, dass jedes Dessert, das du probiert hast, furchtbar schmeckt, bis Eva zu dir meinte: *Entspann dich, Dad,* und Sandra fand dein Verhalten unhöflich. In Wahrheit waren die Desserts fantastisch, so fantastisch, dass du Sandra für den Konditor verlassen würdest, wenn sich die Gelegenheit bieten würde (das war ein Scherz, Jerry – die Demenz macht dir genug zu schaffen, du brauchst nicht noch mehr Ärger). Du sagtest, du seist nicht unhöflich, du würdest dir einfach nichts aus Desserts machen und könntest nicht verstehen, warum sie dich nicht zu Hause gelassen hätten, damit du an den Ideen zu deinem neuen Buch arbeiten könntest.

Du weißt, warum. So lautete Sandras Antwort.

Und du wusstest es. Weil du die Rosen eines Nachbarn herausreißen, irgendetwas vollsprayen oder Nudeln vom Teppich essen könntest. Doch sobald du einen Fuß vor die Tür setzen würdest, würde sowieso der Alarm losgehen. Und warum? Weil Tag vierundfünfzig damit begann, dass jemand an eure Tür klopfte. Sandra war bereits wach, während du noch geschlafen hast. Es war der Installateur für die Alarmanlage. Das heißt, sie waren zu zweit. Als du eine Stunde später in deinem Bademantel nach unten gestiefelt bist, unterhielten sie sich in der Küche mit Sandra, die ihnen Kaffee gemacht hatte. Es schmeckte dir nicht, wie sie sie *anschauten,* aber noch schlimmer war, dass es Sandra *gefiel.* Die beiden stellten sich vor, während sie ihren Kaffee tranken. Dann machten sie sich wieder an die Arbeit, und du legtest dich aufs Sofa, um über dein neues Buch nachzudenken. Insgesamt brauchten sie drei Stunden, dann zeigten sie dir und Sandra, wie die Anlage funktioniert, aber du hast gar nicht richtig zugehört, denn du warst gerade in deiner *Mir-doch-egal*-Phase. Warum auch nicht? Die Alarmanlage dient dazu, dich zu kontrollieren, und welcher neunundvierzigjährige Mann lässt sich schon gern kontrollieren? Sobald sich eine der Außentüren öffnet, wird ein Signal an das Armband übermittelt, das Sandra darüber informiert. Wenigstens hat man dir keine Leine angelegt. Oder doch?

Kurz nachdem die Männer verschwunden waren, rief Mandy an. Sie sagte, dass man nach einer langen Diskussion im Büro beschlossen habe, einen Ghostwriter mit der Arbeit an dem Buch zu beauftragen. Es gibt zwei Möglichkeiten. Erstens, der Ghostwriter bleibt kein Geist, und sein Name erscheint auf dem Buchumschlag. Ihr teilt euch die Arbeit und bekommt mehr oder weniger das gleiche Honorar. Möglichkeit zwei: Der Ghostwriter bleibt ein Geist, auf dem Umschlag steht nur dein Name, und keiner erfährt, dass du Hilfe hattest. Allerdings würde dein Anteil an den Tantiemen dann noch niedriger ausfallen. Du willst zwar keinen Ghostwriter engagieren, aber falls sie es tun, dann ist es besser, wenn niemand davon erfährt, und das hast du Mandy auch gesagt.

Sandra sah das anders – sie fand, dein Ego sei dir wichtiger als das Geld, das deine Familie gut gebrauchen könnte. Du würdest es nicht ertragen, wenn auf dem Buchumschlag neben deinem Namen noch ein anderer stünde. Sie ist bloß sauer, weil sie im Geist das Geld bereits für einen gemeinsamen Urlaub mit dem Konditor ausgegeben hat. Vielleicht hat Sandra recht, und es geht bei der Sache um dein Ego, aber es *ist* deine Karriere, du hast so viel Energie und Zeit reingesteckt – du kannst den Lesern jetzt nicht einfach sagen: *Das hier ist mein neues Buch, aber ich war nicht in der Lage, es allein zu schreiben.* Zu deiner Überraschung hat Sandra sich deswegen nicht gestritten, im Gegenteil, sie nahm dich in den Arm und sagte, sie könne dich verstehen.

Am Nachmittag ist sie mit dir einen Anzug kaufen gefahren. Du hast dich für einen dunklen Nadelstreifenanzug entschieden, und Sandra hat ein hellblaues Hemd dafür ausgesucht. Man hat deine Maße genommen, und in einer Woche wird der Anzug fertig sein. Auf der Hochzeit wirst du darin eine gute Figur machen, und in deinem Sarg ebenfalls. Am Abend habt ihr dann die Desserts probiert. Und, Zukünftiger Jerry, du stehst auf Desserts. Du könntest dich ausschließlich von Desserts ernähren. Warum auch nicht? Bald wird es dir ohnehin egal sein, wie du aussiehst.

Okay – du bist wirklich geduldig gewesen, du hast dir gerade einen weiteren Gin Tonic genehmigt. Macht insgesamt drei. Kommen wir also zur Sache. Zunächst hast du es mit der Panik gekriegt, kein Wunder, denn die ganze Straße war vom Geheul der Sirenen erfüllt und voller Leute. Dort standen ein großes Löschfahrzeug und zwei Polizeiautos, und erst dachtest du, dass dein Haus abgebrannt wäre.

Aber weder dein Haus noch irgendein anderes war abgebrannt.

Nein, Mrs. Smiths Wagen, der in ihrer Auffahrt stand, schmorte vor sich hin. Ihr hattet das Spektakel verpasst, als man ihn fünfzehn Minuten zuvor gelöscht hatte. Die Nachbarn, die auf der Straße standen, erzählten euch, dass Mrs. Smiths Wagen in Brand gesteckt worden war. Mrs. Smith stand vor ihrer Haustür, hinter ihr die frisch gestrichene Wand, und redete wie ein Wasserfall auf einen Polizeibeamten ein, der versuchte, ihr zu folgen. Als sie dich bemerkte, zeigte sie in deine Richtung. Du warst der Feuerteufel aus dem Buch des Ghostwriters.

Irgendjemand hatte den Wagen abgefackelt.

Aber nicht dieser Jemand hier, denn dieser Jemand war unhöflich und unfreundlich zu dem Konditor, der seine Frau vögelt. Dieser Jemand hatte ein Alibi. Als ihr fünfzehn Minuten nach Beendigung der Dessertprobe in die Auffahrt eingebogen seid, wurdet ihr dort von zwei Officers (nicht die beiden vom Fotzen-Dienstag) abgefangen. Sie wollten wissen, was ihr gesehen habt, und Sandra erklärte ihnen, dass ihr beide nicht zu Hause gewesen seid.

Also, irgendjemand ist in Ihrem Haus, sagte der Beamte. *In den letzten paar Minuten wurde immer wieder das Licht ein- und ausgeschaltet.*

Ich versichere Ihnen, es ist niemand zu Hause, sagtest du, obwohl du wusstest, dass das nicht stimmt, denn Eva und Rick mussten im Haus sein; sie waren vor euch hier gewesen, da ihr auf dem Weg zu eurem Wagen noch einen Schaufensterbummel unternommen hattet, um ihnen einen Vorsprung zu geben. Zusammen mit Eva und Rick befanden sich im Haus viele von Sandras Freunden, Arbeitskollegen und ein paar Verwandte. Sie hatten sich im Dunkeln hinter den Möbeln versteckt, um dahinter hervorzuspringen und *Überraschung* zu rufen, denn morgen hatte Sandra Geburtstag.

Wir müssen Ihr Haus durchsuchen. Wenn Sie davon überzeugt sind, dass niemand in Ihrem Haus ist, dann versteckt sich womöglich derjenige dort, der das Feuer gelegt hat, sagte einer der Männer.

Das wird unsere Tochter sein, sagtest du.

Eva wird nicht da sein, sagte Sandra.

Es gibt keinen Grund, das Haus zu durchsuchen, sagtest du. *Das ist bestimmt Eva.*

Sie ist nicht da, sagte Sandra. *Was, wenn sich jemand im Haus versteckt hat?*

Niemand versteckt sich dort, sagtest du.

Sandra glaubte dir nicht. Sie gab den Beamten die Hausschlüssel, und dir fiel nichts ein, was du tun konntest, während die Beamten zur Haustür gingen. Als du ihnen folgen wolltest, hielt Sandra dich zurück. *Hast du* ihn *das tun lassen?,* fragte sie, und sie war sauer, stinksauer. Nicht so wie damals, als du euren Hochzeitstag vergessen hast, sondern eher wie damals, als du ihren Geburtstag vergessen hast. Aber diesmal hast du ihn nicht vergessen, du warst nur gerade dabei, ihn zu ruinieren.

Was? Wer?

Du weißt, was und wer, sagte sie.

Wirklich nicht, sagtest du und wusstest es wirklich nicht.

Weil du dich nicht mehr daran erinnerst. Muss jetzt … diese dämliche Krankheit als Ausrede für alles herhalten, ja?

Sie war enttäuscht und schlug auf dich ein. Die Beraterin hatte euch gewarnt, dass du nicht der Einzige sein würdest, der die fünf Phasen der Trauer durchmachen würde. Vor lauter Angst und Selbstmitleid, Kumpel, hattest du das vergessen. Sandra ist wütend, sie hat gerade Phase eins hinter sich gelassen – Trauer.

Ich habe keine Ahnung, wovon zum Henker du redest.

Hans hat das Auto in Brand gesteckt, um zu vertuschen, dass du Mrs. Smiths Haus besprüht hast, sagte sie, *und jetzt versteckt er sich in unserem Haus, und du weißt, dass er da drin ist.*

Du irrst dich, sagtest du. *Er ist nicht im Haus. Ehrlich.*

Ich will nicht, dass du ihn weiterhin triffst, haben wir uns verstanden?

Du hattest keine Lust auf einen Streit, also sagtest du ihr, dass du verstanden hättest.

Dann sorg dafür, dass du das in dein verdammtes Tagebuch des Wahnsinns schreibst.

Es ist ein Protokoll.

Die Polizisten öffneten die Tür, und ihr beide standet dicht genug am Haus, um zu hören, wie alle *Überraschung* riefen, während beim Betreten der Beamten das Licht im Innern eingeschaltet wurde. Im Nachhinein kannst du von Glück sagen, dass niemand erschossen wurde.

In diesem Moment war Sandras Wut verflogen. Die Polizisten verließen das Haus, als sie begriffen, was Sache war, gaben Sandra ein paar Minuten, um den Moment zu genießen, und befragten eine Stunde lang die Leute, während sich die anderen Gäste unterhielten.

Tun Sie mir einen Gefallen, sagtest du, als sich die beiden auf den Weg machten.

Was für einen Gefallen, Sir?

Wenn Sie herausfinden, wer das Auto in Brand gesteckt hat, fragen sie denjenigen, ob er weiß, wie man mit einer Sprühdose umgeht, statt mich zu beschuldigen, okay?

Das war ein überzeugendes Argument, Partner.

Anschließend hast du dich unter die Partygäste gemischt. Sandra nahm dich in den Arm und entschuldigte sich, weil sie angenommen hatte, dass Hans sich im Haus befindet. Du hast ihr verziehen und dich gefragt, ob sie mit ihrer Vermutung, dass Hans in die Sache verwickelt war, nicht doch richtiglag. Eva kam herüber und sagte, es sei nicht deine Schuld gewesen, dass die Überraschung in die Hose gegangen war. Trotzdem hast du das Gefühl, dass es irgendwie deine Schuld war. Selbst jetzt weißt du nicht, was du hättest tun oder sagen können, um die Beamten davon abzuhalten, die Tür zu öffnen, aber der Frühere Jerry, selbst der von vor einem Monat, hätte es wahrscheinlich gewusst.

Abgesehen davon war es eine schöne Party, und die über dreißig Gäste haben sich bestens amüsiert. Sandra hat eine Menge Karten zum fünfzigsten Geburtstag mit lustigen Sprüchen bekommen, obwohl sie erst neunundvierzig geworden ist. Du hast den ganzen Abend nichts getrunken und dann angefangen, in dein Protokoll zu schreiben, und selbst jetzt bist du vollkommen klar im Kopf. Die Tatsache, dass die Polizei die Überraschung verdorben hat, hat dem Abend eigentlich erst die besondere Würze gegeben, so als hätten alle nur auf eine tolle Geschichte gewartet, die sie weitererzählen konnten – der Zwischenfall machte die Party zu einem unvergesslichen Ereignis. Du hast Sandra den originalen Songtext zu »The Broken Man« geschenkt, den Eva auf eine Serviette notiert hatte, und ihn rahmen lassen, mitsamt den Kritzeleien in den Ecken und ihren Änderungen. Sandra kamen die Tränen, als du ihr das Geschenk überreicht hast. Außerdem hast du ihr ein Paar Schuhe geschenkt, das du mit Eva zusammen ausgesucht hast. Mit Schuhen kannst du nichts falsch machen, Zukünftiger Jerry, egal, zu welchem Anlass.

Die gute Nachricht: Vielleicht wird Mrs. Smith mitsamt ihren pastellfarbenen Klamotten von hier wegziehen.

Noch eine gute Nachricht: Alles lief prima. Dir war die ganze Zeit klar, dass die Geburtstagsparty ein Testlauf für die Hochzeit ist, um zu sehen, wie du zurechtkommst, und du hast den Test bestanden. Offensichtlich siehst du ruhigen Zeiten entgegen.

KAPITEL 14

Die anderen helfen Jerry aus dem Wagen. Er verliert zwar nicht das Bewusstsein, aber alles um ihn herum ist in ein schwaches Licht getaucht. Er hat den einen Arm um Schwester Hamilton gelegt und den anderen um Eric, den Pfleger. Sie laufen einen Weg entlang, der ihm bekannt vorkommt, so wie das Haus auf der anderen Straßenseite, aus dem eine alte Dame kommt. Der Schlamm, der vorhin in seinem Innern aufgewirbelt wurde, legt sich wieder. Begräbt seine Erinnerungen unter sich. Und er kann spüren, wie Jerry langsam verschwindet.

»Sie jämmerlicher Mörder«, sagt die Frau.

Aber er findet nicht, dass er ein jämmerlicher Mörder ist, schließlich hat man ihn nicht geschnappt. Er vermisst seine Frau und sein altes Leben, und er würde gern auf den Resetknopf drücken und das alles zurückhaben.

Die Frau ist noch nicht fertig. »Ich hoffe, dass Sie in der Hölle schmoren«, fügt sie hinzu, und er fragt sich, warum er überhaupt in diese Gegend gezogen ist.

Die beiden bringen ihn zum Wagen und schnallen ihn an den Rücksitz. »Haben wir es gefunden? Das Protokoll des Wahnsinns?«

»Nein«, sagt die Schwester. Der Schlamm hat sich über ihren Namen gelegt, sodass er ihn nicht mehr entziffern kann.

»Alles wird gut«, sagt der Pfleger. Warum beharren die Leute darauf? Was wissen sie, das er nicht weiß?

In diesem Moment fährt ein Polizeiauto vor. Es parkt direkt neben ihnen, und die alte Dame geht darauf zu und deutet in Richtung Jerry, während sie aufgeregt auf die Beamten einredet. Die Schwester schaltet sich in das Gespräch ein, und sie unterhalten sich eine Weile. Immer wieder schüttelt jemand den Kopf oder nickt, und die beiden Officers schauen ständig in Jerrys Richtung, doch sie kommen nicht herüber. Jerry schließt die Augen. Dann setzt sich der Wagen in Bewegung. Es ist ein beruhigendes Gefühl, und er döst ein wenig, nur hin und wieder öffnet er die Augen, um einen Blick auf die Straße zu werfen. Als sie das Pflegeheim erreichen, hilft man ihm aus dem Wagen und verfrachtet ihn in einen Rollstuhl. Dann wird er einen Gang entlanggeschoben, in ein kleines Zimmer mit einem Bett in der Mitte und einem Bücherregal an der Wand, das auf den Park hinausgeht. Zwei Leute heben ihn aufs Bett.

»Wissen Sie, wo Sie sind, Jerry?«, fragt der Mann.

»Wo ist mein Hemd?«, fragt Jerry.

»Bei der Polizei«, sagt eine Frau.

»Wird man mich verhaften?«

»Ruhen Sie sich erst mal aus«, sagt die Frau. Sie ist groß wie ein Bär und hat ihn vorhin gepackt und aus seinem Haus entführt.

Dann ist er alleine. Er versucht, sich aufzusetzen, doch er schafft es nicht, er ist zu müde. Es gibt eine Möglichkeit, das Pflegeheim zu verlassen – er hat das schon mal getan, und er kann es wieder tun. Er wird seine Aufzeichnungen finden und das Rätsel lösen, und dann wird man ihn gehen lassen, denn er wird ihnen beweisen, dass er kein Mörder ist, dass irgendetwas anderes dahintersteckt. Sobald er den Beweis dafür erbracht hat, müssen sie ihn wieder in seinem Haus wohnen lassen, und er kann in das Leben zurückkehren, das man ihm genommen hat. Captain A wird mit seiner Nummer nicht durchkommen.

Aber erst einmal muss er schlafen.

Und zu Abend essen.

Und dann wird er sich aus dem Staub machen.

Tag Sechzig

Weißt du was – vielleicht ist heute gar nicht Tag sechzig. Vielleicht ist auch erst Tag achtundfünfzig. Oder schon Tag zweiundsechzig. Wer weiß, aber wen interessiert das schon?

Weißt du was, Protokoll des Wahnsinns, wie wär's, wenn wir noch mal ganz von vorne anfangen?

Tag scheiß drauf

Schon besser. Du wolltest eigentlich regelmäßiger über die aktuellen Ereignisse schreiben, aber weißt du, was passiert ist? Du hast das Protokoll des Wahnsinns verloren. Das hat auch seine gute Seite, denn du weißt, dass Sandra danach gesucht hat. Du hast sie dabei erwischt. Henry kann das besser erklären. Es gehört zwar nicht zu Henrys Stärken, aus einer weiblichen Perspektive zu schreiben (du verstehst einfach nicht, wie Frauen ticken, Henry – denn du bist ein chauvinistisches Arschloch, wie eine Bloggerin, die Katzen liebt und Männer hasst, mal schrieb), aber er wird es versuchen, wenn du, zukünftiger Jerry, ihm eine Chance gibst. Henry?

Draußen war es dunkel, und der Regen prasselte heftig auf das Dach und gegen die Fenster. Sandra saß am Fenster und dachte, dass sie sich, sobald ihr Mann hier nicht mehr wohnen würde, nicht mehr aus dem Haus schleichen müsste, um auf dem Rücksitz des Wagens oder auf einer Restauranttoilette die Beine für andere Männer breit zu machen, denn das war, wie ihre Mutter gesagt hätte, nicht besonders *damenhaft*. Bald könnten die Männer über Nacht bei ihr bleiben, und sie könnte es mit mehreren gleichzeitig treiben, wie an dem Tag, als die Alarmanlage installiert wurde. Sie freute sich darauf, Jerrys ganzes Geld auszugeben – o Mann, was sie sich alles kaufen würde! Und der arme Jerry würde mit einer Magensonde im Arsch in einem Pflegeheim hocken. Darum hatte sie die Leute gebeten – sicher, das waren zusätzliche Kosten, aber das Geld war gut angelegt, denn sie fand das *amüsant*, so, wie sie es *amüsierte,* wenn Jerry verwirrt war oder die Orientierung verlor. Der Termin für die Hochzeit rückte immer näher, und sie hoffte, dass er bis dahin vollkommen den Verstand verloren hatte, nicht nur, weil sie fürchtete, er könnte vergessen haben, wer seine Tochter ist, wenn er sie zum Altar führte, und Eva in Verlegenheit bringen, sondern auch, weil auf der Feier eine Menge heißer Typen anwesend sein würden, und sie wollte mit einigen von ihnen in die Kiste springen.

Sie wollte herausfinden, was Jerry im Schild führte. Ob er sich zu Mrs. Smiths Haus auf der anderen Straßenseite schleichen wollte? Sie fragte sich, was er als Nächstes vorhatte, und kam zu dem Schluss, dass er die alte Dame vergewaltigen würde. Das sähe Jerry ähnlich. Es wäre ihr egal, wenn Jerry sich zu ihr hinüberschleichen und der alten Dame die Titten abschneiden würde; allerdings machte sie sich Sorgen, dass die Sache auf sie zurückfallen könnte. Dann wäre sie für alle Zeiten die *Frau des Vergewaltigers,* und welcher Country Club würde sie dann noch aufnehmen?

Der nächtliche Himmel wurde von einem Blitz erhellt, und sie erblickte im Fenster ihr Spiegelbild, das sie mit ihrem untreuen Hurengesicht anstarrte. Sie erhob sich von ihrem Stuhl, und als sie vor Jerrys Arbeitszimmer stand, ertönte ein Donnergrollen, so laut und nah, dass sie den Atem anhielt und damit rechnete, dass die Bilder von den Wänden fielen. Als das jedoch nicht passierte, öffnete sie die Tür zum Arbeitszimmer, trat ein und schloss die Tür hinter sich.

Zunächst suchte sie in der Schreibtischschublade nach Jerrys Protokoll des Wahnsinns. Doch da war nichts. Dann inspizierte sie das Sofa, auf dem Jerry ihrer Meinung nach zu viel Zeit verbrachte, schaute unter den Polstern nach und seufzte.

Sie schob den Tisch zur Seite, hob mit einem Schraubenzieher aus der Schreibtischschublade die Bodendiele an und griff in das Loch. Sie wollte die Aufzeichnungen lesen und ein paar Seiten herausreißen, damit Jerry nicht mehr wusste, was er vorhatte. Es *amüsierte* sie, ihn zu verarschen.

Ihr Arm steckte immer noch in dem Loch, als Jerry das Zimmer betrat.

»Was tust du da?«

»Ich habe mir Sorgen um dich gemacht«, sagte sie und zog den Arm aus dem Loch, als würde sie ihn aus dem Maul eines Hais ziehen, aber was sie eigentlich sagen wollte, war: *Ich wünschte, du würdest hier nicht mehr wohnen. Mag sein, dass du der bestaussehende Mann bist, den ich kenne, aber du bist mir nur im Weg.*

»Suchst du nach meinen Aufzeichnungen?«

»Ich wollte mich nur vergewissern, dass es dir gut geht.«

»Das sind meine Aufzeichnungen!«, sagte er und klang wie eine wehleidige kleine Schlampe. Gott, wie sehr sie ihn verabscheute. »Es ist so was Ähnliches wie ein Tagebuch, Sandra, man darf die Tagebücher anderer Leute nicht lesen.«

»Du hast es mir erlaubt.«

»Wann?«

»Vor ein paar Stunden«, sagte sie, aber das war gelogen. Das war einer der Vorteile in letzter Zeit. Sie konnte sagen, was sie wollte, und er wusste nicht, ob sie sich das nur ausgedacht hatte. Sie könnte ihm erzählen, dass sie mit Greg aus dem Yogakurs gevögelt hätte, nur um ihm das Herz zu brechen und zu sehen, ob er sich später noch daran erinnern würde. Sie wünschte, Greg wäre jetzt hier. Der Bursche wusste, wie man seinen Körper verrenkt.

»Wenn das stimmen würde, warum suchst du dann danach?«, fragte er. »Warum habe ich es dir dann nicht einfach gegeben?«

»Weil du dich nicht mehr erinnern konntest, wo du es hingelegt hast.«

Er nickte, und ihr wurde klar, dass er sich wirklich nicht mehr daran erinnern konnte.

»Ich versuche, dir zu helfen, Jerry.«

»Woher weiß ich, dass du mich nicht anlügst?«, fragte er und fing an zu weinen. Sollte er erneut in Tränen ausbrechen, würde sie ihm ein Messer in den Hals rammen.

»Das kommt von deiner Demenzerkrankung, Schatz«, sagte sie. Inzwischen war sie wieder aufgestanden und streckte die Hände aus, und Jerry ließ sich in ihre Arme fallen. Sie streichelte ihm den Rücken und wusste, dass Jerry sich geliebt fühlte, aber in Wirklichkeit wischte sie sich die Spinnweben von den Fingern, die im Loch daran hängen geblieben waren. »Möchtest du, dass ich weiter mit dir danach suche?«

»Nein«, sagte er. »Ist schon okay. Es wird wieder auftauchen – so wie immer.«

»Sollen wir wieder ins Bett? Belinda kommt morgen früh vorbei.«

»Wer ist Belinda?«

Sie seufzte. Sie hatte es ihm bereits erzählt. »Belinda ist die Floristin.«

Und … Ende der Szene.

Ironischerweise hattest du zu dem Zeitpunkt tatsächlich dein Protokoll verlegt. Du wusstest nicht mehr, wo du es versteckt hattest, und einen Tag lang (den du im Bett verbracht hast) hattest du vergessen, dass du überhaupt ein Protokoll führst.

Aber du hast es wiedergefunden, ganz offensichtlich – du musstest nicht mal überlegen. Es war dort, wo du den Gin versteckt hattest. Allerdings musstest du letzte Woche ohne Gin auskommen.

Hans ist gestern vorbeigekommen. Du hattest ihn nicht eingeladen, denn Sandra hatte dir untersagt, dich weiterhin mit ihm zu treffen. Aber er kreuzte unangemeldet bei euch auf, und Sandra konnte sich nicht dazu durchringen, ihn vor die Tür zu setzen. Ihr habt euch auf die Terrasse gesetzt. Er trug ein T-Shirt mit der Aufschrift *Alle Macht den Drogen*. Der Sommer rückt näher, und die Tage werden länger. Du musst jeden Sonnenuntergang genießen, denn du weißt nicht, ob es nicht vielleicht dein letzter sein wird – oder zumindest der letzte, den du bewusst erlebst. Hans kommt übrigens auch zur Hochzeit. Sandra war dagegen, aber letztlich lag die Entscheidung bei Eva – und für sie ist er Onkel Hans und nicht Hans, der Knastbruder. Als Sandra sich irgendwo in einer anderen Ecke des Hauses aufhielt, zog Hans zwei Flaschen Gin aus seiner Tasche.

Bitte sehr, Kumpel. Ich bin immer für dich da, das weißt du doch, oder?

Ich glaube, Sandra hat eine Affäre.

Was, Sandra? Ausgeschlossen, Kumpel, sagte er.

Aber …

Aber nichts, Jerry. Vertrau mir, sie liebt dich, Mann, sie liebt dich wirklich. Ich wünschte, ich hätte eine Frau in meinem Leben, die nur ein Zehntel von Sandras Eigenschaften hätte. Wenn's um die Liebe geht, Kumpel, bist du ein wahrer Glückspilz.

Aber …

Er hob die Hände, um Jerry zu unterbrechen. Er wirkte verärgert. Ehrlich, Jerry, mach mich nicht wütend, okay? Du kriegst das nicht mit, weil du selbst betroffen bist, aber die ganze Situation macht ihr schwer zu schaffen. Ich weiß, dass Sandra mich nicht mag, aber erzähl nicht so ein dummes Zeug, okay? Das kommt von deiner beschissenen Alzheimererkrankung, Kumpel, die macht dich ganz wuschig im Kopf.

Hast du den Wagen der Nachbarin in Brand gesteckt?

Hans lachte und schüttelte den Kopf. Du kennst Hans ziemlich gut, aber nicht mal dir war klar, ob das ein Nein oder ein Ja sein sollte.

Die gute Nachricht: Du hast das Protokoll gefunden und für eine weitere Woche Gin.

Die schlechte Nachricht: Nachdem Hans Sandra in Schutz genommen hat und angesichts der Tatsache, dass sie sich jedes Mal verzieht, wenn er hier auftaucht, ist ziemlich offensichtlich, was hier los ist. Schwer zu sagen, von wem du dich mehr betrogen fühlst – von deinem besten Freund oder von deiner Frau.

KAPITEL 15

Sein Name ist Jerry Grey, und er ist Krimiautor, und nichts von dem hier ist echt, nichts von alledem.

Jerry hat Blut an den Händen.

Seine Name ist Jerry Cutter, und er ist Krimiautor, und nichts von dem hier ist echt, nicht mal er selbst, er ist eins von Jerry Greys Fantasieprodukten. Jerry benutzt ihn, um Geld zu verdienen. Um seine Geschichten zu erzählen.

Jerry hat Blut am Hemd.

Sein Name ist Jerry Henry, er leidet unter Demenz, und das hier ist ein Demenz-Traum, ein Demenz-Schub, nichts von dem hier ist echt, er befindet sich in einem Pflegeheim, und alles ist in Ordnung.

Das hier ist nicht das Pflegeheim. Und auch nicht sein Haus. Nichts ist in Ordnung.

Jerry Grey. Krimiautor. Nicht real.

Er kennt die tote Frau, die auf dem Boden liegt, nicht. Sie hat ihm das Gesicht zugewandt. Neben ihr auf dem Boden liegt ein Messer. Sie wurde erstochen, und er fragt sich, er fragt sich … wer ist diese Frau?

Er fragt sich … warum liegt sie in diesem Zimmer?

Er fragt sich … was ist das für ein Zimmer?

Jerry sitzt auf einem Sofa in einem Wohnzimmer, allein mit der toten Frau auf dem Boden, umgeben von hübschen Möbeln und hübschen Bildern, umgeben von all dem modernen Komfort, den man nicht mitnehmen kann. Die Vorhänge sind zugezogen. Die Frau ist nackt. Sie hat blondes Haar, blasse Haut und blaue Augen. Sie sind weit aufgerissen und unglaublich blau. Auf dem Boden, ein, zwei Meter von ihr entfernt, liegt ein Bademantel. Er ist voller Blutspritzer. Jerry versucht aufzustehen, doch er kann nicht. Seine Beine verweigern ihm den Dienst, und … und … wer ist diese Frau? Er schaut auf ihre Hände hinunter. Ihre Linke ist zur Faust geballt. Er öffnet sie. Darin befindet sich ein Paar Ohrringe. Aus Diamanten. An seiner rechten Hand ist Blut. Er schließt die Augen, und die Frau verschwindet. Er ist müde. Er möchte schlafen, er möchte, dass dieser Traum aufhört. Er wankt ein wenig hin und her und legt sich hin. Mit geschlossenen Augen tastet er umher und bekommt ein Kissen zu fassen. Er schiebt es seitlich unter sein Gesicht, zieht die Beine an und wiegt sich sanft hin und her, entspannt sich.

Er öffnet die Augen.

Die Frau. Das Messer. Der Bademantel. Es ist alles noch da.

Er ist Jerry Cutter. Er ist Henry Cutter. Er ist Krimiautor. Er ist ein Verbrecher. Er ist der Breaking Man, der seine Frau umgebracht hat.

Und die Frau?

Er steht vom Sofa auf. Das Zimmer neigt sich leicht zur Seite, und er streckt die Arme aus und stützt sich an der Wand ab. Irgendwo im Haus läuft Musik; er kennt das Stück nicht. Jerry wirft einen Blick hinter den Vorhang, auf die Welt dort draußen. Es ist Tag.

Sei Name ist Jerry Grey. Er hat die Orientierung verloren. Er ist verwirrt. Alles um ihn herum wirkt real, kommt ihm real vor, aber das ist es nicht. Wahrscheinlich handelt es sich bei der Frau um Suzan mit Z. Das hier stammt aus einem Buch, das er geschrieben hat. Er befindet sich auf den Seiten dieses Buchs, und bald wird ihn jemand retten.

Als er sich in Bewegung setzt, folgen ihm die Augen der Frau, bis er ihre Füße erreicht hat. Er hebt den Bademantel auf und bedeckt ihren Körper, bis auf das Gesicht. Er geht neben ihr in die Hocke und betrachtet ihre Gesichtszüge. Diese Frau, diese Fremde. Wer ist sie?

Ihre Wangen fühlen sich warm an. Sie ist noch nicht lange tot, aber sie ist tot – das lässt sich nicht leugnen –, man kann sie nicht wiederbeleben. Selbst wenn die Rettungssanitäter in zwei Sekunden hier wären, könnten sie nichts weiter tun, als auf das Blut zu starren. Der Tod zeigt sich in ihren Gesichtszügen, in dem Blick, mit dem sie ihn anstarrt, in ihrer schlaffen

Gesichtsmuskulatur und darin, wie sie vor seinen Augen langsam grau wird. Sie muss Mitte zwanzig sein, vielleicht auch dreißig. Sie duftet nach Seife. Jerry richtet sich wieder auf. Er schaut sich im Wohnzimmer um, als rechne er damit, hier eine Antwort zu finden, oder jemanden, der ihm sagen kann, was hier los ist. Er ist nie zuvor in diesem Raum gewesen, da ist er sich sicher.

Ach ja?, fragt Henry. Jerry hat sich auch schon früher mit Henry unterhalten. Allerdings nicht, bevor er krank wurde und alles noch einen Sinn ergab, erst nachdem die Alzheimererkrankung ihn richtig im Griff hatte.

»War ich das?«

Was glaubst du?

Jerry schaut auf seine Hände hinunter. Er hält immer noch die Ohrringe. Er steckt sie in seine Tasche. »Stammt sie aus einem deiner Bücher?«

Ach, jetzt sind es also meine Bücher, *ja?*

»Es waren immer deine Bücher«, sagt Jerry. »Und? Stammt sie aus einem deiner Bücher?«

Er setzt sich wieder aufs Sofa, während Henry darüber nachdenkt. Jerry fragt sich, wie verrückt er tatsächlich ist. Die Demenzerkrankung. Die Schüsse auf seine Frau. Seine Geständnisse und die Selbstgespräche. Wer ist verrückter – er oder Henry?

Ich glaube nicht, dass wir uns in einem deiner Bücher befinden, Jerry. Es tut mir leid, dass ich hier die Stimme der Vernunft spielen muss, aber das hier erscheint mir alles sehr –

»Real«, sagt Jerry. »Ich muss die Polizei rufen.«

Ach ja? Und was willst du denen erzählen? Soweit du weißt, bist du aus dem Pflegeheim abgehauen und orientierungslos umher-

geirrt, hast an irgendeine Tür geklopft, und als niemand öffnete, hast du das Haus betreten und das hier vorgefunden. Wenn du die Polizei verständigst, wird sie herkommen und dich verhaften, und das wäre dann das Ende vom Lied. Selbst wenn du es nicht warst.

»Was sollen wir also tun?«

Wir sollten keine Zeit verlieren und von hier verschwinden.

Er schüttelt den Kopf. Die Frau starrt ihn mit ihren weit aufgerissenen Augen an, mustert ihn. Klagt ihn an. »Ich muss die Polizei rufen.«

Das hast du bereits gesagt. Man wird dich ins Gefängnis werfen, bevor du weißt, wie dir geschieht.

»Ich war das nicht.«

Ich weiß. Ich glaube dir.

»Wirklich?«

Vielleicht war es ihr arbeitsscheuer Freund oder ihre eifersüchtige allerbeste Freundin. Oder ein superfreundlicher Nachbar.

»Es hätte jeder sein können«, sagt Jerry. »Was soll ich deiner Meinung nach also tun?«

Du bist Krimiautor, Jerry. Wenn man dich verhaftet, kannst du deine Fähigkeiten als Krimiautor nicht mehr nutzen, um Licht in die Sache zu bringen. Du musst hier weg.

»Was soll das heißen?«

Wenn dies ein Buch wäre, was würdest du dann tun?

»Die Polizei rufen.«

Nein. Tu so, als wäre das hier nicht das echte Leben.

»Das hier ist das echte Leben.«

Sicher, aber du verstehst nicht, worauf ich hinauswill. Stellst du dich absichtlich so blöd an?

Jerry schließt die Augen. Er erträgt es nicht, wie die tote Frau ihn anschaut, aber selbst wenn er die Augen schließt, kann er immer noch ihren Blick spüren. Er öffnet sie wieder und betrachtet das blutige Messer auf dem Boden, dann zieht er den Morgenmantel über ihr Gesicht. »Worauf willst du hinaus?«, fragt er Henry.

Stell dir vor, dies wäre eins deiner Bücher.

»Okay.«

Was tut jemand in deinen Büchern, wenn er eigentlich die Polizei rufen müsste?

»Nur nicht die Polizei rufen.«

Genau.

»Was schlägst du vor, was soll ich also tun?«

Übergieß alles mit Benzin, und fackle die Bude ab, und dann mach dich vom Acker.

Jerry schüttelt den Kopf. »Das werde ich nicht tun.«

Das solltest du aber.

»Nein.«

Dann wisch sämtliche Oberflächen ab, die du berührt hast, und vergiss die Wand nicht, an der du dich vor ein paar Minuten abgestützt hast. Geh in die Waschküche, schnapp dir ein Bleichmittel, und übergieß die Leiche damit. Nimm das Messer, entsorg es ein paar Kilometer von hier, und geh in die Stadt. Ich habe eine Idee – geh zur Bücherei. Dort überlegen wir uns, wie es weitergeht.

»Die Bücherei?«

Büchereien haben eine beruhigende Wirkung auf dich. Früher hast du nach der Schule viel Zeit in der Bücherei verbracht und ein Buch nach dem anderen verschlungen. Das hat dich zu dem Mann gemacht, der du jetzt bist.

»Zu einem kranken Mann?«

Zu einem Autor, du Idiot.

Er betritt das Esszimmer, und die Musik wird lauter. Er

glaubt, dass sie aus dem Schlafzimmer kommt. An der Wand hängt eine Uhr. Es ist zehn vor acht am Morgen. Er begibt sich in die Waschküche und durchsucht den Schrank dort, bis er eine 2-Liter-Flasche mit Bleichmittel gefunden hat, die noch fast voll ist. Er geht damit ins Wohnzimmer und betrachtet die tote Frau. Wie kann er jemanden mit Bleichmittel übergießen, dessen Namen er nicht kennt?

So, wie du jemandem umgebracht hast, dessen Namen du nicht kennst.

»Ich habe sie also umgebracht?«

Schon möglich. Aber wenn nicht, wäre es ein Fehler, hierzubleiben.

Jerry geht zurück ins Esszimmer und weiter in den Flur. In einer Ecke neben der Tür gibt es einen Aufbewahrungsort für Gegenstände: Dort liegen mehrere Schlüssel, Sonnenbrillen und eine Handtasche. Er öffnet die Tasche. Darin befindet sich ein Portemonnaie und darin ein Führerschein. Fiona Clark. Sechsundzwanzig Jahre alt – genauso alt wie seine Tochter.

»Mein Name ist Jerry Grey, und ich bin Schriftsteller«, sagt er und steckt den Führerschein wieder hinein. »Mein Name ist Jerry Grey, und nichts von dem hier ist real.«

Aber das ist es. Die tote Frau im Wohnzimmer ist der Beweis.

Sieben Tage bis zur Hochzeit

In einer Woche findet die Hochzeit statt. Das kannst du gar nicht vergessen, Kumpel, denn du wirst von Sandra stündlich daran erinnert. Aus der Hochzeit ist dieses große, allgegenwärtige

Ereignis geworden, das stets kurz bevorsteht, ohne tatsächlich stattzufinden, und natürlich läuft so etwas in der Regel nicht ohne Probleme ab. Momentan gibt es ein Problem mit den Blumen. Unsere Floristin ist eine bildhübsche Frau namens Belinda Irgendwas, die dich ein wenig an Sandra Irgendwas erinnert (nur ein Scherz – Sandra trägt deinen Nachnamen, noch jedenfalls). Sie hat dasselbe einnehmende Lächeln, dasselbe quirlige Temperament. Sie wirkt wie eine sehr viel jüngere Schwester von Sandra, wenn Sandra eine jüngere Schwester hätte (hat sie das?). Belinda war bereits ein paar Mal hier, um sich mit Sandra und Eva zu treffen; sie ist immer gut gelaunt und erkundigt sich nach deinem Wohlbefinden, in einem Ton, der dich glauben lässt, dass es sie wirklich interessiert.

Im Moment gibt es Stress wegen der Blumen. Eine mysteriöse Insektenplage hat einen Großteil der Pflanzen von Belindas Anbietern zerstört; die Insekten fressen die Pflanzen zur Hälfte auf und scheißen sie dann voll. Es kann sein, dass Belinda wie alle anderen Floristen auch von einem entfernten Anbieter Pflanzen bestellen muss. Darum müssen sie jetzt definitiv entscheiden, welche Blumen sie haben wollen, da die Sorten, die sie ursprünglich ausgewählt hatten, schwer zu bekommen sind, was dazu führt, dass andere Sorten ebenfalls knapp werden und die Preise in die Höhe schießen. In diesem Moment ließ deine Begeisterung für Belinda ein wenig nach, aber ihr trauriges Lächeln angesichts der tragischen Wendung der Ereignisse hat dich wieder für sie eingenommen. Irgendwann hast du das Interesse an dem Thema verloren. Außerdem hattest du Durst. Also hast du dich von den anderen verabschiedet und bist in dein Arbeitszimmer gegangen. Dort bist du aus dem Fenster geklettert, um die Alarmanlage nicht auszulösen, und hast einen Spaziergang gemacht, denn du solltest die Möglichkeit haben, einen Spaziergang zu machen, oder? Und etwas frische Luft zu schnappen.

Du bist nicht weit gelaufen. Du bist nur zum Laden an der Ecke gegangen, der gut einen Kilometer entfernt ist, und hast dort ein Päckchen Zigaretten gekauft. Jerry Grey, der das Ende einer Geschichte voraussagen kann, weiß bestimmt auch, was als Nächstes passiert, oder? Ganz genau – beim Verlassen des Ladens hast du dir eine Zigarette in den Mund gesteckt, und bevor du sie angezündet hast, wusstest du bereits, dass du gar nicht rauchst. Du hast nie geraucht. In diesem Moment fiel dir ein, dass Zach Perkins, der Detektiv aus einigen deiner Bücher, Raucher ist. Bis dir einfiel, dass er in einem der späteren Bücher aufgehört hat. Dir wurde klar, dass Captain A tatsächlich existiert, dass du krank bist und alles genau so abläuft, wie die Beraterin gesagt hat.

Du hast die Zigaretten dann entsorgt und bist nach Hause gelaufen. Belindas Wagen stand immer noch vor dem Haus. Du bist durch das Fenster geklettert, hast dich aufs Sofa gelegt und über das nachgedacht, was gerade passiert war, und dich gefragt, ob du dich schon öfter für eine deiner Figuren gehalten hast.

Gott sei Dank hast du dich nicht für den Bag Man gehalten!

Der Bag Man, falls du es vergessen hast, rammt Frauen ein Messer in die Brust und zieht ihnen einen schwarzen Müllbeutel über den Kopf. Er kam in Buch Nummer fünf vor und tauchte ein paar Bücher später noch mal auf.

Die Alzheimererkrankung lässt dir keine Ruhe, Zukünftiger Jerry, sie führt dazu, dass du ein paar Marotten entwickelst, und was noch schlimmer ist: Du hältst die schlechten Angewohnheiten deiner Figuren für deine eigenen. Eine dieser Marotten ist, dass du jetzt Selbstgespräche führst. Du hast dich bereits einige Male dabei ertappt. Du redest nicht einfach mit dir selbst, sondern du führst Gespräche mit Henry, deinem bevorzugten Hausautor. Es sind keine tiefgründigen, bedeutungsvollen Gespräche, er sagt nur hin und wieder Sachen wie: *Du solltest das in dein Protokoll schreiben,* oder: *Du hast dir noch einen Drink verdient.* Henry ist keine reale Person, und du hast ihn auch nie als solche betrachtet, aber das hält ihn nicht davon ab, mit dir zu plaudern.

Abgesehen von dieser Entwicklung, ist der Alkohol jetzt dein bester Freund, obwohl Sandra sagen würde, dass dich dieser Freund nicht verlässt, wenn die Nacht vorüber ist. Sie weiß zwar, dass du trinkst, hat aber keinen Beweis dafür, weil sie dich bisher nicht dabei erwischt hat. Deine undeutliche Aussprache und deinen unsicheren Gang schreibst du Captain A zu. Bis zur Hochzeit willst du allerdings kürzertreten – solltest du Evas Namen vergessen, wenn du sie zum Altar führst, dann lieber aufgrund deiner Demenzerkrankung und nicht, weil du Alkoholiker bist.

Die gute Nachricht: Deine Probleme kommen dir nicht mehr so schlimm vor. Die reale Welt interessiert dich immer weniger.

Die schlechte Nachricht: Die schlechte Nachricht ist, dass die gute Nachricht oben eigentlich eine schlechte Nachricht sein müsste. Du hast nicht nur akzeptiert, was mit dir passiert, du bist auch auf alles gefasst. Los, Captain A. Gib dein Bestes. Ach ja, und falls der Zukünftige Jerry dir das nicht mehr sagen kann, sage ich es dir jetzt – fick dich, Captain A, und den kranken Wal, auf dem du angeritten gekommen bist.

KAPITEL 16

Als Jerry ins Wohnzimmer zurückkehrt, hat sich die Frau, Fiona Clark, nicht von der Stelle bewegt. Sie ist nicht aufgestanden und hat all das Blut und die Spuren von Gewalt mitgenommen. Wohnt hier sonst noch jemand, der bald eintreffen müsste? Im Zimmer gibt es mehrere Fotos – eins steht auf dem Bücherregal, eins auf dem Fernsehschrank, und an den Wänden hängen ebenfalls welche. Auf allen ist ein gut aussehender Mann in Fionas Alter zu sehen; sie lachen und umarmen und küssen sich. Vielleicht ist er auf der Arbeit oder auf dem Weg hierher.

Jerry geht ins Badezimmer und wäscht sich unter heißem Wasser die Hände und reibt das Blut ab. Statt Musik ist jetzt das gedämpfte Wortgeplänkel zweier Radiomoderatoren zu hören. Jerry kann nicht verstehen, was sie sagen. Er versucht, mit einem Handtuch das Blut von seinem Hemd zu tupfen, reibt es jedoch nur noch tiefer hinein und verschmiert es. Dann wischt er mit dem Handtuch die Wasserhähne und das Waschbecken ab, wickelt es sich um die Hand und öffnet damit den Kleiderschrank im Schlafzimmer. Darin befinden sich lediglich Frauenkleider, das heißt, dass der Typ auf den Fotos nicht hier wohnt. Doch dann entdeckt er ein Jackett in seiner Größe, das der Mann vielleicht hier liegen gelassen hat, oder das einem Exfreund gehört, oder ihrem Vater oder dem Opfer selbst. Jerry zieht es über, um sein blutverschmiertes Hemd zu bedecken.

Dann wischt er im Haus die Oberflächen ab, darunter auch die Flasche mit dem Bleichmittel, das er doch nicht benutzt. Er weiß nicht, ob das Mittel überhaupt etwas gebracht hätte. Er kann sich nicht dazu durchringen, die Wohnung in Brand zu stecken.

Als er fertig ist, geht er neben Fiona in die Hocke und sucht nach ein paar Worten, die er an sie richten könnte, aber was soll er schon sagen? *Tut mir leid? Es tut mir leid, dass ich dir ein Messer in die Brust gerammt habe.*

Über der Spüle in der Küche säubert er das Messer und wickelt es in das Handtuch. Dann geht er Richtung Haustür. Im Radio läuft jetzt Werbung. Jerry klopft seine Taschen ab, um zu sehen, was er dabeihat. Er besitzt kein Handy, also nimmt er Fionas, und wenn er schon mal dabei ist, nimmt er das Geld aus dem Portemonnaie, insgesamt neunzig Dollar. Als er nach seiner eigenen Brieftasche greift, findet er in seiner Gesäßtasche einen fein säuberlich gefalteten schwarzen Müllbeutel. Er hat keine Ahnung, warum er ihn dabeihat.

Wirklich nicht?, fragt Henry.

Jerry nimmt die SIM-Karte aus dem Handy, wischt seine Fingerabdrücke ab und hat gerade einen Fuß vor die Tür gesetzt, als im Radio der Song seiner Tochter läuft. Er erkennt ihn sofort. Wenn sie erfährt, was er getan hat, wird sie am Boden zerstört sein.

Dann sorg dafür, dass sie es nicht erfährt.

Als er das Haus verlässt, wirft er die SIM-Karte in den Garten. Das Handtuch, das er um das Messer gewickelt hat, klemmt er unter seinen Arm. Er weiß nicht, in welcher Straße er sich befindet, geschweige denn in welchem Viertel. Offensichtlich handelt es sich um eine Mittelklassegegend; keines der Häuser ist besonders heruntergekommen, und bei den Autos auf der Straße oder in den Auffahrten handelt es sich größtenteils um japanische Modelle, die meisten davon sieben oder acht Jahre alt. Jerry läuft zum Ende des Blocks. Die Straßenschilder dort sagen ihm nichts.

Er muss das Handtuch loswerden. Mit gesenktem Kopf geht er weiter. Bestimmt erkennt er irgendeine der nächsten Kreuzungen wieder. Zwei Blocks später kommt er an einen Park. In seiner Mitte befindet sich ein Spielplatz, auf dem glücklicherweise keine Kinder sind; das heißt, er kann sich auf die Bank setzen, ohne dass jemand auf ihn zugestürmt kommt und ihn als Kinderschänder beschimpft, während er seine Gedanken ordnet. Zwanzig Meter entfernt steht ein Mülleimer. Er findet, dass er sich bestens eignet, um das Messer zu entsorgen, doch dann wird ihm klar, dass er ziemlich ungeeignet ist, dass die Polizei dort nachschauen wird. Sie wird jeden Mülleimer und Container im Umkreis von acht Kilometern durchsuchen. Während er den Mülleimer betrachtet und überlegt, ob er das Beweisstück dort entsorgen soll, hat er ein Déjà-vu-Erlebnis. Hat er das alles schon mal getan? Oder war es eine seiner Figuren?

Das kann ich dir ehrlich nicht sagen. Ich kann dir nicht mal sagen, welchen Tag wir heute haben.

Er muss das Messer vergraben. Oder es in den Fluss werfen. Es ins Meer schleudern oder ins All schießen. Er zieht den Plastikbeutel aus seiner Tasche und schüttelt ihn aus, dann stopft er das Handtuch und das Messer hinein und rollt alles zusammen. Wenn er die Frau tatsächlich umgebracht hat, dann würde er sich bestimmt daran erinnern. Würde es irgendwie spüren.

Wie bei Sandra?

Er ist für Sandras Tod verantwortlich. Er sollte der Welt einen Gefallen tun, das Messer aus dem Beutel nehmen, zu Henry Cutter werden und damit auf sich einstechen, immer und immer wieder, bis nichts mehr von ihm übrig ist. Es gibt hier keine ungelösten Fragen – er hat seine Frau getötet und die

Frau, die er auf dem Wohnzimmerboden gefunden hat, und wahrscheinlich auch die Frau, zu der ihn die Polizei befragt hat.

Er fängt an zu zittern. Er bekommt keine Luft mehr. Er ist ein Idiot, ein dämlicher Idiot, weil er aus dem Pflegeheim abgehauen ist, um seine Unschuld zu beweisen, denn er hat nichts weiter getan, als einem anderen Menschen etwas wehzutun. Er ist Jerry Grey, ein Krimiautor, aber in Wirklichkeit ist er nur ein verwirrter alter Mann, der nicht mal alt ist, sondern nur durch die Alzheimererkrankung gealtert ist. Jerry Grey, Schöpfer eigener Fantasiewelten, Frauenmörder und geistesgestörter Irrer.

Er ist ein Monster.

Er ist der Breaking Man.

Er weiß nicht, was er tun soll.

Möge Gott ihm beistehen, er weiß nicht, was er tun soll.

Noch fünf Tage

Du warst gestern bei Dr. Goodstory und heute Morgen ein weiteres Mal. Er meinte, Captain A drückt jetzt mächtig auf die Tube, denn du bist jetzt im Klub für Fortgeschrittene, die ganze Strecke, Baby, von null auf hundert in wenigen Monaten. Abgesehen davon, dass du jetzt viel häufiger müde bist, fühlst du dich nicht groß anders, hast du ihm gesagt. Sicher, manchmal bis du verwirrt, aber sonst bist du mehr oder weniger der Alte. Als du wieder zu Hause warst, hast du das Ray-Bradbury-Zitat ausgedruckt, das dir so viel bedeutet, und es in einem Rahmen aufgehängt, sodass du es vom Schreibtisch aus sehen kannst.

Sandra und Eva laufen immer noch herum, als würde jeden Augenblick der Himmel einstürzen. Du warst heute Nachmittag mit ihnen in der Kirche, in der Eva heiraten wird, Saint Irgendwas oder so. Es ist eine wirklich hübsche Steinkirche mit einer wunderschönen Gartenanlage auf der Vorderseite und einem Friedhof auf der Rückseite, die durch hufeisenförmig angeordnete Pappeln und Eichen voneinander getrennt werden. Du kannst nicht leugnen, dass die Kirche unheimlich wirkt, mit all den Leichen unter der Erde, nur einen Steinwurf von dort entfernt, wo Eva und Rick sich das Jawort geben. Das ist natürlich der ehemalige Horrorautor in dir, der so etwas denkt. Du hast es inzwischen vielleicht vergessen, Jerry, aber deine ersten Manuskripte handelten von Vampiren, Zombies und Gestaltenwandlern. Wenn du damals gewusst hättest, dass der wahre Horror darin besteht, um drei Uhr morgens verwirrt aufzuwachen, während man gegen die Wand des Schlafzimmers pinkelt, oder durch den Hintereingang das Haus zu verlassen und durch ein Erinnerungs-Wurmloch zu treten, dann hättest du schon vor Jahren einen erfolgreichen Horrorroman geschrieben. Eva heiratet in einer Kirche neben einem Friedhof – der verhinderte Horrorautor stellt sich unweigerlich vor, wie sich während der Hochzeit die Zombies aus ihren Gräbern erheben, weil sie den großen Tag deines kleinen Mädchens ebenfalls zu ihrem großen Tag auserkoren haben. Du hast ein schlechtes Gewissen, weil Eva ihren Hip-Hop-begeisterten Freund in so einer Kirche heiraten muss, aber sie tun das für dich, denn

Captain A
Is taking you away.
Yo.

Nach dem Besuch der Kirche seid ihr alle zu dem Weingut gefahren, wo der Empfang stattfindet. Eva und Rick hatten Glück, dass ein anderer Termin dort abgesagt wurde, und alles fügte sich. Das Gut liegt etwas außerhalb, in einem wunderschönen Gebäude direkt an einem See. In der Ferne sieht man die Berge, und wohin man auch schaut, erstrecken sich Weinberge; es ist atemberaubend, einfach atemberaubend. Und teuer. Sollten sich an dem Tag die Zombies aus den Gräbern erheben, sagt ihnen hoffentlich keiner, dass man so viel trinken kann, wie man will.

In den letzten paar Tagen habt ihr euch mit einer Menge Leute getroffen und alles bis ins kleinste Detail besprochen – mit dem Priester, mit der Floristin, mit der Band, mit dem Partyservice. Ihr habt deinen Anzug abgeholt, und du musstest noch mal in die Stadt zu dem Konditor mit den Desserts. Du musstest dort stehen, nicken und so tun, als wüsstest du nicht, was zwischen ihm und Sandra läuft; sie trug ihr Haar wieder offen. Henry sagt dir ständig, dass du dich um die Angelegenheit kümmern musst, und das wirst du auch, nach der Hochzeit. In ein paar Tagen findet der Probedurchlauf statt, und man wird dir zeigen, wie du mit Eva am Arm eine gerade Linie läufst, wie du Rick die Hand schüttelst und dann neben Sandra in der ersten Reihe Platz nimmst. Alle haben Angst, dass du es vermasseln könntest, dass du dir auf halbem Weg zum Altar in die Hose scheißt und über die Beine des Priesters stolperst.

Ach, noch was, du hast heute die Notizen deines Ghostwriters bekommen. Er will ein paar Änderungen vornehmen, aber nichts davon ergibt irgendeinen Sinn. Er hat sogar vorgeschlagen, den Titel des Romans zu ändern. Sie nennen ihn jetzt *Feuerzeit.* Du hast Mandy eine Mail geschrieben und ihr erklärt, dass du damit einverstanden seist, denn es ist unkomplizierter, die Dinge einfach laufen zu lassen. Da dein ursprünglicher Titel nicht verwendet wird, hast du *Der Captain legt eine Lunte* auf den Rücken deines Protokolls des Wahnsinns geschrieben. Falls du dich fragen solltest, warum es dort steht, jetzt weißt du es.

Hans ist heute vorbeigekommen. Er hat noch mehr Gin mitgebracht. Als er wieder weg war, hast du den Gin im Arbeitszimmer versteckt, aber du wirst ihn nicht anrühren, nicht vor der Hochzeit, doch dann wirst du so oft und so viel davon trinken, wie du kannst. Du hast dich immer gefragt, ob der Unterschied zwischen einem guten Schriftsteller und einem großartigen Schriftsteller darin besteht, ob man nüchtern bleibt oder nicht. Alle großen Autoren haben sich entweder die Rübe zugekokst oder den Tag mit einem Scotch zum Frühstück angefangen. Zukünftiger Jerry, die Zeitspanne, die hinter dir liegt, ist kürzer als die, die dir noch bleibt – das trifft bereits seit einiger Zeit zu, aber jetzt umso mehr. Du wirst deine Zukunft nicht in einem Pflegeheim verbringen und aus dem Fenster starren, während eine Schwester dir den Sabber aus dem Gesicht wischt. Nach der Hochzeit wirst du dich zu Tode saufen. Du solltest selbst entscheiden dürfen, wie du von dieser Welt abtrittst, und das scheint eine ziemlich gute Art zu sein. Das heißt, dass diese Aufzeichnungen eigentlich keinen Zweck mehr erfüllen, man kann sie höchstens noch als Glasuntersetzer benutzen.

Du hast mit Hans auf der Terrasse gesessen, als die Floristin vorbeikam, um sich mit Eva zu treffen. Sie hat dich durch die Glastüren angelächelt, und du hast ihr Lächeln erwidert, woraufhin Hans grinsend den Kopf schüttelte.

Du stehst auf sie, was?

Nein, hast du gesagt und ebenfalls den Kopf geschüttelt.

Klar doch, Kumpel. Solltest du irgendwann in ein Pflegeheim müssen, obwohl ich das nicht glaube, aber falls doch, dann werde ich dafür sorgen, dass ein paar der Schwestern aussehen wie sie.

Natürlich ist das nicht möglich, aber wir mussten über seine Bemerkung lachen, und du musst zugeben, dass das Pflegeheim nicht so übel sein kann, wenn die Schwestern dort wie die Floristin aussehen. Du hast Hans erzählt, dass du inzwischen Selbstgespräche führst, worauf er meinte, dass das jeder ab und zu tun würde. Aber er dachte, du würdest Sachen sagen wie *Hmm, wo habe ich noch mal das Telefon hingelegt?* Also hast du ihm von den Gesprächen mit Henry erzählt.

Fordert er dich auf, bestimmte Dinge zu tun?, fragte Hans.

Was zum Beispiel?

Zum Beispiel, anderen Menschen wehzutun.

Nein, es geht um alltäglichere Dinge. Als würden sich zwei alte Freunde miteinander unterhalten.

Hat er dich aufgefordert, das Haus der Nachbarin zu besprühen?

Das war eine gute Frage, und du hattest keine Antwort darauf. Falls du das Haus besprüht hast, war das der Vorschlag von jemandem, der gar nicht existiert?

Jedenfalls kannst du nicht das Haus verlassen, ohne dass der Alarm losgeht, oder?, gab Hans zu bedenken.

Ich kann aus dem Fenster steigen.

Lass dich bloß nicht von Henry dazu überreden, der Floristin einen Besuch abzustatten, ja?

Dann lachte er, und du lachtest ebenfalls. Warum auch nicht? Im Land der Bekloppten ist alles lustig.

Die gute Nachricht: Für das Wochenende ist gutes Wetter vorhergesagt. Die Zeichen stehen also auf Grün.

Die schlechte Nachricht: Du wirst diese Woche zu Ricks Junggesellenabschied gehen. Du willst nicht, aber Ricks Dad hat versprochen, sich um dich zu kümmern. Du wirst nur zum Abendessen gehen. Könnte lustig werden. Aber auch ein Albtraum. Alles wird besser, wenn das hier vorbei ist. Nicht nur die Hochzeit.

KAPITEL 17

Wie sich herausstellt, weiß Jerry, was zu tun ist. Natürlich. Darum hat er Fiona Clarks Handy mitgenommen und in ihrem Portemonnaie nach Bargeld gesucht. Es ist, als hätte er (oder Henry) sich im Haus gesagt: Stell dir vor, dies ist eins deiner Bücher. Was würde der Bag Man tun, wenn er unschuldig wäre?

War er aber nicht.

Jerry läuft weiter. Durch Straßen, die genauso aussehen wie die eben – mit ähnlichen Häusern, ähnlichen Autos und einer ähnlichen Atmosphäre. Schließlich kommt er an eine Straße, auf der etwas mehr Verkehr herrscht, und folgt ihr, als würde er einem schmalen Fluss zu einem breiteren folgen, bis er das Meer erreicht. Und tatsächlich trifft er auf ein Meer aus Autos und Menschen, auf eine Hauptstraße, die er wiedererkennt. Das Gute an Christchurch ist, dass man keine zehn Minuten geradeaus fahren kann, ohne nach anderthalb Kilometern auf ein Einkaufszentrum zu treffen. Er schätzt, dass das nächstgelegene Einkaufszentrum einen Fußmarsch von dreißig Minuten entfernt ist. Offensichtlich ist er es gewohnt zu laufen, denn das Pflegeheim befindet sich ein gutes Stück außerhalb der Stadt. Er fragt sich, wie lange er von dort zu Fuß gebraucht hat.

Lange. Vielleicht die ganze Nacht. Nach vierzig Minuten kommt er an ein Einkaufszentrum. Er hasst Einkaufszentren. Trotzdem dachte er immer, dass die gesellschaftliche Ordnung zusammenbrechen würde, wenn es keine Einkaufszentren mehr gäbe. So, als wäre das Rad nie erfunden worden. Er verwirft den Plan wieder, das Messer dort in einen der Mülleimer zu werfen. Wer auch immer sie leert, könnte es finden.

Er geht an einem Elektroladen mit einem halben Dutzend Fernsehern vorbei; auf einigen laufen Sendungen, die er nicht kennt, andere zeigen ein Live-Bild von ihm, während er daran vorbeigeht. Er läuft an Buchläden, Schuhgeschäften, Banken und Bäckereien vorbei und an einem Spielzeugladen, in dessen Schaufenster ein riesiges Stoffschwein in einem Smoking steht. Er kommt an einen Supermarkt mit Gängen voller Süßigkeiten und gelangweilter Kunden. Dort kauft er eine Flasche Wasser, ein Sandwich und eine SIM-Karte. Die Frau an der Kasse fragt ihn, wie es ihm gehe, und statt ihr die Wahrheit zu sagen, meint er, alles sei bestens, und erkundigt sich nach ihrem Wohlbefinden. Es gehe ihr prima, sagt sie. Das wundert ihn nicht, denn er ist vorhin nicht in ihrem Haus aufgewacht. Als er zum Ausgang des Einkaufszentrums zurückläuft, kommt er in umgekehrter Reihenfolge an den Geschäften vorbei, mit dem Unterschied, dass auf den Fernsehern im Schaufenster jetzt die Nachrichten laufen, und die Nachrichten zeigen ein Bild von ihm, Jerry Grey …

Du bist Jerry Grey.

»Der Autor, der unter dem Pseudonym Henry Cutter seine Bücher verfasste …«

Du bist Henry Cutter.

»… ist aus dem Pflegeheim verschwunden …«

Du lebst in einem Pflegeheim.

»… in das man ihn letztes Jahr nach dem Mord an Sandra Grey, seiner Frau, eingewiesen hatte …«

Du hast deine Frau umgebracht.

»Grey ist an Alzheimer erkrankt und irrt wahrscheinlich orientierungslos umher. Wer den Autor sieht, soll umgehend die Polizei verständigen.«

Jerry sucht das Sportgeschäft auf, an dem er vor einer Minute vorbeigegangen ist. Von der Hälfte des restlichen Gelds kauft er eine überteuerte Rugby-Kappe (All Blacks vor!) und zieht sie sich tief ins Gesicht. Dann begibt er sich auf die Toilette, betritt eine leere Kabine, schließt ab und setzt sich. Oben auf die Tür hat jemand *Damien ist klasse* geschrieben und darunter stehen weitere Sprüche, was Jerry an die Kommentare in Internet-Foren erinnert, die mit dem Spruch anfangen *Weil Damien eine Vagina hat* und mit *Scheiß auf euch alle* enden. Er öffnet die Packung mit der SIM-Karte und steckt sie in Fiona Clarks Handy. Er beginnt, Hans' Nummer zu wählen, doch es gibt ein Problem. Er weiß die Nummer nicht. Wie auch? Er kann sich schon seit einiger Zeit an keine Nummer mehr erinnern, nicht nur aufgrund der Demenzerkrankung, sondern weil sein Smartphone sich schon seit Jahren alles für ihn merkt. Er ist es nicht mehr gewöhnt, sich irgendwelche Nummern zu merken, und vielleicht fing damit alles an. Ist das etwa passiert, jedes Mal, wenn er aus dem Pflegeheim abgehauen ist: Hat er es etwa zu einem Telefon geschafft und wusste nicht, wie er Hilfe rufen soll?

Das muss doch wohl möglich sein, oder? Es muss, verdammt noch mal, doch möglich sein, jemanden anzurufen! Wie schwer kann das schon sein? Er schlägt sich mit der Handfläche seitlich gegen den Kopf. Komm schon! Irgendwo da drin sind diese Nummern!

Beruhig dich, Jerry. Die Stimme der Vernunft. Die Stimme von Henry Cutter, der schrecklich unvernünftige Sachen geschrieben hat, bis ein Ghostwriter das für ihn übernehmen musste. *Mag sein, dass die Nummern nicht da drin sind, aber was ist mit den E-Mail-Adressen?*

Er hat recht. Jerry hat zwar lange schon keine E-Mail mehr geschrieben, aber wenn er sein E-Mail-Konto öffnen kann, kann er Hans eine Mail schicken. Er stellt mit dem Handy eine Internetverbindung her und muss sich stark konzentrieren, um sich an seine E-Mail-Adresse zu erinnern, damit er sich einloggen kann. Er lässt seine Finger über das Handy wandern und lässt sich von seinem motorischen Gedächtnis leiten, was ihm auch gelingt – die Adresse fällt ihm wieder ein. Damals, als er noch bei klarem Verstand war, hat er für alles dasselbe Passwort verwendet. In das Kästchen für das Passwort tippt er das Wort *Frankenstein.* Fünf Sekunden später hat er Zugang zu seinem Konto. Es enthält über tausendeinhundert ungelesene Mails. Er liest nicht eine davon und verfasst gerade seine Mail an Hans, als ihm einfällt, dass er nicht nur Zugang zu seinen Mails hat, sondern auch zu einem Adressbuch im Internet. Dort steht Hans' Nummer.

Jerry ruft ihn an. Die ganze Toilette riecht nach nassem Hund und Bleichmittel. Hans geht nicht dran, und Jerry hinterlässt eine Nachricht. Er überlegt, was er sonst noch tun kann. Erneut schaut er in der Liste mit seinen Kontakten nach, und dort steht auch Evas Nummer. Kann er sie anrufen? Er beschließt, ein paar Minuten zu warten, falls Hans zurückruft, und genau das passiert auch. Jerry nimmt ab.

»Ich bin's«, sagt Hans. »Tut mir leid, dass ich nicht drangegangen bin, aber das tue ich nie, wenn ich die Nummer nicht kenne.«

»Ich stecke in Schwierigkeiten«, platzt es aus Jerry heraus, der von einem Gefühl der Erleichterung überwältigt wird. Plötzlich ist er nicht mehr auf sich allein gestellt.

»Ich weiß«, sagt Hans.

»Nein«, sagt Jerry, »du hast keine Ahnung.«

»Eva hat mich vorhin angerufen, außerdem bringen sie es in den Nachrichten und …«

»Es ist schlimmer«, sagt Jerry. »Kannst du mich abholen? Bitte. Ich brauche wirklich deine Hilfe. Ich bin in einem Einkaufszentrum.«

»In welchem?«

»In …«, sagt er. Er weiß den Namen des Einkaufszentrums, er liegt ihm auf der Zunge. »Ich kann nicht klar denken.«

»Such einen Sicherheitsmann oder das Büro des Geschäftsführers und sag, wer du bist. Du kannst dort so lange warten, bis –«

»Das geht nicht«, sagt Jerry und schüttelt den Kopf.

Für ein paar Sekunden sagt Hans nichts, dann: »Was verschweigst du mir?«

Jerry starrt hinunter auf die Tüte mit dem Sandwich und der Wasserflasche, die er vorhin gekauft hat. »Das erzähl ich dir, wenn du hier bist. Ich werde nach draußen gehen und nachschauen, um welches Einkaufszentrum es sich handelt, dann rufe ich dich zurück.«

»Was ist passiert, Jerry?«

»Das sag ich dir, wenn du hier bist. Ich ruf dich zurück.«

»Bleib dran, Jerry.«

Er bleibt dran, verlässt die Toilette und marschiert in den Strom aus Leuten, die Bücher, DVDs und Kleidungsstücke tragen, einige schieben Einkaufswagen vor sich her, und Jerry läuft zu dem Eingang, durch den er vorhin das Gebäude betreten hat. Sobald er draußen ist, dreht er sich um, und dort, in großen Buchstaben, steht der Name. Er kommt sich blöd vor, weil er ihn vergessen hat. Er nennt Hans den Namen, und der fordert ihn auf, genau dort zu warten, wo er gerade ist. Er sei in zehn Minuten bei ihm.

Jerry legt auf und steckt das Handy in seine Tasche. Dann öffnet er die Wasserflasche und trinkt ein Viertel davon, während er zu den Autos hinausstarrt und an der verabredeten Stelle wartet. Als er die Sandwichpackung öffnet, fällt es ihm plötzlich ein.

Er hat den Beutel mit dem Handtuch und dem Messer auf der Toilette liegen lassen. Er würde am liebsten losrennen, aber er hält sich zurück, um keine Aufmerksamkeit zu erregen. Langsam läuft er durch das Einkaufszentrum, doch es gibt hier so viele Läden, so viele Möglichkeiten abzubiegen, so viele Leute. Er hat keine Ahnung, wie er zur Toilette zurückfinden soll, jedenfalls nicht auf Anhieb, und als er es endlich weiß, sind die zehn Minuten verstrichen, und Hans ruft ihn an. Jerry öffnet die Toilettentür und geht zu der Kabine, in der er vorhin gesessen hat. Sie ist leer. Er schaut auf der Rückseite der Tür nach, um sich zu vergewissern, dass es sich um die richtige Kabine handelt. *Scheiß auf euch alle.* Der Beutel mit dem Handtuch und dem Messer ist nicht mehr da.

Noch drei Tage

Du bist schon wieder durch die Gegend gestiefelt, weshalb Sandra in Erwägung zog, dich heute Abend hier zu behalten und nicht auf den Junggesellenabschied zu lassen. Es war dir egal, ob du da hingehst oder nicht, aber dann ließ sie dich doch gehen. Wahrscheinlich wollte sie das Haus für sich allein haben; die Gründe dafür liegen auf der Hand. Auf dem Junggesellenabend hast du getan, was man von dir erwartet, du hast geantwortet, wenn du angesprochen wurdest, und keinen Ärger gemacht. Sobald die älteren Semester sich verabschiedet hatten, wurde bestimmt sehr viel ausgelassener gefeiert, und Rick und seine Freunde haben sich auf eine Sauftour zu einem Striplokal gemacht. Du warst nur zum Essen dort, hast keinen Wein und nur Wasser getrunken und von dem verkochten Hähnchen und dem labbrigen Salat gegessen. Du hast dagesessen und so getan, als würdest du die geflüsterten Kommentare und nicht gerade dezenten Blicke in deine Richtung nicht bemerken. Du leidest an Alzheimer und warst damit für sie eine Witzfigur, denn sie würden nie werden wie du. Du hast auch nicht gedacht, dass du mal so enden würdest. Was gibt es Komischeres als den Schwiegervater deines Kumpels, der im Alter von neunundvierzig Jahren den Verstand verliert und sich hin und wieder ins Land der Bekloppten verabschiedet, um dort einen ausgiebigen Spaziergang zu machen? Um zehn warst du wieder zu Hause, und du hast dein Versprechen gehalten, bis zu Evas Hochzeit nüchtern zu bleiben.

Nun zu deinen kleinen Ausflügen. Du willst wissen, welche Ratschläge dein löchriges Hirn für dich parat hält? Es gibt dabei einiges zu beachten. Wenn du durch die Gegend marschierst, nimm deine Brieftasche mit. Es ist nützlich, wenn du dich ausweisen kannst, und noch nützlicher, wenn du Geld für ein Taxi oder einen Bus dabeihast. Geld ist nützlich – darum nimm immer welches mit. Genauso wie ein Handy. Versuch, dein Handy mitzunehmen. Außerdem solltest du eine Flasche

Wasser mitnehmen – damit du nicht dehydrierst. Wer weiß schon, wie weit du laufen kannst?

Heute bist du aus dem Fenster geklettert, um den Alarm nicht auszulösen. Allerdings hast du keine Erinnerung daran. Du hast keine Ahnung, ob du vorhattest, allein einen Spaziergang zu machen, Blumen zu kaufen oder irgendetwas von dem zu tun, was ein Mann eben tut, wenn er das Haus mit so viel Geld verlässt, dass es kaum für ein Hamburger-Menü reicht. Du hast keine Ahnung, welche Version von Jerry diese Entscheidung getroffen hat oder welche Version von Jerry in dem Blumenladen aufgekreuzt ist, in dem Belinda arbeitet. Der Blumenladen befindet sich in der Stadt, direkt zwischen den beiden Hauptgeschäftsstraßen Manchester und Colombo. Aber wie bist du dort hingekommen? Ein echter Magier verrät seine Tricks nicht, Jerry, und Captain A ist der Meister der Taschenspielertricks. Sieh nur, wie er Jerrys Verstand auslöscht!

Belinda wollte wissen, ob mit dir alles okay sei, und du sagtest Ja, denn das war die Wahrheit, Zukünftiger Jerry. Du hattest eine Mission, eine Mission, die so streng geheim war, dass nicht mal du ihr Ziel kanntest. Belinda wusste von der Alzheimererkrankung (offensichtlich weiß jeder davon), sie bot dir im Büro einen Platz an und machte dir eine Tasse Tee, dann rief sie Sandra an und sagte ihr, dass sie dich nach Hause fahren werde. In diesem Moment ließ Captain A die Zügel ein wenig schleifen, und dir wurde deine Situation bewusst, was dir peinlich war. Belinda lächelte dich an und meinte, du solltest dir keine Sorgen machen, ihre Großmutter sei ebenfalls an Alzheimer erkrankt, sie habe Erfahrung damit. Doch das machte dich wütend, denn du fühltest dich furchtbar alt.

Unterwegs machte Belinda einen kurzen Abstecher zu ihrem Haus, um etwas für Eva zu holen, das sie sowieso im Laufe des Tages vorbeibringen wollte; darum fuhr sie dich gern nach Hause. Sie fragte dich, ob es okay sei, wenn du im Wagen warten würdest, und du warst einverstanden. An diesen Moment erinnerst du dich noch, doch dann zog Captain A die Zügel wieder an, und ein paar Minuten später fand Belinda dich vor ihrer Haustür, wo du mit ihrer Katze redetest.

Bei deiner Rückkehr war Sandra krank vor Sorge. Sie wollte schon die Polizei alarmieren, als Belinda sie anrief. Der Vorfall hat zur Folge, dass an allen Fenstern Alarmanlagen angebracht werden. Und sollte das nicht reichen, dann implantiert man dir als Nächstes wahrscheinlich einen GPS-Chip in den Rücken, wo du nicht drankommst.

Die gute Nachricht: Die Hochzeit steht kurz bevor. In ein paar Stunden findet der Probedurchgang statt, und vergiss nicht: üben, üben, üben. Die schlechte Nachricht: Sandra hat vorhin gesagt: *Ich bin froh, wenn das alles vorbei ist.*

Als du sie gefragt hast, was sie damit meine, seufzte sie: *Was glaubst du wohl, Jerry?*, und stürmte aus dem Zimmer.

Willst du wissen, was ich wirklich denke? Dass sie damit nicht nur die Hochzeit meinte. Sie hat bestimmt irgendwo irgendwelche Broschüren herumliegen, wie alle Leute, die mit dem Gedanken spielen, ihre Verwandten in ein Pflegeheim abzuschieben, ihrer letzten Station, bevor sie das große Heim im Himmel besuchen.

KAPITEL 18

Jerrys Handy läutet immer noch, und das Klingeln hallt durch die Toilette. Er starrt auf die Kabine, in der er vor ein paar Minuten gesessen hat, als würde der Beutel mit dem Handtuch und dem Messer wieder auftauchen, wenn er sie nur lange und intensiv genug anstarrt.

»Wo bist du?«, fragt Hans.

»Auf der Toilette.«

»Ich habe gesagt, dass du draußen warten sollst.«

»Ich komme jetzt raus.«

Jerry legt auf und lässt beinahe das Handy fallen, als er es in die Tasche steckt, so heftig zittern seine Hände. Er geht denselben Weg, den er gekommen ist, wieder nach draußen. Hans ist nicht da, aber zehn Sekunden später fährt ein dunkelblauer Geländewagen vor, und Hans beugt sich zur Beifahrerseite und öffnet die Tür, und Jerry steigt ein. Er wirft die Einkaufstüte auf den Boden zwischen seinen Füßen und wischt sich die verschwitzten Hände an seiner Jacke ab.

»Mein Gott, Jerry, du siehst furchtbar aus.«

»Fahr«, sagt Jerry. Diese Anweisung stammt direkt aus Henry Cutters Textbaukasten, genauso wie *Folgen Sie diesem Wagen* und *Es ist still. Verdächtig still.*

Er muss das Hans nicht zweimal sagen. Sanft rollen sie über den Parkplatz, vorbei an anderen Autos, die sich gerade in Parklücken schieben oder sie verlassen.

»Wo sollen wir hinfahren? Zum Pflegeheim?«, fragt Hans.

Jerry starrt seinen Freund an, während er über eine Antwort nachdenkt. Dieser Hans ist fülliger als der Hans, den er in

Erinnerung hat. Einiges sind Muskeln, einiges zusätzliche Pfunde, wie bei einem aus dem Leim gegangenen Türsteher; dank seiner Körpermasse kann er zwar so auf einen Sandsack eindreschen, dass er von der Kette fällt, doch wenn er ihn wieder aufheben muss, kommt er mächtig ins Schwitzen. Außerdem scheint es, als würden unter seinem Hemdkragen ein paar neue Tätowierungen hervorragen. Dieser Hans hat sich gegenüber dem Hans aus ihrer gemeinsamen Studienzeit stark verändert.

»Nicht zum Pflegeheim«, sagt Jerry. »Bloß weg von hier.«

»Erzähl mir, was passiert ist«, sagt Hans.

Jerry lehnt sich zurück. Seine Beine zittern, und seine Knie wippen auf und ab. Sie verlassen den Parkplatz. »Ich bin mir nicht … ich bin mir nicht ganz sicher«, sagt er, was sein momentanes Leben ziemlich gut auf den Punkt bringt, denkt er. »Ich bin aus dem Pflegeheim abgehauen.«

»Das ist schon öfter passiert.«

»Halten die anderen dich auf dem Laufenden?«

»Eva hält mich über das Voranschreiten der Krankheit auf dem Laufenden«, sagt Hans.

»Es ist kein Voranschreiten«, sagt Jerry. »Es ist das genaue Gegenteil. Es ist … gibt es ein Wort dafür?«

»*Un*voranschreiten«, sagt Hans. »Willst du mir erzählen, was passiert ist, oder soll ich nur ziellos durch die Gegend fahren?«

»Mach die Klimaanlage an«, sagt Jerry und beginnt, an den Knöpfen herumzufummeln, doch ohne Erfolg. Seine Hände sind immer noch verschwitzt. »Hier drin sind es über sechzig Grad.«

»Es sind gut zwanzig Grad«, sagt Hans und legt einen Schalter um. Aus den Luftschlitzen strömt kühle Luft, und Jerry hält seine Hände davor. »Wenn du deine Jacke ausziehst, geht es dir vielleicht besser. Jerry?«

Jerry greift in die Tüte nach seinem Wasser.

»Jerry?«

Er schraubt den Deckel ab, trinkt hastig einen Schluck und dann noch einen, so schnell, dass sein Hals wehtut.

»Jerry?«

Er wischt sich mit der Hand über den Mund und sieht seinen Freund an. »Es kann sein, dass ich jemanden umgebracht habe«, sagt er.

Hans schaut zu ihm hinüber. »Was? Mein Gott, Jerry, was?«

Jerry schaltet die Klimaanlage aus. Plötzlich ist ihm kalt. »Ich bin in einem Haus aufgewacht, in dem ich nie zuvor gewesen bin, und da war eine Frau.« Er redet jetzt schneller. »Sie war nackt und lag auf dem Wohnzimmerboden. Jemand hat sie erstochen.«

»Gott sei Dank«, sagt Hans und lächelt; er wirkt aufrichtig erleichtert.

Seine Reaktion ist das genaue Gegenteil von dem, was Jerry erwartet hat. Ist das für Hans alles bloß ein Witz?

»Vertrau mir, alles wird gut.«

»Ich habe sie zwar tot aufgefunden, aber ich bin es nicht gewesen. Irgendjemand versucht, mir da was anzuhängen, ich weiß nur nicht, warum.«

»Beruhig dich«, sagt Hans, wirft einen Blick in den Spiegel, betätigt den Blinker, biegt ab und parkt am Rand einer ruhigen Straße im Schatten. Er löst seinen Sicherheitsgurt und dreht sich auf dem Sitz zu Jerry herum. »Du hast niemanden getötet. Du weißt doch, womit du früher deinen Lebensunterhalt verdient hast, oder?«

»Natürlich weiß ich das, aber die Sache hat nichts damit zu tun.«

»Du hast Krimis geschrieben«, sagt Hans.

Jerry schüttelt den Kopf. »Ich weiß. Aber wie gesagt, das hier –«

»Sehr gute Krimis sogar«, unterbricht Hans ihn. »Die Leser fanden sie ziemlich realistisch. Wenn das anderen Leuten so ging, wie ist es dir dann wohl gegangen?«

»Diesmal war es anders als sonst.«

»Du hast schon öfter Verbrechen aus deinen Büchern gestanden. Diese Taten sind –«

»Du hörst mir nicht zu«, sagt Jerry und versucht, seinen Frust zu unterdrücken.

»Ich höre dir zu.«

»Nein, tust du nicht«, sagt er und öffnet seine Jacke, um ihm sein blutverschmiertes T-Shirt zu zeigen. »Ich war das nicht. Ich war zwar in dem Haus, aber ich bin es nicht gewesen.«

Hans sagt keinen Ton und trommelt mit den Fingern auf das Lenkrad, den Blick auf das Blut gerichtet, bis er nach einer Weile zur Windschutzscheibe hinausstarrt. Jerry gibt ihm Zeit nachzudenken. Er kann sich zwar nicht an den heutigen Morgen erinnern, aber er weiß noch, dass Hans gern alles zu Ende durchdenkt. Er nimmt einen weiteren Schluck Wasser und steckt die Flasche wieder in die Tüte.

Schließlich schaut Hans ihn an. »Bist du dir sicher?«

»Ziemlich sicher«, sagt Jerry. »Man wird sie bald finden, und die Polizei wird denken, dass ich es war.«

Hans schüttelt den Kopf. »Hör zu, vertrau mir, das ist irgendeine Geschichte aus einem deiner –«

Jerry schüttelt den Kopf. »Du hörst mir immer noch nicht zu. Die Polizei glaubt bereits, dass ich jemanden umgebracht habe, und ich meine damit nicht Sandra.«

»Du weißt von der Sache mit Sandra?«

»Dass sie tot ist? Ja. Dass ich sie getötet habe? Nein. Ich war das nicht, aber ich rede nicht von ihr. Gestern musste ich auf die Polizeiwache«, sagt Jerry. Allerdings weiß er nicht, ob es tatsächlich gestern war – vielleicht war es auch letzte Woche. Oder letzten Monat. »Diese andere Frau, zu der mich die Polizei befragt hat, war Evas Hochzeitsfloristin.«

»Ach du Scheiße«, sagt Hans.

»Was?«

»Sie haben dich zu Belinda Murray befragt«, sagt Hans, und jetzt wirkt er beunruhigt, wie Jerry das bereits vor zwei Minuten erwartet hatte.

»Du kennst sie? Halt, Moment mal, kannte *ich* sie?«

Hans wirkt nicht nur beunruhigt, sondern ernsthaft besorgt. Das Trommeln seiner Finger wird schneller. Er wirft einen Blick über die Schulter, als würde er nach jemandem Ausschau halten, der sie beobachtet. »Du … na ja, du mochtest sie ziemlich gern. Einmal bist du aus eurem Haus abgehauen, um sie auf der Arbeit zu besuchen.«

Jerry schüttelt den Kopf. »Das hast du dir ausgedacht«, sagt er und fragt sich, warum Hans das tun sollte, und kommt zu dem Schluss, dass er so etwas nicht tun würde. »Selbst wenn du dir das nicht ausgedacht hast – sie auf der Arbeit zu besuchen, ist nicht dasselbe wie sie zu töten.«

»Du hast recht, das ist nicht dasselbe«, sagt Hans, wendet den Blick ab und hört auf, mit den Fingern zu trommeln.

»Was ist denn?«, fragt Jerry.

»Nichts.«

»Komm schon, es ist offensichtlich, dass du mir was verschweigst.«

Hans wendet sich ihm erneut zu. »Wie du gesagt hast, Jerry, es ist nicht dasselbe.«

Jerry schüttelt den Kopf. »Sag's mir einfach.«

Hans zuckt mit den Achseln und seufzt, dann fährt er sich mit der Hand über den glatten Schädel. »Tja, die Sache ist die, Jerry, du hast sie auch zu Hause besucht ...«

»Was willst du damit sagen: Ich habe sie auch zu Hause besucht?«

»Genau das. Nachdem du sie auf der Arbeit besucht hast, hat sie dich heimgefahren und einen Abstecher zu ihrem Haus gemacht. Du wusstest also, wo sie wohnt.«

Jerry schüttelt immer noch den Kopf. Das kann nicht stimmen. Allerdings geschehen eine Menge Dinge, die er für ausgeschlossen hält, und trotzdem weiß er, dass sie passiert sind. Etwa, dass er heute Morgen in der Wohnung einer toten Frau aufgewacht ist oder dass er unter den Holzdielen in seinem Haus ein blutverschmiertes Hemd gefunden hat.

»Man hat ihren Mörder nie gefunden«, sagt Hans.

»Glaubst du, dass ich es gewesen bin?«

»Das will ich damit nicht sagen«, sagt Hans.

»Sondern?«

Hans schaut einen Moment durch die Windschutzscheibe und tut das, was Jerry schon so oft an ihm beobachtet hat – Jerry kann förmlich sehen, wie es in seinem Kopf rattert. Schließlich richtet sein Freund erneut den Blick auf ihn.

»In der Nacht, als sie umgebracht wurde, hast du mich angerufen. Du warst orientierungslos und verwirrt. Ich habe dich von der Straße aufgelesen, und dein ganzes Hemd war voller Blut. So wie jetzt. Ich fragte dich, was passiert sei, und du sagtest, du wüsstest es nicht. Dann habe ich dich nach Hause gefahren und dir geholfen, durchs Fenster wieder ins Haus zu klettern. Ich saß mit dir auf dem Sofa, und für eine Weile hast du keinen Ton von dir gegeben. Schließlich hast du mich angefleht, nicht die Polizei zu rufen, und als ich wissen wollte, was du getan hast, dass man deswegen die Polizei verständigen müsste, hast du dich geweigert zu antworten. Ich ... aus irgendeinem Grund, aus irgendeinem blöden Grund habe ich sie nicht angerufen. Weil du mein Freund bist, und weil man das, was passiert war, sowieso nicht ungeschehen machen konnte. Ich habe die Polizei nicht gerufen, obwohl ich es eigentlich hätte tun müssen.«

Für einen Moment setzt Jerrys Verstand aus. Das kommt von der Reizüberflutung – zu viele Informationen auf einmal. Er und Henry und selbst Captain A haben sich ausgeklinkt und sehen nichts als schwarze Leere, doch schließlich dringt eine einfache Information in sein Bewusstsein, und das System fährt wieder hoch: Er ist Jerry Grey, und er ist ein Monster.

»Jerry?«

»Das ist Henrys Schuld«, sagt er.

»Was meinst du damit?«

»Henry hat diese Bücher geschrieben, und das hat mich in den Wahnsinn getrieben. Ich bin zu einem der Monster geworden, über die er immer wieder geschrieben hat. Bin ich das wirklich gewesen? Habe ich diesen Menschen das wirklich angetan?«

»Ich darf denselben Fehler nicht noch mal machen, Jerry. Tut mir leid, aber ich muss mit dir zur Polizei fahren. Sie muss herausfinden, was hier los ist. Vor allem müssen wir dafür sorgen, dass du nicht noch mehr Menschen etwas antust.«

Noch zwei Tage

Der Probedurchlauf gestern lief bestens. Du bist vielleicht nicht ganz sauber im Oberstübchen, wie dein Großvater immer gesagt hat (gefolgt von *dumm wie Brot* und schließlich *zu dumm, um ein Loch in den Schnee zu pinkeln* – dann wurde es wirklich brenzlig), aber alles ging reibungslos über die Bühne.

Die Kirche – o Mann, du bist diese Woche so oft dort gewesen, dass du bald vielleicht Miete zahlen musst. Der Priester, Vater Jacob, ist irgendwas zwischen sechzig und Greisenalter, ein bodenständiger Bursche, der in seinem ganzen Leben noch nie über etwas gelacht hat. Für einen Priester ist er ganz okay, aber du konntest mit Priestern noch nie besonders viel anfangen. Setz das ebenfalls auf deine Liste. Du magst keine Autos und keine Priester und auch keine Jeans oder Religionen. Aber du magst Desserts. Und du bist nicht ganz sauber im Oberstübchen. Jedes Mal, wenn du die Kirche betrittst, ist plötzlich Henry Cutter da, der verhinderte Horrorautor, und versetzt dich in eine düstere Stimmung, indem er das *Hinter-der-nächsten-Ecke-lauert-das-Böse*-Spielchen spielt, vielleicht weil hinter der nächsten Ecke der Friedhof liegt. Horrorschreiber Henry, wenn Sie bitte übernehmen würden?

»Ich will«, sagte Eva. Die Hochzeitsgäste lächelten, und einigen, darunter ihre Mutter, kamen die Tränen. Sie musste bei Hochzeiten immer weinen.

»Hiermit erkläre ich euch zu Mann und Frau«, sagte Vater Jacob und schaute Rick lächelnd an. »Sie dürfen die Braut jetzt küssen.«

Rick küsste die Braut, und die Hochzeitsgäste fingen an zu applaudieren. Alles war reibungslos über die Bühne gegangen – selbst Jerry hatte seine Tochter vorbildlich zum Altar geführt, in angemessenem Tempo, mit einem angemessenem Lächeln im Gesicht und dem angemessenen Druck auf Evas Arm, der bei ihm eingehakt war. Das frischgebackene Ehepaar hörte gar nicht mehr auf, sich zu küssen, und die Leute begannen zu lachen. Schließlich wandte sich das glückliche Paar lächelnd den Hochzeitsgästen zu.

Kurz darauf begaben sich die Gäste den Gang hinunter, einige warfen Konfetti in die Luft, und an der Tür wartete der Platzanweiser. In diesem Moment wurden die Eingangstüren aufgestoßen, und die Zombies strömten ins Innere, die Türen krachten so heftig gegen die Wand, dass überall Holz splitterte. Dutzende von Zombies hatten sich auf dem Friedhof hinter der Kirche ihren Weg ins Freie geschaufelt.

»Ich liebe Hochzeiten«, sagte einer der Zombies.

»Gehirne«, sagte ein anderer.

»Da sagst du was«, erwiderte der erste. »Gehirne.« Ein weiterer stimmte mit ein, und dann noch einer; es war ansteckend, denn kurz darauf brachten alle Untoten dieses Wort hervor. Außerdem hingen den Zombies die Lebenden von den Lippen, während sie sie zerfleischten, und innerhalb weniger Sekunden rannten Eva und Rick um ihr Leben …

Danke, Henry, das reicht. Häng deinen Brotberuf bloß nicht an den Nagel!

Du glaubst nicht wirklich, dass das die Leute am Samstag erwartet, aber du wirst das Gefühl nicht los, dass *etwas Übles* passieren wird, denn du hattest das ganze Jahr über immer wieder so ein ungutes Gefühl, nicht wahr? Sowohl Sandra als auch Eva machen dir immer wieder Mut und scheinen sehr viel mehr Vertrauen zu dir zu haben als du selbst. In der Kirche hat Sandra die ganze Zeit deine Hand gedrückt und gesagt, dass du das hinkriegst. Sie wirkte so glücklich, was dich wiederum glücklich machte. Während Sandra in der Kirche deine Hand hielt und du deinen Arm um Eva gelegt hattest und die beiden lächelten und lachten, hattest du das Gefühl, dass etwas zu einem Abschluss gekommen war. So sollte das Leben sein. Sicher, bald wird sich einiges ändern, aber in diesem Moment war deine Familie glücklich, und das ist alles, worauf es ankommt. Gut, dass du dich diese Woche aus dem Haus geschlichen und die Orientierung verloren hast. Wenn man sich die Alzheimerkrankheit wie einen Dampfkochtopf vorstellt, dann wird er nach deinem Spaziergang in die Stadt, bei dem du etwas Dampf abgelassen hast, nicht so bald explodieren.

Der Probedurchlauf lief also bestens. Erneut gab man dir Anweisungen. *Jerry, stell dich da hin. Dad, geh da rüber. Jerry, so musst du Eva halten.* Du wirst nichts weiter tun, als Anweisungen zu befolgen. Und auch keine Rede halten. Natürlich nicht, denn Dampftopf-Jerry muss im Zaum gehalten werden, und obwohl dich das traurig macht, kannst du es verstehen. So sieht es inzwischen leider aus.

Ach, übrigens, wo ich gerade von der aktuellen Situation rede, rat mal, was am Montag passieren wird? Genau, die Fenster werden mit einer Alarmanlage versehen. Das ist beschlossene Sache – bald bist du ein Gefangener in deinem eigenen Haus.

Die gute Nachricht: Die Sache mit der Alarmanlage bedeutet, dass Sandra nicht vorhat, dich sofort in ein Pflegeheim zu verfrachten.

Die schlechte Nachricht: Deine Welt wird überschaubarer. Eigentlich ist die Alarmanlage gar nicht nötig, denn du willst das Haus sowieso nicht mehr verlassen. Du willst dich nur noch auf dem Sofa zusammenrollen und besaufen. Du dachtest immer, der Unterschied zwischen einem guten und einem großartigen Autor besteht darin, dass … ach, vergiss es, das hast du bereits gesagt.

KAPITEL 19

Die beiden fahren wieder los. Jerry fummelt am Radio herum, bis er einen Nachrichtensender gefunden hat. An der nächsten Straße biegt Hans links ab, um Richtung Innenstadt zu fahren. Jerry knibbelt am Etikett der Wasserflasche, seine Beine zittern immer noch.

»Das ist echt heftig, weißt du? Mich selbst so zu betrachten«, sagt Jerry. »Als Mörder, meine ich. Das hört sich nicht richtig an. Egal, von welchem Blickwinkel aus ich die Sache auch betrachte, die Bezeichnung passt nicht.«

»Was passiert in deinen Büchern, Jerry, wenn die Leute das Beste hoffen?«

»Dann kommt es knüppeldicke.«

»Tut mir leid, aber genau das passiert gerade.«

Jerry nickt. Sein Freund hätte es nicht besser auf den Punkt bringen können. Trotzdem … »Es ist nicht richtig. Ich weiß, was du sagst, klingt einleuchtend, entbehrt nicht einer gewissen Logik. Aber es ist einfach unglaublich praktisch, dass ich mich an einige Dinge erinnern kann und an andere nicht. Warum kann ich mich an nichts von dem erinnern, was heute Morgen passiert ist?«

»Die Ärzte sagen, dass du die Sache mit Sandra verdrängt hast, weil es zu schmerzhaft für dich ist, es zu akzeptieren. Also liegt es nahe, dass du das jetzt auch wieder tust.«

»So einer bin ich nicht, Hans. So bin ich nie gewesen. Ich hätte das Messer nicht abwischen sollen. Wenn ich es dort liegen gelassen hätte, hätte man die Fingerabdrücke des wahren Mörders darauf gefunden.«

»Es klingt, als wolltest du ungestraft davonkommen«, sagt Hans.

Seine Bemerkung macht Jerry sauer. »Das ist nicht der Grund. Ich weiß, wie das aussehen würde. Darum habe ich das Messer mit ins Einkaufszentrum genommen.«

»Was?«

»Ich wollte es dort nicht entsorgen, ich bin dort bloß gewesen, um was zu essen und eine SIM-Karte zu kaufen. Ich wollte es später entsorgen.«

»Du hättest die Polizei verständigen sollen.«

»Nein«, sagt Jerry. »Ich habe dich angerufen, weil du mir helfen kannst. Weil du immer für mich da warst. Weil du die einzige Person bist, die mir glauben wird. Als ich das Einkaufszentrum verlassen habe, um mich mit dir zu treffen, fiel mir ein, dass ich den Beutel mit dem Messer und dem Handtuch auf der Toilette vergessen hatte.«

»Mein Gott, Jerry, wem machst du was vor – mir oder dir selbst? Du hast mich angerufen, weil du glaubst, dass ich dir dabei helfen kann, mit einem Mord davonzukommen. So wie beim letzten Mal. Aber diesmal werde ich dir nicht helfen.«

Jerry schüttelt den Kopf. »Das stimmt nicht. Jemand will mir weismachen, dass ich der Bag Man bin.«

»Was?«

»Der Bag Man. Aus den Büchern.«

Hans schüttelt den Kopf. »Ich weiß, wer der Bag Man ist, Jerry, und der bist du nicht.«

»Ich habe nicht gesagt, dass ich der Bag Man bin, sondern dass mir jemand weismachen will, ich wäre der Bag Man.«

»Sah die Tote heute Morgen aus wie ein Opfer des Bag Man?«

Jerry denkt an die Frau auf dem Wohnzimmerboden, an die blauen Flecken und das Blut. An die geöffneten Augen, mit denen sie ihn angestarrt hat. Er versucht, sich an den Bag Man zu erinnern. Er kann sich zwar nicht mehr an die Opfer oder das Motiv erinnern, aber an seine Vorgehensweise. Nachdem der Bag Man seine Opfer erstochen hatte, zog er ihnen einen Müllbeutel über den Kopf, um ihre persönlichen Merkmale zu verbergen. »Man hat der Frau in die Brust gestochen, und ich hatte einen schwarzen Müllbeutel dabei.«

»Mein Gott, Jerry …«

Sein Herz hämmert wie verrückt. »Aber ich bin es nicht gewesen. Das wüsste ich.«

»Weil du dir selbst traust.«

»Du musst mir helfen.«

»Wie soll ich dir helfen, Jerry? Soll ich einem Detective die Marke klauen und am Tatort Fragen stellen? Irgendwelchen Hinweisen nachgehen und gegen Gesetze verstoßen? Mir ein tragbares DNS-Labor aus den Rippen schneiden?«

»Nein. Also ja. Ich weiß nicht. Nicht direkt. Aber wir können herausfinden, was passiert ist.«

Schweigend fahren sie weiter. Der Mittagsverkehr lichtet sich langsam, als die Leute wieder zur Arbeit zurückkehren. Jerry sieht, wie ein zwei oder drei Jahre alter Junge aus Versehen sein Eis auf den Gehweg fallen lässt und zu weinen beginnt, während seine Mutter vergeblich versucht, ihn zu trösten. Hinter ihnen fährt ein Bus an einer roten Ampel zu früh an und rammt beinahe einen Radfahrer. Jerry springt in der Zeit weiter zurück, zu früheren Ereignissen an diesem Morgen, doch seine Erinnerung reicht nur bis zu jenem Moment, in dem er auf dem Sofa der Frau wieder zu sich kam. Soweit er das weiß, existierte davor die Zeit nicht. Sein Herz schlägt immer heftiger, je näher sie der Polizeiwache kommen. Als sie zwei Blocks entfernt sind, fängt er erneut an zu schwitzen.

»Können wir mal kurz ranfahren?«

»Wir sind fast da«, sagt Hans.

»Bitte. Nur für ein paar Minuten. Bitte, lass mich zu Ende erzählen. Hör mir zu, als mein Freund.«

Hans schaut zu ihm hinüber, betätigt den Blinker und fährt an den Straßenrand. »Schieß los«, sagt er. »Ich gebe dir eine Minute.«

»Ich bin das nicht gewesen«, sagt Jerry. »Mein DNS-Profil befindet sich in den Akten. Wenn die Polizei in Belindas Haus meine DNS gefunden hätte, hätten sie eine Verbindung zu mir hergestellt. Aber da war keine DNS.«

»Du bist Krimiautor, Jerry. Du weißt, wie man ein Verbrechen begeht und damit durchkommt.«

Jerry erinnert sich, dass Mayor auf der Fahrt zur Wache etwas Ähnliches angedeutet hat. »So war das nicht«, sagt er.

»Dann musst du dir auch keine Sorgen machen. Die Polizei wird das herausfinden.«

»Nein, wird sie nicht. Noch schlimmer«, sagt Jerry. Er sieht die zukünftigen Zusammenhänge deutlich vor sich, auch wenn er sich auf die Zusammenhänge in der Vergangenheit keinen

Reim machen kann. Er hat sich zwar verändert, aber er hat nicht plötzlich irgendwelche Verbrechen begangen, statt wie früher nur darüber zu schreiben. »Wenn ich jetzt auf die Wache marschiere und erzähle, was heute passiert ist, und von der Floristin, dann stellen wir denen einen Blankoscheck aus.«

»Wovon redest du?«

»Dann werden sie mir jeden ungeklärten Mord der letzten Jahre anhängen. Wahrscheinlich sogar noch länger zurückliegende Taten. Die Polizei wird behaupten, dass ich bereits vor fünf Jahren erkrankt bin. Oder vor zehn. Man wird mich für jeden ungeklärten Mordfall verantwortlich machen.«

Hans schüttelt den Kopf. Er scheint in Gedanken versunken. »Das ist Blödsinn.«

»Ach ja? Glaubst du wirklich?«

»Sie werden nicht ...«, sagt Hans und hält dann inne.

»Was?«

Hans schaut ihn nicht an, sondern blickt weiter geradeaus. Ein Lkw fährt so dicht an ihrem Wagen vorbei, dass dieser auf den Achsen hin und her schaukelt.

»Was?«, wiederholt Jerry.

»Nichts.«

»Es ist da doch irgendwas. Erzähl's mir.«

»Es ist nichts«, sagt Hans.

»Erzähl's mir.«

Hans atmet hörbar aus. Er klingt wie ein Mann, der die Drähte an einer Bombe durchschneidet und hofft, dass sie nicht explodiert. »Lass mich einen Moment nachdenken«, sagt er.

»Erzähl's mir!«

»Verdammt noch mal, Jerry, lass mich nachdenken.«

Er denkt nach, und Jerry lässt ihn nachdenken. Sie stehen

zwei Blocks vom Polizeirevier entfernt am Straßenrand, und Jerry starrt aus dem Fenster, während seine Handflächen schwitzen und Hans weiter nachdenkt. Er legt den Kopf in den Nacken und hält sich die Hände vors Gesicht, sodass seine Worte gedämpft werden, während er spricht. »Es gab letzte Woche noch einen weiteren Mord«, sagt er, dann lässt er seine Finger zu seinem Kinn gleiten, sodass sich die Haut in seinem Gesicht strafft und unter den Augen nach unten gezogen wird. »Er wurde bisher nicht aufgeklärt. An einer Frau namens Laura Hunt.«

»Ich glaube, ich habe davon in der Zeitung gelesen.«

»Daran erinnerst du dich also, aber nicht an heute Morgen? Ich verstehe, was du meintest, als du sagtest, das sei ziemlich praktisch.«

»Es ist genau das Gegenteil.«

»Laura Hunt war fünfundzwanzig Jahre alt. Sie sieht so ähnlich aus wie Belinda Murray. Eva hat mir erzählt, dass du letzte Woche durch die Gegend spaziert bist, an dem Tag, als Laura Hunt umgebracht wurde.«

Jerry weiß zunächst nicht, was er sagen soll, bleibt dann aber dabei, dass das, was er gesagt hat, die reine Wahrheit ist. »Ich habe sie nicht umgebracht«, sagt er.

»Jerry –«

»Man hat mich in der Bücherei in der Stadt gefunden«, sagt er. »Wenn ich voll Blut gewesen wäre, hätte man mich verhaftet. Doch stattdessen hat die Polizei Eva angerufen und ihr gesagt, dass sie mich zum Pflegeheim zurückbringen soll. Ich habe niemandem wehgetan, ich schwöre es. Wenn du mich zur Polizei bringst, wird man mich für alles zum Sündenbock machen.«

»Hörst du überhaupt, was du da sagst?«

»Als mein Freund solltest du mir eigentlich glauben.«

»Was ist mit deinem Arm?«, fragt Hans.

»Was?«

»Du kratzt dich da die ganze Zeit.«

Jerry schaut nach unten und sieht, wie sich seine Finger seitlich in seinen Arm bohren. Wenn er eine juckende Stelle an seinem Arm kratzt, ohne es zu merken, wozu ist er dann noch in der Lage? »Mit meinem Arm ist nichts.«

»Wenn die Cops das Messer entdecken, werden sie denken, dass jemand im Einkaufszentrum einer Person etwas antun wollte und es sich dann anders überlegt hat«, sagt Hans. »Aber sie werden Blut daran finden.«

»Ich habe es ziemlich gründlich gesäubert.«

»Sie finden immer irgendwo Blut«, sagt Hans. »Es setzt sich in den Ecken und Ritzen ab, die du gar nicht bemerkt hast. Was ist mit dem Beutel, Jerry? Sind da deine Fingerabdrücke drauf?«

»Welcher Beutel?«

»Der Plastikbeutel, in den du das Messer und das Handtuch gestopft hast.«

Jerrys Hände beginnen zu zittern, und er schaut aus dem Seitenfenster. »Da werden Abdrücke drauf sein.«

»Dann ist es sowieso nur eine Frage der Zeit, bis sie dich abholen«, sagt Hans. »Je länger du versuchst, ihnen aus dem Weg zu gehen, desto schlimmer wird es für dich, wenn sie dir auf die Schliche kommen.«

»Dann hilf mir. Lass nicht zu, dass sie mir jeden ungeklärten Mord der letzten zwanzig Jahre anhängen.«

»Tut mir leid, Jerry. Wir müssen zur Polizei gehen.«

»Du hältst mich also für schuldig.«

Für ein paar Sekunden antwortet Hans nicht, dann schaut er auf seine Hände hinunter. »Tut mir leid.«

»Wenn du mich für schuldig hältst, habe ich was bei dir gut, denn du hast Sandra umgebracht.«

Hans sagt nichts und starrt Jerry mit kalten, unnachgiebigen Augen an.

»Du hast Sandra getötet«, wiederholt Jerry. »Wenn ich schuldig bin, bist du auch schuldig.«

»Hör auf damit, Jerry.«

»Falls ich die Floristin getötet habe, hättest du an dem Abend, als sie starb, zur Polizei gehen müssen. Aber das hast du nicht. Darum war ich in der Lage, Sandra zu töten. Wenn du mich zur Polizei gebracht hättest, wäre Sandra noch am Leben. Aber das hast du nicht getan. Und jetzt ist sie tot. Was dich zu meinem Komplizen macht.«

»Jerry –«

»Du musst dich entscheiden«, sagt Jerry. »Ich glaube nicht, dass ich irgendetwas davon getan habe, aber wenn doch, dann klebt Sandras Blut auch an deinen Händen, weil du nicht das Richtige getan hast. Damit musst du leben. Du kannst dein Gewissen nur entlasten, indem du mir zu beweisen hilfst, dass ich vollkommen unschuldig bin.«

»Du glaubst doch wohl nicht, ich denke jeden Tag daran, dass meine Entscheidung, meinem besten Freund zu helfen, zu Sandras Tod geführt hat? He?« Er schlägt auf das Lenkrad. »Du dämlicher Schwachkopf.«

Plötzlich dreht sich Jerry in Hans' Richtung und holt mit dem linken Arm aus. Er schlägt seinem Freund so fest er kann auf den Mund; doch in dem engen Wageninneren bringt er nicht so viel Wucht hinter den Schlag, wie er gern hätte, sodass er weniger wirkungsvoll ist als erhofft. Hans' Kopf schnellt zur Seite, aber bevor Jerry ihm einen weiteren Schlag verpassen kann, blockt Hans seinen Arm ab und schlägt ihm gegen den Hals. Nicht fest, aber fest genug, dass Jerry um Atem ringt und zu husten beginnt.

»Was zum Henker sollte das, Jerry?«, fragt er.

»Es ist«, sagt Jerry und schnappt nach Luft, »deine Schuld. Es. Ist. Deine. Schuld.«

»Halt die Klappe«, sagt Hans.

»Wenn du –«

Hans greift herüber und schlägt ihm auf den Arm. »Halt die Klappe, hab ich gesagt. Ich wünschte, ich hätte dich an dem Abend damals zur Polizei gebracht.«

Jerry wünscht sich das auch. Sandra, Hans, Eva – sie sollten ihn eigentlich beschützen. Sie waren seine Beschützer, und jetzt sind seinetwegen Menschen gestorben.

Falls das stimmt.

Was nicht sein kann.

»Hilf mir«, sagt Jerry. »Ich würde nie jemanden etwas zuleide tun.«

»Du musst dir klarmachen, dass das nicht deine Schuld ist«, sagt Hans. »Nichts von alledem. Das liegt an der verdammten Krankheit. Du bist nicht mehr der Mensch, den wir alle mal kannten. Du bist ein guter Mensch, du bist kein Killer. Du bist nicht der Bag Man oder der schlechte Mensch, für den du dich hältst. Ich kapiere ja, dass du Angst hast, dass du nicht zur Polizei gehen willst. Ich weiß, was du mit dem Blankoscheck meintest, aber …«

In diesem Moment fängt das Handy, das Jerry der Toten abgenommen hat, an zu klingeln. Er zieht es aus seiner Tasche und starrt es an.

»Wer ist das?«, fragt Hans.

»Keine Ahnung. Du bist der Einzige, der die Nummer hat«, sagt Jerry.

»Wo hast du das Handy her?«, sagt Hans.

»Von der Toten. Aber die SIM-Karte ist neu, ich habe sie im Einkaufszentrum gekauft. Soll ich drangehen?«

»Gib her.«

Jerry reicht ihm das Handy. Hans nimmt ab, meldet sich und lauscht. Jerry kann hören, wie am anderen Ende jemand spricht, allerdings kann er nicht verstehen, was gesagt wird. Nach fünfzehn Sekunden legt Hans wortlos auf und gibt Jerry das Handy zurück.

»Wer war das?«, fragt Jerry.

»Der Name des Typen spielt keine Rolle, Kumpel. Wahrscheinlich war es nicht sein richtiger Name. Er sagte, er arbeite im Fundbüro des Einkaufszentrums. Er habe ein Päckchen gefunden und sei sich ziemlich sicher, dass es dir gehört.

»Warum hat er dann nicht die Polizei angerufen?«

»Das war die Polizei, du Idiot«, sagt Hans und holt tief Luft. »Tut mir leid, das hätte ich nicht sagen sollen. Aber das war nicht das Fundbüro, sondern die Polizei. Sie wollten dich dazu bringen zurückzukommen.«

»Aber wie? Woher haben die meine Nummer?«

»Keine Ahnung. Halt … Moment mal … du hast gesagt, du bist auf die Toilette gegangen, um die SIM-Karte hineinzustecken, oder?«

»Genau.«

»Hast du sie kurz vorher gekauft?«

»Ja.«

»Auf der Verpackung einer SIM-Karte steht die Telefonnummer. Wo ist die Verpackung, Jerry? Hast du sie noch, oder hast du sie dort liegen gelassen?«

Jerry klopft seine Taschen ab, dann schaut er in der Einkaufstüte nach. »Ich muss sie auf der Toilette liegen gelassen haben.«

»Da haben wir's. Die Schlinge zieht sich langsam zu, Jerry. Aber es gibt noch eine Möglichkeit«, sagt Hans. »Ich biete es dir an, weil ich dein Freund bin.«

»Was für eine Möglichkeit?«

»Nimm die SIM-Karte heraus, und schalte das Handy aus.«

Jerry tut, was er sagt. Dann wischt er mit seinem Hemd das Handy ab und wirft es aus dem Fenster.

»Das war nicht nötig.«

»Zu spät. Und jetzt?«, fragt Jerry.

»Die Polizei wird sich die Aufnahmen der Überwachungskameras im Einkaufszentrum ansehen und nach einem Typen Ausschau halten, der einen Beutel mit auf die Toilette genommen und dort liegen gelassen hat. Dann werden die Beamten sehen, wie du nach draußen gehst und in meinen Wagen steigst. Glücklicherweise handelt es sich um ein Einkaufszentrum und nicht um eine Bank – die Aufnahmen von dir beim Besteigen des Wagens werden aussehen wie die Aufnahmen von Bigfoot. Aber die Fingerabdrücke werden sie auf deine Spur bringen. Allerdings werden sie nicht wissen, wo du dich aufhältst, doch sobald sie es herausgefunden haben, werden sie ein Sondereinsatzkommando zu uns schicken.«

»Und das alles wegen des Messers, das ich vergessen habe?«

»Nein, Jerry«, sagt er und dreht das Radio lauter. »Weil die Frau, von der du glaubst, dass du sie nicht getötet hast, gerade gefunden wurde.«

WMD

Es gab einen peinlichen Zwischenfall, den kannst du auf deine Liste setzen, auf deine *Ich-kann's-nicht-fassen*-Liste. Du hast die Hochzeit ruiniert, J-Man. Natürlich – das war doch von Anfang an klar, oder? Es war eine sich selbst erfüllende Prophezeiung, du hast die Hochzeit nur deshalb ruiniert, weil alle, du eingeschlossen, glaubten, dass das passieren würde. Ehrlich, du solltest eine *Hab-ich's-mir-doch-gedacht*-Liste erstellen und das an die oberste Stelle setzen.

Es ist immer noch der Tag der WMD. Der Wedding of Mass Destruction. Der Hochzeit der Massenvernichtung. Der Tag, an dem die Gefühle deiner Familie dir gegenüber sich von einer Mischung aus Mitleid, leichter Verärgerung und einer gewissen Amüsiertheit in blanken Hass verwandelten. Hass ist ein starkes Wort, aber nicht stark genug. Gott sei Dank weiß Sandra nichts von dem Revolver, denn sonst würdest du jetzt aus einem Dutzend Löcher gleichzeitig bluten. Du hast dich in deinem Arbeitszimmer verkrochen, zu verängstigt, um ihr unter die Augen zu treten, und dir die Aufnahmen von heute immer und immer wieder angesehen. Genauso wie Hunderte anderer Menschen, denn Ricks Trauzeuge, dieses Arschloch, hat sie ins Netz gestellt. All die Blogger, die dich früher gehasst haben, lieben dich jetzt, denn du hast ihnen einen weiteren Grund geliefert, dich zu hassen. Das Video wurde vor nicht mal einer Stunde ins Netz gestellt und bereits über tausendmal angeklickt. Die Hochzeit selbst ging problemlos über die Bühne, denn das ständige *Stell dich hier hin, Da kannst du nicht stehen, So musst du gehen* während des Probedurchlaufs hat dir geholfen, das alles durchzustehen. Erst auf der Hochzeitsfeier ging alles den Bach runter – und das ist noch untertrieben, Partner. Die Entscheidung, darüber in dem Protokoll schreiben, ist dir wirklich schwergefallen, denn in Zukunft ist das bisschen Hirn, das sich nicht in Brei verwandelt hat, besser dran, wenn es nicht weiß, was passiert ist. Das ist die eigentliche Funktion von Alzheimer – es ist ein Abwehrmechanismus. Die Krankheit sorgt dafür, dass man nicht merkt, wie sich der eigene Zustand immer mehr verschlechtert oder wie sehr er sich bereits verschlechtert hat. Dein Zustand jedenfalls, Jerry, hat sich drastisch verschlechtert.

Aber weißt du was? In diesem Protokoll geht es darum, ehrlich zu sein. Darum ist es am besten, alle Einzelheiten festzuhalten, und natürlich kannst du jederzeit im Internet den Suchbegriff *Jerry Greys Hochzeitsrede* eingeben, wenn du sehen willst, was passiert ist, wenn du sehen willst, wie deine Familie entsetzt dabei zuschaut, wie du deine Würde verlierst.

Du brauchst ein paar Hintergrundinformationen. Die gute Nachricht: Die Trauung ging reibungslos über die Bühne, also fangen wir doch damit an, okay? Am Morgen der Hochzeit ist deine Frau aufgebrochen, um bei Eva und den Brautjungfern zu sein und bewundernde Rufe auszustoßen, während sie frisiert wurden. Und um mit einem Gläschen Champagner die Nerven zu beruhigen, sich von einem Profi schminken zu lassen und einfach den Morgen zu genießen. Hans kam vorbei, um nach dir zu schauen, und ihr habt euch wie immer auf die Terrasse gesetzt und ein Bierchen getrunken, und da sonst niemand da war, hat er sich wie immer einen Joint angezündet. Es war ein heißer Morgen. Es ist noch nicht mal Sommer, aber falls das ein Vorbote ist, dann wird die Stadt in der Sonne brutzeln, bis sie Blasen wirft.

Die Trauung war für zwei Uhr angesetzt. Gegen zwölf hast du den neuen Anzug angezogen, und du sahst schick darin aus, todschick. Du kannst die Gelegenheiten, zu denen du einen Anzug getragen hast, an einer Hand abzählen. Du hast dich wohl darin gefühlt, es gefiel dir, wie erwachsen du darin wirktest. All die Jahre, in denen du zu Hause immer nur T-Shirt und Shorts getragen hast, kamst du dir vor wie ein Kind. In dem Anzug wirktest du wie jemand, den man ernst nehmen muss, und du hattest immer das Gefühl, dass dich keiner ernst nimmt. Warum nicht? Du warst nur ein Krimiautor. Weißt du noch, wie man dich einmal nach deiner Ankunft in Neuseeland am Flughafen festgehalten hat, weil du in das Einreiseformular als Beruf *Erfinder* eingetragen hattest? Die Frau an der Passkontrolle fand das gar nicht lustig, und du wurdest in Gewahrsam genommen, allerdings nur für fünfzehn Minuten; währenddessen hat man dir eine gepfefferte Standpauke gehalten und dich daran erinnert, dass die Einreise kein Witz ist. Aber Tatsache ist: Du *bist* ein Erfinder. Wenn man's genau nimmt. Oder wir – denn inzwischen hämmert der Ghostwriter für dich in die Tastatur.

Hans hat dich dann zur Kirche gefahren, doch ihr wart dreißig Minuten zu früh dran, und es wurden noch Vorbereitungen getroffen. Belinda trug zusammen mit einer Assistentin Blumen von der Ladefläche eines Lieferwagens in die Kirche, und du hast dich ein paar Minuten mit ihr unterhalten, bevor sie zu dem eine halbe Stunde entfernten Weingut aufbrechen musste, um dort noch mehr Blumen zu entladen.

Nach und nach trafen die Gäste ein und warteten auf dem Parkplatz in der Sonne. Das Wetter war zu schön, um sich in der kühlen Kirche aufzuhalten. Einige der Gäste rauchten, andere lachten, und die Luft war von Stimmengewirr erfüllt. In einer schwarzen Limousine fuhren Rick, sein Arschloch-Freund und die Trauzeugen vor; es war nicht zu übersehen, dass sie sich ein paar Drinks genehmigt hatten, um ihre Nerven zu beruhigen, und anschließend ein paar weitere, weil sie Lust darauf hatten. Rick hatte den Blick eines 100-Meter-Läufers kurz vor dem Startschuss. Er kam zu dir rüber, und du stelltest ihm Hans vor, der ihm die Hand schüttelte. Er drückte etwas fester zu als nötig und sagte: *Solltest du ihr je etwas antun oder sie betrügen – mag sein, dass Jerry dann nicht mehr da ist, um sie zu beschützen, ich aber schon. Solltest du aus der Rolle fallen, mein Lieber, werde ich dich bestrafen.* Sein Ton machte deutlich, dass er es ernst meinte, und Rick wusste das.

Ich würde ihr nie etwas antun, Sir, sagte Rick.

Dann haben wir also kein Problem, ja?

Nein. Es gab kein Problem.

Das Problem kam erst noch.

Weitere Gäste trafen ein, und Rick und seine Begleiter betraten die Kirche, während du mit Hans noch draußen bliebst. Unter den Gästen waren einige Angehörige, die du länger nicht gesehen hattest, die meisten aus Sandras Familie, sowie ihre Schwester, die Klatschtante, die dreimal verheiratet gewesen ist, mehrere Cousinen und Cousins und eine Tante und ein Onkel aus deiner Familie, an die du dich nicht mehr erinnern konntest. Es gab viele von Ricks Freunden und Angehörigen, die du nie kennengelernt hast, und viele von Evas Freunden, von denen du einige seit ihrer Kindheit kennst. Du hast eine Menge Hände geschüttelt, hast einige Dutzend Mal *Wie geht es dir?* gesagt und einige Dutzend Mal *Schön, dich wiederzusehen,* zu Leuten, die du nicht kanntest, und zu Leuten, an die du dich nicht mehr erinnern konntest. Du warst Jerry, der Alzheimerpatient, Jerry, den man bemitleidete, der Jerry, von dem alle befürchteten, dass er es vermasseln würde, und sind das nicht alles Voraussetzungen für den Brüller des Jahrhunderts? War das nicht genau das, was sie wollten? Die Leute gehen doch zum Autorennen, weil sie einen spektakulären Unfall sehen wollen, oder?

Als die Wagen mit den Angehörigen der Braut vorfuhren, verstummte das Gemurmel, das aus der Kirche drang. Du konntest das Knarzen der Bänke hören, als alle herumrutschten, um einen Blick Richtung Tür zu werfen. Eva stieg aus einem dunkelblauen, fünfzig Jahre alten Jaguar. Sie sah Sandra am Tag ihrer Hochzeit so ähnlich, dass dein Herz stehen blieb und du es für einem Moment mit der Angst bekamst, ja, du hattest Angst, dass du *einen Anfall* hättest, wie Mrs. Smith es nennen würde. Doch das war nicht der Fall – Eva sah einfach nur umwerfend und wunderschön aus; sie hatte ein so breites Lächeln im Gesicht, als würde ihr die ganze Welt gehören, und du warst hin und weg. Du veränderst dich zwar, aber du bist ein guter Vater gewesen. Du hast diese großartige Frau mit großgezogen, und ganz gleich, was die Zukunft für dich bereithält, das kann dir niemand nehmen.

Du hast Eva an der Hand genommen und umarmt, ihr gesagt, dass sie wunderschön aussieht, worauf ihr Lächeln noch breiter wurde und sie dich ebenfalls in den Arm nahm. Sie war glücklich, so selig vor Freude, dass dir fast die Tränen kamen. Dann nahmst du Sandra in den Arm, und ihr Lächeln war fast so strahlend wie das von Eva. Sie war ebenfalls den Tränen nahe, und in diesem Moment, Jerry, hast du ihr alles verziehen. Mit Sandra hast du die besten Jahre deines Lebens verbracht, und sie hatte noch eine Zukunft. Ihr Körper fühlte sich warm und angenehm an, sie duftete fantastisch, ihre Haare rochen herrlich, es war ein wunderbares Gefühl, ihren Körper zu spüren, und in diesem Moment hast du deine Zukunft akzeptiert. Du hattest die Spitze der Trauer-Pyramide erreicht, dein Name war Jerry Alzheimer, und Sandra sollte dich ruhig in einem Pflegeheim unterbringen, wenn sie das wollte.

Sandra betrat die Kirche und setzte sich in die erste Reihe. In der Kirche lief bereits Musik, aber jetzt ertönte ein anderes Stück, das Zeichen, dich in Bewegung zu setzen. Die Blumenmädchen, die irgendwie mit Rick verwandt waren, liefen als Erste den Gang hinunter, und alle Gäste in der Kirche sagten: *Wie hübsch sie sind, seht nur, wie bezaubernd sie aussehen.* Sie sahen wirklich bezaubernd aus, diese kleinen Mädchen, die nicht an Alzheimer erkrankt waren. Als Nächstes folgten die Brautjungfern – zwei Freundinnen von Eva aus der Grundschule –, und dann hast du Eva den Gang hinuntergeführt. Die Hochzeitsgäste verrenkten sich die Hälse, um euch besser sehen zu können; Eva strahlte die ganze Zeit und bedachte bestimmte Gäste mit einem dezenten Nicken und einem zusätzlichen Lächeln, und du machtest, was man dir gesagt hatte, nicht mehr und nicht weniger, einen Schritt nach dem anderen, bis zum Altar, doch dann legt Jerry sich der Länge nach hin, und die Menge rastet aus! Nein, das ist nicht passiert, aber damit hatten die Leute gerechnet. Du hast Eva bis zum Altar geführt, sie umarmt und Rick die Hand geschüttelt. Du sagtest: *Jetzt ist es an dir, mein Sohn,* bevor du einen kurzen Blick Richtung Hans geworfen hast. Rick schaute ebenfalls zu ihm, und ihr drei wusstet, was Sache war.

Du hast dich neben Sandra gesetzt und ihre Hand genommen, und dann begann die Zeremonie. Du hast zugesehen, wie

Eva getraut wurde. Es wurde gelacht und geweint, und es tauchten weit und breit keine Zombies auf. Am Ende der Zeremonie wurde Reis geworfen und geklatscht, während das glückliche Paar, die Arme ineinander verschränkt, den Gang in eine gemeinsame Zukunft hinunterschritt. Draußen gab der Fotograf dem Brautpaar, den Brautjungfern und Trauzeugen Anweisungen: *Stellen Sie sich da hin, Und lächeln, Jetzt Sie, Und Sie beide, Jetzt nur die Familie.* Wenn danach Schluss gewesen wäre, wäre es ein perfekter Tag gewesen. Aber natürlich hatte Captain A etwas anderes im Sinn, nicht wahr? Mit der einen Hand lenkt er dich ab, während er dich mit der anderen hinters Licht führt – so funktioniert der Trick.

Das Brautpaar, die Brautjungfern und die Trauzeugen brachen auf, um woanders weitere Fotos zu machen, während die Hochzeitsgäste zwei Stunden totzuschlagen hatten. Die meisten Gäste bestiegen in Zweier- oder Dreigruppen die Autos, um zu dem Weingut zu fahren. Vater Jakob stand vor der Kirche, schüttelte Hände und unterhielt sich mit einigen Leuten. Du hattest die bizarre Vorstellung, dass er Visitenkarten und Coupons unter die Scheibenwischer der Fahrzeuge steckt, mit der Aufschrift *Zehn Prozent Rabatt auf Ihre nächste Beichte* oder *Lassen Sie sich für zwei Sünden zum Preis von einer die Absolution erteilen.*

Hans fuhr dich zu dem Weingut, während Sandra sich mit ihren Eltern auf den Weg dorthin machte. Du hast dich an einen Tisch unter einen Sonnenschirm gesetzt und dich mit Hans unterhalten, während die anderen Gäste eintrafen. Wie vorhin vor der Kirche standen alle draußen herum, schlugen die Zeit tot und unterhielten sich, nur dass jeder ein Glas Wein oder Bier in der Hand hielt. Du hattest ein Wasser, obwohl

Hans zwei Flachmänner mit Gin Tonic für dich hereingeschmuggelt hatte. Aber du hast zunächst dankend abgelehnt, bis du dir dann doch einen genehmigt hast. Deine Nervosität war inzwischen verflogen, denn du musstest jetzt nichts weiter tun, als dir die Reden anzuhören, zu essen und vielleicht ein kleines Tänzchen zu wagen.

Du hattest dir nur diesen einen Drink genehmigt und warst wieder auf Wasser umgestiegen, als die erste Rede gehalten wurde. Es hat dich geärgert, dass du selbst nicht das Wort ergreifen durftest, dass Sandra dir einen Maulkorb verpasst hatte, und du dachtest … du dachtest Folgendes: *Hey, das ist auch meine Tochter, jeder darf etwas sagen, warum ich nicht?*

Warum du nicht?

Die Frage beantwortete sich von selbst, als du nach dem Ende einer Rede den Conférencier unterbrachst, der gerade den nächsten Redner ankündigte, um dem Brautpaar ein paar Ratschläge mit auf den Weg zu geben.

Und die Menge rastete aus, nicht wahr?

Das Video im Internet hat inzwischen 3981 Klicks. Es verbreitet sich wie ein Lauffeuer. Man sieht darin, wie du die Bühne betrittst. Jerry Grey in seinem Hochzeitsanzug, mit dem man ihn auch beerdigen wird. Doch Jerry hat nicht das Kommando, sondern sein Kumpel Captain A, der alte Taschenspieler. Alle Welt kann sich das Video anschauen, inzwischen sind es 4112 Klicks, denn die Menschen lieben eine gute Show, nicht wahr? Erst recht, wenn es auf Kosten anderer geht.

Ich werde dir beschreiben, was auf dem Video zu sehen ist. Auf der Bühne steht Jerry Grey, zu seiner Rechten befindet sich der Tisch von Rick, seinem Arschloch-Freund, den Trauzeugen, Eva und ihren Brautjungfern, voller Weingläser, Teller und Blumen. Zu Jerrys Linken steht die Band und direkt neben ihm der lächelnde Conférencier; er nimmt die Dinge, wie sie kommen und würde wahrscheinlich auch noch auf einem sinkenden Schiff weitermoderieren – und genau das passiert gerade, oder nicht? Jerry steht auf der Bühne, und die Gäste verstummen. Was wird er gleich sagen? Was wird er jetzt tun? Spitz deine Ohren, Zukünftiger Jerry, mach dich auf eine tolle Geschichte gefasst.

Hallo alle zusammen. Mein Name ist Jerry Grey, für diejenigen, die mich nicht kennen, ich bin der Vater der Braut, sagt Jerry, schaut zu dem Tisch mit dem Brautpaar und lächelt seiner Tochter zu.

Sie lächelt ebenfalls, zumindest versucht sie es. Neben Jerry stehen mehrere Gäste und überlegen, wie sie ihn dazu bringen können, sich wieder zu setzen. Wie sie ihn zurückzuhalten können. Sie hoffen das Beste.

Aber Jerry will nicht, dass man ihn zurückhält.

Als Vater der Braut möchte ich allen zunächst dafür danken, dass ihr gekommen seid an einem der schönsten Tage in unserem Leben, und ich bin mir sicher, dass ich auch im Namen meiner wunderbaren Frau spreche. Zu erleben, wie aus unserem kleinen Mädchen eine erwachsene Frau geworden ist, eine hübsche, bezaubernde, warmherzige Frau, nun, ich muss wohl nicht sagen, welche Ehre und Freude es war, sie auf diesem Weg zu begleiten und dabei immer besser kennenzulernen. Und Rick, sagt Jerry an den Bräutigam gerichtet, *wir freuen uns darauf, dich kennenzulernen, und ich möchte dich in unserer Familie herzlich willkommen heißen.*

Er macht eine Pause, damit die Gäste applaudieren können.

Aber kannst du bitte aufhören, mit lauter Hip-Hop-Musik vor unserem Haus vorzufahren? Das versetzt die Nachbarn in Angst und Schrecken.

Er macht eine Pause für Lacher … Und es ist höfliches Gelächter zu hören, was Jerry mit Selbstvertrauen erfüllt.

Einige von euch wissen vielleicht, dass ich Krimiautor bin, und das ist nicht ganz dasselbe wie ein Stand-up-Comedian. Darum finden mich vielleicht nicht alle witzig, aber, Eva, dafür kann ich dir ein wasserdichtes Alibi verschaffen, solltest du je eins benötigen.

Er macht erneut eine Pause. Diesmal lachen die Gäste noch lauter. Jerry fühlt sich gut, verdammt gut, offensichtlich ist er ganz in seinem Element.

Warum hast du dich jetzt nicht einfach wieder gesetzt, Zukünftiger Jerry? Du hast es nicht getan, weil Captain A die Zügel in der Hand hielt und wollte, dass du etwas Bestimmtes loswirst.

Als Vater der Braut, der vor fünfundzwanzig Jahren in derselben Situation war wie ihr, muss ich daran denken, was mein eigener Vater damals zu mir gesagt hat, und ich wünschte, ich hätte seinen Rat befolgt. Er sagte, hau ab, Jerry!

Herzhaftes Gelächter. Besonders die älteren Gäste können nachempfinden, was Jerry gerade gesagt hat.

Aber im Ernst, Leute, wenn das eigene Kind heiratet, erinnert man sich als Eltern an die eigene Hochzeit, und man fragt sich, wie all die Jahre so schnell vergangen sind. In jeder Beziehung gibt es Höhen und Tiefen, und je älter man wird, desto mehr Lebenserfahrung hat man, und je mehr Lebenserfahrung man hat, desto mehr Ratschläge kann man erteilen. Natürlich hat jeder von uns irgendwelche Ratschläge parat; viele von uns sagen: Ich rate dir, keine Ratschläge anzunehmen, geh deinen eigenen

Weg. *Glücklicherweise, Leute, will ich diese abgedroschene Weisheit hier nicht zum Besten geben. Rick, ich hoffe, dass du eines Tages wie ein eigener Sohn für mich bist, und ich möchte dir sagen, dass du dich sehr, sehr glücklich schätzen kannst, dass du meine Tochter geheiratet hast.*

Ooh. Aah. Die Gäste sind begeistert.

Ich beneide dich. Du hast nicht denselben Fehler begangen wie ich und eine Hure geheiratet.

Die Gäste halten inne, um sich einen Reim auf das zu machen, was Jerry gerade gesagt hat. Sie haben es zwar gehört, sind sich aber nicht sicher, ob er es tatsächlich gesagt hat. Er hat seine Frau doch nicht gerade eine Hure genannt, oder? Und wenn doch, dann war es ein Scherz?

Jerry fährt fort.

Habe ich schon gesagt, dass meine reizende Frau eine Hure ist?

Viele der Gäste ringen nach Luft, als sie begreifen, dass Jerry keinen Scherz gemacht hat. Alle atmen gleichzeitig ein, und die Luft im Raum wird knapp, doch Jerry bekommt davon kaum etwas mit. Er schaut immer noch zu Rick und lächelt.

Als ich sie geheiratet habe, wusste ich das noch nicht, aber inzwischen weiß ich es. Ist es nicht immer dasselbe, Leute?

Er machte eine Pause für Lacher. Doch keiner lacht. Jerry wirkt verwirrt.

Oder?

Hans ist an die Bühne getreten und streckt die Hand nach Jerry aus, doch der schüttelt ihn ab. *Sandra hat mit anderen Männern gevögelt. Mit einer Menge Männern, darunter mit meinem guten Freund Hans, der hier vor mir steht, Leute,* sagt Jerry und deutet auf seinen Freund. *Sie will mich in ein Pflegeheim abschieben, damit sie zusammen mit dem Konditor einen Tisch kaufen kann. Sie ist eine ...*

Weiter kommt Jerry nicht, denn Hans zerrt ihn von der Bühne und packt ihn am Kragen seines schwarzen Anzugs, sodass er mit den Fersen über den Boden schleift.

Die Gäste erheben sich, jemand schreit: *Ach du Scheiße, ach du Scheiße, ach du Scheißeee,* und Sandra stürmt davon. Rick nimmt seine frisch angetraute Braut in den Arm, während Jerry seine Tirade fortsetzt. *Miststück, Schlampe, Hure* sind die Wörter, die aus seinem Mund kommen.

Inzwischen hat das Video über sechstausend Klicks. Die Zahl steigt immer schneller.

Die gute Nachricht: Wenigstens ging die Trauung glatt über die Bühne.

Die schlechte Nachricht: Es gibt nur schlechte Nachrichten, Kumpel.

KAPITEL 20

Der Radiobericht über den Leichenfund liefert Jerry die Bestätigung, die er nicht hören will. Er schaut zur Polizeiwache hinüber. Die oberen Stockwerke überragen die umliegenden Gebäude. Er stellt sich vor, wie die Cops ihn aus den Fenstern anstarren, wie sie ihre Ferngläser auf ihn richten und ein Scharfschützengewehr seinen Kopf ins Visier nimmt. Er stellt sich vor, wie eine Sondereinheit gerade mit dem Aufzug ins Erdgeschoss fährt.

»Es wird nicht lange dauern, bis die Polizei eine Verbindung zwischen dem Messer und dem Tatort hergestellt hat«, sagt

Hans. »Wahrscheinlich sind die Beweise bereits auf dem Weg zum Revier, und in fünfzehn Minuten werden sie von sämtlichen Gegenständen Fingerabdrücke nehmen, und weitere fünfzehn Minuten später werden sie deinen Namen haben. Habe ich so weit recht?«

Jerry nickt. Der Krimiautor in ihm sieht das genauso.

»Auf den Überwachungsvideos aus dem Einkaufszentrum kann man sehen, wie du die Toilette betrittst, und die Polizei wird sich die Aufnahmen davor und danach anschauen und herausfinden, wo du hergekommen und wo du hingegangen bist. Sie werden sehen, wie du eine SIM-Karte kaufst, und begreifen, dass sie es mit jemandem zu tun haben, der weiß, wie die Polizei arbeitet, mit jemandem, der einen Mord begangen hat und klar genug im Kopf war, um zu versuchen, ungestraft davonzukommen. Das heißt, sie werden bei deiner Festnahme bereit sein, jederzeit das Feuer zu eröffnen. Wenn ich dich bei der Polizei abliefere, können wir das verhindern.«

»Du hast vorhin gesagt, dass es noch eine andere Möglichkeit gibt«, sagt Jerry. »Was hast du damit gemeint?«

»Egal, ob du die Frau umgebracht hast oder nicht«, sagt Hans, »alle werden dich für schuldig halten. Sollte die Polizei dich nicht erschießen, sobald sie dich aufgespürt hat, wird es einen Prozess geben. Eva wird während der Verhandlung von all den schrecklichen Dingen erfahren, die du getan hast, und anschließend wird man aus deiner Hinrichtung ein großes Spektakel machen, Jerry.«

»Hinrichtung? Wovon zum Henker redest du?«

»Von der Todesstrafe, Jerry. Die Bevölkerung hat für die Wiedereinführung gestimmt. Es gab dazu eine Volksbefragung.«

»Was?«

»Das war eine große Sache. Die Verbrechensrate in diesem Land … verdammt, du weißt das besser als jeder andere. Die Bevölkerung wollte darüber abstimmen. Es war Wahljahr, und das Thema war in aller Munde. Am Ende hat die Bevölkerung für die Wiedereinführung der Todesstrafe gestimmt, und die Regierung war einverstanden, dem Willen des Volks zu entsprechen. Bisher wurde die Todesstrafe noch nicht vollstreckt, aber wenn du heute versuchst, ungestraft davonzukommen, dann werden die Leute dich für zurechnungsfähig halten. Das macht dich zu einem ziemlich guten Kandidaten für den Strick, und dann wird die Bevölkerung erleben, wie das Ergebnis ihrer Abstimmung endlich in die Tat umgesetzt wird.«

»Aber ich habe niemandem etwas angetan«, sagt Jerry.

»Ich liebe dich wie einen Bruder, ehrlich, aber genau das erwartet dich. So, wie ich das sehe, hast du drei Möglichkeiten.«

»Wir machen uns aus dem Staub«, sagt Jerry.

»Das ist keine der drei Möglichkeiten«, sagte Hans. »Du kannst dich nicht aus dem Staub machen. Das werde ich nicht zulassen. Möglichkeit eins: Ich liefere dich jetzt gleich der Polizei aus, damit man dich nicht wie einen tollwütigen Hund auf der Straße abknallt. Möglichkeit zwei: Ich fahre mit dir zu einem Striplokal und gebe dir tausend Dollar, die du für Stripperinnen und Alkohol verbraten kannst, und du verbringst einen großartigen letzten Tag in Freiheit, bevor ich die Polizei rufe.«

»Und Möglichkeit drei?«

»Du bestimmst selbst, wie du abtrittst. Wir genießen irgendwo den Sonnenuntergang, genehmigen uns ein paar Drinks, schwelgen in alten Zeiten, betrinken uns, und du nimmst ein paar Pillen und …«

»Nein.«

»Auf diese Weise stirbst du in Würde und mit deinem besten Freund an der Seite.«

»Mein Gott, wie kannst du mir nur –«

»Weil du diese Frauen umgebracht hast, Jerry. Du hast Belinda Murray und Laura Hunt umgebracht und heute Morgen diese Frau. Außerdem hast du Sandra getötet. Darum schlage ich dir so was vor. Und wenn du klar bei Verstand wärst, würdest du das verdammt noch mal auch vorschlagen.«

»Aber ich bin unschuldig.«

»Glaubst du das wirklich?«, fragt Hans. »Glaubst du, dass dir jemand die Schuld in die Schuhe schiebt, dir das angehängt hat?«

»Wär doch möglich«, sagt Jerry.

»Ach ja? Wer sagt das, Henry Cutter oder Jerry Grey?«

»Beide.«

»Hör zu, Jerry, du hättest letzte Woche zum Mars fliegen können und würdest dich nicht mehr daran erinnern. Wenn dir jemand das angehängt hat, wie soll das gehen? Hat er dich dann auch mit Alzheimer infiziert?«

»Ich bin es nicht gewesen«, sagt Jerry.

»Das weiß ich. Es war Captain A.«

Jerry schüttelt den Kopf. »Ich war das nicht, auch wenn ich krank bin. Irgendjemand spielt mit mir.«

»Wie in einem deiner Bücher.«

»Genau!«

»Hältst du es nicht für wahrscheinlicher, dass du aus dem Pflegeheim abgehauen und zum Haus dieser Frau gelaufen bist?«, fragt Hans.

Am liebsten würde Jerry laut brüllen. Wild um sich schlagen. Warum hört sein Freund ihm nicht richtig zu? »Bitte, du musst mir glauben.«

»Dir glauben? Erzähl mir von Suzan mit Z«, sagt Hans.

Jerry antwortet nicht.

»Erzähl mir von ihr.«

»Bei ihr war es anders«, sagt Jerry.

»Inwiefern?«

»Weil ich mich noch daran erinnere, wie ich sie umgebracht habe. Es tut mir leid, und ich wünschte –«

Hans hebt die Hand, um ihn zu unterbrechen. »Bei ihr war es anders, Jerry, weil sie nicht existiert. Sie hat nie existiert.«

Jerry antwortet nicht, jedenfalls nicht sofort, doch dann schüttet seine Hirnchemie, wie das manchmal vorkommt, ihre Botenstoffe aus und löscht eine der anderen Erinnerungen. Er fragt sich, welche Information oder Personen er im Gegenzug dafür gerade vergessen hat. »Sie ist eine Figur aus einem meiner Bücher, nicht wahr?«

»Ja. Wenn du dich also daran erinnerst, dass du eine Frau umgebracht hast, die nie existiert hat, kann es dann nicht auch sein, dass du dich nicht mehr daran erinnern kannst, wie du eine Frau getötet hast, die tatsächlich existiert?«

Das klingt vollkommen einleuchtend.

»Wir müssen das Protokoll suchen«, sagt Jerry.

»Was für ein Protokoll?«

»Das ich gestern nicht finden konnte.«

»Wovon redest du?«

»Weißt du nichts davon?«, fragt Jerry.

»Wovon?«, fragt Hans.

»Von meinem Protokoll des Wahnsinns?«

»Wovon zum Henker redest du, Jerry?«

»Seit ich die Alzheimerdiagnose erhalten habe, führe ich ein

Protokoll. Ich habe es das Protokoll des Wahnsinns genannt. Ich dachte, du wüsstest davon.«

Für ein paar Sekunden herrscht Schweigen. Jerry kann sehen, wie seinem Freund tausend Gedanken gleichzeitig durch den Kopf schießen.

»Was stand da drin?«, fragt Hans.

»Alles«, sagt Jerry. »All die Dinge, an die ich mich damals noch erinnern konnte und die ich inzwischen vergessen habe. Ich habe nicht jeden Tag hineingeschrieben, aber ich habe eine Menge darin festgehalten. Auf diese Weise konnte ich meinem zukünftigen Ich ins Gedächtnis rufen, wer ich mal war. Dieses zukünftige Ich bin ich, nehme ich an, und ohne das Protokoll weiß ich nicht, was ich geschrieben habe.«

»Hast du auch etwas hineingeschrieben, als Sandra gestorben ist?«

»Ich weiß nicht, aber ich vermute schon.«

»Woher weißt du, dass die Polizei es nicht gefunden hat?«

Jerry schüttelt den Kopf. »Hat sie nicht. Keiner weiß, wo es sich befindet«, sagt Jerry. »Im meinem Haus gibt es ein Versteck –«

»Es ist nicht mehr dein Haus, Jerry.«

»Himmel, das weiß ich, ja?«, fragt Jerry und reißt die Arme in die Luft. »Ich weiß noch, wie ich letzte Nacht dachte, dass ich das Protokoll in meinen Besitz bringen muss und überlegt habe, wie ich abhauen kann, um es zu suchen.«

Hans fährt sich mit beiden Händen über die Oberseite seines Schädels. »Oh, Mann, Jerry … wirklich?«

»Das Protokoll beweist vielleicht meine Unschuld.«

»Oder das Gegenteil.«

»Dann weiß ich es wenigstens, oder? Aber es gibt ein Problem.«

»Weil das Haus einen neuen Besitzer hat«, sagt Hans. »Wir waren gestern dort –«

»Wir?«

»Ich und Schwester Hamilton. Gary hat uns –«

»Gary?«

»Der neue Besitzer. Er hat uns ins Haus gelassen, und ich habe auch das Versteck gefunden, aber da war nichts. Allerdings glaube ich, dass es dort war und dass Gary es gefunden und versteckt hat, das Protokoll und den Revolver.«

Hans runzelt die Stirn. »Den Revolver?«

»Ja«, sagt er genervt, weil er ständig unterbrochen wird. »Die Polizei hat sie nie gefunden, aber vielleicht ist sie nicht da, weil ich Sandra gar nicht erschossen habe?«

»Dachte die Schwester auch, dass der neue Besitzer das Protokoll versteckt hat?«

»Keine Ahnung«, sagt Jerry. »Ich weiß noch, wie ich dachte, dass sie alle da mit drinhängen.«

»Alle?«

Hans' Tonfall führt Jerry vor Augen, wie verrückt er sich anhört. *Sie hängen alle mit drin*. Das stammt ebenfalls direkt aus Henry Cutters Satzbaukasten. »Ein Pfleger war auch noch da. Sie mussten mich ruhigstellen. Aber das Protokoll muss dort irgendwo sein, nicht wahr? Vielleicht ist –«

»Sie mussten dich ruhigstellen?«

»Himmel noch mal, lässt du mich jetzt mal zu Ende erzählen?«

»Du lässt einfach zu viel aus, Jerry.

»Sie mussten mich ruhigstellen, weil sie beim Anblick des Hemds die schlimmsten Befürchtungen hatten. Außerdem haben sie mir nicht abgenommen, dass das Protokoll überhaupt existiert. Aber das Protokoll ist das entscheidende Beweisstück in der ganzen Sache. Darum –«

»Was für ein Hemd?«

»Unter den Bodendielen lag ein Hemd«, sagt Jerry und wünschte, sein Freund könnte ihm folgen.

»Ein blaues Hemd? Blutverschmiert?«

»Ja.«

»Das ist das Hemd, das du auf der Hochzeit anhattest. Du hast es auch in der Nacht getragen, als ich dich abgeholt habe.«

»Verstehst du nicht?«, fragt Jerry. Zum ersten Mal hat er das Gefühl, dass er auf dem richtigen Weg ist. »Wir müssen noch mal zurück und Gary davon überzeugen, dass er uns das Protokoll gibt. Offensichtlich bin ich deswegen aus dem Pflegeheim abgehauen. Offensichtlich wollte ich zu seinem Haus. Wenn ich das Protokoll finde und beweisen kann, dass ich keine der Taten begangen habe, dann wird Eva mich wieder in ihrem Leben haben wollen. Dann wird sie mich wieder *Dad* nennen und mich wieder besuchen. Du hast keine Ahnung, wie es ist, wenn das eigene Kind nichts mehr mit dir zu tun haben will.«

»Und du bist dir sicher, dass dieses Journal existiert?«

»Hundertprozentig.«

»Okay«, sagt Hans. »Nehmen wir mal an, dass das stimmt. Was hast du jetzt vor? Sollen wir losfahren und Gary dazu bringen, dass er uns erzählt, wo es ist? Wir wissen nicht mal, ob er es überhaupt hat. Ich hole dich ja nur ungern auf den Boden der Realität zurück, Jerry, aber für mich hört sich das nicht so an, als würde er es haben. Entweder hat es jemand anders gefunden, oder du hast es woanders versteckt. Wo könntest du es noch versteckt haben?«

»Keine Ahnung. Ich weiß nur, dass ich deine Hilfe brauche. Bitte. Wirst du mir helfen?«

Für eine Weile sagt Hans keinen Ton, sondern starrt Jerry nur an. Jerry kann sehen, wie Hans im Kopf das Problem analysiert.

»Okay«, sagt Hans. »Fahren wir zurück zu meinem Haus und überlegen uns einen Plan.«

»Warum fahren wir nicht direkt zu meinem alten Haus?«

»Weil wir nachdenken müssen, Jerry. Es wäre dumm, sich ohne einen Plan kopfüber in die Sache zu stürzen.«

»Aber –«

»Vertrau mir. Ohne Plan ist unser Vorhaben zum Scheitern verurteilt. Ich wünschte, du hättest dich für die Möglichkeit mit den Stripperinnen entschieden«, fügt er hinzu, wirft einen Blick auf den Verkehr und wendet. »Das hätte jedenfalls sehr viel mehr Spaß gemacht.«

WMD

Es ist jetzt ein Uhr nachts, und inzwischen ist es Sonntag und damit nicht mehr der Tag der WMD. Der Wedding of Mass Destruction. Zeit für einen Neubeginn.

Eine Stunde nach der WMD

Das Internet-Video hat inzwischen mehr als zwölftausend Klicks. Wenn sich deine Bücher nur so schnell verkaufen würden. Außerdem gibt es über hundert Kommentare. Das Internet verleiht jedem eine Stimme, und es scheint, als würden diejenigen, die keine Ahnung von Rechtschreibung haben, als Erste davon Gebrauch machen.

Ha lustig.

Der Typ ist genjal. Ich wette, seine Frau ist tatsächlich eine Hure.

Der Typ ist ein Schmierfink. Seine Bücher snd Scheiße.

Der Typ ist eine Schwuchtel. SCHWUCHTEL! Kein Wunder, dass seine Frau in der Gegend rmvögelt.

Gott liebt alle Menschen – aber diesen Trottel hält er für ein Arschloch.

Diese Art von Kommentaren hat dich immer mit Sorge erfüllt, was zukünftige Entwicklungen betrifft. Du hast Angst, dass die Menschen eines Tages den Mut aufbringen werden, in der wirklichen Welt das zu sagen, was sie momentan nur anonym in den sozialen Medien von sich geben können.

Während du die Kommentare in dein Protokoll des Wahnsinns geschrieben hast (Copy & Paste ist in diesem Fall nicht möglich, Jerry), ist die Zahl der Klicks um weitere tausend gestiegen. Wenn das in dieser Geschwindigkeit weitergeht, hat bis Weihnachten jeder Bewohner auf diesem Planeten das Video gesehen, es sei denn, irgendein Prominenter begeht einen Mord oder holt im Fernsehen seinen Schwanz raus. Schwer zu sagen, ob das Video das, was von deiner Karriere noch übrig ist, zerstören oder ihr nützlich sein wird. Wie geht noch mal der alte Spruch: *Es gibt keine schlechte Publicity*? Das Video wird zeigen, ob das stimmt.

Sandra ist vorhin im Arbeitszimmer gewesen. Heute war wirklich der Tag für abgedroschene Sprüche, denn sie sagte Folgendes …

Wir müssen reden.

Es tut mir wirklich leid, Sandra. Ich schäme mich so und –

Wie konntest du nur, Jerry? Ich meine nicht nur, wie du so etwas sagen konntest, sondern auch, wie du so etwas überhaupt denken konntest?

Sie fing an zu weinen. Tränen hat Henry immer für emotionale Erpressung gehalten. Viele seiner weiblichen Hauptfiguren benutzen sie, um ihren Willen durchzusetzen (du bist wirklich ein chauvinistisches Arschloch, Henry). Du konntest nichts weiter tun, als ihr zu sagen, wie leid es dir tut, immer und immer wieder. Aber damit ist nicht wieder alles in Ordnung. Du hast einen Plan – Henry kann dir davon erzählen.

Jerry würde seinen Revolver holen und diesen Scheißkerl abknallen, der das Video ins Netz gestellt hat. Anschließend würde Jerry sich selbst erschießen.

Danke, Henry.

Denkst du das wirklich?, fragte Sandra.

Du wolltest *Nein* sagen. In Gedanken hattest du das Wort bereits geformt, dieses kleine, mächtige Wort, so gewaltig, dass es stecken blieb, so gewaltig, dass es von seinem eigenen Gewicht erdrückt wurde. Du sagtest *Ja. Aber ich mache dir deswegen keinen Vorwurf, ehrlich.*

Du hast zugelassen, dass sie dir eine Ohrfeige verpasst, und ihr Widerhall erfüllte das Zimmer. In einem Film oder einem Buch hätte Sandra jetzt begriffen, was sie gerade getan hat, nach Luft geschnappt und sich entschuldigt, und dann hättet ihr euch versöhnt. Es wäre die ultimative romantische Komödie gewesen: Man hatte euch durch die Mangel gedreht, am Ende des zweiten Akts wurde eurer Beziehung ordentlich zugesetzt, aber am Schluss des dritten Akts habt ihr wieder zusammengefunden. Schön wär's.

Sie verpasste dir einen weiteren Schlag, diesmal kräftiger. Es würde ein hartes Stück Arbeit werden, im dritten Akt alles wieder in Ordnung zu bringen, und dir wurde klar, dass die Autoren von romantischen Komödien deswegen keine Gags über Alzheimer in ihre Liebesgeschichte einbauen.

Du hältst mich also für eine Hure.

Nein, so ist das nicht –

Sondern?, fragte sie.

Ich weiß, dass du mit dem Konditor geschlafen hast.

Was?

Und mit dem Typen, der die Alarmanlage installiert hat. Ständig warst du wegen der Hochzeitsvorbereitungen unterwegs, und ich weiß, sagtest du und tipptest dir seitlich gegen den Kopf, denn dort war der Beweis, Baby, *dass du dich aus dem Haus geschlichen hast, um dich mit anderen Männern zu treffen. Darunter auch Hans.*

Sonst noch jemand, den ich gevögelt habe?, fragte sie.

Die Cops, die hier waren, nachdem der Wagen in Brand gesteckt wurde. Und wahrscheinlich auch einige der Hochzeitsgäste, sagtest du, denn ehrlich währt am längsten, nicht wahr?

Du musst mich wirklich hassen, wenn du so von mir denkst, sagte sie. *Hast du das schon immer gedacht?*

Erst seit du in der Gegend rumvögelst, sagtest du.

Das kommt von dieser … dieser … Krankheit, stieß sie hervor. *Sie ist dein Freibrief für alles, nicht wahr? Du kannst sagen, was du willst, und musst dafür keine Verantwortung übernehmen, denn das ist nicht Jerry, sondern diese verdammte Alzheimerkrankheit. Aber für diese Sache musst du die Verantwortung übernehmen, denn inzwischen hat bereits die halbe Welt das Video gesehen. Du hast dich heute Abend zum Gespött der Leute gemacht, Jerry, du hast dich lächerlich gemacht, du hast mich gedemütigt und Evas Hochzeit ruiniert. Ich weiß, dass du krank bist, ich weiß, dass du dich verändert hast, aber wie soll ich dir das je verzeihen?*

Du hast dann alles nur noch schlimmer gemacht, als du sagtest: *Das ist deine Schuld.*

Jetzt sah sie aus wie diejenige, die man geschlagen hatte. *Meine Schuld?*

Wenn du mich nicht betrogen hättest, wäre das alles nicht passiert.

Darauf brach sie in Tränen aus und stürmte aus dem Zimmer.

Die gute Nachricht: Es gibt keine.

Die schlechte Nachricht: Du wirst wahrscheinlich nur noch wenige Tage zu Hause verbringen.

Deine Frau kann die Wahrheit nicht ertragen (aus welchem Film ist das noch mal?). Übrigens, das Video davon, wie du Evas Hochzeit ruinierst, hat gerade dreißigtausend Klicks erreicht.

Die gute Nachricht: Du hast zwei ungeöffnete Flaschen Gin.

KAPITEL 21

Das Haus von Hans ist zwanzig Jahre alt; es handelt sich um ein einstöckiges Backsteingebäude mit einem ordentlichen, gepflegten Garten in einer ordentlichen, gepflegten Straße in einer freundlichen Gegend. Jerry kann sich nicht vorstellen, dass Hans besonders gut hierherpasst. Bestimmt fällt er hier allein durch seine Tätowierungen auf. Allerdings war er nie der gesellige Typ. Hans hatte in seinem Leben zwar ein paar Freundinnen, Mädchen mit einem sinnlichen Lächeln und großflächigen Tätowierungen. Aber genauso schnell, wie sie aufgetaucht waren, waren sie auch wieder verschwunden und wandten sich interessanteren oder weniger interessanten Dingen zu, gaben sich den Drogen oder dem Alkohol hin oder einem anderen bösen Buben, während sie vorzeitig alterten. Hans wandte sich ebenfalls ständig neuen Dingen zu, er zog buchstäblich alle zwei, drei Jahre in ein anderes Haus.

Hans fährt den Wagen in die Garage und schließt mit der Fernbedienung das Tor, sodass sie beide im Dunkeln sitzen. Die Garagenfenster sind mit Karton zugeklebt.

»Neugierige Nachbarn«, sagt Hans.

»Sind alle hier so?«

»Nicht alle, nein«, sagt Hans und öffnet die Wagentür, sodass die Innenbeleuchtung angeht.

»Bin ich früher schon mal hier gewesen?«

»Hier nicht, nein. Ich bin erst vor sechs Monaten hierhergezogen.«

Sie steigen aus dem Wagen. Jerry nimmt seine Plastiktüte, und Hans schaltet das Garagenlicht an, sodass Jerry ihm folgen kann, ohne gegen den Rasenmäher oder ein Regal zu laufen. Sie betreten das Haus. Es ist sauber und ordentlich, und es gibt hier kaum Möbel.

»Du wohnst seit sechs Monaten in diesem Haus und hast keinen Esstisch?«, fragt Jerry.

»Willst du darüber reden, wie ich wohne, oder darüber, wie wir mit deiner Situation umgehen?«

»Du hast recht«, sagt Jerry.

Sie begeben sich ins Wohnzimmer. Dort gibt es einen Fernseher und ein Sofa, sonst nichts, weder einen Couchtisch noch ein Bücherregal und auch keine Bilder an den Wänden. Jerry stellt sich vor, wie Hans vor dem Fernseher hockt, einen Teller mit Essen auf den Beinen. Kein Wunder, dass keine seiner Freundinnen länger als zwei Monate geblieben ist. Jerry setzt sich auf das Sofa, und Hans verlässt das Zimmer und kehrt dreißig Sekunden später mit einem Holzhocker wieder zurück. Er stellt ihn Jerry gegenüber ab und nimmt darauf Platz, während Jerry sich über das Sandwich aus seiner Tüte hermacht. Er kann sich nicht erinnern, wann er das letzte Mal etwas gegessen hat. Das Sandwich ist mit Hühnchen, Schinken und Tomaten belegt. Er nimmt die Tomate herunter und bietet sie Hans an, der den Kopf schüttelt. Jerry wirft sie wieder in die Tüte. Hans schaltet auf dem Fernseher einen Nachrichtensender ein und dreht den Ton ab.

»Sollte die Polizei hier auftauchen«, sagt Hans, »und das wird passieren, dann werde ich –«

»Meintest du nicht, dass sie das Nummernschild an deinem Wagen nicht entziffern kann?«

»Sie werden eine Querverbindung zwischen den Personen, die du kennst, und ihren Fahrzeugen herstellen. Allerdings bin ich nicht unter dieser Adresse gemeldet. Das verschafft uns also etwas Zeit. Ich schätze, wir haben ein paar Stunden, bevor wir aufbrechen müssen. Dir bleiben zwei Stunden, um zu überlegen, wo sich dein Protokoll befindet.«

»Ich weiß bereits, wo es ist«, sagt Jerry, denn er hat auf der ganzen Fahrt hierher darüber nachgedacht. »Der neue Hausbesitzer hat es. Er hat es unter der Bodendiele gefunden, und aus irgendeinem Grund will er es behalten.«

»Und was für ein Grund soll das sein?«, fragt Hans.

»Das habe ich noch nicht herausgefunden.«

»Okay, ziehen wir das als Möglichkeit in Betracht. Aber ich will, dass du noch etwas anderes in Betracht ziehst. Ich will, dass du überlegst, wo du es sonst noch versteckt haben könntest. Wenn wir in das Haus einbrechen und sich herausstellt, dass der Typ es gar nicht hat, wo schauen wir dann nach? Darüber musst du jetzt nachdenken, Jerry. Wo können wir sonst noch danach suchen?«

»Okay«, sagt Jerry.

»Sobald wir es gefunden haben, werden wir es lesen und zur Polizei gehen, egal, was da drinsteht, okay?«

»Gary hat es.«

»Okay, Jerry?«

»Ja, gut, ist okay.«

»Überleg, wo du es sonst noch versteckt haben könntest.«

Jerry beißt erneut von dem Sandwich ab. »Gut, ich werde darüber nachdenken, außerdem müssen wir herausfinden, wer mir die Morde anhängen will«, sagt er mit halb vollem Mund.

Hans schüttelt den Kopf und seufzt. Dann wirft er einen Blick auf seine Uhr, rutscht ein wenig auf dem Hocker umher und sagt: »Gut. Denken wir darüber nach. Hast du irgendeine Idee?«

Jerry stopft sich den Rest des Sandwichs in den Mund und beißt auf ein Stück Tomate, das er eben übersehen hat. Er kaut einfach weiter und überlegt, wer ihm die Morde anhängen will, und er lässt Henry Cutter ebenfalls darüber nachdenken. In Wirklichkeit überlässt er Henry das Denken, denn Henry ist versierter, was solche Sachen angeht, und wird bestimmt eine Antwort finden.

Es ist dieser Typ, sagt Henry. *Gary hat dir das angehängt.*

»Gary steckt dahinter«, sagte Jerry.

»Was?«

»Er hat das Protokoll gefunden und wusste deshalb, dass ich Probleme habe, mich zu erinnern, und jetzt tötet er Frauen und lässt mich am Tatort zurück. Das Hemd unter der Bodendiele war wahrscheinlich von ihm.«

»Mein Gott, Jerry, ist dir klar, wie lächerlich das klingt?«

Mein Fehler, Jerry. Das war etwas weit hergeholt.

»Selbst wenn wir außer Acht lassen, dass ich dich damals in der Nacht nach Hause gefahren und mit dem blutverschmierten Hemd gesehen habe, wie soll er das angestellt haben?«, fragt Hans. »Wartet er jeden Abend in einem Lieferwagen vor dem Pflegeheim, in der Hoffnung, dass du von dort abhaust? Nimmt er dich dann mit, tötet in deiner Gegenwart einen anderen Menschen, worauf du ein Nickerchen machst und wieder aufwachst, ohne zu wissen, wo du dich befindest? Und praktischerweise alles vergessen hast, was vorher passiert ist?«

Jerry antwortet nicht.

»Hast du eine Vorstellung, wie sich das anhört?«, fragt Hans.

Jerry antwortet immer noch nicht.

»Okay, nehmen wir mal an, dass das in etwa zutrifft, warum sollte er so etwas tun?«

»Weil er sich so was nicht ausdenken kann«, sagt Jerry.

»Was?«

»Er will Schriftsteller werden. Er will wie ich sein. Aber alles, was er bisher hat, ist ein Zimmer voller Absageschreiben.«

»Das ergibt immer noch keinen Sinn.«

Jerry wirft einen Blick auf den Fernseher. Dort sind Aufnahmen von fest umwickelten Cannabis-Päckchen zu sehen und mehrere Polizisten, die Leute befragen, Aufnahmen von Beamten, die ein Haus durchsuchen, und von Leuten, denen Handschellen angelegt werden. Die Cops haben dem Nachtleben der Partygänger in der ganzen Stadt einen gehörigen Dämpfer verpasst, sodass die Teenager gezwungen sind, sich ihre Leber mit Alkohol zu ruinieren, nachdem all das Gras beschlagnahmt wurde. Jerry fällt ein, dass er ein Buch über eine Gang geschrieben hat, die Meth an Highschool-Kids verkauft. Die Geschichte nahm für keine der Figuren ein gutes Ende. Erwartet ihn etwas Ähnliches? Eines von Henry Cutters schlimmen Enden?

»Den wichtigsten Rat, den ich Leuten gebe, ist, über das zu schreiben, was sie kennen und sich den Rest auszudenken. Man kann nur bis zu einem gewissen Grad Recherchen anstellen. Sich nur bis zu einem gewissen Grad in das Innenleben einer anderen Person versetzen.«

»Ich erinnere mich«, sagt Hans.

»Gary tötet diese Frauen, um zu wissen, wie man sich dabei fühlt, wie sie sich dabei fühlen, wie so was abläuft. Das sind Recherchen. Auf diese Weise kann er seine fiktiven Geschichten glaubwürdig gestalten.«

»Es gibt unzählige Krimiautoren, Kumpel. Sollte an dem, was du gesagt hast, irgendwas dran sein, müssten die guten Autoren alle Mörder sein. Hör zu, Jerry, lass mich ehrlich sein – was du sagst, ergibt keinen Sinn.«

Jerry weiß das. Aber wenn man einem Ertrinkenden einen Backstein zuwirft und ihm sagt, dass er schwimmt, wird er zu Gott beten, dass es stimmt.

»Und was ist mit dem Blut, das heute auf deinen Klamotten war?«, fragt Hans.

»Gary hat sie damit beschmiert.«

»Und der Plastikbeutel in deiner Tasche?«

»Okay, schön, dann ist er nicht der Täter«, räumt Jerry ein. »Aber irgendjemand anders, oder? Denn ich bin es nicht. Ausgeschlossen, ich bin nicht dieser Typ, dessen Bild auf den Titelseiten der Zeitungen prangt, dieser kranke, abartige Perversling, der Frauen umbringt. Und wenn du mir nicht glaubst, dann glaub wenigstens Sandra. Sie hätte niemals jemanden geheiratet, der zu so etwas fähig wäre.«

Hans fährt sich mit der Hand über den Kopf. »Das ist ein Argument«, sagt er, »und ich weiß deine Bemühungen wirklich zu schätzen, aber alles, was du sagst, wird von deiner Alzheimererkrankung infrage gestellt. Darum ist alles möglich. Ich weiß, du würdest das gern anders sehen, aber die Krankheit hat dich verändert.«

»Aber sie macht mich nicht zu einem Killer. Man wacht nicht eines Morgens auf und verspürt das Verlangen, andere Menschen umzubringen. Mit so jemandem stimmt etwas nicht, bei so jemandem muss in der Vergangenheit etwas gewaltig schiefgelaufen sein. Mag sein, dass der Typ, der mein Haus gekauft hat, unschuldig ist, trotzdem glaube ich, dass er meine Aufzeichnungen hat. Wir müssen ihn zum Reden bringen.«

»Und wie willst du das anstellen? Willst du aufgrund der Vermutung eines Mannes, der an fünf Tagen in der Woche beim Aufwachen nicht mal seinen Namen weiß, irgendeinen armen Kerl foltern?«

Jerry antwortet nicht.

»Ist der Typ verheiratet?«

»Ich glaub schon.«

»Willst du seine Frau fesseln, damit sie keine Hilfe holen kann? Vor den Augen ihres Mannes damit drohen, sie umzubringen? Ihr die Finger abschneiden, bis er sagt, wo sich dein

Tagebuch befindet? Ihn töten, wenn es nötig ist, obwohl du kein Killer bist?«

»Es ist ein *Protokoll,* kein *Tagebuch,* und dazu wird es nicht kommen.«

»Okay«, sagt Hans. »Hör zu, du hast gesagt, dass du kein Mörder sein kannst, weil sonst in deiner Vergangenheit etwas gewaltig schiefgelaufen sein muss, richtig?«, fragt Hans.

»Ja.«

»Was ist mit Suzan mit Z?«

»Sie existiert nicht«, sagt Jerry.

Hans schüttelt den Kopf. »Es gibt sie wirklich, Kumpel.«

»Sag so was nicht«, sagt Jerry. »Das ist nicht witzig.«

»Nein, das ist überhaupt nicht witzig. Ich wollte dir das wirklich ersparen, aber du lässt mir keine andere Wahl. Es gibt Suzan mit Z. Sie lebte ein paar Häuser von dem Haus entfernt, in dem du sechs Monate gewohnt hast, während dein Haus renoviert wurde. Ihr richtiger Name war Julia Barnes, und ich glaube, dass du sie getötet hast.«

Zwei Stunden nach der WMD

Seit eurem Streit ist jetzt eine Stunde vergangen. Und vor zehn Minuten hattest du deinen letzten Drink. Inzwischen hat das Internet-Video hunderttausend Klicks. Man hat dich auf zehn verschiedene Arten als schwul beschimpft und auf zehn verschiedene Arten als Arschloch. Die Tür zum Arbeitszimmer steht einen Spalt offen, sodass du die Geräusche im Haus hören kannst. Das Letzte, was du gehört hast, war, wie die Schlafzimmertür leise zugezogen wurde, als Sandra ins Bett gegangen ist.

Du wirst heute Nacht auf dem Sofa schlafen. Allerdings brauchst du dich erst gar nicht daran zu gewöhnen – man wird dich bald in einem Pflegeheim unterbringen.

Vielleicht ist das hier einer der letzten Augenblicke in Freiheit, hier in deinem Arbeitszimmer. Darum schwelgst du in alten Erinnerungen. Einige Einzelheiten siehst du nur unscharf, andere deutlich vor dir. Du erinnerst dich daran, wie Eva im Alter von neun Jahren von einer Biene gestochen wurde, worauf sie eine Stoffbiene ausrangierte, die sie als Baby bekommen hatte, sowie sämtliche Kinderbücher mit Bildern von Bienen. Du kannst dich daran erinnern, wie deine Mutter dich anrief und dir mitteilte, dass dein Vater gestorben war. Und daran, wie du Eva das Drachensteigen beigebracht hast und sie, als die Schnur riss und der Drachen auf dem Wind davonsegelte, davon überzeugen konntest, dass er ins Weltall fliegt. Daran, wie Eva dich in den Wochen darauf fragte, wo sich der Drache jetzt gerade befinde, und du sagtest, in der Nähe vom Mars, und jetzt in der Nähe vom Jupiter, er habe sich in den Ringen des Saturn verfangen, konnte sich jedoch befreien. Als Eva dich fragte, woher du das alles wüsstest, sagtest du, dass jeden Abend die NASA anrufen würde, sie würde mit einem ihrer riesigen Teleskope den Flug des Drachen verfolgen. In den letzten paar Stunden hast du dich allen möglichen Erinnerungen hingegeben, und du hast es genossen, denn dir war bewusst, dass eine im Wandel befindliche Landschaft neurologischer Verbindungen dir bald den Zugang dazu verwehren würde.

Mittlerweise hat das Video über hundertzehntausend Klicks. Du fragst dich unweigerlich, wie viel Klicks es am Ende haben wird, ob dein Verlag von deiner Rede weiß oder was dich morgen erwarten wird. So viele Menschen, die du kennst, werden das Video gesehen haben, dein Lektor und dein Arzt, dein Anwalt und die Floristin. Du fragst dich unweigerlich, was diese Leute jetzt von dir halten.

All diese Gedanken … du musst mal an die frische Luft. Brauchst eine Auszeit vom Protokoll des Wahnsinns. Du solltest aus dem Fenster klettern, vielleicht irgendeine Bar aufsuchen und einfach … so dasitzen. So wie das dein Dad immer getan hat, statt nach Hause zurückzukehren, in das Leben, das ihn unglücklich machte. Vielleicht solltest du vorher ein kleines Nickerchen machen.

Die gute Nachricht … mal überlegen: Du bist noch am Leben.

Die schlechte Nachricht: Du bist noch am Leben.

KAPITEL 22

Jerry bleibt auf dem Sofa sitzen, während Hans in ein anderes Zimmer geht. Er nippt an seiner Wasserflasche und sieht sich die Nachrichten an. Einen Bericht über steigende Benzinpreise. Ihm wird klar, dass er sich deswegen nie wieder Sorgen machen muss, und dann kommt ihm ein weiterer Gedanke. Fiona Clark muss sich deswegen ebenfalls keine Sorgen mehr machen. Dann fällt ihm plötzlich ein, dass er das hier schon mal getan hat – nicht jemanden umzubringen, das hat er noch nie getan –, sondern die Nachrichten zu schauen, während auf dem Fernseher das Bild einer toten Frau erscheint und seine Fantasie auf Hochtouren arbeitet, um die Erinnerungslücken zu füllen. Krimiautoren haben manchmal eine ziemlich überbordende Fantasie. Das ist wie ein Fluch und einer der Gründe, warum er keine Nachrichten schaut – wenn er hört, dass jemand ermordet wurde, sieht er vor seinem geistigen Auge den Ablauf der Ereignisse, stellt sich die letzten Momente des Opfers vor und was es durchgemacht hat, seine Angst, wie es gebettelt, wie es verzweifelt versucht hat, seine Haut zu retten. Außerdem stellt er sich vor, was vor der Tat passiert ist, welche Entscheidungen das Opfer auf dem Heimweg getroffen hat, dass es statt nach rechts nach links hätte abbiegen können, dass es über eine Ampel hätte fahren können, bevor sie auf Rot sprang, was passiert wäre, wenn es nicht auf seinen Kaffee verzichtet hätte – Entscheidungen und Ereignisse, die es seinem Tod ein Stück näher brachten. Und Jerry stellt sich vor, was nach dem Mord passiert; die Mutter des Opfers, die beim Überbringen der Nachricht zusammenbricht, den Ehemann, der auf die Wand eindrischt, verwirrte, verängstigte Kinder, den Freund des Opfers, der die Polizei anfleht, ihm fünf Minuten allein mit dem Täter zu geben, Menschen, die ruhiggestellt werden, so wie er gestern ruhiggestellt wurde. Er kratzt sich am Arm, das Einstichloch von der Injektion juckt immer noch.

In diesem Moment kommt Hans mit einem Laptop zurück und setzt sich neben ihm auf das Sofa. Er stellt den Laptop auf den Hocker und zieht ihn näher heran.

»Ich glaube nicht, dass ich noch einen weiteren Nagel an meinem Sarg verkraften kann«, sagt Jerry.

»Wir können immer noch in einen Stripclub gehen«, sagt Hans.

»Bringen wir's einfach hinter uns.«

Eine Minute später hat Hans mehrere Berichte aufgerufen, und es erscheint ein Bild von Suzan mit Z, allerdings heißt sie nicht Suzan mit Z, sondern Julia mit J, und Jerry erinnert sich an ihr Gesicht, ein Gesicht, das er jedes Mal vor sich sieht, wenn er an die Frau aus seinem Buch denkt. Dies ist die Frau, die er meint, wenn er den Mord gesteht. Julia ohne Z, in deren Garten er vor dreißig Jahren stand und die Dunkelheit umarmte. Sie hat blondes Haar, große blaue Augen und eine sportliche Figur, seine Nachbarin, die Frau, die er morgens mit auf und ab hüpfendem Pferdeschwanz joggen sah, eine Frau, die kaum älter war als Eva jetzt. Jerry und Hans lesen die Artikel. Julia hatte sechs Wochen vor der Tat mit ihrem Freund, einem Typen namens Kylie Robinson, Schluss gemacht. Ihren Freundinnen zufolge hatte er ihr immer wieder nachgestellt. Ständig rief er sie an, tauchte an ihrem Arbeitsplatz und bei ihr zu Hause auf und schickte ihr Blumen; einmal hatte er sogar ein Dutzend verwelkte Rosen vor ihre Haustür gelegt. Ihre Freunde rieten ihr, sich mit der Polizei in Verbindung zu setzen, um ein Kontaktverbot zu erwirken, doch sie verteidigte ihn. Er sei kein so übler Kerl, obwohl er sie ein paar Monate vor ihrer Trennung geschlagen habe, aber nur das eine Mal, wenn man das andere Mal nicht mitzählen würde, als er sie gegen die Wand geschubst habe. Sie glaubte, dass durch eine Anzeige gegen ihn die Situation bloß eskalieren würde. Dann wurde ihre Leiche gefunden, und ihr Freund war der Hauptverdächtige, und achtundvierzig Stunden später wurde er verhaftet und wegen Mordes an seiner Freundin angeklagt. Ein Jahr später wurde er schuldig gesprochen und zu einer vierzehnjährigen Haftstrafe verurteilt. Nachdem er elf Jahre verbüßt hatte, stach ihm ein Mithäftling in den Hals, und der Freund verließ das Gefängnis drei Jahre vor Ablauf der Strafe in einem Leichensack.

»Hier steht nichts, was darauf hindeutet, dass jemand anderes als ihr Freund ihr Mörder ist«, sagt Jerry.

»Er hat stets seine Unschuld beteuert«, sagt Hans und lehnt sich auf dem Sofa zurück.

»Aber wir würden dieses Gespräch nicht führen, wenn du nicht glauben würdest, dass ich sie umgebracht habe«, sagt Jerry.

»Du hast früher oft von ihr gesprochen. Nachdem du in ihre Straße gezogen warst, hast du ständig erzählt, wie scharf du das Mädchen von gegenüber findest. Du hast die ganze Zeit von ihr geredet, bis zu ihrem Tod. Das war kurz bevor du Sandra kennengelernt hast. Die paar Tage, nachdem man ihre Leiche gefunden hatte und bevor ihr Freund verhaftet wurde, warst du tierisch nervös. Ich dachte, es hätte dich so mitgenommen, weil jemand, den du mochtest, ermordet worden war. Aber ich weiß noch, dass ich mich gefragt habe, ob sie noch am Leben wäre, wenn ich dir nicht gezeigt hätte, wie man ein Schloss knackt.«

Jerry kann sich an nichts von alledem erinnern, erst wieder daran, wie er sich mit Sandra unterhielt und sich mit ihr zum Kino verabredete; wie er ihr erzählte, dass er ein heimlicher Star-Trek-Fan sei, worauf sie wissen wollte, was er noch vor ihr verheimlichte. Was hat er darauf geantwortet? Dass er die Leiche seiner Exfreundin im Keller versteckt hat? Mein Gott, war das etwa nicht bloß ein Scherz? Wenn er sich an ihr Gespräch erinnern kann, dann müsste er sich auch an Julia erinnern können. Aber er kann nicht.

»Nachdem ihr Freund verhaftet worden war, habe ich dich nicht länger verdächtigt, aber in den letzten paar Jahren hast du immer wieder den Mord an Suzan mit Z gestanden und, na ja, ich habe wohl immer gedacht, dass Suzan Julia war.«

»Und du hast mir nichts gesagt.«

»Natürlich nicht. Die Sache ist dreißig Jahre her, die Frau und ihr Freund sind tot, und du wohnst inzwischen in einem Pflegeheim und wechselst ständig zwischen der Wirklichkeit und der

Welt hin und her, die du in Gedanken betrittst, wenn du die Kontrolle verlierst. Die Sache hatte sich erledigt, Kumpel.«

»Und als du mich vor einem Jahr blutverschmiert aufgefunden hast?«

Hans nickt. »Ja, auch über diese Nacht habe ich mir meine Gedanken gemacht. Die Sache hat mich schon ins Grübeln gebracht.«

Hans klappt den Laptop zu. In der Nachrichtensendung sind Polizeiautos, Reporter und Schaulustige zu sehen, die vor einem Haus stehen, auf dessen Vorderseite Absperrband gespannt ist. Es ist das Haus von heute Morgen. Hans stellt den Ton lauter. Die Polizei hat den Namen der Toten noch nicht bekannt gegeben. Jerry und Hans schauen sich schweigend den Bericht an, und Jerry weiß, dass sie beide dasselbe denken – dass er die Frau getötet hat. Dass er Julia mit J getötet hat. Seine Frau mit S. Die Floristin mit einem großen B. Er hat sie alle getötet. Sogar Julias Freund, der im Gefängnis gestorben ist, wenn man es recht bedenkt. Er hat sie getötet, und um ihn zu schützen, hat sein Gehirn die Erinnerungen an die Taten verdrängt.

»Wie viele noch?«, fragt Jerry.

Hans antwortet nicht, sondern starrt weiter geradeaus Richtung Fernseher, auf dem immer noch keine besseren Nachrichten laufen.

Jerry redet weiter. »Wenn man die aufgeklärten und ungelösten Mordfälle zusammennimmt, und die aufgeklärten Fälle, bei denen der Falsche verhaftet wurde. Die Sache mit Julia Barnes ist dreißig Jahre her, und wenn es stimmt, dass ich in der ganzen Zeit über das geschrieben habe, was ich kenne, wie viel mehr waren es dann noch? Fünf? Zehn? Hundert?«

»Ich weiß es nicht, Jerry. Vielleicht gibt es keine weiteren Toten.«

Jerry schüttelt langsam den Kopf. Er will seinem Freund sagen, dass er keinen der Morde begangen haben kann, aber er bringt die Worte nicht über die Lippen. Denn er kann es gewesen sein, ja, höchstwahrscheinlich ist er es sogar gewesen. »Hans?

»Tut mir leid, Kumpel. Wir müssen zur Polizei. Ich habe lange genug Verständnis für dich aufgebracht, aber jetzt müssen wir zur Polizei gehen. Ist dir noch was zu dem Protokoll eingefallen?«

»Die Polizei wird mir möglichst viele ungeklärte Mordfälle anhängen, und ich weiß nicht, ob zu Recht oder zu Unrecht.«

»Das wird vielen Menschen Gewissheit verschaffen.«

»Aber es könnte eine trügerische Gewissheit sein. Wenn man mich hängt, kommen die Leute, die diese Verbrechen begangen haben, ungeschoren davon. Man wird mich den Schlächter von Christchurch nennen. Nein, den Cutter. Man wird mich den Cutting Man nennen.«

»Das tut man bereits.«

»Aber diesmal wird es eine andere Bedeutung haben.«

»Wir müssen dich auf die Polizeiwache bringen, aber vorher musst du versuchen, dich zu entspannen, und überlegen, wo dein Protokoll sein könnte.«

»Habe ich all diese Verbrechen begangen? Sag mir, Hans, habe ich diese Verbrechen begangen?«

»Ja.«

»Und du hast keinen Zweifel daran?«

»Nicht den geringsten.«

»Okay«, sagt Jerry und akzeptiert schließlich, dass er keine andere Wahl hat. »Was spielt das Protokoll dann noch für eine Rolle? Gehen wir zur Polizei«, sagt er. »Bringen wir's hinter uns.«

Ein Tag nach der WMD

Wovon soll ich zuerst erzählen, Zukünftiger Jerry? Vom Blut? Von dem Hemd? Oder soll ich lieber von dem Messer erzählen? Oder von dem Anruf bei Hans? Oder soll ich lieber alles von Anfang an erzählen? Ja? Von Anfang an? Wie du willst.

Die Hochzeit der Massenvernichtung war Thema in den Nachrichten, wie das eben passiert, wenn sich eine Geschichte im Internet rasend schnell verbreitet. Es ging in dem Bericht um Jerry Grey, einen Alzheimerpatienten, dessen bedauernswerter Aussetzer infolge seiner Krankheit gefilmt und inzwischen von über einer Millionen Menschen angeschaut wurde. Pornografie und die Möglichkeit, anderen Menschen an ihrem persönlichen Tiefpunkt Salz in die Wunden zu streuen – das sind die beiden größten Geschenke des Internet an die Menschheit.

Das Letzte, woran du dich erinnerst, ist, dass du gestern in dein Protokoll geschrieben, es versteckt und dir ein paar Drinks genehmigt hast, um anschließend aus dem Fenster zu klettern und irgendwo weiterzutrinken. Du weißt noch, wie du die frische Luft eingeatmet hast, während du nach draußen geklettert bist. Die Luft war so klar, als hätte man sie am Schwanz gepackt und dir ins Gesicht geschlagen. Du warst betrunken, sodass es dir egal war, wie weit du laufen musstest oder wie viel ein Drink kosten würde, oder in was für einer Bar du schließlich landen würdest. Ob jedoch irgendetwas davon tatsächlich passiert ist, weißt du nicht. Du weißt allerdings, dass Captain A irgendwann, nachdem du in dein Protokoll geschrieben hattest, das Kommando übernahm, und als er sich vom Steuerrad verabschiedete, war es sechs Uhr morgens, und du hocktest auf dem Sofa. Deine Gelenke waren steif, deine Füße schmerzten, und du fühltest dich, als wärst du mehrere Kilometer gelaufen. Dein Oberkörper war nackt. Erst hast du das Blut gar nicht bemerkt. Du bist dann ins Badezimmer gegangen, wo du dich im Spiegel betrachtet hast. Jerry Grey wirkte sehr blass und sehr müde mit den Fältchen um die Augen und den Mund herum. Jerry Greys Oberkörper war nackt, und seine Brust, seine Arme und sein Gesicht waren blutverschmiert.

Willst du es mal versuchen, Henry?

Jerry hatte sich ausgeklinkt. Er hatte keine Ahnung, was passiert war. Im Verlaufe des Tages sollte es für Jerry noch schlimmer kommen, aber das wusste er zu diesem Zeitpunkt noch nicht.

Du bist die Treppe hinaufgestürmt, du hattest Angst, J-Man, eine Angst, wie du sie nie zuvor empfunden hast. Du öffnetest die Schlafzimmertür, und alles um dich herum begann sich zu drehen. Solltest du Sandra dort inmitten blutbespritzter Wände vorfinden, würdest du schreien, bis du heiser bist, bis deine Ohren knacken, bis du tot bist. Aber im Zimmer war kein Blut. Du hast dort eine Minute gestanden und die schlafende Sandra betrachtet, bevor du wieder ins Arbeitszimmer hinuntergegangen bist. Du konntest dein Hemd nicht finden. Es war weder in der Waschküche noch im Badezimmer, und dann dachtest du … wenn Captain A dich in Schwierigkeiten gebracht hat, hat er vielleicht versucht, die Spuren zu beseitigen. Vielleicht hatte er die Beweise versteckt. Du hast deinen Schreibtisch zur Seite geschoben und mit dem Schraubenzieher die Bodendiele angehoben. Darunter befand sich dein Hemd. Es war jetzt kein Hochzeitshemd mehr, sondern ein Totenhemd, wegen des Bluts daran. Du hast es in dem Loch gelassen und die Bodendiele wieder drübergelegt. Dann hast du das Fenster im Arbeitszimmer, das immer noch offen stand, geschlossen, das Fenster, durch das du als Jerry Grey nach draußen geklettert und als jemand anders wieder ins Haus zurückgekehrt bist. Als Captain A. Aber Captain A hat noch einen anderen Namen, nicht wahr? Er ist unter dem Namen Henry Cutter bekannt. Und das Hemd zeigt, dass Henry gern über das schreibt, was er kennt.

Du bist ins Internet gegangen und hast auf den Nachrichtenseiten nach Artikeln gesucht, die mit den Ereignissen von heute Nacht in Verbindung stehen könnten. Aber du wurdest nicht fündig. Du hast dir im Badezimmerwaschbecken das Blut vom Gesicht und von der Brust gewaschen. Dann hast du zwei Antidepressiva eingeworfen und dich aufs Sofa gelegt, ohne zu wissen, was du als Nächstes tun solltest. Schließlich hast du noch ein paar weitere Pillen genommen und geschlafen. Bis zum Mittag. Als du aufwachtest, hattest du einen trockenen Mund und das Gefühl, dass alles in Ordnung wäre, bis dir einfiel, dass das nicht stimmt. Du hast deinen Körper nach Stichverletzungen, blauen Flecken und weiteren Blutspritzern abgesucht, aber da war nichts.

Du willst wissen, was mit dem Messer ist, nicht wahr? Zu diesem Zeitpunkt steckte es unentdeckt in deiner Jacke und wartete darauf, alles zu verändern. Wenn du es zu diesem Zeitpunkt gefunden hättest, hättest du es zusammen mit dem Hemd verstecken können, aber du hast es nicht gefunden – das war eine kleine Überraschung für Sandra. Du bist ins Wohnzimmer gegangen, wo sie auf dem Sofa im Sonnenlicht hockte und ein Buch las.

Waren wir nicht zum Essen eingeladen?, fragtest du mit heiserer Stimme.

Ja, sagte sie. *Eva und Rick waren heute Morgen hier, um mich zu sehen*, sagte sie, *mich* und nicht *uns*. *Ich habe ihnen gesagt, dass wir nicht kommen.*

Warum?

Was glaubst du wohl, Jerry?

Du sagtest ihr, dass es dir leidtue.

Das weiß ich, sagte sie, *aber das ändert nichts daran.*

Sandra –

Du stinkst nach Alkohol und Schweiß. Geh duschen, dann mach ich dir was zum Mittagessen.

Du hast mit dem Gedanken gespielt, ihr von der Sache zu erzählen, aber wie? Was solltest du sagen? Also hast du geduscht, dir frische Sachen angezogen und bist wieder nach unten gegangen. Sandra war in deinem Arbeitszimmer, und auf deinem Schreibtisch lag ein Sandwich. Sie war gerade am Aufräumen, und während sie deine Jacke aufhob, fragte sie dich, wo dein Hemd sei. Bevor du ihr eine Lüge auftischen und sagen konntest, du wüsstest es nicht, legte sie die Jacke über ihren Arm und hielt inne. Am Gewicht des Kleidungsstücks konnte sie spüren, dass etwas in der Tasche steckte.

Da du bereits nach dem ersten Drittel einer Geschichte weißt, wie sie ausgeht, war dir klar, dass sie das Messer bemerkt hatte, das sich in der Jacke befand. Es steckte mit der Spitze nach oben lose in der Tasche, und sie hatte Glück, dass sie sich nicht geschnitten hat. Sie zog es heraus und hielt es von sich fort, wie sie das manchmal mit den Haaren tut, die sie aus dem Abfluss der Dusche fischt. Ihr konntet beide erkennen, dass es sich nicht um eines eurer Küchenmesser handelte, ihr konntet das Blut daran erkennen und das Entsetzen im Gesicht des jeweils anderen. Dieses Messer, dessen Klinge nicht länger als fünfzehn Zentimeter war, mit seinem dunklen Holzgriff und seiner gezackten Schneide, dieses kleine Messer war jetzt das größte Messer der Welt.

Was zum Henker ist das, Jerry?

Beim Anblick des Messers wurde dir klar, dass du die WMD, so schlimm sie auch gewesen war, noch übertroffen hattest. Mit dem Messer erschien das Hemd plötzlich in einem anderen Licht.

Jerry?

Keine Ahnung.

Du hast keine Ahnung?

Du standst im Türrahmen, mit klatschnassem Haar, obwohl du bereits angezogen warst. Dann merktest du, dass dein ganzer Körper klatschnass war. Erst dachtest du, es wäre Schweiß, doch dann wurde dir klar, dass du nach dem Duschen die Klamotten angezogen hast, ohne dich abzutrocknen. *Keine Ahnung.*

Hör auf zu sagen, du hättest keine Ahnung. Bitte, Jerry, denk nach. Du musst nachdenken. Am Messer klebt Blut, sagte sie. *Blut!*

Das wissen wir nicht, sagtest du in der Hoffnung, dass es sich um etwas anderes handeln könnte. Soße vielleicht. Oder Farbe. Was auch immer an dem Messer klebte, klebte auch an deinem

Hemd. Etwas, das aussah wie Blut. Aber es war bestimmt etwas anderes.

Das ist Blut, sagte sie.

Keine Ahnung, sagtest du immer wieder.

Währenddessen sagte Sandra immer wieder diesen einen Satz: *Was hast du getan, Jerry, was hast du getan?*

Was hast du getan?

Sandra wollte die Polizei rufen, aber du hast sie angefleht, es nicht zu tun, schließlich sei nichts bewiesen. Stattdessen rief sie Eva an und fragte sie, wie ihr Essen gewesen sei und ob noch mehr Leute abgesagt hätten. Doch alle waren gekommen. Sogar Ricks Trauzeuge, der das Video ins Netz gestellt hatte, und wenn du jemanden erstechen würdest, dann ihn.

Du hättest ihn erstechen sollen.

Sandra war einverstanden, nicht die Polizei zu rufen. Nicht zu diesem Zeitpunkt. Sollte ihr jedoch irgendwas zu Ohren kommen, würde sie die Polizei verständigen.

Du hast dann Hans angerufen und ihm von dem Hemd, dem Messer und dem Blut erzählt. Er meinte, dass du das Messer wahrscheinlich irgendwo gefunden hättest. Das war tatsächlich eine ziemlich einfache Erklärung. Er sagte, dass das Blut überallher stammen könne, von einer Kuh oder einem Hund, vielleicht sei es gar kein Blut.

Es hat keinen Zweck, sich wegen etwas Sorgen zu machen, wenn man nichts Genaues weiß, sagte er. *Wenn du mehr weißt, kannst du dir immer noch Sorgen machen, aber so lange solltest du dich ganz normal verhalten,* sagte er, und du stelltest dir vor, wie er das Wort *normal* mit den Finger in Anführungszeichen setzte, so wie Leute das bei deinem Prozess tun würden, wenn sie im Kreuzverhör erzählen, dass *Jerry ganz normal war.*

Ich kann mich an nichts erinnern.

Es gibt nichts, woran du dich erinnern müsstest, sagte er, zumindest sinngemäß. Dir war nicht klar, ob er sich nur bedeckt hielt oder mit dem Schlimmsten rechnete.

Kann es sein, dass du das Messer nur irgendwo gefunden hast, wie er gesagt hat?

Die gute Nachricht: Mal ehrlich, glaubst du, es gibt gute Nachrichten?

Die schlechte Nachricht: das blutverschmierte Hemd, das blutverschmierte Messer. Kann es sein, dass du nicht nur auf Desserts stehst?

KAPITEL 23

Jerry steht vom Sofa auf, als im Fernseher ein Foto von ihm mit seinem Namen darunter eingeblendet wird. Der Reporter sagt: »Jerry Grey, der letztes Jahr im Internet mit einem Video von einer Rede auf der Hochzeit seiner Tochter für Aufsehen sorgte, wurde aus noch unbestätigter Quelle mit dem Verbrechen in Verbindung gebracht.« Dann wird die Internet-Sensation Jerry Grey gezeigt, der seine Frau als Hure beschimpft, während im Hintergrund der leicht verwackelten Aufnahme die entsetzten Gesichter seiner Tochter und ihres frisch angetrauten Ehemanns zu sehen sind und die Anzeige mit den Klicks unaufhörlich weiterrattert.

Jerry Grey.

Der über Nacht berühmt geworden ist.

Jerry Grey.

Der seine Frau erschossen hat.

Irgendjemand wird einen Song oder ein Drehbuch für einen Fernsehfilm über ihn schreiben.

Jerry setzt sich wieder, als das Video von der Hochzeit zu Ende und erneut der Tatort von heute zu sehen ist; im Hintergrund laufen mehrere Cops herum, jemand in einem Anzug trägt einen dicken Metallkoffer, und ein anderer mit einer Kamera um den Hals greift in seine Tasche nach einem Objektiv. Der Reporter vor Ort sieht aus wie ein Angehöriger der Arbeiterklasse, er hat die Ärmel hochgekrempelt und trägt keine Krawatte. Das lässt die Nachricht sehr viel realer erscheinen, so spektakulär und wichtig, dass der Mann keine Zeit hatte, ein Jackett oder eine Krawatte anzuziehen. Oder sich zu rasieren. Er schaut in die Kamera und redet weiter.

»Es sind bisher nur wenige Einzelheiten bekannt, aber offensichtlich hat man bereits die Mordwaffe gefunden. Die Beweise in diesem Stadium der Ermittlungen deuten darauf hin, dass der frühere Krimiautor mit der Tat in Verbindung steht, was die Vermutung nahelegt, dass Grey inzwischen in einer der Welten lebt, die er erschaffen hat. Außerdem bringt ein blutverschmiertes Hemd, das gestern an Jerry Greys letztem Wohnsitz gefunden wurde, den Autor mit dem Mord an Belinda Murray in Verbindung. Die Floristin aus Christchurch wurde letztes Jahr ermordet, zwei Tage bevor Jerry seine Frau umgebracht hat. Aus noch unbestätigter Quelle heißt es …«

Hans schaltet den Fernseher aus.

Jerry erhebt sich vom Sofa. »Auf geht's.«

»Wir können erst zur Polizei, wenn wir deine Aufzeichnungen gefunden haben«, sagt Hans.

»Das spielt keine Rolle mehr«, sagt Jerry.

»Aber sicher doch. Wenn die Möglichkeit besteht …«

»Schön, dann gehen wir eben nicht zur Polizei. Und entscheiden uns für Möglichkeit Nummer drei. Ich will eine schöne Aussicht haben, einen anständigen Gin, und ich will, dass es schmerzlos über die Bühne geht. Ich will einfach alles hinter mir lassen. Wäre das möglich?«

Für ein paar Sekunden sagt Hans keinen Ton, dann nickt er langsam. »Weißt du, was du da sagst?«

»Ganz genau. Wirst du mir helfen?«

»Wenn du das willst.«

»Aber vorher möchte ich noch mit Eva reden«, sagt Jerry.

»Du kannst es ihr nicht erzählen.«

»Ich weiß. Ich möchte nur ihre Stimme hören und ihr sagen, dass es mir leidtut.«

»Okay.«

Hans wählt Evas Nummer, während sie durch das Haus zurückgehen. Jerry fällt ein, dass sich Hans immer gut Zahlen merken konnte. Sollte bei Hans je Captain A das Kommando übernehmen, werden Zahlen das Letzte sein, was er vergisst. Eva hebt ab, und Hans sagt, dass Jerry bei ihm sei und dass es ihm gut gehe. Dann sagt er ein paar Mal *Ja* und *Nein,* als sie ihm einige Fragen stellt, und schließlich sagt er gar nichts mehr, während sie ihn ihrerseits auf den neusten Stand bringt. Inzwischen lehnen Jerry und Hans gegen den Wagen in der Garage.

»Okay«, sagt Hans zu Eva, dann reicht er Jerry das Handy. Es scheint, als hätte er gerade ein paar Neuigkeiten erfahren, die alles nur noch schlimmer machen. Er lässt Jerry allein am Wagen zurück und geht wieder ins Haus.

Jerry hebt das Handy ans Ohr. »Eva?«

»Geht's dir gut, Jerry?«

Trotz allem, was passiert ist, ist es schön, ihre Stimme zu hören. »Das mit deiner Mom tut mir leid«, sagt Jerry zu ihr.

»Ich weiß«, sagt sie, »wir können später darüber reden. Ich treffe dich zusammen mit deinem Anwalt auf der Polizeiwache, okay?«

»Hört sich gut an«, sagt er und er stellt sich vor, wie sie dort sitzt und wartet und wartet und er nicht auftaucht. Denn er wird bei der schönen Aussicht sein, während ihm die Sonne aufs Gesicht scheint, bei den Tabletten und dem Alkohol – man kann auf schlimmere Art abtreten.

»Jerry … es gibt etwas, das du wissen solltest.«

Ihm bricht der Angstschweiß aus, und er lässt beinahe das Handy fallen. Nach diesem Satz kommt nie etwas Gutes.

»Das Hemd, das gestern gefunden wurde, es –«

»Ich weiß«, sagt er. »Ich habe es in den Nachrichten gesehen.«

»Aber sie haben nicht darüber berichtet, dass die Polizei dein Zimmer im Pflegeheim durchsucht hat.«

Hans kommt in die Garage zurück. Er hält zwei Flaschen Gin in den Händen und hat eine Flasche Tonic unter den Arm geklemmt. Er macht ein trauriges Gesicht und steigt in den Wagen.

»Sie haben einen kleinen Umschlag mit Schmuck gefunden«, sagt Eva.

»Von deiner Mutter?«, fragt Jerry.

Henry antwortet als Erster, in Zimmerlautstärke.

Nicht von Sandra, nein. Weißt du noch, was du in der Hand gehalten hast, als du vorhin wieder zu dir gekommen bist?

Jerry greift in seine Tasche – die Ohrringe sind immer noch da.

»Nein, nicht von Mom«, sagt Eva. »Offensichtlich vermutet die Polizei … dass der Schmuck …« Sie fängt an zu weinen.

»Eva –«

»Ich kann das nicht. Ich liebe dich, Jerry, aber ich kann das nicht, tut mir leid«, sagt sie, dann legt sie auf, und die Leitung ist tot. Jerry starrt auf das Handy und versucht, sie kraft seiner Gedanken dazu zu bringen zurückzurufen, den Ereignissen eine andere Richtung zu geben. Er steigt in den Wagen und gibt Hans das Handy, der es in seine Tasche gleiten lässt.

»Sie hat einfach aufgelegt.«

»Tut mir leid, Kumpel.«

»Die Polizei hat mein Zimmer durchsucht und etwas gefunden.«

»Das hat sie mir erzählt«, sagt Hans. »Die Schmuckstücke gehören drei verschiedenen Frauen, die alle umgebracht wurden, während du in der Stadt unterwegs warst. Tut mir leid, Kumpel, aber es ist wirklich … also … Ich weiß nicht, was ich sagen soll.«

Jerry schließt die Augen. Wie viele waren es?

Hans öffnet mit der Fernbedienung das Garagentor, dann lässt er den Wagen an und fährt rückwärts die Auffahrt hinunter.

»Es gibt noch etwas«, sagt Hans.

»Ich will es nicht hören.«

»Einer der Pfleger hat gesagt, du hättest ihm letzte Nacht erzählt, dass du Laura Hunt getötet hast. Sie wurde letzte Woche in ihrem Haus umgebracht. Er meinte, er habe das nicht ernst genommen, weil er dachte, dass du es wahrscheinlich in den Nachrichten gesehen und da was durcheinandergebracht hast, wie das in letzter Zeit häufiger passiert ist. Natürlich sieht er das jetzt anders. Und die Polizei auch. Das war an dem Tag, als man dich in der Bücherei gefunden hat.«

Wenn die Leute seinen Geständnissen Gehör geschenkt hätten, hätten sie das Monster aufhalten können. Aber sie dachten, es wäre nur Captain A, der irgendwelche Märchen erzählt hat.

»Du versprichst mir doch, bis zum Schluss an meiner Seite zu bleiben, oder? Du wirst doch dafür sorgen, dass alles glattläuft?«

»Versprochen«, sagt Hans.

Jerry denkt an Eva und daran, dass er ihr viel Leid ersparen wird.

»Das Protokoll«, sagt Hans. »Bist du dir sicher, ganz sicher, dass es existiert?«

»Hundertprozentig.«

»Wo könntest du es noch versteckt haben?«

Jerry schließt die Augen und stellt sich sein Arbeitszimmer vor. Er sieht den Boden vor sich, sieht, wie er mit einem Schraubenzieher eine der Holzdielen aufstemmt. »Es gibt kein anderes Versteck.«

»Falls ich nachher das Haus aufsuche, wo sollte ich anfangen zu suchen?«

»Würdest du das für mich tun? Du würdest es doch verstecken, wenn was Schlimmes drinsteht?«

»Ich würde es vernichten. Aber wo soll ich nachschauen, Jerry?«

»Keine Ahnung.«

»Es ist wichtig«, sagt Hans.

»Ich weiß«, sagt Jerry und kratzt sich noch stärker am Arm.

»Was ist mit deinem Arm?«, fragt Hans.

Jerry schaut nach unten und sieht, wie sich seine Nägel in seine Haut bohren. Er hat sich in letzter Zeit dort öfter gekratzt. Er rollt die Ärmel seines Hemds hoch, und das Einstichloch einer Nadel kommt zum Vorschein. Es ist wund und entzündet. »Mit meinem Arm ist gar nichts«, antwortet er. »Komm, lass uns fahren, bevor wir den Sonnenuntergang verpassen.«

»Zeig mir deinen Arm«, sagt Hans.

»Warum?«

»Weil ich dich darum bitte.«

Jerry hält ihm den Arm hin.

»Hat man dir eine Spritze gegeben?«, fragt er; sie stehen immer noch in der Auffahrt.

»Gestern. Als wir nach dem Protokoll gesucht haben. Sie mussten mir eine Spritze verpassen, um mich ruhigzustellen. Das habe ich dir doch schon erzählt. Meine Haut ist wohl etwas gereizt.«

»Du hast da noch ein paar andere Stellen«, sagt er.

»Ich weiß nicht, woher die stammen.«

»Sie sehen aus wie verblasste Einstichlöcher. Ist es üblich, dass die Bewohner des Pflegeheims Spritzen bekommen?«

»Ich glaub nicht. Wie gesagt, sie haben mir gestern eine Spritze gegeben, wir waren in diesem Haus und –«

Hans schüttelt den Kopf und unterbricht ihn. »Lass mich einen Moment nachdenken«, sagt er barsch.

»Warum?«

»Halt einfach mal die Klappe. Lass mich nachdenken.«

Und Jerry hält die Klappe und lässt seinen Freund nachdenken. Hans fängt an, mit den Fingern auf das Lenkrad zu trommeln, immer und immer wieder. Dreißig Sekunden verstreichen. Eine Minute. Dann hört er auf, mit den Fingern zu trommeln, und sieht Jerry an.

»Eins hat mir bei der ganzen Sache von Anfang an keine Ruhe gelassen«, sagte er. »Das Pflegeheim befindet sich weit außerhalb der Stadt. Rund zwanzig Kilometer. Was glaubst du, wie hast du diese Entfernung zurückgelegt? Du bist doch nicht gefahren, oder?«

»Das weiß ich nicht genau. Ich denke, ich bin gelaufen.«

»Da ist man lange unterwegs.«

»Das ist die einzige Erklärung.«

»Erinnerst du dich daran, wie du gelaufen bist?«

»Nein.«

»Gehen wir mal davon aus, dass du gelaufen bist. In dem Fall bist du ziellos durch die Gegend geirrt, bis du an das Haus einer Person kommst, die du nicht kennst«, sagt er. »Deine frühere Nachbarin kanntest du, und die Floristin ebenfalls. Aber warum solltest du Menschen töten, die du nicht kennst? Nach welchem Muster hast du sie ausgewählt?«

»Völlig wahllos«, sagt Jerry, denn das ist die einzige sinnlose Antwort, die sinnvoll ist.

»Wenn du sie zufällig ausgewählt hast, warum dann Personen, die in der Nähe der Innenstadt wohnten? Warum niemanden, der am Stadtrand wohnte? Wenn du zu Fuß unterwegs warst, musst du durch unzählige Straßen gelaufen sein. Vorbei an Hunderten von Häusern. Warum bist du über zwanzig Kilometer zum Stadtrand gelaufen und dann noch mal sieben Kilometer bis zum Haus des Opfers, zumal du es völlig zufällig ausgewählt hast?«

»Ich habe diese Entscheidungen nicht getroffen«, sagt Jerry. »Das war Captain A.«

»Das ergibt keinen Sinn«, sagt Hans.

»Das tun die Entscheidungen von Captain A selten.«

Hans fängt erneut an, mit den Fingern zu trommeln. »Nachdem du so lange durch die Gegend gelaufen bist, suchst du ein

Haus auf, das du nie zuvor gesehen hast, und eine Frau, die du nicht kennst, lässt dich herein. Du wählst das Haus einer Frau aus, von der du irgendwie weißt, dass sie allein lebt. So sieht es doch aus, oder?« Bevor Jerry antworten kann, redet Hans weiter. »Das Haus, in dem die Frau gestorben ist, und das Pflegeheim liegen dreißig Kilometer auseinander, und du hast Einstichlöcher im Arm. Du kannst dich zwar an alles erinnern, was nach der Tat passiert ist, aber nicht davor.«

»Was willst du damit sagen?«

Hans öffnet mit der Fernbedienung erneut das Garagentor und fährt hinein. Dann löst er seinen Sicherheitsgurt und sieht Jerry an. »Ich will damit sagen, dass es einen Grund dafür gibt, warum du dich praktischerweise nicht mehr daran erinnern kannst, dass du in die Häuser der Frauen eingedrungen bist und sie getötet hast. Ich will damit sagen, dass du diese Taten vielleicht doch nicht begangen hast.«

Jerry ist tot

Lieber Zukünftiger Jerry, seit der WMD sind jetzt zwei Tage vergangen. Es ist schwierig zu sagen, wann genau du gestorben bist, aber vorgestern Abend wischte sich der Arzt mit dem Unterarm über die Stirn, schaute zur Schwester und verließ kopfschüttelnd den Operationssaal, weil er wusste, dass er nichts mehr tun konnte. In jener Nacht wurdest du zum Monster. Der Jerry, der du mal warst, der Jerry, der *ich* mal war, existiert nicht mehr. Es gibt jetzt nur noch dieses kranke, perverse Arschloch, das sich nachher eine Kugel in sein krankes, perverses Arschloch-Hirn jagen wird. Fahren Sie zur Hölle, Dr. Goodstory, weil

Sie mich nicht wieder gesund gemacht haben. Fahr zur Hölle, Früherer Jerry, weil du dich mit deinem Schicksal abgefunden, weil du aufgegeben und zugelassen hast, dass so etwas aus dir geworden ist. Es war deine Pflicht, deine verdammte Pflicht, uns zu retten! Wo war deine Gegenwehr? Früherer Jerry von Tag eins, von Tag vier und fünf, du hast dich selbst in diesen Schlamassel manövriert. Du hättest es längst tun können, du hättest der Welt und dieser armen jungen Frau einen Gefallen tun und dir eine Kugel in den Kopf jagen können, als Dr. Goodstory dir die Nachricht überbrachte. Aber nein, der Frühere Jerry wusste es ja besser. Für jemanden, der eigentlich weiß, wie sich die Dinge entwickeln, hast du einen ganz schönen Schlamassel angerichtet.

Man sagt, Selbstmord sei eine egoistische Tat. Man sagt, das sei feige. Aber die Leute sagen das, weil sie nicht verstehen, warum man das tut. In Wirklichkeit ist das Gegenteil der Fall. Es ist nicht feige, denn dazu ist unglaublich viel Mut erforderlich. Dem Tod ins Auge zu blicken und ihm zu sagen, dass man bereit ist … das ist mutig. Egoistisch wäre es, sich ans Leben zu klammern, während man dich den Medien und Gerichten zum Fraß vorwirft, und deine Familie mit dir. Einige Leute werden sagen, es sei egoistisch, sich dem zu entziehen, aber das stimmt nicht. Wenn du dich jetzt umbringst, ist das, als würde man ein Heftpflaster abreißen – ein kurzer Schmerz für deine Familie, der bald wieder nachlassen wird. Wenigstens das bist du ihr schuldig. Protokoll. Abschiedsbrief. Drink. Revolver. Das ist die Reihenfolge, Partner.

Womit sollst du anfangen? Na ja, du weißt schon. Du hättest dich längst erschießen sollen, aber so führte der Schwarze Freitag direkt zu den Ereignissen auf der WMD. Zu der Rede (inzwischen sind es zwei Millionen Klicks), der Sache mit dem Messer und dem Streit, den du mit Sandra wegen des Messers hattest. Du hast sie überredet, nicht zur Polizei zu gehen, denn was hattest du schon getan? Vielleicht gar nichts. Vielleicht hattest du das Messer nur gefunden. Oder damit eine riesige Ratte erstochen – und niemand würde eine riesige Ratte vermissen, oder?

Nachdem Sandra das Messer gefunden hatte, hast du mit ihr fast den ganzen Nachmittag Nachrichten gesehen. Ihr habt währenddessen kaum gesprochen. Ihr habt nur die Nachrichten geschaut und auf den Anruf gewartet. Ihr wusstet nicht, wer anrufen würde, nur, dass jemand anrufen würde. Mrs. Smith war noch am Leben; Sandra war unter einem Vorwand zu ihr hinübergegangen und hat nach ihr gesehen. Bei dem Opfer handelte es sich auch um keinen der Hochzeitsgäste, aber damit blieben immer noch die knapp vierhunderttausend Einwohner von Christchurch. Aber es rief niemand an. Das machte die Version mit der Ratte etwas wahrscheinlicher. Die Vorstellung nahm langsam Gestalt an. Es war zwar noch ungewiss, aber im Laufe der Zeit würde sich diese Vorstellung verselbstständigen.

Heute Morgen hat sich diese Vorstellung in Wohlgefallen aufgelöst. Als Eva anrief und fragte, ob wir es schon gehört hätten? *Was gehört haben?*, fragte Sandra. *Das mit Belinda*, sagte Eva. *Was ist mit Belinda?*, fragte Sandra, obwohl ihre Fantasie wie ein kleiner Zug durch verschiedene Szenarien zuckelte und schließlich in den *Mein-Mann-hat-sie-getötet*-Bahnhof fuhr, ja, und genau dort stieg sie aus. Belinda war tot. Jemand hatte sie in ihrem Haus erstochen. Eva weinte am Telefon und Sandra ebenfalls. Selbst du hast geweint, J-Man. Du hast um Belinda geweint, um Sandra und Eva, und um den Früheren Jerry und dich selbst.

Die Welt ist schrecklich. Wer würde so etwas tun?, fragte Evas Stimme am anderen Ende der Leitung wieder und wieder. Sie wisse es nicht, erwiderte Sandra immer wieder. Sie wurde ganz blass, als hätte man sie für die letzten zwei Monate im Kühlschrank eingesperrt. Die beiden telefonierten zehn Minuten lang. Während Sandra am Küchentresen saß und dir fast das ganze Telefonat über den Rücken zugewandt hatte, hocktest du am Esstisch und schautest auf die Wanduhr. Darauf verstrichen die Minuten, die Belinda bereits tot war. Und die letzten Momente deines Lebens. Das war dir zu diesem Zeitpunkt klar, du hast es bereits letzte Nacht geahnt – du wusstest, dass du den ultimativen Preis bezahlen würdest, solltest du jemandem etwas angetan haben. Während du auf die Uhr schautest, spieltest du in Gedanken diesen letzten Schritt durch. Du würdest den Revolver benutzen. Es würde alles ganz schnell gehen.

Nachdem Sandra aufgelegt hatte, blieb sie, ohne sich zu dir umzudrehen, am Küchentresen sitzen. Sie weinte. Ihr Körper zitterte leicht, während sie versuchte, sich zu beherrschen. Du wolltest so gern zu ihr gehen und sie in die Arme nehmen, sie festhalten, während sie weinte, aber das hätte sie nicht zugelassen. Und selbst wenn, was hättest du dann sagen sollen? Außerdem hätte sie bei der kleinsten Berührung angefangen zu schreien. Oder wäre gestorben. Das war dir klar. Sie war mit den Nerven am Ende. Also bist du am Tisch sitzen geblieben und hast deinen Finger über die Furchen gleiten lassen, die du mit der Gabel hineingekratzt hast.

Was sollen wir jetzt tun?

Das waren ihre Worte, während sie dir immer noch den Rücken zugewandt hatte. Sie war wie gesprungenes Glas, das bei der sanftesten Berührung platzen würde.

Ich habe sie nicht umgebracht, sagtest du. *Ausgeschlossen.*

Du fühltest dich zu ihr hingezogen. Das war nicht zu übersehen, sagte sie. Das wusste sie nur, weil sie deine Aufzeichnungen gelesen hatte. Aber sie war noch nicht fertig. *Du besitzt die Frechheit, mir vorzuwerfen, ich hätte eine Affäre, während du die ganze Zeit nach einer Frau verrückt warst, die halb so alt war wie du. Ich wusste es. Ich wusste es, weil du sie ständig angestarrt hast. Du hast sie sogar auf der Arbeit besucht, Jerry! Auf der Arbeit! Und … o mein Gott,* sagt sie, und drehte den Barhocker herum, um dich anzuschauen. Du wusstest, was jetzt kommen würde – dies war ein weiteres Puzzlestück, das sich ins Gesamtbild fügte. *An dem Tag, als sie dich nach Hause gebracht hat, ist sie vorher noch bei sich vorbeigefahren! Du wusstest, wo sie wohnt!*

Sandra –

Nicht, sagte sie und hob die Hand, um dich zum Schweigen zu bringen. *Dazu gibt es nichts zu sagen, Jerry, nichts,* sagte sie, und sie hatte recht.

Sandra stürmte aus dem Zimmer, und du hast ihr nicht hinterhergerufen. Du konntest nicht. Was hättest du sagen sollen? Jetzt gerade ist sie immer noch oben, und entweder hat sie bereits die Polizei angerufen, oder sie nimmt all ihren Mut zusammen, um es zu tun.

Zukünftiger Jerry, du kommst dir vor wie eine Figur in einem deiner Bücher. Das ist dein Werk. Du bist dafür verantwortlich.

So, das war's. Du musst noch zwei Abschiedsbriefe schreiben, einen an Eva und einen an Sandra. Letztlich sind diese Aufzeichnungen nichts weiter als das Gefasel eines verrückten Mannes. Der in Kürze ein toter Mann sein wird. Nachdem du die Abschiedsbriefe geschrieben hast, wirst du den Revolver aus dem Versteck holen. Worauf Sandra die Treppe herunterlaufen und deine Leiche finden wird, ein schrecklicher Anblick. Allerdings wird sie zu diesem Zeitpunkt darüber eher erleichtert sein.

Mach's gut, Zukünftiger Jerry. Sollte ein weiteres Leben auf dich warten, kriegst du die zweite Fassung hoffentlich besser hin.

KAPITEL 24

Das Garagentor schließt sich hinter ihnen, und die beiden sitzen, eingehüllt in Dunkelheit, im Wagen.

»Letztes Jahr hast du mir erzählt, dass du angefangen hast, Selbstgespräche zu führen«, sagt Hans. »Dass du Gespräche zwischen dir selbst und Henry Cutter führst. Tust du das immer noch?«

Vor einem Jahr wäre Jerry das peinlich gewesen. Inzwischen ist das was Alltägliches. »Hin und wieder. Warum?«

»Henry ist derjenige, der die ganzen tollen Ideen hat, nicht wahr? Der die Ideen zu den Büchern hat, derjenige, der das Handlungsgerüst konstruiert.«

»Das läuft etwas anders«, sagt Jerry. »Das ist nur ein Name. Ich schlüpfe in die Rolle des Autors, wenn ich arbeite, aber ich bin immer noch derjenige, der die Ideen hat. Henry ist keine andere Person«, sagt er, aber manchmal ist er sich da nicht so sicher. Henry hat ihm heute geholfen, und glaubt er nicht manchmal, dass Henry ein anderer Name für Captain A ist?

»Dann schlüpf jetzt in die Rolle des Autors«, sagt Hans, »denn jetzt wird gearbeitet.«

»Gearbeitet?«

»Ich will etwas ausprobieren, vielleicht funktioniert das ja.«

»Was?«

Hans öffnet die Wagentür, und die Innenbeleuchtung geht an. Jerry kann Werkzeuge erkennen, die an der Wand hängen, einige Gartengeräte, ein Seil, eine Schaufel, eine Rolle Klebeband, alles unerlässliche Hilfsmittel in Henrys Branche.

»Ich möchte, dass du wie ein Autor denkst, während ich dir von meiner Idee erzähle. Geht das?«, fragt Hans.

»Ich kann's versuchen.«

»Nur versuchen reicht nicht«, sagt Hans. »Okay?«

»Okay.«

»Gut. Die Geschichte handelt von einem Krimiautor, der in einem Pflegeheim lebt. Er leidet an Demenz. Ständig gesteht er irgendwelche Verbrechen, die er angeblich begangen hat, aber in Wirklichkeit hat er nur darüber geschrieben. Es gibt auch Verbrechen, die er begangen hat – er hat zum Beispiel seine Frau erschossen und kurz nach der Hochzeit seiner Tochter eine Frau getötet, und es kann sein, dass er als junger Mann eine weitere Frau umgebracht hat. Er ist also nicht unschuldig, aber er hat es nicht verdient, für Verbrechen bestraft zu werden, die er nicht begangen hat. Heute Morgen ist er an einem Tatort aufgewacht und wusste nicht, wie er dorthin gekommen ist oder was er getan hat.«

»Verfolgst du mit dieser Zusammenfassung einen bestimmten Zweck?«, fragt Jerry.

»Die ganze Zeit fragt er sich, warum er sich an gewisse Dinge erinnern kann und an andere nicht. Sicher, die Alzheimererkrankung raubt ihm sein Erinnerungsvermögen. Außerdem hat er einige schmerzliche Ereignisse aus der Vergangenheit verdrängt. Aber er kann sich weder daran erinnern, wie er in die Stadt gelaufen ist, noch an diese Frauen, er kann sich an nichts erinnern. Man hat ihn betäubt, beim letzten Mal ebenfalls. Niemand hat bisher herausgefunden, wie es ihm gelingt, aus dem Pflegeheim abzuhauen, oder wie er es in die Stadt schafft.« Hans hält inne und schaut ihn an. »Los, Jerry, stell dir vor, das wäre ein Roman.«

»Aber es ist kein Roman.«

»Überlass Henry das Denken. Verdammt, Jerry, du musst mir schon helfen. Schließ die Augen und stell dir vor, du wärst in deinem Arbeitszimmer, bist in deine Rolle als Autor geschlüpft und lässt Henry die Arbeit machen. Du und Henry, ihr schreibt deinen nächsten Bestseller.«

Jerry schließt die Augen und stellt sich sein Arbeitszimmer vor. Er kann sich an den Geruch des Zimmers erinnern, spürt den Schreibtisch unter seinen Fingern, sieht den Pfennigbaum auf seinem Schreibtisch, den er vor zehn Jahren gekauft hat und der gestern noch auf dem Tisch stand, als er dort war. Er kann sich daran erinnern, wie die Sonne jeden Tag in einem etwas anderen Winkel ins Zimmer fiel und das *King-Kong-Frankensteins-Sohn*-Poster an der Wand vergilbte. Allerdings konnte er nicht sehen, wie es langsam vergilbte, genauso wenig, wie man bemerkt, dass ein Kind jeden Tag ein Stück wächst. Aber man weiß, dass es passiert. In *King Kong – Frankensteins Sohn* kämpft King Kong gegen einen Roboter, der genauso aussieht wie er – es war ein Kampf der Titanen. O Mann, wie er diese fünfzig Jahre alten B-Movie-Poster liebte, und wie sehr Sandra sie hasste, weshalb er sie auch sonst nirgendwo im Haus aufhängen durfte. Wenn er in seinem Arbeitszimmer saß, benutzte er Henry Cutter zwar als Pseudonym, aber er dachte nicht, er wäre Henry

Cutter. Er war Jerry Grey, der Autor, dessen Autoren-Doppelgänger, der genauso aussah wie er, sein Geld damit verdiente, sich Geschichten auszudenken. Tagsüber schrieb er, und abends schaute er sich Geschichten an, die andere Leute sich fürs Fernsehen ausgedacht hatten. Er las die Bücher anderer Autoren und ging ins Kino. Erfundene Geschichten waren sein Leben. Henry Cutter war nur ein Name, und wie vorhin braucht er jetzt Henrys Hilfe.

Ich bin hier, Jerry. Du musstest mich nur fragen.

»Stellst du dir vor, das wäre ein Roman?«, fragt Hans.

Die beiden stellen sich das Ganze als Roman vor, Jerry und Henry, wieder vereint, das Dream-Team. Auf diese Weise haben sie ihre besten Arbeiten abgeliefert. »Ja.«

»Wenn all das, was ich dir gerade erzählt habe, ein Buch wäre, was würde dann als Nächstes passieren?«

»Das ist leicht«, sagen die beiden, und es ist tatsächlich leicht. Wenn es darum ging, ein Rätsel zu lösen, konnte niemand Henry und Jerry etwas vormachen. Wie oft hat Sandra sie aufgefordert, die Klappe zu halten, wenn sie im Kino waren oder sich einen Fernsehfilm anschauten, weil die beiden unbedingt den Ausgang der Geschichte vorhersagen mussten? Das hier ist das größte Rätsel von allen, und die beiden hatten stets Freude an einem verzwickten Rätsel.

Jerry stellt sich die Ereignisse bildlich vor und fasst in Worte, was er und Henry sehen können. So, wie er das früher immer getan hat, aber statt zu tippen, erzählt er es. »Dem demenzkranken Krimiautor ist es nicht gelungen, aus dem Pflegeheim abzuhauen. Okay, vielleicht ein- oder zweimal, aber nicht öfter. Nicht, solange die Mitarbeiter ihn im Auge behielten; das heißt, er hatte Hilfe. Allerdings deuten die Einstichlöcher darauf hin, dass man ihm nicht geholfen, sondern ihn betäubt hat. Man hat ihn betäubt, nach draußen geschafft und in die Stadt gefahren.«

»Warum sollte jemand so etwas tun?«, fragt Hans.

Jerry stellt es sich bildlich vor. Er spielt mit Henry ein paar Ideen durch, bis sie sich auf eine geeinigt haben. »Man bringt ihn an den Tagen der Morde in die Stadt und setzt ihn irgendwo ab. Daraus ergibt sich ein bestimmtes Muster. Am ersten Tatort wird er allerdings nicht abgesetzt, weil der eigentliche Täter ohne den perfekten Sündenbock keine weiteren Frauen mehr töten könnte, denn er weiß, dass man den Autor schnappen würde. Er weiß auch, dass er nicht ewig so weitermachen kann. Er schätzt, dass er vier Frauen töten kann. Bei den ersten dreien setzt er den Autor wahllos irgendwo ab, aber bei der vierten lässt er ihn im Haus zurück, damit er dort wieder zu sich kommt und überall seine Fingerabdrücke und DNS hinterlässt. Genau das passiert auch, und der Autor glaubt, dass er es gewesen ist.«

Für einen Moment herrscht Stille im Wagen, und Jerry schaut zu Hans hinüber und rechnet damit, dass er lacht, doch er lacht nicht. Stattdessen fragt er: »Und wer ist der Mörder?«

»Liegt das nicht auf der Hand?«

»Sei so nett und sag's mir.«

»Jemand, der Zugang zum Pflegeheim hat und zu den Medikamenten, mit denen die Patienten ruhiggestellt werden. Jemand, der weiß, dass der Autor ständig irgendwelche Verbrechen gesteht. Jemand, der Schmuck in den Taschen des Autors versteckt, damit dieser glaubt, er hätte ihn mitgehen lassen.«

»Jemand aus dem Pflegeheim«, sagt Hans.

Jerry nickt. »Manche Leute finden meine Bücher unglaubwürdig. Daran kann ich mich noch erinnern.«

Hans zuckt mit den Achseln. »Das trifft auf die meisten

Romane zu. Andernfalls würden sie sich nicht vom wirklichen Leben unterscheiden. Die Leute wollen keine Geschichten aus dem wirklichen Leben lesen.«

»Dies ist das wirkliche Leben.«

»Stimmt«, sagt Hans. »Aber betrachte es weiterhin wie einen Roman. Weißt du noch, was Eva vorhin zu mir am Telefon gesagt hat?«

»Einer der Pfleger meinte, ich hätte ihm gestern Abend gestanden, dass ich jemanden getötet hätte.«

»Fiona Clark«, sagt Hans. »Wenn dich jemand heimlich aus dem Pflegeheim bringt, meinst du nicht, dass das dieselbe Person ist, die behauptet, du hättest ein Geständnis abgelegt?«

»Es sei denn, ich habe tatsächlich ein Geständnis abgelegt«, sagt Jerry. »Vielleicht habe ich ein Geständnis abgelegt, weil ich die Morde begangen habe oder weil ich die Nachrichten gesehen habe und dachte, ich hätte sie begangen.«

»In deinen Büchern«, sagt Hans, »was wäre da der nächste Schritt? Was würde eine Figur in deiner Situation tun?«

»Zur Polizei gehen.«

»Nein, würde sie nicht«, sagt Hans.

Würde sie nicht, sagt Henry. Komm schon, sei ehrlich.

»Die Leute gehen nie zur Polizei«, sagt Hans. »Obwohl sie es eigentlich tun sollten, aber dann wäre die Geschichte zu Ende, nicht wahr? In Kapitel drei wäre dann Feierabend. Außerdem würde die Polizei diese Geschichte sowieso nicht glauben. Irgendjemand hat dich betäubt, Jerry, denn ich kann mir nicht vorstellen, dass du dreißig Kilometer gelaufen bist. Aber ich kann mir auch nicht vorstellen, dass die Polizei sich fragt, warum dich niemand gesehen hat, während du den ganzen Weg in die Stadt gelaufen bist. Denk mal darüber nach.«

Jerry denkt darüber nach. Er und Henry. »In einem Buch würde der Autor als Nächstes den Pfleger aufsuchen, dem er die Taten gestanden hat. Den Pfleger, der Zugang zu den Medikamenten hat und der dem Autor schon früher öfter eine Spritze gegeben hat.« In diesem Moment fällt Jerry noch etwas anderes ein. »Der Pfleger, der Ambitionen als Schriftsteller hat.«

»Schreib über das, was du kennst«, sagt Hans. »Wie wär's, wenn wir den Spieß umdrehen? Wie wär's, wenn wir tun, was du schreibst, und ihm einen Besuch abstatten?«

»Er heißt Eric«, sagt Jerry, »und vielleicht ist er unschuldig.«

»Das werden wir herausfinden.«

Bevor sie das herausfinden, fährt auf der anderen Seite des Garagentors ein Wagen vor. Einen Moment später werden zwei Türen geöffnet und zugeschlagen. Es sind Schritte zu hören, dann, wie an das Tor geklopft wird. *Wenn dies ein Buch wäre,* denkt Jerry, *dann wäre das jetzt die Polizei, die schneller als erwartet eingetroffen ist.*

Der letzte Tag

Bevor der Revolver sein blutiges Handwerk verrichten wird, gibt es noch etwas zu berichten. Nicht, weil du glaubst, dass alles gut wird oder dass Captain A einen anderen weißen Wal gefunden hat, den er jagen kann, und deswegen dieses Gefährt nicht mehr benötigt. Nein, damit deine Familie, wenn sie auf die Ereignisse der vergangenen Monate zurückblickt, versteht, was eigentlich passiert ist. Vielleicht können andere Menschen davon profitieren. Man kann das wohl kaum als Silberstreif am Horizont bezeichnen, aber vielleicht hilft es in naher Zukunft Forschern, die Straßen im Land der Bekloppten zu kartografieren.

Du versuchst, die Abschiedsbriefe knapp zu halten. Einen hast du bereits geschrieben, der andere steht noch aus. Der Brief, den du bereits geschrieben hast, ist voller *Tut mir leid* und *Ich liebe dich*. Die Person, bei der du dich am meisten entschuldigen musst, ist Belinda Murray.

Vorhin ist Sandra ins Arbeitszimmer gekommen. Sie hat sogar vorher angeklopft, was sie früher immer getan hat, bevor sie die Tür öffnete, weshalb dir deine Arbeit immer so *offiziell* vorkam; ein besseres Wort fällt dir nicht ein. Sie klopfte, trat ein und setzte sich auf das Sofa. Du hocktest auf dem Bürostuhl und hattest den Abschiedsbrief unter der Schreibunterlage versteckt, auf der du gerade den zweiten Brief schreiben wolltest. Sandra schaute auf die Unterlage, dann zu dir.

Hast du noch andere Menschen getötet?, fragte sie, und sie klang, als hätte sie sich damit abgefunden, dass noch mehr schlimme Nachrichten auf sie warteten.

Nein.

Aber wie kannst du dir da sicher sein?

Die Frage hattest du dir auch schon gestellt, und du gabst ihr die Antwort, die du dir auch schon gegeben hattest. *Weil ich das wüsste.*

Du wusstest also, dass du Belinda getötet hast?

Diese Unstimmigkeit war dir durchaus bewusst, und du konntest sie auch nicht aus der Welt räumen. *Nein.*

Wie kannst du dann hier sitzen und behaupten, du hättest niemandem etwas angetan?

Darauf hattest du keine Antwort. Stattdessen stelltest du eine Frage. *Hast du die Polizei gerufen?*

Nein, sagte sie.

Warum?

Ich versuche, eine Entscheidung zu treffen. Erzähl mir, woran du dich erinnerst.

Also hast du es ihr erzählt. Du konntest dich noch an die Rede auf der Hochzeit erinnern und daran, wie du sie dir zu Hause immer wieder im Internet angeschaut hast. Sandras Gesicht verfinsterte sich, als du ihr erzähltest, dass du trinkst und aus dem Fenster geklettert bist.

Um zu Belinda zu gehen, sagte sie.

Du schütteltest den Kopf. *Um einen Spaziergang zu machen. Mir die Beine zu vertreten. Um in irgendeine Bar zu gehen.*

Sie schien dir nicht zu glauben. *Und dann?*

Und dann war ich wieder in meinem Arbeitszimmer.

Erzähl mir von dem Hemd, sagte sie.

Was?

Von deinem Hemd. Ich habe in der Waschküche nachgesehen, und es ist nicht da. Ich kann es nirgends finden. Sie warf einen Blick auf den Boden. *Ist es unter der Holzdiele?*

Du dachtest daran, sie anzulügen, aber wozu? *Ja.*

Du hast es versteckt, sagte sie.

Ja.

Warum hast du dann das Messer nicht auch versteckt?

Weil –

Sie hob die Hand. *Verstehe. Weil du nicht wusstest, dass du sie umgebracht hast. Du hast zwar das Hemd gefunden, aber nicht das Messer. Darum rufe ich nicht die Polizei,* sagte sie, *weil ich weiß, dass du nicht Herr deiner Sinne warst.*

Dann war der Zeitpunkt gekommen, ihr die entscheidende Frage zu stellen: *Was wirst du jetzt tun?*

Ich denke, die Frage ist: Was wirst du *jetzt tun?*

Sie starrte dich so lange an, bis dir klar wurde, was sie damit meinte. Sie würde nicht die Entscheidung treffen, ob ihr die Polizei ruft oder nicht; das hatte sie nie vor. Sandra hielt dir noch eine andere Möglichkeit offen, was unter den gegebenen Umständen zeigt, wie sehr sie dich noch immer liebt. Die Möglichkeit, die du gerade in die Tat umsetzen wolltest, und vielleicht hat sie das gespürt. Du hattest sie gedemütigt, Evas Hochzeit ruiniert und eine junge Frau ermordet, aber Sandra dachte nur an dich. Sie würde dir die Entscheidung überlassen, was als Nächstes passieren sollte. Zukünftiger Jerry, du sollst wissen, dass du deine Frau nie so sehr geliebt hast wie in diesem Moment.

Ich brauche etwas Zeit, um mir darüber klar zu werden, sagtest du mit bedächtiger, ruhiger Stimme. Die unausgesprochene Bedeutung dahinter war unmissverständlich, und ihr habt euch dabei die ganze Zeit angesehen. *Wie wär's, wenn du eine Runde spazieren gehst, um einen klaren Kopf zu bekommen?*

Für ein paar Sekunden sagte sie nichts. Du bist dir sicher, dass sie bereits wusste, was sie sagen wollte, aber das Schweigen war der Situation angemessen. Es verlieh ihr das letzte bisschen Würde, das erforderlich war. Dann sagte sie: *Ich komme damit zurecht. Wie lange brauchst du?*

Du würdest zwanzig Minuten brauchen, um den zweiten Abschiedsbrief zu schreiben. Abgesehen von ein paar Kleinigkeiten, war alles vorbereitet. Du musstest dir nur noch überlegen, welche Klamotten du anziehen solltest und wie groß die Sauerei werden würde, die du veranstaltest. Du hast überschlagen, wie lange es dauern würde, den Boden des Arbeitszimmers mit Plastikbeuteln auszulegen, um den Wiederverkaufswert des Hauses nicht zu schmälern. Du wirst eine Riesensauerei veranstalten, trotzdem willst du es im Arbeitszimmer tun. Du hast dir vorgestellt, wie du die Beutel aufschneidest, sie flach über den Boden verteilst und ein paar davon an die Wand hängst. Wie du dir einen Gin Tonic genehmigst, und vielleicht noch einen zweiten, während du in deinem Bürostuhl sitzt, geplagt von Zweifeln, dann der Entschluss, es zu tun, erneute Zweifel, die stumme Stereoanlage, die völlige Stille und schließlich ein ohrenbetäubender Knall. Du bist dir nicht sicher, ob du an die Frau denken wirst, die du umgebracht hast, wenn du den Abzug drückst, oder an deine Familie. Du wirst es bald wissen. Du hast kurz überschlagen, wie viel Zeit du brauchst: zwanzig Minuten, um die Müllbeutel zu verteilen, und zwanzig Minuten, um dir auf deinem Stuhl einen Drink zu genehmigen und die Sache zu Ende zu bringen.

Eine Stunde, sagtest du. *Ich brauche eine Stunde.*

Sandra stand auf. Sie war den Tränen nahe, und ihre Lippen zitterten ein wenig. Du bist zu ihr rübergegangen, du fühltest dich stark, sie breitete die Arme aus, und du nahmst sie in den Arm. Sie schluchzte in deinen Nacken und drückte dich fest an sich. Es war ein warmes, wohliges Gefühl, so wie immer; bevor Captain A dein Leben ruiniert hat, hast du Sandra immer auf diese Art in den Arm genommen.

Ich liebe dich, sagtest du.

Sie brachte es nicht über sich, deine Worte zu erwidern. Sie bekam keinen Ton heraus. Dann rannte sie aus dem Arbeitszimmer, raus auf die Straße, und du warst allein.

Vollkommen. Absolut. Allein.

Du wirst niemanden mehr sehen, Zukünftiger Jerry. Mit niemandem mehr reden.

Seitdem hattest du eine Menge zu tun. Du hast Sandra gesagt, dass du eine Stunde brauchen würdest, aber das reichte nicht, um etwas in das Protokoll des Wahnsinns zu schreiben. Glücklicherweise brauchtest du für andere Dinge weniger Zeit. Für den Abschiedsbrief brauchtest du zehn Minuten. Die Müllbeutel an die Wand zu kleben, dauerte fünfzehn Minuten. Dann hast du eine Plane aus der Garage auf dem Boden des Zimmers ausgebreitet. Du willst, dass sich die Sauerei in Grenzen hält. Außerdem wirst du dir einen Kissenbezug über den Kopf ziehen, um die Blutspritzer aufzufangen. Seitdem schreibst du und ignorierst das Telefon, das die ganze Zeit klingelt, denn was solltest du dem Anrufer schon sagen? Alles ist bereit, und die Worte, die du gerade zu Papier bringst, dienen nur dazu, die Angelegenheit hinauszuzögern. Es ist Zeit, Zukünftiger Jerry, den Stift zur Seite zu legen und diese unschöne Sache zu Ende zu bringen. Was werden die Blogger wohl dazu sagen? Das musste ja so kommen, vielleicht. Seit Jerry Greys erstem Buch war klar, dass er sich in seinem Arbeitszimmer eine Kugel in den Kopf jagen würde.

Du zögerst die Sache nur hinaus. In zehn Minuten wird Sandra zurück sein. Der Revolver liegt auf dem Schreibtisch. Die Waffe ist schwerer, als du sie in Erinnerung hattest. Sie wird einen Mordslärm machen, aber bei geschlossener Tür wird niemand den Schuss hören.

Du zögerst es immer weiter hinaus.

Es ist Zeit.

KAPITEL 25

Jerry bleibt im Wagen sitzen, während Hans das Haus betritt. Die Haustür befindet sich direkt neben der Garage, sodass Jerry das Gespräch durch die Wand hören kann. Seine Vermutung, dass die Polizei schneller als erwartet eingetroffen ist, erweist sich als richtig. Die Beamten stellen sich als Detective Jacobson und Detective Mayor vor. Jerry ist sich sicher, dass es sich um die beiden Männer handelt, die ihn zur Polizeiwache gefahren haben. Sie sind überzeugt, dass Hans weiß, wo Jerry Grey sich aufhält.

»Warum glauben Sie das?«, fragt Hans.

»Weil wir die Nummer überprüft haben, die er mit der SIM-Karte angerufen hat, die er gekauft hat, und das hat uns zu Ihnen geführt«, sagt einer der Männer.

Darum sind sie so früh hier. Weder Hans noch Jerry, und auch Henry nicht, haben diese Verbindung gesehen. Er kann wohl von Glück sagen, denkt Jerry, dass er in diesem Moment nicht auf der Rückbank eines Streifenwagens hockt. Allerdings ist das immer noch möglich, je nachdem, was Hans den beiden erzählt.

»Ja, er hat mich angerufen«, sagt Hans, »und ich habe ihn vom Einkaufszentrum abgeholt. Er war verwirrt und orientierungslos. Ich habe seine Tochter angerufen und ihr gesagt, dass es ihm gut geht. Ich wollte ihn zum Pflegeheim zurückfahren, aber nach dem, was sie uns erzählt hat, war mir klar, dass wir zur Polizeiwache fahren müssen.«

Jerry wird bang ums Herz bei der Vorstellung, dass Hans ihn ausliefern könnte. Vorsichtig, ohne ein Geräusch zu machen, öffnet er die Tür. Die Überzeugung, dass er unschuldig ist, ergreift immer mehr von ihm Besitz, und er wird nicht zulassen, dass diese Leute das Gegenteil behaupten.

»Dann ist er also jetzt hier«, sagt einer der Detectives.

Hans lacht. »Tut mir leid, Jungs, aber da wart ihr wohl etwas voreilig. Als ich zu ihm meinte, dass ich ihn auf die Wache bringen würde, hat er mich an der nächsten roten Ampel niedergeschlagen und ist aus dem Wagen gesprungen. Er rannte quer über die Straße, und nachdem ich es geschafft hatte, den Wagen zu wenden, war er verschwunden.«

Während er im Türrahmen zwischen Garage und Flur steht, denkt Jerry über das nach, was er gerade gehört hat. Dann geht er langsam zurück in die Garage.

»Sie haben ihn also entkommen lassen? Sie sind mir aber ein schlechter Freund«, sagt einer der Männer, doch Jerry denkt das Gegenteil. Die Tatsache, dass Hans ihn nicht verrät, macht ihn zu einem guten Freund. Dem besten Freund, den er im Moment haben kann.

»Nein, ich bin ein guter Freund, weil ich mich nicht gewehrt habe.«

»Sie wussten doch, dass er im Zusammenhang mit mehreren Morden gesucht wird, und trotzdem haben Sie es nicht als Ihre Bürgerpflicht angesehen, uns anzurufen und zu informieren?«

»Mit anderen Worten: Warum habe ich nicht Ihren Job für Sie erledigt? Ist es das, was Sie von mir wissen wollen?«

»Was mein Partner wissen will: Warum Sie uns verarschen. Wir wissen, dass er hier ist.«

Hans lacht erneut. »Sie haben mehr Fantasie als Jerry, und wenn er hier wäre und Sie davon überzeugt wären, dass er hier ist, wären nicht Sie beide hier, dann würde jetzt eine bewaffnete Polizeieinheit meine Tür eintreten.«

»Dann haben Sie bestimmt nichts dagegen, wenn wir reinkommen und uns mal umsehen?«

»Und ob ich was dagegen habe. Meine Eltern haben mir immer gesagt, dass ich nicht mit Fremden reden soll, und das seid ihr doch, oder? Außerdem hätte mein Anwalt was dagegen. Er würde einen Durchsuchungsbeschluss verlangen, so ist er nun mal. Ich sage ihm immer, dass er die Dinge zu negativ sieht. Aber wissen Sie, ich habe schon mal im Gefängnis gesessen, weil die Polizei meine Gutgläubigkeit ausgenutzt hat. Ich will nicht, dass Sie reinkommen und etwas sehen, das nicht hierher gehört, und denken, ich hätte irgendwas verbrochen. Ich halte mich nur an die Regeln, und das solltet ihr auch. Habt ihr einen Durchsuchungsbeschluss?«

»Darüber macht man keine Witze«, sagt einer der beiden.

»Ich mache keine Witze. Ich sage Ihnen, dass er nicht hier ist, und Sie stehen auf meinem Grundstück, beschimpfen mich als Lügner und fragen mich, ob ich etwas dagegen habe, wenn meine Rechte verletzt werden. So, ich habe Ihnen erzählt, was passiert ist, und ich war wirklich entgegenkommend, aber jetzt bin ich mit meiner Geduld langsam am Ende. Also, wenn Sie keinen Durchsuchungsbeschluss haben, sind wir hier fertig.«

»Sie wissen schon, mein Lieber, dass Sie bei Ihrer Vorgeschichte mit dem Feuer spielen. Wenn Sie einer flüchtigen Person Unterschlupf gewähren, landen Sie wieder im Knast.«

»Er ist nicht auf der Flucht, er ist verwirrt und weiß nicht, was er getan hat oder was er tut, und jetzt gerade weiß er wahrscheinlich nicht mal, wo er sich überhaupt befindet. Kommen Sie wieder, wenn Sie einen Durchsuchungsbeschluss haben.«

»Wir werden nicht allein zurückkommen«, sagt einer der Beamten, und Jerry hört, wie sich die Tür schließt.

Die Schritte der Männer entfernen sich, während sie zum Wagen zurückgehen.

Jerry hört, wie einer der beiden zu dem anderen sagt: »Ich habe dir doch gesagt, dass wir warten sollen. Du nimmst die Sache zu persönlich.«

»Dieser Scheißkerl hat mir zwei Finger gebrochen«, sagt der andere. »Klar ist die Sache persönlich.«

Den Rest ihres Gesprächs kann Jerry nicht verstehen, da sie außer Hörweite sind. Hans betritt die Garage und nimmt den Zeigefinger an die Lippen, um Jerry zu signalisieren, dass er den Mund halten soll. Dann tritt er ans Garagentor und lauscht, doch inzwischen sind die beiden Cops in den Wagen gestiegen. Sie lassen den Motor an, setzen aus der Auffahrt zurück und parken am Straßenrand.

Hans geht zurück ins Haus und fordert Jerry mit einer Handbewegung auf, ihm zu folgen.

»Wenn die beiden dort draußen parken, dann lassen sie jemand anders den Durchsuchungsbeschluss besorgen«, sagt er mit leiser Stimme.

»Ich glaube, dass ihre Kollegen bereits unterwegs sind«, sagt Jerry. »Einer der beiden hatte seine Hand in Gips, nicht wahr?«

»Ja.«

»Ich habe ihm die Finger gebrochen. Ich glaube, sie sind vor den Kollegen hierhergefahren, weil sie diejenigen sein wollten, die mich verhaften.«

Sie gehen ins Esszimmer, und Hans öffnet die Terrassentüren, die in den Garten führen. »Dann sind die anderen in ein paar Minuten hier, und wenn es sich um eine Sondereinheit handelt, wird sie das Haus stürmen. Du musst hier weg, und zwar sofort.«

»Kommst du nicht mit?«

»Ich muss noch was erledigen.« Er drückt Jerry ein Handy in die Hand. »Du kletterst auf der Rückseite über den Zaun und läufst am Nachbarhaus vorbei zur Straße. Dann biegst du nach links und am Ende des Blocks nach rechts. Verstanden?«

»Verstanden.«

»Wiederhol es.«

»Über den Zaun auf die Straße. Dann nach links und an der nächsten Kreuzung nach rechts.«

»In dieser Richtung läufst du weiter, bis du nach zweihundert Metern an einen schmalen Durchgang kommst. Dort versteckst du dich, bis ich dich anrufe, okay?«

»Was hast du –«

»Tu's einfach. Los, verschwinde. Und sollte man dich finden, erwähn bloß nicht meinen Namen, okay?«

Sie laufen durch den Garten mit seinem knöchelhohen Gras, der an den Rändern von Brennnesseln und Unkraut überwuchert ist, die so groß sind, dass sie zwei Zentimeter dicke Stiele haben. Jerry klettert über den Zaun und lässt sich auf der anderen Seite wieder herunter, hinter einem Haus mit einem Planschbecken und einem Sandkasten, der mit Katzenscheiße übersät ist. Immer wieder fragt er sich: Wie konnte es nur so weit kommen? Er läuft am Haus entlang, vorbei an einem Dreirad und einem Fußball, weiter zur Straße, und schon ist er außer Puste. Er biegt nach links und rennt den Weg entlang, den Hans ihm beschrieben hat. Am Ende des Blocks biegt er nach rechts und läuft weiter, bis er an den Durchgang kommt. Als er ihn zur Hälfte durchquert hat, hört er, wie sich ein Wagen nähert. Er dreht sich um und sieht einen Streifenwagen vorbeifahren. Weder drosselt der Wagen das Tempo noch schaut einer der Insassen in seine Richtung.

Schließlich kommt er an einen Park. Das Tolle an dieser Stadt ist, dass es hier so viele Parks gibt. Darum heißt sie »The Garden City«, und nicht, weil so viele Leichen in den Gärten ihrer Bewohner verbuddelt werden. Allerdings hat Henry in einem seiner Bücher seine Witze darüber gemacht.

Im Park sind nur wenige Leute unterwegs, auf den Schaukeln hocken ein paar Kinder und ein weiteres auf dem Karussell, und vor den Toiletten stehen ein paar Jugendliche, die Gesichter von ihren Kapuzenshirts bedeckt, und rauchen. Früher hätte Henry darüber ebenfalls Witze gemacht.

Die Nordseite des Parks wird von einer Gruppe Bäume gesäumt, die Schatten spenden. Dort könnte er sich verstecken, aber wenn jemand mitbekam, wie er dorthin läuft, könnte das Verdacht erregen. Dann bemerkt er da, wo die Rasenfläche an die Bäume grenzt, eine Parkbank. Er läuft hin und setzt sich erschöpft hin. Er zieht das Handy aus der Tasche, starrt auf das Display und tut so, als würde er eine SMS schreiben oder eine Seite mit dem Wetterbericht aufrufen, so, wie die Leute das tun, wenn sie allein unter Menschen sind und ein Handy dabeihaben. Seine Fußknöchel schmerzen von den Brennnesseln. Er kratzt sich, und sofort lässt der Schmerz nach, bevor es wieder schlimmer wird.

In diesem Moment klingelt das Handy. »Hans?«

»Bist du im Park?«, fragt Hans.

»Ja.«

»Gut. Du musst jetzt Ruhe bewahren. Sobald die Cops hier fertig sind, hole ich dich ab. Allerdings muss ich erst ein wenig durch die Gegend fahren, um sicherzugehen, dass ich nicht verfolgt werde. Aber in ein, zwei Stunden bin ich hoffentlich bei dir. Verhalte dich ruhig. Sieh zu, dass man dich nicht entdeckt, bis ich dich abhole, okay? Und bleib im Park, okay?«

»Okay«, sagt Jerry.

»Okay?«

»Okay, hab ich doch gesagt. Ich werde hier sitzen und auf dich warten.«

»Gut. Rühr dich nicht von der Stelle, Jerry. Wir wär's, wenn du darüber nachdenkst, wo du das Protokoll noch versteckt haben könntest? Wir müssen es unbedingt finden.«

Sie legen beide auf, und Jerry starrt auf das Handy, während er dort im Schatten hockt, allein, wie immer; die Polizei ist ihm auf den Fersen, und er wird immer erschöpfter. Er denkt an Eric, den Pfleger, und während er langsam müde wird, fragt er sich, ob Eric diese schrecklichen Taten begangen hat. Er muss gähnen und hält sich die Hand vor den Mund. Er überlegt, wo er das Protokoll noch versteckt haben könnte, und da ist ein Erinnerungsfetzen, der wie ein Splitter in seinem Gehirn steckt, aber er bekommt ihn nicht ganz zu fassen. Statt sich darauf zu konzentrieren, denkt er über Eric nach. Er muss erneut gähnen, und ohne es zu merken, döst er langsam weg, bevor er plötzlich wieder zu sich kommt. Er richtet sich ein wenig auf. Er muss nichts weiter tun, als wach zu bleiben und auf Hans zu warten. Anschließend werden sie zu Eric fahren. Er fragt sich, wie sie Eric zu einem Geständnis bringen sollen. Als er erneut wegdöst, sagt er sich selbst: bleib wach, bleib wach.

Die Begnadigung

Heute ist einer der längsten Tage in deinem Leben. Die jüngste Entwicklung der Ereignisse läuft zu deinen Gunsten, Zukünftiger Jerry, denn vielleicht wirst du heute doch noch nicht sterben.

Das alles ist nur schwer zu verstehen. Vor einer Stunde hat sich etwas Neues ergeben. Eigentlich sollte Henry dir das erzählen, aber Henrys Job ist es, sich Geschichten auszudenken.

Deiner, Jerry, ist es, zu erzählen, was tatsächlich passiert ist. Folgendes ist geschehen …

Du hattest bereits den zweiten Abschiedsbrief geschrieben, den an Eva, und die beiden Briefe fein säuberlich gefaltet in zwei Umschläge gesteckt, sie beschriftet und auf den Schreibtisch gelegt, wo man sie nicht übersehen konnte. Die Müllbeutel waren schon befestigt, und in wenigen Momenten würde Captain A endlich von Bord gehen. Du hocktest auf dem Bürostuhl und starrtest auf das Sofa, während du dich fragtest, ob das Sofa für das, was du vorhast, nicht besser geeignet wäre. Aber dazu hättest du die Müllbeutel an einer anderen Stelle anbringen müssen, und du hättest die Sache nur weiter hinausgezögert. Außerdem hättest du dann das Sofa versaut. Nein, der Bürostuhl war schon in Ordnung, und, mal ehrlich, spielte das überhaupt irgendeine Rolle?

Den Kissenbezug wolltest du doch nicht benutzen. Die Vorstellung, damit gefunden zu werden, war unerträglich, und davon, dass irgendjemand der Öffentlichkeit ein Foto zuspielen könnte, das einige Tage später im Internet kursieren würde – seht nur, Jerry Grey mit einem Kissenbezug über dem Kopf. Was für ein Idiot aus ihm geworden ist. Du hast dir den Revolver in den Mund gesteckt, aber es war unangenehm, wie deine Zähne über den Lauf kratzten. Also hast du dich entschieden, dir seitlich in den Kopf zu schießen, und du warst fest entschlossen, es zu tun, und dann plötzlich nicht mehr und dann doch wieder. Es war, als würde man immer wieder einen Schalter umlegen. Tu's, tu's nicht, tu's.

Dir fiel ein, dass manche Selbstmordversuche scheiterten, weil die Kugel ihre Flugbahn änderte, durch den Schädel wirbelte und eine Menge Schaden anrichtete, ohne den Menschen zu töten. Dann hast du dir den Revolver wieder in den Mund gesteckt.

Den Blick auf das Halloween-Foto auf deinem Schreibtisch gerichtet, das Eva in ihrer Verkleidung als Autobahnpolizist aus *CHiPs* zeigt, hast du den Abzug gedrückt; dabei dachtest du an das blutverschmierte Hemd, das Messer und die tote Frau. Es ging immer um die Frau.

Doch nichts passierte.

Der Revolver war noch gesichert.

Gerade als du herausgefunden hattest, wie man ihn entsichert, kam Sandra ins Zimmer gestürzt. Du hast die Waffe auf den Tisch fallen lassen und bist so schnell aufgesprungen, dass der Stuhl zurückrollte, an einer Falte der Plane hängen blieb, umkippte, sich in dem Müllbeutel an der Wand hinter dir verfing und ihn herunterriss.

Gott sei Dank, sagte sie. Ihre Kleidung klebte an ihrem Körper, Schweiß lief ihr übers Gesicht, und ihre Wangen waren gerötet. Sie war ganz außer Atem.

Ich brauche nur noch eine Minute, sagtest du.

Sandra stapfte auf dich zu, warf einen Blick auf den Revolver, bemerkte die Plastikbeutel und die Folie. Überwältigt vom Grauen der ganzen Situation, hielt sie inne. Ihr Gesichtsausdruck wechselte von Erleichterung zu Entsetzen. Dann fing sie an zu zittern, schleppte sich zum Sofa und setzte sich … eigentlich ließ sie sich mehr darauf fallen. Ihr Gesicht war jetzt nicht mehr rot, sondern leichenblass. Aber sie schwitzte immer noch, sogar noch stärker als eben, und keuchte.

Ich brauche nur noch eine Minute, sagtest du, denn du dachtest, sie wäre wütend, weil du dein Vorhaben noch nicht in die Tat umgesetzt hattest.

Sie schüttelte den Kopf. *Bitte, setz dich zu mir,* sagte sie, und als du dich nicht von der Stelle rührtest, streckte sie dir ihre Hand entgegen. *Bitte, Jerry.*

Du bist dann zum Sofa gegangen und hast dich gesetzt, ohne jedoch ihre Hand zu nehmen. Zwischen dir und dem Revolver bestand eine psychische Verbindung, nach dem, was ihr beinahe zusammen durchgemacht hättet, und du spürtest, wie er auf dem Schreibtisch darauf wartete, dass man ihn in die Unterhaltung einbezog.

Ich habe einen Anruf bekommen, sagte sie. *Ich habe vergeblich versucht, dich erreichen. Darum bin ich zurückgerannt. Um dich aufzuhalten. Es ... Es tut mir leid, ich ... ich hätte dich nicht hier zurücklassen dürfen, damit du tust ... damit du tust, was du vorhattest,* sagte sie und fing an zu weinen.

Du wolltest ihr die Hand auf die Schulter legen und sagen, dass alles gut wird, aber du konntest dich nicht dazu durchringen. Nichts würde gut werden, und vergiss nicht, Zukünftiger Jerry, dass Sandra zu diesem Zeitpunkt bereits den Konditor vögelte und die Typen, die die Alarmanlage installiert hatten, und wer weiß wen sonst noch. Du musst wissen, dass du, als dir das durch den Kopf ging, auch an den Revolver gedacht hast. Innerhalb einer Sekunde – nicht mal, innerhalb einer Mikrosekunde – passierten zwei Dinge. Zunächst erschien vor deinem geistigen Auge das Bild von Sandra, die eingeklemmt unter dem Konditor lag, während er in sie eindrang; er trug seine große weiße Konditormütze, die feucht vom Schweiß war, den großen weißen Konditorenarsch in die Höhe gereckt. Gleichzeitig erschien vor deinem geistigen Auge der Revolver in deinen Händen, wie er mehrere Kugeln in Sandras Brust pumpte. Zwei unangenehme Gedanken innerhalb einer Mikrosekunde.

Erinnerst du dich noch an Mae?

Aus einem meiner Bücher?

Nein. Vor ein paar Wochen bist du orientierungslos und verwirrt durch die Gegend marschiert und hast bei ihr an die Tür geklopft. An das Haus, in dem du eine Weile gewohnt hast, als du noch jünger warst. Mae war –

Schwester Mae, sagtest du, und dir fiel wieder ein, wer sie war. Du konntest dich zwar nicht mehr daran erinnern, wie du zu ihrem Haus gelangt warst, aber daran, dass du dort gewesen bist, an den Tee und an euer Gespräch und daran, wie Sandra vorbeikam, um dich abzuholen. Das war an dem Tag, an dem du versucht hast, die Sprühdose zu entsorgen.

Genau die, sagte Sandra, und sie schien erleichtert, dass du dich an sie erinnern konntest.

Verdammt, selbst du warst erleichtert. Für einen Moment hast du dir vorgestellt – aber das war reines Wunschdenken –, dass du die schlimmste Phase der Alzheimererkrankung jetzt überstanden hättest. Dass vor dir die fünf Phasen der Genesung liegen würden. *Sie hat angerufen, um zu hören, wie es dir geht.*

Warum?

Weil du am Samstagabend bei ihr warst.

Ich … Moment. Was?

Ich will das Hemd sehen.

Warum?

Weil ich dich darum bitte.

Also hast du die Bodendiele aufgestemmt und ihr das Hemd gezeigt. Sie wirkte keineswegs so unglücklich darüber, wie du erwartet hattest. Du hast das Hemd wieder zusammengeknüllt und in das Loch gestopft. Und dann erklärte sie dir, was passiert war. Du weißt nicht mehr den genauen Wortlaut, und wenn

Ricks Arschloch-Freund mit seiner Videokamera hier gewesen wäre, könntest du deinem Gedächtnis jetzt im Internet ein wenig auf die Sprünge helfen, aber an das Wesentliche kannst du dich noch erinnern.

Gegen drei Uhr morgens wurde Mae von einem Klopfen an ihrer Tür geweckt. Als sie öffnete, hast du vor ihr gestanden, während draußen auf der Straße das Taxi wartete, das dich hergebracht hatte. Du hattest kein Geld, und wie beim letzten Mal, als du dort warst, warst du verwirrt. Mae bezahlte den Taxifahrer und nahm dich mit ins Haus. Sie hat Sandra erzählt, dass sie überlegt habe, dich wieder in das Taxi zu setzen und dem Fahrer zu sagen, dass er dich dorthin zurückfahren solle, wo er dich aufgelesen habe. Allerdings wusste sie nicht genau, wo das war, oder ob du an einer roten Ampel nicht aus dem Wagen springen und dich aus dem Staub machen würdest. Du hast an ihrem Küchentisch gesessen und eine Tasse Tee getrunken, und als sie Sandra anrufen wollte, hast du sie gebeten, es nicht zu tun. Allerdings erst, nachdem sie dir erklärt hatte, dass du nicht mehr in dem Haus wohnst, was du inzwischen jedoch selbst herausgefunden hattest. Du wolltest aus einem einfachen Grund nicht, dass sie Sandra anruft – zur Erklärung hast du ihr das Video gezeigt, auf dem zu sehen ist, wie du die Hochzeit ruinierst und was danach von deinem Leben noch übrig war. Sie war einverstanden, Sandra nicht zu verständigen, bestand jedoch darauf, irgendjemand anders anzurufen. Und du hast ihr von Hans erzählt und ihn mit seinem Handy angerufen, doch er ging nicht dran, was nicht weiter verwunderlich war, denn es war mitten in der Nacht, also hast du ihm eine Nachricht hinterlassen.

Mae blieb zusammen mit dir auf, trank Tee und unterhielt sich ein wenig mit dir. Über das Wetter. Das Leben. Und über

Musik. Sie meinte, du hättest dich immer wieder in das Gespräch eingeschaltet und dann wieder ausgeklinkt, manchmal hättest du dich lebhaft zu Wort gemeldet, dann wieder hättest du vor dich hingestarrt, als hätte man dir den Stecker gezogen. Wenn sie die Wahrheit sagt, Zukünftiger Jerry, und es gibt keinen Grund, daran zu zweifeln, dann wurden die Erlebnisse jener Nacht nicht in deiner Datenbank abgespeichert. Du hattest dich ausgeklinkt und warst Jerry auf Autopilot, und auch wenn du in einigen Momenten hellwach warst, ist keiner davon hängen geblieben. Gegen fünf Uhr morgens rief Hans dann zurück. Mae zufolge hast du darauf bestanden, dich mit ihm auf der Straße zu treffen.

Nachdem Sandra dir das alles erzählt hatte, hast du die Augen geschlossen und versucht, dir die Situation vorzustellen. Zunächst ohne Erfolg, doch dann konntest du sehen, wie du in Hans' Wagen gestiegen bist. Aber ob das genau so passiert ist, wie du es vor dir gesehen hast, oder ob du es dir nur vorstellen konntest, weil du unzählige Male in einen Wagen, darunter auch in den von Hans, gestiegen bist, wusstest du nicht. Jedenfalls kannst du dich nicht an die Heimfahrt erinnern.

Du bist mehrere Stunden bei Mae gewesen, sagte Sandra. *In den Nachrichten heißt es, dass Belinda gegen drei Uhr nachts umgebracht wurde. Das war, als du an Maes Tür geklopft hast. Die Polizei sagt, dass sie mit jedem sprechen will, dem in jener Nacht etwas aufgefallen ist, und mit jedem ihrer Nachbarn, der zu dieser Zeit wach war. Drei Uhr morgens, Jerry, ist dir klar, was das bedeutet? Wenn du sie vorher getötet hättest, hätte Mae das Blut an deinem Hemd gesehen. Ich habe sie gefragt, was du getragen hast, und sie sagte, dieselbe Kleidung wie auf der Hochzeit, wie in dem Internet-Video. Hans hat dich dann schließlich abgeholt.*

Du hast mit Hans gesprochen?

Noch nicht, sagte sie. *Irgendwas muss passiert sein, nachdem er dich abgesetzt hat, aber was auch immer das war, es hat nichts mit Belinda zu tun. Zu dem Zeitpunkt war sie bereits tot.*

Wessen Blut ist es dann?

Sandra verstummte, denn sie wusste darauf keine Antwort. Vor deinem geistigen Auge erschien erneut der Ablauf der Ereignisse; wie du die Nachrichten geschaut und auf den Anruf gewartet hast, um zu erfahren, wer diesmal gestorben war.

Doch dann wusste Sandra eine Antwort. Und sie klang völlig einleuchtend. *Du hast doch noch nicht mit Hans gesprochen,* sagte sie.

Nein.

Kann es sein, dass es sein Blut ist?

Du dachtest darüber nach, als müsstest du dir die Erinnerung an die Ereignisse jener Nacht nur wieder ins Gedächtnis rufen, aber natürlich konntest du das nicht. Vielleicht hattet ihr einen Streit, und er war blutend davongefahren … war er überhaupt noch am Leben?

Jerry?

Ich weiß nicht. Kann schon sein.

Sie warf einen Blick auf die Müllbeutel und die Plane und fing an zu weinen. *Ich hätte es fast nicht mehr rechtzeitig zurückgeschafft. Ich habe es immer wieder läuten lassen, aber du bist nicht drangegangen. Mae hat nur kurz durchgeklingelt. Sie sagte, sie bedauere es, dass sie mich neulich Nacht nicht verständigt habe. Wenn sie nicht … oder wenn sie heute etwas später angerufen hätte, dann wärst du jetzt … wärst du …*

Du hast deine eine Hand auf ihr Knie gelegt und die andere auf ihren Arm. *Aber sie hat dich ja angerufen, und du hast es rechtzeitig nach Hause geschafft,* sagtest du. Du warst zwar erleichtert, aber du hattest auch Angst, denn da war immer noch die Sache mit dem Messer und dem Hemd. Irgendetwas war passiert.

Lass uns hier aufräumen und Hans anrufen, sagte sie.

Um das Zimmer aufzuräumen, musstet ihr alles, was du vorhin getan hattest, in umgekehrter Reihenfolge tun. Das war ein komisches Gefühl, denn während du die Müllbeutel aufgehängt und die Plane ausgebreitet hast, hast du keinen Augenblick gedacht, dass du die Sachen wieder beseitigen müsstest. Sandra konnte Hans nicht erreichen und hinterließ ihm eine Nachricht. Sie klang besorgt, trotzdem wusstest du, dass sie dir verzeihen würde, falls du ihm etwas angetan hättest.

Schließlich ging sie nach oben, um sich frisch zu machen. Um ihre Gefühle in den Griff zu bekommen. Um zu begreifen, was passiert war. Um ihre verschwitzten Klamotten auszuziehen. Dann klingelte dein Handy. Es war Hans.

Ich stecke in Schwierigkeiten. Ich habe meine Familie gedemütigt, ich habe mich zum Gespött der Leute gemacht, und ich –

Die Leute werden schon drüber hinwegkommen, sagte Hans. *Sobald im Netz ein Video mit einer Katze auf Wasserskiern auftaucht, interessiert sich keiner mehr für dich.*

Es ist nicht nur das, sagtest du und schenktest dir einen Drink ein. Du wolltest von Hans wissen, ob es stimmt, dass er dich abgeholt hat.

Das habe er, sagte er. Außerdem wolltest du wissen, ob ihr einen Streit hattet, ob du ihn niedergestochen hast. Nichts dergleichen, sagte er. Auf deine Frage, ob du Blut an deinem Hemd gehabt hättest, antwortete er nicht, als wäre er derjenige, der Probleme hätte, sich zu erinnern. Also hast du die Frage wiederholt, und er meinte, an deinem Hemd sei Blut gewesen. Er habe dich darauf angesprochen, aber du hättest keine Erklärung dafür gehabt. Du wolltest wissen, wo das Messer herstammt, doch Hans hatte keins gesehen.

Das passt nicht zu dem, was Schwester Mae Sandra erzählt hat. Vor lauter Hörensagen und Gin Tonics kannst du dich an die Einzelheiten nicht mehr erinnern. Aber bald wirst du Klarheit in die Sache bringen. Hans ist bereits auf dem Weg hierher.

Henry will etwas sagen, doch er findet nicht die richtigen Worte, was schade ist, denn es scheint wichtig zu sein. Hoffentlich können Hans und Henry zusammenarbeiten, um herauszufinden, was er zu sagen hat. Du hast Hans gebeten, ein paar weitere Flaschen Gin mitzubringen. Er wird wissen, was zu tun ist. Wenn es um das Lösen von Problemen geht, ist Hans ganz in seinem Element.

KAPITEL 26

Jerry sitzt im Taxi und bezahlt den Fahrer, als sein Handy klingelt.

»Alles okay mit Ihnen, Kollege?«

Der Fahrer scheint beunruhigt. Er ist ein massiger Mann, dessen Brust auf seinen Bauch herunterhängt und dessen Arme so dick wie Jerrys Beine sind. Er hat einen faltigen Hals, und seine Kopfhaut ist mit Pigmentflecken übersät. Jerry findet, er sieht aus wie eine menschliche Ofenkartoffel.

»Mit mir ist alles … alles okay.«

»Sind Sie sicher?«

Jerry schaut aus dem Fenster. Er befindet sich vor seinem Haus. Das Handy klingelt immer noch.

»Ich wohne hier«, sagt er.

»Dann ist es ja gut, dass ich Sie hergefahren habe«, sagt der Taxifahrer. »Ist wirklich alles in Ordnung mit Ihnen?«

»Ja, ja, mir geht's gut.« Der Fahrer gibt ihm das Wechselgeld. Jerry wirft einen Blick auf sein Handgelenk, aber er trägt keine Uhr. »Wie spät ist es?«

»Kurz nach sechs.«

Jerry steigt aus dem Wagen. Es dämmert bereits, und inzwischen ist es frisch geworden. Er schaut auf das Handy hinunter, erkennt es aber nicht wieder. Wo ist er gewesen? War er einkaufen? Hat er einen Freund besucht? Das Taxi steht immer noch da, während der Fahrer am Armaturenbrett herumfummelt.

Jerry nimmt den Anruf entgegen. »Hallo?«

»Ich bin unterwegs.«

»Hans?«

»Ich habe ihn«, sagt Hans. »Ich kann nicht fassen, dass ich das tue, aber ich habe ihn.«

»Wen?«

Hans hält inne, dann sagt er: »Bist du … bist du okay?«

Jerry schaut zu seinem Haus hinüber. Ja, er ist okay. Offensichtlich ist er durch die Gegend marschiert, aber er hat keine Ahnung, wo er gewesen ist. Allerdings weiß er, dass es ihm in letzter Zeit nicht besonders gut ging. Dass sein Gedächtnis nachgelassen hat. Er klopft seine Taschen ab, kann aber seine Schlüssel nicht finden. Manchmal steigt er aus Fenstern und sucht Orte auf, die er nicht aufsuchen sollte, und falls er das gerade getan hat, kann er vielleicht auch durch das Fenster wieder hineinklettern. Er läuft den Weg hinunter und um das Haus herum zu seinem Arbeitszimmer.

»Mir geht's gut«, sagt er zu Hans.

»Bist du noch im Park?«

»In welchem Park?

»Der Park, in dem du auf mich warten solltest.«

»Ich kann mich an keinen Park erinnern.

»An das Pflegeheim?«

»Welches Pflegeheim?«, fragt Jerry, obwohl ihm der Gedanken daran irgendwie *vertraut* vorkommt. Allerdings weiß er nicht, warum. Inzwischen hat er sein Arbeitszimmer erreicht. Das Fenster ist geschlossen und verriegelt. Er kann durch die Scheibe schauen, und obwohl alles aussieht wie immer, wirkt das Zimmer leicht verändert. Der Computer sieht neuer aus, als er ihn in Erinnerung hatte, und die Gegenstände sind etwas anders angeordnet, aber sonst ist mehr oder weniger alles so, wie es sein müsste … nur leicht verschoben. »Nein, ich bin wieder zu Hause. Von welchem Park redest du?«

»Du bist wieder zu Hause? In deinem Haus?«

»Fast.«

»Was soll das heißen?«

Jerry geht zur Haustür. Vielleicht ist Sandra schon von der Arbeit zurück. Sie wird ihm die Hölle heißmachen, aber wenn er Glück hat, hat er das am Ende des Tages wieder vergessen. Sollte sie nicht zu Hause sein, ist im Garten ein Ersatzschlüssel versteckt. Komisch, dass er noch weiß, wo sich der Schlüssel befindet, und dass sie ihn in eine kleine Plastiktüte gewickelt im Garten unter einer der Terrassenplatten versteckt haben, sich aber nicht mehr an die letzten dreißig Minuten erinnern kann.

Witzig ist vielleicht das falsche Wort.

»Jerry?«

»Das heißt, dass ich vor dem Haus stehe und es gleich betreten werde.«

»Ist dir wieder eingefallen, wo das Protokoll ist?«

»Du weißt davon?«

»Pass auf, Jerry, du musst mir jetzt gut zuhören. Ich will, dass du aufhörst herumzulaufen. Ich will, dass du auf dem Gehweg bleibst. Ich komme vorbei und hole dich ab.«

Jerry hat fast die Haustür erreicht. Er schaut erneut in seinen Taschen nach, für den Fall, dass die Schlüssel irgendwo darin versteckt sind – wie oft hat er seine Brieftasche, seinen Schlüssel oder das Handy gesucht und sie beim zweiten oder dritten Nachschauen dann doch noch gefunden? Er versteht nicht, was Hans für ein Problem hat. Er kann die Schlüssel nicht finden, dafür aber ein Paar Ohrringe von Sandra, was ein wenig merkwürdig ist.

»Jerry?«

»Ja, ja, ich habe verstanden, aber das ergibt keinen Sinn.«

»Konzentrier dich, Jerry. An welche Ereignisse von heute kannst du dich noch erinnern?«

Er denkt an den heutigen Tag zurück, doch er kann sich an nichts erinnern. Das kommt hin und wieder vor. Seine Familie hat Angst, dass er deswegen die Hochzeit ruinieren könnte. Er weiß, dass sie überlegen, ihn in ein Pflegeheim zu stecken.

»Jerry?«

»Ich kann mich an kaum etwas erinnern«, gibt Jerry zu.

»Du wohnst nicht mehr in diesem Haus, Jerry.«

»Ja, stimmt«, sagt er und lacht, dann klopft er an die Tür. Es gibt nichts Witzigeres als einen Scherz auf Kosten eines Menschen, der langsam den Verstand verliert.

»Hast du etwa angeklopft?«, fragt Hans.

»Ich habe meine Schlüssel nicht dabei.«

»Ehrlich, Jerry, du wohnst da nicht mehr. Du musst an der Straße auf mich warten.«

»Aber –«

»Ist die Polizei in der Nähe? Kannst du sie sehen?«

»Was? Warum sollte die Polizei hier sein?«

»Du wohnst in einem Pflegeheim und bist von dort abgehauen. Du hast mich vorhin angerufen, und ich habe dich vor einem Einkaufszentrum aufgelesen. Erinnerst du dich an gar nichts mehr davon?«

»Nein«, sagt Jerry genervt, weil Hans weiter auf diesem albernen Witz herumreitet.

»Du musst dich doch –«

»Ich komm da nicht mit«, sagt Jerry. »Ich kapier den Witz nicht.«

»Das ist kein Witz.«

»Ich kann durch das Fenster des Arbeitszimmers all meine Sachen sehen.«

»Das sind nicht deine Sachen.«

»Ruf mich wieder an, wenn du nicht mehr in Rätseln sprichst«, sagt er und legt auf.

Jerry klopft ein weiteres Mal, aber niemand öffnet die Tür. Entweder ist Sandra nicht zu Hause, oder sie steht unter der Dusche. Erneut klingelt das Handy, doch er geht nicht dran. Er tritt zum Tor neben dem Haus und bemerkt, dass man die Sträucher, die sie letzten Frühling gepflanzt haben, herausgerissen und durch andere ersetzt hat. Und auch, dass der Boden mit einer Schicht Baumrinde bedeckt wurde und eine Familie Gartenzwerge auf alles ein Auge hat. Er greift durch das Tor und entriegelt es, und als er es öffnet, blickt er auf einen Garten, in dem irgendetwas nicht ganz stimmt. Er braucht einen Moment, bis er begreift, woran das liegt – der Pool ist nicht mehr da. Wann zum Henker ist das passiert? Er ist es gewöhnt, am Pool irgendwelche Gegenstände zu verlieren, aber den Pool hat er bisher nicht *verloren*. Der Garten wurde ebenfalls verändert, aber die Terrasse sieht aus wie immer, sowie die Steinplatten, die sie umgeben. Jerry steckt seine Finger unter einen von ihnen und hebt sie an. Der Schlüssel ist noch da. Er betritt die Terrasse und öffnet die Tüte, während er durch die Fenster der Glastüren ins Haus schaut. Auch hier ist alles ein wenig anders. Er erkennt keines der Möbelstücke wieder, und an der Wand im Esszimmer hängt ein großes Gemälde mit einem Pferd, das einen Strand entlangläuft, an das er sich nicht erinnern kann.

Sandra hat es also schließlich doch getan – sie hat ihn rausgeworfen, und der Konditor ist bei ihr eingezogen, sämtliche Möbel wurden ersetzt, und sie hatte nicht mal so viel Anstand, es ihm mitzuteilen. Vielleicht meinte Hans das, als er sagte, dass er nicht mehr hier wohne. Jerry zieht den Schlüssel aus der Tüte.

»Was machen Sie hier?«

Jerry dreht sich in die Richtung, aus der die Stimme kam. Mrs. Smith hat ihn immer an die typische Großmutter erinnert, die er in einem seiner Bücher hat auftreten lassen, damit einer der Bösewichte sie die Treppe hinunterstoßen konnte. »Hören Sie, ich weiß Ihre Anteilnahme durchaus zu schätzen, aber ich komme zurecht. Und wie Sie sehen können, haben wir uns um den Garten gekümmert. Danke, dass Sie vorbeigeschaut haben.«

In diesem Moment fällt ihm etwas an ihr auf, das er zunächst übersehen hat. Sie hat einen Hockeyschläger dabei. Sie hält den Griff mit beiden Händen fest umklammert, während die Keule in seine Richtung zeigt. Ist das ein Raubüberfall?

»Ich habe die Polizei gerufen«, sagt sie.

Also handelt es sich nicht um einen Raubüberfall. Ihre Worte rufen die Erinnerung an eine Situation in ihm wach, als ebendiese Frau ebendiesen Satz sagte. Er saß auf dem Beifahrersitz eines Autos, das hier auf der Straße stand. Und wer saß neben ihm?

»Für das, was Sie getan haben, wird man Sie einsperren, dafür, dass Sie meine Rosen herausgerupft und meinen Wagen in Brand gesteckt haben.« Sie korrigiert ihren Griff um den Hockeyschläger. »Und dafür, dass Sie dieses Wort auf mein Haus gesprüht haben.«

»Wovon reden Sie …«, sagt er. Dann stürzt plötzlich eine Flut von Bildern auf ihn ein, so viele gleichzeitig, dass ihm schwindelig wird, so viele, dass er nicht schlau daraus wird. Er setzt sich auf die Türstufe, während Mrs. Smith ihn im Auge behält. Es scheint, als wollte sie ihre Arme in die Höhe reißen und den Hockeyschläger auf ihn niedersausen lassen.

»Keiner kauft Ihnen diesen Alzheimer-Schwachsinn ab, Mr. Grey, also hören Sie auf, darauf herumzureiten. Sie sind ein nichtsnutziger, verkommener Mistkerl, der Spaß daran hat, Frauen zu töten, und wenn Sie –«

»Was?«

»Wenn Sie glauben, dass Sie heimlich in Ihr altes Haus einsteigen können und –«

»Was?«

»Um die neuen Besitzer zu töten, also, wenn Sie noch einen Schritt weitergehen, schlage ich Ihnen hiermit den Schädel ein.« Um ihrer Warnung Nachdruck zu verleihen, verändert sie die Position des Hockeyschlägers, damit er noch bedrohlicher wirkt. »Als ich jung war, habe ich für das Nationalteam gespielt, glauben Sie also nicht, ich wüsste nicht, wie man so ein Ding benutzt.«

Für das Nationalteam? In welcher Sportart? Im Hockeyschläger-Fechten? »Wovon reden Sie?«

»Sie sind innerlich verkommen, Mr. Grey. Und zutiefst böse.«

»Mit Ihnen stimmt was nicht«, sagt er. »Wer denkt sich so einen Scheiß aus?« Dann wird ihm klar, dass er jemand ist, der sich so einen Scheiß ausdenkt. Das ist sein Beruf. Er ist ein professioneller Lügner. Ein Erfinder.

»Bleiben Sie, wo Sie sind«, sagt sie und stochert mit dem Hockeyschläger in seine Richtung. »Sie sind für den Tod Ihrer Frau verantwortlich.«

»Was?«

»Sie haben sie getötet.«

Als er hört, wie sie sagt, dass ... also, sie hätte das nicht sagen sollen. Hätte. Das. Nicht. Sagen. Sollen. Er packt mit beiden Händen die Keule des Hockeyschlägers, und dann veranstalten sie ein Tauziehen, während er sich aufrappelt und dagegendrückt. Er ist schwerer und stärker, jünger und wütender und schiebt sie mühelos den Weg hinunter. Sie macht einen Ausfallschritt auf den Rasen, gerät ins Straucheln und klammert sich an dem Hockeyschläger fest, um das Gleichgewicht nicht zu verlieren, und plötzlich wird ihm klar, was gleich passieren wird. Egal, wie nervig Mrs. Smith ist, das Letzte, was er will, ist, dass sie hinfällt und sich den Schädel aufschlägt. Er versucht, den Hockeyschläger festzuhalten, um zu verhindern, dass sie stürzt, aber sie ist zu schwer, und er lässt den Schläger los. Sie verliert das Gleichgewicht und geht zu Boden. Erst landet sie auf dem Hintern, einen Moment später auf dem Rücken, und dann schlägt sie mit dem Kopf auf. Während er dortsteht und sie anstarrt, begreift er, dass sie eben die Wahrheit gesagt hat – Sandra ist tot.

Du heißt Jerry Grey, sagt Henry zu ihm. Er hatte Henry ganz vergessen, Henry, der in seinem Hinterstübchen seine Zelte aufgeschlagen hat, um zwischendurch seine Kommentare abzugeben. *Du bist Krimiautor und wohnst hier nicht mehr, deine Alzheimererkrankung hat alles auf den Kopf gestellt und durcheinandergewirbelt. Die Polizei wird kommen, um dich zu holen. Ach ja, und Sandra hast du auch erschossen.*

Aber Hans holt ihn ab, und nicht die Polizei; er kommt um das Haus gelaufen und bleibt dort stehen, wo Mrs. Smith Bekanntschaft mit dem Rasen gemacht hat. Sie rührt sich nicht.

»Was zum Henker ist hier los, Jerry?«

»Es … es war ein Unfall.«

»Ist sie …?«

»Ich weiß nicht, ich weiß nicht.«

Hans beugt sich herunter und fühlt ihren Puls. Er muss mit seinen Fingern ein paar Sekunden herumtasten und sie in eine Hautfalte stecken, in der sie bis zum ersten Knöchel verschwinden, doch dann nickt er erleichtert. »Sie ist noch am Leben. Hilf mir, sie auf die Terrasse zu tragen.«

Die beiden richten sie wieder auf; jeder von ihnen hat einen ihrer Arme über der Schulter, während sie Mrs. Smith auf die Terrasse hieven. Die Sonnenliegen wurden nach dem Winter noch nicht gesäubert und sind mit vertrockneten Blättern, Spinnweben und Vogelkacke bedeckt. Trotzdem legen die beiden sie auf eine von ihnen. »Wir können sie hier nicht so liegen lassen«, sagt Jerry. »Es ist zu kalt.«

»Warum bist du hierhergekommen?«, fragt Hans. »Ist dir wieder eingefallen, wo das Protokoll ist?«

»Nein«, sagt Jerry. »Ich weiß nicht mal, warum ich überhaupt hergekommen bin.«

»Weißt du trotzdem, wo es ist?«

Jerry nickt. »Der Typ in dem Haus hat es. Der neue Hausbesitzer. Gary irgendwas. Es ist da drinnen. Darum bin ich offensichtlich hergekommen.«

»Dann müssen wir ins Haus und es holen«, sagt Hans.

»Sie hat die Polizei gerufen«, sagt Hans und schaut auf Mrs. Smith hinunter.

»Hat sie das gesagt?«

»Ja.«

»Okay, dann müssen wir uns keine Sorgen machen, dass sie sich verkühlen könnte, die Polizei wird unterwegs sein.« Er zieht Jerry in Richtung Straße. »Wenn nötig, können wir später zurückkommen.«

Sie erreichen den Wagen. Es ist ein anderer Wagen als der, den Hans vorhin gefahren hat. Als Jerry sich setzt und seinen Sicherheitsgurt anlegt, merkt er, dass sie nicht allein sind. Eric, der Pfleger, liegt zusammengesackt auf der Rückbank, er hat die Augen geschlossen und schnarcht leise.

Ich weiß es nicht Ich. Weiß es nicht

Du weißt nicht, was los ist, aber Sandra ist tot und Sandra ist tot und Sandra. Ist. Tot.

Offensichtlich bist du eingeschlafen, und als du aufgewacht bist, hattest du einen Revolver in der Hand, aber warum ist Sandra tot? Was ist passiert? Offensichtlich hast du sie erschossen, denn sie hat ein Loch in der Brust, und ihr Körper ist kalt, es muss also schon vor einer Weile passiert sein und …

Du weißt es nicht.

Du weißt es nicht.

Das Protokoll des Wahnsinns ist jetzt wichtiger denn je, um deine Gedanken zu Papier zu bringen. Es ist wichtig, zu schreiben und sich zu erinnern. Aber was sollst du schreiben? Du weißt.

Nicht.

Was passiert ist.

Jerry weiß es nicht. Henry weiß es nicht. Die Namen Jerry und Henry klingen ähnlich, und du weißt nicht, ob dir das früher schon mal aufgefallen ist, aber: Das muss es, bestimmt, und Sandra liegt tot in deinem Büro und: Sie liegt auf dem Boden, und: Sie ist von einer Blutlache umgeben, es ist herausgelaufen. Aus Löchern. In ihrer Brust, und ihre Augen sind offen. Offen, und sie starrt mich an, während du schreibst und du.

Weißt nicht, was du tun sollst. Dass die Polizei nicht hier ist, heißt, dass sie in deinem Arbeitszimmer erschossen wurde und niemand etwas gehört hat, was Sinn ergibt, denn dort liegt sie, dort ist das Blut, und.

Denk nach. Denk nach, Jerry.

Denk nach und erinnere dich. Woran erinnerst du dich?

An gar nichts, aber ein kurzer Blick in die alten Einträge des Protokolls erzählt die traurige Geschichte eines Mannes, der Müllbeutel an die Wände geklebt hatte und auf seinem Stuhl saß, während der Sicherungshebel des Revolvers verhinderte, dass eine Kugel abgefeuert wurde, davon, wie Sandra ins Zimmer kam, und du, ich, wir können uns zwar nicht mehr daran erinnern, worüber ihr gesprochen habt, aber es steht alles im Protokoll, du hast es gelesen und Hans angerufen, du hast ihn vor sechs Stunden angerufen, und obwohl die Katze bereits vor einigen Jahren gestorben ist, hast du Futter für sie gekauft, das war lange bevor Sandra den Konditor gevögelt hat und du die Hochzeit versaut hast und du musst Hans noch mal anrufen um zu fragen ob er vorbeigekommen ist und falls ja musst du fragen worüber ihr gesprochen habt und du musst wissen was dich so wütend gemacht hat dass du.

Sandra.

Erschossen.

Hast.

Eigentlich solltest du dich mit dem Revolver selbst erschießen, dem Revolver, der in Griffweite auf deinem Schreibtisch liegt.

Jerry hat es vermasselt. Jerry war verwirrt. Jerry ...

Halt die Klappe, Henry, um Himmels willen, bitte. Halt. Einfach. Die Klappe.

Dein Gehirn fühlt sich an, als würde es bluten. Als würde es anschwellen. Als würde es explodieren. Du musst Hans anrufen. Er weiß, was zu tun ist. Wenn jemand auf deinen Briefkasten *dreckige Hure* geschrieben hat, dann ruf Jerry an. Wenn du allerdings eine Leiche verschwinden lassen musst, tja, dann ist Hans der richtige Mann.

Aber du willst keine Leiche entsorgen. Du willst das hier ungeschehen machen. Aber da es nun mal passiert ist, bleibt dir nichts anderes übrig, als auf Plan A zurückzugreifen – dir ohne den Kissenbezug eine Kugel in den Kopf zu jagen.

Bist du das gewesen? Hast du diese schreckliche Tat begangen?

Du weißt es nicht. Wenn du es gewesen bist, würdest du dich bestimmt daran erinnern. Oder?

Jerry hat es vermasselt. Jerry ist ein Feigling.

Halt die Klappe, Henry.

Du musst die Polizei anrufen. Du musst.

Du weißt nicht. Was du.

Tun sollst.

Du weißt.

Es nicht.

Du würdest gern aufwachen und feststellen, dass nichts von alldem hier passiert ist.

Die schlechte Nachricht: Sandra ist tot.

Die schlechte Nachricht: Sandra ist tot.

KAPITEL 27

»Was zum Henker …?«

»Ich erkläre es dir während der Fahrt.«

»Wo fahren wir hin?«

Hans startet den Motor, und sie lassen Mrs. Smith und ihr Viertel – Jerrys altes Viertel – hinter sich. Die Häuser wischen vorbei, Häuser, die Jerry früher jeden Tag gesehen hat, aber nicht wiedererkennt.

»Woran kannst du dich noch erinnern?«, fragt Hans.

»Vor fünf Minuten an gar nichts, aber inzwischen kann ich mich an das meiste wieder erinnern, angefangen mit dem Moment, in dem ich im Haus dieser Frau aufgewacht bin. Ich kann mich daran erinnern, dass ich den Park gefunden habe, in den ich gehen sollte, und dort auf dich gewartet habe. Ich … verdammt, ich glaube, ich muss eingeschlafen sein. Das Nächste, woran ich mich erinnere, ist, dass ich vor meinem alten Haus stand.«

»Ich hab ein paar Mal mit dir gesprochen«, sagt Hans. »Ich dachte, dass mich die Polizei vielleicht verfolgen würde, und hielt es für zu gefährlich, dich sofort abzuholen. Also habe ich im Internet die Website des Pflegeheims aufgerufen. Abgesehen davon, dass dort etwas zu den Dienstleistungen steht, ist dort auch aufgelistet, wer dort arbeitet. Es gibt dort eine ganze Rubrik zu den Angestellten mit kurzen Biografien. Und darunter war nur ein Eric. Ich habe dich angerufen, und du warst mehr denn je entschlossen, ihn zu befragen. Und als du mir die Gründe dafür genannt hast … es schien mir durchaus angebracht, das zu tun. Es schien angebracht, wenigstens mit ihm zu reden, oder? Aber erst recht, sein Haus zu durchsuchen, als sich herausstellte, dass er nicht da war, um zu sehen, was ich dort finde.«

»Und was macht er hier auf der Rückbank?«

»Weil die Sache anders gelaufen ist als geplant«, sagt Hans.

Ist es nicht immer so? Jedenfalls in meinen Büchern, denkt Jerry.

»Nachdem ich im Internet seinen Namen herausgefunden hatte, habe ich im Telefonbuch seine Adresse herausgesucht. Dann habe ich einen Freund von mir angerufen, bin zum Einkaufszentrum gefahren und habe mich auf der Toilette mit ihm getroffen. Dort haben wir unsere Autoschlüssel getauscht. Zwei Minuten später hat er dann den Feueralarm ausgelöst. Als darauf alle Kunden nach draußen stürzten, habe ich im Gewühl meine Verfolger abgehängt, bin zum Parkplatz gelaufen und mit dem Wagen meines Freundes zu Eric gefahren. Das hier ist übrigens Erics Wagen.«

Das alles erzählt Hans in sachlichem Ton, als wäre das völlig normal. Für Hans ist es das vielleicht auch, denkt Jerry. Er schaut nach hinten zu Eric. Dessen Hände sind mit Klebeband auf den Rücken gefesselt, und seine Augen sind ebenfalls mit Klebeband bedeckt.

»Es sieht schlimmer aus, als es ist«, sagt Hans. Aber Jerry ist sich da nicht so sicher. Und ihm kommen Zweifel daran, ob Eric überhaupt als Täter infrage kommt. »Ich habe ihm eine Spritze gegeben. Wahrscheinlich mit einem ähnlichen Zeug wie dem, das er dir verabreicht hat«, sagt Hans.

»Wie kommt es, dass er betäubt auf der Rückbank seines eigenen Wagens liegt, obwohl du eigentlich nur sein Haus durchsuchen wolltest? Was ist passiert?«

»Als ich bei ihm geklingelt habe, dachte ich, ich könnte ihm ein paar Fragen stellen, falls er öffnet.«

»Und hat er geöffnet?«

»Nein. Darum habe ich angenommen, dass er nicht zu Hause ist.«

»Bist du bei ihm eingebrochen?«

»Natürlich. Als ich das Haus betreten habe, dachte ich, dass er ein Arbeitszimmer haben muss, wenn er Autor ist, und dass ich am besten dort mit der Suche beginne. Aber er saß dort an seinem Computer mit einem Kopfhörer auf dem Kopf. Darum hatte er mich nicht gehört. Als er mich bemerkte, hat er mich sofort erkannt, weil ich dich öfter im Pflegeheim besucht habe, und –«

»Du hast mich besucht?«

»Sicher doch, Kumpel. Zurück zur Sache: Eric konnte mich sehen, weil er mit dem Gesicht zur Tür hinter dem Schreibtisch saß, und sprang von seinem Stuhl auf. Da er mich kannte, war ihm sofort klar, was ich dort wollte. Zumindest glaubte er das. Er sagte kein Wort, sondern warf eine Kaffeetasse nach mir und ging dann auf mich los. Aber er hat mich nicht getroffen«, sagt

Hans und lächelt. »Dann habe ich ihn zu Boden geschleudert, und er schaute zu mir hoch. Er wirkte wütend und beunruhigt. Ich sagte ihm, dass ich ihn aufgesucht hätte, weil er diese Frauen umgebracht habe. Worauf er meinte, dass er keine Ahnung hätte, wovon ich rede. Ich sagte ihm, dass er dir die Morde angehängt hätte, doch er schüttelte den Kopf und meinte, dass ich einen Fehler machen würde. Du wärst ein Psychopath. Dann habe ich ihm einen Tritt gegen den Kopf verpasst, und er verlor das Bewusstsein. Als ich ihn fesseln wollte, habe ich bemerkt, dass er einen Ehering trug.«

»Er ist verheiratet?«

»Ja. An den Wänden in seinem Haus hängen Fotos, die das beweisen. Darum dachte ich, es wäre wohl das Beste, sich schleunigst aus dem Staub zu machen. Ich habe das Chaos wieder in Ordnung gebracht, damit seine Frau keinen Verdacht schöpft, wenn sie nach Hause kommt. Anschließend habe ich ihn zu seinem Wagen geschleppt und auf die Rückbank geworfen. Weil ich nicht wollte, dass er aufwacht, habe ich aus meinem Wagen eine der Spritzen geholt –«

»Spritzen?«

»Mit Betäubungsmittel.«

»Dein Freund hatte Spritzen in seinem Wagen?«

»Nein. Die habe ich mitgenommen. Für Möglichkeit Nummer drei, schon vergessen? Nach einer Spritze schläft man nur, und mehr habe ich Eric nicht verabreicht. Aber wenn man genug Spritzen bekommt … tja, dann schläft man ein und wacht nie wieder auf. Nachdem ich Eric die Spritze gegeben hatte, habe ich mich auf dem Weg gemacht, um dich in dem Park abzuholen, und dich vom Auto aus angerufen. Das ist alles. Wir müssen jetzt irgendwohin fahren und ihn befragen.«

Jerry weiß nicht, was er sagen soll. Als Hans und Henry vorhin die verschiedenen Ideen durchgespielt haben, so, wie Henry das sonst mit seiner Lektorin macht, klang das nach einem guten Plan. Zu dem Zeitpunkt schien das eine realistische Möglichkeit zu sein, aber mit dem bewusstlosen Eric auf der Rückbank sieht die Situation völlig anders aus. So als würde Jerry mit einer toten Prostituierten und einem Serienmörder im Schlepptau in das Büro seines Verlags marschieren, um die Geschichte für sein nächstes Buch vorzutragen. Es ist ein gewaltiger Unterschied, denkt Jerry, ob man sich irgendwelchen Mist nur ausdenkt oder ob man tatsächlich Mist verzapft.

»Jerry? Erde an Jerry?«

»Ja, ich bin noch da«, sagt Jerry.

»Du warst gerade mit deinen Gedanken woanders.«

»Alles okay.«

»Er ist doch schuldig, oder?«, fragt Hans.

»Ist er das?«

»Er hat der Polizei erzählt, dass du ihm die Taten gestanden hast. Und dass man dich betäubt hat, nicht wahr? Entweder ist das die Wahrheit, oder du bist tatsächlich heimlich aus dem Pflegeheim abgehauen und dreißig Kilometer gelaufen, um eine Frau umzubringen, die du nie zuvor gesehen hast. Aber er wusste, was Sache war. Als er mich bemerkte, wusste er, dass man ihm auf die Schliche gekommen war.«

»Was, wenn er aufwacht?«

»Das wird nicht passieren«, sagt Hans. »Noch nicht.«

»Wie kannst du dir da so sicher sein?«

»Ich weiß es eben.«

»Und wo fahren wir jetzt hin?«

»Ich kenne da einen Ort«, sagt Hans, und daran gibt es keinen Zweifel.

Es wird allmählich dunkel. Obwohl Jerry Mrs. Smith nicht mag, hofft er, dass man sie inzwischen gefunden hat. Am Ende des Monats werden die Uhren auf Sommerzeit umgestellt, und die Tage werden länger, aber momentan ist es nach sechs Uhr fast schon dunkel. Hans muss die Scheinwerfer einschalten. Auf den Straßen ist nicht besonders viel los, denn der Berufsverkehr ist seit über einer Stunde vorbei. Je länger sie fahren, desto schäbiger wird die Gegend, bis sie in ein Viertel kommen, in dem sämtliche Zäune mit Graffitis besprüht sind und die Gehwege Risse haben, in denen mehr Unkraut wächst als Gras in den Vorgärten. Sie halten vor einem zweistöckigen Gebäude, das keinen Vorgarten hat; davor erstreckt sich eine riesige Betonfläche mit vereinzelten Ölflecken und einem Himmel-und-Hölle-Feld aus Klebeband in der Mitte. An den Zaun ist ein *Zu-verkaufen*-Schild genagelt, das offensichtlich neu ist, denn es wurde noch nicht mit einem Graffiti übersprüht, aber vielleicht werden *Zu-verkaufen*-Schilder auch verschont. Das gilt allerdings nicht für die Stoffpuppe, die unter das Schild genagelt wurde. Mitten in ihrem Gesicht steckt ein Dachnagel, sodass es aussieht, als hätte sie eine Metallnase von der Größe eines 25-Cent-Stücks.

»Warte hier«, sagt Hans und schaltet die Scheinwerfer aus, bevor er aus dem Wagen steigt. Dann beugt er sich ins Innere. »Ich mein's ernst, Jerry. Ich bin nur eine Minute weg, aber hau nicht ab, okay?«

»Soll das ein Scherz sein?«

»Früher war das mal ein Scherz, aber inzwischen ist es nicht mehr lustig.«

Während Hans zur Haustür geht, greift er in seine Tasche, dann verschwindet er in der Dunkelheit, und Jerry kann nicht erkennen, was er tut. Wahrscheinlich knackt sein Freund gerade das Schloss. Er dachte immer, dass es toll wäre, wenn eine seiner Figuren das könnte, obwohl er selbst in Wirklichkeit nicht dazu in der Lage wäre.

Du kannst das, sagt Henry, doch Jerry findet, dass das keine Rolle spielt.

Eine Minute später kommt Hans zurück. Er trägt ein Paar dünne Lederhandschuhe. Er wirft einen kurzen Blick auf die Puppe am Zaun, und Jerry fragt sich, ob vor seinem geistigen Auge dieselben Bilder aufsteigen, die der Horrorautor Henry ersonnen hat, als Fiktion und Wirklichkeit noch zwei völlig unterschiedliche Welten waren. In einem anderen Universum würde die Puppe sich den Nagel aus dem Gesicht ziehen und das tun, was sie getan hat, bevor sich jemand an ihr vergriffen hat.

Es ist ein mühsames Unterfangen, Eric aus dem Wagen zu befördern. Er ist schwerer als Mrs. Smith, und Jerry ist sich sicher, dass ihm morgen von der ganzen Schlepperei der Rücken wehtun wird. Aber sie schaffen es, Eric aufzurichten. Dann tragen sie ihn die Auffahrt hinauf, durch die weit geöffnete Tür und in den Flur. Bevor sie ihn hochgehoben haben, hat Jerry Eric die Brille abgenommen und sicher in seiner Tasche verwahrt. Im Haus ist es dunkel, und Hans leuchtet mit dem Handy vor sich her, während sie weitergehen und er Jerry ein paar Informationen zu dem Haus gibt.

»Früher war das hier mal ein Drogenumschlagplatz«, sagt er. »Aber hier waren nur ein paar kleine Fische, die Typen haben hauptsächlich Gras an feiernde Jugendliche verkauft. Sie haben als Informanten für die Polizei gearbeitet, also ließ man sie gewähren, solange sie nichts Schlimmeres anstellten. Aber genau das passierte natürlich, sie gerieten mit ein paar Typen ein paar Blocks von hier aneinander. Und im Handumdrehen ging die durchschnittliche Lebenserwartung in der Gegend drastisch in den Keller. Niemand wollte ein Haus in einem Viertel kaufen, in dem Dealer an die Wand getackert werden, und die Cops haben nie ihre Schwänze gefunden.« Jerry wirkt beunruhigt, und Hans lacht. »Keine Bange, war nur ein Scherz. Sie haben sie gefunden. Wie auch immer, die ganze Sache ist Monate her, und niemand lässt sich hier mehr blicken, die Polizei hat keinen Grund mehr dazu. Nicht, solange das Haus leer steht. Los, bringen wir den Burschen nach oben.«

Im Haus gibt es keine Möbel oder sonstigen Gegenstände, denen man ausweichen müsste, und auch keinen Teppich, über den man stolpern könnte. Als die beiden die Treppe erreichen, wird es eng. Jerry weiß nicht, was für einen Unterschied es macht, ob sie ihn oben oder unten befragen, aber es muss wichtig sein, wenn sie all das hier auf sich nehmen. Bis jetzt dachte er, dass sie Eric, während er an einen Stuhl gefesselt ist, ein Messer an die Kehle halten würden, aber es gibt hier weder Stühle noch Messer.

Im Obergeschoss stinkt es nach Katzenpisse, und die Luft ist stickig. Es würde Jerry nicht wundern, wenn an jeder der Wände zwei Dealer baumeln würden. Sie setzen Eric auf dem Treppenabsatz ab, weil sie beide zu erschöpft sind, um ihn weiterzuschleppen. Jerry fragt sich, ob dies einer jener Momente ist, in denen er sich ausklinkt und zu Jerry auf Autopilot wird und keine Erinnerungen mehr abspeichern kann, einer jener Momente, in denen Henry auf Autopilot das Sagen hat.

»Alles okay, Kumpel?«, fragt Hans leicht schnaufend.

»Nein«, sagt Jerry. »Gar nichts ist okay. Und jetzt?«

»Jetzt bringen wir ihn zum Reden.«

»Und wie stellen wir das an?«

»Wir lassen ihn aus dem Fenster baumeln.«

»Das ist doch wohl ein Scherz, oder?«

»Das ist am effektivsten.«

»Hast du so was schon mal getan?«

»Ich habe so was schon mal gesehen«, sagt Hans.

»Im echten Leben?«

»Im Film«, sagt Hans. »Das funktioniert immer.«

»Aber wird er uns dann nicht bloß erzählen, was wir hören wollen? Damit können wir nichts anfangen. Ich würde alles gestehen, wenn ich auf diese Weise verhindern kann, dass man mich auf den Kopf fallen lässt.«

»Dann bringen wir ihn dazu, dass er uns etwas erzählt, was nur der Mörder wissen kann.«

»Und wenn er nicht der Mörder ist? Wenn ich es gewesen bin?«

»Wenn du der Mörder bist, solltest du wegen der Aktion hier kein allzu schlechtes Gewissen haben, oder?«

Es behagt Jerry nicht, dass er mit seiner Feststellung absolut recht hat.

»Vergegenwärtige dir doch nur mal unsere Situation, Jerry. Du hast Glück gehabt, dass dich der Taxifahrer vorhin nicht erkannt hat. Du wirst von der Polizei gesucht, und dir bleibt nicht mehr viel Zeit, aber falls man dir glauben kann, bist du unschuldig. Wenn du das hier nicht tun willst, in Ordnung, dann bringen wir Eric wieder nach Hause und setzen dich bei der Polizei ab. Dann wirst du nicht nach dem Protokoll suchen und dich schuldig bekennen, Eva wird weiterhin kein Wort mit dir reden, und die Polizei wird dir jedes ungelöste Verbrechen in den letzten dreißig Jahren zur Last legen. Oder aber wir vertrauen deinem Bauchgefühl und befragen ihn.«

Jerry weiß nicht, was er sagen soll.

»Die Uhr läuft«, sagt Hans. »Sollen wir's tun oder nicht?«

Jerry nickt. Sein Entschluss steht fest.

Sie schleppen Eric in das nächstgelegene Schlafzimmer. Leer stehende Häuser wirken immer traurig, denkt Jerry, und dieses Haus wirkt so traurig, dass sie es von seinem Leid erlösen und in Brand stecken sollten, wenn sie gehen. Von den Wänden hängen die Tapeten herunter, die Teppiche sind mit großen Flecken übersät, und die Decke ist mit merkwürdig geformten Schimmelflecken überzogen. Jerry kann sich nicht vorstellen, was ein Immobilienmakler als Verkaufsargument vorbringen könnte – es sei denn, das Haus wurde als *ideales Zuhause für den angehenden Pyromanen* annonciert. Das Schlafzimmer geht nach Süden zum Garten hinaus, auf den kaum Licht fällt; allerdings kann man erkennen, dass er ebenfalls mit Betonplatten gepflastert ist. Jerry vermutet, dass der frühere Besitzer Gartenarbeit hasste. Hans entriegelt das Fenster, und er muss es mit der Schulter nach oben schieben, weil es in der feuchten Luft aufgequollen ist. Eric ist immer noch bewusstlos, und er trägt immer noch seinen Pflegerkittel aus dem Heim. In dieser Umgebung wirkt er völlig deplatziert, allerdings reicht das nicht, um Jerry auf den Pfad der Vernunft zurückzuführen, aber das wäre jetzt bestimmt auch nicht hilfreich.

»Wir werden ihn aufwecken und aus dem Fenster halten«, sagt Hans und zieht das Klebeband von Erics Augen, das über dem Mund lässt er kleben. »Er soll sich erst mal genau umschauen, dann ziehen wir ihn wieder herein, und ich werde ihm ein paar Ohrfeigen verpassen. Wir werden ihm keine Fragen stellen, sondern mit verschiedenen Aussagen konfrontieren. Wir sagen nicht: *Hast du die Frauen ermordet?*, sondern: *Wir wissen, dass du die Frauen getötet hast.* Verstanden?«

»Verstanden«, sagt Jerry, und bei dem Gedanken daran dreht sich ihm der Magen um, allerdings nicht so sehr, wie sich Erics Magen gleich umdrehen wird.

»Lass ihn nicht fallen«, sagt Hans.

»Nein.«

»Und ich möchte, dass du weiter darüber nachdenkst, wo du das Protokoll versteckt hast, okay?«

»Ich versuch's ja.«

»Dann gib dir mehr Mühe.«

»So funktioniert das nicht«, sagt Jerry.

»Bist du bereit?«

»So was von bereit.«

Hans umwickelt Erics Knöchel mit Klebeband und zurrt seine Füße zusammen. Dann zieht er eine kleine Flasche aus seiner Tasche. »Riechsalz«, erklärt er. »Vertrau mir, Jerry, es wird schon klappen«, sagt er, öffnet den Verschluss und schwenkt das Fläschchen unter Erics Nase hin und her.

Soundsovielter Tag

Du musst anfangen, dir selbst zu trauen. Du bist Jerry Grey, du bist kein Mörder. Es sei denn, du hast deine Frau getötet. Und die Floristin. Und wenn wir schon dabei sind: Wie ist eigentlich deine Katze vor sechs Jahren gestorben?

Heute ist der soundsovielte Tag nach der WMD und der erste Tag nach Sandras Tod. Du hast den gestrigen Abend damit verbracht, nicht die Polizei zu rufen. Du hast den gestrigen Abend damit verbracht, auf dem Boden in Sandras Blut zu hocken und ihre Hand zu halten, während ihr Körper immer kälter wurde. Deine Klamotten haben sich mit ihrem Blut vollgesogen, und weil du das nicht mehr ertragen hast, musstest du dich vorhin duschen und die Kleidung wechseln. Als du zurückgekehrt bist, lag sie genau dort, wo du sie hast liegen lassen. Du hattest gehofft – also, es ist klar, was du gehofft hattest.

Während du die ganze Nacht damit verbracht hast, auf Sandra aufzupassen, hast du fast pausenlos darüber nachgedacht, wie deine Taten einen Schatten auf eure gemeinsame schöne Zeit geworfen haben. Auf euer wunderbares Leben und die Leidenschaft, mit der du sie geliebt hast. All das hast du vergiftet, indem du Sandra ihre Zukunft geraubt hast. Du hast dich gefragt, wie die Zukunft ohne sie wohl aussehen wird. Die Antwort war einfach – leer.

Und Eva? Die Nachricht wird sie umbringen. Wenige Tage, nachdem sie geheiratet hat, muss sie ihre eigene Mutter zu Grabe tragen. Sie wird nie wieder mit dir reden. Du hoffst, dass ihre Wut ihren Blick auf die Welt nicht trübt, dass sie keinen Schatten auf ihre Musik werfen wird.

Natürlich hast du auch über Hans nachgedacht. Und über Schwester Mae. Über ihre widersprüchlichen Aussagen gegenüber Sandra. Du brauchst Antworten, aber wie sollst du welche bekommen, wenn du nicht mal die richtigen Fragen kennst?

Du musst die Polizei anrufen, aber jetzt noch nicht. Abgesehen davon, dass du Sandras Hand gehalten hast, hast du das Protokoll gelesen. Darin stehen Sachen, an die du dich einfach nicht mehr erinnern kannst. Nicht nur Sachen, die passiert sind, wenn du dich ausgeklinkt hattest, etwa als du vor deinem alten Haus oder bei der Floristin aufgekreuzt bist, sondern auch andere Sachen – du hast zum Beispiel vergessen, dass du den Revolver verloren oder Dr. Goodstory gefragt hast, was es noch für Möglichkeiten gibt.

Bevor Sandra gestorben ist, hat sie dich gefragt, ob du mit Hans gesprochen hättest, und du sagtest Nein, aber das war gelogen. Du hast ihn am Tag nach der Hochzeit angerufen, und er meinte: *Es bringt nichts, sich wegen etwas Sorgen zu machen, wenn du nicht weißt, was passiert ist.*

Du kannst dir Sorgen machen, wenn du mehr weißt, aber bis dahin solltest du dich normal verhalten.

Du hattest sogar Beverly, die Beraterin, vergessen, die dir von den fünf Phasen der Trauer erzählt hat.

Die Rede auf der Hochzeit hast du nicht vergessen.

Du kannst dich immer noch nicht an die Nacht erinnern, in der du heimlich aus dem Fenster geklettert bist; und die Dinge, die ein paar Seiten zuvor keinen Sinn ergeben haben, ergeben immer noch keinen Sinn.

Wo kam das Messer her?

War dein Hemd mit Blut beschmiert, und Schwester Mae hat es nicht gesehen, oder hat Hans sich geirrt? Aber so etwas würde man nicht übersehen, und Hans schon gar nicht. Entweder ist irgendetwas passiert, bevor du in Hans' Wagen gestiegen bist, nachdem du Schwester Maes Haus verlassen hattest, oder …

Es gibt noch weitere Fragen. Warum hast du Sandra erschossen? Du kannst dich nicht daran erinnern, wie du sie erschossen hast; kann es also sein, dass du es gar nicht getan hast? Allerdings kannst du dich auch nicht daran erinnern, dass du dieses schlimme Wort an Mrs. Smiths Haus gesprüht hast, und das hast du offensichtlich getan. Es lässt sich also nicht leugnen, dass du etwas tust und wieder vergisst. Das gehört zum Alzheimer-Paket.

Vorhin hat das Telefon geklingelt, und du hast den Anrufbeantworter anspringen lassen. Es war Eva. *Hi Mom, ich hoffe, dir geht's gut, ich wollte mich nur mal melden, bevor wir morgen nach Tahiti fliegen. Wir versuchen, morgen früh noch kurz vorbeizuschauen, um uns zu verabschieden.*

Sie klang so glücklich, als hätte ihr Leben gerade erst begonnen. Sie und Rick fliegen morgen in die Flitterwochen, und du kannst ihnen nicht sagen, was passiert ist. Noch nicht. Sie sollen die Woche genießen.

Das heißt, dass du nicht die Polizei verständigen wirst.

Du schaffst das. Für Eva.

Du wirst sie heute Abend zurückrufen und ihr sagen, dass ihr morgen zu tun habt, weil Sandra sich mit dir ein paar Pflegeheime anschauen wird, und um Eva zu bitten, dass sie kurz durchklingeln soll, wenn sie angekommen sind.

Die gute Nachricht: Es ist unwahrscheinlich, dass es je wieder eine gute Nachricht geben wird.

Die schlechte Nachricht: Sandra ist tot. Das kannst du auch nicht in einer weiteren Fassung wieder ungeschehen machen.

KAPITEL 28

Das Riechsalz beginnt zu wirken, und Eric öffnet die Augen. Durch das Klebeband dringt gedämpftes Husten. Er wirkt verwirrt. Er blinzelt in das Licht, dann dreht er den Kopf vom

Schein des Handys fort, stemmt sich gegen das Klebeband, das seine Hände hinter dem Rücken zusammenhält, und windet sich am Boden.

Hans versetzt ihm einen kräftigen Schlag in die Magengrube. Mit einem zischenden Geräusch saugt Eric Luft durch die Nase. Jerry hat seinem Freund zwar so etwas zugetraut, aber als es jetzt tatsächlich passiert, verkrampft sich sein Magen.

»Beruhig dich«, sagt Hans und versetzt Eric einen leichten Klaps. »Beruhig dich.«

Aber Eric kann sich nicht beruhigen. Allerdings hört er auf zu husten und starrt seine beiden Entführer an, ohne weiter Widerstand zu leisten. Nur die Furcht in seinem Gesicht kann er nicht verbergen.

»Du weißt, was wir wollen«, sagt Hans. »Aber zunächst müssen wir dir was zeigen.«

Sie hieven Eric auf die Füße. Erneut versucht der Pfleger, Widerstand zu leisten, doch das Klebeband beschränkt seine Gegenwehr auf ein Minimum. Die beiden stellen ihn vor das Fenster, sodass er nach draußen schaut. Aber dann wird Jerry klar, dass Eric wahrscheinlich kaum etwas erkennen kann. Er nimmt die Brille des Krankenpflegers aus der Tasche und setzt sie ihm auf.

»Du scheinst ein intelligenter Bursche zu sein«, sagt Hans. »Schließlich bis du mit mehreren Morden davongekommen. Da du also ein intelligenter Bursche bist, kannst du dir bestimmt denken, was passiert, wenn wir dich aus dem Fenster werfen. Und das werden wir tun, wenn du uns nicht von den Frauen erzählst. Zunächst ein paar Informationen. Wir befinden uns im zweiten Stock, und solltest du den Sturz auf deinen Kopf aus dieser Höhe überleben, wünschst du dir, dass du tot wärst. Zweitens, wenn wir das Klebeband von deinem Mund entfernen, wirst du das Verlangen verspüren zu schreien. Davon würde ich dir abraten. Wir befinden uns in einer Gegend, in der die Bewohner es gewöhnt sind, wenn irgendwo jemand schreit. Vielleicht ruft einer von ihnen die Cops, vielleicht auch nicht. Allerdings ist es unwahrscheinlich, dass jemand herbeigeeilt kommt, um dir zu helfen. Oder dass die Cops es in der Zeit hierherschaffen, die du brauchst, um vom Fenster unten in den Hof zu fallen. Hast du verstanden, was ich gesagt habe?«

Eric nickt. Die beiden drehen ihn um, sodass er mit dem Rücken zum Fenster steht. Er hat die ganze Zeit die Augen weit aufgerissen. *Sie treten aus ihren Höhlen,* würde Henry vielleicht sagen, wenn ihm nichts besonders Originelles einfällt, denkt Jerry. Oder *sie sind groß wie Untertassen,* wenn er sich keine große Mühe gibt.

»Wir wissen, dass du diese Frauen getötet hast«, sagt Hans und leuchtet mit dem Handy für eine Sekunde in Jerrys Richtung. Jetzt wirkt Eric noch verwirrter, oder er versucht zumindest, den Eindruck zu erwecken.

Hans fährt fort: »Wir wissen, dass du Jerry aus dem Pflegeheim geschmuggelt hast. Ich werde jetzt das Klebeband von deinem Mund entfernen, und du wirst mir antworten – solltest du uns nicht erzählen, was wir wissen wollen, werden wir dich fallen lassen. Okay?«

Eric, der während des letzten Satzes den Kopf geschüttelt hat, nickt jetzt. Hans entfernt das Klebeband, und Eric holt tief Luft und fängt an zu husten. Ein paar Sekunden später hat er sich wieder unter Kontrolle.

»Ich habe keine Ahnung«, sagt er und hustet erneut ein wenig. »Ich habe keine Ahnung, wovon Sie reden.«

»Bist du sicher?«, fragt Hans.

»Vollkommen.«

»Ich meine, bist du dir sicher, dass das hier so laufen soll? Wir wissen, dass du Jerry die Morde angehängt hast.«

»Du hast mir eine Spritze verpasst«, sagt Jerry.

»Natürlich habe ich das! Sie sind völlig durchgedreht. Wir mussten Sie ruhigstellen!«

»Du hast mir mehr als einmal eine Spritze gegeben«, sagt Jerry.

»Wir mussten Ihnen häufig eine Spritze geben.«

»Wie konnte er dann aus dem Pflegeheim entkommen, wenn man ihn ruhiggestellt hatte?«, fragt Hans.

»Ich weiß es nicht«, sagt Eric mit leicht brüchiger Stimme. »Keiner weiß das. Aber an den Tagen, an denen er abgehauen ist, hat man ihn nicht ruhiggestellt, und letzte Nacht, na ja, da muss die Wirkung nachgelassen haben.«

»Hörst du das?«, fragt Hans.

»Was?«, fragen Eric und Jerry gleichzeitig.

»Das wäre ein Grund, dich aus dem Fenster zu werfen«, sagt Hans. Er dreht Eric um, sodass er erneut aus dem Fenster schaut.

»Aber …«

Eric kommt nicht dazu, den Satz zu beenden, denn genau in diesem Moment verpasst Hans ihm eine Ohrfeige, kurz und kräftig, sodass Erics Kopf zur Seite schnellt und seine Brille herunterfällt; der Schlag hallt durch das Zimmer und lässt den Tag, der Jerry gleichzeitig unbegreiflich und viel zu real erscheint, noch realer erscheinen. Aus Erics Nase strömt Blut. Jerry will etwas sagen, weiß aber nicht, was. Er will, dass sein Freund das hier rückgängig macht, aber nur auf diese Weise erreicht man sein Ziel und bekommt aus schlechten Menschen die Wahrheit heraus. Wenn man die Sache nicht entschlossen durchzieht, bekommt man nur Lügen und Halbwahrheiten zu hören. Jerry geht in die Hocke, hebt Erics Brille auf und setzt sie ihm wieder auf.

Hans bedeckt Erics Mund wieder mit dem Klebeband und schiebt seinen Kopf durch das offene Fenster. Zunächst wehrt sich Eric noch, was ihm jedoch mehr schadet als nützt. Doch je weiter er durch das Fenster geschoben wird, desto mehr entspannt sich sein Körper. Sie lassen ihn herunter, und er knallt mit dem Gesicht gegen die Hauswand, und während sein Körper über das Fensterbrett rutscht, verhakt er sich immer wieder und stößt irgendwo an. Schließlich baumelt er nach draußen, Hans hält das eine, Jerry das andere Bein.

»Verdammt, er zeigt in die falsche Richtung«, sagt Hans.

»Ich bin mir sicher, dass er versteht, worauf wir es abgesehen haben«, sagt Jerry und ringt nach Luft.

»Wir sollten versuchen, ihn umzudrehen.«

»Wie denn?«

»Wie wär's …«, sagt Hans, aber weiter kommt er nicht, denn Jerry lässt Erics Bein los, und durch das zusätzliche Gewicht lässt Hans ihn ebenfalls los, sodass Eric in die Tiefe fällt, so schnell, dass er auf dem Beton aufschlägt, bevor Jerry überhaupt begreift, was gerade passiert ist. Erics plötzlicher Sturz wird durch seinen plötzlichen Aufprall beendet, und Jerry fragt sich, ob das ein weiterer Toter ist, der auf seiner Zu-Vergessen-Liste landet, ob er das morgen verdrängt hat, so wie alles andere auch.

Tag Zwei ohne Sandra

Du hast letzte Nacht im ersten Stockwerk geschlafen. Du kamst dir vor wie ein Verräter, weil du Sandra unten hast liegen lassen, aber du konntest keine weitere Nacht neben ihr auf dem Boden verbringen. Du konntest es einfach nicht. Du hast nicht gut geschlafen, immer nur phasenweise, und du weißt nicht, wie oft du den Arm zur anderen Seite des Bettes ausgestreckt hast, um dich vergeblich zu vergewissern, dass Sandra schläft und es ihr gut geht. Als du heute Morgen ins Arbeitszimmer gegangen bist, hast du gehofft, dass sie nicht mehr da ist, dass sie das Frühstück macht oder liest. Aber natürlich lag sie dort, sie liegt immer noch da. Du hast dich neben sie auf den Boden gesetzt, immer wieder die Trommel des Revolvers herumgedreht und mit dem Gedanken gespielt, ihn dir an den Kopf zu halten und abzudrücken, aber du hast es nicht mal ansatzweise geschafft.

Gestern waren die Installateure der Alarmanlage hier. Jedenfalls glaubst du, dass sie es waren. Es wurde ein paar Mal an die Haustür geklopft, aber du hast nicht aufgemacht. Schließlich zogen sie wieder ab. Gestern Abend hast du Eva angerufen und ihr erzählt, dass ihr euch einige Pflegeheime anschauen würdet, und sie hat euch viel Glück gewünscht. Sobald du die Polizei verständigst, wirst du sie verlieren.

Momentan hängst du in der Luft und verbringst die Zeit damit, dir ein Leben ohne Sandra vorzustellen. Aber so hätte deine Zukunft sowieso ausgesehen, nicht wahr? Nun, Protokoll des Wahnsinns, Folgendes wird passieren. Dies wird der letzte Eintrag des Früheren Jerry sein, bevor man ihn in den Knast steckt, dies sind seine letzten Sätze, bevor er nachher die Polizei anruft. Oder morgen. Je länger du wartest, desto länger kann Eva denken, alles sei in Ordnung.

Was sollst du der Polizei also erzählen? Halt einfach die Klappe. Erzähl ihr gar nichts. Wenn du dich an eines erinnern musst, Zukünftiger Jerry, dann an dies: Erzähl der Polizei nicht von Belinda, dem Hemd, dem Messer oder von Hans. Es ist ihre Aufgabe herauszufinden, was passiert ist, und wenn du alle Beweise auf den Tisch legst, dann wird die Polizei sie nicht weiter hinterfragen. Aus Jerry Grey, dem Krimiautor, wird dann Jerry Grey, der Todeskandidat. Man wird dich zum Sündenbock machen. Man wird dir nicht glauben, dass du nichts mit Belinda Murrays Tod zu tun hattest, und man wird die Beweise auf Schwester Maes Aussage abstimmen. Man wird behaupten, dass der zeitliche Ablauf nicht stimmt, dass du früher bei ihr warst oder Belinda später gestorben ist. Du hast lange genug über diese Welt geschrieben, um zu wissen, wie sie funktioniert.

Sag nichts, Zukünftiger Jerry. Halt einfach die Klappe.

Wer weiß, in ein oder zwei Monaten hast du das hier alles vielleicht vergessen.

Willst du noch etwas sagen?

Hör auf, über das zu schreiben, was du kennst.

Und denk dir den Rest aus.

KAPITEL 29

Sie rennen die Treppe hinunter, geraten beide ins Straucheln, stoßen aneinander und haben großes Glück, dass sie nicht hinfallen, während Hans ihnen mit seinem Handy den Weg leuchtet. Als sie den Treppenabsatz erreichen, wissen sie nicht, in welche Richtung sie laufen sollen. Sie kennen sich in dem Haus nicht aus. Dann trifft Hans eine Entscheidung, und Jerry folgt ihm. Sie laufen ins Esszimmer und weiter ins Wohnzimmer, in dem keine Möbel stehen, an denen sie sich die Knie stoßen könnten. Aus dem Wohnzimmer führt eine Schiebetür in den Garten. Beide Männer keuchen. Keiner von ihnen hat bisher ein Wort gesagt. Das ändert sich auch nicht, als Hans das Schloss herumdreht und die Tür öffnet.

Da Eric die Hände auf dem Rücken gefesselt hatte, konnte er mit den Armen seinen Sturz nicht abfangen. Es ist nicht nötig, den Puls zu fühlen. Jerry spürt, wie sich ihm der Magen umdreht.

»Beherrsch dich, Jerry«, sagt Hans.

Jerry holt tief Luft und versucht sich zu beherrschen. Aber er kann nicht, wendet sich ab und übergibt sich gegen die Häuserwand. Er kann immer noch das Geräusch hören, das Erics Kopf beim Aufprall auf das Pflaster gemacht hat, spürt, wie es die Knochen in seinem Körper zum Schwingen brachte, als würde man mit aller Kraft auf ein Kugellager beißen und sich einen Zahn abbrechen. Er wischt sich mit dem Ärmel über den Mund. Seine Hände zittern, und dann merkt er, dass seine Beine und Arme ebenfalls zittern. Er zittert am ganzen Körper. So fühlt es sich an, wenn man einen Menschen getötet hat. Wenn er so etwas schon mal getan hätte, würde er dieses Gefühl bestimmt kennen. Dieses Gefühl ist neu für ihn.

»Warum zum Henker hast du ihn losgelassen?«, fragt Hans.

»Gib mir nicht die Schuld daran«, sagt Jerry. »Es ist nicht so, dass ich Erfahrung mit so was habe. Darum sehen die Typen in Filmen, die so was machen, auch wie Bodybuilder aus.«

»Du musstest nichts weiter tun, als ihn festzuhalten.«

»Es war eine dumme Idee, ihn aus dem Fenster zu halten.«

»Ach ja? Willst du allein weitermachen?«, fragt Hans. »Meinst du, es läuft besser ohne mich?«

»Nein, natürlich nicht«, sagt Jerry. »Ich wusste nur nicht, dass wir jemanden töten. Wir haben ihn gerade umgebracht, Hans.«

»Verdammt, Jerry, das weiß ich, okay? Aber bevor du eine Kirche aufsuchst, um zu beichten, denk dran, was er getan hat. Er hat diese Frauen getötet und es dir angehängt.«

»Aber das *wissen* wir nicht«, sagt Jerry, »nicht mit Sicherheit, und selbst wenn es stimmen sollte, wer zum Henker wird uns schon glauben, he?«

»Los, gehen wir«, sagt Hans.

»Sollen wir ihn einfach hier draußen liegen lassen?«

»Wir müssen die Zeit nutzen, die uns noch bleibt«, sagt Hans. »Bald wird seine Frau sich fragen, wo er steckt, und herumtelefonieren, und in ein paar Stunden wird sie wahrscheinlich die Polizei anrufen. Da ihr beide verschwunden seid, werden die Beamten schnell eine Verbindung herstellen«, sagt Hans.

»Wir können ihn nicht so hier liegen lassen«, sagt Jerry. »Das ist nicht richtig.«

»Es hat keinen Zweck, die Leiche irgendwo zu entsorgen«, sagt Hans. »Wir müssen zugeben, was passiert ist. Aber sobald die Polizei herausfindet, was für ein Mensch er wirklich war, wird sie das zu unseren Gunsten auslegen. Außerdem war es ein Unfall.«

»Ich will die Leiche nicht irgendwo entsorgen«, sagt Jerry. »Aber wir können ihn nicht hier draußen im Hof liegen lassen. Das ist nicht richtig.«

»Nichts von dem hier ist richtig«, sagt Hans und verschwindet ins Innere.

Jerry lehnt sich gegen die Hauswand, denn der Boden unter ihm schwankt hin und her. Er geht in die Hocke und versucht erneut, sich zu übergeben, aber es kommt nichts, außer etwas Gallenflüssigkeit. Als Hans zurückkehrt, hat er einen Duschvorhang dabei. Sie wickeln Eric in den Vorhang, und während die gebrochenen Knochen übereinanderscheuern, gibt sein Körper Knackgeräusche von sich. Jerry hebt Erics zerbrochene Brille vom Boden auf und legt sie ihm in die Hand. Als sie ihn wie in einem Kokon vollständig umhüllt haben, versuchen sie, ihn in die Höhe zu hieven. Doch die eingewickelten Füße gleiten immer wieder durch Jerrys Hände und knallen auf den Boden. Aus irgendeinem Grund ist der Tote schwerer als vor fünf Minuten. Jerry umfasst mehrere Schichten Plastik, statt unter den Körper zu greifen, und diesmal schaffen sie es, Eric ins Haus zu tragen, und setzen ihn sachte auf dem Boden ab. Dabei gibt er keinen Laut von sich, denn dazu ist er nicht mehr in der Lage. Egal, was real ist und was nicht, Jerry hat gerade einen Mann getötet.

Hans leuchtet ihnen mit dem Handy den Weg durch das Haus. Sie reden kein Wort, während sie durch die Vordertür das Haus verlassen. Hans schließt die Tür hinter sich, und das Schloss rastet ein. Sie laufen unauffällig zum Wagen, steigen unauffällig ein und fahren dann unauffällig davon – es gibt hier nichts zu sehen, es ist nichts passiert, nein, Sir, nein, Ma'am, dies sind nur zwei gesetzestreue Bürger, die eine kleine Spazierfahrt unternehmen, nachdem sie jemanden unauffällig in den Tod gestürzt haben.

Während sie fahren, herrscht eine angespannte Stimmung.

Jerry weiß nicht, ob Hans ihn direkt zur Polizei bringen oder aus einem anderen Fenster hängen wird. In Wirklichkeit hat er keine Ahnung, wo Hans hinfährt. Es ist kurz vor acht, und auf den Straßen ist nicht viel los. Sie fahren fünfzehn Minuten durch die Gegend, und Jerry betrachtet die Häuser und die Autos davor, und die Personen, die hin und wieder vorbeilaufen, und verspürt ein starkes Verlangen nach ihnen. Er würde gern in dieses Leben eintauchen, mit seinen alltäglichen Gedanken um das Abendessen und das Fernsehprogramm und um Stapel von Rechnungen. Er möchte Jerry Grey sein, bevor Captain A ihn in die Dunkelheit steuerte.

»Wir sind da«, sagt Hans.

»Wo?«

»Vor Erics Haus«, sagt Hans und biegt mit dem Wagen in die Auffahrt. Er drückt auf die Fernbedienung, um das Garagentor zu öffnen. »Wir haben uns auf die Sache eingelassen, Kumpel, und hängen schon zu tief da drin, um noch auszusteigen.«

»Das soll wohl ein Witz sein.«

»Wie lange kennen wir uns jetzt?«, fragt Hans.

»Ehrlich gesagt, keine Ahnung. Ich weiß nicht mal, wie alt ich bin«, sagt Jerry, doch sobald er die Worte ausgesprochen hat, fällt es ihm wieder ein. Er ist neunundvierzig. In einem Jahr wird ihn die Midlife-Crisis voll erwischen.

»Du bist fünfzig«, sagt Hans, und diese Neuigkeit ist genauso verstörend wie alles andere heute. »Habe ich je Witze gemacht?«

»Ehrlich gesagt, daran kann ich mich auch nicht mehr erinnern.«

Hans muss darüber lachen. »O Mann, ich wünschte, das wäre ein Witz. Komm, schauen wir uns mal um.«

»Hast du nicht gesagt, er sei verheiratet?«

»Ja, aber siehst du irgendwo Licht? Und in der Garage steht kein weiterer Wagen. Gehen wir.«

»Das heißt nicht, dass sie nicht zu Hause ist.«

»Im Haus ist niemand«, sagt Hans.

»Wie kannst du dir da so sicher sein?«

»Ich weiß es eben. Das ist eine Art Geheimkraft.«

»Aber hast du das vorhin nicht auch gedacht, als du zum ersten Mal hier warst, und im Haus auf Eric getroffen bist?«

»Manchmal liege ich mit meiner Geheimkraft auch daneben. Wie gesagt, Jerry, jetzt gibt es kein Zurück mehr.«

Sie fahren in die Garage, und Hans drückt auf den Knopf, um die Tür hinter ihnen zu schließen.

»Wie sieht also der Plan aus?«, fragt Jerry.

»Es nicht zu vermasseln«, sagt Hans.

»Und wenn die Ehefrau zu Hause ist?«, fragt Jerry.

»Dann haben wir ein Problem«, sagt Hans, »aber glücklicherweise haben wir die hier dabei.« Er lässt das Handschuhfach aufspringen und holt das Ledaretui mit den Spritzen heraus.

»Gut, dass du sie mitgenommen hast.«

Hans schüttelt den Kopf. »Sie gehören mir nicht. Ich habe sie vorhin im Handschuhfach gefunden. Sie gehören Eric. Er hat dich damit betäubt. Es gibt sonst keinen anderen Grund, sie in seinem Wagen aufzubewahren, oder?«

»Er ist gestern mit seinem Wagen zu meinem alten Haus gefahren«, sagt Jerry.

»Und er hätte sie wieder ins Pflegeheim zurückbringen müssen, aber das hat er nicht getan, weil er sie für seine persönlichen Zwecke nutzt.«

»Was, wenn wir seiner Frau eine davon geben, und sie ist allergisch dagegen, oder wir verpassen ihr eine Überdosis?«

»Das wird nicht passieren.«

»Wie kannst du dir da so sicher sein?«

»Was willst du also tun, Jerry? Nichts? In den Knast wandern und die Welt in dem Glauben lassen, dass du diese Frauen umgebracht hast, obwohl es Eric war? Wahrscheinlich ist sie nicht zu Hause, und je länger wir hier in der Garage hocken und diskutieren, desto eher ist sie hier. Wir hätten längst das Haus betreten und wieder verlassen können. Los, wir müssen da rein und beweisen, dass Eric diese Verbrechen begangen hat.«

»Und was, wenn wir nichts finden?«

»Dann haben wir eben einen unschuldigen Mann umgebracht. Aber es hat keinen Zweck, jetzt aufzuhören. Wir sind schon so tief in den Kaninchenbau vorgedrungen, dass es keine Rolle mehr spielt, wie weit wir noch eindringen.«

Sie begeben sich ins Haus, treten durch die Verbindungstür in einen Flur. Hans schaltet das Licht an, und Jerry bemerkt, dass sein Freund immer noch Handschuhe trägt. »Siehst du? Ich hab dir doch gesagt, dass keiner hier ist.«

»Sollten wir das Licht nicht auslassen?«

»Warum? Eigentlich wäre Eric jetzt doch zu Hause, oder? Es wäre merkwürdig, wenn kein Licht brennt.«

»Wahrscheinlich hast du recht.«

»Du durchsuchst das Arbeitszimmer«, sagt Hans. »Ich nehme mir eins der anderen Zimmer vor.«

Das Arbeitszimmer ist der erste Raum zur Linken. An der Wand erstreckt sich ein Bücherregal mit Jerrys Büchern und denen einiger anderer Autoren, mit denen Jerry auf Festivals ein paar Drinks getrunken hat, sowie mehreren Büchern über wahre Verbrechen und einigen Schreibratgebern. Ihnen gegenüber steht ein Schreibtisch aus massivem Holz, das mit Kratzern, Schrammen und Dellen übersät ist. Der Tisch ist alt, und die letzten hundert Jahre haben ihre Spuren an ihm hinterlassen. Dahinter steht ein Bürostuhl mit Rollen, und auf dem Tisch befinden sich ein Computer, ein Drucker, mehrere Romane, eine Wasserflasche sowie ein Telefon und ein ausgedrucktes Manuskript. Darauf liegt eine Schneekugel, etwas größer als ein Baseball, mit einer Burg und Schneewehen aus Glitzerflöckchen auf dem Boden. Das Zimmer ist mit Teppich ausgelegt, sodass sich unter den Holzdielen wahrscheinlich kein Versteck befindet. Trotzdem trampelt Jerry darauf herum und lauscht, ob eine der Dielen nachgibt, doch nichts rührt sich.

Er setzt sich auf Erics Stuhl und zieht die Schubladen heraus. Darin befinden sich Zeitschriften, Büroartikel und Kontoauszüge. Weder Schmuck noch irgendwelche bizarren Pornohefte und auch keine Fotos von Nachbarn, die man heimlich in ihren Häusern aufgenommen hat. Jerry nimmt das Manuskript vom Tisch. Es ist ziemlich dick. Es ist schon lange her, dass er das Manuskript zu einem seiner Bücher ausgedruckt hat. Er hat sie immer am Computer gelesen und überarbeitet. Er dachte, er würde so etwas für den Umweltschutz tun.

Er liest die ersten paar Seiten.

Willst du mich verarschen?, fragt Henry, und Jerry denkt dasselbe. Als er das erste Kapitel zu Ende gelesen hat, hämmert sein Herz wie wild in seinem Brustkorb. Er würde am liebsten schreien. Er würde gern zu der Stelle zurückfahren, wo sie Eric haben liegen lassen, ihn am Kragen packen, durchschütteln und fragen, warum er das getan hat. Er geht mit dem Manuskript durch das Haus, bis er in der Garage auf Hans stößt, der mehrere Regale voller Farbwannen, Pinsel und Sandpapier durchsucht.

»Mein Gott, du siehst aus, als hättest du gerade ein Gespenst gesehen«, sagt Hans.

Jerry hält das Manuskript in die Höhe. »Im ersten Kapitel«, sagt er und hat Mühe, ruhig zu sprechen, »kommt ein Krimiautor vor, der an Alzheimer erkrankt ist.« Er wartet auf eine angemessene Reaktion von Hans, die jedoch ausbleibt, denn er findet, Hans sollte Gegenstände durch die Garage werfen. »Die Figur, die Figur beginnt, Verbrechen zu gestehen, die sie begangen zu haben glaubt.«

»Er hat dich als Vorlage benutzt.«

»Nicht nur das!«, sagt Jerry und schüttelt den Kopf, verärgert darüber, dass Hans so tut, als wäre das keine große Sache. Er hat nicht mehr ein ganz so schlechtes Gewissen wie vor fünf Minuten, weil sie Eric aus dem Fenster geworfen haben. »Er hat all die schlimmen Dinge, die mir passiert sind, benutzt, um einen Buchvertrag zu bekommen.«

»Steht da, dass jemand in die Häuser fremder Menschen eindringt und einem Autor die Sache anhängt?«

Das ist ein Argument. Jerrys Ärger verflüchtigt sich langsam, während er darüber nachdenkt, und bei dem Gedanken an diese neue Möglichkeit fängt sein Herz an zu rasen. Vielleicht finden sich in dem Manuskript einige Antworten. »Ich werde weiterlesen«, sagt er und wirft einen Blick auf den Anfang des zweiten Kapitels. In den Türrahmen gelehnt, liest er mehrere Absätze, während Hans ihm dabei zusieht.

»O nein«, sagt Jerry.

»Was denn?«

»Gib mir eine Minute«, sagt Jerry.

»Jerry …«

»Eine Minute.«

Er liest das Kapitel zu Ende, und Hans tritt an das nächste Regal. Ein paar Minuten später hält Jerry seinem Freund das Manuskript hin. »Lies«, sagt er. »Lies!«

»Was soll ich lesen?«, fragt Hans, während er herüberkommt.

Jerry deutet auf die Kapitelüberschrift. Sie lautet: »Tag wer weiß was.« Er liest den Anfang des Kapitels. Es ist in Form eines Tagebuchs geschrieben. Die Hauptfigur führt ein Protokoll des Wahnsinns. Der Name der Hauptfigur ist Gerald Black, und Gerald hat keine Ahnung, wie lange er schon in dem Pflegeheim wohnt. Geralds Worte klingen genau wie die von Jerry. Er weiß, dass es seine eigenen sind. Er hat sie selbst geschrieben, kann sich jedoch nicht mehr daran erinnern, wann. Er kommt sich ausgenutzt vor und würde Eric am liebsten noch mal aus dem Fenster werfen.

Hans nimmt das Manuskript und liest. »Das bist du«, sagt er.

Jerry fängt an, in der Garage auf und ab zu gehen. »Eric hat meine Aufzeichnungen.«

Hans schaut von den Seiten auf. »Was?«

»Das sind meine Worte. Ich erkenne sie wieder. Irgendwie hat er meine Aufzeichnungen in die Hände bekommen und sie hierfür verwendet«, sagt er und deutet mit dem Kopf auf das Manuskript.

Hans liest einen Moment weiter, dann schaut er zu Jerry auf. »Bist du dir sicher?«

»Das ist das ultimative *Schreib über das, was du kennst*«, sagt Jerry. »Das Protokoll muss hier irgendwo sein.« Er schließt die

Augen, hebt seine Faust an die Stirn und tippt ein paar Mal dagegen. »Ich muss es die ganze Zeit im Heim gehabt haben. Ich weiß nicht. Das ergibt keinen Sinn. Aber das sind meine Worte«, sagt Jerry und deutet auf das Manuskript. »Nicht alles, nicht die Passagen, die die Handlungselemente miteinander verknüpfen, aber einiges davon. Irgendwie hat Eric mein Protokoll in die Hände bekommen.«

»Aber wie? Wenn die Polizei es nicht finden konnte, wie hat er es dann gefunden?«

»Keine Ahnung. Ich weiß nur, dass er es hat.«

Hans gibt ihm das Manuskript zurück. »Okay, der Pfleger hat also dein Protokoll für seine Geschichte benutzt, und wenn es hier ist, müssen wir es finden.«

»Und Beweise dafür, dass er ein Mörder ist«, sagt Jerry.

»Danach suchen wir gerade. Aber wir brauchen unbedingt dieses Protokoll. Wenn er es öfter aus dem Pflegeheim mitgenommen und wieder zurückgebracht hat«, sagt Hans, »könnte es in seinem Wagen sein. Ich werde ihn mal gründlich unter die Lupe nehmen.«

Hans öffnet den Wagen und fängt an, ihn zu durchsuchen, während Jerry zurück ins Arbeitszimmer geht. Er setzt sich hinter Erics Schreibtisch und schaltet den Computer an. Während er hochfährt, durchforstet Jerry den Wandschrank; darin hängen einige Kleidungstücke, auf dem Boden stehen mehrere Kartons. Er zieht sie heraus, als er hört, wie Hans den Flur hinunter in seine Richtung kommt. Jerry öffnet einen der Kartons und findet darin mehrere Kontoauszüge und Hypothekenbriefe.

»Wer zum Teufel sind Sie?«, fragt eine Frauenstimme.

Jerry zuckt zusammen und dreht sich in ihre Richtung. Er

hat die Frau zwar noch nie zuvor gesehen, aber er weiß, dass es sich um Erics Frau handelt. Bevor Jerry antworten kann, tritt Hans hinter sie und rammt ihr eine Nadel seitlich in den Hals. Sie hat nicht mal Zeit, sich zur Wehr zu setzen. Es dauert nur ein paar Sekunden, dann ist sie bewusstlos, und Hans legt sie behutsam auf dem Boden ab.

»Ach du Scheiße«, sagt Jerry und springt auf.

»Ihr wird nichts passieren«, sagt Hans. »Aber schau mal, was ich gefunden habe«, fügt er hinzu und wirft ihm ein Buch zu. Jerry fängt es auf und öffnet es. Es ist ein Protokoll, allerdings nicht sein Protokoll des Wahnsinns. In gewisser Weise aber doch. Nur kleben auf dem Umschlag keine Augen.

»Es beginnt mit deinem Einzug in das Pflegeheim«, sagt Hans. »Das heißt, dass das Original immer noch irgendwo da draußen ist. Wir müssen es unbedingt finden.«

Tag wer weiß

Manchmal weiß ich, wer ich bin. Ich wache auf und weiß, wo ich bin und was um mich herum vor sich geht. Die Schwestern hier nennen das einen guten Tag. Ironischerweise sind die guten Tage von unangenehmen Erinnerungen erfüllt. Ich glaube, dass mir die schlechten Tage lieber sind. Wenn für mich jeder ein Fremder ist, wenn ich mich nicht mehr an meine Familie erinnern kann, dann weiß ich auch nicht mehr, warum ich überhaupt hier bin. Dann kann ich vergessen, was ich getan habe.

Heute kann ich mich an all das erinnern. Heute ist ein guter Tag. Mein Name ist Jerry Grey, und das hier ist mein Protokoll. Das Pflegeheim, die Krankheit – das ist meine Strafe.

Es gibt hier einen Pfleger namens Eric. Er meinte, ein Protokoll könne in meinem Zustand hilfreich sein. Ich bin an Alzheimer erkrankt, und die Krankheit schreitet schnell voran. Man hat mir erzählt, dass ich bei meiner Ankunft vor sechs Monaten an sechs Tagen in der Woche noch gewusst hätte, wer ich sei, und dass sich mein Gehirn am siebten Tag eine Auszeit genommen habe und ich mich an nichts mehr erinnern könne. Seitdem hat sich das Verhältnis verschoben. Die Hälfte der Woche könne ich mich an gar nichts mehr erinnern. Es gebe Phasen, da sei ich Jerry-weiß-Alles, und genauso lange Phasen, da sei ich Jerry-weiß-gar-nichts. An manchen Tagen hättest du die ganze Zeit einen klaren Kopf, und an anderen wärst du die ganze Zeit weggetreten. Aufgrund der Alzheimererkrankung kann ich nie sicher sein, was real ist.

Eins weiß ich allerdings mit Sicherheit. Ich habe meine Frau getötet. Ich bete, dass ich von all den Ereignissen, die ich vergessen kann, dieses vergesse.

Ich habe dieses Protokoll angefangen, weil ich mir auf Papierschnipseln Notizen gemacht habe zu Ereignissen des Tages, und schließlich hatte Eric die Idee, mir ein richtiges Tagebuch für meine Aufzeichnungen zu geben. Es wird mich daran erinnern, wer ich früher mal war, und vor allem wird es mich an meinen Verlust erinnern. Abgesehen davon will ich darin festhalten, wie verrückt ich gewesen bin und wie verrückt ich noch werde. Ich werde das Buch mein Tagebuch des Irrsinns nennen. Ich werde etwas hineinschreiben, wenn ich daran denke, was …

Halt. Nicht Tagebuch des Irrsinns. Tagebuch des Wahnsinns. Ich habe schon mal eins geschrieben. Ich habe Tagebuch geführt, bevor …

Bevor ich Sandra ermordet habe.

Keine Ahnung, wo sich dieses Tagebuch jetzt befindet, wer es jetzt hat.

Eric sagt, ein Tagebuch zu führen, könne hilfreich sein, ich solle darin alles festhalten, was mir einfällt. Darum schreibe ich dieses Tagebuch. Er meint, ich solle es als eine Art Therapie betrachten, es könne mir helfen, in mein früheres Leben zurückzukehren. Aber wenn meine Erinnerung an Sandra, die tot und blutüberströmt auf dem Boden liegt, mich nicht trügt, dann will ich mein früheres Leben nicht zurückhaben. Dann sagte er etwas, das mich ermutigt, mich mit Hoffnung erfüllt hat, und Hoffnung und Ermutigung sind an einem Ort wie diesem das Einzige, was einen davon abhält, sich in der Ecke zusammenzurollen und darauf zu warten, dass man stirbt. Er meinte, angesichts des medizinischen Fortschritts könne man nicht wissen, was die Zukunft noch bereithalten werde. Wenn das stimmt, wenn es Aussicht auf Heilung gibt, sollte ich alles daransetzen, diese Chance zu ergreifen. Eva muss mich wirklich hassen. Und es wird ein schmerzhafter Prozess werden, mich an den Mann zu erinnern, der ich mal war, schmerzhaft, erneut all die schrecklichen Dinge zu durchleben, die ich getan habe, aber ich muss das tun, wenn es noch eine Chance gibt, meine Beziehung zu Eva wieder in Ordnung zu bringen. Eric findet, dass ich mir meine Ideen für neue Bücher notieren sollte. Er meinte, auf diese Weise würde ich mein Gehirn trainieren, und ich müsse geistig aktiv bleiben. Mag sein, dass der medizinische Fortschritt den alten Jerry wieder zurückbringen kann, aber Sandra wird er nicht wieder zurückbringen. Ich werde alles tun, was dazu beiträgt, Kontakt mit Eva aufzunehmen, alles, damit ich ihr sagen kann, wie leid es mir tut.

Die Erinnerung an Sandra ist so intensiv wie die an einige meiner Figuren. Manchmal sind die einzigen Beweise, dass sie je existiert hat, der Hochzeitsring an meinem Finger und das Foto von ihr und Eva in meinem Zimmer. Manchmal verwechsle ich die Erinnerung daran, wie ich sie erschossen habe, mit den Szenen, in denen einer meiner Bösewichte einen der Guten erschießt. Ich kann mich an den Vorfall zwar nicht erinnern, aber ich besitze genug Fantasie, um mir die Situation auszumalen. Aber ich kann mich an das Blut erinnern und daran, wie ich ihre Hand gehalten habe. Daran, wie ich die Polizei gerufen und sie gebeten habe, vorbeizukommen und mir zu helfen. Daran, wie die Beamten eintrafen und sie und mich kurz darauf mitgenommen haben – Sandra zum Leichenschauhaus und mich mit aufs Revier. Ich weiß, dass zwischen dem Tod meiner Frau und meinem Anruf mehrere Tage lagen, Tage, in denen ich für Eva den Anschein unbeschwerter Flitterwochen wahren wollte, allerdings weiß ich nicht, wie viele es waren. Zwei oder drei. Vielleicht auch vier. Ich glaube nicht, dass es einen Prozess gab, aber da bin ich mir nicht sicher. Ich glaube, dass die Verteidigung und die Staatsanwaltschaft einen Deal ausgehandelt haben. Ich war krank, daran bestand kein Zweifel, und es war besser, mich in einer Pflegeeinrichtung unterzubringen, statt mich ins Gefängnis zu sperren.

Wenn die Alzheimererkrankung weiter voranschreitet, werde ich mich immer weniger an das erinnern, was passiert ist. Diese Krankheit ist, als würde man von einer Festplatte lauter Fotos, Videos und Adressen löschen. Am Ende des Jahres liegt das Verhältnis vielleicht bei einem guten Tag zu zehn Tagen ohne Erinnerung. Aus diesem Grund möchte ich niederschreiben, woran ich mich erinnere und dir erzählen, wer du mal warst und was passiert ist.

Fangen wir mit dem Pflegeheim an. Es befindet sich ein gutes Stück außerhalb der Stadt, und ich habe deshalb den Eindruck, dass ich und meine Mitpatienten in die *Aus-den-Augen-aus-dem-Sinn*-Kategorie gehören. Das Heim ist ziemlich groß, es hat zwei Stockwerke und verfügt über etwa dreißig Zimmer; die Mitarbeiter sind alle freundlich und fürsorglich, sie wollen für uns alle nur das Beste. Das Grundstück ist ebenfalls ziemlich weitläufig; es gibt hier viele Blumen und Bäume, und einige der Patienten jäten draußen Unkraut oder genießen die Sonne, während andere sich in den Gemeinschaftsbereichen aufhalten, fernsehen, lesen oder sich unterhalten. Einige Patienten liegen in Gitterbetten; sie bekommen nichts mehr mit, schlagen den ganzen Tag ihren Kopf gegen die Wand und machen sich in die Hose. Einige von uns können selbstständig essen, sodass wir unser Essen immerhin ein wenig genießen. Andere müssen gefüttert werden; die Schwestern haben kaum Zeit, einen Patienten zu Ende zu füttern, bevor sie sich um den nächsten kümmern müssen. Für sie ist die Essenszeit lästige Arbeit, und es ist herzzerreißend. Absolut herzzerreißend. Egal, wie viel die Mitarbeiter verdienen, es ist zu wenig.

Ich denke oft daran, von hier abzuhauen, daran, Eva aufzusuchen und sie um Verzeihung zu bitten – aber das ist nicht möglich. Denn man hat mich bereits ein paar Mal am Rand des Grundstücks abgefangen, kurz bevor ich in die Wälder marschiert bin. Wenn ich es schaffen würde, in mein altes Zuhause zurückzukehren, würde es mir besser gehen. Bestimmt wäre das meiner Gesundheit zuträglich, eher als diese ungewohnte Umgebung, in der meine Erinnerung in immer kleinere Teile zersplittert, Bruchstücke, die ins ewige Dunkel geschleudert werden. Bestimmt könnte ich mit dem Geld von meinen Krimis mein altes Haus zurückkaufen und einen Pflegedienst bezahlen. Aber die Gerichte … die Gesetze … werden das nicht erlauben. Die Leute, die mir sagen, was ich nicht tun darf. Die Leute, die mich verachten, weil ich Sandra erschossen habe. Wie viel Geld geben diese Leute für den Krieg aus, für Tourismus und Sport, verglichen mit der Erforschung von Alzheimer?

Ich denke, das muss für den ersten Eintrag in dieses Buch genügen. Allerdings gibt es noch mehr zu erzählen. Sollte ich mich noch daran erinnern, werde ich später davon berichten. Ich weiß nicht, wie man einen Tagebucheintrag beendet. Mein Gefühl sagt mir, dass ich mit einem Cliffhanger aufhören sollte; ich schätze, da kommt der Krimiautor in mir durch. Ach, übrigens, in meinem Körper lebt ein Krimiautor – sein Name ist Henry Cutter. An einem guten Tag ist Henry nichts weiter als ein Pseudonym, aber an einem schlechten Tag frage ich mich manchmal, ob er nicht das Kommando übernimmt. Falls ja, dann muss Henry Sandra getötet haben, denn ich kann mich nicht daran erinnern.

Und jetzt kommt der Cliffhanger. Ich bin mir nicht sicher, ob Sandra die einzige Person ist, die Henry getötet hat.

KAPITEL 30

Es ist ein Protokoll, kein Tagebuch, denkt Jerry, während er das Protokoll aus der Hand legt, nachdem er den ersten Eintrag gelesen hat. Er kann sich jetzt wieder daran erinnern – nicht an das, *was* er geschrieben hat, aber daran, *wie* er es geschrieben hat. Er sieht sich selbst in diesem Zimmer auf dem Stuhl am Fenster sitzen, während er die Seiten füllt. Er kann sich noch an den ersten Eintrag erinnern, daran, wie Eric ihm das Buch gegeben hat, an seinen Vorschlag, Ideen für Geschichten darin zu notieren, um geistig aktiv zu bleiben. Natürlich war das alles gelogen. Eric wollte seine Ideen klauen. Seine Worte. Es würde nie ein Heilmittel für Alzheimer geben – nicht in Jerrys Leben.

Er sitzt auf Erics Stuhl, hinter Erics Schreibtisch, während Erics Frau ein paar Räume weiter schläft. Er und Hans haben sie hochgehoben, damit sie bequemer liegt. Langsam gewöhnt er sich daran, bewusstlose Leute durch die Gegend zu schleppen. Hans hat vorgeschlagen, sie in eines der Schlafzimmer zu bringen, aber schließlich haben sie sie auf ein Sofa im Wohnzimmer gelegt, denn Jerry wollte nicht, dass sie aufwacht und glaubt, dass sie ihren Ehemann umgebracht haben. Sie werde mindestens ein paar Stunden schlafen, hat Hans ihm versichert. Und wenn sie wieder zu sich kommt, wird ihr Lebensweg als Witwe beginnen, angefangen mit dem Gefühl des Schmerzes über Trauer bis hin zu Abscheu, wenn sie erfährt, was für ein Mensch ihr Mann in Wirklichkeit war. Jemand, der die Ideen anderer Menschen geklaut hat. Ein Mörder. In diesem Moment würde diese Frau Jerry eine Kugel in den Kopf jagen, wenn man ihr die Gelegenheit dazu geben würde, aber in ein paar Tagen wird sie ihm dankbar sein.

Der erste Eintrag in diesem Protokoll ruft Erinnerungen an das ursprüngliche Protokoll wach. Jerry erinnert sich, wie er an seinem Schreibtisch saß und auf die Seiten kritzelte, während Sandras Leiche auf dem Boden lag. Möglicherweise hat er etwas geschrieben, das ihm helfen würde, das hier alles zu verstehen, was ihn in der Annahme bekräftigt, dass er es in seinen Besitz bringen muss. Allerdings deutet es noch auf etwas anderes hin. Möglicherweise gibt es in seinem zweiten Protokoll einen Eintrag zu jener Nacht. Der erste Eintrag, den er gerade gelesen hat, ist fast identisch mit dem, den Eric in das Manuskript kopiert hat. Er blättert zum Ende im Dokument des angehenden Autors, um ein paar Antworten zu bekommen, aber es gibt kein Ende. Offensichtlich hat Eric noch daran gearbeitet. Jerry erinnert sich daran, dass er im Laufe der Jahre immer wieder an diese Backsteinmauer gestoßen ist, dass er neunzig Prozent des Buches geschrieben hatte, ohne zu wissen, wie es aufhören soll, bis ihm klar wurde, dass es notwendig war, diese neunzig Prozent auf neunzig verschiedene Arten umzuschreiben.

Er rollt den Stuhl an den Computer. Am Monitor klebt ein Post-it mit den Worten *Schreib über das, was du kennst, und denk dir den Rest aus*. Jerry findet den Roman auf dem Desktop, zusammen mit fünf anderen. Er macht einen Doppelklick auf *Krimiautor Arbeitstitel* und fängt an, durch den Text zu scrollen. Er sieht sofort, dass er länger ist als der Ausdruck. In dieser Version hat der Krimiautor eine Möglichkeit gefunden, das Pflegeheim unbemerkt zu verlassen und wieder zu betreten, sodass er seine Mordserie fortsetzen kann. Gerald steigt heimlich auf die Ladefläche eines Wäscherei-Lkws, wie in einem Film aus den 60ern, in dem ein Häftling aus dem Knast ausbricht. Jerry fragt sich, ob er auf diese Weise abgehauen ist, doch er kann sich an keine Wäscherei-Lkws erinnern.

Offensichtlich kopiert Gerald die Verbrechen aus seinen Büchern, aber niemand schöpft Verdacht gegen ihn. Die Polizei glaubt, dass ein fanatischer Bewunderer für die Taten verantwortlich ist. Eddie, ein Pfleger und der Held des Buches, glaubt, dass Gerald als Täter durchaus infrage kommt und dass dieser seine Krankheit von Anfang an nur vorgetäuscht hat. Zu welchem Zweck, ist Jerry nicht klar. Denn das Leben in einem Pflegeheim ist nicht gerade das, wovon jeder träumt, und wenn man derart überzeugend eine Krankheit vortäuschen kann, dann kann man genauso gut seine Unschuld vortäuschen und eine andere Möglichkeit finden, nicht geschnappt zu werden. Bisher war Eddie nicht in der Lage, das zu erkennen – oder es wenigstens zu erklären. Jerrys Tagebucheinträge wurden übergangslos in die Handlung eingefügt, aber das funktioniert nicht so richtig, denn sie stammen von einem Mann, der tatsächlich den Verstand verliert und nicht nur so tut. Angesichts der Worte auf diesen Seiten ist Jerry erst recht gekränkt, und er hat noch weniger Schuldgefühle, dass er den Pfleger in den Tod gestürzt hat.

Jerry nimmt erneut sein Protokoll zur Hand. Er liest den zweiten Eintrag und bemerkt, dass er von dem in Erics Buch abweicht.

Der dritte Tag beginnt mit den Worten *Du darfst Hans nicht trauen,* die mehrfach oben auf die Seite gekritzelt wurden. Wie so oft in letzter Zeit fängt Jerrys Herz an zu pochen, und er hat das Gefühl, als wäre Hans in seiner Nähe, während seine Neugier geweckt ist. Jerry schaut zur Tür auf, um sich zu vergewissern, dass sein Freund nicht dort steht und ihn beobachtet. Was nicht der Fall ist.

Dann liest er weiter.

du darfst Hans nicht trauen, du darfst Hans nicht trauen,
du darfst Hans nicht trauen, du darfst

Soundsovielter Tag

Die Worte oben auf der Seite stammen nicht von mir. Ich meine, sie stammen schon von mir, denn es ist meine Handschrift, aber ich habe sie nicht geschrieben. Also schon, aber ich kann mich nicht mehr daran erinnern. Die Wörter wurden dort mit Filzstift in großen schwarzen Buchstaben hingeschrieben, als sollte man sie auf keinen Fall überlesen, und ich kann nur vermuten, dass sie von Henry stammen, Henry in der Rolle des Autors, Henry, der manchmal Besitz von meinen Gedanken ergreift und die Kontrolle über mein Leben übernimmt. Ich weiß nicht, wann er es geschrieben hat, oder warum. Ich habe den ganzen Morgen darüber nachgedacht, und mir ist Folgendes dazu eingefallen – nichts.

Eric hat mir Fragen zu dem Tagebuch gestellt und zu meiner Vergangenheit. Mein Leben ist wie ein Puzzle für ihn, und ich bin mir nicht sicher, warum er sich so dafür interessiert. Wie sich herausgestellt hat – und ich weiß nicht, ob das eher traurig oder lustig ist –, hat er mich unter anderem deshalb gebeten, ein Tagebuch zu führen, weil ich ein Verbrechen gestanden habe, das nie passiert ist. Ich kann mich nicht mal an das Geständnis erinnern – aber er hat mir erzählt, dass ich Wirklichkeit und Fantasie nicht richtig auseinanderhalten kann. Als er mir das zum ersten Mal erzählte, dachte ich, das sei irgendein grausamer Scherz. Je mehr er darauf beharrte, desto wütender wurde ich, weil ich dachte, er würde mich beschuldigen. Schließlich bestätigte ein anderer Pfleger, dass er die Wahrheit sagt. Ich hatte mehreren Leuten erzählt – und ich war nicht davon abzubringen –, ich hätte zwei Wochen lang eine Frau in meinem Keller eingesperrt, bevor ich sie getötet hätte. Das wäre allerdings eine reife Leistung gewesen, da ich nie ein Haus mit Keller besessen habe. Eric versucht, mich davon zu überzeugen, jeden Tag in das Tagebuch zu schreiben, weil er glaubt, dass mir das helfen wird, eine Verbindung zur Wirklichkeit herzustellen. Er hat mich gefragt, ob er es lesen kann, aber das werde ich ihm nicht erlauben. Ich verstecke es in meiner Schublade, wenn ich nicht darin schreibe. In *Jerrys Normalem Leben*, wie ich es jetzt nenne, hatte ich zwei Verstecke. Ich weiß noch, dass es unter meinem Schreibtisch eine Bodendiele gab, die man aufstemmen konnte, allerdings weiß ich nicht mehr, wo sich das zweite Versteck befand.

Heute ist ein schlechter Tag. Denn ich kann mich daran erinnern, dass Sandra (meine Frau) tot ist und dass Eva (meine Tochter) mich nie besucht. Wenn ich mir die vorherigen Einträge anschaue, scheint es, dass ich nur ins Tagebuch schreibe, wenn ich einen guten Tag habe. Ich sollte das Datum darübersetzen, denn ich habe keine Ahnung, wie viel Zeit zwischen den verschiedenen Einträgen vergangen ist.

Du darfst Hans nicht trauen.

Ich weiß nicht, warum ich das geschrieben habe. Oder Henry.

Trotzdem … irgendwie kommen mir die Worte bekannt vor, so als hätte ich sie schon mal geschrieben. Wenn ich eine Vermutung anstellen müsste, würde ich sagen, dass ich sie bereits ins ursprüngliche Tagebuch des Irrsinns geschrieben habe. Dies ist Version II – Version I habe ich geschrieben, als *Jerrys Normales Leben* in die Phase des Wahnsinns übertrat.

Sandra fehlt mir. Ich weiß, dass sie tot ist, aber ich *weiß* es nicht, falls das Sinn ergibt. Das ist so, als würde dir jemand erzählen, dass der Himmel grün ist, obwohl er in Wirklichkeit blau ist. So fühlt es sich an, und ich habe immer mehr den Eindruck, als wäre die Erinnerung daran, wie sie dort mehrere Tage auf dem Boden lag, die eines anderen Menschen, einer der Figuren, die ich erschaffen habe.

Du darfst Hans nicht trauen.

Wirklich?

Ich werde jetzt frühstücken gehen (die gute Nachricht? Aus irgendeinem Grund habe ich das Verlangen, das hinzuschreiben – aber es gibt nichts zu berichten). Oh, wenn ich es recht bedenke, sollte ich das hier Tagebuch des Wahnsinns nennen und nicht … halt, streich das. Protokoll des Wahnsinns. Das klingt besser.

KAPITEL 31

Jerry kann sich zwar wieder daran erinnern, wie er in das Protokoll geschrieben hat, aber nicht an die Ereignisse, die er darin schildert. Im Grunde ist dies das Protokoll eines Fremden. Die wichtigste Erkenntnis aus dem letzten Eintrag ist, dass der Frühere Jerry überzeugt war, es müsse noch ein zweites Versteck geben. Das deckt sich mit dem, was auch der Aktuelle Jerry denkt, und dort ist das ursprüngliche Protokoll versteckt.

Er liest die nächsten beiden Einträge, und dabei geht es ihm nicht anders als eben: Es sind zwar seine Worte, aber irgendwie stammen sie von einer anderen Person. Er legt das Protokoll aus den Händen, geht zur Tür und lauscht, ob sich irgendetwas rührt. Hans ist nicht mehr in der Garage, aber bestimmt irgendwo im Haus. Er kann hören, wie sein Freund mehrere Schubladen öffnet und wieder schließt.

Du darfst Hans nicht trauen.

Das stand unmissverständlich in dem früheren Eintrag, aber es gab keine Erklärung dafür. Genauso gut könnte dort die Warnung stehen: Du darfst Henry nicht trauen. Oder: Du darfst Jerry nicht trauen. Denn er kann sich ja nicht mal mehr selbst trauen. Oder?

Wenn er Hans nicht trauen kann und man dem Autor mit dem Alzheimer-Clown an seiner Seite Glauben schenken darf, dann wird er auf all das hier keine Antwort finden, indem er im Türrahmen herumsteht. Und auch nicht, indem er seinen Freund zur Rede stellt. Jerry setzt sich wieder hinter den Schreibtisch und nimmt das Protokoll zur Hand. Ihm fällt auf, dass die Einträge stellenweise unstrukturiert und unzusammenhängend sind, während Jerry den Überblick über die Geschichte verliert. Plötzlich wird ihm klar, dass er diese Einträge liest, als würde es sich um die Passagen eines Romans handeln, um eine Geschichte über eine fiktive Figur. Und in gewisser Weise ist es das auch, oder?

Jerry krempelt die Ärmel hoch und betrachtet die Einstichlöcher in seinem Arm. Da kommt ihm eine Idee. Er wirft erneut einen Blick in das Protokoll. Ganze Passagen wurden daraus übernommen, eins zu eins in Erics Manuskript eingefügt und als die Protokolleinträge des Protagonisten ausgegeben. Diese Einträge klingen äußerst realistisch, schließlich stammen sie aus einer authentischen Quelle. Es klingt wie das Geschwafel eines Verrückten. Denn Eric stellt ihn wie einen Verrückten dar, denkt er. Erneut betrachtet er die Einstichlöcher in seinem Arm, und plötzlich geht ihm ein Licht auf, auf dieselbe Weise, wie er das Ende beinahe jedes Films und jeder Fernsehsendung voraussagen kann, wie er weiß, was ihn auf der letzten Seite eines jeden Romans erwartet. Er weiß, dass Eric ihm nicht nur an den Tagen, an denen er diese Frauen umgebracht hat, eine Spritze verpasst hat, sondern auch an den Tagen, als er mit seiner Geschichte nicht vorankam. Eric hat ihm eine Spritze gegeben, damit er sich noch schlechter fühlt und darüber schreibt.

Jerry wendet sich wieder dem Protokoll zu und liest, wie man ihn zum ersten Mal orientierungslos in der Stadt aufgegriffen hat. Der Frühere Jerry hat keinerlei Erinnerung daran, und niemand weiß, wie er dorthin gekommen ist. Er liest den Eintrag gründlich, sucht nach winzigen Hinweisen, aber es gibt keine, außer dem goldenen Anhänger, den der Frühere Jerry am Abend in seiner Tasche findet, als er wieder im Pflegeheim ist. Er glaubt, dass er ihn gestohlen hat, also versteckt er ihn in seiner Schublade.

Der Aktuelle Jerry neigt den Kopf zur Seite, schließt die Augen und versucht, sich an das Telefonat mit Eva zu erinnern, das er vorhin geführt hat. Sie hat gesagt, man habe Schmuck gefunden, den Schmuck der Frauen, die umgebracht wurden. Eric muss ihm die Schmuckstücke gegeben haben.

Und wenn er sich irrt? Was, wenn im nächsten Eintrag beschrieben wird, wie der Frühere Jerry abhaut und seinen Spaß daran hat, auf gute altmodische Weise Blut zu vergießen? Was dann? Aber das kann er sich nicht vorstellen. So ein Mensch ist er nicht. Wie er Hans vorhin erzählt hat: So jemanden hätte Sandra niemals geheiratet.

Außerdem meinte Hans, dass die Alzheimererkrankung ein Blankoscheck sei.

In den folgenden Einträgen gesteht der Frühere Jerry weitere Verbrechen aus seinen Büchern: mehrere Morde, einen Banküberfall, eine Entführung und dass er mit Drogen gedealt hat. Jerry fragt sich, ob das ein natürlicher Prozess war oder ob Eric für seine Recherchen nachgeholfen hat. Erneut wird der Frühere Jerry aufgegriffen, während er in der Stadt umherirrt, und als man ihn ins Pflegeheim zurückbringt, findet er in seiner Tasche ein weiteres Schmuckstück und kann sich nicht erinnern, wie er das Heim verlassen hat.

»Jerry?«, ruft Hans irgendwo im Haus. »Jerry, komm mal kurz hierher.«

Du darfst Hans nicht trauen, sagt Henry.

Aber wie könnte er ihm nicht trauen? Nach allem, was Hans für ihn getan hat?

Er findet Hans im großen Schlafzimmer; das Bett wurde zur Seite geschoben und der Inhalt der Schubladen ausgeschüttet, über den Boden ist Wäsche verstreut, und auf dem Bett liegen mehrere Schmuckstücke.

»Meinst du, irgendwas davon gehört einer der Frauen?«, fragt Jerry, während er die Ringe, Halsketten und Ohrringe betrachtet.

»Weiß nicht. Wahrscheinlich gehören die Sachen seiner Frau. Aber darum habe ich dich nicht gerufen«, sagt er und hält einen DIN A4-Umschlag in die Höhe. »Schau dir das mal an«, sagt er und schüttet den Umschlag aus.

Jerry rechnet damit, dass noch mehr Ringe und Halsketten herausgleiten. Etwas, das erklärt, was mit der Frau passiert ist, in deren Haus er heute Morgen aufgewacht ist.

Und er liegt richtig. In dem Umschlag befinden sich vier kleine Plastikbeutel und vier Fotos, die zusammen eine Geschichte erzählen. »Der Umschlag klebte unter der untersten Schublade«, sagt Hans. »Was für ein blutiger Amateur.«

Jerry streckt die Hand aus, um einen der Beutel zu nehmen.

»Fass sie nicht an«, sagt Hans. »Damit du keine Fingerabdrücke darauf hinterlässt.«

»Warum nicht? Die Polizei wird sowieso erfahren, dass ich hier war.«

»Die Polizei soll nicht denken, dass du sie mitgebracht hast.«

»Was ist da drin?«, fragt Jerry, während er die Hand zurückzieht.

»Haare.«

»Was?«

»Haare«, sagt Hans, und jetzt kann Jerry sie erkennen; in jedem der vier Beutel sind etwas weniger Haare als auf dem Kopf einer Puppe. »Vier Beutel, vier Opfer. Er hat die Schmuckstücke eingesteckt, um sie dir unterzuschieben, und die Haare hat er für sich selbst mitgenommen. Wahrscheinlich fand er das persönlicher.«

»Und die Fotos?«

Die Fotos liegen alle verkehrt herum. »Tja, das ist das Beste«, sagt Hans und dreht sie wie ein Blackjack-Dealer alle gleichzeitig um. Ein Foto ist schlimmer als das andere, allerdings nicht das, was darauf zu sehen ist, sondern wie oft. Es handelt sich praktisch viermal um das gleiche Foto, jedes von ihnen zeigt eine tote Frau. Auf dem letzten ist allerdings Jerry Grey im Hintergrund zu sehen, der auf einem Sofa ein Nickerchen macht.

Das Grauen, das diese Frauen durchleben mussten, ist zu viel für Jerry, er bringt keinen Ton mehr hervor. Er tritt an die Bettkante und setzt sich, als seine Beine ihm den Dienst versagen. »Die armen Frauen«, sagt er und kann das Entsetzen in seiner Stimme nicht verbergen.

»Du bist das nicht gewesen«, sagt Hans.

»Dadurch wird das, was ihnen widerfahren ist, nicht weniger schlimm.«

»Nein, aber das heißt, dass du nicht dafür verantwortlich bist.«

»Nicht direkt jedenfalls«, sagt Jerry.

»Was meinst du damit?«

»Eric hat sie getötet, weil ich ihm gesagt habe, dass er über das schreiben soll, was er kennt. Er hat sie getötet, weil er wusste, dass er damit davonkommt, wenn er mir die Morde anhängt. Wenn ich nicht krank geworden wäre, wenn ich noch in meinem Haus wohnen und mein altes Leben führen würde, hätte ich Eric nie kennengelernt, und die Frauen wären noch am Leben.«

»So läuft das nicht. Sonst wären wir rund um die Uhr für die Taten aller Menschen verantwortlich. Eric hat das getan, nicht du. Du hast diese Frauen nicht umgebracht, sondern Eric«, sagt Hans.

Sie haben eben einen Serienmörder unschädlich gemacht, denkt Jerry.

»Es gibt allerdings ein kleines Problem«, fügt Hans hinzu, und die Erleichterung, die Jerry empfunden hat, weil er kein Mörder ist, verflüchtigt sich wieder und macht einem flauen Gefühl in der Magengegend Platz.

»Was für ein Problem?«

»Die Polizei wird denken, dass du die Fotos hier deponiert hast.«

Jerry weiß nicht, was er sagen soll. Henry hingegen schon. *Er hat vollkommen recht, aber das heißt nicht, dass du ihm trauen solltest.* »Aber die Fotos –«

»Könntest du gemacht haben.«

»Nicht das letzte.«

»Du könntest es mit dem Selbstauslöser aufgenommen haben.«

»Die Polizei wird herausfinden, wann und wo die Fotos ausgedruckt wurden, und dabei wird sich herausstellen, dass das wahrscheinlich auf Erics Computer gemacht wurde.«

»Zu dem du Zugang hattest«, entgegnet Hans.

»Aber nur kurz.«

»Das werden sie nicht wissen. Die Polizei könnte annehmen, dass du den ganzen Tag über hier warst, nachdem du das Messer im Einkaufszentrum vergessen hast. Hör zu, Jerry, ich glaube trotzdem, dass dir nichts passieren wird. Zumindest bedeutet das, dass die Polizei Eric unter die Lupe nehmen wird, oder? Sie wird sämtliche Tage überprüfen, an denen eine der Frauen getötet wurde, und ein Muster feststellen. Vielleicht wird die Polizei die Bude hier auf den Kopf stellen und weitere Beweise finden. Vielleicht stoßen sie im Garten auf die Leiche einer armen Frau, die dort vergraben wurde. Womöglich hat Erics Frau Verdacht geschöpft und macht eine Aussage. Oder der Schmuck seiner Frau stammt ursprünglich von den Opfern.«

»Aber du glaubst mir doch, oder?«

»Natürlich, aber mich musst du nicht überzeugen. Du bist diesem Typen auf die Schliche gekommen und hast ihn unschädlich gemacht, und nicht die Polizei, und sie wird nicht allzu begeistert sein, dass ein alzheimerkranker Krimiautor sie aussehen lässt wie Idioten. Sie werden nach irgendeinem Anhaltspunkt suchen, der darauf hindeutet, dass du an den Taten beteiligt warst. Im Gegenzug werden sie deine Unschuld beweisen, und sobald die Medien Wind von der Sache bekommen, wirst du als Held gefeiert. Die Bevölkerung mag es nicht, wenn ein Held verurteilt wird.«

»Ich bin kein Monster«, sagt Jerry und fühlt sich erneut erleichtert … das Gefühl wird langsam stärker und breitet sich weiter aus.

Hans starrt ihn an. Er macht das Gesicht, das er immer macht, wenn er über etwas nachdenkt.

»Was ist?«, fragt Jerry.

»Wir dürfen die anderen nicht vergessen«, sagt Hans.

»Welche anderen?«

»Die anderen Menschen, die du getötet hast.«

Jerry denkt an Sandra, und ihm fällt die Floristin wieder ein und Suzan mit Z, deren richtigen Namen er vergessen hat. Er schaut auf die Fotos hinunter; drei davon zeigen Frauen, die er getötet hat. Es war vielleicht voreilig anzunehmen, dass er unschuldig ist.

»Ist es auch möglich, dass ich niemandem getötet habe?«, fragt Jerry.

»Vor zwei Stunden haben wir einen Mann in den Tod gestürzt«, sagt Hans.

»Außer ihm«, sagt Jerry.

»Möglich? Alles ist möglich«, sagt Hans.

»Alles ist möglich«, sagt Jerry und lässt die Worte für ein paar Sekunden im Raum stehen, bevor er sagt, wie es tatsächlich aussieht: »Aber du glaubst, dass ich es war.«

»Tut mir leid, Kumpel.«

»Und was jetzt?«

»Ich kann mich weiter umschauen, während du das Protokoll liest. Da er diese Sachen hier versteckt hat«, sagt Hans und deutet auf die Beutel mit den Haaren und die Fotos, »liegt es nahe, dass er noch andere Sachen versteckt hat. Es ist nicht ungewöhnlich, dass jemand mehr als ein Versteck hat. Letztlich –«

»Du hast recht! Das habe ich dir noch gar nicht erzählt, aber in meinem Protokoll stand, dass es ein weiteres Versteck gibt!«, sagt Jerry.

»Wo?«, fragt Hans aufgeregt.

»Das stand nicht drin.«

»Was dann?«

»Nur, dass es irgendwo anders ist. Ich glaube, es ist dort, wo ich die Sicherungskopien meiner Texte immer versteckt habe.«

»Wo ist das?«

»Keine Ahnung.«

»Du musst dich erinnern, Jerry«, sagt Hans mit eindringlicher Stimme. »Wir müssen zu deinem Haus fahren und es suchen.«

»Ich brauch einen Drink.«

»Ist das dein Ernst?«

»Wer weiß, wann ich noch mal Gelegenheit dazu bekomme? Außerdem hilft mir das vielleicht beim Nachdenken.«

Hans nickt bedächtig. »Nach allem, was du heute durchgemacht hast, hast du dir wohl einen Drink verdient. Mann, ich glaube, wir habe uns beide einen verdient.«

Sie gehen in die Küche, und Jerry lehnt sich gegen die Arbeitsfläche, während Hans an den Geschirrschrank tritt. Er holt zwei Gläser heraus und stellt sie auf den Tisch, dann durchstöbert er die Vorratskammer, bis er findet, wonach er gesucht hat. Das heißt, nicht ganz – es gibt keinen Gin, aber dafür Wodka, und der tut es auch. Er nimmt ein paar Eiswürfel aus dem Gefrierschrank, und da er kein Tonic Water finden kann, mixt er zwei Wodka Orange. Die beiden setzen sich an den Tisch. Eigentlich wirkt das ziemlich gemütlich, denkt Jerry.

Ziemlich verrückt, denkt Henry.

»Warum trägst du immer noch die Handschuhe?«, fragt Jerry.

Du darfst Hans nicht trauen.

»Was meinst du damit?«

»Eric ist tot, und die Polizei wird herausfinden, dass ich etwas damit zu tun habe.«

»Das stimmt.«

»Und wenn mich die Polizei befragt, wird sie erfahren, dass du ebenfalls in der Sache drinhängst.«

»Nicht, wenn du es für dich behältst.«

»Du willst nicht, dass sie davon erfahren?«

»Natürlich nicht. Ich will dir zwar helfen, Kumpel, aber ich habe keine Lust, in den Knast zu wandern.«

»Was, wenn ich das vergesse und es ihnen erzähle?«

»Wenn du es vergisst, dann vergisst du es. Aber falls du dich daran erinnerst und mich da raushältst, wird die Polizei nie erfahren, dass ich hier war. Hör zu, Jerry, ich weiß, es ist nicht in Ordnung, dich darum zu bitten, aber ich will, dass du das, was mit Eric passiert ist, auf deine Kappe nimmst. Die Polizei wird nachsichtig mit dir sein, und wenn nicht …«, sagt Hans und bringt den Satz nicht zu Ende.

»Wenn nicht, was dann?«

»Du hast noch andere Menschen getötet, Kumpel. Ich versuche nur zu helfen und will nicht, dass man mich deswegen bestraft.«

Jerry schaut auf sein Glas und nippt bedächtig daran. Nicht so gut wie ein Gin Tonic, aber besser als nichts. Er nippt erneut daran. Es ist ein überzeugendes Argument, findet er, und sagt Hans das auch.

Hans beginnt ebenfalls, an seinem Drink zu nippen. »Erinnerst du dich noch an die Beerdigung meines Vaters?«, fragt er.

Jerry hebt den Blick, schüttelt den Kopf. Er fragt sich, worauf Hans hinauswill.

»Am Abend vor der Beerdigung bist du mit mir in die Stadt gezogen, wo wir in einer Bar landeten, der der Gin ausgegangen war. Darauf hast du angefangen, den Barkeeper blöd anzumachen, und ihn gefragt, was das für eine Art von Bar sei, und er meinte, die Art von Bar, in der Leute, die sich beschweren, was auf die Fresse kriegen. Am Ende haben wir so was hier getrunken«, sagt er und nimmt einen Schluck. »Es war das einzige Mal, dass ich so was getrunken habe. Es ist nicht … mir fällt das richtige Wort nicht ein«, sagt er.

»Nicht männlich genug?«

Hans nickt. »Ich wusste, dass dir das richtige Wort einfällt. Seit wir uns kennen, trinkst du Gin Tonic.«

Jerry leert seinen Drink. Er überlegt, ob er einen zweiten will. »Ich weiß noch, dass du mir mehrere Flaschen davon vorbeigebracht hast, als ich krank wurde.«

»Sandra hat dir verboten zu trinken, und sie hat dir deine Kreditkarte weggenommen, damit du keinen Alkohol kaufen kannst. Einmal habe ich dir fünf Flaschen davon vorbeigebracht. Ich habe keine Ahnung, wo du sie versteckt hast, aber vielleicht hast du dort auch …«

»In der Garage«, sagt Jerry, und er kann sich wieder erinnern, kann sich an eine Plane unter einer Bank erinnern, mit der der Zwischenraum hinter der Kettensäge und der Kreissäge bedeckt war. Dort hat er die Flaschen versteckt, hinter den Renovierungswerkzeugen, die einer sehr viel jüngeren Version des Früheren Jerry gehörten, als Eva noch ein kleines Mädchen war und seine Bücher noch nicht das Licht der Welt erblickt hatten. Er hat nicht alle Flaschen dort versteckt, die anderen lagen unter dem Fußboden in seinem Arbeitszimmer. Er kann sich auch wieder an die Plane auf dem Boden seines Arbeitszimmers erinnern, die er ausgelegt hat, um damit die Sauerei aufzufangen, die eine aktuellere Version des Früheren Jerry anrichten würde, die Version von letztem Jahr.

»Du hast die Flaschen ziemlich schnell ausgetrunken«, sagt Hans.

Nur dass die Flaschen nicht unter dem Fußboden lagen, nicht wahr, Jerry?, sagt Henry. *Nein, das Versteck unter dem Fußboden war für den Revolver bestimmt, der nicht da war, und für das Protokoll, das ebenfalls nicht da war. Das Einzige, was unter der Bodendiele lag, war ein Hemd, von dem du nicht weißt, wie das Blut darangekommen ist.*

»Es tut mir leid, was dir passiert ist«, sagt Hans. »Man beschuldigt dich zu Unrecht. Es gab auch schon schlimmere Fälle, aber viel schlimmer kann es nicht sein.«

Jerry hört Hans nicht zu. Stattdessen lauscht er Henry. Er denkt an die Bodendielen. Und das ursprüngliche Protokoll. Und daran, dass es nicht da war. So wie der Gin. Oder der Revolver. Denn wie er im Protokoll des Wahnsinns 2.0 geschrieben hat – es gibt ein weiteres Versteck.

»Vielleicht –«

»Hör auf zu reden«, sagt Jerry und streckt die Hand aus. Er denkt über das nach, was er in das Protokoll geschrieben hat, und über die Gin-Flaschen.

»Jerry? Alles in Ordnung?«

Die Sicherungskopien seiner Texte hat er nicht unter dem Fußboden aufbewahrt, sondern an einem sicheren Ort. Irgendwo in der Nähe des Arbeitszimmers. Sie können nicht in der Garage, in der Küche oder in einem der Schlafzimmer sein. An einem Ort, wo er danach suchen müsste.

Du hast sie stets versteckt, weil du Angst hattest, dass jemand in dein Haus einbrechen und deinen Computer klauen könnte, all das, was du zum Arbeiten benötigst, und deine nächste geniale Idee.

»Hat man meine Sicherungskopien gefunden?«

»Sicherungskopien? Keine Ahnung.«

Er denkt an das Arbeitszimmer. Erinnert sich an den Grundriss. Langsam kommt sein Gehirn auf Touren, der Wodka und der Saft strömen durch seine Nervenbahnen und vernebeln im Nu seine Gedanken, wie das normal ist, wenn man seit fast einem Jahr keinen Tropfen Alkohol mehr angerührt hat, dafür werden andere Regionen freigelegt, während sich seine Gedanken durch die Zeit hindurch miteinander verbinden, wie das unter Alkoholeinfluss häufig geschieht. Jerry stellt zwischen einer wahllosen Abfolge von Bildern eine Verbindung her, und er befindet sich jetzt wieder in seinem Arbeitszimmer und schenkt sich einen Drink ein, und die Gin-Flaschen … nun, sie waren nicht unter den Bodendielen versteckt, oder …

»Ich habe die Sicherungskopien immer versteckt«, sagt Jerry.

»Unter dem Fußboden vielleicht?«

»Da waren sie nicht.«

»Wo dann? Denk nach, Jerry, los, du hast es gleich, du –«

»Halt die Klappe«, sagt Jerry.

Die Sachen müssen woanders versteckt sein, an einem Ort, an dem ein paar Flaschen Gin Platz haben. Aber wo? Nicht im Bücherregal. Nicht im Schreibtisch. Und hinter der Wand hat er auch nichts versteckt. Genauso wenig unter dem Dach. Oder im Sofa.

Halt … nicht hinter der Wand? Bist du dir sicher?

»Ich hab's gleich«, sagt er.

Hans sagt keinen Ton.

»Lass mich nachdenken«, sagt er, schließt die Augen und sieht sich dort sitzen, an einem normalen Arbeitstag. Als er noch geschrieben hat, war jeder Tag ein Arbeitstag, Wochenenden und Werktage waren ein und dasselbe. Selbst an seinem Geburtstag hat er gearbeitet. Und sogar an Weihnachten hat er Henry für ein oder zwei Stunden aus der Flasche gelassen, um seine Gedanken zu Papier zu bringen. So sah sein Leben als Autor aus – schreiben, schreiben, schreiben, um den anderen immer einen Schritt voraus zu sein, denn wenn du es nicht schaffst, die Geschichte zu Papier zu bringen, tut es jemand anders. Er ist jetzt in seinem Arbeitszimmer, reiht ein Wort an das nächste und macht für heute Feierabend, und er muss eine Sicherungskopie erstellen, muss diese Wörter abspeichern, denn wenn er nur einige Tausend davon verliert, ganz zu schweigen von einem ganzen Manuskript … das ließ sich vermeiden. Da sind sein Arbeitszimmer und sein Schreibtisch, er steckt einen USB-Stick in den Computer – kopieren und einfügen – und zieht den Stick wieder heraus. Und dann? Was tut er als Nächstes?

Er erhebt sich von seinem Stuhl, geht am Sofa vorbei zum Kleiderschrank. Er öffnet die Schranktür und …

»Jerry …«

Geht in die Hocke. Im Schrank steht ein Karton, in dem sich ein halbes Dutzend Papierstapel befinden. Er schiebt ihn beiseite und …

»Du musst dich konzentrieren, Jerry.«

Drückt gegen die untere Ecke der Schrankwand, sodass die gegenüberliegende Ecke herausklappt. Es handelte sich um eine falsche Wand, nicht höher als sein Unterarm, die sich über die gesamte Breite des Kleiderschranks erstreckt. Er nimmt sie heraus, und da sind die Gin-Flaschen und die USB-Sticks, einer für jeden Roman, und da ist auch der Revolver und …

»Ich weiß, wo das Protokoll ist«, sagt er und steht so schnell auf, dass er gegen den Tisch stößt. Sein Glas rutscht auf Hans zu, der es auffängt, bevor es herunterfällt.

»In deinem alten Haus?«

»In meinem Arbeitszimmer«, sagt Jerry.

»Machen wir uns auf den Weg.«

»Ich möchte mein zweites Protokoll mitnehmen«, sagt Jerry, während er bereits ins Arbeitszimmer zurückläuft. »Ich will es auf der Fahrt lesen.«

Tag eine Million

Okay, es ist nicht wirklich Tag eine Million, und ich weiß nicht, wie viele Freiheiten ich mir bei den Übertreibungen in meinen Büchern genommen habe. Derek (damit ist Eric gemeint, aber ich nenne ihn jetzt Derek) hat mir heute Morgen erzählt, dass seit meiner Ankunft hier inzwischen acht Monate vergangen sind. Sodass meinen Berechnungen nach bis zur Million noch neunhunderttausendneunhundert Tage und ein paar zerquetschte fehlen. Trotzdem habe ich das Gefühl, als wäre ich schon ewig hier.

Heute ist ein Jerry-Tag, ja ja.
Jerry hat Alzheimer – stimmt.
Jerry war früher Krimiautor – stimmt.
Jerry weiß, dass er Derek nicht trauen darf – stimmt.
Oder Eric – stimmt.
Jerry erstellt eine Checkliste – stimmt.

Ich habe das Protokoll durchgeblättert und festgestellt, dass darin lauter wirres Zeug steht, und einige der Einträge deuten darauf hin, dass Henry zum Spielen herausgekommen ist. Dass ich mich mit ihm unterhalten, mit ihm geplaudert habe. Ich habe zwei wichtige Hinweise für dich, Zukünftiges Ich. Zwei Hinweise zum Preis von einem. Erstens, du darfst Eric nicht mehr trauen. Hier noch mal in Großbuchstaben. DU DARFST ERIC NICHT TRAUEN.

Als ich vorhin in mein Zimmer gekommen bin, steckten seine Arme bis zu den Ellbogen in meiner Schublade. Ich glaube, dass er nach meinem Protokoll gesucht hat. Weshalb, weiß ich nicht. Ich habe ihn gefragt, was er da macht. Worauf er meinte, er würde aufräumen. Doch Henry glaubt, dass er lügt. Henry glaubt, dass Eric dich nicht ohne Hintergedanken aufgefordert hat, das Protokoll zu führen, und schließlich ist Henry Experte, wenn es um Hintergedanken geht (fast alle Figuren, die er erschafft, haben welche). In diesem Fall will Eric meine Ideen klauen, denn er wäre gern Schriftsteller. Eine Sache, an die ich mich aus meiner kriminellen Vergangenheit (als Autor) deutlich erinnern kann, sind die vielen Leute, die mir erzählt haben, dass sie ein Buch schreiben wollen. Jeder glaubt, er könnte das, und jedes Mal hätte ich am liebsten zu einem Anwalt gesagt: *Ich spiele mit dem Gedanken, einen Fall zu übernehmen,* oder zu einem Chirurgen: *Ich spiele mit dem Gedanken, eine Herztransplantation durchzuführen. So,* als wäre ihr Job nicht anspruchsvoller als meiner. Und was für einen Grund nennen die Leute dafür, dass sie das Buch noch nicht geschrieben haben? Zeit. Sie haben alle keine Zeit dafür, aber sie werden es schon noch irgendwann schreiben. Wie schwer kann das schon sein? Erich schreibt auch ein Buch – aber zumindest nimmt er sich die Zeit. Er hat erzählt, dass er jeden Abend ein paar Stunden schreibt, was es gleichzeitig zu seiner Leidenschaft und seinem Hobby macht; davor habe ich Respekt, darum wünsche ich ihm alles Gute. Allerdings hat er etwas getan, das ich für einen Kardinalfehler halte, nämlich mich zu fragen: *Wo kommen alle ihre Ideen her?,* als würde ich jedes Jahr im Internet eine Kiste voller Ideen bestellen und von meinem Assistenten die schlechten aussortieren lassen. Ich habe ihm gesagt, *Schreiben sie über das, was Sie kennen,* denn nichts ist glaubwürdiger, wenn man sich eine Geschichte ausdenkt, aber Eric will über das schreiben, was *ich* kenne. Darum sucht er nach meinem Protokoll. Manchmal, wenn ich weiß, wer ich bin, frage ich mich, ob die Schreiberei für meinen Zustand verantwortlich ist – mit all den verrückten Leuten, die in meinem Kopf herumgeistern. War es nicht unvermeidlich, dass der Wahnsinn auf mich abfärbt? Wenn Eric Schriftsteller werden will, dann soll sein eigener Wahnsinn ihm antun, was meiner mir angetan hat.

Apropos Eric … Vor einigen Tagen hatte ich einen sehr merkwürdigen Traum. Eric ist irgendwo mit mir hingefahren. Ich habe keine Ahnung, wohin, aber so ist das eben mit Träumen – sie bestehen aus zufälligen Bildern von zufälligen Ereignissen aus deinem Leben. Aber wenn ich ehrlich bin, und das ist unerlässlich im Protokoll des Wahnsinns Version 2.0, kommt es mir eher wie eine Erinnerung als wie ein Traum vor, denn Träume verflüchtigen sich langsam, während man herumtastet und versucht, die Bruchstücke zu fassen zu bekommen. Aber was zum Henker weiß ich schon? Jerry Version 2.0 verfügt über eine fehlerhafte Software. Nach einem schlampigen Upgrade wird das ursprüngliche Betriebssystem nach und nach gelöscht. Ob es sich nun um einen Traum oder eine Erinnerung handelte, jedenfalls saß ich auf dem Beifahrersitz, den Kopf gegen das Seitenfenster gelehnt, und wir waren irgendwo in der Stadt. Die Straßenlaternen brannten hell, und die Hotels und Bürogebäude leuchteten wie Weihnachtsbäume vor dem dunklen Himmel. Ich schloss die Augen, und als ich sie wieder öffnete, hatte sich plötzlich alles um mich herum verändert: verschiedene Momentaufnahmen wischen vorbei – Ampeln, ein Supermarkt, Betrunkene, die den Gehweg entlangwankten. Dann kamen wir an ein Haus, und das Haus wischte nicht vorbei, das war keine Momentaufnahme, es war massiv und real, und für eine Weile blieben wir davor stehen. Im Innern brannte kein Licht, das einzige Licht kam von den Straßenlaternen. Aber wir waren nicht mehr zu zweit, ich war allein. Ich wartete allein und untätig im Wagen, außerstande, mich zu bewegen, als hätte man sämtliche Verbindungen zu meinen Nerven, Muskeln und Sehnen gekappt. Schließlich verlor ich wieder das Bewusstsein, und als ich nach einer Weile wieder zu mir kam, hatte sich die Umgebung erneut verändert; das Haus war nicht mehr da, stattdessen lag ich in irgendeinem Park auf dem Rasen.

Sollte das ein Traum gewesen sein, war das der langweiligste Traum, den ich je hatte.

Aber die Sache ist die … Ich bin früher öfter von hier abgehauen. In vorangegangenen Einträgen des Protokolls steht, dass man mich einige Male am Rand des Grundstücks aufgegriffen hat; rückblickend betrachtet, handelte es sich womöglich um einen Fluchtversuch. Irgendwann bin ich in die Stadt gelaufen, und ein paar Kinder auf dem Weg zur Schule haben mich gefunden. Ich lag in einem Park auf dem Boden (ein ähnlicher Park wie der in dem Traum, glaube ich). Eines der Kinder stocherte mit einem Stock an mir herum, wie Kinder das bei toten Insekten machen. Doch ich war noch am Leben. Ich weiß nicht mehr, was ich zu ihnen gesagt habe, aber sie haben die Polizei gerufen. Ich bin dann wieder losmarschiert, um herauszufinden, wo ich mich befinde, während ich überlegte, wo ich überhaupt hinwill. Drei Blocks weiter hat mich die Polizei dann aufgegriffen. Ich hockte, gegen einen Zaun gelehnt, auf dem Gehweg und versuchte, meine Gedanken zu ordnen, doch in meinem Kopf herrschte das reinste Chaos. Ich war völlig orientierungslos. Ich weiß noch, dass mir eine Katze Gesellschaft leistete und immer wieder mit dem Kopf gegen meinen Ellbogen stupste. Und ich kann mich an die Kinder erinnern. Aber an nichts anderes. Wie ich dort hingekommen bin, ist ein Rätsel.

Inzwischen habe ich erfahren, dass es nicht das erste Mal war, dass ich abgehauen bin. Tatsächlich war es das zweite Mal. Und während ich das hier schreibe, starre ich auf ein Paar Ohrringe, die auf dem Tisch neben mir liegen. Ich habe sie vorhin in meiner Tasche gefunden. Entweder habe ich einen Schmuckladen überfallen, oder das sind die ersten Anzeichen dafür, dass ich demnächst in Frauenklamotten rumlaufe. Ich werde später nachschauen, ob ich im Kleiderschrank ein Paar Stöckelschuhe versteckt habe.

Ich habe Eric gefragt, ob er mit mir irgendwo hingefahren ist. Er lachte nur und meinte, dass meine Fantasie als Krimiautor Zusammenhänge sehen würde, wo keine sind. Er habe keinen Grund, mit mir irgendwo hinzufahren, und sowohl Henry als auch ich würden das genauso sehen. Weshalb solle er so etwas tun? Eric hat mich gefragt, ob ich mich an das andere Mal erinnern könne, als ich abgehauen sei, aber das kann ich nicht. Nicht mal in meinem Protokoll lässt sich ein Eintrag dazu finden.

Nun zum zweiten Hinweis. Zwei zum Preis von einem.

Hans hat mich heute besucht. Ich wünschte, er wäre nicht gekommen. Ich habe ihn zunächst nicht erkannt. Er musste mir ein paar Mal erklären, wer er ist, und eine der Schwestern sagte, dass er mich ziemlich oft besuchen komme und dass er an einem schönen Tag mit mir draußen im Park spazieren gehe und mir erzähle, was außerhalb des Pflegeheims vor sich geht. Ich kann mich nie an die Gespräche erinnern, was wohl daran liegt, dass ich in seiner Gegenwart der Jerry ohne Gedächtnis bin, der Jerry auf Autopilot.

Ich habe vorhin in meinem Protokoll gelesen, dass ich Hans nicht trauen darf.

Jetzt weiß ich, warum.

Weil er mir Sachen erzählt, die ich nicht hören will. Er sagt mir, warum ich hier bin. Ich sollte respektieren, dass jemand bereit ist, mir die Wahrheit zu sagen, aber wenn ich ihn respektiere, heißt das nicht, dass ich ihn nicht hassen kann. Es ist immer leicht, den Überbringer der schlechten Nachricht einen Kopf kürzer zu machen.

Heute haben wir beide draußen gesessen. Es war etwas frisch, aber die Sonne schien, und es war warm genug, um rauszugehen.

Warum bin ich hier?, habe ich gefragt. *Warum kann ich nicht wieder nach Hause?*

An was erinnerst du dich noch?, hat Hans gefragt, und Henry antwortete für mich, aber bevor er das tat, hat er mich gewarnt. Er sagte: *Irgendetwas stimmt hier nicht, J-Man. Lass mich das erledigen.*

Henry existiert nicht wirklich, ich weiß das, und Henry wäre der Erste, der das zugeben würde. Trotzdem war ich bereit, ihm das Wort zu überlassen. Ich wollte Hans nicht zuhören. Ich glaube, selbst während wir noch dort draußen saßen, wusste ich, warum ich ihm nicht zuhören wollte. Trotzdem habe ich es getan.

Erinnerst du dich daran, wie du deine Frau erschossen hast?

Ich konnte mich nicht daran erinnern, nein, doch sobald er es ausgesprochen hatte, fiel es mir wieder ein. Ich wusste, dass Sandra tot ist. Ich wusste, dass ich sie getötet hatte, allerdings konnte ich mich nicht daran erinnern, wie ich den Abzug gedrückt hatte, und das wollte ich auch nicht. Das waren schockierende Neuigkeiten, es schmerzte, für eine Weile war ich untröstlich.

Warum?, fragte ich, denn ich wollte es unbedingt wissen. *Warum habe ich sie erschossen?*

Das willst du nicht wissen. Das kam von Henry. Henry, der alles beobachtet und analysiert und scheinbar unmögliche Zusammenhänge herstellt. *Das willst du wirklich nicht wissen. Hör ihm nicht zu, J-Man. Er hat bloß schlechte Neuigkeiten für dich.*

Aber ich wollte es wissen.

Hans wandte den Blick ab und holte tief Luft. Dann sah er mich an, und schließlich fragte er: *Willst du es wirklich wissen?*

Ja, sagte ich, doch Henry wollte mich immer noch davon abhalten.

Offensichtlich dachte sie, dass du jemanden umgebracht hast.

Was?

Da war Blut, sagte er. *An deinem Hemd.*

An welchem Hemd?, fragte ich.

Und da war ein Messer.

Was für ein Messer?

Ich frage dich noch mal, Jerry. Bist du sicher, dass du es wissen willst?

Das wolle ich, sagte ich. Und zwar alles. Und dann hat er mir Folgendes erzählt:

Letztes Jahr, am Abend von Evas Hochzeit, saß ich in meinem Arbeitszimmer und schaute mir ein Video an, das jemand von mir ins Internet gestellt hatte (das Video und die Rede hatte ich nicht vergessen). Nachdem ich es mir mehrmals angeschaut hatte, beschloss ich, an die frische Luft zu gehen. Einige Stunden später rief ich Hans an und bat ihn, mich abzuholen. Er sagte, mein Hemd sei voller Blut gewesen, und als er wissen wollte, wie es dahin gekommen sei, hätte ich keine Antwort drauf gehabt. In den folgenden Tagen sei er zu der Überzeugung gelangt, dass das Blut von der Floristin stamme, dass ich sie umgebracht hätte und Sandra dahintergekommen sei.

Hans glaubt, dass Sandra aufgrund ihres Verdachts damit gedroht hätte, die Polizei anzurufen.

Und er glaubt, dass ich getan hätte, was nötig sei, um Sandra davon abzuhalten.

Dann erinnerte er mich daran, dass das nicht meine Schuld sei. Es sei nicht ich gewesen, der die Floristin und Sandra getötet habe, sondern eine andere Version von mir, die von der Krankheit seiner Moralvorstellungen beraubt worden sei.

Allerdings ändert das nichts an der Tatsache, dass Sandra tot ist. Und die Floristin.

Du darfst Hans nicht trauen. Ich habe das falsch verstanden. Ich hätte schreiben sollen, dass ich Hans nicht glauben darf. Oder genauer gesagt, dass ich ihm nicht zuhören soll. Wenn ich ihn das nächste Mal sehe, werde ich ihn bitten, mich nicht mehr zu besuchen. Wer will schon daran erinnert werden, dass er ein schlechter Mensch ist? Ich will wieder der Vergessliche Jerry werden. Vielleicht sollte ich aufhören, das Protokoll zu führen. Vielleicht sollte ich der Natur ihren Lauf lassen.

Damit die Natur mir den Schmerz, die Wut und meine Erinnerung nimmt.

KAPITEL 32

Die beiden fahren in gleichmäßigem Tempo zurück zu Jerrys Haus; Hans sitzt hinterm Steuer, während Jerry den letzten Eintrag in dem Protokoll überfliegt, der mit seinem Wunsch endet, dass die Natur ihm den Schmerz und seine Erinnerungen nehmen möge. Er kann sich nicht daran erinnern, diese Worte geschrieben zu haben. Jerry findet das unbefriedigend. Man hat nicht das Gefühl, dass das Protokoll seine Geschichte zu einem Abschluss gebracht hat, sondern ein Buch gelesen zu haben, bei dem das Ende fehlt.

»Was wir als Erstes tun müssen«, sagt Hans und holt Jerry in die Gegenwart zurück, »wir müssen uns vergewissern, dass die Polizei nicht da ist.«

»Wo?«

»Vor deinem alten Haus.«

»Sie war vorhin auch nicht da«, sagt Jerry.

»Das stimmt. Aber inzwischen bist du wieder aufgetaucht, nachdem du deine Nachbarin angegriffen –«

»Ich habe sie nicht angegriffen«, sagt Jerry. »Sie ist hingefallen.«

»Glaubst du, dass sie sich so daran erinnern wird?«, fragt Hans.

»Sie wird der Polizei wahrscheinlich erzählen, dass ich versucht habe, sie umzubringen. Aber das ist ein paar Stunden her, oder? Inzwischen wird die Polizei wieder weg sein.«

»Vielleicht«, sagt Hans. »Oder die Polizei ist immer noch da und behält das Haus im Auge, in der Hoffnung, dass du noch mal zurückkehrst.«

»Oder sie glaubt, dass ich nicht so dumm bin, noch mal zurückzukehren.«

»Aber das tust du«, sagt Hans.

»Was sollen wir also machen?«

»Ruf im Pflegeheim an«, sagt Hans.

»Was?«

»Du rufst dort an und erzählst ihnen, was passiert ist. Du erzählst ihnen von Eric, und dass er tot ist, dass du vor seinem Haus bist und Beweise für seine Taten gefunden hast. Du sagst ihnen, dass sie dich dort abholen sollen.«

»Warum sollte ich ihnen das erzählen?«

»Weil sie dann die Polizei verständigen werden. So viel steht fest. Dann wird die Polizei zu Erics Haus fahren, um dich zu holen. Sollte an deinem alten Haus jemand auf dich warten, wird man ihn abziehen. Wir können die Polizei nicht selbst anrufen, damit sie unseren Standort nicht lokalisieren.«

»Und wenn das nicht funktioniert?«

»Wir können es nur hoffen«, sagt Hans und hält am Ende des Blocks, etwa hundert Meter vom Haus entfernt.

»Ich kenne nicht mal die Nummer«, sagt Jerry.

»Ich aber«, sagt Hans. Er weiß sie auswendig.

Jerry ruft im Pflegeheim an und verlangt Schwester Hamilton. Er spürt, wie sein Herz rast bei der Vorstellung, mit ihr zu sprechen und sie anzulügen, und denkt, darum ist er Schriftsteller und nicht Schauspieler geworden. Doch dann wird ihm klar, dass das keine Rolle spielt, denn Schwester Hamilton wird so oder so die Polizei verständigen und ihr seinen Aufenthaltsort mitteilen. Sie wird seinen Anruf nicht weiter kommentieren, indem sie etwa sagt: *Also, er hat sich das alles nur ausgedacht, darum sollten Sie die Häuser, die Sie überwachen, besser im Auge behalten.*

Am anderen Ende der Leitung ist Schwester Hamilton zu hören. Sie sagt ihm, dass sie sich Sorgen um ihn gemacht habe, sie alle hätten sich Sorgen gemacht, und er erzählt ihr, was Hans ihm gesagt hat. Als er fertig ist, ist nichts weiter als Schweigen zu hören. Offensichtlich fehlen Schwester Hamilton zum ersten Mal in ihrem Leben die Worte. Doch das Schweigen währt nicht lange.

»Wahrscheinlich verwechseln sie das mit irgendwelchen Ereignissen aus Ihren Büchern«, sagt sie, und in ihrer Stimme schwingt die Hoffnung mit, dass sie recht hat, dass Jerry mal wieder verwirrt ist. Aber er kann auch den Zweifel darin hören. Was sie mit Sicherheit weiß: dass die Polizei ihn sucht, weil sie ihn für einen Mörder hält.

»Es gibt hier Fotos von den Frauen, die Eric getötet hat. Und er hat Haarlocken von ihnen aufbewahrt.«

»Hören Sie, Jerry, Sie sind gerade nicht Sie selbst«, sagt sie.

»Ich bin gerade ziemlich ich selbst«, sagt er.

»Ist Eric wirklich tot?«

»Es war ein Unfall.«

»Sind Sie allein?«, fragt sie.

Er schaut zu Hans und erinnert sich daran, worum sein Freund ihn vorhin gebeten hat. »Ja.«

»Sie haben das also alles allein herausgefunden.«

»Ganz genau.«

»Verstehen Sie nicht, Jerry, Sie sind verwirrt. Sie –«

»Die ganze Zeit dachten alle, ich wäre krank, aber Eric ist das gewesen.«

»Eric hat Sie nicht krank gemacht, Jerry.«

»Das meine ich nicht.«

»Was dann?«

»Er ist für all die schlimmen Dinge verantwortlich, die in letzter Zeit passiert sind.«

»Jerry –«

»Kommen Sie zu Erics Haus, und schauen Sie sich an, was ich gefunden habe«, sagt er, »und dann sagen Sie mir, dass ich mir das alles nur ausgedacht habe.«

»Jerry –«

»Ich muss jetzt los«, sagt er und legt auf. Wenn das hier vorbei ist, wird er ihr alles erklären. Er schaltet das Handy aus, denn das sollte er wohl besser tun.

»Und jetzt?«, fragt er.

»Jetzt warten wir zwei Minuten«, sagt Hans.

Sie warten zwei Minuten. Nichts rührt sich, und keiner der beiden Männer sagt etwas. Ohne ein Wort darüber zu verlieren, warten sie weitere zwei Minuten.

»Entweder fahren sie nicht weg«, sagt Hans, »oder sie waren gar nicht hier. Aber wir müssen ins Haus. Wir müssen das Protokoll holen. Allerdings können wir nicht da rüberlaufen und an die Tür klopfen, denn dann wird deine verfluchte Nachbarin die Polizei rufen. Aber wir können an die Hintertür klopfen, und wenn sie zu Hause sind, dann –«

»Sie werden uns nicht reinlassen«, sagt Jerry. »Gestern dachte der Besitzer, ich wäre verrückt, und heute hält er mich für einen Mörder.«

»Dann brechen wir ein«, sagt Hans. »Ich kann das Schloss knacken.«

Jerry greift in seine Tasche und zeigt Hans den Schlüssel. »Das wird nicht nötig sein.«

»Weißt du noch, welches Haus sich hinter deinem befindet?«

»Nein«, sagt Jerry und schüttelt den Kopf. Dann nickt er. »Doch. Vielleicht. Warum?«

Hans lässt den Wagen an, biegt die nächste Straße rechts ab und fährt parallel zur Straße vor Jerrys entlang. Nach der Hälfte des Blocks drosselt er das Tempo. »Und?«

»Sie sehen alle gleich aus«, sagt Jerry, »und ich habe es nur einmal von der anderen Seite gesehen.«

Hans zieht sein Handy hervor und ermittelt mit der GPS-Funktion ihren Standort. Als sich der blaue Punkt auf dem Display auf Höhe von Jerrys Haus befindet, hält er an.

»Das ist es«, sagt Jerry.

»Bist du dir sicher?«

»So sicher, wie ich mir eben sein kann.«

Hans schaltet den Motor ab. »Wir klettern über den Zaun und schauen nach, ob jemand zu Hause ist, und sollte niemand da sein, verschaffen wir uns Zutritt. Wenn das Licht brennt, warten wir, bis sie ins Bett gegangen sind, und betreten leise das Haus. Und du bist dir sicher, wo sich das Protokoll befindet?«

»Hundertprozentig.«

»Auf geht's.«

Bei dem Haus, vor dem sie geparkt haben, handelt es sich um ein zweistöckiges Gebäude mit einem Dach aus Betonziegeln und einem Blumenbeet voller dicht gedrängter Rosen, die sich in Jerrys Kleidung verfangen, als sie zwischen ihnen hindurchlaufen. Lautlos laufen sie durch den Vorgarten zu einem Tor, durch das man zur Rückseite gelangt. Es schwingt leise auf, und ein paar Sekunden später stehen sie vor dem Zaun zum Nachbargrundstück. Hans zieht sich daran hoch und vergewissert sich, dass es das richtige Haus ist, während Jerry das Gebäude betrachtet, an dem sie eben vorbeigelaufen sind. Er kann den Schein eines Fernsehers erkennen, aber nichts, was darauf hindeutet, dass man sie gehört hat.

»Das ist es«, flüstert Hans und lässt sich auf die andere Seite fallen.

Jerry klettert über den Zaun und landet im Garten, der sich immer noch so anfühlt, als wäre es sein eigener. Vor ihnen liegt die Stelle, wo sich früher der Pool befand, doch inzwischen ist der Bereich gepflastert, und dort stehen ein langer Holztisch und zwei Gasöfen. Im Innern des Hauses brennt kein Licht.

Schließlich kommen sie an die Terrasse mit der Sonnenliege, auf der sie Mrs. Smith zurückgelassen haben. Es würde Jerry nicht wundern, wenn sie dort noch liegen würde, allerdings wäre er auch nicht überrascht, wenn sie jeden Moment mir ihrem Hockeyschläger durch das Tor gestürmt käme. Vor der Tür hockt eine Katze und starrt ihn an, dann richtet sie den Blick auf Hans und läuft davon. Jerry greift nach dem Schlüssel in seiner Tasche. Einen Moment später steckt er in der Tür.

»Was, wenn es eine Alarmanlage gibt?«, flüstert Jerry.

»Dann hauen wir ab«, sagt Hans. »Aber sei leise. Ich kann nicht erkennen, ob sie nicht doch zu Hause sind oder schlafen.«

»Ich dachte, du wüsstest so was.«

»Schließ einfach die Tür auf.«

Jerry rechnet damit, dass der Schlüssel nicht passt, mit einem weiteren Problem an einem Tag voller Probleme. Dass der Schlüssel nicht passt und Hans mit seinem Werkzeug die Tür auch nicht aufbekommt. Doch der Schlüssel lässt sich problemlos herumdrehen. Langsam öffnet Jerry die Tür. Er kennt dieses Haus. Er hat den Großteil seines Erwachsenenlebens darin verbracht. Er kennt jeden Umriss, jede Macke, weiß, an welcher Stelle die Bodendielen knarzen, welche Türen quietschen, und er weiß, wo seine Geheimnisse verborgen sind. Das heißt, er weiß von der Wand, hinter der sie versteckt sind. Sein Herz pocht heftig, aber als er über die Türschwelle ins Haus tritt, pocht es noch stärker, so laut, dass sein Herz jemanden wecken würde, sollte oben jemand schlafen.

Sie schließen die Tür hinter sich und bleiben stehen, um zu lauschen. Jerrys Herz schlägt jetzt noch lauter, und er atmet schwer. Nirgends piept eine Tastatur. Oder geht eine Alarmanlage an. Seine Hände schwitzen. Er hat den Schlüssel stecken lassen; hätte er ihn noch in der Hand, würde er ihm jetzt wahrscheinlich aus den Fingern rutschen und zu Boden fallen. Vor seinem geistigen Auge sieht er, wie Eva in ihrem Kinderzimmer ihre Hausaufgaben macht oder mit einer ihrer Schulfreundinnen telefoniert. Wie Sandra im Wohnzimmer ein Buch liest oder ihren nächsten Fall vorbereitet. Jerry sieht, wie er selbst hinter dem Schreibtisch in seinem Arbeitszimmer sitzt und die Wörter in den Computer hämmert. Er will tief Luft holen, doch ihm stockt der Atem, und er hat das Gefühl, als hätte er einen

Golfball verschluckt. Als Hans ihm die Hand auf die Schulter legt, wäre er beinahe zusammengezuckt.

»Beruhig dich, Jerry«, sagt Hans mit leiser Stimme. »Je eher wir das Tagebuch finden, desto schneller sind wir wieder draußen.«

»Es ist ein Protokoll«, flüstert Jerry. Inzwischen haben sich seine Augen an die Dunkelheit gewöhnt. »Folg mir«, sagt er und geht weiter.

Hans folgt ihm. Die Möbel im Wohnzimmer wirken wie dunkle Flecken. Als sie den Flur erreichen, fällt Jerry ein, dass die Dielen an der Tür manchmal knarzen, also steigt er demonstrativ über sie hinweg und läuft demonstrativ seitlich den Flur entlang. Die Tür zum Arbeitszimmer – zu seinem Arbeitszimmer – steht offen. Sie treten ein und ziehen die Tür zu, die sie von der Außenwelt ausschließt. Jetzt ist Jerry erst recht froh, dass das Zimmer schalldicht ist.

»Und? Glaubst du, dass jemand zu Hause ist?«, fragt Jerry.

»Ich weiß nicht. Ich glaub nicht. Bringen wir's einfach hinter uns«, sagt Hans, holt sein Handy hervor und schaut sich im Schein des Displays im Zimmer um. Für einen Moment ist dies wieder Jerrys Arbeitszimmer. Sein Schreibtisch, sein Sofa, sein Bücherregal, sein gerahmtes Poster von *King Kong – Frankensteins Sohn* an der Wand. Dann bemerkt Jerry all die kleinen Unterschiede. Das, was anders ist. Die Bücher. Der Computer. Der Krimkrams im Bücherregal neben einigen seiner Sachen, die Schreibutensilien auf dem Schreibtisch und der Monitor; sie gehören einem anderen Mann, stammen aus einem anderen Leben. Er fragt sich, warum die Polizei auf der Suche nach Beweisen die Bodendielen nicht aufgestemmt und die Wände herausgerissen hat. Aber vielleicht lag für sie der Fall ziemlich klar.

Jerry geht am Schreibtisch vorbei zu dem Schrank in der Ecke des Zimmers und öffnet ihn. Im Innern stehen mehrere Kartons, und sollte Gary die Dinge ähnlich handhaben wie er, sind sie voller Quittungen, Kontoauszüge und all den anderen erquicklichen Unterlagen, die man aufhebt, wenn man in verschiedenen Ländern besteuert wird, Unterlagen, an die keiner denkt, wenn er Schriftsteller werden will. Es gibt hier mehrere Plastikschubladen voller Schreibutensilien, an einem Haken an der Wand hängt ein Kopfhörer, und da sind ein Stoß Zeitschriften und einige Stapel Papier. Jerry fängt an, alles herauszuzerren, in der Hoffnung, das Versteck zu finden, dass es nicht nur in seinen Büchern existiert, wie die Annahme, dass er Raucher sei, als er vor einigen Monaten mal Zigaretten holen war. Sein extrem hoher Puls beruhigt sich ein wenig, was ein gutes Gefühl ist. Es dauert nur eine Sekunde, dann übernimmt sein motorisches Gedächtnis die Arbeit – sobald der Schrank leer ist, senkt er die Hand und drückt mit dem Finger in die eine Ecke, worauf die gegenüberliegende Ecke herausklappt. Er entfernt die Platte, gibt sie Hans und …

Und tut nichts. Er starrt in den Hohlraum, und plötzlich hat er furchtbare Angst vor dem, was sich darin befinden könnte. Oder auch nicht.

Du musst nachschauen, sagt Henry. *Nur wenn du dich der Vergangenheit stellst, kannst du den Blick nach vorne richten. Du bist nicht den ganzen Weg hierhergekommen, um jetzt zu kneifen.*

Jerry schaut nach.

Das Erste, was er sieht, ist eine Flasche Gin. Er nimmt sie heraus. Sie ist halb leer. Er schraubt den Deckel ab und schnuppert daran; der Geruch versetzt ihn für einen kurzen Moment in sein früheres Leben.

»Dafür haben wir später Zeit«, sagt Hans, nimmt ihm die Flasche ab und stellt sie auf den Tisch.

Jerry greift erneut in das Loch, und als Zweites zieht er einen Revolver heraus. Er hält sie an der Unterseite des Griffs mit dem Lauf nach unten, wie jemand, der sich einer Sondereinheit ergibt. Es handelt sich um einen Revolver. Für einen Moment kann er sich daran erinnern, wie er neben Sandra auf dem Boden hockte. Er dreht die Trommel des Revolvers wie jemand, der Russisches Roulette spielen will. Dann entriegelt er ihn und lässt sie herausschnappen. Alle Kammern sind voll, aber in einer steckt nur eine Patronenhülse. Der Inhalt der Hülse ist im Körper seiner Frau gelandet. Hans greift über Jerrys Schulter und nimmt ihm den Revolver ab.

Du darfst Hans nicht trauen.

Wenn Jerry verzweifelt wäre, würde er sich wahrscheinlich damit erschießen.

»Such weiter«, sagt Hans.

Und das tut er. Diesmal umschließen seine Finger das Protokoll. Jerry betrachtet den Umschlag mit dem Smiley, den Eva daraufgemalt hat, und die aufgeklebten Augen, eines milchig, das andere klar. Über dem Gesicht steht in fein säuberlicher Schrift *Dads beste Ideen,* und auf dem Buchrücken *Der Captain legt eine Lunte.* Jerry öffnet das Protokoll, und da stehen seine Worte, Worte aus einem anderen Leben.

»Es ist tatsächlich dagewesen«, sagt er.

»Lass mich mal sehen«, sagt Hans und greift erneut über Jerrys Schulter.

Doch Jerry gibt es ihm nicht, sondern drückt es fest gegen die Brust. Als er sich zu Hans umdreht, bemerkt er, dass sein Freund verärgert ist, und für einen Moment, einen ganz kurzen Moment, blitzt in Hans' Gesicht etwas auf, das Jerry in Erinnerung ruft, dass Hans mit den Abgründen des Lebens stets mehr vertraut war als seine abgründigsten Figuren. Dann lächelt Hans, und Jerry wird klar, dass er sich das nur eingebildet hat und alles in Ordnung ist.

»Bitte, Jerry«, sagt Hans. »Ich denke, es ist besser, wenn ich hineinschaue. Du hast zu wenig Abstand. Das geht dir zu nahe. Ich kann dir die Wahrheit auf schonende Weise beibringen.«

Jerry denkt, dass Hans recht hat, dass er den Inhalt des Protokolls im Gegensatz zu ihm nicht zurechtbiegen wird, um ihn möglichst unschuldig erscheinen zu lassen. Hans geht mit dem Protokoll zum Sofa hinüber und setzt sich; das Handy nimmt er ebenfalls mit, sodass Jerry fast völlig im Dunkeln steht. Erneut greift Jerry in den Hohlraum und bekommt den USB-Stick zu fassen. Dann berührt er mit der Hand etwas Langes, Kaltes, greift erneut danach und umschließt es mit seinen Fingern. Es handelt sich um ein Messer; bestimmt hat er damit die Floristin umgebracht. Ihm schießt ein Bild durch den Kopf, wie Sandra seine Jacke aufhebt und das Messer in seiner Tasche findet. Was die Frage aufwirft: Wenn der Tastsinn Erinnerungen wachruft, warum dann an etwas so Unwichtiges verglichen mit der Tatsache, dass er ein Mörder ist? Warum erinnert er sich bei der Berührung des Messers daran, wie Sandra es gefunden hat, während er sich bei der Berührung des Revolvers an gar nichts erinnert?

Es gibt einen Grund dafür, warum du diese Ereignisse praktischerweise vergessen hast.

Eric hat ihn betäubt, um die Morde, die er begangen hat, zu vertuschen. Aber was ist mit Suzan mit Z und mit der Floristin? Die Ärzte würden sagen, dass er die schrecklichen Taten, die er begangen hat, verdrängt hat. Aber trifft das wirklich zu?

Nein. Da steckt noch etwas anderes dahinter, sagt Henry. *Du musst weitersuchen. Du hast zwar dein Protokoll gefunden, aber meins ist nicht in dem Versteck.*

Hat Henry auch ein Protokoll geführt?

Jerry legt das Messer auf die Schreibtischkante und tritt erneut an das Loch. Mit der Hand umschließt er ein paar lose Seiten.

Die fehlenden Seiten aus dem Protokoll.

Du hast immer angenommen, dass Sandra sie herausgerissen hat, sagt Henry.

Aber Sandra ist es nicht gewesen, sondern dein Alter Ego, der Mann, der schlimme Dinge tut.

Dafür werde ich bezahlt.

Jerry setzt sich auf den Bürostuhl und schaltet die Schreibtischlampe an, ungeachtet dessen, dass jemand das Licht von draußen sehen könnte. Hans scheint das auch nicht zu kümmern, denn er sagt nichts. Offensichtlich ist er zu sehr in das Protokoll des Wahnsinns vertieft.

Jerry fängt an zu lesen.

Es mag zwar seine Handschrift sein, aber es sind definitiv nicht seine Worte.

Es sind die Worte von Henry Cutter.

Tag Achtunddreißig

Tag achtunddreißig, und du fühlst dich großartig. Du hast der Wichtigtuerin von der anderen Straßenseite heute eine Lektion erteilt, Zukünftiger Jerry. Sie ist vorhin in ihren pastellfarbenen Klamotten herübergekommen, um dir zu sagen, dass du das ganze Viertel verschandelst, und nach dem, was du getan hast, wird sie in den nächsten Stunden bestimmt wieder hier aufkreuzen. Meiner Meinung nach hattest du zwei Möglichkeiten. Du konntest deinen Garten auf Vordermann bringen, um sie zufriedenzustellen, den Rasen mähen und das Unkraut jäten, sodass er wie alle anderen in der Straße aussieht. Aber es gab noch eine andere Möglichkeit. Und für die hast du dich entschieden. Nämlich zu ihrem Haus rüberzugehen und dafür zu sorgen, dass ihr Garten noch schlimmer aussieht als deiner. Es ist schon komisch, dass sie dir so auf die Nerven geht. Du hast dich allerdings nicht nur um ihren Garten gekümmert, sondern sie auch in Buch Nummer dreizehn auftreten lassen. Du wolltest aus ihr eine Figur wie in *Hänsel und Gretel* machen, eine verrückte Hexe, die kleine Kinder zu Schmorbraten verarbeitet, aber da du keine Märchen schreibst, hast du ihr einen Kurzauftritt als katzenverrückte Alte des Orts gegeben, die Fingernägel kauend aus ihrem Küchenfenster starrt und dabei zuschaut, wie das Leben an ihr vorüberzieht, bis sie von einem Clown vergewaltigt wird. Menschen, über die du dich ärgerst, bekommen einen Kurzauftritt in deinen Büchern. Fährt jemand vor dir in die frei werdende Parklücke? Fick dich – auf Seite sechsundzwanzig wirst du sterben. Schreibt jemand eine schlechte Kritik über eines deiner Bücher? Fick dich – auf Seite zehn trittst du als Kinderschänder auf. Dr. Badstory erzählt dir, dass du an Demenz leidest? Fick dich.

Über Mrs. Smith zu schreiben, reichte aber nicht. Darum bist du zu ihr rübergelaufen und hast jede Rose in ihrem Garten herausgerupft, die Rosen, auf die sie so stolz war. Sie hat jeden Tag nach ihnen gesehen. Ihr Ehemann liegt bereits zehn Jahre unter der Erde, und in Anbetracht der Umstände kann er sich wirklich glücklich schätzen.

Eine andere Nachbarin – irgendeine alte Schachtel, die bereits hundert Jahre alt war, als die Titanic sank – hat dich dabei beobachtet, und du dachtest … na ja … du dachtest, warum tue ich nicht, was Henry Cutter immer tut, und bringe sie um? Aber es ist ein großer Unterschied, ob man ein paar Rosen in einem Beet abbricht oder einem Menschen den Hals bricht. Außerdem bringst du nur in deinen Büchern Menschen um – aber es lässt sich nicht leugnen, dass du dir einen Moment lang, wenn auch nur einen ganz kurzen Moment, vorgestellt hast, wie sie auf dem Boden verblutet, das Gesicht verzerrt von Verwirrung und Schmerz. Aber du hast es nicht getan, und bestimmt wird sie Mrs. Smith erzählen, wie sie dich beobachtet hat. Aber eigentlich ist dir das egal. Was ist das Schlimmste, das dir passieren kann? Du hast schon Alzheimer. Wen kümmert's also, wenn sie die Polizei ruft und du eine Geldstrafe zahlen musst? Die Sache wäre jeden Penny wert.

Wenn Mrs. Smith nachher vorbeikommt, lächle sie einfach an und sag ihr, wie viel Spaß es gemacht hat, ihr Ein und Alles zu zerstören. Und lach sie aus, denn wenn die Menschen eins hassen, dann, wenn man sie auslacht.

So, das war's, Protokoll des Wahnsinns. Hinter uns liegt ein weiterer beschissener Tag auf dem Weg zu … was weiß ich.

KAPITEL 33

Jerry legt die Seiten aus dem Protokoll beiseite. Sein erster Gedanke ist, dass er keinerlei Erinnerung daran hat, das geschrieben zu haben, jedenfalls nicht aus Henrys Perspektive. Sein zweiter Gedanke, dass Henry ein Riesenarschloch ist. War

Henry mehr als nur ein Pseudonym? Hat er sich tatsächlich in Henry verwandelt, wenn er vor der Tastatur hockte? Inzwischen kann Jerry die Kritiker ein wenig besser verstehen, und es ist ihm ein Rätsel, wie aus ihm ein internationaler Bestsellerautor werden konnte. Nicht mit diesem Typen am Steuer.

Er hofft, dass Henry nicht hinterm Steuer saß.

Mit Sicherheit nicht. Sandra hätte niemals mit ihm zusammengelebt.

Wie sie auch niemals einen Mörder geheiratet hätte?

Na ja, um das zu beweisen, sind sie hier.

Oder um es zu widerlegen. Es gefällt mir nicht, dass du mich für ein Arschloch hältst, zumal ich nicht nur versuche, dir zu helfen.

Jerry wirft erneut einen Blick auf die Seiten. Henry hat nie existiert, jedenfalls nicht von Anfang an, aber vielleicht hat die Alzheimerkrankheit ihn hervorgebracht. Vielleicht ist Henry so mächtig geworden, dass er hin und wieder die Kontrolle übernommen hat. Eine andere Erklärung für das Protokoll gibt es nicht.

»Kann ich das Protokoll mal haben?«, fragt er Hans.

Ohne aufzuschauen, liest Hans weiter. »Ich bin noch nicht durch.«

»Nur für eine Minute. Ich will was nachschauen.«

Und jetzt schaut Hans zu ihm herüber. »Wie Sandra gestorben ist?«

»Etwas am Anfang.«

Hans scheint darüber nachzudenken, und Jerry ist sich sicher, dass sein Freund Nein sagen wird, doch dann wirft er es ihm herüber. »Aber beeil dich«, sagt er.

Jerry blättert zu Tag achtunddreißig, aber es gibt keinen Tag achtunddreißig. Vor Tag vierzig befinden sich die ausgefransten

Reste der herausgerissenen Seiten. Seine Sorge um Henry macht der Sorge um das Platz, was er noch getan hat; seine größte Sorge ist, dass Henry derjenige war, der Sandra getötet hat. Er blättert zur ersten Seite zurück. Er kann sich daran erinnern, wie er am Schreibtisch saß und einiges davon geschrieben hat. Tag eins. *Dein Name ist Jerry Grey, und du hast Angst ... Gestern hast du vergessen, wo dein Handy ist, und letzte Woche, wo dein Wagen steht, und neulich hast du Sandras Namen vergessen.* Tag zwei. *Du wirst nicht mehr in der Lage sein, Sandras Hand zu halten und ihr Lächeln zu betrachten oder Eva durch die Gegend zu jagen, während du so tust, als wärst du ein Grizzlybär.* Tag zwanzig. *Viele Menschen glauben, Krimiautoren wüssten, wie man mit einem Mord davonkommt, aber du dachtest immer, wenn einer das schaffen kann, dann Hans.* Tag dreißig. *In deinem Arbeitszimmer steht ein Sofa. Dein Denksofa. Manchmal liegst du dort und grübelst über Ideen für deine Bücher nach, versuchst Lösungen zu finden, und während du dort liegst, läuft eine Springsteen-CD, so laut, dass die Stifte vom Schreibtisch rollen.* Schließlich Tag vierzig. Der Frühere Jerry hat keinerlei Erinnerung daran, was er mit Mrs. Smiths Rosen angestellt hat, denn nicht der Frühere Jerry hat sie herausgerupft, sondern der Frühere Henry. Er dachte, Sandra hätte die Seiten herausgerissen, doch das war er selbst. Oder Henry. Einer der beiden hat sie herausgerissen, um ihn zu schützen, um seine schlimmen Taten geheim zu halten.

Jerry überfliegt ein paar weitere Seiten. Was dort steht, ist die Wahrheit, und dort finden sich Schilderungen weiterer schlimmer Taten, und plötzlich weiß er mit absoluter Gewissheit, dass er Sandra nicht getötet hat. Es war Henry. Henry Cutter, der die Worte zu Papier bringt und Leben zerstört.

Jerry wirft Hans das Protokoll zu.

»Was hast du gerade gelesen?«, fragt Hans.

»Nur ein paar Notizen«, sagt Jerry und wendet sich wieder den losen Seiten zu, von denen es etwa ein Dutzend weitere gibt. Er hat als Jerry noch andere Dinge getan. Die Sache mit der Sprühfarbe – das war Henry. Er hat darüber geschrieben, bevor er es getan hat. Die Sprühdose stand auf seinem Schreibtisch, während er den Eintrag schrieb, kurz bevor er aus der Tür marschiert ist und voller Vorfreude die Straße überquert hat. Er wusste, dass Mrs. Smith ihn verdächtigen würde, aber das war ihm egal. Er würde es einfach leugnen. Er würde ihr raten, von hier wegzuziehen, weil es jemand auf sie abgesehen habe.

Das hat Henry geschrieben.

Aber wo zum Henker steckte Jerry?

Er liest weiter. Henry verliebt sich in die Floristin. Ein paar Tage vor der Hochzeit beschließt er, heimlich aus dem Fenster zu klettern und sie aufzusuchen. Jerry kann sich noch an den Tag erinnern. Nicht, wie er aus dem Fenster geklettert ist, aber wie er in dem Blumenladen war, und an die Frau, die ihm geholfen hat, an die Frau, die ihn nach Hause gefahren hat, an die Frau, die in der Nacht vor der Hochzeit gestorben ist.

Da sind noch mehr Seiten. Die Wahrheit ist so überwältigend, dass es wehtut, sein Kopf spannt sich, und das Grauen und die Wut über das, was er getan hat, ergreift langsam Besitz von ihm, er hat das Gefühl, als würde sein Gehirn gleich platzen. Es gibt einen Eintrag mit dem Titel *WMD Und Ein Paar Stunden Später Und Du Darfst Hans Nicht Trauen Und Noch Ein Paar Andere Sachen*. Der Eintrag beginnt damit, dass Henry auf dem Sofa zu sich kommt, das Hemd über und über mit Blut bedeckt. Er sucht seinen Körper auf Schnittwunden ab, zählt seine Finger und Zehen und kommt zu dem Schluss, dass es nicht sein Blut ist. Er vermutet, dass es vielleicht von seiner Nachbarin stammt. Er schreibt: *Mein erster Gedanke ist, dass die dumme alte Schnepfe von gegenüber vorbeigekommen ist und mich aufgefordert hat, meine Hecke zu stutzen, und dass ich stattdessen ihre Arme und Beine gestutzt und ihren Körper in einen Klumpen ohne Arme und Beine verwandelt habe.*

Henry schaut nach Sandra. Es geht ihr gut. Dann versteckt er das Hemd unter den Bodendielen, *wo die Spinnen und Mäuse es in den nächsten hundert Jahren verspeisen können.* Henry weiß noch, dass er früher am Abend mit Schwester Hamilton gesprochen hat, allerdings nicht, worüber. Er schreibt, es sei, als würde er durch eine Wand aus Nebelschwaden blicken.

Irgendetwas kommt Henry verdächtig vor. Irgendetwas stimmt nicht. Und das liegt nicht nur an der Alzheimererkrankung. Aber Henry kommt nicht dahinter, was es sein könnte.

An dieser Stelle endet der Eintrag. Jerry ist wirklich beeindruckt. Henry Cutter hat seinen berühmtesten Trick aus dem Ärmel gezogen: Er hat die Geschichte auf unbekanntes Terrain geführt. Seit Jahren ist es sein Job, sich Szenarien auszudenken und Ereignisse auf ungewöhnliche und wunderbare Weise miteinander zu verbinden. Henry Cutter ist ein Meister darin, den Zufall glaubwürdig erscheinen zu lassen, Klischees auf den Kopf zu stellen, ein paar Blogger vor den Kopf zu stoßen und ein chauvinistisches Arschloch zu sein.

Er ist Jerry Grey, und er ist Henry Cutter, und zusammen waren sie stets in der Lage, Zusammenhänge herzustellen. Und jetzt?

Jerry schaut durch das Zimmer zu seinem Freund, der erneut im Protokoll des Wahnsinns liest. Er betrachtet den Revolver, der auf der Armlehne des Sofas liegt, und dann das Messer auf dem Tisch. Er denkt über das nach, was er gerade gelesen hat, als er das Tagebuch durchgeblättert hat. Tag zwanzig. *Viele Leute glauben, dass Krimiautoren wissen, wie man mit einem Mord davonkommt, aber du dachtest immer, wenn einer das kann, dann Hans.* Jerry schaut erneut auf Henrys herausgerissene Seiten hinunter und fängt an zu lesen.

Du darfst Hans nicht trauen

Ein Kurzgeschichte von Henry Cutter

Hans konnte spüren, wie sein Herz in seinem Brustkorb hämmerte. So heftig, dass seine Hände zitterten, während er das Schloss bearbeitete. Er liebte es, Schlösser zu knacken. Aber nicht, wenn seine Hände zitterten. Er war aufgeregt, nicht nervös. Wenn man weiß, wie man ein Schloss knackt … Also, das ist, als würde man einen Schlüssel zur ganzen Welt in den Händen halten. Das hat er mal vor langer Zeit zu seinem Freund Jerry gesagt. Das Problem ist nur, dass man mit Handschuhen nicht dasselbe Fingerspitzengefühl hatte – die hauchdünne Latexschicht beeinträchtigt den Tastsinn, sodass sich der Schließmechanismus nur halb so groß anfühlt. Aber er wusste, was er tat, es war nur eine Frage der Zeit. Nicht mal zwei Minuten später ertönte ein leises Klicken, und etwas in dem Schloss gab nach und rastete wieder ein. Sein Schlüssel zur Welt hatte funktioniert.

Hans holte tief Luft. Niemand konnte ihn sehen. Es war eine klare Nacht, über ihm am Himmel stand der Halbmond, eine Taschenlampe war also nicht nötig. Er konnte eine Million Sterne sehen, und bei ihrem Anblick kam ihm die Nacht zeitlos und er sich winzig klein vor. Hans konnte die Luft schmecken. Er öffnete die Tür; das Innere war ein schwarzes Loch, das das Licht des Monds nicht durchdringen konnte. Seit er vor einer Woche die Frau in Jerrys Haus gesehen hatte, wusste er, dass er sie besitzen, dass er mit ihr auf Tuchfühlung gehen musste. Der arme Jerry. Er hat die Hochzeit wirklich gründlich ruiniert. Hans wäre lieber gestorben, als das zu erleben, was seinem Freund widerfahren war. Abgesehen davon, wusste er zwei Dinge mit Sicherheit – erstens, wenn man neue Turnschuhe trägt, müssen einen die Leute immer darauf ansprechen. Sie können nicht anders. Zweitens, niemand kann sich vorstellen, dass er selbst an Alzheimer erkrankt. Alzheimer bekommen nur alte Leute.

Bei dem Haus handelte es sich um ein modernes Backsteingebäude, das errichtet worden war, um die Wölfe fernzuhalten, aber die schlauen Wölfe fanden immer einen Weg hinein. Das nannte man den Lauf der Natur. Evolution. Hans trat ins Innere, schloss die Tür hinter sich und hieß die Dunkelheit willkommen. Er kannte zwar den Grundriss des Hauses nicht, aber es gab nur eine begrenzte Anzahl möglicher Grundrisse. Mit dem Display seines Handys leuchtete er sich den Weg. Er hatte es stumm geschaltet für den Fall, dass jemand anrief, aber wer sollte schon mitten in der Nacht anrufen?

Die Küche war vollgestopft mit lauter modernen Geräten, die mit Liebe bezahlt worden waren. Er hätte nicht gedacht, dass Floristinnen viel Geld verdienen, aber vielleicht hatte er sich geirrt. Vielleicht verdienten sie an jedem Valentinstag das

Geld für die nächste große Anschaffung, weil die Leute eine zweite Hypothek auf ihr Haus aufnahmen, um sich ein halbes Dutzend Rosen leisten zu können. Auf der Arbeitsfläche stand ein Messerblock. Hans hatte die freie Wahl. Mit jedem von ihnen konnte er großen Schaden anrichten. Je größer das Messer, desto besser, wenn man einer Frau sagen wollte, was sie zu tun hatte, allerdings kam es bei einem Messer nicht auf die Größe an, wenn man damit umgehen konnte. Er entschied sich für ein Messer mit einer fünfzehn Zentimeter langen Klinge. Halb so lang wie sein erigierter Schwanz, hätte er beinahe gesagt, aber es war niemand da, der ihm zugehört hätte.

Mit dem Messer in der Hand trat Hans in den Flur. Regungslos stand er da. Er wusste stets, ob ein Haus leer war oder nicht, und wenn jemand da war, spürte er, wo die Bewohner sich aufhielten. Die Bewohnerin dieses Hauses befand sich im Schlafzimmer. Also begab er sich dorthin. Die Tür stand offen. Das einzige Licht im Zimmer kam von einem digitalen Wecker. Hans stand im Türrahmen und lauschte ihrem Atem. Seine Hände zitterten immer noch. Er war jetzt der Wolf.

Und der Wolf tat, weswegen er gekommen war, ging mit ihr auf Tuchfühlung. Danach lag die Frau mit ausdruckslosen Augen da, während ihr Körper allmählich kälter wurde. Hans bahnte sich seinen Weg aus dem Haus in den Garten. Er lächelte. Die gemeinsamen Momente mit der Floristin würde er niemals vergessen – nicht wie sein Freund Jerry, diese Niete, der sich auch nach Hunderten solcher Begegnungen an keine einzige erinnern würde. Was für eine Verschwendung. In den letzten paar Stunden hatte sein Handy ein paar Mal vibriert, und Jerry – tja, wenn man vom Teufel spricht – hatte ihm eine Nachricht auf der Mailbox hinterlassen. Insgesamt waren es sogar drei Nachrichten. Jerry war schon wieder durch die Gegend marschiert, war orientierungslos und verwirrt. Diesmal hatte er das Haus aufgesucht, in dem er vor dreißig Jahren gewohnt hatte. Er brauchte Hilfe, und von seiner Frau konnte er das nicht erwarten, nicht nach dem, was er über sie auf der Hochzeit gesagt hatte. Er wollte, dass Hans ihn abholt.

Hans dachte darüber nach, während er zu seinem Wagen zurücklief. Und je länger er darüber nachdachte, desto deutlicher wurde die Möglichkeit, die sich ihm bot. Er hatte darauf geachtet, keine Beweisstücke zurückzulassen – er wusste, wie man einen Tatort säubert, aber manchmal hatte man einfach Pech. Sollte die Polizei ernsthaft jemanden verdächtigen, dann nicht ihn ... waren das nicht großartige Aussichten? Er rief Jerry zurück.

Sein Freund war froh über seinen Anruf. Hans meinte, dass er gleich bei ihm sei und dass er sich mit ihm vor dem Haus treffen würde. Er musste jetzt behutsam vorgehen. Das hatte er aus Jerrys Büchern gelernt. Er musste Jerry davon überzeugen, dass er selbst ein Mörder war. Jerry musste versuchen, die Beweisstücke zu verstecken, sodass er erst recht als Täter infrage kam. Hans hatte immer noch das Messer. Und es waren nicht seine Fingerabdrücke darauf. Eigentlich hatte er vorgehabt, es in einem tiefen Loch für immer zu entsorgen, aber inzwischen hatte der Plan sich geändert. Der Stärkere würde überleben, und Jerrys Zeit war abgelaufen. Was spielte es da noch für eine Rolle, wenn ihn die Leute für einen Mörder hielten?

Hans fuhr zu dem Haus, in dem Jerry auf ihn wartete. In den dreißig Jahren, seit er das letzte Mal hier gewesen war, hatte es sich kaum verändert, oder vielleicht doch, aber es war ihm scheißegal. Er parkte vor dem Haus, und Jerry lief den Weg herunter zum Wagen, mit diesem dämlichen, weggetretenen Gesichtsausdruck, der inzwischen typisch für ihn war. Mit diesem *Ich-bin-verwirrt-und-habe-keine-Ahnung-was-los-ist*-Ausdruck. Im Türrahmen stand eine übergewichtige Frau und schaute herüber. Das war ein Problem, allerdings müsste er sich nicht sofort darum kümmern. Er wollte abwarten, wie sich die Sache entwickeln würde.

Jerry stieg in den Wagen, bedankte sich bei ihm und ... nichts. Sein Freund klinkte sich schon wieder aus, oder?

»Jerry? Hey, Jerry, hörst du mich?«

Aber Jerry hörte ihn nicht. Er war schon wieder ganz woanders, lief im Land der Bekloppten über die Felder und kackte in die Wälder, Einwohner: Jerry.

Hans fuhr zu Jerrys Haus und hielt zwanzig Meter vorher an. Er wollte Sandra nicht wecken. Er stieg aus dem Wagen und lief auf Jerrys Seite. Sein Freund war in einem Zustand zwischen Bewusstsein und Schlaf. Er ließ sich von Hans zum Haus führen, und Hans spürte, wie er auf Autopilot schaltete. Jerry kletterte durch das Fenster des Arbeitszimmers und hockte sich auf das Sofa. Zu diesem Zeitpunkt konnte Hans tun, was er wollte, also setzte er sich und dachte die ganze Sache von Anfang bis Ende durch. Dann ging er hinaus zum Wagen und brachte die Mordwaffe ins Haus. Inzwischen war Jerry eingeschlafen. Hans beschmierte Jerrys Hemd mit dem Blut von dem Messer, übersäte es mit dessen Fingerabdrücken und steckte es in Jerrys Jackentasche.

Anschließend verließ er das Haus. Er war sich sicher, dass Sandra am Abend die Polizei rufen würde. Sie würde Jerrys blutbeschmiertes Hemd sehen, würde das Messer finden und würde ihren Mann der Polizei ausliefern. Verdammt, vielleicht

würde Jerry seine Frau ebenfalls töten. Das wäre das Tüpfelchen auf dem I, denn die Schlampe hatte Hans nie leiden können. Es wurde langsam Zeit, dass Jerry zu irgendetwas zu gebrauchen war.

KAPITEL 34

Der Nützliche Jerry. Das ist er jetzt. Er blättert in der Geschichte zurück und kann sich nicht erinnern, sie geschrieben zu haben, Henry hat sie ganz allein verfasst. Erneut fängt sein Herz an, heftig zu hämmern, dann setzt es für ein paar Schläge aus, bevor es weiterhämmert. Ihm ist schwindelig.

Es ist nur eine Geschichte, denkt er. Eine Geschichte, überschrieben mit den Worten *Eine Kurzgeschichte*. Dort steht nicht *Eine kurze Abhandlung*. Oder *Zeugenaussage*. Dort steht *Kurzgeschichte,* weil es sich um einen fiktiven Text handelt, um eine erfundene Geschichte, denn er und Henry sind Erfinder. Und in diesem Fall ist die Fantasie mit einem der Erfinder durchgegangen. Das ist eine von Henrys Eigenarten, so wie Hans Schlösser knackt (vielleicht) und Frauen tötet (vielleicht) und Jerry auf Desserts steht (definitiv). Allerdings sucht Henry auch immer nach der Wahrheit in einer Lüge. Vielleicht ist es folgendermaßen abgelaufen: Jerry ist wieder zu sich gekommen, hat festgestellt, dass er das Hemd trägt, das Hans mit Blut beschmiert hat, und es vor dem Schlafengehen versteckt. Oder nichts von alldem ist passiert. Er hat die Floristin getötet und seine Frau, und die Alzheimererkrankung versucht, die Wahrheit von ihm fernzuhalten.

Du darfst Hans nicht trauen.

Oder doch?

»Alles in Ordnung, Kumpel?«, fragt Hans.

Jerry schaut zu seinem Freund hinüber. Hans starrt ihn mit strengem Gesichtsausdruck an. Die Stimmung im Zimmer verändert sich, es herrscht jetzt eine düstere Atmosphäre, die Jerry frösteln lässt. Er hat das Gefühl, dass Hans ihn schon seit einer Weile beobachtet.

Sei vorsichtig.

»Mir geht's gut«, sagt er, aber es geht ihm nicht gut. Jetzt fügt sich alles zusammen. Du darfst Hans nicht trauen, denn Hans ist ein Psychopath.

»Was liest du da?«

»Nichts Besonderes«, sagt Jerry und wirft einen Blick zur Sofalehne, wo der Revolver liegt, den er vorhin gefunden hat. Nur einen ganz kurzen Blick, trotzdem kann es Hans nicht entgangen sein.

»Verdammt«, sagt Hans und nimmt den Revolver. »Die Seiten gehören zum Protokoll, nicht wahr?« Er richtet den Revolver auf Jerry und wedelt mit dem Protokoll, das er in der anderen Hand hält, hin und her. »Früher oder später musstest du dahinterkommen. So oder so, hier endet die Geschichte, Kumpel. Ich musste unbedingt das Protokoll haben.«

»Du hast Sandra getötet«, sagt Jerry. »Und die Floristin auch.«

»Beinahe wärst du mir hier drin auf die Schliche gekommen«, sagt Hans, der immer noch das Protokoll in der Hand hält, »aber was ich nicht verstehe: Warum hast du diese Seiten herausgerissen? Was steht dort?«

»Du hast Sandra getötet«, wiederholt Jerry und ignoriert seine Frage. Er steht vom Schreibtisch auf. »Mein Gott, und die Frau vor all den Jahren! Suzan mit Z. Bist du das auch gewesen?«

»Sie war die erste. Keinen Schritt weiter, Jerry.«

Jerry schüttelt den Kopf. Ihm ist schlecht. Dieser Mann war dreißig Jahre lang sein Freund. Sie haben zusammen studiert, zusammen getrauert, zusammen gefeiert, getrunken und gelacht und in allen möglichen Zuständen über alle möglichen Dinge gesprochen. Sein Freund. Sein verdammter Freund.

»Wie viele waren es?«, fragt Hans.

»Was spielt das für eine Rolle?«

»Du bist verrückt.«

Hans zuckt mit den Schultern. »Ach ja? Nach allem, was du geschrieben hast, und jetzt, da die Alzheimererkrankung dir das Hirn vernebelt, behauptest du, ich wäre verrückt?«

»Du wirst damit nicht durchkommen.«

Hans lacht. »Mein Gott, du verstehst es immer noch, die alten Klischees aus dem Hut zu zaubern, selbst jetzt, wo alles vorbei ist.«

»Ich kapier es nicht«, sagt Jerry. »Warum hast du mir heute überhaupt geholfen?«

»Das war so nicht vorgesehen«, sagt Hans. »Ich wollte dich bei der Polizei abliefern.«

»Aber du hast es dir anders überlegt.«

»Ich hatte keine andere Wahl, nachdem du das Protokoll erwähnt hattest. Ich konnte das Risiko nicht eingehen, dass im Protokoll etwas steht, das mir um die Ohren fliegen könnte, wenn man es findet. Und das Gute daran ist, ich lag damit richtig.«

Jerry muss an den heutigen Nachmittag denken. Sie waren nur ein paar Blocks von der Polizeiwache entfernt, als sich alles änderte. Das muss passiert sein, während er Hans von dem Protokoll erzählt hat. Von da an ging es nur noch darum, dass er sich erinnert, wo er das Protokoll versteckt hat.

»Was ist mit Eric? Was hat er damit zu tun? Hat er das alles wirklich getan?«

»Eric? Aber sicher doch. Er war einer deiner Bösewichte aus Fleisch und Blut, Jerry. Der Typ ist total verrückt.«

Jerry wirft einen Blick auf den Revolver. Dann fällt ihm das Messer auf dem Schreibtisch ein, und er muss sich dazu zwingen, nicht dorthin zu schauen. Wenn er es bloß in die Hände bekäme …

Und dann? Willst du damit schneller als eine Kugel sein?

»Und was jetzt? Willst du mir deine Verbrechen auch anhängen? So wie er?«

»Hey, das ist eine gute Idee«, sagt Hans. »Es wäre schade, es nicht zu tun, nur weil es bei ihm nicht geklappt hat.«

»Du hast Sandra erschossen.«

»Ja.«

»Warum kann ich mich nicht daran erinnern?«

»Ich habe dich betäubt«, sagt er. »An dem Tag, nachdem du mich angerufen hattest, bin ich vorbeigekommen und habe dir im Arbeitszimmer eine Spritze verpasst. Ich hatte keine andere Wahl, denn ich wusste, dass du es irgendwann herausfinden würdest. Verdammt, ich hätte wissen müssen, dass das Blut auf dem Hemd ein Fehler war. Damit habe ich alles vermasselt.«

Jerry versucht, sich die Situation vorzustellen, aber es gelingt ihm nicht. Dieser Mann, der auf ihn aufpassen sollte, hat ihn hintergangen. So wie Eric. »Du kommst damit unter keinen Umständen durch«, sagt er.

Ich glaube, es wird ihm gelingen.

Warum hat Henry ihn nicht gewarnt? Ist er nicht immer in der Lage, die Zusammenhänge zu sehen?

Du bist nicht der Einzige, dem Alzheimer zusetzt. Außerdem habe ich versucht, dich zu warnen.

Das hat er. Allerdings ein wenig spät.

»Was hast du jetzt vor? Willst du mich hier erschießen? Und dann? Die Polizei wird herkommen und alles herausfinden.«

Hans lächelt erneut. »All die Jahre hast du mich immer wieder um Rat gefragt. Wolltest wissen, wie irgendetwas funktioniert. Du hast einen Arsch voll Geld verdient mit den Tipps, die ich dir gegeben habe, und was habe ich dafür bekommen? He? Eine Erwähnung in der Danksagung. Aber wie wär's mit einem Anteil am Honorar, hm? Du schuldest mir etwas, Jerry. Ich treibe nur meine Schulden ein, und du bekommst jetzt die Gelegenheit, das zu durchleben, was du deinen Figuren zugemutet hast.«

»Wovon redest du?«

»Von deinen Figuren. Du hast sie durch die Hölle gehen lassen. Die Abgründe der Hölle. Einige Entscheidungen, die sie treffen mussten … das war einfach zu viel … selbst für mich. Und jetzt wirst du erleben, wie man sich dabei fühlt. Weißt du, was dein Problem ist, Kumpel? Du denkst zu viel über dich nach. Offensichtlich hältst du dich für den Mittelpunkt des Universums und glaubst, sämtliche Fäden würden bei dir zusammenlaufen. Aber du scheinst dir keine Gedanken darum zu machen, was für Auswirkungen dein Handeln auf andere Menschen hat. Deine großartige Frau, deine talentierte und wunderschöne Tochter, dein loyaler Freund stehen dir rund um die Uhr zur Verfügung. Du glaubst, dass du uns alle erschaffen hast. Dass wir nur in deiner Gegenwart existieren.«

Jerry denkt einen Moment nach und fragt sich, ob das wahr sein könnte.

»Was zum Henker soll das überhaupt heißen?«

»Dass dein Leben seit deiner Diagnose vorbei ist, Jerry, aber ich habe noch das halbe Leben vor mir. Ein großartiges Leben. Lass uns die Sache im Guten zu Ende bringen, okay? Wir profitieren beide davon. Ich kann mein Leben weiterleben, und du kannst deiner beschissenen Existenz ein Ende setzen. Wenn wir die Sache im Guten zu Ende bringen, muss ich Eva nicht wehtun. Oder ich verpasse dir hier und jetzt eine Kugel und fahre zu ihrem Haus.«

»Du verdammter –«

»Nicht«, sagt Hans, als Jerry sich vom Stuhl erhebt. »Tu's nicht. Lass mich erst ausreden.«

Jerry verharrt in seiner Position. »Tu ihr nichts.«

»Dann zwing mich nicht dazu. Du schreibst ein Geständnis und kommst sauber aus der Sache raus, und ich muss nicht –«

»Behalt es für dich«, sagt Jerry, doch vor seinem geistigen Auge sieht er bereits, wie Eva, weinend, blutend und nackt, um ihr Leben fleht.

»Ich werde sie wissen lassen, dass du der Grund dafür bist, dass ich ihr wehtun muss. Aber du kannst sie retten, Jerry. Hier und jetzt.«

»Du wirst damit nicht durchkommen. Die Polizei wird herausfinden, dass du es warst.«

»Vielleicht findet sie es heraus, vielleicht auch nicht. Aber eins ist sicher: Eva wird dann tot sein. Du hast alles verloren, Jerry, aber das kannst du noch für sie tun. Du kannst sie retten.«

Jerry fängt einen Satz an, doch dann wird ihm klar, dass er nicht weiß, was er sagen soll. Er hat einen trockenen Mund. Erneut hämmert sein Herz, aber bald wird es dazu nicht mehr in der Lage sein. »Du willst, dass ich mich erschieße«, sagt er.

»Genau das«, sagt Hans.

»Ich …«

»Du gestehst einige der Taten, die ich begangen habe«, sagt Hans, »und ich verspreche dir, dass ich Eva nie wiedersehen werde. Ich gebe dir mein Wort. Wenn du das nicht tust, werde ich sie töten, und ich werde meinen Spaß dabei haben, so wie bei der Floristin.«

»Habe ich je einen anderen Menschen getötet?«

»Was bist du nur für ein Dummkopf, Jerry. Nein, hast du nicht, aber du wirst Eva töten, wenn du nicht tust, was ich verlange.«

Jerry muss nicht darüber nachdenken. Seit Hans Evas Namen erwähnt hat, wusste er, was er tun würde. Es bleibt ihm keine andere Wahl. Jeder Vater würde das tun. Zu sterben, um sein Kind zu schützen. Das versteht sich von selbst. »Was soll ich schreiben?«

»Du bist der Autor, ich bin mir sicher, dass dir etwas einfällt. Stell dir vor, du würdest deine beste Geschichte schreiben.«

Jerry fängt an zu nicken. »Okay«, sagt er. »Aber erst muss ich wissen, was passiert ist. Mit Sandra. Du musst es mir erzählen.«

»Warum? Es bringt nichts, wenn ich es dir erzähle.«

»Bitte. Ich muss es wissen.«

Hans zuckt mit den Achseln, als wäre das keine große Sache. »Sie hat die Wahrheit herausgefunden«, sagt er, »und du hättest es beinahe auch, wenn ich mir die letzten paar Seiten hier so anschaue. Ja, ich glaube, du hast herausgefunden, was passiert ist. Das steht auf den herausgerissenen Seiten, nicht wahr? Sie stammen aus dem Tagebuch, oder?«

»Es ist ein Protokoll«, sagt Jerry. »Ja, du hast recht.«

»Warum hast du sie herausgerissen?« Als Jerry nicht antwortet, fängt Hans an zu lächeln und fährt fort. »Du weißt nicht mehr, dass du sie herausgerissen hast, nicht wahr?«

»Ich glaube, dass Henry das war.«

»Was?«

Jerry hat keine Lust, das zu erklären. Aber er glaubt, dass Henry sie herausgerissen hat, weil Henry genauso verrückt ist wie Jerry, und wenn man der König vom Berg des Wahnsinns ist, tut man Dinge, die keinen Sinn ergeben. Vielleicht hat Henry versucht, ihn irgendwie zu beschützen. Vielleicht hat Henry sie herausgerissen, weil er wusste, dass das Protokoll in den falschen Händen landen wird. Er musste das, was ihm wichtig erschien, retten. Jerry denkt, dass es keine Rolle spielt, warum er es getan hat. Jetzt nicht mehr. Da ein geladener Revolver auf ihn gerichtet ist.

Statt Hans zu antworten, fragt er erneut, was mit Sandra passiert ist.

»Wir waren im Arbeitszimmer«, sagt Hans. »Der Revolver lag immer noch auf dem Tisch. Du hast mich erneut nach dem Blut an dem Hemd gefragt und mir erzählt, dass Sandra mit der Schwester gesprochen habe. Ihr beide wart verwirrt, weil die Ereignisse nicht zusammenpassten. Die Schwester hat an deinem Hemd kein Blut gesehen, und der Todeszeitpunkt der Floristin deutete daraufhin, dass du unschuldig warst. Als du zur Tür des Arbeitszimmers gegangen bist, um nach Sandra zu rufen, und mir den Rücken zugewandt hattest, habe ich dir eine Spritze in den Hals verpasst. Ein paar Sekunden später warst du bewusstlos. Ich legte dich aufs Sofa und wartete, bis Sandra das Zimmer betrat. Sie stürzte zu dir und schloss die Tür hinter sich. Dann schaute sie zu mir hoch, und da wusste ich, dass sie die Wahrheit herausgefunden hatte. Sie hatte denselben Gesichtsausdruck wie du vor ein paar Minuten.«

»Hast du sie gefragt, was sie weiß?«

»Wozu? Mir war klar, dass sie Bescheid wusste, und ihr war klar, dass ich es wusste. Eine Kugel in die Brust, mehr war nicht nötig. Ein schalldichter Raum ist eine feine Sache, Jerry.«

Jerry spürt, wie er innerlich zusammenbricht. Die ganze Sache nahm ihren Anfang, als er an jenem Abend auf der Party sagte *dies ist meine Frau* … und sich nicht mehr an Sandras Namen erinnern konnte. Er sieht das alles so deutlich vor sich wie an jenem Tag, als es passierte. Das heißt, heute hat er den schlimmsten guten Tag, seit die Diagnose gestellt wurde. Die Krankheit war dafür verantwortlich, dass er Sandras Namen vergaß und Hans und Eric ihn ausgenutzt haben. Sandra ist tot aufgrund einer Krankheit, für die es keine Heilung gibt. All das ist passiert, weil das Universum ihn bestraft. Aber wofür? Wenn er niemanden umgebracht hat, wofür dann?

Die Antwort lässt nicht lange auf sich warten. Weil er getan hat, was er nie tun wollte – er hat eine echte Person als Vorbild für eine seiner Figuren benutzt. Suzan mit Z. Sie war eine echte Frau mit einer echten Familie und echten Gefühlen, und all das hat er für seine Zwecke missbraucht. Er hat das, was ihr zugestoßen ist, für eine Geschichte benutzt. Er hat darüber geschrieben, um die Leute zu unterhalten.

»Du bist ein Monster«, sagt Jerry.

Das Messer. Schnapp dir das Messer.

Aber wenn er es nicht zu fassen bekommt, muss Eva dafür bezahlen.

»Mag sein«, sagt Hans. »Aber hey, wir hatten doch heute unseren Spaß, oder? Wir haben einen Mörder unschädlich gemacht.«

»Haben wir ihn darum aus dem Fenster gehängt? Weil du ihn töten wolltest?«

»Das musste sein. Er hat mein Gesicht gesehen. Aber trotz allem, Jerry, ich habe versucht, dir zu helfen.«

»Warum? Weil du nicht wollest, dass mir jemand anders seine Verbrechen anhängt? War das irgendeine Art von perverser Wettstreit?«

»Teilweise schon«, sagt er. »Eigentlich war das die Hauptsache. Und bevor du mich nach seiner Frau fragst – sie wird sich an keine Einzelheiten erinnern. Aber Schwester Mae, die ist ein Problem, und ich werde mich darum kümmern müssen.«

»Du musst ihr nicht wehtun.«

»Wir werden sehen.«

»Das ganze Gerede davon, dass die Polizei nachsichtig mit uns sein wird, war Schwachsinn«, sagt Jerry.

»Schreib einfach dein Geständnis, Jerry. Und kein Wort von Suzan. Wir wollen die Sache nicht verkomplizieren. Los, beeil dich, bevor ich es mir anders überlege und Eva einen Besuch abstatte. Und sieh zu, dass es glaubwürdig klingt. Es geht nicht darum, dein eigenes Leben zu retten, sondern das Leben deiner Tochter.«

Mein Geständnis

Von Jerry Grey

Mein Name ist Jerry Grey. Ich bin Krimiautor. Ich bin ein Mörder und ein Mensch voller Schwächen. Und dies ist mein Geständnis.

Es gibt so vieles, was ich gern loswerden möchte. Zuallererst möchte ich mich bei meiner Familie entschuldigen. Ich wünschte, ich könnte Sandra sagen, wie leid es mir tut, aber was geschehen ist, ist geschehen, und ich bin dafür verantwortlich, es lässt sich nicht wieder ungeschehen machen. Ich habe dich erschossen, Sandra, weil du herausgefunden hast, was für ein Mensch ich wirklich bin. Solltest du jetzt im Jenseits sein, werde ich wahrscheinlich in eine andere Version des Jenseits kommen als du.

Die Wahrheit ist: Mein ganzes Leben hatte ich Bedürfnisse, die ich unter Kontrolle halten konnte; nur hin und wieder habe ich mein wahres Ich von der Leine gelassen und bei diesen Gelegenheiten anderen Frauen wehgetan. Doch die Alzheimererkrankung hat dazu geführt, dass ich meine Impulse nicht länger unterdrücken konnte. Ich habe die Frauen, die in den vergangenen Wochen gestorben sind, nicht umgebracht. Eric hat sie umgebracht, und in seinem Haus finden sich genug Beweise dafür. Ich habe Eric getötet, und ich hoffe, dass ich den anderen Opfern damit in gewisser Weise zu Gerechtigkeit verholfen habe.

Letztes Jahr, am Abend nach Evas Hochzeit, habe ich mich aus dem Haus geschlichen und bin zu Belinda Murrays Haus gelaufen. Ich habe mich sofort bei unserer ersten Begegnung in sie verknallt. Sie hatte so etwas an sich. In ihrer Gegenwart fühlte ich mich lebendig. Ich lief zu ihrem Haus und knackte das Schloss an ihrem Hintereingang. Aus Büchern, durch meine Recherchen und meinen Beruf als Autor weiß ich, wie man Schlösser knackt und Tatorte manipuliert. Aber ich habe keine Lust mehr, Tatorte zu manipulieren. Ich will, dass die Öffentlichkeit erfährt, was passiert ist, denn ich habe es satt zu lügen, und bald werde ich sowieso nicht mehr in der Lage sein zu lügen. Ich habe Belinda Murray getötet, weil ich es wollte, weil ich wusste, dass es ein gutes Gefühl ist, und genauso war es auch.

Ich bin an den Ort zurückgekehrt, wo alles begann. Und hier ist wahrscheinlich auch Passagier A an Bord gegangen; er wollte nur mitgenommen werden, bis er schließlich zum Captain befördert wurde. Hier, in diesem Haus, habe ich Eva großgezogen, hier habe ich meine Bücher geschrieben, Sandra ist hier gestorben, und ich werde hier ebenfalls sterben. Ich bin hierher zurückgekehrt, um nach meinem Protokoll des Wahnsinns zu suchen, aber es war nicht da. Und jetzt fällt mir wieder ein, dass ich es vernichtet habe, nachdem ich Sandra umgebracht hatte. In dem Protokoll habe ich meine Taten gestanden, darum habe ich die entsprechenden Seiten herausgerissen und die Schnipsel im Klo heruntergespült. Ich war verwirrt.

Doch jetzt habe ich einen so klaren Kopf wie schon lange nicht mehr.

Dies ist nicht nur ein Geständnis. Dies ist auch ein Abschiedsbrief.

Ich bringe mich nicht um, weil ich ein schlechter Mensch bin. Oder ein Monster. Ich bringe mich um, weil ich mich nicht mehr richtig an die Menschen erinnern kann, denen ich wehgetan habe. Meine Fantasien von Belinda, von dem Mord an Sandra, helfen mir, den Tag zu überstehen. Ohne diese Vorstellungen bleibt mir nichts. Ich will lieber sterben, als zu vergessen, wie es ist zu töten.

Und das werde ich jetzt tun.

KAPITEL 35

Jerry schiebt die Seiten über den Schreibtisch, und Hans greift danach und setzt sich aufs Sofa. Während er sie liest, schaut er alle paar Sekunden auf, um sich zu vergewissern, dass Jerry nicht abhaut. Als er das Geständnis zu Ende gelesen hat, geht er zum Schreibtisch zurück und gibt Jerry die Seiten.

»Das kriegst du besser hin«, sagt Hans.

»Das ist gut genug«, sagt Jerry.

»Du hast dich nicht mal bei deiner Familie entschuldigt. Du hast nicht geschrieben, dass du sie liebst. Füg das hinzu und setz dein Unterschrift drunter. Das müsste reichen.«

Jerry nimmt den Stift. *Jeder hält sich für einen Kritiker,* denkt er, doch dann wird ihm klar, dass Hans recht hat. Er kann sich erinnern, dass er in der Vergangenheit ähnliche Briefe geschrieben hat. Einen an Sandra und einen an Eva, Briefe, die von Herzen kamen, als er dachte, er wäre ein Mörder und würde ihnen einen Gefallen tun, wenn er sich von dieser Welt verabschiedet. Aber er kann sich jetzt nicht in diese Stimmung versetzen. Er schreibt unten auf die Seite:

Ich wünschte, ich könnte das alles ungeschehen machen. Trotz allem, was ich getan habe, liebe ich meine Familie. Ich liebe meine Frau, ich liebe meine Tochter, und ich würde alles tun, um sie zurückzubekommen. Alles. Eva, es tut mir so leid. Ich liebe dich so sehr. Ich wünschte, es gäbe eine Möglichkeit, dich um Verzeihung zu bitten.

Er wünschte, er könnte noch irgendetwas hinzufügen, irgendeine verschlüsselte Botschaft, um der Polizei mitzuteilen, dass er unschuldig ist, aber ihm fällt nichts ein. Er unterschreibt das Geständnis und schiebt die Seiten über den Tisch. Während er den letzten Absatz hinzugefügt hat, hat Hans die Kurzgeschichte von Henry verbrannt, und die Asche schwebt jetzt auf den Teppich hinab. Hans nimmt das Geständnis und liest es. Jerry wirft einen kurzen Blick zum Fenster und schaut dann weg. Selbst wenn er es sich schnappen könnte – mit einem Messer kann er gegen einen Revolver kaum etwas ausrichten. Er übernimmt jetzt die wichtigste Aufgabe, die ein Vater hat, nämlich seine Tochter zu beschützen.

»Das ist ohne Gefühl geschrieben«, sagt Hans.

»Besser krieg ich es nicht hin.«

Hans nickt und legt das Geständnis beiseite. »Ich möchte, dass du Folgendes für mich tust. Ich möchte, dass du deine ganze Aufmerksamkeit auf das richtest, was ich mit Eva anstellen werde, wenn du nicht tust, was wir besprochen haben. Hast du mich verstanden?«

»Ja.«

»Leg deine Handflächen auf den Schreibtisch«, sagt Hans.

Jerry tut, was er verlangt. Er weiß, worauf das hier hinausläuft. Schließlich ist er ein wahrer Meister darin, Zusammenhänge herzustellen. In zwanzig Sekunden wird er tot sein. Morgen wird er ein geständiger Mörder sein, und Eva wird mit dieser Schande leben, aber wenigstens wird sie am Leben sein. Die Alzheimererkrankung hat ihm sein Leben genommen, und das von Sandra und der Frauen, die Eric getötet hat, aber er wird nicht zulassen, dass sie auch Eva das Leben nimmt.

Hans läuft hinter ihm herum und bleibt hinter dem Stuhl stehen.

»Lass deine linke Hand auf dem Tisch liegen«, sagt er, »und heb die rechte an den Kopf. Tu so, als wären deine Finger einen Revolver und als würdest du dich erschießen.«

Jerry tut, was er verlangt. Er hebt die rechte Hand, formt mit den Fingern den Lauf eines Revolvers und richtet sie auf seinen Schädel. Seine Hände zittern. Er hätte sich das Messer schnappen sollen, denkt er. Hätte etwas unternehmen sollen. Er ist überrascht, dass er so große Angst hat zu sterben, obwohl er alles verloren und so oft daran gedacht hat, sich umzubringen. Unter anderen Umständen vielleicht –

Aber es ist, wie es ist, sagt Henry.

Hast du einen letzten Rat für mich?

Du bist jetzt ganz allein auf dich gestellt, Kumpel.

»Wenn du mir blöd kommst, wird das hier für dich und Eva schlimm enden.«

»Ich weiß.«

Hans legt den Revolver in Jerrys Hand und drückt den Lauf seitlich gegen seinen Kopf. Er hat beide Hände um Jerrys Hand geschlungen, sodass dieser gezwungen ist, weiter auf seinen Kopf zu zielen. Er schließt die Augen. Er kann spüren, wie sein Finger in den Abzugsbügel gedrückt wird. Er tut das Richtige. Für Eva. Aber bevor er irgendetwas tun kann, läutet die drahtlose Türglocke.

»Jemand ist an der Tür«, sagt Jerry und sucht erneut nach einem Ausweg. »Wenn jemand im Haus ist und schläft, wird er aufwachen. Du wirst nicht damit durchkommen.«

»Halt die Klappe«, sagt Hans und nimmt Jerry den Revolver aus den Händen, hat sie aber weiter auf ihn gerichtet.

Die Glocke läutet immer noch.

»Das ist wahrscheinlich die Polizei«, sagt Jerry. »Man hat gesehen, wie wir eingebrochen sind. Vielleicht hat der Besitzer uns gehört.«

Die Glocke verstummt, und für zehn Sekunden herrscht Stille. Dann wird gegen das Fenster des Arbeitszimmers geklopft.

»Wenn du mich jetzt erschießt«, sagt Jerry, »machst du alles nur noch schlimmer für dich.«

»Halt die Klappe«, sagt Hans und tritt an den Vorhang. Erneut ertönt das Klopfen, gefolgt von Stille. Hans späht am Vorhang vorbei und hält den Revolver weiter auf Jerry gerichtet. »Es ist deine neugierige Nachbarin«, sagt er. »Sie hat eine Taschenlampe dabei, und diesen verdammten Hockeyschläger von vorhin. Okay, sie zieht wieder ab. Halt … sie geht zur Rückseite des Hauses.«

»Sie wird reinkommen, und ich wette, sie hat die Polizei verständigt. Du solltest gehen.«

»Sie wird nicht reinkommen.«

»Vielleicht doch. Ich habe den Schlüssel in der Terrassentür stecken lassen.«

Hans tritt wieder hinter den Stuhl und richtet den Revolver auf die Tür. Dann warten sie ab.

»Erschieß sie nicht«, sagt Jerry.

»Was kümmert's dich? Du konntest sie sowieso nicht leiden.«

»Bitte.«

»Keine Sorge, wenn ich mit ihr fertig bin, kannst du unter dein Geständnis *PS: Ich habe die Nachbarin erschossen* schreiben.«

Der Knauf an der Tür zum Arbeitszimmer fängt an, sich zu drehen. Die Tür öffnet sich, und Mrs. Smith erscheint im Türrahmen und schwingt ihren Hockeyschläger. Sie tritt zwei

Schritte vor. Jerry hat keine Ahnung, womit sie gerechnet hat, aber bestimmt nicht mit so was hier. Man muss ihr zugutehalten, dass sie lediglich eine Sekunde braucht, um die Situation zu erfassen.

»Oh«, sagt sie. Offensichtlich gefällt ihr der Klang des Worts, denn sie wiederholt es noch einmal. Jede andere würde sich aus dem Staub machen, denkt Jerry, nicht so Mrs. Smith, deren Garten er verwüstet und deren Haus er besprüht hat. Mrs. Smith, die ihm, seit er hierher gezogen ist, immer auf den Keks gegangen ist. Während andere Menschen abhauen würden oder starr vor Schreck wären, tritt sie vor, weil sie vielleicht glaubt, dass sie die Strecke schnell genug zurücklegen kann, dass der Mann mit den Tätowierungen nicht auf eine Frau schießen wird, die älter ist als die Sonne, oder weil sie den Gedanken an ein Verbrechen vielleicht so abstoßend findet, dass sie ihn nicht zulässt.

Hans drückt den Abzug.

Im selben Augenblick ertönt ein lauter Schuss. Ein Dröhnen erfüllt den Raum, und Jerry hat ein Pfeifen in seinen Ohren, so schmerzhaft, dass er sich instinktiv mit beiden Händen die Ohren zuhält. Mrs. Smith tut das nicht. Sie tritt zwei Schritte vor, als wollte sie nicht glauben, dass man auf sie geschossen hat, bevor sie stehen bleibt. Sie schaut an ihrem Körper hinunter, an dem nicht die geringste Verletzung zu sehen ist, als hätte die Kugel ihren Körper durchdrungen, ohne ihr etwas anzuhaben. Oder die Kugel hat sie verfehlt. Doch dann quillt direkt unter ihrer Brust Blut hervor. Sie sinkt auf die Knie, das Gesicht zu einem festen Knoten verkrampft. Sie stützt sich auf dem Hockeyschläger ab und versucht, wieder aufzustehen.

»Was fällt Ihnen ein?«

Hans drückt erneut ab.

Und der Revolver macht *klick*.

»Was zum Henker?«, sagt Hans, und Jerry weiß genau, was passiert ist. Als er vor einigen Monaten immer wieder die Trommel des Revolvers gedreht hat, während er neben Sandra hockte, ist sie an einer anderen Stelle stehen geblieben, und der Schlagbolzen ist jetzt auf der leeren Hülse gelandet, in der die Kugel steckte, die seine Frau getötet hat. Hans neigt den Revolver zur Seite, um einen Blick darauf zu werfen, als ließe sich das das Problem mit bloßem Auge erkennen. Während er das tut, ergreift Henry das Wort. *Jetzt,* brüllt er, das Wort dröhnt fast so laut wie der Schuss durch Jerrys Schädel, und Jerry weiß, dass er das Wort ebenfalls gebrüllt hat.

Er rammt Hans seinen Ellbogen rückwärts in die Magengrube, gerade als der den Abzug drückt. Die Kugel verfehlt ihr Ziel und schlägt in die Wand ein. Jerry fährt auf dem Stuhl herum, und es kommt zum Kampf. Genau so sollte man so etwas austragen, denkt er, jetzt hat er eine echte Chance. Ist das nicht die beste Art, die Sache zu Ende zu bringen? Ein guter, altmodischer Faustkampf, bis einer tot ist? Allerdings weiß Hans, wie man es mit einem Gegner aufnimmt. Außerdem wäre da noch die nicht unerhebliche Tatsache, dass er immer noch den Revolver hat. Der Revolver, den er jetzt auf Jerry richtet. Wieder ertönt ein Knall, und plötzlich spürt Jerry ein Brennen in seinem Magen und hat das Gefühl, als würden seine Nieren in Flammen stehen. Im Zimmer wird es dunkel, als seine Beine unter ihm wegsacken. Er schafft es, mit seinen Händen den Revolver wegzustoßen, sodass er in eine andere Richtung zeigt. Vor einem Jahr eine Kugel für seine Frau, dann eine für Mrs. Smith, eine in die Wand und eine in seinen Magen. Bleiben noch zwei.

Das Messer, sagt Henry. Los. *Um Himmels willen, was zögerst du noch?*

Es liegt auf dem Tisch. Er kann es sehen, aber er kommt nicht dran. Hans richtet den Revolver erneut auf ihn. Wie in Zeitlupe. Zunächst zeigt sie auf die Wand, dann auf den Stuhl, auf Jerrys Schulter, auf seinen Brustkorb, und als sie schließlich auf ihr Ziel gerichtet ist, verändert sich der Ausdruck in Hans' Gesicht; erst spiegelt sich darin Wut, dann Frust, und schließlich lächelt er. Ein breites *Fick-dich*-Lächeln. Ein Gewinnerlächeln. »Eva ist als Nächste dran«, sagt er.

Der Hockeyschläger, dessen eines Ende Mrs. Smith immer noch fest umklammert hält, saust durch die Luft und trifft Hans am Unterarm. Nicht so stark, dass der Knochen bricht, denkt Jerry, aber so, dass der Revolver zu Boden fällt. Hans greift danach, und Jerry stürzt sich auf das Messer. Vor seinem geistigen Auge sieht er, wie er es vom Tisch stößt und es über den Boden schlittert, doch seine Hand umschließt fest den Griff. Er zögert keine Sekunde. Er sticht damit auf den Mann ein, der seine Frau getötet hat. Er stößt so kräftig zu, wie er kann, für Sandra, für die Floristin, für Suzan mit Z, für Eva und für jeden, dem dieser Mann wehgetan hat, für alle, deren Leben von ihrem persönlichen Captain A zerstört wurde. Aber vor allem stößt er für sich selbst zu. Er beschwört all seine Wut herauf und stößt so kräftig zu, wie er kann.

Das Messer erwischte Hans am Hals.

Die Klinge dringt seitlich ein, bis zum Griff, sodass sie vorne wieder herauskommt. Mit aller Kraft reißt Jerry an dem Messer, um es nach vorne zu ziehen, doch es lässt sich nicht bewegen. Allerdings spielt das keine Rolle. Hans hört auf, nach dem Revolver zu greifen, und hält sich mit der Hand den Hals, aus dem eine Fontäne Blut schießt, während ein Gurgeln tief aus seiner Kehle dringt. Er richtet sich auf und hat beide Hände gegen die Wunde gepresst, um die Blutung zu stoppen, aber ohne Erfolg. Allmählich weicht das Leben aus seinen Augen. Er gerät ins Straucheln und lehnt sich gegen die Wand, während das Messer immer noch bis zum Anschlag in seinem Hals steckt. Jerry greift nach dem Revolver auf dem Boden und richtet ihn auf Hans.

»Das ist für Sandra«, sagt er, aber bevor er abdrücken kann, saust der Hockeyschläger durch sein Blickfeld; er wird von einer Frau gehalten, die zu stur ist, um zu sterben. Der Schläger trifft Jerry an der Stirn, und dann gehen um ihn herum die Lichter aus.

Liebes Tagebuch

Liebes Tagebuch, lieber Zukünftiger Jerry, lieber Leser dieses Tagebuchs, mein Name ist Jerry Grey, und dies ist meine Geschichte. Ich bin Vater, Ehemann und Krimiautor, ich habe eine Schussverletzung überlebt, ich bin an Alzheimer erkrankt, und ich bin ein verurteilter Mörder. Ich habe meine Frau umgebracht. Ich kann mich nicht mehr daran erinnern, wie ich sie umgebracht habe, und ich weiß nicht, ob ich Captain A dankbar dafür sein soll, dass er diese Erinnerung von mir fernhält, oder nicht. Ich lebe in einer psychiatrischen Einrichtung mit Gitterstäben an den Fenstern und Schlössern an den Türen, und wo man auch hinschaut, überall sind graue Wände. Manchmal habe ich ein paar Fragen, und manchmal beantworten die Ärzte sie auch, und manchmal glaube ich nicht, was man mir erzählt, und manchmal zeigen sie mir eine Kopie des Geständnisses, das ich geschrieben habe, um zu beweisen, dass sie die Wahrheit sagen. Hin und wieder zeigen sie mir auch einen Zeitungsartikel. Wenn sie keine Zeit haben, meine Fragen zu beantworten, geben sie mir irgendwelche Medikamente. Das ist einfacher. Für sie und für mich.

Sie sagen, dass ich bereits seit einem Jahr hier sei.

Heute ist Tag eins des Tagebuchs, das ich schreibe, um nicht den Verstand zu verlieren, von dem allerdings nicht mehr viel übrig ist. Ich denke, eigentlich versuche ich, einen Teil der Persönlichkeit zu bewahren, die ich mal war. Es war nicht meine Idee, Tagebuch zu schreiben, sondern die Idee eines der Ärzte. Er meinte, das könne mir helfen.

Leider ist der Mann, der ich mal war, ein Monster. Ich habe eine Menge Menschen getötet. Meine Frau. Die Floristin, die die Hochzeit meiner Tochter ausgestattet hat. Meinen besten Freund Hans. Eine ehemalige Nachbarin und einen Pfleger aus dem Pflegeheim, in dem ich früher untergebracht war. Man hat mir erzählt, ich hätte auch schon früher Tagebuch geführt, aber inzwischen würden die Bücher bei der Polizei liegen. Manchmal denke ich, dass sie meine Unschuld beweisen, dann wieder, dass darin dasselbe steht wie in meinem Geständnis. Das heißt, dass all die Dinge, die ich nicht wahrhaben will, tatsächlich stimmen. Ich kann mich lediglich daran erinnern, dass ich Suzan umgebracht habe. Suzan mit Z.

Wenn ich versuche, mich an all diese Menschen zu erinnern, verlieren sich ihre Namen und Gesichter im Dämmerlicht der Vergangenheit, nur ihres nicht. Ich sehe noch ziemlich deutlich vor mir, wie ich im Garten ihres Hauses stand, über mir der helle Vollmond, wie ich die Nacht umarmte, und daran, wie das Blut durch meinen Körper pulsierte, während mich dieses Verlangen überkam. Ich wollte Suzan von jenem Moment an besitzen, als ich sie das erste Mal gesehen hatte. Ich wollte wissen, wie sie sich anfühlt.

Nun, liebes Tagebuch, ich werde dir alles darüber erzählen. Aber zunächst … Ich mag die Bezeichnung *Tagebuch* nicht. Ich dachte an den Titel *Tagebuch des Wahnsinns,* aber der ist nicht ganz passend. Ich werde mir ein paar Gedanken dazu machen und sehen, ob mir was anderes einfällt.

Nun, Zukünftiger Jerry, ich will dir von Sandra erzählen.

Und, Liebes Tagebuch des Wahnsinns, davon, wie mein Leben als Mörder begann …

DANKSAGUNG

Von den neun Romanen, die ich bisher geschrieben habe, hat mir dieser am meisten Spaß gemacht, und vielleicht ist er mein persönlichster. In dem Buch sagt Jerry immer wieder »schreib über das, was du kennst«, und zum ersten Mal hatte ich Gelegenheit dazu. Es gibt eine Menge Gemeinsamkeiten zwischen Jerrys und meinem Leben – allerdings auch eine Menge Unterschiede. Erst einmal ist er älter (allerdings wird sich das eines Tages wohl ändern) und, von der Alzheimererkrankung mal abgesehen, ist er in einer besseren Verfassung als ich. Er hat studiert, ich nicht. Er hat eine Frau und eine Tochter, ich nicht. Wir sind beide heimliche Star-Trek-Fans, trinken beide Gin Tonic, und wir haben beide dasselbe Bild im Arbeitszimmer hängen – das Plakat von *King Kong – Frankensteins Sohn* hängt neben meinem Schreibtisch. Und dann wäre da noch die laute Musik. Zu jedem der Bücher, die ich geschrieben habe, gibt es einen Soundtrack – einen sehr lauten Soundtrack, der durch das Haus und die halbe Nachbarschaft schallte. Warum so laut? Weil ich meinen eigenen Gesang nicht hören will. Keiner will das. *Das Haus des Todes* habe ich zu den Doors geschrieben, *Die Toten schweigen nicht* zu Pink Floyd, und *Opferzeit* zu Bruce Springsteen. Andere Bücher zu The Killers, den Rolling Stones, den Beatles … Im Buch gibt es den Satz, dass die Musik, die Jerry hört, zeitlos ist – daran glaube ich wirklich. *Zerschnitten* hat dank Tim Müller, dank Markus und Kirsten Naegele hier in Deutschland ein Zuhause gefunden. Sie sind ein fantastisches Team und machen drei Viertel von vier ganz außergewöhnlichen Menschen aus. Der Vierte im Bund ist Wulf Dorn, ein großartiger Freund, ein fantastischer Autor, eine wichtige Inspiration und mein Frisbee-Partner, wann immer ich in Deutschland bin. Nun gut, auch mein Gin-Tonic-Partner – einige der besten Momente meines Lebens habe ich mit diesen Typen verbracht. Ich möchte mich auch bei meinem Übersetzer Frank Dabrock bedanken, der wie immer einen großartigen Job gemacht hat, und bei Fran, dem größten Star-Trek-Fan, den ich kenne.

Mein letzter Dank geht ein weiteres Mal an euch, meine Leser. Ihr seid die, für die ich schreibe. Ihr seid der Grund, warum ich es so liebe, wirklich schlimme Dinge geschehen zu lassen. Ich hoffe, dass Jerry Grey euch begleiten wird. So, wie er auch mich begleitet hat: für eine lange, lange Zeit.

Paul Cleave

Mai 2016 – Christchurch, Neuseeland

Werkverzeichnis der im Heyne Verlag von Paul Cleave erschienenen Titel

Der Autor

Paul Cleave wurde am 10. Dezember 1974 in Christchurch, Neuseeland, geboren, jenem Ort, an dem auch seine Romane spielen. Cleave beginnt schon früh zu schreiben. In der Schule stößt er mit seinen düsteren Kurzgeschichten bei den Lehrern allerdings auf wenig Begeisterung: Auf einem seiner High School-Zeugnisse findet sich der Vermerk, dass möglicherweise eine Zeit und ein Ort für seine Art zu schreiben kommen werden – aber nicht, solange er noch zur Schule geht. Cleave arbeitet zunächst sieben Jahre als Pfandleiher und setzt sich im Alter von 19 Jahren an sein erstes Buch. Doch zunächst steht der angehende Autor vor der Wahl, weiter zu arbeiten oder sein Haus zu verkaufen. Das Risiko, das Cleave durch den Hausverkauf eingeht (der es ihm ermöglicht, sich voll auf das Schreiben zu konzentrieren), zahlt sich schließlich aus: Sein Debüt *Der Siebte Tod* wird in Deutschland aus dem Stand zum Bestseller.
Seitdem hat der sympathische Neuseeländer mit seinen weiteren Thrillern einen skurrilen und düsteren Mikrokosmos um die neuseeländische Metropole Christchurch geschaffen. Dabei stellt Cleave allerdings klar, dass seine Sicht der Heimatstadt längst nicht so düster ausfällt, wie seine Romane es nahelegen: »Christchurch ist nicht annähernd so schlimm, wie ich es darstelle, aber es hat definitiv seine dunklen Seiten und bildet die

absolut perfekte Kulisse für meine Charaktere. Christchurch funktioniert in meinen Büchern wie ein Wesen, das die Menschen dazu bringt, Böses zu tun.« Cleave würzt seine perfiden Szenarien mit grimmigem schwarzem Humor, der seine Bücher bei aller Härte unglaublich unterhaltsam macht.

»Cleave ist einer der abgefahrensten Autoren.« *Tess Gerritsen*

»Paul Cleave schreibt dunkle, intensive Thriller, die einen nicht mehr loslassen. Holen Sie sich einen Cleave – Sie werden es nicht bereuen!« *Simon Kernick*

»Paul Cleave nimmt den Leser mit auf eine Reise hinab zu den düstersten Regionen des Wahnsinns.« *Tania Carver*

»Jeder, der seine Thriller gerne schwarz und blutig mag, sollte Paul Cleave ganz oben auf seiner Leseliste stehen haben.« *Mark Billingham*

»Ein geradezu furchterregendes Talent.« *Libro Journal*

»Der nächste Stephen King!« *NDR 2*

Mehr Informationen unter *www.paulcleave.com*

Treffen Sie den Autor unter *www.facebook.com/PaulCleave*

Einzeltitel

Der Siebte Tod

Joe hat sein Leben scheinbar fest im Griff – tagsüber jobbt er als Putzmann bei der Polizei, abends geht er anderen Tätigkeiten nach. Er denkt daran, seinen Fisch zweimal täglich zu füttern und seine Mutter mindestens einmal pro Woche zu besuchen, obwohl er ihren Kaffee ab und zu mit Rattengift verfeinert. Er stört sich kaum an den Nachrichten über den Schlächter von Christchurch, der – so wird behauptet – sieben Frauen umgebracht hat. Joe weiß, dass der Schlächter nur sechs getötet hat. Er weiß es ganz einfach. Und Joe wird diesen Nachahmer finden; er wird ihn für die eine Tat bestrafen und ihm die anderen sechs Morde anhängen. Ein perfekter Plan, denn er weiß bereits, dass er die Polizei überlisten kann. Das Einzige, was noch getan werden muss, ist, sich um all die Frauen zu kümmern, die nicht aufhören, ihm im Weg zu stehen. Seine dominante Mutter zum Beispiel. Und Sally, die Kollegin, die in Joe den Ersatz für ihren toten Bruder sieht. Und dann ist da noch die mysteriöse Melissa, die einzige Frau, die Joe jemals verstanden hat, deren Erpressungs- und Folter-Fantasien jedoch keinen Platz in seinen Plänen haben.

Die Stunde des Todes

Was hat Charlie bloß getan? Nur die Toten wissen es genau. »Sie suchen mich heim, wenn ich schlafe. Ihre bleichen Gesichter starren mich an, ihre sanften Stimmen beschwören mich: Wach auf, wach auf. Sie kommen, um mich an die Nacht zu erinnern, daran, was ich getan habe.« Aber Charlie weiß nicht, was er getan hat. Er ist mit Blut bedeckt, hat eine Schwellung auf der Stirn und in den Nachrichten wird berichtet, dass die beiden jungen Frauen, mit denen er die letzte Nacht verbracht hat, brutal ermordet wurden. Charlie glaubt, dass Cyris der Mörder ist, doch die Polizei bezweifelt, dass Cyris überhaupt existiert. Verzweifelt versucht Charlie, seine Unschuld zu beweisen, aber Tatsache ist, dass er selbst sich auch nicht vollends sicher ist, ob Cyris wirklich existiert. Da ihm auch seine Exfrau Jo nicht glaubt und die Polizei rufen will, kidnappt er sie kurzentschlossen. Und nun ist Charlie auf der Flucht mit einer gefesselten und geknebelten Jo im Kofferraum seines Wagens. Er muss Cyris finden – um jeden Preis …

Die Toten schweigen nicht

Christchurch, Neuseeland. Als Ex-Cop und Privatdetektiv Theodore Tate auf dem Friedhof mit schwerem Gerät eine Leiche exhumieren lässt, treiben vom Grund des kleines Friedhofsees plötzlich drei Tote an die Oberfläche. Die Polizei steht vor einen Rätsel. Wer sind die Toten? Wie kamen sie in den See? Und wer ist die junge Frau in dem Sarg, in dem eigentlich der alte Bankier Henry Martins liegen sollte? Als sich der junge Friedhofswärter wenig später in Tates Büro eine Kugel in den Kopf jagt, gerät der Privatdetektiv ebenfalls ins Fadenkreuz der Polizei, zumal die Medien ihn als Hauptverdächtigen hinstellen. Tate begibt sich auf die Suche nach der Identität der Toten und kommt dunklen Geheimnissen auf die Spur, die in seine eigene Vergangenheit führen. Je intensiver er ermittelt, um den wahren Killer zu fassen, desto erdrückender wird die Beweislast gegen ihn.

Paul Cleaves dritter Roman lässt uns in den Kopf des Mannes blicken, der den neuesten Serienmörder Christchurchs jagt. Privatdetektiv Theodore Tate wird in eine Welt hineingezogen, in der selbst die Toten nicht in Frieden ruhen können.

Der Tod in mir

Als sein Vater wegen Serienmordes verhaftet wurde, war Eddies Foto der Aufmacher in den Nachrichten. In den Folgejahren zerbrach seine Familie: Seine Mutter brachte sich um, seine Schwester starb an einer Überdosis. Eddie wuchs mit der Ungewissheit auf, inwieweit die Dämonen des Vaters auch seine Dämonen sein könnten. Er unterdrückte diese Neigung aber erfolgreich und führt mittlerweile ein glückliches Leben mit Frau und Kind. Doch die Gewalt holt ihn wieder ein, als er in einen blutigen Banküberfall gerät. Zwar kann er die Bankräuber davon abhalten, eine Mitarbeiterin als Geisel zu nehmen, dafür töten sie seine Ehefrau Jodie – und entkommen. Detective Inspector Carl Schroder wird zum Tatort gerufen. Er kennt Eddies Vergangenheit. Und er hat Angst, Eddie könnte eine Dummheit begehen. Zudem meldet sich Eddies Vater aus dem Gefängnis und gibt ihm den Namen eines an der Tat Beteiligten. Das Unheil nimmt seinen Lauf.

Die Totensammler

Menschen verschwinden in Christchurch. Psychologieprofessor Cooper Riley fehlt eines Morgens bei der Arbeit. Und Emma Green, eine seiner Studentinnen, kommt eines Tages nicht mehr nach Hause. Auch von weiteren Frauen fehlt bald jede Spur. Hinter der idyllischen Fassade der neuseeländischen Metropole, bekannt als »Garden-City«, tun sich ungeahnte Abgründe auf. Die Polizei sucht weiterhin verzweifelt nach Melissa X, einer Serienmörderin, die die Nachfolge ihres ehemaligen Mentors, des legendären Christchurch Carver, anzutreten scheint. So kommt es, dass Detective Schroeder den gerade aus dem Gefängnis entlassenen Ex-Cop Theodore Tate verpflichtet, die Polizei bei der Jagd auf Melissa X zu unterstützen. Und auch Emmas Vater meldet sich bei Theo und bittet um Hilfe bei der Suche nach seiner veschwundenen Tochter. Immerhin war es Theo, der sie damals im Vollrausch angefahren hatte. Die Spur führt zu einer seit Jahren geschlossenen psychiatrischen Anstalt, in deren Kellerverliesen sich dramatische Dinge abspielen.

Das Haus des Todes

Das stillgelegte Schlachthaus von Christchurch City, Neuseeland, wird zum Schauplatz eines furchtbaren Verbrechens. Bei seinem ersten Einsatz findet der junge Polizist Theodore Tate dort die grausam zugerichtete Leiche eines zehnjährigen Mädchens. Nie wieder wird Tate die Bilder dieses albtraumhaften Szenarios vergessen können.

15 Jahre später: Christchurch wird von einer Serie brutaler Morde heimgesucht. Ein unheimlicher Serienkiller treibt sein Unwesen und bringt in einer einzigen Nacht vier Menschen mit jeweils 19 Messerstichen um. Auf den Körpern der Leichen finden sich Teile einer mysteriösen Botschaft.

Theo Tate ist mittlerweile aus dem Polizeidienst ausgeschieden und arbeitet als Gelegenheits-Privatdetektiv. Doch jetzt scheint seine Chance gekommen, wieder in das alte Team zurückzukehren, denn niemand kennt sich mit Serienkillern besser aus als er. Zusammen mit Detective Schroder macht er sich daran, das blutige Puzzle zusammenzusetzen. Schon bald wird klar, dass ihnen nur noch wenig Zeit bleibt. Der Killer entführt einen Arzt mit dessen Töchtern und verschleppt die Familie in das alte Schlachthaus von Christchurch, in dem einst das junge Mädchen ermordet wurde. Ein perfides Spiel nimmt seinen Anfang: Der Vater muss die Reihenfolge bestimmen, in der seine Töchter durch die Hand des Killers sterben werden …

Opferzeit

Christchurch, Neuseeland: Ein Jahr nach der brutalen Mordserie, die die Metropole erschütterte, beginnt der Prozess um den berüchtigten Christchurch Carver Joe Middleton. Das ganze Land fiebert der Verhandlung entgegen. Natalie Flowers alias Melissa X, die sadistische Mordkomplizin und Ex-Geliebte von Joe, mordet sich derweil weiter durch die Stadt. Sie plant, den Christchurch Carver zu erschießen. Denn nur Joe kennt ihre wahre Identität. Doch Joe, der scheinbar grenzenlos naive Serienkiller, hat andere Sorgen: Immer wieder beteuert er seine Unschuld und treibt die Gefängnispsychologen zur Verzweiflung. Während er im Hochsicherheitstrakt, zusammengesperrt mit den schlimmsten Psychopathen und Gewaltverbrechern des Landes, um sein Leben kämpfen muss, rückt der erste Tag der Gerichtsverhandlung immer näher. Was Joe nicht weiß: Melissa X erwartet ihn bereits mit einer tödlichen Überraschung. Doch ihr Mordanschlag schlägt fehl: Joe wird nur verletzt und kann entkommen. Für Christchurch beginnen finstere Zeiten, denn die zwei gefährlichsten Killer des Landes sind jetzt auf freiem Fuß …